AMITIÉ ÉTERNELLE

"Actes noirs"

DU MÊME AUTEUR

FLÉTRISSURE, Actes Sud, 2011 ; Babel noir n° 66.
BLANCHE-NEIGE DOIT MOURIR, Actes Sud, 2012 ; Babel noir n° 99.
UNE VIE AU GALOP, Actes Sud Junior, 2012.
L'ÉTÉ AU GALOP, Actes Sud Junior, 2013.
VENT DE SANG, Actes Sud, 2013 ; Babel noir n° 124.
MÉCHANT LOUP, Actes Sud, 2014 ; Babel noir n° 148.
LES VIVANTS ET LES MORTS, Actes Sud, 2016 ; Babel noir n° 176.

Titre original :
In ewiger Freundschaft
Éditeur original :
Ullstein Verlag

ISBN 978-2-330-18529-9

NELE NEUHAUS

Amitié éternelle

roman traduit de l'allemand
par Marie-Claude Auger

ACTES SUD

Pour Marion,
ma merveilleuse éditrice,
merci pour la précieuse collaboration.

PROLOGUE

Île de Noirmoutier, 18 juillet 1983

Oh mon Dieu, je suis amoureuse ! Amoureuse de cette île magnifique ! Elle est exactement comme John me l'a décrite – tout simplement magique ! Une beauté austère qui ne se révèle qu'au deuxième coup d'œil, un bout de terre plat sous un ciel infini, d'un bleu immaculé depuis six jours. Cette lumière à elle seule est indescriptible. Ce n'est pas pour rien que Noirmoutier est appelée aussi l'île de la Côte de Lumière. J'adore les maisons blanchies à la chaux, aux volets bleu clair et aux toits orangés, qui portent des noms charmants comme "Toi et moi", "Stella Maris", "Nid d'amour" ou "Luciole", les ruelles étroites bordées de roses trémières en fleur, le parfum envoûtant des pins dans la chaleur de midi et… la mer ! Cela peut paraître étrange, mais cette île touche quelque chose au plus profond de moi, un peu comme si j'étais déjà venue ici dans une autre vie, je voudrais pouvoir y rester toujours. J'adore les marais salants avec leurs bassins d'eau salée scintillants, où l'on extrait la fleur de sel que l'on peut acheter à tous les coins de rue.

La maison est une pure folie ! Douze chambres, trois terrasses, et depuis l'étage supérieur, derrière les dunes et la plage de sable blanc, on a une vue sur la mer ! Il y a encore une petite maison sur le terrain, c'est là que vivent Finette, la gouvernante, et son mari, qui s'occupent de tout ici. C'est le rêve absolu, et cette bande de privilégiés gâtés n'apprécie même pas ! Pour eux, c'est normal. Quand j'entends où ils sont déjà allés en vacances : les Bahamas, Sylt, la Californie, Majorque, le Portugal ! Et moi, c'est la première fois de ma vie que je suis à la mer ! Mais je ne le dis à personne. Ça ne les regarde pas.

Aujourd'hui, Götz, Stefan, Mia et moi, nous avons fait un tour en Méhari dans la seule forêt de l'île, le bois de la Chaize. Il y a là une plage avec une rangée de cabines blanches du XIXe siècle, je m'imaginais les élégantes de l'époque, avec leurs chapeaux de soleil et leurs crinolines, qui allaient s'y changer autrefois. Il y a de magnifiques villas Belle Époque, cachées dans de petites criques rocheuses, et sur une longue passerelle en bois qui mène à la mer, des pêcheurs avec leurs cannes à pêche dans l'eau attendent, patiemment. Puis nous sommes allés au marché couvert de Noirmoutier-en-l'Île, le bourg principal, et c'est là que j'ai su que j'étais vraiment au paradis. Mais comme dans tout paradis, là non plus, les traîtres ne manquent pas. Si j'avais pu me figurer leur comportement affreusement égoïste, j'y serais allée plus tard avec John. J'avais fait une promesse à Götz un peu trop à la légère, je m'en rends compte un peu plus chaque jour. Même si Mia joue bien son rôle, les autres doivent bien voir clair dans son jeu ! Je ne comprends pas pourquoi il a invité Heike, Alex, Josi et Mia. C'est peut-être aussi à cause de ses parents. Ce doit être le quatrième ou cinquième été qu'ils viennent ici, c'est devenu une sorte de tradition. Mais il se peut aussi que Götz aime le pouvoir qu'il exerce sur eux et qu'il prenne secrètement plaisir à les commander et à les harceler, même s'il le nie. C'est insupportable de les voir lui tourner autour, essayer de se surpasser les uns les autres, tout ça pour faire bonne figure à ses yeux. Pour lui, tout ça, ce n'est sans doute qu'un jeu, mais je pense que c'est dangereux, car il ne veut pas voir à quel point ils prennent au sérieux ce dont il se moque. C'est une clique vraiment bizarre. J'ai de plus en plus l'impression qu'ils s'accrochent désespérément à quelque chose qui n'existe plus. Encore trois jours avant que John arrive !!! Je compte les heures…

PS : Aujourd'hui, nous mangeons des huîtres que nous avons rapportées du marché. J'adore cet endroit et je voudrais que cet été ne finisse jamais. Malgré ces idiots hypocrites.

Lundi 3 septembre 2018

Depuis dix jours, depuis qu'elle avait brisé sa carrière, voire sa vie entière, elle ne répondait plus à ses mails ni à ses appels. Devant le tollé général, il s'était réfugié dans son appartement, telle une souris paniquée dans son trou, tandis qu'à l'extérieur, des journalistes, des équipes de télévision et des fans déçus attendaient qu'il passe la tête par la porte pour lui tomber dessus. Certes, il avait commis une grosse erreur. Oui, il avait triché. Mais c'est *elle* qui l'y avait poussé, qui l'y avait presque contraint et il avait cédé devant son insistance, sciemment, en premier lieu par vanité et peut-être aussi parce qu'il avait besoin d'argent. Elle lui avait assuré que personne ne le remarquerait – qui connaissait le petit livre insignifiant d'un auteur chilien décédé depuis longtemps ? –, mais maintenant qu'elle l'avait jeté sans prévenir en pâture au public, elle l'ignorait, lui, son auteur le plus prolifique, sa "créature", comme elle se plaisait à dire. À sa peur première, son autocompassion, avaient succédé peu à peu d'abord de l'irritation, puis de la colère et enfin une haine telle qu'il n'en avait jamais ressenti dans sa vie. Il était perdu. Sa renommée flétrie. Et il n'avait aucune idée de la raison pour laquelle elle l'avait trahi. La nuit dernière, il avait décidé de la mettre au pied du mur. Normalement il aurait pris le S-Bahn, car sans rien en laisser paraître, il adorait qu'on le reconnaisse, il faisait mine de ne pas remarquer les gens qui, tout excités, lançaient des coups d'œil dans sa direction avec des sourires entendus. Même si, dans les interviews, il affichait une fausse modestie sous prétexte que ces attentions le mettaient mal à l'aise, il était quasi accro aux regards de ces femmes aux yeux brillants qui lui demandaient un selfie ou un autographe, avec un sourire timide. Mais maintenant que le scandale avait éclaté au grand jour, il était évidemment plus sage d'éviter ce genre de rencontres. Les journalistes et ses fans s'étant lassés d'attendre, il avait pu sortir de chez lui et monter dans sa voiture sans être inquiété. Une demi-heure plus tard, devant le portail en fer forgé rouge, il eut soudain les mains moites en lisant son nom sur la plaque de la sonnette rouillée à côté de la boîte aux lettres. Il perdit courage en réalisant que la conversation qu'il ressassait depuis des jours et des jours allait maintenant avoir lieu. Dissimulée derrière des rosiers et des rhododendrons, la maison était entourée de plusieurs séquoias très laids. À l'avant, côté rue, il y avait un double garage avec une porte moderne en plastique, mais la maison elle-même devait dater des années 1930. Des fenêtres à croisillons blancs aux volets d'un rouge délavé, un joli petit balcon à la fenêtre centrale du premier étage et deux fenêtres en arc de cercle sous les combles. En fait, c'était une belle maison, mais à côté des maisons bien entretenues du quartier, elle donnait l'impression d'être mal-aimée, minable, tout comme sa propriétaire qu'il avait toujours considérée comme une citadine. Lorsqu'ils se téléphonaient parfois jusque tard dans la nuit, il l'imaginait dans l'élégante villa néoclassique à Francfort, près du parc de Grüneburg, où il avait souvent été invité. Il est étrange que l'on puisse savoir si peu de choses sur une personne avec laquelle on a travaillé si étroitement pendant douze ans. Il n'était jamais allé chez elle au cours de ces douze années. Il ne savait rien d'elle et de sa vie, mais elle savait tout de lui, connaissait ses peurs et ses fantasmes, ses préférences et ses faiblesses. C'est elle qui avait remarqué la qualité de son premier manuscrit, pour lequel il n'avait essuyé que des refus de la part de plus de trente éditeurs. Elle l'avait découvert et en avait fait un auteur de la maison d'édition Winterscheid, un honneur réservé aux meilleurs écrivains, et durant toutes ces années, après sa rupture avec sa femme, elle était sans aucun doute devenue sa principale interlocutrice. Ils avaient souvent discuté de ses personnages, presque comme s'il s'agissait de personnes réelles ; ensemble, ils avaient peaufiné ses textes, certaines phrases et formulations, jusqu'à ce qu'ils soient satisfaits. Elle l'avait stimulé et encouragé lorsqu'il n'arrivait pas à écrire et qu'il voulait tout laisser tomber. C'est elle qui l'avait appelé, il y a maintenant douze ans, pour lui annoncer l'incroyable nouvelle que son premier roman, *Douce plume*, entrerait d'emblée dans la liste des best-sellers. Il s'en souvenait comme si c'était hier, il était assis dans sa minuscule cuisine, à la table couverte de marques de verre et de cigarettes, sur laquelle il avait écrit *Douce plume*.

Pour lui le succès de son livre comptait bien plus que les chiffres des ventes. Elle lui avait annoncé des dizaines de merveilleuses nouvelles au cours des années suivantes mais ce coup de téléphone là, jamais il ne l'oublierait. Première place sur la liste des best-sellers. Prix du Livre allemand. Prix Büchner. Options de film. Ventes des droits dans vingt-quatre pays. Critiques enthousiastes dans les rubriques culturelles. Il avait fait d'innombrables lectures, d'abord dans de petites librairies, puis dans les plus grandes salles. Des interviews. Des talk-shows. À la Foire du livre de Francfort, une affiche à son effigie, plus grande que nature, ornait le stand de sa maison d'édition. Il était devenu une star de la scène littéraire allemande.

En l'espace de dix ans, il avait écrit sept livres avec une facilité qui le portait à croire que cela continuerait toujours. Mais après *À gauche de la rivière*, ce fut fini. Le vide total dans sa tête et dans son cœur. Avec un désespoir croissant, il avait regardé pendant des mois le curseur sur l'écran blanc, il avait rédigé dix, quinze débuts foireux, tout ça pour devoir finir par admettre qu'il n'avait tout simplement plus rien à raconter. Il n'avait plus la moindre idée de ce qu'il pourrait encore écrire.

Au début, tout le monde avait été patient. Personne ne l'avait poussé, car après tout, aucun écrivain sérieux ne produit des livres à la chaîne. Son éditeur avait continué à lui envoyer du champagne pour son anniversaire et pour Noël, on avait continué à l'inviter aux légendaires soirées au coin du feu dans la villa de l'éditeur et il avait fait de lucratives tournées de lectures. Mais la nuit, il ne pouvait plus dormir. Le rêve de la vie d'écrivain semblait s'être évanoui, et lorsqu'il avait vu son compte en banque se vider à une vitesse inquiétante tandis que ses best-sellers se transformaient en titres de fonds de commerce – récemment, il avait même découvert avec horreur des exemplaires de *Douce plume* et de *Pile ou face* dans un bac à farfouille du supermarché –, il avait compris qu'il devrait sans doute bientôt se remettre à chercher un emploi rémunéré, une idée qui lui provoquait des crises de panique. Quelle débâcle ! Quelle descente aux enfers !

Mais grâce à la femme qui habitait dans la maison aux volets rouges et aux séquoias dans le jardin, les choses n'avaient pas si mal tourné car elle avait trouvé une solution à son dilemme. Elle avait exhumé cette nouvelle oubliée depuis longtemps, à partir de laquelle il avait écrit *Le Héron unijambiste*. Au début, il n'était pas à l'aise, mais il avait vite constaté qu'indéniablement, l'histoire portait sa propre signature, même s'il s'était inspiré de l'œuvre d'un autre. Le roman était paru à la Foire du livre de Leipzig en mars et s'était placé immédiatement à la première place de la liste des best-sellers. Les critiques comme les lecteurs l'aimaient, le reste de l'à-valoir avait été amorti et les crises de panique avaient cessé. Il s'était offert un répit et sa vie semblait être assurée, pour quelques années, comme l'un des écrivains allemands les plus lus. La maison d'édition était satisfaite, son agent était heureux, les libraires, les critiques et les lecteurs se réjouissaient. Et puis tout d'un coup, crac… *ça* !

Derrière une fenêtre à l'étage de la maison, il perçut un mouvement. Elle était donc chez elle, la femme qu'il avait admirée, voire aimée, et qu'il détestait à présent du fond du cœur. Il inspira profondément, prit son courage à deux mains et sonna. Aucune réaction. Dans le rhododendron, deux merles se disputaient. De temps en temps, une voiture passait dans la rue principale. Des voix venues des jardins environnants lui parvenaient, des rires éclataient parfois et quelqu'un faisait apparemment un barbecue quelque part. De l'autre côté de la rue, un homme promenait son chien, mais ne lui prêtait pas attention.

Debout devant la clôture, hésitant, il envisagea un instant de laisser tomber. Mais non ! Il n'allait pas se dégonfler et repartir bredouille, il en allait de son existence, de sa réputation, de sa crédibilité ! Par la faute de cette femme, sa vie était foutue et il voulait qu'elle lui explique pourquoi elle l'avait dénoncé comme plagiaire sans le moindre avertissement, détruisant ainsi tout ce qu'ils avaient accompli ensemble. Les jambes tremblantes, il enjamba la clôture à un endroit que l'on ne voyait pas de la rue, traversa la pelouse couverte de mousse et se dirigea résolument vers la maison.

1er jour
Jeudi 6 septembre 2018

— On part dans dix minutes.

Le commissaire général de police judiciaire Oliver von Bodenstein tendit à sa fille la boîte contenant le sandwich pour l'école et posa la planche à découper dans l'évier.

— Il faut que je monte vite chercher mon dessin pour le cours, dit Sophia. Il y a quoi dans le sandwich ?

— Du pastrami et du blanc de poulet, répondit Bodenstein, qui avait fait de la préparation du sandwich pour l'école une partie intégrante de son rituel matinal père-fille.

En fait, Sophia vivait chez sa mère quand celle-ci n'était pas en tournage et ne passait qu'un week-end sur deux chez lui. Mais avec la maladie de Cosima, elle était venue vivre chez eux, car on ne savait pas quand son ex-femme pourrait rentrer chez elle.

— Le beurre et la viande, c'est archi mauvais pour la santé et le climat, commenta Greta, la belle-fille de Bodenstein, qui, assise à la table du petit-déjeuner dans un pyjama taché, mangeait ses céréales tout en regardant son portable. D'ailleurs, ça donne aussi le cancer, il n'y a pas que la cigarette.

Sophia pâlit et jeta un regard anxieux à son père.

— Zut, j'ai prononcé le mot C, pas fait exprès ! lança Greta en mettant sa main devant sa bouche avec un petit sourire contrit, alors que ses yeux brillaient de pure méchanceté. *So sorry*.

— Va chercher ton dessin, Sophia.

Bodenstein sentit son pouls accélérer. Il avait perdu l'habitude de réagir aux provocations incessantes de la fille de

Karoline, âgée de dix-huit ans, car cela menait immanquablement à une dispute avec sa mère qui prenait systématiquement le parti de sa fille, lui trouvant des excuses tant pour ses insolences que son comportement. Greta le savait bien sûr, et elle en profitait au maximum. Dès le premier jour, elle s'était montrée ouvertement hostile et jalouse de Bodenstein et avait tout fait pour l'éloigner de sa mère. En faisant parfois preuve d'un raffinement qui l'avait choqué. Le matin, il n'avait plus le droit de lire le journal à la table du petit-déjeuner, sous prétexte que les émanations de l'encre d'imprimerie gênaient Greta pour respirer. De même, la musique classique avait été mise à l'index, car elle provoquait des crises de larmes chez Greta à qui elle rappelait soi-disant sa grand-mère. Et depuis que Sophia était venue vivre avec eux, la jeune fille de presque dix-neuf ans insistait pour dormir sur un matelas à côté du lit de sa mère, car sinon elle faisait des cauchemars. Mis à part les quelques mois qu'elle avait passés dans un internat, la situation n'avait fait qu'empirer et leur vie de famille était devenue intenable.

— Ça m'a juste échappé, lança nonchalamment Greta à Bodenstein en tordant ses cheveux gras en un chignon sur la nuque.

— Bien sûr, ça t'a échappé, ironisa-t-il en rangeant la vaisselle sale dans le lave-vaisselle.

Il détestait ces disputes. Il détestait ne pas pouvoir dire ce qu'il pensait à cette jeune femme odieuse sans risquer de mettre son couple en danger. Mais ce qui le dérangeait le plus, c'était de ne pas pouvoir offrir à sa fille de douze ans une vie de famille paisible, surtout maintenant que Cosima était gravement malade et que Sophia avait besoin plus que tout de sécurité et d'harmonie.

— C'est vrai ! rétorqua Greta en haussant le ton. Parce que ton ex a un cancer, moi je n'ai plus le droit de dire la vérité ici, c'est ça ?

Bodenstein compta silencieusement jusqu'à dix.

— Alors, tu me réponds ou quoi ?

Sophia revint à la cuisine, avec l'aquarelle sur laquelle elle avait travaillé toute une semaine et dont elle était très fière.

Elle avait hérité de son père ses cheveux épais et foncés, de sa mère ses yeux verts et sa silhouette gracile que lui jalousait particulièrement Greta, qui avait pris beaucoup de poids au cours des dernières années.

— Qu'est-ce que c'est que *ça* ? Greta rit d'un air moqueur. Il y a des petits en maternelle qui feraient bien mieux.

— Bien sûr, toi, maintenant, avec les enfants de maternelle, tu as de l'expérience, rétorqua Sophia, sarcastique avant que Bodenstein ne puisse intervenir. Tu as travaillé combien de temps à la crèche ? Une journée ? Ou peut-être même deux jours ?

— La ferme, pauvre idiote !

Greta était cramoisie. Vu son mauvais comportement et ses résultats insuffisants, elle avait été renvoyée de plusieurs établissements, et même l'été dernier d'un internat spécialisé pour les élèves difficiles et en échec scolaire. Après deux tentatives en classe de seconde, elle n'avait pas pu passer le bac et s'était retrouvée sans place en apprentissage et sans emploi. Son père lui avait trouvé un poste de stagiaire dans une crèche à Bad Soden, mais au bout d'une journée, elle avait déjà annoncé qu'elle était allergique aux sols en linoléum et que les cris des enfants lui donnaient la migraine. Elle s'était complètement désintéressée du cheval que ses parents lui avaient acheté peu après les terribles événements et Karoline payait chaque mois une somme astronomique pour le faire monter par d'autres personnes.

Karoline entra dans la cuisine. Sa robe d'été jaune et ses sandales à lanières dorées mettaient en valeur sa silhouette élancée et son bronzage, elle avait coiffé ses beaux cheveux bruns en un chignon sur la nuque. Avant, Bodenstein lui aurait fait un compliment auquel elle aurait répondu par un tendre baiser. Mais aujourd'hui, il ne voyait plus que ses lèvres pincées et son regard irrité qui passait sur lui comme s'il était invisible.

— Vous êtes trop méchants ! s'exclama Greta et les larmes jaillirent comme si elle appuyait sur un bouton.

— Qu'est-ce qui se passe encore ici ? demanda Karoline, agacée.

— Ton *mari* se fiche de moi ! mentit Greta d'une voix larmoyante.

— Mais papa ne s'est pas du tout…, commença Sophia, indignée, mais Greta l'interrompit.

— Vous êtes méchants avec moi ! Vous vous moquez toujours de moi parce que j'ai grossi !

— Ce n'est pas vrai du tout ! rétorqua Sophia, choquée de l'entendre mentir aussi effrontément.

Avec son sens aigu de la justice, contrairement à son père, elle n'avait pas peur de la confrontation, même s'il était plus simple de ne pas contredire Greta pour ne pas lui donner une raison de piquer une nouvelle crise.

— Si, c'est vrai ! Tu crois que je suis aveugle et que je ne vois pas comment vous me regardez en ricanant ?

Comme chaque fois que Greta se rendait compte qu'elle avait tort, cela finissait par une crise d'hystérie.

— Calme-toi, ma puce, dit Karoline en s'approchant pour prendre sa fille adulte dans ses bras, mais celle-ci la repoussa brutalement.

Ma puce ! Bodenstein se mit à bouillir intérieurement. Rien que d'entendre cette appellation ridicule et le ton servile avec lequel Karoline la prononçait ! Mais Greta était le point faible de Karoline. Elle se sentait toujours coupable d'avoir négligé sa fille à cause de son travail. Depuis des années, Bodenstein essayait de convaincre sa femme de demander à se faire aider car le véritable problème était, selon lui, le traumatisme subi par la mère et la fille six ans plus tôt et dont il avait longtemps sous-estimé la gravité. Greta, alors âgée de treize ans, se trouvait à côté de sa grand-mère lorsque celle-ci avait été abattue par un tireur embusqué à la fenêtre de la cuisine, et Karoline n'avait pas seulement vu le corps horriblement défiguré de sa mère, mais elle avait dû vivre cette épreuve, que son père, un éminent chirurgien cardiaque, écope d'une longue peine de prison. À l'époque, Bodenstein était l'enquêteur principal dans l'affaire du tireur isolé et il avait souvent l'impression que ces terribles événements les séparaient comme un champ de mines sur lequel aucun d'eux n'osait s'aventurer. Greta avait épuisé plusieurs thérapeutes, mais personne, à l'exception de

Bodenstein, n'avait jamais essayé sérieusement de lui imposer des limites. Ce n'est que lorsque Karoline lui avait clairement fait comprendre que l'éducation de Greta n'était pas son affaire, mais uniquement la sienne, qu'il avait renoncé et s'était tenu à l'écart. Entre sa mauvaise conscience et sa crainte des crises de colère incontrôlées de Greta, Karoline lui cédait toujours au lieu d'affronter les conflits, et voilà, maintenant, ils étaient constamment sur leurs gardes, aux ordres d'une jeune fille narcissique de dix-huit ans.

— Je ne vais pas me laisser insulter plus longtemps par ce type, cria Greta en pointant un index accusateur sur Bodenstein. Je vais aller vivre chez papa ! Aujourd'hui même !

Bodenstein se contenta de soupirer. C'était une menace en l'air. Greta n'était plus la bienvenue dans la famille de son père, car elle était aussi insolente avec sa belle-mère qu'avec lui.

— Je te déteste ! lui lança-t-elle avant de sortir en trombe de la cuisine. Je vous déteste tous !

— Pourquoi est-ce que vous ne pouvez pas vous empêcher de la provoquer ? lança Karoline à Bodenstein et Sophia. Elle n'a vraiment pas la vie facile en ce moment !

— Ce n'est pas facile pour moi non plus en ce moment, rétorqua Sophia. Ma mère a un cancer, au cas où tu l'aurais oublié.

À l'étage, une porte claqua, quelques secondes plus tard, une forte musique résonna dans la maison.

— Comment pourrais-je l'oublier ? répondit Karoline, amère, en lançant subrepticement un regard de martyre en direction de Bodenstein. Ton père passe plus de temps avec elle qu'avec moi.

Sur ce, elle s'empressa de monter consoler Greta, une fois de plus. Bodenstein la suivit du regard et comprit que cette dernière phrase avait été la goutte d'eau qui avait définitivement fait déborder le vase.

— On y va, dit-il à Sophia.

Ils entrèrent dans le garage et montèrent dans la Porsche. Quand il allait travailler, Bodenstein ne prenait jamais cette voiture, un cadeau de son ex-belle-mère. Nicole Engel, sa patronne, n'aimait pas qu'il la gare sur le parking des employés de la direction régionale de la police judiciaire. Trois minutes plus tard, il descendait le Gagernring en direction du centre-ville.

— C'est carrément asocial, que Greta mente tout le temps et tout ce qu'elle raconte sur toi, et que Karoline la croie toujours ! s'indigna Sophia. Elle appelle tout le temps maman Cancernella ou Mrs Cancer du foie ! C'est vrai que c'est toujours les alcooliques qui ont un cancer du foie ?

Bodenstein serra si fort le volant que ses phalanges blanchirent. Il avait demandé à Karoline d'épargner à Sophia les détails de la maladie de Cosima pour le moment, mais apparemment elle avait tout raconté à sa fille, qui n'avait rien trouvé de mieux à faire que de tout balancer à Sophia.

— La maladie de maman n'a rien à voir avec l'alcool, expliqua-t-il en se forçant à rester aussi neutre que possible. Elle a contracté une hépatite il y a de nombreuses années lors d'un de ses voyages et les médecins pensent que le cancer du foie est une conséquence tardive de cette infection.

— Est-ce que maman va mourir ?

— Je ne pense pas, répondit-il. Les médecins font tout ce qu'ils peuvent pour l'aider à se rétablir rapidement.

— Hum, fit Sophia en lui jetant un coup d'œil rapide. Greta m'a dit que si maman mourait, nous n'aurions plus d'argent, parce que tu n'es qu'un simple policier et que tu ne gagnes presque rien.

— Quoi ?

Bodenstein jeta un regard incrédule à sa fille.

— Et elle dit que si je ne fais pas ce qu'elle veut, elle fera en sorte que sa mère nous mette à la porte, parce que c'est sa maison et pas la tienne. C'est vrai, papa ? On devra aller s'installer dans une HLM ?

Sous le choc, Bodenstein crut l'espace d'un instant que son cœur se brisait.

— Bien sûr que non, répondit-il à Sophia.

— Je la déteste, dit sa fille avec toute la ferveur d'une enfant de douze ans. Je voudrais ne plus jamais la revoir !

Moi aussi, pensa Bodenstein. Oh oui, moi aussi !

Il mit son clignotant et s'arrêta sur un créneau devant l'école. Sophia, qui n'était pourtant pas vraiment encline à faire des démonstrations d'affection en public, lui passa les bras autour du cou et l'embrassa sur la joue.

— Je t'aime, papa !

— Moi aussi, je t'aime, ma chérie, répondit-il.

— Tu pourras donner mon dessin à maman quand tu iras la voir ?

Sophia se dégagea de l'étreinte et lui fit un clin d'œil.

— Tu n'en as pas besoin pour ton cours ?

— Non, dit-elle avec un sourire entendu. J'ai eu la meilleure note la semaine dernière. Mais je ne l'ai pas dit à Greta.

— Eh bien toi alors ! fit Bodenstein en souriant. Je vais l'apporter à maman. Elle sera très contente.

Sophia descendit, jeta son sac à dos sur son épaule, lui sourit encore une fois, et disparut dans le flot des élèves.

Bodenstein se faufila de nouveau dans la circulation et ignora le bourdonnement insistant de son portable. Karoline essayait de le joindre, probablement pour s'excuser, mais il en avait assez. Assez des disputes, des allusions et des reproches auxquels succédaient les excuses, les remords, Karoline lui affirmant, larmoyante, qu'elle l'aimait et qu'elle ne laisserait plus Greta leur gâcher la vie. Mais au bout de trois jours, la comédie recommençait. Un instant Bodenstein fut tenté de répondre et de dire à Karoline ce que Sophia venait de lui raconter, mais il se ravisa. Il revit toute sa vie défiler devant lui et ce qu'il vit le déprima car il se rendait compte qu'il avait été une fois de plus victime de ses propres illusions. Depuis le début, la relation entre Karoline et lui avait été compliquée et fragile, et il ne savait pas lui-même pourquoi il commettait toujours les mêmes erreurs, au lieu d'en tirer des leçons. Ce qu'il ne pouvait plus ignorer, c'était qu'objectivement, il se retrouvait à cinquante ans devant l'échec de son deuxième mariage. À un feu rouge, il constata que Karoline lui avait déjà envoyé deux messages vocaux et cinq SMS, qui seraient suivis d'une avalanche d'autres messages et appels dans la journée s'il ne cédait pas à un moment ou à un autre. Mais cette fois, il ne céderait pas. Il ne lirait ni n'écouterait aucun de ses messages, parce qu'il savait déjà ce qu'ils contenaient et que cela ne changerait absolument rien.

*

La commissaire Pia Sander aperçut de loin les deux braques de Weimar en liberté, alors qu'elle revenait de sa promenade matinale à travers le Süße Gründchen, une vallée pittoresque avec ses vergers et son ruisseau, et se dirigeait vers le parking de Sauerborn.

— Super, murmura-t-elle en raccourcissant la laisse de Beck's jusqu'à ce qu'il soit tout près d'elle.

Le malinois avait également repéré les deux congénères qui faisaient leurs besoins au milieu de la prairie. Il se raidit, le poil de son cou se hérissa et il se mit à grogner.

— Doucement, Beck's !

Pia se doutait déjà que la propriétaire des chiens, qui flânait le long du Wiesenweg en téléphonant, ne parviendrait pas à les prendre en laisse à temps avant qu'ils ne se précipitent sur Beck's.

— Vous pourriez tenir vos chiens en laisse ? lui cria-t-elle.

— Mais ils ne font rien ! répondit la femme de loin, sans même lâcher son téléphone.

— Mais mon chien, si ! rétorqua Pia en saisissant le collier de Beck's, car même s'il était docile et sociable, il détestait que d'autres chiens lui sautent dessus.

Les braques avaient vu Beck's et se précipitaient vers lui, ventre à terre. Deux contre un, et lui en plus, il était désavantagé puisqu'il était en laisse ! En un clin d'œil, ce fut la mêlée. Beck's avait beau n'être pas méchant, c'était un chien qui savait se défendre et ne se laissait pas faire ; en quelques secondes, il prit le braque numéro un, bien que plus grand et plus lourd que lui, à la gorge.

— Eddi ! Billy ! Ici ! hurla la femme.

Elle se mit à courir, trébuchant dans les hautes herbes, mais ses chiens ignoraient ses cris et ses sifflements.

— Faites quelque chose ! cria la femme à Pia, excédée. Votre chien est en train d'égorger le mien !

— Allez-y, faites quelque chose, vous ! répliqua Pia, furieuse.

Elle ne pensait pas une seconde à séparer à mains nues des chiens qui se bagarraient.

— Mon chien est en laisse, pas les vôtres !

Après que Beck's l'eut pincé à l'oreille, le braque numéro deux trouva la forêt nettement plus intéressante que le combat contre un adversaire supérieur et battit en retraite dans les sous-bois. Le numéro un se jeta sur le dos en couinant, et Beck's le lâcha immédiatement.

— Je vais vous dénoncer ! Ça va vous coûter cher ! lança la femme.

Elle leva son portable et prit Pia en photo.

— Et ça, c'est une preuve !

— Si ça vous amuse ! dit Pia en haussant les épaules. Je peux aussi vous donner mon numéro de téléphone.

— Un chien aussi agressif doit porter une muselière ! cria la blonde.

— Mon chien n'est pas agressif. Il s'est défendu. Si vous aviez tenu vos chiens en laisse ou si vous les aviez sous contrôle, il ne se serait rien passé, rétorqua vivement Pia.

— Mes chiens ont quand même le droit de courir ! s'écria la femme, la quarantaine, coupe au carré, l'air pincé, tout en contrôlant les poils de son chien pour voir s'il n'était pas blessé. Tenez, il saigne, votre sale cabot l'a mordu !

— C'est sa faute, dit Pia. D'ailleurs, cette vallée est une réserve de faune et de flore. Une réserve naturelle. Devant, il y a un panneau qui dit que pour protéger le gibier les chiens doivent être tenus en laisse.

Beck's se secoua et gratta le sol avec ses pattes arrière, l'air victorieux. La propriétaire des braques marmonna quelque chose comme "pauvre conne" en s'éloignant, l'air hautain. Toute discussion était une perte de temps, c'est pourquoi Pia continua son chemin.

— Bien joué, Beck's, félicita-t-elle son chien. Faut pas te laisser faire.

Alors qu'elle était à une cinquantaine de mètres, la blonde cria dans son dos encore un mot vulgaire qui avait tous les attributs de l'insulte. Pia ne réagit pas, même si elle eut un instant l'idée de lâcher Beck's sur la femme.

L'automne dernier, elle avait pris un congé de trois mois pour passer du temps avec sa sœur Kim et la fille de celle-ci, Fiona, qui avaient toutes deux été prises en otages par un tueur en série psychopathe. Mais une fois de plus, Kim avait pris la fuite, comme chaque fois que les choses devenaient difficiles dans sa vie. Elle avait accepté le job que lui proposait le profileur David Harding aux États-Unis. Fiona était ensuite rentrée à Zurich, déçue, et Pia avait profité de son temps libre pour suivre avec Beck's une formation de maître-chien à l'école de police de Mühlheim, formation que le malinois brun clair avait achevée avec brio. Avec son ancien maître, il restait toujours dans sa propriété. Après le décès de Theodor Reifenrath au printemps dernier, ses voisins avaient voulu prendre le chien chez eux, mais il s'était avéré qu'un des enfants était très allergique aux poils de chien. Pia n'avait pas hésité longtemps et avait adopté le chien pour lui éviter de se retrouver à la SPA. Depuis, elle était comblée, car une vie sans chien lui semblait d'une certaine manière une vie vide. La promenade matinale avant le boulot était un bon moyen de commencer la journée et l'exercice régulier lui faisait du bien. La directrice de la BRI, Nicole Engel, avait personnellement autorisé Pia à amener Beck's au boulot. À la brigade criminelle d'Hofheim, ce chien était une légende car il l'avait mise sur la piste d'un tueur en série. Ses collègues de la K11 étaient ravis de l'arrivée de ce nouveau membre à quatre pattes, et Beck's, simple et gourmand, s'était pris d'affection pour le collègue de Pia, Kai Ostermann, qui gardait toujours dans les tiroirs de son bureau quelque chose à manger qu'il aimait partager avec lui.

Elle arrivait au parking du complexe sportif de Sauerborn. Outre sa Mini décapotable orange, il n'y avait qu'une seule autre voiture, un 4×4 noir. Pia photographia la plaque d'immatriculation avant de faire sauter Beck's sur l'espace devant le siège passager et de s'installer au volant. Elle ouvrit le toit et profita de la fraîcheur du vent. L'air était encore frais, mais le ciel bleu immaculé et les bulletins météo à la radio annonçaient encore une journée de fin d'été sèche avec des températures qui seraient sans doute une fois de plus trop élevées pour la saison. Après la vague de chaleur persistante des derniers mois et une sécheresse inhabituelle, le paysage des contreforts du Taunus, d'ordinaire si charmant avec ses vergers fertiles, ses petits cours d'eau et ses forêts profondes et ombragées, ressemblait à l'arrière-pays andalou brûlé par le soleil. Toute l'Europe subissait depuis des mois des records de chaleur, et les violents orages du week-end précédent n'avaient apporté qu'un rafraîchissement de courte durée. Partout, les puits profonds et les citernes étaient vides et le niveau des nappes phréatiques avait baissé de manière si dramatique que certaines localités du Taunus avaient déjà dû être approvisionnées en eau potable par les pompiers. Les brèves averses orageuses n'y avaient rien changé.

"... de juin à août, il y a déjà eu soixante-quinze jours d'été avec au moins 25 degrés et plus de vingt jours de canicule avec au moins 30 degrés", disait une fois de plus la présentatrice à la radio, comme si l'on ne pouvait plus parler de rien d'autre que des records de chaleur et de Donald Trump. *"Depuis le début des relevés météorologiques en 1881, il n'y a jamais eu de tels résultats..."*

Pia longea l'Eichwald et tourna dans la Kronberger Strasse devant l'hôpital. La veille, il y avait eu une brouille entre Christoph et elle, et ils ne s'étaient pas réconciliés avant son départ ce matin pour une réunion de l'European Association of Zoos and Aquaria. Comme il pouvait être aussi têtu qu'elle, Pia ne s'attendait pas à avoir de ses nouvelles avant son retour samedi. Elle n'avait pas l'intention de céder, d'autant plus que la raison de la dispute était totalement stupide. Christoph était jaloux, et précisément de l'ex-mari de Pia, Henning Kirchhoff, le directeur de l'institut médicolégal de Francfort. Henning avait écrit un deuxième roman policier après que son premier roman, contre toute attente, avait connu un immense succès à l'automne dernier. Les protagonistes – un médecin légiste de Francfort et son ex-femme, commissaire de police judiciaire – enquêtaient sur une affaire qui avait une toile de fond réelle, et ce mélange de fiction et de réalité fascinait non seulement les lecteurs, mais aussi la presse. Henning n'avait guère hésité à faire de la publicité pour son roman *Une femme impopulaire*. Il avait adoré donner des lectures et des interviews et, grâce au soutien actif d'une doctorante, il était soudain présent sur Facebook, Instagram, YouTube et avait son propre site web sur Internet. Lorsque, peu avant Noël, le livre s'était hissé à la première place des best-sellers des livres de poche et avait été le livre le plus commandé sur Amazon en novembre, les chaînes de télévision s'étaient intéressées à lui et on l'avait invité dans tous les talk-shows importants d'Allemagne, ravi d'avoir devant la caméra un médecin légiste en chair et en os et, qui plus est, une star de sa macabre profession.

— Ton ex se prend pour Maigret, avait alors raillé Christoph.

Le roman suivant était maintenant prêt et devait paraître sous peu, à temps pour la Foire du livre de Francfort début octobre. Quelques mois plus tôt, Henning avait demandé à Christoph s'il pouvait faire du zoo Opel de Kronberg, dont Christoph était le directeur depuis de nombreuses années, un des lieux de son roman policier et prendre le personnage du directeur du zoo pour un rôle secondaire. Christoph, qui n'avait pas pris cela trop au sérieux, lui avait donné son accord et l'avait aussitôt oublié. Lorsqu'Henning avait envoyé à Pia les épreuves en PDF d'*Amis dans le crime* trois jours plus tôt, c'est Christoph qui l'avait lu en premier. Les parallèles évidents avec l'affaire de meurtre réel et l'enquête au cours de laquelle ils s'étaient rencontrés à l'époque l'avaient d'abord amusé, mais il n'avait pas ri longtemps et maintenant il était furieux.

La sonnerie mélodieuse du téléphone de Pia retentit dans le haut-parleur juste au moment où elle s'engageait dans l'allée Heinrich-Heine.

— Sander à l'appareil, répondit-elle.

— Bonjour, Pia.

C'était Henning, comme s'il avait deviné qu'elle venait de penser à lui.

— Bonjour Henning, répondit-elle froidement. Merci de me rappeler enfin. Je suis furieuse !

— Mais pourquoi ? demanda-t-il, l'air étonné.

— Je me suis engueulée avec Christoph à cause de ton dernier livre, dit Pia. Il l'a lu et il a failli péter un câble !

— Doucement ! s'exclama Henning. Je lui ai demandé la permission ! Et le personnage s'en sort bien ! Après tout, le directeur du zoo finit par l'avoir, la commissaire.

— Oh, Henning, arrête ! rétorqua Pia, contrariée. Dans le livre, la commissaire couche avec son ex, est-ce vraiment nécessaire ?

— Là, elle n'a pas encore eu de liaison avec le directeur du zoo, fit remarquer Henning, amusé. En plus, elle surprend plus tard son ex en flagrant délit avec la procureure.

— Si tu ne veux pas mettre mon couple en danger, change au moins encore la dédicace, dit Pia. *Pour Pia*, c'est amplement suffisant. *Love* – c'est compromettant.

— Tu trouves ? Bon, je vais voir si je peux encore faire quelque chose. Les épreuves sont déjà prêtes à être imprimées, répondit Henning. Mais je t'appelle pour savoir si tu pourrais faire un saut à Bad Soden ? Je viens de recevoir un appel de Maria, euh… je veux dire de Mme Hauschild, euh… mon agent. Je crois que tu la connais, non ?

— Bien sûr que je la connais. Je l'ai rencontrée lors de ta dernière présentation de livre.

Pia s'étonnait de l'entendre bafouiller comme ça, ce qui était totalement atypique chez son ex, et ce n'était pas la première fois qu'elle pensait qu'il y avait quelque chose entre lui et cette femme qui l'avait conforté dans l'idée, la cinquantaine passée, de quitter les sentiers battus de sa vie et d'oser quelque chose de tout à fait nouveau, à savoir écrire un roman policier. Pia n'avait pas manqué de remarquer à quel point Henning avait changé depuis, comme si le rôle du misanthrope sarcastique ne lui avait jamais vraiment convenu.

— Qu'est-ce qu'elle a ?

— Elle, elle a… rien. Je… j'ai un cours dans quelques minutes et je ne peux pas partir d'ici, alors je lui ai promis de t'appeler.

— Et pourquoi ?

Pia s'arrêta devant son garage et fit remonter la porte avec la télécommande.

— Elle est devant chez une amie dont elle n'a pas de nouvelles depuis quelques jours et elle craint qu'il lui soit arrivé quelque chose parce qu'elle dit avoir remarqué des taches de sang sur la porte.

— Je vois.

Pia se retint de demander si lui, s'il en avait eu le temps, se serait rendu à huit heures et demie du matin dans les contreforts du Taunus pour enquêter sur la vague supposition de son agent.

— D'accord, j'y vais. Mais à une condition : tu fais changer la dédicace.

— J'appelle immédiatement la maison d'édition et j'en parle à mon éditrice, lui assura Henning. Promis juré.

— Très bien, dit Pia, condescendante. De toute façon, je suis encore à la maison. Où dois-je aller exactement ?

— 74, Burgbergstrasse, répondit Henning. Merci beaucoup, Pia ! Tu es adorable !

Pia referma la porte du garage et fit demi-tour.

— Oh, ferme-la, Henning ! dit-elle et elle raccrocha.

*

— Bonjour, Oliver.

Lorsqu'il entra dans sa chambre d'hôpital, Cosima sourit de plaisir, mais ce n'était qu'un faible reflet de son sourire autrefois si radieux. En la voyant, Bodenstein eut un instant le souffle coupé. Le cancer avait effacé tout l'éclat, toute l'énergie qui émanait d'elle et la chimiothérapie semblait l'avoir achevée. Dans le lit d'hôpital étroit, il ne restait plus que l'enveloppe de la femme qu'elle avait été. Pendant toutes les années de son premier mariage, il avait vécu dans la crainte permanente d'être soudain veuf et de se retrouver seul avec deux ados. Chaque fois que, pour tourner ses documentaires dans les coins les plus reculés du monde, Cosima participait à l'une de ses expéditions cinématographiques aventureuses, il dormait mal. Il attendait parfois des jours, voire des semaines à l'époque où les téléphones portables n'existaient pas encore, avant de recevoir un signe de vie de sa part, alors qu'il devait concilier son travail et l'éducation de ses enfants, et chacune de ces nuits blanches, il s'était juré de ne plus jamais laisser

Cosima partir, car il ne pouvait plus supporter de s'inquiéter constamment pour elle. Mais lorsqu'elle était de retour, à la fois épuisée et ravie et parfois, pour le plus grand plaisir des enfants, avec un chien ou un chat qu'elle avait ramassé en route, ses craintes s'envolaient pour un temps. Il avait appris à se contenter de pouvoir la serrer dans ses bras, intacte, jusqu'à ce que son désir d'évasion se réveille et qu'elle planifie un nouveau projet de film.

Déjà lorsqu'il était tombé amoureux d'elle, il avait compris que Cosima, avec son tempérament et son amour de la liberté, ne se sentirait jamais bien dans la vie rangée dont il avait besoin, et comme il l'aimait, il avait toujours serré les dents et accepté ses expéditions, la compagnie des curieux cinéastes qui occupaient souvent leur maison pendant des semaines, le temps qu'elle passait dans les salles de montage et ses voyages dans les festivals de cinéma du monde entier. Mais sa liaison avec un explorateur polaire et alpiniste russe, dix ans plus tôt, lui avait brisé le cœur et il avait mis longtemps à lui pardonner. Mais il l'avait fait, notamment pour le bien des enfants, et ces dernières années, leur relation était devenue meilleure que pendant leur mariage.

— Salut, Cosi, dit-il. Comment vas-tu ?

— Je vais bien, répondit-elle en se redressant.

Même sa voix avait changé et semblait fragile. Sa peau était jaunâtre et fine comme du parchemin, ses cheveux roux et brillants, tout comme ses cils et ses sourcils, n'avaient pas résisté à la chimiothérapie.

— Regarde, Sophia t'a fait un dessin, dit Bodenstein en déroulant la feuille et la lui montrant. Elle a eu une excellente note.

— La ligne d'horizon de Francfort ! C'est réussi ! dit Cosima en souriant. Je vais demander aux infirmières de l'accrocher de manière à ce que je puisse la voir de mon lit.

Bodenstein posa le dessin sur la table au-dessous de la télévision. Pour une chambre d'hôpital, la pièce était tout à fait luxueuse. Elle avait son propre petit balcon, une belle salle de bains, il y avait même un coin salon avec un canapé, des fauteuils en cuir confortables et un minibar.

— Qu'est-ce que je peux faire pour toi ? demanda Bodenstein. Tu as besoin de quelque chose ? Tu as encore assez de lecture ?

— Merci, j'ai tout ce qu'il me faut. Mais tu n'aurais pas des cigarettes sur toi par hasard ? J'aimerais juste en fumer une, confessa Cosima avec un sourire malicieux.

— Non, ça fait trois semaines que je n'ai pas fumé.

Bodenstein jeta un coup d'œil à sa montre, puis s'assit. Il avait encore une demi-heure avant le début du marathon d'examens avec ECG, radio du thorax, IRM et une biopsie du foie.

— Tu sais pourquoi j'ai arrêté.

— Bien sûr.

Ils se regardèrent.

— Tu as l'air stressé. Qu'est-ce qui se passe, Oliver ? Tu regrettes d'avoir accepté tout ça ?

— Non, ce n'est pas ça.

Bodenstein soupira. En fait, il n'avait pas l'intention d'ennuyer Cosima avec ses problèmes, mais elle le connaissait trop bien pour qu'il puisse lui cacher quelque chose.

— La jalousie de Karoline est tout simplement devenue insupportable, dit-il en lui racontant les scènes qui s'étaient déroulées ce matin. Je ne peux plus continuer comme ça en espérant que ça s'arrange un jour. Ce ne sera pas le cas. Et Sophia en souffre. Je voudrais l'emmener chez mes parents ou chez Marie-Louise et Quentin jusqu'à ce que je trouve une autre solution.

— Je suis désolée, répondit Cosima. Bien sûr que c'est super si Sophia va dans ta famille. Je pense que c'est aussi ce qu'il y a de mieux pour elle après.

— Oui, c'est aussi mon avis.

Ils avaient déjà suffisamment parlé des aspects médicaux de ce qui les attendait tous les deux, leur conversation s'orienta vers d'autres sujets plus généraux. Il lui parla du nouveau roman policier d'Henning Kirchhoff, que les collègues de la BRI attendaient avec impatience et qui agaçait le mari de Pia Sander. Ils rirent, profitant de ce rare moment de normalité, de désinvolture.

La maladie de Cosima avait fait comprendre à Bodenstein que la vie était trop courte pour être gâchée par des choses que l'on ne voulait pas faire ou par des personnes qui ne nous convenaient pas. Tout pouvait s'arrêter d'un jour à l'autre. Il y a deux mois, Cosima s'était effondrée en faisant ses courses au supermarché et avait été emmenée à l'hôpital. Le diagnostic de cancer hépatocellulaire à un stade avancé avait été une découverte fortuite et un choc pour toute la famille. Sa seule chance de survie était une transplantation du foie, car les cellules tumorales ne s'étaient pas encore propagées aux ganglions lymphatiques ou à d'autres organes. Son nom avait été inscrit sur la liste d'attente pour un don de foie *post mortem* à Eurotransplant et une chimioembolisation transartérielle avait été lancée pour empêcher les tumeurs existantes de se développer jusqu'à ce qu'un organe approprié soit disponible. Personne ne savait combien de temps cela prendrait, c'est pourquoi Lorenz et Rosalie avaient été testés comme donneurs potentiels, mais malheureusement, certains facteurs n'étaient pas compatibles. La loi sur les transplantations était stricte, seuls les membres de la famille, les conjoints ou les partenaires entraient en ligne de compte comme donneurs, c'est pourquoi Bodenstein avait également passé un test. Tous les paramètres qui faisaient de lui un donneur approprié pour Cosima étaient réunis et il avait donc décidé de donner une partie de son foie à la mère de ses enfants. Après une anamnèse médicale et sociale détaillée, la commission avait finalement donné son feu vert, et aujourd'hui, il allait se soumettre à des tests supplémentaires. C'était une course contre la montre, car l'état de Cosima se détériorait à vue d'œil, et si elle n'était plus assez forte pour supporter une opération, le cancer l'emporterait.

— Neuf heures moins dix, constata Bodenstein. Il faut que j'y aille.

— Tu l'as dit à Karoline ? demanda Cosima.

— Non, répondit Bodenstein. Et je ne vais pas lui dire. Demain, je m'installe à l'hôtel chez Marie-Louise. Comme ça, je serai près de Sophia et je serai tranquille.

— Oh !

— Il y a longtemps que j'aurais dû le faire.

— Tu es si gentil, Oliver, murmura Cosima. Je te remercie vraiment. Et même si toute cette histoire devait mal tourner…

— Elle ne tournera pas mal, lança-t-il. Tu vas guérir, comme toujours.

— Malheureusement, nous savons tous les deux qu'il se peut que ce ne soit pas le cas, dit Cosima en le regardant calmement. Mais si je ne m'en sors pas, j'aurai quand même eu une vie merveilleuse. Et c'est en grande partie à toi que je le dois, Oliver. Nous avons trois enfants formidables et quatre petits-enfants adorables. J'ai été comblée sur le plan professionnel. Alors, quand ce sera fini, je quitterai ce monde satisfaite.

Sa voix était devenue rauque et Bodenstein sentit sa gorge se serrer.

— Ne t'en va pas mourir après tout ce que j'ai enduré ici, plaisanta-t-il, même s'il n'y avait guère le cœur. Tu sais à quel point c'est pénible, une biopsie du foie ?

Cosima rit, puis redevint aussitôt sérieuse.

— J'apprécie beaucoup ce que tu fais, Oliver, répondit-elle, d'autant que je connais ton aversion pour les aiguilles et les piqûres.

*

Pia était ravie qu'Henning lui fournisse une excuse pour ne pas se rendre au bureau ce matin. Mis à part quelques blessures corporelles, un distributeur de billets explosé et deux incendies criminels, il n'y avait pas eu beaucoup d'activité à la K11 ces derniers temps, c'est pourquoi Nicole Engel, la directrice de la BRI, avait imposé aux collaborateurs de tous les commissariats des formations continues aux intitulés aussi encombrants que *Compétences d'action individuelles – sûr de soi et proche des citoyens*, *Analyse des formes de la criminalité, de la tactique à la formation stratégique* ou *Compétences méthodiques – agir en fonction de la situation et du groupe cible*. La participation était facultative, avait précisé un mail circulaire, mais comme seules trois personnes s'étaient inscrites, un autre mail était arrivé de la direction, dans lequel l'adjectif "facultatif" avait été remplacé par "obligatoire" en caractères gras.

Il était précisé que seule une raison professionnelle urgente dispensait de l'obligation de formation continue. En ce sens, Pia n'était pas mécontente d'avoir des recherches à faire sur le lieu où se trouvait une amie de l'agent de son ex-mari.

Elle s'engagea dans la Parkstrasse, au-dessus de l'ancien parc thermal, qui débouchait sur la Burgbergstrasse, et chercha le numéro de la maison qu'Henning lui avait indiqué. La maison se trouvait un peu en retrait, derrière des buissons de rosiers, ombragée par quelques conifères imposants aux troncs noueux brun-roux. Une femme blonde était assise sur le muret qui bordait la propriété du côté de la rue et téléphonait. Pia s'arrêta derrière une Smart blanche immatriculée à Francfort, attrapa son sac à dos, accrocha la laisse à l'anneau du harnais de Beck's et descendit. La femme mit fin à sa conversation téléphonique, se releva et enleva ses lunettes de soleil. La vue du chien fit naître sur son visage un sourire qui disparut pourtant rapidement.

— Bonjour, madame Hauschild, dit Pia à l'agent d'Henning.

— Bonjour, madame Kirchhoff, répondit la femme.

— Sander. Ex-Kirchhoff, corrigea Pia en souriant.

— Oh, bien sûr. Excusez-moi. Merci d'être venue si vite.

De près, Maria Hauschild ne paraissait plus tout à fait aussi jeune que de loin, mais elle restait une femme séduisante, et Pia se demanda brièvement si Henning couchait avec elle.

— Pas de problème. J'étais dans le coin de toute façon.

L'agent portait une chemise blanche en lin, un jean trois quarts et des baskets vert fluo. Elle avait des cheveux non pas blonds mais gris argenté coupés au carré, et sans ses petites rides autour des yeux et au-dessus de sa lèvre supérieure, on lui aurait facilement donné la quarantaine passée.

— Il est beau, votre chien, dit-elle. Comment s'appelle-t-il ?

— Beck's, répondit Pia. Comme la bière.

À l'évocation de son nom, Beck's pencha la tête et remua la queue.

Après la dispute avec Christoph et la rencontre désagréable avec la blonde et ses braques de Weimar, Pia n'était pas d'humeur à faire des politesses et alla droit au but.

— Henning m'a dit que vous vous inquiétiez pour une amie.

— En effet. Cela fait plusieurs jours que j'essaie de joindre mon amie Heike, mais elle ne répond pas au téléphone ni à aucun mail ou message.

Visiblement, l'agent était vraiment inquiète.

— Nous sommes amies depuis quarante ans et durant toutes ces années cela n'est jamais arrivé, pas une seule fois. Elle a perdu son travail il y a quelque temps et je crains que… hum… qu'il lui soit arrivé quelque chose.

— Qu'est-ce que vous voulez dire ? demanda Pia en fronçant les sourcils. Vous pensez qu'elle a pu se suicider ?

Maria Hauschild haussa les épaules, perplexe.

— Je ne sais pas. Mais c'est déjà très inhabituel de ne pas avoir de ses nouvelles. Et justement, avec ce qui s'est passé…

Pia détestait que les gens ne finissent pas leurs phrases dans l'espoir qu'on leur pose des questions. Mais tant qu'il n'était pas certain qu'il soit effectivement arrivé quelque chose à l'amie de l'agent, Pia ne s'intéressait pas aux éventuels dessous de l'histoire.

— Henning m'a dit que vous aviez découvert des taches de sang sur une porte, dit-elle.

— Oui, venez, je vais vous montrer.

Maria Hauschild ouvrit le portail, dont la peinture rouge s'écaillait, et entra dans la propriété. Pia jeta un coup d'œil par la petite fenêtre du garage. Une voiture de couleur sombre était garée dans le double garage.

— Sa voiture est là, dit l'agent. J'ai déjà regardé.

— Ne serait-il pas possible que votre amie soit simplement partie en voyage ? demanda Pia. Elle a peut-être pris le train ou l'avion pour rendre visite à de la famille ou à des amis. Les gens qui perdent leur emploi ont parfois besoin de changer d'air.

— Heike n'a pas de famille et peu d'amis, affirma Maria Hauschild. Et elle ne part jamais en voyage. Encore moins en train, car elle ne supporte pas de ne pas pouvoir fumer pendant des heures. Croyez-moi, je la connais depuis longtemps et très bien.

Pia la suivit en tenant Beck's en laisse, le long d'un chemin couvert de mousse et d'aiguilles de pin qui montait vers la maison. Le jardin n'était pas entretenu. Les arbustes et les fleurs s'étaient fanés sous la chaleur des dernières semaines et la pelouse n'avait pas été tondue depuis si longtemps qu'elle ressemblait à une prairie. La terrasse devant la maison donnait l'impression de ne pas avoir été utilisée depuis un certain temps non plus. Six chaises de jardin étaient basculées contre une table à côté de laquelle se trouvaient une balancelle décrépite, un parasol enroulé et un barbecue rouillé. Quant aux plantes desséchées dans des pots de fleurs de toutes tailles et de toutes formes, on ne pouvait plus rien pour elles. Une banne d'un rose délavé, avec un volant qui pendouillait lamentablement, avait peut-être été rouge fraise à l'origine. Le crépi de la maison était abîmé à de nombreux endroits et sur un côté le mur était recouvert de lierre jusqu'à la gouttière.

— Quand avez-vous parlé à votre amie pour la dernière fois ? s'enquit Pia.

La réponse de Maria Hauschild se perdit dans le bruit assourdissant d'une scie circulaire. Sur le terrain voisin, à droite, se dressait la gigantesque carcasse d'un de ces blocs de béton vitrés dans lesquels les gens aiment vivre aujourd'hui. Pour avoir promené son chien, Pia connaissait quelques-unes de ces nouvelles constructions et s'étonnait toujours de ce que l'on pouvait tirer des plans d'urbanisme avec, d'un côté, un architecte futé et, de l'autre, un service d'urbanisme flexible. Là où se trouvaient autrefois des petites maisons individuelles avec garage et jardin, sortaient maintenant de terre des bunkers de verre rectangulaires, souvent avec un garage souterrain pour plusieurs véhicules, qui utilisaient chaque millimètre du gabarit constructible, au grand désarroi des voisins qui se retrouvaient à leur insu à l'ombre d'une boîte de verre à deux étages.

Pia répéta sa question.

— La semaine dernière, concéda Maria Hauschild. Je sais que cela peut vous paraître étrange que je m'inquiète autant au bout de quelques jours. Mais Heike était invitée mardi soir à un talk-show en direct qui était très important pour elle. Elle a elle-même animé cette émission pendant de nombreuses années. Mais elle n'est pas venue et n'a même pas prévenu.

— Je vois.

Elles s'arrêtèrent devant une porte en bois blanc dont la peinture était fissurée et s'écaillait également.

— Cette porte mène à la cuisine. Heike l'utilise plus souvent que la porte d'entrée proprement dite, expliqua l'agent tout en lui montrant des taches sur la marche et une rayure sur le battant de la porte. Regardez ici, c'est du sang, non ?

Pia ordonna à Beck's de se coucher et d'attendre, puis elle s'accroupit et examina les taches brunâtres.

— Oui, c'est peut-être du sang, confirma-t-elle, mais n'imaginez pas tout de suite le pire. Votre amie pourrait s'être blessée en jardinant.

Ou avoir saigné du nez. Ou fait griller au barbecue un steak sanglant. Pia jeta un coup d'œil à travers l'un des carreaux de la porte et distingua des placards de cuisine et un réfrigérateur. Elle tira une paire de gants en latex de la poche latérale de son sac à dos et les enfila. Puis elle frappa à la porte.

— J'ai déjà essayé, dit Mme Hauschild.

— Comment allons-nous entrer dans la maison ? demanda Pia. Je suppose que vous n'avez pas de clé.

— Euh, je... je pensais que la police pouvait ouvrir les portes en cas d'urgence, dit Maria Hauschild, hésitante.

— C'est vrai. Mais là, il n'y a pas de danger imminent, ni d'urgence. Votre amie est majeure et peut séjourner où elle veut, même sans prévenir personne. Si je faisais forcer la porte, ce serait une violation de domicile.

— Je suis vraiment inquiète, insista Maria Hauschild. Et si elle était blessée dans la maison ? La maison d'édition Winterscheid a toujours été la famille d'Heike. Depuis plus de trente ans. Elle vit pour son travail et pour ses auteurs. Et maintenant, elle n'a plus rien.

— Winterscheid ? N'est-ce pas la maison d'édition qui publie aussi Henning ?

— Oui, c'est ça.

— Quelqu'un d'autre a-t-il la clé de la maison ? demanda Pia. Un voisin peut-être ?

— Je ne sais pas.

Maria Hauschild fronça les sourcils, eut soudain l'air très déterminée. Elle retroussa la manche droite de son chemisier.

Avant que Pia puisse l'en empêcher, l'agent donna un coup de coude dans un carreau de la porte.

— Qu'est-ce que vous faites ? s'exclame Pia, stupéfaite. C'est une intrusion !

— Je paierai pour les dégâts.

Maria Hauschild passa la main par le trou, tourna la clé de l'intérieur et ouvrit la porte.

— Mais maintenant que la porte est ouverte, on peut aller voir dans la maison si elle est là, quelque part, ou pas ? Heike ?

Elle s'apprêtait à entrer dans la maison.

— Stop ! s'écria Pia. Vous restez ici. Je vais voir seule à l'intérieur, au cas où…

— Oh, bien sûr, murmura Maria Hauschild.

Elle avait l'air bouleversée. Il y a des gens qui se suicident pour des raisons bien plus futiles que la perte de leur emploi, et si l'amie de Mme Hauschild avait effectivement attenté à ses jours et que son corps était resté dans la maison pendant plusieurs jours par la chaleur qui régnait en ce moment, ce ne serait pas un spectacle réjouissant. Les éclats de verre crissaient sous les semelles de Pia lorsqu'elle entra dans la cuisine. Elle renifla. Hormis l'odeur de la fumée de cigarette froide, elle ne sentait rien, en tout cas pas d'odeur typique de cadavre, de fromage et d'ammoniaque. Les vitres ternies par la nicotine et la saleté plongeaient la pièce dans une pénombre diffuse. Le réfrigérateur bourdonnait bruyamment. Pia balaya la grande cuisine du regard. Il y avait des casseroles et des poêles sur la cuisinière. Elle souleva les couvercles et vit des restes de nourriture desséchée. La cafetière en verre de la machine à café était à moitié pleine, le café en poudre dans le filtre en papier moisissait déjà. La table de cuisine en bois massif lui servait apparemment de bureau. Autour d'un ordinateur portable fermé s'empilaient des papiers, des livres, du courrier ouvert et non ouvert. À côté d'un cendrier débordant et d'une tasse à café en porcelaine dans laquelle flottait de la moisissure, il y avait un paquet de cigarettes et un briquet. Pia jeta un coup d'œil dans le réfrigérateur. Des bouteilles de vin. Du beurre. De la charcuterie. Du fromage. Un paquet de six œufs. Des tas de salades toutes prêtes. Plusieurs boîtes de rangement remplies. Elle entra dans le couloir qui menait de la cuisine à la porte d'entrée et jeta un coup d'œil dans les pièces adjacentes. Des livres, des magazines et des journaux s'entassaient sur chaque espace libre. La pièce à côté de la cuisine semblait servir de chambre à la propriétaire disparue. Le lit n'était pas fait. Des vêtements étaient suspendus sur un valet de nuit.

Sur la table de nuit, il y avait des boîtes de médicaments et des livres, sur le sol près du lit, un autre cendrier plein et un verre avec un reste de vin rouge. Sur l'oreiller froissé, se trouvait un livre ouvert et retourné comme si sa lectrice l'avait posé juste un instant, et un sac à main sur une chaise. Pia l'ouvrit et découvrit, entre autres choses, un porte-monnaie usé qui contenait, outre un peu d'argent liquide, des cartes bancaires, une carte d'identité, une carte grise et le permis de conduire d'Heike Wersch.

Maria Hauschild semblait avoir raison. Quelque chose clochait. Personne ne laisse son sac avec tous ses papiers lorsqu'il part en voyage pour quelques jours. Au moment où elle sortait son portable pour appeler son collègue Christian Kröger, elle entendit les aboiements de Beck's. Pia s'avança dans le couloir. Un chat noir passa devant elle comme une flèche, suivi de près par son chien animé visiblement d'un irrépressible désir de meurtre. Avec les chats, à l'exception du sien, il ne se contrôlait plus. Pia essaya d'attraper la laisse qui traînait, mais trop tard. Le chat se précipita dans l'escalier qui menait à l'étage supérieur, le malinois sur ses talons.

— Merde ! jura Pia en suivant les deux animaux. Beck's ! Ici !

Beck's se mit à aboyer sur un ton hystérique qui inquiéta Pia. Elle connaissait parfaitement les différentes voix de son chien et celle-ci ne présageait rien de bon. Avait-il trouvé le corps d'Heike Wersch ? À bout de souffle, Pia gravit les dernières marches et s'arrêta, médusée. Dans la pénombre du couloir, un vieil homme en pyjama rayé était assis contre le mur. Beck's lui aboyait dessus, comme il l'avait appris lors de sa formation de maître-chien.

— Stop ! C'est bon !

Pia attrapa Beck's par son collier et le tira en arrière. Le chien cessa d'aboyer et remua la queue.

— Veuillez m'excuser si mon chien vous a fait peur.

Pia s'accroupit.

— Je m'appelle Pia Sander, de la brigade criminelle d'Hofheim.

L'homme la dévisagea. Il était pieds nus et mal rasé, ses cheveux blancs ébouriffés.

— S'il vous plaît, murmura-t-il d'une voix tremblante. S'il vous plaît, aidez-moi.

Lorsqu'il bougea sa jambe, Pia entendit un cliquetis et c'est alors qu'elle remarqua la chaîne attachée à sa cheville droite.

*

Prochain arrêt : commissariat central, annonça le haut-parleur. Julia Bremora rangea dans son sac sa tablette sur laquelle elle avait encore une fois passé en revue ses notes, et se leva. Il était dix heures moins vingt et, bien qu'elle se soit couchée tard la veille, elle n'avait pas eu besoin de réveil ce matin. La fête dans le restaurant italien du Westend avait été un grand succès, notamment parce que *son* auteur avait été la star de la soirée. En fait, elle s'était attendue à ce que la clique des vieux éditeurs de Winterscheid y trouvent à redire parce que c'était un *auteur de polars* qui était l'invité d'honneur de la réunion des représentants de cette année et non pas l'un des éminents écrivains bardés de prix, mais depuis qu'Heike Wersch, cette vieille sorcière qui n'avait fait que semer le trouble, avait été licenciée quatre semaines auparavant, l'ambiance s'était nettement améliorée au sein de la maison d'édition. La veille, grâce à un discours plein d'humour ponctué d'anecdotes tirées de son quotidien de médecin légiste, et une courte lecture d'extraits de son nouveau polar, Henning Kirchhoff avait réussi à arracher quelques sourires, même crispés, à la faction anti-Carl Winterscheid. À la fin, ils avaient applaudi, comme il se doit, même Alexander Roth, le directeur du programme littéraire, avec sa tignasse à la Beethoven et ses lunettes rondes en écaille qui étaient à la mode il y a trente ans. Julia n'était pas peu fière lorsqu'après son discours, l'éditeur l'avait chaleureusement félicitée devant tous ses collègues et les représentants. Carl Winterscheid avait vanté son excellent sens du texte, pour le fond comme pour la forme, sa connaissance des tendances actuelles du marché du livre et ce n'était probablement pas seulement ses paroles, mais le regard qu'il lui avait lancé qui l'avait troublée. Ses collègues s'étaient contentés de sourire jaune, évidemment, mais leur jalousie laissait Julia totalement indifférente. Aucun d'entre eux n'avait réussi à découvrir un nouvel auteur qui soit devenu, dès son premier livre, l'auteur de polars le plus vendu de l'année, laissant loin derrière lui tous les pressentis habituels. Et le deuxième roman de Kirchhoff, *Amis dans le crime*, avec un tirage initial de cent cinquante mille exemplaires en un peu plus de trois semaines, allait très probablement éclipser son prédécesseur et se hisser en haut de la liste des best-sellers. Bien sûr, Henning Kirchhoff ne remporterait jamais le prix Nobel de littérature comme un Günther Gantenberg ou un Alfried Kempermann, ni le prix Josef Büchner ou une autre distinction littéraire. Il n'était pas le favori des critiques littéraires comme Marina Bergmann-Ickes, Robert Sachtleben, Severin Velten, Gesa Richter ou Fabian Maria Noll, mais ses romans policiers touchaient un large public. *Une femme impopulaire* avait été le succès inattendu de l'année précédente, le livre avait pris d'assaut les listes de best-sellers du *Spiegel* et d'Amazon, et généré des ventes dont ne pouvaient que rêver les auteurs littéraires prétentieux et leurs éditeurs. Depuis que Carl Winterscheid avait repris la direction de la célèbre maison d'édition un an et demi plus tôt et l'avait sauvée d'une faillite imminente grâce à une réorientation stratégique, les bons chiffres de ventes et les succès commerciaux n'étaient plus contestables.

Le train s'arrêta. Les portes s'ouvrirent avec un bruit de soupir pneumatique et des masses de gens sortirent du wagon et se précipitèrent sur le quai, surtout des hommes en costume qui allaient disparaître pour le reste de la journée dans des banques, des bureaux et des cabinets d'avocats. Julia se hâta dans l'escalier, traversa la Biebergasse et bifurqua dans la Schillerstrasse. Aujourd'hui, au deuxième jour de la réunion des représentants, elle pouvait présenter quatre nouveaux titres pour le programme de printemps. Elle attendait cela depuis des semaines ! Julia sourit en apercevant la maison d'édition, un monumental bâtiment néoclassique avec une façade inhabituelle, légèrement concave, des colonnes colossales et plusieurs putti en pierre qui s'ébattaient par groupes de deux sur le portique. Le bâtiment était l'un des rares édifices du centre-ville à avoir survécu aux terribles bombardements de la Seconde Guerre mondiale. Chaque matin, lorsque Julia franchissait la porte d'entrée dans le hall et voyait les portraits encadrés des auteurs célèbres sur les murs et dans la cage d'escalier, elle ressentait joie et fierté. D'ailleurs, elle adorait son métier. C'était passionnant de découvrir de nouveaux projets de livres et de se battre pour eux au comité de lecture hebdomadaire. Elle aimait peaufiner les intrigues avec les auteurs, téléphoner aux agents nationaux et internationaux, rédiger les textes des couvertures et collationner les épreuves avant de les envoyer définitivement à l'impression. De plus, la Foire du livre de Francfort, l'événement le plus important du monde du livre international, commençait dans trois semaines et elle, Julia Bremora, serait cette fois-ci au cœur de l'événement, non plus seulement en tant qu'insignifiante éditrice de livres jeunesse, oh non ! elle s'était fait un nom dans la profession en découvrant la nouvelle étoile filante du polar allemand ! Son agenda avec les rendez-vous du salon était rempli. Toutes les trente minutes, elle allait rencontrer des agents anglais, français, italiens et américains à l'Agents Center pour négocier des droits, et le soir, elle irait aux soirées organisées par les éditeurs, rencontrerait ses collègues, échangerait les derniers ragots et savourerait l'agitation ambiante. Au moment où elle entrait dans le foyer, son portable sonna. C'était Henning Kirchhoff.

— Bonjour ! lui lança-t-elle joyeusement.

— Bonjour, madame Bremora, répondit Kirchhoff, plus formel. J'espère que je ne vous ai pas réveillée.

— Oh non, je suis déjà à la maison d'édition, répondit Julia en entrant dans l'ascenseur de verre et appuyant sur le bouton du troisième. C'était super, la soirée hier, n'est-ce pas ? Tout le monde était absolument enthousiaste !

L'ascenseur se mit en mouvement.

— Oui, c'était formidable.

Kirchhoff n'était apparemment pas d'humeur à bavarder. Il s'éclaircit la voix.

— Madame Bremora, nous devons encore modifier quelque chose dans le manuscrit.

— Oh ! fit Julia. Cela risque d'être difficile. J'ai validé les épreuves la semaine dernière et la fabricante a envoyé le manuscrit à l'imprimerie.

— Je ne vous le demanderais pas si ce n'était pas vraiment important, insista Kirchhoff. J'ai promis fermement à mon ex-femme de changer la dédicace. Ce sera simplement "Pour Pia".

Juste la dédicace, heureusement rien sur le contenu ! Julia poussa un soupir de soulagement. Mais pourquoi n'y avait-il pas pensé plus tôt ? Il avait pourtant eu le temps d'y réfléchir !

— Je vais voir si c'est encore possible.

L'ascenseur s'arrêta. Julia se précipita dans le couloir jusqu'à son minuscule bureau. En fait, elle n'avait pas le temps de s'occuper de cela maintenant, mais Henning Kirchhoff était son auteur le plus important, elle ne voulait et ne devait pas le contrarier.

— Avez-vous entendu parler de l'éditrice qui a été licenciée récemment ? demanda Kirchhoff.

— Heike Wersch ? Moi ? s'étonna Julia. Non, pourquoi me demandez-vous ça ?

— Mon agent, Maria Hauschild, n'arrive pas à la joindre depuis quelques jours. Elle est allée voir chez elle parce qu'elle s'inquiète, répondit-il. Par égard pour elle, j'ai prié mon ex-femme d'aller aussi y jeter un coup d'œil et elle a posé comme condition que je change la dédicace.

Julia fut prise d'une sueur froide. L'ex-femme de Kirchhoff était le modèle réel d'un de ses personnages principaux, elle le savait, et tout comme le personnage fictif d'Ina Grevenkamp, Pia Sander était commissaire de police judiciaire de la K11 de la BRI d'Hofheim, responsable des délits violents comme les meurtres et les homicides. Que signifiait donc le fait que la brigade criminelle s'intéresse à la maison d'Heike Wersch ?

— Ah…

Julia laissa négligemment tomber son sac sur le sol et s'assit à son bureau. Elle remarqua avec effroi que ses mains aussi tremblaient.

— Avez-vous… avez-vous déjà parlé à votre ex-femme ?

— Non, mais Maria vient de m'écrire, rétorqua Kirchhoff, sans se douter de ce que ses mots provoquaient en elle. Apparemment, il y a quelque chose qui cloche là-bas. Ils attendent la police scientifique.

— Oh !

Grâce à sa collaboration avec Kirchhoff, Julia connaissait désormais assez bien la procédure qui se mettait en place lorsqu'on trouvait un corps quelque part. Et lorsque la police judiciaire faisait appel à la scientifique, ce n'était pas sans raison. Il devait donc s'être passé quelque chose, quelque chose de grave. Quelque chose dont elle était peut-être responsable. Une ombre venait de s'abattre sur la journée qu'elle avait attendue avec tant d'impatience.

— … Ce serait vraiment super si vous pouviez encore arranger ça, madame Bremora, entendit-elle Henning Kirchhoff dire comme de très loin.

— Oui, oui, bien sûr, balbutia-t-elle. Je… j'envoie tout de suite un mail à l'imprimeur.

Elle aurait voulu lui demander de la tenir au courant, mais elle ne pouvait évidemment pas le faire sans éveiller ses soupçons. Il était son auteur et tout à fait bien disposé à son égard, mais en même temps, il était aussi l'ex-mari de la commissaire qui avait jugé nécessaire d'appeler la police scientifique au domicile d'Heike Wersch. Julia raccrocha et fixa l'écran noir de son ordinateur. Heike Wersch était une personne désagréable, prétentieuse, directe et blessante, et Julia ne l'appréciait pas, elle l'avait même carrément détestée parfois. Elles s'étaient violemment disputées, à diverses reprises, lors du point hebdomadaire du comité de lecture ou d'autres réunions. Julia la respectait cependant, car elle avait été une icône de la littérature contemporaine germanophone et le mentor des éditions

Winterscheid pendant plus de vingt ans. Mais ensuite, elle avait été licenciée sans préavis et il lui était peut-être arrivé quelque chose. Julia se mordit les lèvres en luttant contre le sentiment de culpabilité qui l'envahissait. Pourquoi n'avait-elle pas gardé pour elle ce qu'elle avait entendu par hasard ?

*

Pia avait demandé à Maria Hauschild de monter. Maintenant, l'agent restait là, stupéfaite et les larmes aux yeux, les mains devant la bouche, jusqu'à ce que Pia lui demande d'appeler les secours. Sur un buffet près de l'escalier, elle avait trouvé la clé du cadenas et libéré le vieil homme. Il avait apprécié le verre d'eau du robinet qu'elle lui avait apporté et avait demandé des nouvelles d'Heike et d'une certaine Gisela. En découvrant toutes les notices collées un peu partout "Armoire", "Mettre des pantoufles !", "Robinet – froid à gauche, chaud à droite", "Tirer la chasse d'eau !" ou "Ne pas oublier de boire !" et "Éteindre la lumière", Pia révisa sa première hypothèse, à savoir qu'Heike Wersch avait retenu le vieil homme, qui devait être son père, contre sa volonté. La chaîne était si longue qu'il pouvait se déplacer librement dans tout l'étage, mais pas descendre l'escalier, et c'est probablement pour savoir son père en sécurité lorsqu'elle devait quitter la maison qu'Heike Wersch avait imaginé cette méthode certes pratique, mais très discutable sur le plan éthique. Sur une table dans le couloir se trouvaient plusieurs bouteilles d'eau vides et un téléphone pour senior avec de grandes touches numériques, à côté duquel était collé un papier avec trois numéros de téléphone. Tout en haut, il y avait un numéro de portable de "Heike", juste en dessous celui d'un Dr Sniehotta (médecin de famille), suivi du numéro de téléphone fixe de Klaus et Gerda Wiedebusch (voisins).

— Rappelez-moi, qui êtes-vous ? demanda pour la deuxième fois M. Wersch à Maria Hauschild.

Il était assis sur une chaise et grattait la tête de Beck's.

— Je suis Mia, l'amie d'Heike, la fille de maître Molitor, le notaire, lui expliqua l'agent, à son tour pour la deuxième fois.

Nous étions ensemble à Kelkheim au lycée et à l'université. Je venais souvent ici autrefois.

— La fille de Molitor ? Non, ce n'est pas possible !

Le vieil homme l'examina de la tête aux pieds, sceptique.

— Mia est une gamine, mais vous… vous êtes une vieille peau !

Pia se retint de sourire et photographia avec son portable le papier près du téléphone. Elle composa le numéro d'Heike. *"Le numéro de votre correspondant n'est pas disponible actuellement. Veuillez le rappeler ultérieurement"*, annonça un message vocal. Pia appela ensuite le médecin de famille. Sa boîte vocale se déclencha et Pia laissa un message lui demandant de rappeler. Puis elle appela Christian Kröger, le chef du service d'identification de la BRI d'Hofheim, puis son collègue Cem Altunay. Elle avait besoin d'eux ici pour analyser les traces de sang.

L'urgentiste et l'ambulance arrivèrent. Maria Hauschild descendit pour montrer le chemin au médecin et aux ambulanciers. Lorsque Pia sut que le vieux monsieur était entre les mains du médecin, elle descendit elle aussi pour que Maria Hauschild lui en dise plus long sur son amie disparue. L'agent d'Henning était effondrée sur une des chaises rouillées de la terrasse, livide et visiblement affectée.

— Heike n'a jamais dit un mot sur le fait qu'elle s'occupait de son père, dit-elle d'une voix sourde.

Puis elle se redressa et se releva.

— Qu'est-ce que c'est qu'une amitié où on cache une chose pareille ?

Pia s'était également déjà posé la question.

— Venez, on va attendre à l'extérieur de la propriété, dit-elle, j'ai appelé la police scientifique.

— Alors vous pensez qu'il est arrivé quelque chose à Heike ? demanda Maria Hauschild, inquiète, en suivant Pia dans l'escalier.

— Du moins, je n'exclus pas cette possibilité, répondit Pia.

Elle fit sauter Beck's devant le siège passager de sa Mini, dont le toit était entrouvert pour que le chien n'ait pas trop chaud. Puis elle rédigea un message à son collègue Kai Ostermann, lui demandant de chercher dans les bases de données si l'on avait retrouvé récemment le corps d'une inconnue.

— Alors, que pouvez-vous me dire sur votre amie ?

Pia voulut d'abord utiliser l'un des piliers du mur comme écritoire, puis son regard se posa sur la poubelle à déchets résiduels qui se trouvait sur le trottoir devant le double garage. Elle la poussa du genou contre le mur, posa son sac à dos sur le couvercle et sortit son bloc-notes et un stylo à bille.

— Vous écrivez avec un stylo dans un carnet ?

L'agent haussa les sourcils de surprise.

— Je suis vieux jeu, rétorqua Pia.

— Très sympathique.

Maria Hauschild avait repris ses esprits. Un sourire passa sur son visage pâle.

— Pourquoi votre amie a-t-elle perdu son emploi ? demanda Pia.

— Heike a eu des problèmes avec le nouvel éditeur. Pendant plus de deux décennies, elle a été directrice éditoriale de la maison d'édition, mais il y a un an et demi, tout a changé. Heike n'est pas facile. Avec son style direct, elle peut facilement offenser les gens. Elle est impulsive et peu conciliante, et peut parfois se montrer assez blessante. Elle se disputait régulièrement avec son patron et il y a quatre semaines il l'a licenciée. Sans préavis ! Après trente ans de travail dans l'édition ! Elle est alors allée aux prud'hommes et a de bonnes chances de gagner, il y avait un vice de forme dans son licenciement, parce qu'Heike était déléguée du personnel.

— Mais pour un licenciement sans préavis, il doit y avoir eu une raison valable, fit remarquer Pia.

— Je pense que la direction avait appris qu'Heike voulait créer sa propre maison d'édition et débaucher des auteurs et des collègues chez Winterscheid.

Cela ressemblait en effet à un motif de licenciement.

— Qui est au courant de ce plan ? demanda Pia.

— Moi, dit Maria Hauschild, pensive. En plus de ses collègues de longue date au comité de lecture et Alexander Roth, le directeur éditorial. L'ancien éditeur Henri Winterscheid et sa femme. Probablement aussi la femme d'Alexander, Paula

Domski, avec laquelle Heike a autrefois animé l'émission *Paula lit*. Et bien sûr, tous les auteurs qu'elle aimerait emmener avec elle, ainsi que leurs agents. Je crains que le cercle soit assez important.

— Avec qui – à part vous – Heike Wersch est-elle amie ou proche professionnellement ? demanda Pia.

— Elle n'a pas beaucoup d'amis. Mais Alexander Roth, son successeur à la direction éditoriale, est un ami, répondit Maria Hauschild. Et Josefin Lintner. Son mari et elle possèdent la librairie du centre Main-Taunus. Heike, Alexander, Josi et moi sommes amis depuis nos années de lycée. Nous avons aussi fait nos études ensemble.

Pia se fit une autre note.

— Josef Moosbrugger, un autre agent de Francfort, un collègue, je le considère tout à fait comme un de ses amis. Avec lui, Heike organise depuis des années, pour des écrivains amateurs ambitieux, des séminaires qui ont lieu dans la maison de Moosbrugger en Toscane, près de Sienne. Remarquez…

— Remarquez quoi ?

— Ah rien.

Maria Hauschild se frotta l'arête du nez avec le pouce et l'index. Sous son bronzage, sa pâleur était revenue, des gouttes de sueur perlaient sur son front. Elle avait soudain l'air agitée et confuse.

— Vous ne vous sentez pas bien, madame Hauschild ?

Pia leva les yeux après avoir noté tous les noms.

— Si, si, répondit-elle.

Elle sortit une bouteille d'eau de son sac, la dévissa et en but quelques gorgées.

— Je n'arrive pas à me remettre de ça, qu'Heike n'ait dit à personne qu'elle s'occupait de son père. Nous sommes pourtant amies, depuis toujours !

Pia ne réagit pas à cette remarque. Elle entendait régulièrement ce genre de phrase, comme si *"Nous sommes les meilleures amies"* était une sorte de garantie de confiance et de franchise ! Souvent, ce sont justement les soi-disant amis qui vous blessent le plus, et il n'est pas rare que, suite à des attentes déçues, on se retrouve dans un compartiment réfrigéré au sous-sol de l'institut médicolégal.

— Heike Wersch a-t-elle des ennemis ? demanda-t-elle.

Avant que Maria Hauschild puisse répondre à sa question, Kai Ostermann appela. Selon la base de données du FPR*, on n'avait retrouvé aucun corps de femme inconnue ces trois derniers jours dans toute l'Allemagne.

— D'accord, merci, Kai, dit Pia brièvement car elle avait un nouvel appel.

C'était le médecin de famille de M. Wersch. Le Dr Sniehotta confirma qu'il était le médecin de Gernot Wersch depuis déjà un certain temps. Pia décrivit brièvement la situation au médecin et lui demanda s'il y avait des proches qu'elle pouvait informer.

— Autant que je sache, il n'a personne d'autre que sa fille, répondit le médecin. Sa femme est décédée il y a de nombreuses années, son fils quand il était enfant. La maladie d'Alzheimer a été diagnostiquée chez M. Wersch il y a une dizaine d'années, mais sa fille ne voulait pas le placer dans une maison de retraite. Elle s'occupe vraiment très bien de lui. Lorsqu'elle doit partir en voyage pour son travail, elle l'emmène toujours au service de soins de courte durée de la maison de retraite et de soins de Sainte-Élisabeth à Bad Soden.

Le médecin savait-il qu'Heike Wersch enchaînait son père lorsqu'elle quittait la maison ?

— Je connais la directrice de Sainte-Élisabeth, poursuivit le Dr Sniehotta. Si vous le souhaitez, je peux me renseigner auprès d'elle pour savoir si une place est disponible pour M. Wersch. Au cas où il serait effectivement arrivé quelque chose à sa fille.

— Oui, ce serait très aimable de votre part.

Pia le remercia pour les renseignements et mit fin à l'entretien. Le médecin urgentiste descendit l'escalier et ouvrit la porte aux ambulanciers qui le suivirent avec le vieux Wersch sur un brancard. Un couple de personnes âgées, l'homme appuyé

* FPR : fichier des personnes recherchées. *(Toutes les notes sont de la traductrice.)*

sur un déambulateur, observait la scène avec intérêt depuis l'autre côté de la rue.

— Comment va-t-il ? s'enquit Pia auprès du médecin urgentiste qu'elle connaissait pour l'avoir déjà vu en d'autres occasions similaires.

— Il est déshydraté, en hypoglycémie et désorienté, mais son état est à peu près stable, répondit le médecin. Nous l'emmenons à l'hôpital pour le moment. Y a-t-il des proches que nous pouvons contacter ?

— Je viens de téléphoner à son médecin de famille, répondit Pia. Il ne sait rien sur les proches.

Elle tendit sa carte de visite à l'urgentiste.

— Que les médecins me tiennent au courant, s'il vous plaît, jusqu'à ce que je sache qui s'en charge.

On ferma les portes de l'ambulance qui démarra peu après. L'urgentiste monta également dans sa voiture et partit. Pia se tourna à nouveau vers Maria Hauschild.

— Avez-vous encore besoin de moi ici ? demanda l'agent, incertaine.

— Non, pas pour le moment, répondit Pia. Merci pour les renseignements. Si j'ai besoin de plus d'informations, je reviendrai vers vous.

— Entendu.

Maria Hauschild hésita :

— Je… ah non.

— Quoi donc ?

— Je suppose que vous n'avez pas l'habitude de tenir au courant les gens qui ne sont pas de la famille proche, n'est-ce pas ?

— En effet, confirma Pia. Mais si j'apprends quelque chose sur le lieu où se trouve Heike Wersch, je vous en informerai.

— Merci beaucoup, dit l'agent, visiblement soulagée. C'est très aimable de votre part. J'espère vraiment qu'il n'est rien arrivé de grave à Heike.

Elle prit congé et Pia la regarda traverser la rue et monter dans sa Smart blanche.

— Veuillez m'excuser, dit poliment à Pia le vieil homme au déambulateur. Je m'appelle Klaus Wiedebusch et voici ma femme Gerda. Nous sommes les voisins directs de Gernot

Wersch et nous sommes un peu inquiets pour lui. Pourrions-nous savoir ce qu'il a et qui vous êtes ? Où est Heike ?

— Je suis Pia Sander de la brigade criminelle d'Hofheim, se présenta Pia. Une amie d'Heike Wersch nous a alertés parce qu'elle n'avait pas de ses nouvelles depuis quelques jours.

Les voisins directs étaient généralement une bonne source d'information. Comme presque tous les gens qui n'ont pas régulièrement affaire à la police judiciaire, le couple Wiedebusch se montra soudain impressionné.

— Quand avez-vous vu Heike pour la dernière fois ? demanda Pia aimablement.

Ils se regardèrent.

— Je ne me souviens pas exactement, répondit Mme Wiedebusch, hésitante. C'était peut-être samedi. Oui, c'était un samedi. Gernot était assis sur la terrasse, nous avons bavardé un peu par-dessus la clôture, puis Heike nous a rejoints.

— M. Wersch souffre de la maladie d'Alzheimer, n'est-ce pas ? demanda Pia.

— En effet, confirma Mme Wiedebusch. Parfois, il a de bons jours, il me reconnaît et nous parlons un peu du temps ou du jardin. Heike s'occupe merveilleusement bien de lui. Sans elle, il serait déjà dans un établissement.

— J'ai vu Heike lundi après-midi. Elle a reçu la visite d'un homme. Mais il n'est pas resté très longtemps, se souvint le voisin. J'étais dans le jardin et je taillais les mauves des bois fanés. Un orage était annoncé pour le soir et je voulais que ce soit fait avant.

Il tapa en riant du plat de la main sur son déambulateur et ajouta :

— Je n'en ai besoin que pour les longs trajets. Chez moi, je me débrouille bien sans lui, même si c'est au ralenti.

— Comment était cet homme ? demanda Pia.

— Hum. Il avait des cheveux gris frisés, jusqu'aux épaules et des lunettes. Le genre artiste. Plus tout jeune, répondit le voisin et Pia, qui avait à nouveau sorti son carnet, prit des notes.

— Nous connaissons Heike depuis qu'elle est petite, dit Mme Wiedebusch. Autrefois, quand sa mère était encore en vie, elle prenait des cours de piano avec moi.

— Que s'est-il passé avec la mère ?

— Ah, un véritable drame.

La crainte qu'inspirait la police judiciaire s'estompa et les voisins devinrent loquaces.

— Daniel, le petit frère d'Heike s'est fait écraser par un bus sur le chemin de l'école, juste devant la mairie. Il n'avait que sept ans. Gisela ne s'en est pas remise. Elle a commencé à boire et est morte quelques années plus tard, c'était vers 1980. Gernot a vécu seul dans la maison pendant un certain temps. Quand il est tombé malade, Heike est revenue s'installer avec lui.

— Cela veut dire qu'elle n'a jamais été mariée ? demanda Pia en levant les yeux de ses notes. Elle n'a pas d'enfants ? Des cousins ou des cousines ?

Les Wiedebusch échangèrent à nouveau un regard, puis secouèrent la tête.

— Nous disons toujours : Heike, elle n'a pas besoin de mari. Elle est mariée avec son travail. C'est une pointure dans le monde des livres, dit M. Wiedebusch.

— Quand Gernot n'allait pas encore si mal, nous allions souvent le voir quand Heike devait s'absenter ou travailler tard. En guise de remerciement, elle nous offrait toujours des livres, souvent avec des dédicaces personnelles des écrivains, ajouta Mme Wiedebusch toute fière. Jusqu'à ce qu'Heike arrête, le dimanche, nous regardions toujours l'émission littéraire *Paula lit*, dans laquelle elle discutait des nouveaux livres avec d'autres experts. Heike peut être si délicieusement sarcastique. Sans elle, l'émission est devenue insipide.

M. Wiedebusch sembla soudain se rappeler à qui ils parlaient.

— Est-ce qu'il est arrivé quelque chose à Heike ? demanda-t-il, inquiet. Pour Gernot, ce serait une catastrophe.

— Je ne sais pas, répondit franchement Pia. Mais je ne peux pas l'exclure. J'ai trouvé M. Wersch dans la maison, il était confus et déshydraté, c'est pourquoi on l'a emmené à l'hôpital pour le moment.

— C'est inhabituel que la poubelle d'Heike soit encore dehors, déclara M. Wiedebusch en montrant la poubelle que Pia avait utilisée comme table et sa femme confirma en hochant la tête.

— D'accord. Appelez-moi si vous vous souvenez de quelque chose que vous avez observé au cours des trois derniers jours, mais qui ne vous a pas semblé important sur le coup.

Pia distribua sa carte de visite pour la troisième fois ce matin-là.

— Entendu, dirent les Wiedebusch. Espérons qu'il n'est rien arrivé à Heike et qu'elle va réapparaître saine et sauve.

— Je l'espère aussi, assura Pia, mais son instinct lui disait que ce ne serait pas le cas.

Heike Wersch semblait être une femme certes difficile, mais néanmoins très responsable, qui s'occupait consciencieusement et avec amour de son vieux père. Quelqu'un comme elle ne serait pas parti ou, pire, n'aurait pas mis fin à ses jours sans s'assurer de son avenir.

*

Depuis son incroyable métamorphose quatre jours plus tôt, il n'avait quitté son bureau que pour se servir à boire ou pour aller aux toilettes. Il n'avait pas remonté les stores, pas rechargé son téléphone portable, n'avait ni mangé ni dormi, ignorant si c'était le jour ou la nuit, mais cela n'avait pas d'importance, car il s'était enfin remis à écrire. Cela faisait quatre jours qu'il était assis devant son ordinateur, ses doigts couraient sur le clavier et il écrivait comme un possédé. Pour la première fois depuis ses trente-sept ans de vie, il se sentait *vivant.* Comme un être humain. *Un homme.* Comme quelqu'un qui avait vraiment quelque chose à raconter, et non comme un imposteur qui ne faisait que décrire des choses dont il s'imaginait qu'on devait les ressentir. Il s'était toujours senti comme un observateur passif, comme quelqu'un qui se tenait craintivement derrière le rideau de la fenêtre, se contentant de regarder les autres jouer à ce jeu qu'on appelait "la vie". Et c'est exactement ce qu'avaient été ses romans : des descriptions maladroites de seconde main. Comme il avait peiné à trouver des formules et des mots, comme il avait tourné indéfiniment des phrases alambiquées, parfois longues de plusieurs pages, qui n'exprimaient jamais vraiment ce qu'il voulait dire ! Mais maintenant, les mots lui venaient spontanément, c'était extraordinaire ! Il se sentait pousser des ailes, soulagé et heureux, libéré du corset dans lequel il s'était laissé enfermer. Sa voix impérieuse s'était tue à jamais. Jamais plus elle ne lui interdirait d'utiliser des adjectifs ! Jamais plus elle ne disséquerait ses personnages jusqu'à ce qu'ils le dégoûtent et se réduisent à des figures sans vie !

Severin Velten avait lui-même du mal à croire à la transformation magistrale qui s'était opérée en lui ces derniers jours. Son ancien moi, ce moi éternellement hésitant et craintif, était bien monté dans sa voiture, était allé chez elle, était descendu devant sa maison et avait escaladé la clôture de son jardin, et c'est là qu'avait dû rester accroché son vieux moi, lâche et coupé du monde. Comme une peau de serpent devenue trop étroite, il s'était débarrassé de l'ancien Severin, et le nouveau Severin était allé chez elle et lui avait demandé des explications, sûr de lui et furieux. Son nouveau moi, qu'elle n'avait pas reconnu parce qu'il ressemblait encore extérieurement à l'ancien, peureux et chétif, ne s'était pas laissé intimider par elle. Il savait qu'on lui demanderait un jour des comptes pour ce qu'il avait fait, et il ne renierait rien, il assumerait fièrement les conséquences de ses actes, en homme.

Mais avant, il voulait, non, il *devait* terminer ce livre, raconter l'histoire qu'elle lui avait interdit d'écrire parce qu'elle la trouvait trop triviale pour un Severin Velten. Mais il aimait cette histoire, ces personnages. Il ressentait physiquement ce qu'ils ressentaient. Il souffrait, aimait et assassinait avec eux. Ils étaient durs, brutaux et impitoyablement réels, comme ce qu'il avait fait de ses mains, et il ne s'embrouillait plus dans des longues phrases de mots compliqués, à peine compréhensibles, qu'elle et les critiques aimaient tant, non, ses phrases étaient maintenant concises, précises, et n'offraient plus de prise à des interprétations sémantiques, elles disaient exactement ce qu'il voulait dire. Ce qu'il écrivait était authentique. C'était lui. Peut-être devait-il même lui être reconnaissant de l'avoir couvert de ridicule aux yeux de tous. Peut-être qu'un jour, on lui pardonnerait son erreur et on comprendrait ce qui l'avait poussé à voler les mots et les pensées d'un autre. Mais pour l'instant, il s'en fichait. Ce qui comptait, c'était qu'il puisse à nouveau écrire, et mieux que jamais.

*

Le bruit du chantier d'à côté avait cessé, le gros œuvre était à l'arrêt. Pour passer le temps jusqu'à l'arrivée de la police scientifique, Pia chercha sur Internet, sur son portable, des informations sur Heike Wersch. À sa grande surprise, des centaines de résultats apparurent en quelques secondes, certains datant de quelques jours seulement. Pia commença par lire les renseignements succincts de Wikipédia et apprit qu'elle était née en 1962 à Francfort-sur-le-Main, qu'elle avait passé son baccalauréat au lycée Friedrich-Schiller de Kelkheim et qu'elle avait ensuite étudié la théorie littéraire, germanistique et anglistique à Tübingen et à Francfort. Elle avait travaillé comme éditrice pour la maison Winterscheid, comme traductrice et critique littéraire et avait animé de 2004 à 2016, en collaboration avec la journaliste culturelle Paula Domski, l'émission littéraire mensuelle *Paula lit*. Pia tapota l'onglet "Images" sur la page du moteur de recherche et fit une capture d'écran d'une photo d'Heike Wersch, sur laquelle elle posait pour le photographe devant un mur de livres avec un sourire légèrement moqueur ; la crinière rousse bouclée, des lunettes à monture noire et une cigarette allumée entre les doigts semblaient être ses marques de fabrique. Curieuse, Pia parcourut quelques-uns des articles en lien avec des titres tels que "Des perles littéraires pour les salauds profiteurs", "Un enculeur de mouches en prime" et "Car il ne sait pas ce qu'il fait", et comprit qu'après son licenciement sans préavis, Heike Wersche ne s'était pas contentée d'aller aux prud'hommes, mais qu'elle avait également lancé une campagne de dénigrement contre l'éditeur Carl Winterscheid. Après une lecture rapide, il était évident que cette femme n'avait pas mâché ses mots et qu'elle s'était peut-être fait beaucoup d'ennemis.

En bas de la rue, trois combis Volkswagen bleu foncé de la police scientifique arrivèrent, suivis de deux voitures de patrouille et d'une voiture de service du parc automobile de la BRI, dont descendirent Cem Altunay, Tariq Omari et Kathrin Fachinger. Christian Kröger, chef de l'identité judiciaire, avait également fait le déplacement avec l'ensemble de son service. Pia rangea ses lunettes de lecture, son téléphone portable, et descendit l'escalier.

— Eh bien, le service au complet, dit-elle. Se pourrait-il que cela ait un rapport avec les séminaires de formation continue ?

— Oh là là, Pia, c'est d'un ennui mortel, tu ne peux pas t'imaginer ! gémit Tariq Omari, le plus jeune de l'équipe de la K11, en levant les yeux au ciel.

— L'animateur du séminaire a une centaine d'années et s'endort en parlant, confirma Kathrin Fachinger. Je ne sais pas où Engel a été chercher ce fossile !

— Nous espérons tous vraiment que tu as du boulot pour nous. N'importe quoi.

Cem Altunay revenait tout juste de quatre semaines de vacances en famille en Turquie et, avec son bronzage et sa coupe de cheveux courte parfaite, il ressemblait plus que jamais à un acteur hollywoodien jouant un flic de la police judiciaire.

— J'ai bien peur que oui.

Si elle avait d'abord pensé que Maria Hauschild en rajoutait avec son inquiétude, Pia prenait désormais l'affaire très au sérieux. Souvent, les raisons qui poussent quelqu'un à devenir un meurtrier semblent d'une banalité effrayante pour les personnes extérieures, mais Pia avait déjà vu et vécu tant de choses au cours de ses vingt années à la brigade criminelle qu'elle croyait désormais les gens capables de tout. Contrairement à ce que l'on voit dans les films ou les thrillers, il est extrêmement rare que les auteurs d'homicides n'aient aucun lien avec leurs victimes, dans quatre-vingt-dix-neuf pour cent des cas, la victime et l'auteur se connaissaient et il s'agissait très souvent d'un meurtre ou d'un homicide dans le cadre d'une relation.

— La femme qui habite ici, Heike Wersch, n'a plus donné signe de vie depuis lundi. Une amie, inquiète de ne pas pouvoir la joindre, a remarqué ce matin des traces de sang sur la porte de la cuisine et a alors appelé Henning, qui m'a à son tour demandé de venir ici.

— Pourquoi a-t-elle appelé le médecin légiste et pas la police ? s'enquit Tariq.

— Parce qu'elle le connaît bien, répondit Pia. Maria Hauschild, son amie, est l'agent d'Henning. J'ai d'abord supposé qu'Heike Wersch était peut-être partie en voyage parce qu'elle avait récemment perdu son travail, mais j'ai entre-temps exclu cette hypothèse, tout comme un suicide, car Beck's a retrouvé à l'étage de la maison le père de la femme disparue, atteint de démence et attaché par une chaîne au pied. Il était déshydraté et en hypoglycémie, mais il a été pris en charge par les secours et transporté à l'hôpital.

— Comment s'appelle cette femme déjà ? Annie Wilkes ? plaisanta Cem.

— Pas drôle, Altunay, rétorqua Kröger en fronçant les sourcils, agacé, car il préférait toujours avoir chaque scène de crime pour lui seul avant que quiconque ne puisse la modifier ou la contaminer. D'abord le chien, ajouta-t-il, puis l'urgentiste et les ambulanciers qui piétinent dans toute la maison et détruisent les traces !

— Heike Wersch ? Ce n'est pas la femme qui présentait cette émission de livres le dimanche matin à la télé ? demanda Kathrin Fachinger. La cinquantaine bien sonnée, avec une crinière rousse et une voix grave de fumeuse ?

— Oui, c'est elle, confirma Pia. J'ai trouvé une photo d'elle sur Internet et je vous ai envoyé une capture d'écran.

— Ne me dis pas que tu regardes des *émissions de livres* à la télévision le dimanche matin ? demanda Tariq Omari, incrédule, à sa collègue. C'est vrai ?

— Pourquoi pas ? rétorqua Kathrin Fachinger. Tant que Wersch était là, l'émission était un régal, un peu comme *Le Quatuor littéraire* avec Marcel Reich-Ranicki. Quand elle a arrêté, c'est devenu ennuyeux.

Tariq et Cem échangèrent un regard amusé.

— Bande d'idiots ! lança Kathrin, exaspérée. Il y a autre chose le dimanche à la télé que le foot et la formule 1 !

Tandis que Kröger et ses collaborateurs enfilaient des combinaisons blanches intégrales et déchargeaient leur matériel, Pia donna l'ordre à ses collègues de la patrouille de ne laisser aucune personne non autorisée s'approcher de la propriété car, selon l'expérience, le bruit se répandrait bientôt que la brigade criminelle et la police scientifique étaient sur place et les premiers curieux ne tarderaient pas à faire leur apparition.

Puis elle se tourna vers son équipe.

— J'ai déjà parlé avec les Wiedebusch, les voisins d'à côté, dit-elle, interrogez tout le voisinage, pas seulement les proches voisins. Je veux savoir quand Heike Wersch a été vue pour la dernière fois et si elle s'est disputée avec quelqu'un.

Quand tout le monde fut parti, Pia se rendit dans la maison avec Kröger. Elle lui montra les traces de sang sur la porte ouverte de la cuisine et lui expliqua pourquoi il y avait des morceaux de verre sur le sol. S'il y avait le moindre indice d'un acte de violence dans la maison, Kröger et ses hommes le découvriraient.

*

Le soleil pénétrait à travers les hautes fenêtres, éclairant les étagères vitrées de la bibliothèque au deuxième étage de la maison d'édition. Les étagères contenaient tous les livres publiés par Winterscheid depuis sa création en 1908, dont beaucoup faisaient partie des œuvres les plus importantes de la littérature germanophone contemporaine. Pour la réunion des représentants, les tables avaient été disposées en U. Julia s'approcha du pupitre situé sur le côté ouvert du U et balaya du regard les visages des représentants de la maison d'édition et de leurs collègues de la distribution et du service éditorial. Carl Winterscheid avait pris place au fond de la salle et lui adressa un signe de tête encourageant. Julia fut surprise de voir Silvia Blanke, Christine Weil et Manja Hilgendorf parmi les auditeurs. Les trois éditrices, qui avaient travaillé pendant des années en étroite collaboration avec Heike Wersch et qui étaient ouvertement hostiles à la nouvelle orientation de la maison d'édition, manifestaient avec leurs airs contraints leur manque d'intérêt pour les titres du programme de début d'année dans les secteurs du divertissement et de non-fiction. Et Alexander Roth, directeur éditorial du secteur de littérature générale, bâillait même discrètement et jetait régulièrement un coup d'œil furtif à sa montre. Savait-il qu'Heike Wersch avait disparu ?

Julia s'efforçait de se concentrer sur sa présentation et de ne pas penser à la dispute entre Alexander Roth et Heike Wersch qu'elle avait entendue fortuitement quelques mois auparavant et au cours de laquelle elle avait appris qu'Heike Wersch avait l'intention de fonder sa propre maison d'édition et d'emmener avec elle les principaux auteurs littéraires de la maison d'édition Winterscheid ainsi que certains de ses collègues. Apparemment, Roth, dans un premier temps, avait soutenu ses projets, mais avait finalement changé d'avis, ce qui avait mis Heike Wersch hors d'elle. Julia était consciente du caractère explosif de ce qu'elle avait involontairement entendu, mais elle avait d'abord réfléchi un moment avant de se confier à Alea Schalk, l'assistante de direction et la seule collègue qu'elle voyait de temps en temps après le travail. Alea s'était rendue directement chez l'éditeur avec cette information, sans toutefois révéler qu'elle la tenait de Julia. Le lendemain, Alexander Roth avait été promu directeur éditorial du secteur de littérature générale, au poste qu'Heike Wersch avait occupé pendant vingt ans lorsqu'Henri Winterscheid, l'oncle de Carl, dirigeait la maison et qui était resté vacant pendant un an. Trois jours plus tard seulement, à la grande consternation de Julia, Heike Wersch avait été licenciée sans préavis lors de la réunion hebdomadaire du comité de lecture, après avoir coupé plusieurs fois la parole à Carl Winterscheid. Sous les yeux du directeur commercial, elle avait dû vider son bureau et rendre les clés, un acte d'humiliation suprême qui avait encore creusé le fossé au sein d'un personnel déjà divisé et qui avait alimenté la rumeur.

Heike Wersch n'avait pas hésité à s'en prendre publiquement à la maison d'édition et à Carl Winterscheid, dans sa colère, elle n'avait même pas épargné son propre auteur et avait révélé que le dernier best-seller de Severin Velten était un plagiat. Cette nouvelle avait fait la une des journaux et la presse s'était emparée du scandale, car il semblait enfin possible de jeter un coup d'œil derrière la façade de la maison Winterscheid, qui bouillonnait depuis que Carl en avait pris la direction il y a un an et demi. L'éditeur ne s'était pas laissé aller à une réaction publique ou à une prise de position, bien que les attaques contre lui aient été très personnelles et blessantes. Contre son licenciement, Heike Wersch avait saisi le conseil des prud'hommes avec succès.

Julia se sentait responsable de toute cette affaire, car si elle s'était tue et n'avait rien dit à Alea, tout cela ne serait peut-être jamais arrivé. D'un autre côté, n'était-elle pas redevable à son employeur ? C'est envers lui qu'elle devait être loyale, pas envers une femme qui…

— Vous pouvez y aller, madame Bremora, lui suggéra Dorothea Winterscheid-Fink, la directrice des ventes que, dans la maison, on appelait toujours "Mme Wi-Fi".

Julia prit une grande inspiration, chassa toute pensée de l'identité judiciaire et de l'ex-femme d'Henning Kirchhoff, qui étaient en train d'explorer la maison d'Heike Wersch, et commença sa première présentation.

— Je suis heureuse de vous présenter aujourd'hui le nouveau roman d'une jeune autrice tout à fait exceptionnelle, commença-t-elle d'une voix ferme. Je suis très fière d'avoir pu convaincre Shannon Schwarz de nous rejoindre. Elle est l'une des autoéditrices les plus célèbres d'Allemagne et a publié au cours des trois dernières années un thriller économique et deux romans policiers, les premiers volumes d'une série prometteuse avec une protagoniste féminine forte, qui se sont tous classés dans le top 50 des ebooks-charts. Elle est très présente sur les réseaux sociaux, a déjà une grande communauté de fans et donc un positionnement fort sur le marché.

Julia réussit à enthousiasmer les représentants pour sa nouvelle autrice, elle le remarqua aux diverses questions et au sourire bienveillant de la directrice des ventes. Le projet de couverture pour *Sœurs de glace* fut également bien accueilli, à l'exception du titre du livre, que les représentants trouvèrent faible et peu expressif. Alors qu'ils en discutaient encore, la porte s'ouvrit soudain et un homme aux cheveux blancs, vêtu d'un costume en seersucker rayé bleu clair, fit irruption dans la bibliothèque en regardant autour de lui d'un air furieux. Henri Winterscheid et sa femme le suivaient. Le représentant, qui parcourait les librairies de Rhénanie-du-Nord-Westphalie et de Basse-Saxe, s'interrompit au milieu de sa phrase, et toutes les personnes présentes se retournèrent, stupéfaites. L'homme aux cheveux blancs se précipita vers Carl Winterscheid, le visage grimaçant de colère.

— Comment oses-tu ne pas répondre quand je t'appelle ? hurla l'homme. Tu t'asseyais sur mes genoux quand tu n'étais qu'un petit merdeux, et maintenant tu crois que tu peux m'envoyer paître avec ton avocat ?

Sa voix stridente résonna sur le parquet.

— Bonjour, monsieur Englisch, répondit poliment Carl Winterscheid en se levant.

Ce n'est qu'à ce moment-là que Julia reconnut dans le grossier personnage Hellmuth Englisch, l'écrivain mondialement connu et lauréat du prix Büchner, qui n'avait en réalité que peu de ressemblance avec la photo de son portrait souriant dans la cage d'escalier.

— J'exige immédiatement des excuses appropriées pour ce… ce torchon de merde ! s'exclama Englisch, cramoisi, en lançant d'un geste théâtral une feuille de papier en l'air. *J'exige* que l'éditeur assume notre contrat !

Il reprit son souffle.

— Hellmuth, s'il te plaît, calme-toi ! intervint Alexander Roth qui s'était levé d'un bond et s'avançait à présent vers le vieil homme, les bras écartés, mais celui-ci le repoussa sans ménagement.

— Qu'est-ce que tu veux, toi ? s'exclama Englisch. Tu n'es qu'un pantin, qui n'a pas de couilles, sinon tu n'aurais jamais laissé ce… cet ignare me traiter comme de la merde !

Choqué, le directeur éditorial rougit à son tour.

— Restons objectifs, intervint Henri Winterscheid dont la voix de baryton était à l'opposé du falsetto nerveux d'Hellmuth Englisch. Carl, Hellmuth mérite vraiment que tu lui parles personnellement, au lieu que ta secrétaire prétende que tu n'es pas là.

Julia n'avait jamais vu le prédécesseur et oncle de Carl Winterscheid en chair et en os, elle ne le connaissait que par des photos et les histoires des plus anciens collaborateurs, pour qui il était comme le Bon Dieu en personne. Autrefois, à la fleur de l'âge, il avait dû être un homme imposant : de haute stature, des cheveux gris argenté, des traits anguleux, un regard vif et un nez recourbé qui lui donnait un air aristocratique. Maintenant, il donnait une impression de fragilité, s'appuyant lourdement sur sa canne, mais ne faisait aucune concession aux températures estivales, sa tenue était impeccable : costume gris, chemise blanche, cravate et chaussures cirées.

— Mettre fin à notre collaboration avec un auteur comme Hellmuth Englisch, et de surcroît de cette manière, c'est une honte ! Une preuve d'indigence ! s'exclama-t-il, d'un ton pathétique, et sa femme hocha la tête à chacune de ses paroles, un sourire glacial sur ses lèvres minces.

— Ce n'est pas le moment d'aborder le sujet, père, intervint Dorothea Winterscheid-Fink, agacée. Nous sommes en plein milieu de la…

— C'est moi qui décide du moment approprié, Dorothea ! rétorqua l'ancien éditeur à sa fille qui ouvrait déjà la bouche pour répliquer, mais Carl la devança.

— Tu as bien sûr le droit de manifester ton mécontentement, Henri, dit-il. Après tout, tu es encore associé de cette maison d'édition.

— Comment ça, *encore* ? s'exclama Mme Wi-Fi, mais Carl ignora l'objection de sa cousine.

Il était très sûr de lui, son ton délibérément poli. C'est ainsi qu'il avait parlé lors de la mémorable réunion du comité de lecture, lorsqu'il avait congédié Heike Wersch.

— Il ne doit pas t'avoir échappé qu'au cours des dix-huit derniers mois, j'ai réussi à sauver provisoirement la maison d'édition Winterscheid, que tu as conduite au bord de la faillite, dit-il à son oncle.

— Personne n'a mis la maison d'édition en faillite ! protesta le vieil homme d'un air méprisant.

— Non seulement nous avons pu garder tous les collaborateurs, mais nous avons aussi pu nous développer. Et nous avons été en mesure de payer les droits d'auteur à nos auteurs, ce qui par le passé n'a pas toujours été le cas sans aide extérieure, poursuivit Carl Winterscheid impassible. À mon avis, les bons livres sont ceux qui sont lus et qui se vendent bien. Pas ceux qui sont encensés par les critiques et les pages culturelles et finissent par prendre la poussière sur les étagères. Quel titre parmi les huit mille titres disponibles de la maison d'édition s'est vendu à plus de cinq mille exemplaires au cours de l'exercice 2017, Henri ? Lequel ? Je vais te dire combien il y en a eu : exactement huit, parce qu'ils sont obligatoires dans les écoles !

— Tu racontes n'importe quoi ! rétorqua Henri Winterscheid.

— Cela fait maintenant *sept ans* que nous attendons le nouveau livre de M. Englisch, tout en lui versant des acomptes ! Des versements d'une avance que d'ailleurs nous ne récupérerons jamais. Une maison d'édition ne peut se permettre un tel luxe que si elle est en bonne santé financière. Ma stratégie est de pouvoir éditer de "bons" livres, comme tu aimes les appeler, cher Henri, grâce à des titres à succès. Mais pour cela, il faut d'abord faire le ménage et se débarrasser du superflu.

Hellmuth Englisch avait suivi l'échange de coups avec des tics nerveux.

— Tu veux dire que mes livres et moi sommes du superflu ? s'énerva-t-il en menaçant du poing Carl Winterscheid. Pour qui te prends-tu, petit morveux prétentieux ? J'étais en lice pour le prix Nobel de littérature que tu n'étais même pas né !

— C'est pourquoi nous sommes très fiers d'être la patrie éditoriale d'Hellmuth Englisch, rétorqua Carl Winterscheid, toujours impassible, les insultes coulaient sur lui sans l'atteindre. Mais tout titre qui n'a même pas rapporté son coût de fabrication ces dernières années ne sera pas réimprimé et ne sera plus disponible à l'avenir que sous forme d'ebook. Le nom de l'auteur n'a aucune importance.

— Tu le regretteras ! s'exclama Hellmuth Englisch. Mon nom a du poids dans le monde littéraire ! Et le jour viendra où tu me supplieras de revenir chez Winterscheid. Mais je ne reviendrai pas ! Jamais ! Terminé ! La coupe est pleine !

C'est alors seulement que, visiblement, il réalisa qu'il avait surgi en pleine réunion des représentants. Tout en clignant nerveusement des yeux, il regarda les tableaux blancs sur lesquels les projets de couverture du programme de printemps avaient été fixés, puis arracha une des affiches et la froissa en grognant.

— Qu'est-ce que c'est que cette merde ? s'écria-t-il, indigné, en se tournant vers l'ex-éditeur. Des romans d'amour ? Des romans policiers ? Des livres nuls ! Henri, comment peux-tu laisser faire ça ? Mon nom au milieu de ces… ces scribouillards… et ces romans à l'eau de rose ?

Incrédule, Julia regarda ses collègues qui détournèrent les yeux, gênés. Même l'éditeur et la directrice des ventes laissaient ce petit bonhomme furieux, dans son costume froissé, traîner dans la boue son travail de longs mois et ses auteurs. La déception de Julia se transforma d'abord en indignation, puis en colère. Candidat au prix Nobel ou pas, s'il y avait bien une chose qu'elle ne supportait pas, c'était l'injustice et l'arrogance. Elle fit le tour de la table.

— Comment osez-vous parler de mes auteurs et de leurs livres de manière aussi méprisante ? lança-t-elle au vieil homme en lui arrachant l'affiche des mains et en la lissant à nouveau. Vous n'avez pas le droit d'insulter ainsi ces jeunes écrivains qui ont écrit des livres formidables !

On aurait pu entendre voler une mouche, tant le silence était soudain total dans la grande salle. Médusé, Hellmuth Englisch se tourna vers Julia.

— Qu'est-ce qui vous prend ? balbutia-t-il. Vous savez qui je suis ?

— Oh oui, je sais même très bien qui vous êtes, monsieur Englisch ! lui lança Julia, en mettant démonstrativement ses mains sur ses hanches. Vous devriez avoir honte ! Je suis consternée par votre comportement irrespectueux. Vous interrompez ma présentation à la réunion des représentants sans vous excuser, vous vous comportez comme un rustre et vous vous ridiculisez ! Pensez-vous vraiment que vous allez impressionner quelqu'un avec vos cris ?

Le vieillard pâlit soudain puis le sang lui monta aux joues. Une fraction de seconde, Julia crut déceler une lueur de respect dans ses yeux, puis il fit brusquement demi-tour et sortit de la bibliothèque, suivi aussitôt de Silvia Blanke et Manja Hilgendorf qui lui emboîtèrent le pas comme deux poules effarouchées, et par Henri et Margarethe Winterscheid. Le cauchemar était terminé. Lorsque la porte se referma derrière eux, tout le monde sortit de sa torpeur et se mit à parler en en même temps. Julia vit Alexander Roth s'affaisser sur sa chaise, livide, le regard perdu dans le vide. Elle lança énergiquement sa natte sur son épaule et retourna au pupitre. Son regard tomba sur Carl Winterscheid, appuyé à l'une des tables, les bras croisés, qui la regardait de ses yeux d'un bleu acier, avec une intensité qui la déstabilisa. Se demandait-il s'il devait d'abord la rappeler à l'ordre ou la congédier sans attendre ?

— Je demande le silence ! s'écria Dorothea Winterscheid-Fink en s'éclaircissant la voix avec un sourire forcé. Je suis désolée pour cette regrettable interruption. Je vous en prie, madame Bremora. Continuez.

"Clan familial" traversa l'esprit de Julia. Et ce n'était pas la première fois de sa vie qu'elle se félicitait que ses parents ne l'aient jamais exhortée à rester dans leur village et à reprendre un jour leur entreprise horticole.

*

La police scientifique travaillait dans la maison, ses collègues faisaient le tour du quartier et Pia décida de rentrer rapidement chez elle pour se changer. La journée s'annonçait longue et elle n'avait pas envie d'entendre des réflexions de sa patronne si elle la voyait dans le jean démodé et les baskets usées que Pia avait mis le matin pour aller promener le chien. Depuis que Pia et Nicole Engel avaient tremblé pour la vie de Kim, la sœur de Pia, et qu'elles avaient arrêté ensemble un tueur en série au cours d'une traque dramatique, leurs relations étaient devenues presque amicales. La commissaire avait cessé de se montrer inaccessible et avait même proposé à Pia de la tutoyer, et c'est précisément pour cette raison que Pia ne voulait pas la provoquer inutilement, elle qui attachait une grande importance à une tenue vestimentaire correcte.

Sur le trottoir d'en face, les inévitables curieux s'étaient déjà rassemblés. Seuls les policiers qui avaient pris position devant la propriété d'Heike Wersch les empêchaient de s'approcher. La rumeur d'un éventuel crime dans ce quartier résidentiel paisible attirait les curieux comme les mouches. Les habitants d'une tour située en face étaient sur leurs balcons ou se penchaient à leurs fenêtres, filmaient avec leurs portables, avides de sensationnel, bien qu'il n'y ait absolument rien à voir, et certains essayaient d'apercevoir des détails sinistres à l'aide de jumelles. La fascination pour l'horreur était aussi ancienne que l'humanité elle-même. Au Moyen Âge, les gens se pressaient volontiers autour des potences et des bûchers ; aujourd'hui, ils lisaient plutôt des romans policiers sanglants ou regardaient avec des frissons voluptueux les films les plus violents.

Trois quarts d'heure plus tard, Pia était de retour, douchée, habillée et même discrètement maquillée. Comme il faisait trop chaud pour laisser le chien dans la voiture, elle mit Beck's en laisse et traversa la rue. Beck's renifla la poubelle. Pia saisit la poignée de la poubelle et la traîna par le portail pour la mettre contre le mur latéral du garage, à côté de la poubelle bleue et de la poubelle marron. Beck's tirait sur la laisse et gémissait.

— Pia ! s'exclama Tariq en s'approchant d'elle. J'ai appris des choses intéressantes ! Heike Wersch a obtenu contre le maître d'ouvrage l'arrêt des travaux sur le terrain voisin, et depuis, ils se chamaillent devant le juge. Il s'agit du dépassement du gabarit constructible et d'une pompe à chaleur géothermique prévue.

— Mais ils y ont travaillé toute la matinée, s'étonna Pia. La scie circulaire tournait encore il y a une demi-heure.

— Ce ne sont pas des ouvriers du chantier, rétorqua Tariq, figure-toi que le maître d'ouvrage paie des gens pour qu'ils fassent du bruit afin de faire craquer Heike Wersch.

— Je suis sûre que tu connais le nom de ce type, non ? dit Pia en tirant sur la laisse. Bon sang, Beck's, arrête de tirer comme ça, sinon je te remets dans la voiture !

— Bien sûr ! J'ai pris une photo du panneau de chantier.

Tariq sortit son portable et lui montra une photo.

— Voilà : le maître d'ouvrage est un certain Marcel Jahn, il habite aussi à Bad Soden. Dimanche après-midi, le couple Jahn et Heike Wersch se sont encore une fois disputés bruyamment. C'est ce que m'a raconté la voisine de l'autre côté du nouveau bâtiment. Ils ont dû se balancer de telles obscénités que la voisine est intervenue, à cause de ses enfants. Sur ce, la femme du maître d'ouvrage s'est mise à insulter la voisine.

Soudain Beck's sauta sur Pia, haletant.

— Qu'est-ce qu'il a ? demanda Tariq, il n'est pas comme ça d'habitude.

— Je ne sais pas ce qui lui arrive.

Pia avait du mal à retenir son chien, en même temps elle entendit l'inimitable bruit de moteur d'une Porsche 911.

— Le patron ! s'étonna Tariq. Qu'est-ce qu'il fait là ?

Bodenstein gara son bolide, qu'il avait coutume de ne pas exhiber devant ses collègues, juste devant la Mini de Pia et en descendit. Bien qu'il soit passé maître dans l'art de dissimuler ses sentiments et porte ce jour-là des lunettes de soleil, Pia vit tout de suite que quelque chose n'allait pas. Ce n'était pas juste le découragement de quelqu'un qui a passé une mauvaise journée, c'était quelque chose de plus profond, de plus global. Au cours des derniers mois, Bodenstein avait perdu au moins dix kilos et des fils argentés se mêlaient à sa chevelure brune et fournie. Depuis des années, Pia voyait que cet homme attentionné, ce modèle d'intégrité et de loyauté, était de plus en plus submergé par des problèmes personnels. Bodenstein avait malheureusement une prédilection fatale pour un certain type de femme ; il tombait toujours amoureux de femmes carriéristes qui avaient quelque part un problème psychologique et exploitaient sa bonté et son indulgence. Après Nicole Engel, Cosima von Bodenstein, Annika Sommerfeld et Inka Hansen, c'était au tour de Karoline Albrecht, dont Bodenstein était malencontreusement tombé amoureux au cours d'une enquête il y a six ans, alors que cette femme avait des problèmes aussi évidents qu'insolubles. Et comme si cela ne suffisait pas, Cosima avait été atteinte d'un cancer quelques mois auparavant. Il n'en parlait pas, mais Pia savait à quel point son patron était encore attaché à la mère de ses trois enfants. Depuis la fin de leur liaison, Cosima vivait seule et c'était Bodenstein qui s'occupait d'elle du mieux qu'il pouvait, se sentant obligé de concilier les besoins d'une ex-épouse gravement malade, de leur fille Sophia âgée de douze ans, de sa femme jalouse et de la fille de celle-ci, à qui sa mère cédait tout. N'importe qui d'autre aurait probablement jeté l'éponge depuis longtemps, mais l'éthique aristocratique de Bodenstein le poussait, héroïque, à se sacrifier.

— Bonjour, patron, le salua Pia. Je croyais que tu étais en congé aujourd'hui.

— En effet, répondit Bodenstein. Mais Mme Engel m'a demandé de venir voir si la présence de douze personnes était indispensable. D'ailleurs, les formations n'ont été que reportées et non annulées.

— Dommage, dit Tariq, l'air contrarié.

— Allons voir où en sont Christian et son équipe, dit Pia en s'apprêtant à partir, mais Beck's s'immobilisa et refusa d'avancer.

Soudain, le déclic se fit dans sa tête. Elle lâcha Beck's qui se précipita vers la poubelle, reniflant et aboyant de manière provocante. Pia se pencha et son cœur se mit à battre à tout rompre lorsqu'elle vit des taches brunes sur le côté et le bord de la poubelle noire.

— Regardez, dit-elle à Bodenstein et Omari en s'efforçant de rester calme. Est-ce que ça pourrait être du sang ?

Bodenstein retira ses lunettes de soleil et Pia tressaillit en voyant ses yeux cernés. Les hommes examinèrent les taches et hochèrent la tête.

— Tariq, s'il te plaît, appelle Kröger, dit Bodenstein. Qu'il apporte un test rapide de sang humain.

— Entendu.

Tariq disparut en direction de la maison et Pia félicita chaleureusement Beck's et lui donna une poignée de ses biscuits préférés en récompense.

— Tu vas bien ? demanda-t-elle à son patron d'un air dégagé.

— Pas vraiment.

— Et Cosima ? Elle va plus mal ?

— Non. Elle va bien, vu les circonstances.

Bodenstein n'était pas quelqu'un qui affichait ses sentiments. Sur ce point, Pia et lui, par ailleurs aussi opposés que l'eau et le feu, étaient assez semblables. Le presser n'avait guère de sens s'il ne voulait pas parler de lui-même.

— Je vais partir de chez Karoline, dit-il.

Le soulagement qui envahit Pia à ses mots la surprit elle-même. Elle faillit crier "Enfin !" mais se mordit la langue.

— Je suis désolée, dit-elle alors, pour le principe.

— Pas de raison. Il y a longtemps que j'aurais dû le faire, rétorqua Bodenstein. Alors, qu'est-ce qu'on a là ?

Pia mit son chef au courant et lui raconta ce qu'elle avait appris jusqu'à présent sur la disparue et pourquoi elle doutait qu'Heike Wersch soit partie en voyage ou qu'elle se soit suicidée.

— Qu'est-ce que tu disais ? Où travaillait-elle ? demanda Bodenstein.

— Par hasard, dans la même maison d'édition que celle où paraissent les livres d'Henning, répliqua Pia. Chez Winterscheid.

— Voilà pourquoi ce nom m'a tout de suite semblé familier.

Bodenstein fronça les sourcils, pensif.

— Si je ne me trompe pas, ajouta-t-il, elle a provoqué un sacré scandale il y a une ou deux semaines.

— Oui, je viens de tomber là-dessus sur Internet, acquiesça Pia. Après son licenciement, elle n'a pas fait de cadeau à son ancien employeur et a déballé pas mal de choses.

— Ça aussi. Mais surtout, elle a publiquement accusé de plagiat un auteur, Severin Velten, portant ainsi gravement atteinte à sa réputation et à celle des éditions Winterscheid, rétorqua Bodenstein. Et comme Velten est un des auteurs contemporains les plus importants, que ses romans se sont vu décerner tout un tas de prix littéraires, ça a provoqué un séisme médiatique. Son dernier roman, *Le Héron unijambiste*, n'est sorti qu'au printemps et s'est retrouvé à la première place de la liste des best-sellers pendant des semaines.

— *Le Héron unijambiste* ? s'exclama Pia en secouant la tête. Qui est-ce qui peut bien avoir eu l'idée d'un titre aussi débile ?

— Le scandale est d'autant plus piquant que c'est justement l'éditrice de Velten, qui était la directrice éditoriale de sa maison d'édition depuis de nombreuses années et licenciée peu de temps avant, qui aurait fait éclater la vérité au grand jour, poursuivit Bodenstein. Il s'est avéré que Velten avait copié sans scrupule un autre écrivain, et pas seulement quelques phrases, mais apparemment l'intrigue complète. Maintenant, c'est bien sûr l'ensemble de son œuvre qui est soupçonné de plagiat et Winterscheid, une maison d'édition très respectée, se voit dans l'obligation de s'expliquer.

Pia aimait bien lire quand elle en avait le temps, surtout des romans policiers, mais elle ne s'était jamais demandé d'où venaient tous les livres qui remplissaient les rayons des librairies, et elle associait plutôt le terme "agent" à l'espionnage et à James Bond qu'à quelqu'un qui propose des manuscrits à des éditeurs. Ce n'est que depuis qu'Henning était lui-même devenu un écrivain qu'elle découvrait un peu le monde de l'édition et des livres.

— Cet écrivain doit avoir des envies de meurtre contre Heike Wersch, conclut-elle de ce qu'elle venait d'entendre.

Elle retira l'élastique de sa queue de cheval, passa négligemment ses doigts dans ses cheveux qui lui tombaient aux épaules avant de les renouer en un simple chignon, et Bodenstein ne put s'empêcher de penser au temps que sa femme passait le matin dans la salle de bains pour que sa coiffure, ses vêtements et son maquillage soient à sa convenance.

— Il faut absolument qu'on lui parle, confirma-t-il. Tout comme aux responsables de la maison Winterscheid.

Tariq revint, suivi de Kröger en combinaison blanche.

— Qu'est-ce qu'il y a de si important ici pour que vous me dérangiez dans mon travail ? demanda ce dernier, agacé. Salut Oliver, ça fait combien de temps que tu es là ?

— Je viens d'arriver, répondit Bodenstein. La patronne veut savoir si le coût élevé de la masse salariale est justifié.

— Eh bien, il l'est, et comment ! répliqua Kröger.

Pia désigna les taches sur la poubelle.

— C'est du sang, affirma Kröger, catégorique, après une brève inspection.

Il ouvrit un kit de test rapide, passa le bâtonnet sur les taches de la poubelle, l'inséra dans le flacon de réactif liquide et le secoua avant d'en verser quelques gouttes dans l'ouverture ronde en bas du test. Puis il posa le support de l'échantillon sur le couvercle de la poubelle bleue pour le recyclage du papier.

— D'ailleurs, déclara-t-il pendant qu'ils attendaient le résultat, il a dû y avoir un véritable bain de sang dans la cuisine. Quelqu'un a essayé de nettoyer en dilettante. Mais il ne savait pas qu'il faut de l'eau de Javel pour faire disparaître les traces de sang. De plus, il n'a pas vu les éclaboussures de sang sur les éléments de la cuisine.

— Vous vous souvenez de l'affaire il y a quelques années, quand un type avait étranglé sa copine et mis son corps dans une poubelle ? demanda Pia à ses collègues.

— Oui, répondit Bodenstein. C'était il y a quatre ans à Francfort.

— Les collègues ont dû attendre presque six semaines jusqu'à ce que les restes de scories, qui avaient déjà été transportés de l'usine d'incinération à la décharge de Wicker, aient suffisamment refroidi pour qu'on puisse les analyser, se souvint Kröger. Mais ils ont effectivement trouvé des restes d'os de la victime.

— Tariq, dit Pia. Renseigne-toi s'il te plaît sur la dernière fois que les ordures ménagères ont été vidées ici.

— Entendu.

Kröger contrôla le test.

— Deux lignes rouges, dit-il à Pia et Bodenstein, du sang humain, sans aucun doute.

— OK. Vous avez déjà regardé la voiture ? demanda Pia.

— Chaque chose en son temps, répliqua Kröger.

Il chargea l'un de ses collaborateurs d'aller chercher la clé de la BMW noire, qui était accrochée au tableau des clés dans la cuisine et ouvrit la porte arrière du double garage. Bodenstein et Pia le suivirent et le regardèrent faire le tour de la voiture et l'examiner sous tous les angles.

— Il y a quelque chose qui coule du coffre, observa Pia, redoutant le pire.

La vision de cadavres ayant séjourné dans des espaces fermés à des températures élevées n'était pas une partie de plaisir. Elle jeta un coup d'œil à l'intérieur de la voiture à travers les vitres, mais ne vit rien de particulier. Le collègue de Kröger était de retour, il ouvrit le verrouillage central avec la télécommande. Une odeur de décomposition mêlée à un soupçon de fumée de cigarette froide s'échappa de l'intérieur du véhicule.

— Voyons voir, dit Kröger en s'approchant du coffre. ça ne sent pas très bon.

Il ouvrit le coffre. Bodenstein et Pia se penchèrent puis firent un bond en arrière quand un essaim de mouches jaillirent en bourdonnant.

*

La présentation des trois premiers livres avait valu à Julia un concert d'applaudissements de la part de ses collègues et des représentants. Elle avait gardé son titre préféré pour l'après-midi. Pour ce polar à l'humour noir, qui était aussi une sorte de guide de la prudence, elle avait imaginé quelque chose de spécial : l'auteur en personne serait l'invité surprise et leur dévoilerait quelques pages de son roman. Seuls la directrice des ventes et le gardien, qui devait faire entrer Torsten Busse dans la bibliothèque, étaient au courant. Mais l'apparition d'Hellmuth Englisch avait mis un terme à l'euphorie de Julia. Son portable vibra. Carla, une collègue du département de littérature, lui envoyait un message. Elle lut "Tu as été géniale, Julia", suivi d'un émoji pouce levé. D'autres messages tapés en douce lui arrivèrent, certes reconnaissants et admiratifs dans le ton, mais aussi discrets, comme beaucoup de choses qui se passaient ici dans la maison, et cela mit Julia mal à l'aise. De plus, elle était furieuse contre ses collègues. Furieuse et déçue que personne n'ait eu le courage de prendre parti pour ses auteurs. Ils étaient tous restés pétrifiés au lieu de protester contre le fait qu'un vieil homme à l'ego blessé les réduise au rôle de public passif. Tout n'était pas rose non plus dans la maison d'édition où elle avait travaillé avant ; elle avait eu droit à trois changements de responsable en peu de temps, avec tous les bouleversements que cela impliquait, et les désordres et les rivalités qui s'ensuivaient. Mais au bout de quelques semaines, l'agitation s'était calmée et le cours normal des choses avait repris. Tandis qu'ici, c'était différent. Personne ne jouait cartes sur table et le personnel de la maison Winterscheid était divisé en deux camps. D'un côté, il y avait les anciens collaborateurs, critiques, voire hostiles aux changements au sein de la maison, et de l'autre, les nouveaux qui, comme Julia, avaient été embauchés par Carl Winterscheid au cours de l'année précédente. Les relations étaient certes courtoises, mais les "anciens" formaient une sorte de club élitiste fermé aux nouveaux et s'en tenaient obstinément aux vieilles habitudes, comme celle de travailler derrière les portes closes des bureaux, ainsi que les réunions dans la villa du parc de Grüneburg, auxquelles Henri Winterscheid et sa femme les conviaient tous les premiers jeudis soir du mois, sans doute en souvenir des légendaires soirées au coin du feu où se réunissait autrefois l'élite intellectuelle du pays.

Le regard de Julia se porta sur Alexander Roth, qui tapait sur son portable et suivait aussi peu qu'elle l'exposé d'un éditeur d'essais spécialisés qui présentait le livre d'une jeune femme médecin sur l'intestin humain. À quel jeu jouait-il ? Avait-il regretté l'éviction d'Heike Wersch ou avait-il été secrètement heureux de s'en débarrasser après avoir passé vingt ans dans son ombre ? Carl Winterscheid avait lui aussi l'air absent, les bras croisés sur la poitrine et les chevilles croisées, et l'espace d'un instant Julia se demanda s'il avait quelque chose à voir avec la disparition d'Heike Wersch. En tout cas, il avait bien un motif.

Des applaudissements chaleureux fusèrent lorsque Mme Wi-Fi annonça qu'un buffet chaud et froid les attendait dans la salle du bas. L'auditoire se dispersa dans un bruit de chaises et de murmures. Julia s'empressa de sortir sans que quiconque l'interpelle. Elle n'avait pas faim et n'avait pas envie de recevoir des compliments hypocrites, de plus elle voulait appeler Shannon Schwarz et lui raconter à quel point les représentants étaient enthousiasmés par *Sœurs de glace*. C'était d'autant plus important pour elle que Shannon avait failli signer avec une autre maison d'édition au printemps, car tout d'un coup, son agent avait estimé qu'un grand groupe éditorial pouvait investir beaucoup plus d'argent en elle que Winterscheid, avec une puissance marketing supérieure. Heureusement, un accord avait été trouvé entre Shannon Schwarz et Julia, et l'autrice lui avait confié que quelqu'un de la direction éditoriale de Winterscheid avait conseillé à son agent d'aller plutôt voir la concurrence. Julia avait tout de suite soupçonné Heike Wersch et s'était précipitée dans son bureau enfumé, folle de rage, pour lui demander des explications sur ce coup sournois.

— Si on me demande mon avis, je le donne, avait marmonné cette dernière, une cigarette incandescente entre ses doigts jaunis.

Avec ses lunettes noires aux verres de l'épaisseur du cul d'une bouteille de champagne, elle avait toujours fait penser Julia au professeur Trelawney des films *Harry Potter*.

— Un agent que je connais depuis de nombreuses années m'a demandé si Winterscheid était la maison d'édition idéale pour un jeune écrivain de polars. Je lui ai répondu que je pensais que d'autres maisons d'édition étaient plus appropriées. C'est tout.

— Avec ça, vous avez failli faire capoter l'accord sur lequel je travaillais depuis plusieurs mois ! lui avait lancé Julia.

— Mais seulement failli, avait répondu Heike Wersch avec un petit sourire narquois. Apparemment, vous vous êtes bien débrouillée, car en fin de compte, l'autrice s'est décidée pour vous et Winterscheid contre l'avis de son agent.

— À l'avenir, je vous prie de vous abstenir de donner ce genre de conseil, avait rétorqué froidement Julia. Le polar n'est pas votre spécialité. Si un agent vous pose à nouveau ce genre de question, vous pouvez me l'envoyer.

Après coup, Julia s'était demandé où elle avait trouvé le courage de parler ainsi à Heike Wersch, cette légende du monde littéraire, mais cela avait fait son effet. Heike Wersch l'avait regardée un moment en silence, avant d'arborer un sourire admiratif.

— Bien joué, votre coup de gueule, avait-elle répondu à la grande surprise de Julia. Vous avez tout à fait raison. C'est ce que je ferai à l'avenir. Et vous devriez en tirer la leçon de l'importance d'avoir, en tant qu'éditrice, une relation de confiance avec ses auteurs.

Julia monta l'escalier en courant et lut sur son portable le message que la fabricante lui avait écrit. Elle avait réussi à la dernière seconde à modifier la dédicace d'*Amis dans le crime* comme l'auteur l'avait souhaité. Dans un premier temps, Julia voulut annoncer immédiatement la bonne nouvelle à Henning Kirchhoff, mais elle se ravisa. Si elle ne lui annonçait que le soir ou le lendemain, elle pourrait éventuellement lui demander en même temps des nouvelles d'Heike Wersch. Elle était déjà presque au troisième étage lorsqu'elle s'aperçut qu'elle avait oublié son sac dans la bibliothèque. Excédée, elle fit demi-tour. Au moment où elle allait entrer dans la salle, elle entendit la voix excitée de Dorothea Winterscheid-Fink.

— Bien sûr que je suis en colère ! Je suis même furieuse ! Tu ne le serais pas à ma place ? Pourquoi est-ce que tu ne m'en as pas parlé ? Comment peut-elle être aussi hypocrite ? Je l'appelle tout de suite !

Julia hésita. Elle ne voulait pas écouter, mais malheureusement, elle avait besoin de son sac de toute urgence avant de rencontrer Waldemar Bär, le gardien, pour faire entrer Torsten Busse dans le bâtiment de la maison d'édition par la porte de derrière.

— Ce matin, elle ne s'est pas présentée à l'audience des prud'hommes !

Julia sursauta en reconnaissant la voix de Carl Winterscheid. Elle ne voulait pas se faire remarquer une deuxième fois dans la même journée. Mais avant qu'elle ait eu le temps de bouger, il apparut à la porte de la bibliothèque.

— Son avocat a essayé de la joindre à plusieurs reprises, mais son téléphone était éteint. Le juge était tellement énervé qu'il…

Il s'interrompit au milieu de sa phrase en découvrant Julia.

— Désolée, je… j'ai oublié mon sac, bafouilla-t-elle, gênée.

Est-ce qu'ils venaient de parler d'Heike Wersch ? Si oui, ils ne semblaient pas savoir qu'elle avait disparu et que son amie Maria avait informé la police.

Derrière l'éditeur, Dorothea Winterscheid-Fink apparut à son tour.

— Ah, Julia, vous nous avez fait trois présentations formidables.

Tout signe d'agacement avait disparu, elle souriait.

— Et très courageuse, la façon dont vous avez pris Hellmuth à contrepied ! On descend déjeuner ? J'ai contacté M. Bär, nous le retrouverons à son bureau peu après 14 heures.

Elle sortit et se dirigea vers l'escalier.

— Nous parlerons ce soir, dit Carl Winterscheid à sa cousine, puis il se tourna vers Julia : Vous avez une minute, madame Bremora ?

— Oui, bien sûr.

Elle se dirigea vers la chaise sur laquelle elle était assise pendant la présentation, prit son sac et ressortit, le cœur battant. Au bout d'un an et demi, elle ne pouvait toujours pas vraiment évaluer son chef. Après son premier entretien d'embauche, elle avait essayé d'en savoir plus sur lui, mais il n'existait pas sur les réseaux sociaux, et sur Internet, il n'y avait que son parcours professionnel. Dans la maison d'édition, personne ne savait avec certitude s'il avait une liaison ou peut-être même s'il était marié. Il restait du matin au soir dans son bureau au dernier étage de la maison, gardant une distance polie avec ses collaborateurs. Et comme toujours, lorsqu'on ne pouvait rien découvrir sur un homme, les rumeurs allaient bon train. Certains le soupçonnaient d'être gay. D'autres affirmaient que sa femme vivait aux États-Unis, et d'autres encore spéculaient qu'il était veuf depuis peu et pour cette raison si inaccessible. La seule certitude était que, malgré son jeune âge, Carl Winterscheid avait déjà été un manager très performant au sein du groupe de médias américain Pegasus et qu'il avait refusé la possibilité de devenir PDG de Pegasus Europe Holding pour prendre la direction, bien moins lucrative, de la maison d'édition Winterscheid, fondée par son grand-père et presque en faillite.

Il y a quelques semaines, Julia avait rencontré son patron par hasard le samedi matin au marché couvert de Francfort. À sa grande surprise, il l'avait invitée à prendre un café, puis un *prosecco*, et au lieu de faire leurs courses, ils avaient passé la matinée à bavarder et avaient constaté qu'en dehors de la maison d'édition, ils ne connaissaient presque personne en ville. Julia était originaire de la Sarre, elle avait fait ses études à Erlangen, Munich et Paris, un stage chez Piper à Munich, puis avait travaillé à Berlin chez Ullstein, d'abord comme remplaçante d'un congé parental, puis avec un CDI en littérature jeunesse. Elle y serait volontiers restée, mais il y a deux ans, sa situation personnelle était devenue si difficile qu'elle avait saisi l'occasion de postuler chez Winterscheid à Francfort pour le tout nouveau département loisirs.

Carl était né dans la métropole du Main et avait grandi, après la mort de ses parents, dans la villa de l'éditeur au parc de Grüneburg, chez son oncle Henri et sa tante Margarethe, mais il avait été scolarisé dans des internats et non à Francfort, il n'avait donc pas de cercle de vieux amis. Au cours de la conversation, ils s'étaient trouvé des points communs : ils aimaient tous deux beaucoup travailler, préféraient le jogging à la salle de fitness ; ils aimaient la cuisine asiatique, les mots croisés, le vin rouge sud-africain et la série Netflix *House of Cards*. En dépit de cette curieuse matinée qui ne s'était jamais reproduite, ils continuaient à se vouvoyer et Julia trouvait ça très bien. Une fois déjà, elle avait accordé trop tôt sa confiance à un homme qui, très étrangement, semblait lui convenir parfaitement. Il s'en était fallu de peu qu'elle ne paie cette erreur de sa vie.

— C'était vraiment incroyable, dit Carl Winterscheid en souriant lorsque les pas de sa cousine eurent cessé de retentir dans l'escalier. L'expression sur le visage d'Englisch quand vous l'avez traité de rustre ! J'aime la façon dont vous défendez vos auteurs.

— Non, c'était irrespectueux de ma part de traiter ainsi M. Englisch, répondit Julia. Après tout, c'est…

— … un dinosaure qui ne sait pas se tenir, l'interrompit Carl, et elle ne put s'empêcher de rire.

Elle savait que depuis son enfance il connaissait personnellement les plus grands écrivains et philosophes allemands de l'après-guerre, ainsi que de nombreux auteurs étrangers de renom, car la plupart d'entre eux avaient été amis avec son grand-père, le légendaire éditeur Carl August Winterscheid.

— Comme beaucoup de ses collègues à l'ego hypertrophié, Englisch a complètement perdu le sens des réalités. Ils s'accrochent à leur notoriété passée et ne peuvent pas accepter que leur heure de gloire soit révolue. Il ne fait aucun doute qu'ils ont été pendant des décennies les auteurs contemporains germanophones les plus importants, mais ils ne sont pas Goethe ou Schiller. L'esprit du temps change. Le goût des lecteurs aussi. Presque plus personne ne veut lire Alfried Kempermann, Fabian Maria Noll, Marina Bergmann-Ickes ou Volker Böhm aujourd'hui.

Une ombre passa sur le visage de Carl Winterscheid.

— Mon oncle n'a jamais compris cela et a presque ruiné la maison d'édition avec sa fidélité aux *Nibelungen*.

Il se tut et ils se regardèrent.

— Je suis content que vous ayez pu convaincre Shannon Schwarz de signer avec nous, dit-il.

— Oui, moi aussi, dit Julia en souriant. Même si Heike Wersch a failli faire capoter l'affaire. Mais les représentants adorent le livre de Shannon. Ça va faire un tabac !

— J'ai hâte de le lire, répondit l'éditeur. Et aussi le nouveau roman policier de Kirchhoff. Sa présentation d'hier soir a éveillé ma curiosité.

Julia jeta un coup d'œil à son portable. Deux heures moins dix. Il était maintenant trop tard pour le déjeuner, mais cela ne la dérangeait pas. Au moment où elle allait dire à son chef ce qu'elle avait appris de Kirchhoff, son portable sonna.

— À tout à l'heure, dit-il après un bref coup d'œil sur l'écran et en appuyant sur le bouton d'appel de l'ascenseur. J'attends votre prochaine présentation avec impatience !

*

— Qu'est-ce que c'est que ça ? s'exclama Pia en découvrant, dégoûtée, ce qui était à l'origine de l'odeur de décomposition et du liquide qui s'écoulait du coffre sur le sol du garage, une masse de la taille d'un ballon de football environ qui, sous l'effet de la chaleur estivale, s'était transformée en une bouillie indéfinissable, puante et pleine d'asticots. Kröger, immunisé contre toutes les atrocités de la vie, toucha la chose du bout du doigt.

— Je suppose qu'à l'origine, c'était un *poulet bio, frais, 1,3 kilo, avec les abats*, dit-il. Le film d'emballage est déchiré, mais on peut encore lire l'étiquette.

— Elle l'a probablement oublié dans le coffre de sa voiture après être allée faire des courses, déclara Bodenstein. Tu peux voir la date de péremption ?

— Un instant, dit Kröger en se penchant plus profondément dans le coffre. Se conserve au frais au moins jusqu'au 5. 9. 2018.

— Elle a donc dû l'acheter au plus tard le lundi, c'était le 3. 9, calcula Pia.

Le poulet pouvait-il aider à résoudre l'énigme de l'emploi du temps d'Heike Wersch dans les dernières heures de sa vie ?

Kröger laissa la voiture à deux de ses techniciens qui allaient l'examiner à la recherche d'indices. Bodenstein et Pia montèrent avec lui jusqu'à la maison. Quelqu'un avait baissé les volets des fenêtres de la cuisine, de sorte qu'il y faisait sombre. Dans l'obscurité, le mélange de luminol vaporisé rendait fluorescent en bleu clair, sur une grande surface, le sol entre la table et le coin cuisine, on distinguait aussi les lueurs bleu clair des éclaboussures de sang et des traces sanglantes jusqu'à la porte de la cuisine, mais aussi sur le meuble sous l'évier, sur l'encadrement de la porte et sur le mur à côté de la porte.

— On ne dirait pas que quelqu'un a juste saigné du nez, déclara Bodenstein.

Avec des traces aussi évidentes, il pourrait facilement justifier devant Nicole Engel la présence d'une douzaine de techniciens de la police scientifique et de l'ensemble de la K11.

— Vu l'état des lieux, je pense que nous devons partir du principe qu'Heike Wersch a été assassinée, déclara Pia.

— Elle s'est peut-être blessée. Peut-être qu'elle prend des anticoagulants et que c'est pour cela qu'elle a saigné abondamment, rétorqua Kröger, qui ne se basait par principe que sur les faits avérés. D'ailleurs on ne sait même pas si le sang est celui de la personne qui habite ici.

Un des collaborateurs de Kröger apparut dans l'embrasure de la porte de la cuisine.

— Patron, écoutez-moi ça. Dans la poubelle, on a aussi trouvé du sang humain. Et dans la voiture, sur la pédale de frein et sur la poignée de porte, il y a aussi quelque chose qui ressemble à du sang.

— Alors qu'est-ce que tu dis de ça ? ironisa Pia. Tu crois toujours qu'elle s'est penchée sur la poubelle parce qu'elle saignait du nez ?

Kröger ignora son objection.

— Bon, sauvegardez toutes les traces et portez-les le plus vite possible au labo, avec les autres échantillons, dit-il à son collaborateur. Prenez des échantillons de comparaison dans la salle de bains et dans la chambre à coucher pour comparer l'ADN. J'ai besoin du résultat très rapidement. Si possible aujourd'hui.

— Très bien. Je fais passer le message au labo.

Le technicien disparut et un moment de silence s'installa.

— Je pense que nous devrions envisager la possibilité que le corps d'Heike Wersch ait été jeté avec les déchets résiduels, dit Pia, résumant ce qui traversait l'esprit de toutes les personnes présentes. Même si nous ne pouvons pas encore dire avec certitude si le sang est vraiment le sien, je pense qu'il est exclu qu'elle laisse simplement son vieux père seul dans la maison et qu'elle parte en voyage ou se suicide.

Bodenstein hocha la tête en signe d'approbation.

— Où vont les déchets résiduels de Bad Soden ? demanda Pia.

— À l'incinérateur d'Eschborn, répondit Kröger.

— Nous avons donc besoin d'un mandat de perquisition pour la maison et de préférence aussi pour le centre d'incinération, répondit Bodenstein.

— Tu rigoles ! Tu sais ce que ça coûte ? s'emporta Kröger. Engel m'arrachera les yeux si je fais fermer sans preuves valables un incinérateur et fouiller des tonnes de déchets ! De toute façon, le budget de mon service est déjà complètement épuisé pour cette année, et pour ce genre d'action, je dois d'abord faire des dizaines de demandes…

— Je m'en occupe, le rassura Bodenstein. Si la comparaison d'ADN montre que le sang dans la poubelle provient d'Heike Wersch, c'est suffisamment probant.

— On va avoir des problèmes, fit remarquer Kröger. Je le sais déjà.

— Et alors ? lança Bodenstein. Ce n'est pas la fin du monde.

— Qu'est-ce qui te prend ? demanda Kröger, plus étonné qu'énervé. Tu connais les règles aussi bien que moi !

Bodenstein les connaissait en effet. À la BRI d'Hofheim, il était tristement célèbre pour son respect strict de toute directive. Mais que signifiaient les instructions quand autour de lui le monde se disloquait ? Il ne souhaitait vraiment la mort de personne, mais pour l'instant, la seule chose qui pouvait l'empêcher de penser à Cosima et à l'échec de son deuxième mariage, c'était une enquête compliquée.

Il tapa sur l'épaule de Kröger, puis jeta un coup d'œil rapide à son portable. Karoline avait renoncé à le joindre, du moins pour le moment.

Tariq Omari remontait le chemin en courant.

— Les poubelles de la rue ont été vidées mardi matin, annonça-t-il, légèrement essoufflé. J'ai interrogé les voisins. Ils s'étaient demandé pourquoi Heike Wersch n'avait pas encore rentré sa poubelle.

— J'espère que d'autres idiots n'y ont pas touché, marmonna Kröger en lançant un regard mauvais à Pia. Ça suffit qu'on doive exclure *tes* empreintes digitales.

— J'espère que ce n'est pas moi que tu traites d'idiote, rétorqua vivement Pia. J'ai juste poussé la poubelle sur le côté avec mon pied et je l'ai attrapée par la poignée.

— Une entreprise de Liederbach est chargée de l'élimination des déchets résiduels à Bad Soden, déclara Tariq. Kai est en train de les contacter pour savoir qui a effectué la tournée de mardi.

Cem et Kathrin revenaient également de l'enquête de voisinage.

— La voisine d'en face a raconté qu'Heike Wersch avait reçu la visite d'un homme âgé aux cheveux gris bouclés lundi après-midi vers quatre heures et demie, dit Kathrin en consultant ses notes. Il est resté quelques minutes devant la porte avant d'entrer. Elle n'a malheureusement pas vu à quelle heure il est reparti.

— Un autre voisin l'a vue dans la nuit de lundi à mardi, dit Cem. Il était tard, déjà plus de minuit, et il n'est sorti que très brièvement avec son chien parce qu'il a beaucoup plu après l'orage. Heike Wersch sortait tout juste du garage avec sa voiture. Il nous a dit qu'elle partait souvent tard le soir et revenait peu après. Elle va peut-être chercher des cigarettes ou de l'alcool.

— En tout cas, Heike Wersch vit assez retirée, elle n'a de contact étroit avec personne, dit Kathrin. Aucun voisin n'a dit du mal d'elle, mais personne ne la connaît vraiment bien. Certains savent qu'elle s'occupe de son père, et d'autres la connaissent grâce à cette émission littéraire à la télévision.

— Mais le maître d'ouvrage du chantier là-bas la déteste, ajoute Cem. Depuis un an et demi, elle l'empêche d'achever sa maison en multipliant les plaintes et les procès. Le week-end dernier, ils ont eu une grosse altercation avec Heike Wersch dans la rue, et la femme du maître d'ouvrage a donné des coups de pied et a craché sur la voiture d'Heike Wersch.

— Nous allons lui parler, dit Bodenstein.

— Au fait, j'ai passé un coup de fil rapide à Josef Moosbrugger, l'agent avec lequel Heike Wersch est censée être amie, intervint Pia. Maria Hauschild m'avait donné son nom. Figurez-vous, patron, que ce type est l'agent du *Héron unijambiste*.

— Ça alors ! s'exclama Bodenstein, surpris.

— De qui ? demandèrent en chœur Cem Altunay, Kathrin Fachinger et Tariq Omari.

Pia expliqua à ses collègues le cas de Severin Velten et le scandale du plagiat déclenché par Heike Wersch.

— Moosbrugger a travaillé autrefois chez Winterscheid, c'est pourquoi Heike Wersch et lui se connaissent, expliqua-t-elle. Ils organisent une ou deux fois par an, dans sa maison en Toscane, des ateliers d'écriture avec des auteurs connus pour des écrivains en herbe qui rêvent de devenir célèbres et qui sont prêts à dépenser un paquet de fric pour ça. Mais en ce moment, vu l'histoire du *Héron unijambiste*, M. Moosbrugger n'est pas particulièrement en bons termes avec Heike Wersch.

— Pia et moi restons ici jusqu'à ce que les hommes de Christian en aient fini avec la cuisine et la voiture, après quoi nous irons à l'incinérateur de déchets, décida Bodenstein. Tariq, tu fais le tour des stations-services des environs et tu vérifies si Heike Wersch est allée acheter des cigarettes quelque part dans la nuit de lundi à mardi. Cem, tu vas à Liederbach voir l'entreprise de collecte des déchets et tu parles avec l'équipe du camion poubelle. Ensuite, vous interrogez les voisins que vous n'avez pas encore rencontrés. Est-ce qu'on a une photo de la disparue ?

— Oui, je l'ai déjà envoyée sur notre tchat, dit Pia.

— Kathrin, tu vas aller au bureau faire des recherches sur tout ce qu'on peut apprendre sur Heike Wersch. Jusqu'à présent, nous ne savons pas avec certitude si elle est vraiment morte, c'est pourquoi Ostermann doit vérifier si elle n'a pas pris l'avion ou réservé un train. De plus, je veux le relevé des appels et une localisation de son portable.

— On a une autorisation ? demanda Kathrin Fachinger.

— Nous l'aurons, répondit Pia à la place de son chef. Les faits sont suffisants.

Si le matin, il n'était question que d'une disparition, il y avait maintenant des indices clairs d'un acte de violence, ce qui déclenchait automatiquement l'ouverture d'une enquête contre X et l'autorisait, conformément au paragraphe 163 du Code de procédure pénale, à demander des informations aux autorités, aux banques ou aux fournisseurs de téléphonie mobile.

— Bon, les gars, au travail, lança Bodenstein. Rendez-vous à 6 heures au commissariat.

— Kathrin, tu peux prendre Beck's, s'il te plaît ? demanda Pia à sa collègue. Il fait trop chaud pour le laisser dans la voiture.

— Bien sûr, répondit Kathrin en attrapant la laisse et le sac de friandises.

— Hé, nous n'avons qu'une seule voiture, constata Cem.

— Conduis Kathrin au commissariat et dépose-la là-bas, suggéra Bodenstein.

— Et tu peux prendre ma voiture, ajouta Pia en tendant à Tariq sa clé de voiture. Moi j'ai le chef comme chauffeur. Mais attention aux flashs ! La Mini, elle est rapide.

Ils partirent tous les trois avec le chien. Pia saisit le nom de Maria Hauschild dans le moteur de recherche et atterrit sur le site de l'agence littéraire du même nom.

— *Fondée en 1989 par Erik Hauschild, l'agence est l'une des premières agences littéraires d'Allemagne, elle représente aussi bien des auteurs germanophones que des clients et des éditeurs étrangers dans les domaines de la fiction et de la non-fiction dans le monde entier*, lut-elle à Bodenstein. *Nous comptons parmi nos auteurs Daniel Klee, George Dragon, André Grenda, Kristina Jagow, Petra Maria Mayer-Büchele, Mathis Haas et Henning Kirchhoff.*

— Holà ! Que des noms connus ! fit remarquer Bodenstein avec un sifflement admiratif. Je n'ai aucune idée de ce que gagnent les agents littéraires, mais je suppose qu'ils touchent un pourcentage sur les revenus de leurs auteurs.

Pour ne pas être démasquée comme une ignorante pour la deuxième fois de la journée par son chef, Pia s'empressa de taper sur Google le nom des auteurs dont elle n'avait jamais entendu parler et fut impressionnée par ce qu'elle trouva sur Wikipédia. Kröger sortait de la maison. Il rabattit la capuche de sa combinaison et enleva ses gants.

— Nous avons terminé avec la cuisine, déclara-t-il. Si vous voulez, vous pouvez entrer maintenant. Nous allons continuer avec le garage et la voiture, puis nous fouillerons le terrain.

— George Dragon a vendu plus de *trente millions* de livres rien qu'en Allemagne, dit alors Pia. C'est dingue !

— Ton ex doit faire un effort s'il veut y arriver, ironisa Kröger.

— Au fait, tu as déjà lu son nouveau polar ? s'enquit Bodenstein.

— Oui, en effet ! M. le professeur a eu la gentillesse de me faire envoyer les épreuves. Mais peut-être qu'il avait tout simplement peur que je le poursuive plus tard en justice, rétorqua Kröger. Je n'aime pas Kirchhoff et il ne m'aime pas non plus, ce n'est pas un secret, mais nous sommes tous deux des pros dans le boulot et nous nous respectons. C'est comme ça qu'il représente le personnage dont je suis manifestement le modèle, et cela me va. Kris Krüger, le chef de la police scientifique, excentrique et pédant, est en effet le héros secret de ses polars, ricana-t-il en esquissant une révérence. Pas le *baron von Buchwaldt* ou la *commissaire Grevenkamp* !

Bodenstein sourit en secouant la tête. Au début, il s'était plutôt moqué de l'incursion d'Henning Kirchhoff dans le monde de la littérature policière mais il devait admettre que l'ex-mari de Pia avait sans aucun doute du talent. C'était amusant de voir comment il avait fait un clin d'œil à son alter ego, Gunnar Grevenkamp, médecin légiste misanthrope et cynique. Le doyen de la faculté de médecine et la présidence de l'université avaient d'abord considéré le petit boulot de Kirchhoff d'un œil critique, voire hostile, mais lorsqu'il devint, presque du jour au lendemain, un auteur de best-sellers et un invité apprécié des talk-shows, ils reconnurent son efficacité publicitaire pour l'université et débordèrent soudain d'enthousiasme. La plupart des collègues de la BRI d'Hofheim étaient en tout cas fiers de voir leur service immortalisé dans un roman policier, et même Nicole Engel avait suffisamment d'humour pour autoriser Kirchhoff à s'inspirer d'elle pour son personnage qui s'appelait Nathalie Démon* dans ses intrigues policières.

Le téléphone portable de Pia sonna.

— Quand on parle du loup, marmonna-t-elle en répondant. Bonjour, Henning. Est-ce que tu penses à ce que tu m'as promis ?

— C'est fait depuis longtemps, répondit Henning. J'ai appelé mon éditrice ce matin. Elle s'en occupe.

— Qu'est-ce que ça veut dire ?

— Qu'elle s'en occupe.

— Je vais vraiment avoir des problèmes avec Christoph si elle ne peut plus le faire.

Pia se détourna pour que Bodenstein et Kröger n'entendent pas ce qu'elle disait.

— De toute façon, il est déjà furieux que tu le ridiculises.

* *Engel* signifie "ange" en français.

— C'est idiot ! rétorqua Henning. Où est-ce que je le ridiculise ?

— Dans ton livre, le directeur du zoo vomit à la vue du corps démembré, lui rappela Pia.

— Oui, et alors ? Si je me souviens bien, c'était le cas, répondit Henning, amusé.

— Et ce n'est pas très sympa non plus quand Tristan von Buchwaldt réfléchit à ce qui peut bien fasciner sa collègue *chez ce petit trapu colérique et grincheux*, déclara Pia en citant le manuscrit. Je t'avais demandé de changer ça.

— Tu as déjà entendu parler de la liberté de l'écrivain ? ironisa Henning avant de changer de sujet et de redevenir sérieux. Vous avez trouvé ce qui est arrivé à l'amie de Maria ?

— Non, répondit Pia.

— Vous ne savez toujours rien ou vous ne me dites rien ?

— Les deux.

— Tu m'exclus donc.

Pia s'imagina brièvement Henning et Maria Hauschild en train de fourrer le corps d'Heike Wersch dans leur propre poubelle sous la pluie battante et l'orage avant de se mettre à nettoyer la cuisine. Mais elle rejeta aussitôt cette idée, Henning n'aurait jamais commis l'erreur de laisser des traces aussi voyantes, et de plus, il connaissait bien la maison. Il connaissait les produits chimiques qui permettaient d'éliminer complètement les traces de sang. Cependant un vague soupçon subsistait.

— Qu'est-ce qu'il y a entre toi et Maria Hauschild ? demanda-t-elle.

— Ce qu'il y a ? Rien du tout ! répondit innocemment Henning. Maria est mon agent. C'est tout. Notre relation est purement commerciale.

— Si tu le dis, je veux bien te croire, rétorqua Pia. Tu la connais bien ?

— Qu'est-ce que tu veux dire exactement ?

— Elle ne savait pas qu'Heike Wersch s'occupait de son vieux père à la maison, alors qu'elle est censée être très amie avec elle depuis des décennies. En plus, elle a défoncé la porte de la cuisine pour entrer dans la maison alors que j'étais à côté !

— Elle s'est inquiétée, répondit Henning. Il y a des gens qui ont des amis pour lesquels ils s'inquiètent.

— Qu'est-ce que ça veut dire ? s'insurgea Pia. J'ai des amis !

— Pas moi, dit Henning. S'il m'arrivait quelque chose, seuls mes collaborateurs et mes étudiants le remarqueraient si je ne venais pas travailler.

Ce sujet mettait Pia mal à l'aise. Si elle n'avait pas Christoph, elle serait probablement dans le même cas qu'Henning.

— Si Mme Hauschild te demande, tu peux lui dire qu'on n'a toujours pas de nouvelles.

Elle mit fin à la conversation et suivit Bodenstein dans la maison.

*

Carl Winterscheid raccrocha et contempla pensivement le portrait de son grand-père décédé depuis longtemps, le légendaire éditeur Carl August Winterscheid, qu'il avait fait accrocher sur le mur d'en face entre deux étagères de livres qui allaient du sol au plafond. Le vieux patriarche, comme ses parents l'appelaient, était une personnalité hors du commun, un découvreur d'hommes, charismatique et doué pour les affaires, un homme intelligent doté d'un talent extraordinaire, mais aussi un visionnaire et un entrepreneur.

Abraham Liebman, le véritable fondateur et copropriétaire de la maison d'édition, avait compris très tôt ce qui attendait l'Allemagne. Lorsqu'il avait quitté le pays avec sa famille en 1931 pour émigrer aux États-Unis, Carl August Winterscheid avait dû prendre la direction de la maison d'édition et lui donner son nom en 1934 sous la pression du régime nazi. Il avait été assez courageux pour prendre des décisions parfois impopulaires, mais il n'avait jamais perdu de vue le bien-être de ses auteurs et de ses collaborateurs, contrairement à Henri, son fils aîné, qui avait presque ruiné la maison d'édition parce qu'il ne connaissait rien à la littérature ni à la gestion d'entreprise.

Carl s'entretenait souvent en pensée avec l'homme qui avait dirigé la maison d'édition pendant cinquante ans, dans des périodes troubles, et en avait fait l'une des plus importantes maisons d'édition de littérature germanophone de l'après-guerre. Au cours des derniers mois, il s'était souvent demandé comment son grand-père aurait agi à sa place et, malgré les critiques virulentes à l'encontre des changements qu'il avait opérés pour sauver la maison et les reproches selon lesquels il était le fossoyeur d'une tradition plus que centenaire, il pensait que le vieux Carl August aurait approuvé ce qu'il faisait.

Un coup frappé à la porte le tira de ses pensées.

— Oui ? cria Carl et sa cousine Dorothea entra dans le bureau.

— Je te dérange ? demanda-t-elle.

— Non, entre.

Il se redressa.

— Tu es content ?

— De quoi ?

Elle referma la porte derrière elle.

— De la réunion des représentants.

— Ah bon. Oui, très content. Le programme de printemps est formidable. Les représentants étaient enthousiastes. Dans la fiction et la non-fiction, nous sommes en excellente position.

— Je peux prendre un verre ?

— Bien sûr, répondit Carl en se levant et en contournant le bureau. Je peux aussi…

— Pas la peine. Merci.

Elle se dirigea avec assurance vers le bar caché derrière la porte d'une armoire, vestige de l'époque où son père Henri Winterscheid, l'oncle de Carl, aimait organiser dans ce bureau des beuveries qui dégénéraient.

— Tu veux quelque chose ?

— Oui, volontiers. Un scotch.

Dorothea manipula des bouteilles et des verres et ouvrit le réfrigérateur.

— Qu'est-ce qu'il y a, Thea ? s'enquit Carl en regardant la femme qu'il connaissait depuis toujours.

Lorsqu'il était arrivé dans la villa de son oncle à l'âge de six ans, à la mort de sa mère, Dorothea avait une vingtaine d'années et lui avait souvent consacré du temps. Et même plus tard, lorsqu'il vivait en Amérique chez son parrain, elle et son mari lui rendaient régulièrement visite. Elle avait longtemps travaillé comme libraire dans l'une des plus grandes chaînes de librairies d'Allemagne, puis dans la distribution chez S. Fischer, d'abord comme représentante, puis comme *key account manager* et enfin comme directrice adjointe des ventes, avant que son père la fasse venir chez Winterscheid il y a cinq ans. Carl lui avait confié la direction des ventes et lui avait donné une place au sein de la direction. Une décision qu'il n'avait pas regrettée une seule seconde. Dorothea, qui avait partagé dès le début sa conception d'une politique éditoriale diversifiée, était sa plus forte alliée. Elle connaissait la librairie d'assortiment et le secteur du livre sur le bout des doigts, elle était intelligente, efficace et rien ne pouvait la déstabiliser. Il ne l'avait encore jamais vue aussi indignée et bouleversée que maintenant.

— Je suis hors de moi, répondit-elle.

Carl entendit le tintement des glaçons et le crépitement, comme du polystyrène, du scotch coulant sur la glace. Dorothea referma la porte de l'armoire et lui tendit l'un des deux verres.

— Je viens de téléphoner à mon père pour lui dire à quel point j'ai trouvé sa prestation et celle d'Hellmuth ce matin honteuses et totalement irrespectueuses.

Elle but une gorgée de scotch.

— Je lui ai aussi demandé pourquoi il voulait tout à coup vendre ses parts de la maison d'édition et pourquoi je l'ai appris par hasard. Il y a dix ans, alors que la maison d'édition avait déjà frôlé le dépôt de bilan, il avait toujours refusé les offres de Franz Bärlauch. À l'époque, il ne voulait même pas lui en vendre dix pour cent. Il a tergiversé un moment, puis il a dit que ses motivations ne me regardaient pas, mais je n'ai pas lâché le morceau jusqu'à ce qu'il admette enfin qu'il voulait investir le produit de la vente de ses parts dans la nouvelle maison d'édition d'Heike ! Qui s'appellera d'ailleurs Winterscheid & Wersch.

— Quoi ? Comment peut-il vouloir faire une chose pareille ?

Carl n'en croyait pas ses oreilles.

— Il paraît qu'il ne peut pas s'identifier à notre nouvelle ligne ! répondit Dorothea, soudain sarcastique. Je crois plutôt qu'il jalouse ton succès. Nous avons mis le nouveau Kirchhoff sous presse aujourd'hui. Et nous sommes sur le point d'imprimer une deuxième édition. De mémoire, il n'y a jamais eu dans cette maison d'édition un titre avec un tirage initial aussi élevé ! Ça rend mon père malade.

— Il faut d'abord qu'il puisse vendre ses parts au moins.

L'espace d'un instant, Carl ne sut s'il devait être consterné, déçu ou s'il devait en rire. Depuis son enfance et son adolescence, son oncle et sa tante l'avaient toujours tenu à l'écart de la maison d'édition. À l'âge de onze ans, ils l'avaient envoyé dans un internat et avaient été soulagés lorsqu'à quatorze ans, il avait exprimé le souhait de rejoindre son parrain en Amérique. Ils avaient tout fait pour le tenir à l'écart de l'entreprise familiale, bien qu'il ait hérité de son père quarante pour cent des parts de l'entreprise.

— Il t'a dit à qui il les a proposées ?

Dorothea secoua la tête.

— Non. Franz Bärlauch est mort l'année dernière, il est exclu. Mais celui qui veut acheter les parts a aussi besoin de mon accord. Mes petits douze pour cent constituent la minorité de blocage.

— Tu ne devrais en aucun cas donner ton accord, dit Carl. Comme tu l'as dit : les parts de ton père sont ton héritage. Tu es une Winterscheid et sa fille unique.

— Comme si cela avait jamais joué un rôle pour lui, rétorqua Dorothea, l'air sombre.

— Je me demande si Henri se rend compte des conséquences d'une vente, dit Carl, pensif. Lui et ta mère n'auraient plus le droit d'habiter dans la villa, car elle fait partie du patrimoine de la maison d'édition. Et ils devraient aussi renoncer à l'avenir aux services de Waldemar Bär. Ou alors payer s'ils veulent le garder comme chauffeur.

— Il ne voit pas si loin, dit Dorothea avec un petit sourire méprisant. Il veut installer la nouvelle maison d'édition dans la villa.

Elle cessa d'un coup de sourire.

— Putain ! Je la *hais*, Heike ! s'exclama-t-elle. Pour ce qu'elle a fait à Velten et pour sa sournoiserie.

Avec un bruit sec, elle posa son verre sur la table.

— Nous avons exactement *deux* titres littéraires pour le printemps prochain ! *Deux !* Je suis sûre que cette vipère a tout retardé pour l'avoir dans son propre programme ! Et Alex n'a tout simplement pas le même talent qu'Heike pour les sujets littéraires. Nous devons trouver d'urgence une solution pour la remplacer si nous ne voulons pas perdre tous les auteurs importants au profit de la concurrence ! Et ce qui m'énerve le plus : nous allons lui devoir de l'argent !

— Pas question, répondit Carl en finissant son scotch. Heike ne s'est pas présentée ce matin à la séance de conciliation des prud'hommes. Son avocat n'a pas arrêté de l'appeler, mais elle n'a même pas répondu au téléphone. Le juge n'a pas apprécié.

Carl sourit à ce souvenir.

— Nous devons certes annuler le licenciement sans préavis et la licencier de manière ordinaire, mais nous ne lui devrons pas d'indemnités.

— Eh bien, ça au moins, c'est une bonne nouvelle !

Le visage sombre de Dorothea s'éclaira légèrement. Elle s'enfonça dans l'un des confortables fauteuils devant le bureau de Carl et retira ses escarpins.

— Qu'est-ce que c'est que ça ? s'exclama-t-elle en se penchant avec un sourire surpris sur la petite voiture Matchbox bleue qui se trouvait à côté du clavier de l'ordinateur de Carl. Je ne peux pas croire que tu l'aies encore ! Je te l'avais offerte parce que tu avais été très sage en te faisant couper les cheveux. Tu n'avais pas plus de cinq ans à l'époque.

— Vraiment ? dit Carl en se rasseyant derrière le bureau. Je ne m'en souviens pas du tout.

— Tu l'aimais tellement à cause du petit chien blanc sur la banquette arrière. Mon Dieu, c'était il y a longtemps !

Dorothea prit la petite voiture dans ses mains et la regarda pensivement.

— Oui, répondit Carl. Et tu sais ce qui est bizarre ? La semaine dernière, la voiture était au courrier dans une enveloppe matelassée. Sans nom d'expéditeur. Je me disais que c'était toi qui me l'avais envoyée.

— Pourquoi aurais-je fait ça ? demanda Dorothea en haussant les sourcils.

Son téléphone portable sonna. Elle le sortit de sa poche et remit la petite voiture en place.

— Excuse-moi, je dois répondre.

Carl hocha la tête.

— Je suis toujours au boulot, entendit-il sa cousine dire. Oui… nous avons eu une réunion des représentants… non, j'ai encore du travail. Oui… OK… mais je ne sortirai pas d'ici avant 20 heures.

Carl posa son index sur le toit de la Fiat miniature éraflée et la fit rouler doucement entre une pile de papiers et le clavier de son ordinateur. Où la petite voiture était-elle pendant toutes ces années ? Qui la lui avait envoyée ? Et pourquoi maintenant ?

*

— J'ai parlé avec les éboueurs qui ont fait la tournée de Bad Soden mardi, déclara Cem.

Pour la réunion du soir, toute l'équipe de la K11 s'était retrouvée dans la salle de réunion au premier étage de la BRI d'Hofheim. Même Nicole Engel, qui soupçonnait encore ses subordonnés d'avoir délibérément monté en épingle un cas de disparition anodin afin d'échapper aux formations continues.

— L'un des éboueurs qui vidait les poubelles ne se souvenait pas si la poubelle d'Heike Wersch était plus lourde que d'habitude. Elle est généralement pleine à ras bord, car elle jette souvent des livres dans les ordures ménagères. En tout cas, il n'a pas remarqué de traces de sang.

— Nous sommes allés à l'usine d'incinération du Main-Taunus et nous avons parlé avec le directeur, dit Pia. Dans la centrale thermique d'Eschborn, les déchets résiduels de toute la région et en partie aussi de Francfort sont incinérés avant que les scories ne soient transportées à la décharge de Wicker. On peut voir à l'aide des bons de pesée dans quel puits le chargement de la benne à ordures a été déversé mardi et calculer approximativement à quelle profondeur il se trouve.

— Qu'est-ce qui prouve que le corps était vraiment dans la benne à ordures ? demanda Nicole Engel à Pia.

Beck's se leva de sa place préférée sous la table de réunion, trottina jusqu'à Nicole Engel et posa sa tête sur son genou en quête d'une caresse.

— Rien ne le prouve, admit Pia. L'analyse rapide a certes révélé que le sang trouvé dans la cuisine, sur le bord du coffre et dans la poubelle provenait d'une seule et même personne de sexe féminin, mais nous devons encore attendre le résultat du test ADN.

— Nous sommes persuadés qu'Heike Wersch n'est pas partie en voyage et ne s'est pas suicidée, car elle n'aurait jamais laissé son père dément seul dans la maison, précisa Tariq Omari. Même si elle ne devait s'absenter qu'un ou deux jours, elle l'aurait emmené dans un centre de soins de courte durée, comme nous l'ont confirmé plusieurs voisins, le médecin de famille et la directrice du centre de soins Sainte-Élisabeth à Bad Soden.

— En cas d'homicide, il n'y a pas de calculs coûts/bénéfices, mais ce serait néanmoins tout un truc de mettre à l'arrêt l'usine d'incinération et ça nécessiterait énormément de personnel pour fouiller des tonnes de déchets résiduels. Avant d'autoriser une telle action, j'ai besoin de preuves, nous attendons donc le résultat du test ADN, dit Nicole Engel avec une douceur inhabituelle, en caressant distraitement la tête du chien.

La présence de Beck's au bureau n'avait pas seulement un effet positif sur son humeur, depuis qu'il était là, la directrice des enquêtes criminelles troquait souvent ses tailleurs et talons aiguilles contre des jeans.

— En tout cas, le puits dans lequel les ordures de mardi ont été vidées est temporairement fermé, dit Bodenstein en se tournant vers Kai Ostermann. Qu'est-ce que tu as trouvé ?

— L'avis de recherche pour Heike Wersch est lancé, répondit Kai. Dans les bases de données du BKA et du LKA*, ainsi que

* BKA (Bundeskriminalamt) : office fédéral de la police judiciaire. LKA (Landeskriminalamt) : office régional de la police judiciaire.

dans le FPR, on ne signale pas de corps de femme inconnue retrouvé récemment. Je n'ai pas non plus trouvé de réservation de vol ou de train à son nom. J'ai demandé la géolocalisation de son téléphone portable, ainsi que le relevé des communications des dernières semaines. Avec un peu de chance, nous aurons les deux demain.

Tour à tour, Cem, Tariq et Kathrin racontèrent leurs conversations avec les voisins.

— Heike Wersch a donc reçu la visite de deux hommes différents, dont l'identité n'est pas encore connue, lundi en fin d'après-midi et en début de soirée, résuma Pia. Elle a ensuite été vue dans la nuit en train de sortir sa voiture du garage, mais elle ne s'est rendue dans aucune station-service des environs pour acheter des cigarettes ou autre chose.

— Exact, déclara Tariq. Et un voisin l'a vue mettre sa poubelle sur le bord de la route vers 1 h 30.

— Mais cela pourrait contredire la théorie selon laquelle son corps aurait été jeté dans la poubelle, fit remarquer Nicole Engel. Tout comme les traces de sang sur le coffre et à l'intérieur de la voiture. Et si elle était à pied et avait eu un accident ?

— J'ai interrogé tous les hôpitaux de la région, répondit Kai Ostermann. Il n'y a nulle part de femme nommée Heike Wersch ni d'inconnue correspondant à sa description.

— Il se peut qu'elle n'ait pas encore été retrouvée, fit observer Kathrin.

— Elle pourrait aussi être séquestrée quelque part, lança Tariq.

— Exactement ! Peut-être que le héron unijambiste l'a enlevée et enfermée dans sa cave, suggéra soudain Pia. Après tout, il aurait des raisons légitimes de lui en vouloir.

— De qui tu parles ? demanda Nicole Engel.

— Elle parle de Severin Velten, l'auteur du livre *Le Héron unijambiste*, expliqua Bodenstein.

— Ah ! La femme qui a disparu est l'éditrice de Severin Velten ! s'exclama Nicole Engel en ouvrant de grands yeux. J'adore ses romans !

— Il ne fait que plagier d'autres écrivains, dit Cem avec mépris. C'est un délit !

— Ce n'est pas du tout prouvé, affirma la directrice de la police judiciaire. Et même, dans le cinéma, il y a toujours des remakes de films.

— Mais la comparaison n'est pas valable, objecta Cem. Un producteur de film doit acheter les droits du film s'il veut produire un remake.

Avant que la dispute ne dégénère en une discussion passionnée sur le droit et la morale en matière de droits d'auteur, Bodenstein demanda à Kathrin Fachinger de leur exposer ce qu'elle avait appris sur la femme disparue.

— Heike Wersch, cinquante-six ans, originaire de Francfort. Éditrice, critique littéraire, présentatrice de télévision, traductrice, commença-t-elle avant d'ajouter : le journaliste Takis Würger a fait son portrait dans le *Spiegel* il y a quelques années et l'a décrite comme l'une des personnalités les plus influentes de la scène littéraire allemande, omnipotente dans le monde littéraire, aussi respectée que redoutée, car elle pouvait porter aux nues des auteurs ou au contraire les détruire.

— Bien sûr ! Je la connais ! interrompit Nicole Engel à l'adresse de sa collègue. J'ai souvent regardé cette émission littéraire le dimanche !

— Moi aussi ! s'écria Kathrin en lançant un regard moqueur à Cem et Tariq.

— Pas moi, répondit sèchement Kai Ostermann. Mais j'ai regardé cet après-midi quelques enregistrements de *Paula lit* sur YouTube, et je dois dire qu'à chaque émission, Heike Wersch fournit des motifs de meurtre en masse, ajouta-t-il en consultant ses notes. Elle ne mâche pas ses mots et elle devient par moments personnelle et impitoyable. Par exemple l'auteur de romans policiers Sven Klizeck, elle l'a qualifié de "stupide", "sans talent", d'autres livres de "camelote inénarrable, pétrie de clichés", de "pathétique", de "répugnant", "un calvaire", "une insulte au lecteur". Un jour, elle a été jusqu'à dire que si elle avait le choix entre lire le nouveau roman de José Cueño ou une intoxication avec un poisson, elle choisirait le poisson avarié.

— Est-ce que c'est une raison pour tuer quelqu'un ? demanda Pia.

— Eh bien, je crois que je serais extrêmement vexé si je devais entendre quelqu'un, devant un public et une caméra, rabaisser le livre que j'ai mis des mois, voire des années à écrire, avec de tels adjectifs et le jeter ensuite à la poubelle, rétorqua Kai.

— D'ailleurs, j'ai toujours préféré les livres que Wersch a mis à la poubelle à ceux qu'elle a recommandés, dit Kathrin.

— Une seconde, c'est quoi cette histoire de poubelle ? demanda Bodenstein, qui tapait sur son portable.

— Cela faisait partie du concept de l'émission, qu'Heike Wersch jette les livres qu'elle n'a pas aimés à la poubelle après la discussion, lui expliqua Nicole Engel.

— Ça, ce serait quelque chose ! ricana Cem. Un homme vexé, un écrivain traite l'animatrice de l'émission comme elle a traité son livre !

— Une théorie intéressante, observa Bodenstein.

— Nous avons peut-être affaire à un meurtre de livre, plaisanta Tariq.

— Un meurtre comme on en trouve dans les livres, renchérit Cem.

— *À la poubelle*, lança Kai en riant. Le nouveau thriller de...

— Ça suffit, messieurs ! intervint Nicole Engel. Madame Fachinger, continuez, s'il vous plaît.

— Heike Wersch a été licenciée sans préavis il y a quelques semaines, après avoir travaillé pendant plus de trente ans pour la maison Winterscheid, reprit Kathrin. Elle a ensuite donné quelques interviews dans lesquelles elle s'est exprimée de manière très négative sur l'éditeur Carl Winterscheid. Tous les journaux en ont beaucoup parlé. Internet aussi. Elle chercha dans ses notes et poursuivit : *La célèbre maison d'édition Winterscheid de Francfort ne connaît pas de répit depuis que Carl Winterscheid (34 ans), petit-fils du légendaire Carl August Winterscheid († 1989), a repris en janvier 2017 la direction de la maison en proie à des difficultés financières. Aujourd'hui, les choses se corsent. Les anciens collaborateurs contestent la position du directeur. "Il ne connaît rien à la littérature, se plaint Heike Wersch (56 ans), directrice éditoriale de longue date, qui s'occupe depuis trois décennies d'auteurs de haut niveau comme le prix*

Nobel de littérature Alfried Kempermann, Hellmuth Englisch ou Franziska Mannsfeldt. Carl Winterscheid est un ignare avide de profit, il n'a aucun niveau et pas la moindre idée de ce qui fait un bon livre. Il va transformer la meilleure maison d'édition littéraire allemande en un quelconque producteur de masses de livres. Ce n'est pas étonnant, il est issu de la branche des petits pinailleurs de la famille. " Elle leva les yeux et ajouta : C'était il y a trois semaines. Quelques jours plus tard, elle a rendu public le fait que Severin Velten avait entièrement copié son dernier roman sur un auteur chilien. Les médias ont qualifié ça d'acte de vengeance.

— Hum, fit Nicole Engel, lèvres pincées, en grattant Beck's derrière les oreilles de la main gauche. S'il devait se confirmer qu'Heike Wersch a été victime d'un crime, la presse se jetterait dessus.

Contrairement à son prédécesseur, qui aimait les grandes conférences de presse et les flashs, Nicole Engel ne tenait pas particulièrement à attirer l'attention des médias. Une éminente critique littéraire, peut-être assassinée par un écrivain de renommée mondiale et fourrée dans une poubelle, serait sans aucun doute un changement bienvenu pour la presse par rapport aux éternels reportages sur Donald Trump, le Brexit et la sécheresse de l'été. Pia jeta un coup d'œil rapide à son chef. Pourvu que la patronne, dans son enthousiasme pour Severin Velten, n'ait pas l'idée de s'immiscer dans l'enquête !

— Je vais devoir informer le ministre de l'Intérieur et le directeur général de la police de cette affaire. Je souhaite la plus grande discrétion et le plus grand tact. Bodenstein, vous me tenez au courant heure par heure.

Nicole Engel se leva et enleva les poils de chien de son jean.

— Bien sûr, acquiesça Bodenstein.

— Et plus de blagues sur les poubelles, chers collègues, dit-elle en jetant un coup d'œil sévère à Cem, Tariq et Kai.

Avant de quitter la pièce, elle se retourna une dernière fois.

— Pia, au fait, quelle est la taille d'Heike Wersch ? s'enquit-elle.

— Euh, je ne sais pas, répondit Pia, prise au dépourvu par la question. Pourquoi est-ce important ?

— Parce qu'une personne d'un mètre quatre-vingts ne tient pas dans une poubelle.

Tariq vint au secours de Pia.

— Dans celle-ci, si, dit-il. Heike Wersch et son père ont une poubelle de deux cent quarante litres.

2e jour
Vendredi 7 septembre 2018

— Papa, tu es là !

Bodenstein fut tiré brusquement de son profond sommeil par quelqu'un qui se jetait sur lui. Il mit un instant à se souvenir qu'il se trouvait dans la chambre d'amis au sous-sol de la maison de Karoline.

— Pourquoi tu dors ici ? demanda Sophia qui avait l'air bouleversée.

Elle se réfugia dans ses bras.

— Je t'ai cherché partout, papa ! Greta a dit que Karoline t'avait mis à la porte !

Sous le coup de l'émotion, elle eut soudain le hoquet, comme lorsqu'elle était petite.

— Oh, mais c'est n'importe quoi, ma chérie. Je ne partirais quand même pas comme ça, marmonna Bodenstein en serrant sa fille dans ses bras. Surtout pas sans toi.

Avec un sanglot, Sophia se blottit contre lui. Il comprenait parfaitement son angoisse de l'abandon. Toute sa vie avait été marquée par l'insécurité ; elle n'avait jamais eu de foyer fixe : elle vivait tantôt chez Cosima, tantôt chez lui, même les week-ends, Cosima partait parfois en expédition pour ses films pendant des semaines, et Sophia se retrouvait souvent chez Lorenz, Rosalie, ses parents à lui ou n'importe quelle amie lorsque Bodenstein devait travailler. Depuis longtemps, la fillette de douze ans préparait son sac avec la routine d'une hôtesse de l'air et semblait trouver rapidement ses repères partout. Mais c'était trompeur, dans son for intérieur, c'était bien différent. Et depuis la maladie de Cosima, elle était devenue encore plus proche de lui.

— Quelle heure est-il ? demanda Bodenstein en attrapant son portable.

Lorsque Sophia se fut un peu calmée, il jeta un coup d'œil sur l'écran noir.

— 7 h 20, dit Sophia.

— Heureusement que tu m'as réveillé.

Il embrassa sa fille sur le front.

— La batterie de mon téléphone est morte, c'est pour ça que mon réveil n'a pas sonné.

— Pourquoi est-ce que tu as dormi dans la chambre d'amis ? demanda Sophia lorsqu'il se redressa en bâillant.

Devait-il lui dire que, la veille, Karoline s'était enfermée dans la chambre en pleurant comme une ado rebelle parce qu'il n'avait pas répondu à tous ses messages ? En fait, Sophia méritait la vérité, à douze ans, elle était assez grande pour l'apprendre tôt ou tard.

— Je peux utiliser ta brosse à dents ? demanda Sophia tandis que Bodenstein réfléchissait encore à la manière de lui dire ce qui se passait sans qu'elle se reproche d'être la cause de la relation difficile entre son père et sa belle-mère.

— Pourquoi tu ne prends pas la tienne ? demanda-t-il, surpris.

— Greta s'est enfermée dans notre salle de bains et elle est dans la baignoire.

— À cette heure-ci ? Elle a pourtant toute la journée pour ça.

— Elle ne fait ça que pour m'embêter. La plupart du temps, je suis plus rapide le matin, mais aujourd'hui, elle m'a dépassée dans le couloir, répondit Sophia en faisant la grimace. De toute façon, dès que je suis partie, elle se remet au lit et regarde Netflix. Et Karoline m'a dit que c'était la salle de bains de Greta, que je n'étais qu'une invitée et que je devais me lever plus tôt.

À ces mots, Bodenstein eut une poussée d'adrénaline qui chassa toute fatigue de sa tête et de ses membres. Il enfila son pantalon, ses chaussettes, ses chaussures et ouvrit la porte de sa chambre.

— Où vas-tu, papa ? demanda Sophia, inquiète. Qu'est-ce que tu fais ?

— Nous allons maintenant chercher ta brosse à dents dans la salle de bains, répondit-il, furieux.

Bodenstein était généralement quelqu'un de pacifique, fier de ne perdre que très rarement son sang-froid, même dans les situations de crise et de stress, mais là, il tremblait de colère. Il se voyait défoncer la porte de la salle de bains d'un coup de pied bien placé, sortir de la baignoire et faire dégringoler l'escalier à cette fille odieuse qui le tyrannisait depuis six ans et avait détruit son couple.

— Non, papa, je t'en prie ! Je n'ai pas vraiment besoin de me brosser les dents ! le supplia Sophia, mais Bodenstein était hors de lui.

Il dévala l'escalier jusqu'au premier étage et frappa du poing contre la porte fermée de la salle de bains.

— Greta, s'il te plaît, dépêche-toi de laisser Sophia se laver les dents et se brosser les cheveux, dit-il d'une voix qu'il avait peine à maîtriser. Elle va être en retard à l'école.

— Pas de chance. Je suis dans la baignoire, lança Greta.

— Tu pourras continuer à prendre ton bain après mais je te demande d'ouvrir cette porte ! dit Bodenstein en serrant les poings.

— Papa, laisse, je t'en prie ! supplia Sophia.

En voyant qu'elle avait les larmes aux yeux, Bodenstein redoubla de colère. Le problème, ce n'était plus la brosse à dents, c'était devenu une question de principe. Greta ne le tyrannisait pas seulement, lui, mais aussi sa fille, qu'il n'avait pas protégée contre cette harpie.

— Ouvre cette putain de porte maintenant ou je la défonce ! hurla-t-il.

Karoline apparut alors au bout du couloir, elle sortait de la douche, ses cheveux encore mouillés, mais était déjà habillée.

— C'est quoi ces cris, à cette heure-ci ? s'exclama-t-elle, furieuse.

— Ta fille bloque la salle de bains alors qu'elle peut rester allongée dans la baignoire toute la journée, lança-t-il. Je lui ai demandé de laisser entrer Sophia pour qu'elle puisse se laver les dents.

— Et alors ? C'est la salle de bains de Greta, rétorqua Karoline, elle peut l'utiliser quand elle veut et aussi longtemps qu'elle veut.

Bodenstein redevint d'un coup très calme.

— Tu parles sérieusement ?

Il se tourna vers sa femme et la regarda. Il avait devant lui une étrangère, qui le laissait complètement indifférent.

— Alors comme ça, Sophia et moi, nous ne sommes que des *invités* dans ta maison ?

Derrière la porte de la salle de bains, il y eut un bruit et un clapotis, puis la clé tourna dans la serrure et la porte s'ouvrit. Greta était là, nue comme un ver, l'eau dégoulinant de son corps. Elle eut un sourire provocateur et lui jeta une brosse à dents sur la poitrine.

— La voilà, ta putain de brosse à dents, espèce d'enfoiré ! T'es content maintenant ?

Et sur ce, elle lui claqua à nouveau la porte au nez.

— C'est bon, dit-il d'une voix blanche.

Il se pencha, ramassa la brosse à dents et la tendit à Sophia en pleurs.

— Comment ça, c'est bon ? demanda Karoline.

— Attends-moi en bas, s'il te plaît, ma chérie, dit Bodenstein à sa fille. Je vais m'habiller et on part.

Il se dirigea vers la chambre. Karoline lui courut après.

— Pourquoi est-ce que tu ne me parles pas ? demanda-t-elle, Oliver ! Pourquoi ne réponds-tu pas à mes messages ?

Il se retourna si vite qu'elle faillit le percuter.

— Parce que tu m'empêches d'entrer dans la chambre et parce que tu laisses ta fille me traiter d'*enfoiré*, rétorqua-t-il froidement. Parce que, *toi*, tu ignores depuis des mois tout ce que je te demande. Parce que vous ne tenez aucun compte de Sophia, contrairement à ce que vous m'aviez juré. Est-ce que ce sont des raisons suffisantes pour toi ?

— C'est très difficile pour Greta..., commença Karoline, mais Bodenstein ne voulait pas repartir sur ce sujet.

— Stop ! lança-t-il.

Tout à coup, Karoline eut les larmes aux yeux. Son humeur changeait plus vite que le temps en avril. Avant, il y avait eu des phases de relative normalité, mais depuis que Cosima était à l'hôpital et que Sophia vivait avec eux, la cohabitation avec Karoline était devenue un parcours du combattant permanent, ponctué de crises de jalousie suivies de remords et Bodenstein était complètement dépassé par les événements. Il avait fait tout ce que les psychologues lui avaient conseillé : il avait essayé de mettre sa femme en confiance, de lui offrir sécurité et bien-être, il était fiable, prévenant et tolérant, mais la situation ne cessait d'empirer. Parfois, Karoline l'appelait cinquante fois par jour pour savoir où il était et qui était avec lui. Elle le soupçonnait d'infidélité, avait des crises de larmes, lui jurait un amour éternel, pour l'insulter trente secondes plus tard.

Bodenstein prit des vêtements propres dans l'armoire et s'habilla.

— Laisse-nous nous expliquer, lui demanda Karoline. Je te promets que je vais…

Le téléphone fixe sur sa table de nuit se mit à sonner. Elle retira le combiné du chargeur.

— Albrecht à l'appareil, répondit-elle en écoutant un instant. Non, il n'est pas disponible pour le moment. Essayez plus tard sur son portable.

Sur ce, elle raccrocha.

— Pourquoi ne suis-je pas disponible en ce moment ? demanda Bodenstein, furieux. Qui était-ce ?

— C'était Mme Sander, répondit Karoline, soudain sarcastique. Ta Pia. Elle passe toujours avant moi. Tout comme Cosima, Nicole, ou je ne sais qui encore, toutes tes bonnes femmes ! Tu peux la rappeler plus tard. Il faut qu'on parle, Oliver. Maintenant !

— Nous aurions pu parler hier soir, mais tu t'es enfermée dans la chambre, répondit Bodenstein en tendant la main. Maintenant, je dois rappeler ma collègue. Passe-moi le téléphone, s'il te plaît.

À ce moment-là, la sonnerie retentit à nouveau. Bodenstein regarda sa femme en silence jusqu'à ce qu'elle cède et lui tende le téléphone à contrecœur. Puis elle passa devant lui et entra dans la salle de bains.

— Chef, j'essaie de te joindre depuis hier soir ! résonna la voix de Pia à l'oreille de Bodenstein. Qu'est-ce que tu as ? Tu as déjà déménagé ?

— Non.

Bodenstein jeta un coup d'œil rapide en direction de la salle de bains, mais Karoline ne pouvait pas entendre la question de Pia.

— J'ai oublié de recharger mon téléphone.

— Bon, écoute : Tariq et moi sommes allés hier soir à Bad Soden chez des voisins que nous n'avions pas rencontrés pendant la journée. L'un d'eux a observé lundi soir vers 7 heures un homme dans la rue devant la maison d'Heike Wersch. Cela correspond d'ailleurs à l'observation d'un autre voisin. L'homme a d'abord attendu un moment en regardant la maison, puis il a escaladé la clôture. Le voisin a pu décrire assez bien l'homme et Tariq a eu l'idée de lui montrer une photo du héron unijambiste.

— Une photo de Severin Velten ? Il la sortait d'où ? demanda Bodenstein en prenant une veste dans l'armoire avant de refermer la porte.

— Sur Internet, il y a des centaines de photos de lui, après tout, il est assez célèbre, répondit Pia. En tout cas, le voisin est sûr que c'est lui qui a escaladé la clôture. Mais un autre voisin dit avoir vu Heike Wersch plus tard, alors le héron ne peut…

— Severin Velten.

— Oui, bien sûr. Je n'arrive pas à me souvenir de son nom. En tout cas, il ne peut pas l'avoir tuée.

— OK, dit Bodenstein. Je conduis Sophia à l'école et je serai au bureau dans une demi-heure. Demande à Kai de trouver où habite Velten. Nous devons lui parler. À tout à l'heure !

— Tu veux parler à tout le monde ! gémit Karoline en ressortant de la salle de bains. Sauf avec moi ! Qu'est-ce que j'ai fait de travers ?

— Il faut que j'y aille.

Bodenstein sortit de la chambre sans l'embrasser. Il préférait aller à la recherche d'un cadavre plutôt que d'avoir encore une conversation stérile avec sa femme.

*

Kai Ostermann avait dessiné sur le grand tableau blanc une frise chronologique sur laquelle il avait noté toutes les observations que les voisins d'Heike Wersch avaient faites le lundi. Les indications de l'heure et les descriptions des personnes étaient vagues, assez subjectives et ne se recoupaient pas exactement, mais en dépit de certaines lacunes, une première image globale se dessinait. Une enquête ressemblait toujours à une énigme délicate à résoudre, et chaque information, si minime et apparemment insignifiante soit-elle, pouvait être la clé qui ouvrait la porte sur la vérité. À l'exception de Bodenstein, toute l'équipe de la K11 était déjà réunie, y compris Nicole Engel.

Pia était debout devant le tableau blanc, à côté de sa cheffe, et essayait de comprendre ce qui avait pu se passer lundi dernier au domicile d'Heike Wersch. Vers 17 h 30, un homme aux cheveux gris frisés, portant des lunettes, était entré dans la propriété d'Heike Wersch. Tariq s'était servi de la carte bleue d'Heike Wersch pour imprimer des extraits de compte actuels sur une imprimante de la Caisse d'épargne du Taunus et c'est ainsi qu'ils avaient appris que le 3 septembre à 19 h 04 elle avait fait des achats pour 186,88 euros dans un supermarché de Bad Soden et avait payé avec sa carte. Mais on ne savait pas si c'était pour cette raison qu'elle avait attaché son père ni où étaient passés les autres achats, à l'exception du poulet bio. En début de soirée, entre 19 heures et 19 h 30, un autre homme plus jeune, en qui un voisin prétend avoir reconnu l'écrivain Severin Velten, avait escaladé la clôture. Personne n'avait vu d'où l'homme, le genre artiste, ou Severin Velten était venu, ni comment il était reparti. À 1 h 30, un voisin avait vu Heike Wersch sortir sa poubelle dans la rue. Et en promenant son chien la nuit, un autre voisin l'avait vue sortir sa voiture du garage et démarrer.

— Tout cela n'a pas de sens, dit Pia à ses collègues. Qu'est-ce que toutes ces courses sont devenues ? Il doit bien en rester quelque chose.

— Est-ce qu'on sait quand la poubelle a été vidée ? demanda Nicole Engel.

— Mardi matin vers 11 heures, répondit Tariq.

— Qui peut être l'artiste aux cheveux frisés ? réfléchit Pia.

— Je parierais sur Alexander Roth, suggéra Kai, assis un peu en retrait à la table de réunion derrière son ordinateur qu'il tourna vers Pia. C'est le directeur éditorial de la branche littéraire des éditions Winterscheid et donc le successeur d'Heike Wersch. J'ai trouvé sa photo sur le site de la maison d'édition.

— Ah ah !

Nicole Engel, Pia, Cem, Kathrin et Tariq observèrent la photo de l'homme qui regardait la caméra avec un sourire affable.

— Maria Hauschild, l'agent d'Henning, l'a qualifié d'ami d'Heike Wersch, se souvint Pia. Ils se connaissaient depuis le lycée.

— Vous devriez l'interroger aujourd'hui, dit Nicole Engel. Tout comme l'éditeur lui-même.

— Le plus urgent pour moi, c'est de parler avec Severin Velten, rétorqua Pia. Kai et moi, nous avons fait des recherches sur Internet hier soir. C'était un des plus grands écrivains allemands. Ses romans ont remporté des dizaines de prix. Après les accusations de plagiat, une véritable tempête de critiques s'est abattue sur lui. Il a perdu un poste de professeur invité à l'université de Berlin. Les associations d'écrivains prennent leurs distances vis-à-vis de lui. Sa réputation est ruinée, sa carrière fichue. En raison des nombreux commentaires haineux, son site web et son profil Facebook ont été temporairement désactivés. Si quelqu'un avait une bonne raison d'envoyer Heike Wersch en enfer, c'est bien lui.

Nicole Engel pinça les lèvres et réfléchit.

— Tu as raison, concéda-t-elle après avoir brièvement pesé le pour et le contre. Même si je ne peux pas imaginer qu'il ait pu faire une chose pareille.

Dans presque chaque enquête, Pia était confrontée à des gens qui ne voulaient pas croire que quelqu'un qu'ils connaissaient puisse être un meurtrier. Mais que sa patronne ne fasse pas exception à la règle l'étonna tout de même.

Nicole Engel regarda autour d'elle :

— Au fait, Bodenstein, il est où ?

— Il arrive, répondit Pia.

La directrice de la police judiciaire la prit à part.

— Tu sais ce qui se passe avec lui ces derniers temps ? Je commence à m'inquiéter pour lui.

— Tu ne veux quand même pas que je débine mon supérieur, répondit Pia.

— Alors tu sais quelque chose ? insista Nicole Engel en scrutant Pia du regard. Il t'a raconté quelque chose ?

— Et tu ne voudrais pas non plus que je mente à ma patronne, répondit Pia, tirant habilement son épingle du jeu. Ah, à propos : le médecin de famille d'Heike Wersch m'a informée que son père obtiendrait une place dans la maison de retraite de Bad Soden s'il était autorisé à quitter l'hôpital. Est-ce que tu penses qu'il serait judicieux que nous lui parlions ? Il a peut-être entendu quelque chose.

Nicole Engel accepta de changer de sujet.

— Il est alzheimer, n'est-ce pas ?

— Oui, à un stade avancé.

— Vous pouvez essayer, approuva-t-elle. Parfois, les patients atteints d'alzheimer ont des moments de lucidité.

— Et si Heike Wersch n'avait pas sorti elle-même la poubelle et n'était pas partie avec sa voiture, parce qu'elle était déjà morte depuis longtemps à ce moment-là ? suggéra soudain Tariq.

— Ses voisins l'ont pourtant reconnue.

Cem était sceptique.

— Eh bien, souvenez-vous de notre tueur de la fête des Mères, rétorqua Tariq, comme il a trompé ses victimes et nous par la même occasion !

— En plus, il faisait nuit et il pleuvait, ajouta Kathrin. Peut-être que les voisins ont juste cru voir Heike Wersch.

C'est justement au début d'une enquête que toutes les suppositions, même apparemment les plus farfelues, étaient permises. Dans le travail de la police, il était rare qu'une seule bonne idée suffise, c'étaient les associations d'idées, l'examen et le rejet de certaines possibilités qui pouvaient finalement mener à la bonne piste.

— Les gars, écoutez-moi ! lança Christian Kröger en entrant dans la salle de réunion et Beck's bondit de sa place sous la table pour le saluer. Nous avons des nouvelles du laboratoire : le sang prélevé dans la cuisine, sur la porte du coffre, à l'intérieur de la voiture et dans la poubelle correspond clairement à l'ADN des échantillons de la brosse à dents et la brosse à cheveux que nous avons pris dans la salle de bains. C'est le sang d'Heike Wersch.

Il se pencha et caressa le chien.

Aucun d'entre eux n'avait souhaité trouver le corps d'Heike Wersch dans le coffre de sa voiture. Mais ils aimaient encore moins l'idée que quelqu'un ait tué cette femme et se soit débarrassé de son corps dans une poubelle.

— J'espérais que nous n'aurions pas à fouiller des tonnes de déchets, dit Nicole Engel en soupirant : si M. Bodenstein décide bientôt de nous honorer de sa présence, qu'il me contacte. Qu'en est-il de la géolocalisation du téléphone portable ?

— J'espère l'obtenir aujourd'hui, répondit Kai Ostermann. Je l'ai demandé en urgence.

— Laissez-moi coordonner l'intervention à la centrale d'incinération des déchets, intervint Kröger. J'ai déjà dû le faire plusieurs fois et je sais ce dont j'ai besoin. Si je peux avoir plusieurs personnes de la K11, nous n'aurons pas besoin d'employés de la permanence en plus. Cela réduit considérablement les coûts.

— Bon argument, Kröger, allez-y. Vous me tenez au courant, madame Sander.

Devant les autres, la commissaire restait formelle.

— J'ai un rendez-vous à Wiesbaden, mais je suis joignable.

Elle quitta la salle de réunion.

— Kai, tu as trouvé où habite Severin Velten ?

Pia avait délibérément attendu avant de poser la question, car on pouvait s'attendre à ce que Nicole Engel annule tous ses rendez-vous pour pouvoir assister à l'entretien avec son auteur préféré.

— Bien sûr ! répondit en souriant Ostermann qui avait vu clair dans le jeu de Pia. Il est domicilié à Francfort, Bachforellenweg, Westhafen.

*

Julia avait peu dormi pendant la nuit, elle était assise à son bureau et bâillait. Elle s'était endormie vers 2 heures du matin sur la traduction du roman français dont les droits allemands lui avaient été attribués l'automne dernier après un duel d'enchères acharné avec une autre maison d'édition. Aujourd'hui, elle devait absolument terminer le texte car le manuscrit devait être mis en page de toute urgence. Le manuscrit original ayant été disponible bien plus tard que prévu, ils avaient dû trouver un nouveau traducteur, et comme le livre devait devenir un titre phare et être publié pour la Foire du livre dans quatre semaines, le temps pressait. C'était parfois passionnant de travailler dans l'urgence, mais toujours délicat, car des erreurs pouvaient alors vite se produire, qu'il s'agissait absolument d'éviter. D'habitude, elle parvenait bien à se concentrer sur son travail, mais maintenant ses pensées vagabondaient constamment. Elle aurait bien aimé demander à Henning Kirchhoff s'il avait appris par son ex-femme s'il y avait du nouveau sur le sort d'Heike Wersch. Et s'il lui était vraiment arrivé quelque chose ? Son ex-femme avait-elle le droit de dire quoi que ce soit à Kirchhoff ? Dans l'entourage de Julia, il n'y avait jamais eu de crime ou délit, à l'exception d'un cambriolage chez un oncle, et sa propre expérience avec la police se limitait à un contrôle de véhicule peu après l'obtention de son permis de conduire.

Son portable sonna et elle sursauta. Malheureusement, ce n'était pas Kirchhoff, mais seulement Anja Dellamura, la directrice artistique. Elles se donnèrent rendez-vous pour un déjeuner rapide chez MoschMosch, sur la Goetheplatz, afin de discuter des derniers détails de la séance photo du lendemain dans le parc de la villa de l'éditeur. Le service commercial voulait absolument de nouvelles photos de Millie Fischer, l'autrice dont les romans étaient jusqu'à présent parus chez Droemer, et le service marketing avait réservé à cet effet une photographe connue, ainsi qu'une maquilleuse et une styliste. Julia avait eu l'idée d'inviter Millie à déjeuner dans un bon restaurant après le shooting, qui durerait trois à quatre heures, et de lui faire visiter ensuite le bâtiment chargé d'histoire de la maison d'édition. Elle avait demandé à Mme Winterscheid-Fink de la lui faire visiter à sa place et la directrice des ventes avait accepté, même si cela tombait un samedi. Elle se remit en soupirant à la correction de la traduction. Elle trouverait bien un prétexte pour appeler Kirchhoff plus tard.

*

Lorsqu'il entra dans le bureau que Pia partageait avec Kai Ostermann, Bodenstein n'était pas rasé et semblait encore plus abattu que la veille. Beck's sauta de son coussin à côté du bureau de Kai et l'accueillit en remuant la queue.

— Bonjour !

Pia leva les yeux de ses notes. Elle était en train de saisir dans le dossier virtuel du système ComVor son rapport sur les événements survenus la veille dans et autour de la maison d'Heike Wersch.

— Tu es prié de passer voir la patronne.

— C'est fait, répondit Bodenstein. Je l'ai croisée dans le couloir. Où sont les autres ?

— En route pour la centrale d'incinération, répondit Pia en continuant à taper. Christian s'est chargé de l'organisation. Cem, Tariq et Kathrin sont partis avec eux, et j'en ai fini ici aussi.

— Toi, tu as l'air d'avoir besoin d'un café, chef, dit Kai en jetant un coup d'œil derrière son écran. J'en ai fait du frais tout à l'heure. Sers-toi.

— Merci, je vais en prendre un dehors. Le tien est trop fort pour moi, répondit Bodenstein.

— Bof !

Kai fit un geste de dénégation.

Son café, un breuvage à la consistance goudronneuse qu'il produisait à l'aide d'une très vieille cafetière qui n'avait jamais été détartrée, était tristement célèbre dans toute la BRI et, à l'exception de Cem qui le buvait dans des tasses à expresso, quiconque en avait goûté une fois ne s'y faisait plus prendre.

— Ferme la porte, s'il te plaît, demanda Pia à son chef.

— Pourquoi ? répondit-il tout en accédant à sa demande.

— Depuis que la patronne a mis ses talons aiguilles au placard, on n'entend plus ses bruits de pas quand elle arrive, expliqua Kai en riant. Et Pia a peur qu'elle veuille être là quand vous parlerez à son auteur adoré.

— Kai nous a en effet trouvé l'adresse de l'auteur du *Héron unijambiste*, ajouta Pia. Il habite à Francfort. Bachforellenweg, au Westhafen. Il était chez Heike Wersch lundi soir et il a un motif. Engel nous a autorisés à aller lui parler.

— Ce serait le comble si elle avait quelque chose à redire juste parce qu'elle a un faible pour ce type, maugréa Bodenstein. Nous lui parlerons avant d'aller à l'usine d'incinération. Kai, fais envoyer une patrouille à l'adresse de Velten. Si nous l'arrêtons, les collègues pourront le ramener ici.

Peu de temps après, ils roulaient dans un véhicule de service sur l'A66 en direction de Francfort. Après que Pia lui eut fait part des résultats de la réunion du matin, Bodenstein se mit à tapoter sur son portable. Le trajet, une courte distance de l'échangeur ouest jusqu'à la sortie Francfort-Westhafen et le long de la Gutleutstrasse, se déroula dans un silence pesant. Ils se connaissaient si bien et depuis si longtemps qu'ils ne ressentaient ni l'un ni l'autre un besoin pressant de toujours se parler. Vingt-cinq minutes plus tard, Pia s'engageait dans la Zanderstrasse et trouvait une place de parking tout près de l'immeuble où Severin Velten possédait un appartement, l'un des douze immeubles de sept étages avec vue sur le port et les yachts. Une voiture de police était déjà garée devant l'entrée de l'immeuble. Le soleil brillait sur le Main et les scintillements du fleuve rivalisaient avec ceux de la façade en losanges de la tour Westhafen, qui évoquaient les verres de cidre typiques de la ville de Francfort. Autrefois, le Westhafen était un important centre de transbordement de marchandises, mais vers la fin des années 1980, il avait perdu son importance économique et connu une morne existence pendant quelques décennies, jusqu'à ce qu'à la mairie, un petit malin ait eu l'idée de gentrifier ce triste site industriel, le transformant en un quartier résidentiel convoité, avec une atmosphère maritime : vivre au bord de l'eau, et ce au cœur de Francfort.

— Nous avons déjà été une fois dans un de ces immeubles là-bas, de l'autre côté, pour arrêter quelqu'un, dit Pia à son chef. L'affaire Blanche-Neige. Tu te souviens ?

— Non. Je ne suis jamais venu ici, répondit Bodenstein.

Pia se rappela alors qu'elle était venue seule et avait arrêté la comédienne Nadja von Bredow parce que son patron avait provoqué un accident sur l'autoroute en rentrant à Francfort. Elle voyait encore Bodenstein accroupi sur la glissière de sécurité à la hauteur de la sortie de la Foire, une triste image, tandis que les restes de sa voiture bonne pour la casse étaient chargés sur une dépanneuse. C'était il y a dix ans, et à l'époque il ressemblait beaucoup à ce qu'il était maintenant, car à ce moment-là son couple avec Cosima allait de plus en plus mal.

Ils descendirent, saluèrent leurs collègues en uniforme et se dirigèrent vers l'entrée de l'immeuble. Mais personne ne répondit à leurs coups de sonnette répétés. Pia actionna une autre sonnette. Et encore une autre. Aucune réaction.

— Pas étonnant qu'il n'y ait personne. Les gens qui peuvent se payer un appartement ici ne sont pas chez eux le vendredi matin, mais quelque part par là, fit observer l'un des deux collègues de la patrouille en faisant un vague geste de la main en direction des gratte-ciels du quartier des banques à proximité.

Au tout dernier coup de sonnette, une voix de femme se fit entendre. Comme presque tous les citoyens honnêtes, la propriétaire les laissa entrer en entendant les mots clés "police judiciaire" et après que Pia eut présenté sa carte d'identité devant la caméra. Ils apprirent que Severin Velten avait perdu une grande partie de sa popularité auprès des habitants du Bachforellenweg, ce qui était moins lié à son escroquerie qu'au fait que la maison avait été assaillie pendant plusieurs jours par des fans déçus, des journalistes et même des équipes de télévision. On ne pouvait pas faire un pas dehors sans que quelqu'un vous mette un micro devant la bouche, s'indignait la femme, qui vivait dans l'appartement juste au-dessus de celui de l'écrivain. La dernière fois qu'elle avait vu Velten, c'était lundi dernier, le premier jour où l'agitation avait diminué et où plus personne ne traînait devant la maison pendant des heures. Il était passé devant elle, tête baissée, dans l'ascenseur, chargé de quelques sacs et d'une petite valise à roulettes, se contentant de marmonner un bref salut. Il ne s'était même pas excusé pour les ennuis qu'il avait causés.

— Le héron unijambiste s'est envolé, dit Pia en retournant à la voiture.

— On va demander à son agent où il pourrait être, suggéra Bodenstein.

— Il l'appellera tout de suite et il sera prévenu, objecta Pia. Non, il faut le surprendre.

Ils remercièrent leurs collègues de la patrouille et montèrent dans la voiture de service pour se rendre à Eschborn, à l'usine d'incinération. Cette fois, c'est Bodenstein qui conduisait et pendant qu'ils roulaient le long de la Gutleutstrasse en direction de l'A5, Pia demanda à Kai Ostermann, qui était de garde à la K11, de trouver où Severin Velten avait pu se cacher.

— Je m'en occupe, promit Kai. Et je vais aussi vérifier s'il a une voiture. Je peux mettre ça dans l'avis de recherche.

— Oui, super. Merci beaucoup. Je te contacterai plus tard, répondit Pia en mettant fin à la conversation.

Elle brûlait d'envie de demander à Bodenstein ce qui se passait entre Karoline et lui, mais alors qu'elle s'apprêtait à poser une question, le kit mains libres sonna. Comme le portable de Bodenstein était relié à l'ordinateur de bord par Bluetooth, *ESG Kelkheim* s'afficha sur l'écran du GPS.

— L'école de Sophia, dit Bodenstein, inquiet. Désolé, je dois répondre.

— Bonjour, monsieur von Bodenstein, c'est le secrétariat de l'école Eichendorff au téléphone, dit une voix féminine sympathique. Votre fille, Sophia, est ici avec moi. Elle a très mal au ventre, la pauvre. Est-ce que vous pouvez venir la chercher ?

Bodenstein jeta un regard interrogateur à Pia, qui lui fit comprendre d'un signe de tête qu'elle était d'accord pour qu'il remplisse ses devoirs de père.

— Oui, bien sûr, dit-il donc à la secrétaire de l'école. Je serai là dans une demi-heure.

*

L'usine d'incinération Main-Taunus se trouvait à la périphérie d'Eschborn, dans un triangle entre les autoroutes 66 et 5 ; visible de loin, la cheminée en briques de cent mètres de haut dominait les zones industrielles environnantes. Après que Pia lui eut assuré que Kröger et elle pouvaient se débrouiller sans lui pour l'instant, Bodenstein l'avait déposée devant le portail de l'entreprise et était parti chercher sa fille à l'école à Kelkheim pour la ramener chez ses parents. Pia avait souvent regretté de ne pas avoir d'enfants, mais dans des situations comme celle-ci, elle était plutôt contente de ne pas être confrontée à ce genre de problèmes. Elle trouva Kröger, Cem, Tariq et Kathrin en train de discuter avec le directeur de l'usine et quelques employés du MHKW* qui, bien qu'ils soient loin d'être enthousiastes à l'idée de fouiller plusieurs milliers de mètres cubes de déchets, se montrèrent très coopératifs. Ce n'était pas la première fois que la police cherchait un corps dans les déchets résiduels, c'est pourquoi on avait déjà une certaine expérience de la manière dont une telle opération pouvait être menée à bien sans que la centrale entière soit mise hors service.

— Nous avons pu reconstituer, à l'aide des tickets de pesée, dans quel puits le camion de déchets a vidé sa cargaison mardi et nous l'avons immédiatement bloqué, expliqua le directeur de l'usine. Malgré tout, nous devrons probablement descendre au moins deux jours, soit environ six mètres de profondeur.

— Et comment ça marche ? demanda Pia. Est-ce que nos hommes doivent grimper dans le puits ?

— Surtout pas ! s'exclama le directeur. Venez, je vais vous montrer comment nous allons procéder.

Après que chacun d'entre eux eut reçu un casque de protection, ils le suivirent dans un immense hall. Les camions poubelles attendaient les uns derrière les autres et lorsque c'était leur tour, ils faisaient une marche arrière en émettant un bip

* MHKW (Müllheizkraftwerk) : centrale thermique d'incinération des ordures.

vers l'un des dix puits pour se débarrasser de leur contenu sans que les conducteurs aient à descendre. L'odeur infernale et le bruit provoqués par les camions poubelles étaient quasi insupportables.

— C'est notre benne à ordures et à scories, expliqua le directeur en élevant la voix. Soixante-cinq mètres de long, treize mètres de large et vingt-quatre mètres de profondeur, répartis en dix puits. Nous recevons environ cent trente chargements par jour, cinq jours par semaine. Le bunker peut contenir jusqu'à vingt mille mètres cubes de déchets ménagers et industriels, soit environ dix mille tonnes. Les grappins pelles qui se déplacent sur un rail saisissent jusqu'à cinq tonnes de déchets à la fois, soit le volume d'une voiture de classe moyenne, et les déversent directement dans les fours d'incinération. Dans le premier four, la température est d'environ 1 200 degrés, dans le dernier, elle est encore de 85 degrés. Ce qui reste est comme de la lave.

Ils arrivaient au bord du puits n° 9 et Pia, qui n'avait encore jamais visité d'incinérateur, fut profondément impressionnée par les dimensions de cette énorme machine. Elle frissonna en regardant dans ce gouffre puant et infernal. Le corps d'Heike Wersch se trouvait-il quelque part en bas ? Rien que d'y penser lui causait un sentiment étrange. Souvent, Pia ne pouvait pas comprendre pourquoi quelqu'un commettait un homicide ou même un meurtre, mais ce qui lui était totalement incompréhensible, c'était un comportement comme celui-ci après le crime. Quel genre d'être humain fallait-il être pour faire une chose pareille ? Ce manque total de respect et d'humanité était presque plus choquant que l'acte lui-même.

— Nous allons extraire les déchets du puits 9 à l'aide d'une grue et les déposer sur une aire de stockage spéciale, expliqua le directeur. Il y a de bonnes chances que les déchets de mardi n'aient pas encore atterri dans l'incinérateur.

Kröger lui demanda de lui montrer l'aire en question et ils discutèrent de la manière la plus efficace de fouiller cette énorme montagne de déchets. Pia n'enviait pas ses collègues qui devaient se poster tout autour de l'aire de stockage et observer les déchets avec des jumelles pendant des heures, voire des jours, à la recherche de la dépouille d'un être humain parmi les détritus. Le directeur de l'usine suggéra d'installer une caméra à haute vitesse, comme ses collègues de Francfort à l'époque, afin de pouvoir observer le vidage de la benne précisément et plus souvent si nécessaire.

Comme Kröger avait tout sous contrôle et que cela prendrait de toute façon un certain temps avant de commencer, la présence de Pia n'était pas indispensable, elle décida donc d'en apprendre plus sur Heike Wersch en parlant à son ancien patron et à ses plus proches collaborateurs. Cem, l'esthète, était apparemment heureux de pouvoir laisser ce travail déprimant à d'autres et accepta immédiatement de l'accompagner. Tariq et Kathrin préféraient rester, ils trouvaient plus excitant de creuser dans les ordures plutôt que dans le passé de la victime potentielle. Sur le chemin entre le hall et la voiture, Cem garda le silence.

— C'est juste horrible là-dedans, n'est-ce pas ? dit finalement Pia, brisant le silence. Cette odeur et ce bruit, je ne pourrais pas supporter ça toute une journée.

— Moi non plus, dit Cem en s'installant au volant. Et ça me fait honte.

— Comment ça honte ? demanda Pia, étonnée.

— Mon père a travaillé toute sa vie dans le ramassage des ordures, depuis qu'il est arrivé de Gaziantep en Allemagne en 1961, à l'âge de vingt et un ans, répondit Cem. Pour pouvoir financer une bonne formation à mes sœurs et à moi, il a travaillé comme un fou et n'a jamais été malade un seul jour, jusqu'à ce qu'il tombe raide mort à cinquante et un ans. Si j'ai pu aller au lycée et être le premier de ma famille à passer le bac et à faire des études, c'est grâce à lui. Mon père était tellement fier de moi, mais j'ai toujours été gêné d'admettre qu'il n'était qu'un éboueur.

— Mais aujourd'hui, tu vois les choses différemment et tu es fier de lui, dit Pia, tentant de remonter le moral de son collègue. Moi aussi, quand j'étais jeune, j'étais toujours affreusement gênée à cause de mon père. Les pères de mes copines de classe étaient médecins, PDG, banquiers d'affaires, architectes et entrepreneurs, et mon père, lui, n'était qu'un petit subalterne chez Hoechst AG*.

— Aujourd'hui, mes fils aussi ont honte de moi devant leurs amis parce que je ne suis qu'un flic. Pas pilote ou entraîneur de foot ou un truc cool, dit Cem avec un petit sourire. On ne peut sans doute pas attendre de nos enfants qu'ils soient fiers de leurs parents.

— Non, c'est vrai, approuva Pia. La plupart du temps, ils ne le sont que bien plus tard.

*

Sur le chemin de Kelkheim, Bodenstein, qui avait parfaitement compris la cause des maux de ventre de Sophia, avait passé trois coups de téléphone successifs et, lorsqu'il vint chercher sa fille pâle et malheureuse au secrétariat de l'école Eichendorff, il avait un plan.

— Je peux venir au bureau avec toi ? demanda Sophia. Mais je ne veux pas non plus te déranger pendant que tu travailles.

— Malheureusement, ce n'est pas possible, répondit Bodenstein en lui ouvrant la porte du passager. Je t'emmène maintenant chez papy et mamie.

— Vraiment ?

Le visage de Sophia s'éclaira.

— Mais avant, nous allons passer chez Karoline et tu vas récupérer tes affaires. J'ai tout organisé et j'en ai parlé avec maman. Pour l'instant, tu vas habiter chez Quentin et Marie-Louise, ils ont assez de place et se réjouissent de t'accueillir.

— Vraiment ? s'exclama Sophia, incrédule. Je ne devrai plus jamais voir Greta ?

— Exactement, lui assura Bodenstein.

Sa fille fondit en larmes en se blottissant contre lui, mais c'étaient des larmes de soulagement.

— Merci, papa ! Merci, sanglota-t-elle, je n'en pouvais vraiment plus là-bas.

— Je sais.

* Groupe chimique et pharmaceutique allemand.

Bodenstein soupira tristement en lui caressant les cheveux. Il avait voulu faire ce qu'il y avait de mieux pour sa fille, qu'elle se sente protégée, dans une famille, mais parfois le mieux ne suffit pas.

Sur le court trajet entre l'école et la maison de Karoline, Sophia oublia ses maux de ventre. Sophia aimait le domaine de Bodenstein et tous ses habitants : ses grands-parents, son oncle et sa tante et surtout sa grande sœur Rosalie, qui était devenue maman pour la première fois en janvier et avait repris le restaurant du château avec son mari Jean-Yves Saint-Clair.

— Comme ça, je pourrai aller à l'écurie tous les matins avant de partir à l'école et dire bonjour aux chevaux et bien sûr aux chiens et aux chats, babillait Sophia. Et je rencontrerai mes meilleures copines dès le matin dans le bus scolaire !

Bien sûr, ce n'était qu'une solution provisoire d'héberger Sophia chez son frère et sa belle-sœur jusqu'à ce que l'on soit sûr de ce qu'il adviendrait de Cosima. La nuit précédente, il était resté éveillé une fois de plus en pensant à ce qui se passerait si son don du foie ne réussissait pas à guérir Cosima. Il n'avait jamais vraiment envisagé la possibilité qu'elle ne survive pas à tout cela, car il ne pouvait s'imaginer un monde sans elle. Mais maintenant, il devait voir la réalité en face, même s'il préférait continuer à l'ignorer. C'était étrange et quelque peu contradictoire, mais depuis qu'il ne l'aimait plus d'amour et ne la désirait plus, il l'aimait plus qu'avant et il en allait de même pour elle. Il y avait entre eux une intimité sans contrainte, telle qu'elle ne peut naître que d'une véritable amitié, avec ses hauts et ses bas – dans cette mesure, la jalousie de Karoline n'était effectivement pas infondée, car celle qui avait la première place dans son cœur, après que l'amour et la passion s'étaient usés sur les rugosités de la vie quotidienne, ce n'était pas elle, mais Cosima.

Cinq minutes plus tard, il s'arrêtait devant le cube de verre et de béton dans lequel il ne s'était jamais vraiment senti chez lui, et actionnait la porte du garage. Il ne l'avait jamais remarqué jusqu'à présent, mais à la simple vue de cette maison, son pouls accélérait déjà, et le fait qu'il aurait préféré continuer à rouler en disait long sur l'état de son couple. Bodenstein stationna la Porsche dans le parking souterrain et Sophia monta en courant dans sa chambre faire ses bagages. Dans le salon, les volets étaient baissés et la télévision allumée. Greta était allongée sur le canapé. Sans lui prêter attention, Bodenstein se rendit dans son bureau, s'assit à sa table de travail et rangea tous ses documents personnels dans la grosse valise à roulettes que Karoline lui avait offerte et qu'il n'avait encore jamais utilisée. Même son ordinateur portable, tous les câbles de chargement et le contenu complet de ses tiroirs de bureau trouvèrent place dans cette spacieuse valise.

— Qu'est-ce que tu fais ici à cette heure-ci ?

Greta apparut dans l'embrasure de la porte du salon alors qu'il traînait la valise dans le vestibule. Bodenstein ne lui répondit pas. Son aversion pour la jeune fille lui donnait mal au ventre. Il jeta un coup d'œil à la cuisine qui ressemblait à un champ de bataille.

— Vas-y, engueule-moi ! lança Greta avec insolence en croisant les bras sur sa poitrine, mais il l'ignora.

C'est alors que Sophia arriva dans l'escalier, chargée d'un sac à dos et d'un autre sac bien rempli.

— Prête ! déclara-t-elle à bout de souffle.

— Quoi ?

Le sourire de Greta disparut. Elle mit ses mains sur ses hanches et s'écria :

— Qu'est-ce qui se passe ici ? Ne me dites pas que vous partez ?

Sophia ne lui accorda pas un regard, et Bodenstein sortit lui aussi de la maison sans répondre à la fille de Karoline.

*

La maison d'édition Winterscheid se trouvait dans la Schillerstrasse, non loin de la Bourse de Francfort. En s'y rendant, Pia avait cherché sur Internet des informations sur l'éditeur Carl Winterscheid. Elle fit défiler les liens vers les nombreux articles de presse qu'elle connaissait déjà et tomba sur son profil LinkedIn, qu'elle ne put consulter que lorsque Cem lui donna ses codes d'accès.

— Carl August Winterscheid, né le 17 mars 1984 à Francfort-sur-le-Main, lut-elle à son collègue. Études de gestion d'entreprise et de littérature aux universités de Stanford et de Yale.

— Ouah ! s'exclama Cem. Elles font partie du top 10 des universités américaines.

— Il a aussi un *curriculum vitæ* au top pour un jeune homme comme lui, rétorqua Pia. Il a fait une carrière fulgurante au sein du groupe Pegasus Media, jusqu'à devenir vice-président junior de Pegasus Media Europe. Mais ensuite, il est revenu en Allemagne pour diriger une maison d'édition de taille moyenne. Plutôt inhabituel pour un manager.

— C'est probablement une affaire personnelle. La maison d'édition appartient à la famille et a été cofondée par son grand-père.

Cem bifurqua dans la Neue Mainzer Strasse.

Pia consulta dans le moteur de recherche les résultats les plus récents.

— Ça alors ! dit-elle avec surprise. Carl Winterscheid a été l'invité de l'émission littéraire *Paula lit* mardi soir. Maria Hauschild, l'agent, m'a dit hier qu'Heike Wersch était également invitée à cette émission, mais qu'elle ne s'y était pas présentée.

— Et alors ? demanda Cem.

— Carl Winterscheid a licencié Heike Wersch sans préavis, dit Pia. Elle l'a ensuite publiquement dénigré et a porté contre l'un des auteurs les plus connus de sa maison d'édition de terribles accusations. Sa vieille amie Maria Hauschild a qualifié Heike Wersch d'impulsive et de belliqueuse. Tu crois qu'elle serait venue retrouver Carl Winterscheid pour faire tranquillement la conversation avec lui ?

— Où veux-tu en venir ?

— Heike Wersch a présenté cette émission pendant des années. Nous pouvons supposer qu'elle connaît très bien les producteurs et qu'elle savait exactement qui d'autre était invité. Il est probable qu'elle avait l'intention de régler sa querelle en direct à la télévision. Je me demande si Carl Winterscheid était au courant qu'il allait rencontrer son ancienne employée ou si cela allait être une mauvaise surprise pour lui.

— Tu veux dire qu'il ne serait pas venu à l'émission s'il l'avait su ?

Cem mit son clignotant, bifurqua dans la Börsenstrasse et, quelques mètres plus tard, dans l'entrée du parking Bourse.

— Exactement, confirma Pia. Mais il était là. De deux choses l'une, parce qu'il n'avait vraiment aucune idée, ou parce qu'il savait déjà qu'elle ne viendrait pas.

— Parce qu'il l'avait tuée et avait mis son corps dans la poubelle, ajouta Cem.

Il baissa sa vitre, attrapa le ticket dans le distributeur et la barrière se leva.

— Ce type n'est pas le type même du lecteur passionné, mais un manager tenace.

Pia regardait les photos de Carl Winterscheid que lui affichait le moteur de recherche.

— Il a laissé tomber une carrière prometteuse dans un groupe de médias américain pour redresser une petite maison d'édition allemande. C'est le genre de personne qui écraserait n'importe qui pour atteindre ses objectifs.

— Mais pas au sens littéral du terme, contredit Cem. Je ne peux pas imaginer qu'un homme d'affaires intelligent, comme il l'est apparemment, tue une ancienne employée pour se tirer d'un mauvais pas.

— Eh bien, nous verrons, répondit Pia. En tout cas, à mes yeux, lui et le héron unijambiste ont des motifs solides.

Ils trouvèrent une place au quatrième étage du parking, prirent l'ascenseur pour descendre et traversèrent la Börsenstrasse. Par ce beau temps de fin d'été, la ville était pleine de gens qui flânaient dans les rues commerçantes. C'était l'heure du déjeuner, aux terrasses des restaurants, toutes les tables étaient occupées et sur les marches de la Bourse de Francfort, des jeunes, des employés de la Bourse et des banquiers en costume-cravate se côtoyaient au soleil, mangeaient, regardaient leurs portables, ou les deux en même temps.

Sous l'œil de leurs mères, des enfants grimpaient sur les sculptures de taureaux et d'ours en bronze, et un groupe de touristes japonais photographiaient les figures, qui symbolisaient les fluctuations des transactions financières. Contrairement à la visite à l'usine de traitement des déchets ou au bureau, où les collègues se rendent au travail en tenue plus ou moins décontractée, Cem, avec sa chemise d'un blanc immaculé et son costume gris clair parfaitement coupé, ne détonnait pas parmi tous ces hommes d'affaires.

Quelques minutes plus tard, ils atteignirent le bâtiment de cinq étages de la maison d'édition et pénétrèrent dans le hall, qui impressionnait par sa taille. La première chose qui attira l'attention de Pia fut le buste en bronze d'un homme qui trônait sur un socle entre un ascenseur en verre et le grand escalier. Un slogan était inscrit sur le mur au-dessus : *On est un homme du métier au prix d'en être aussi la victime.*

— Bonjour, que puis-je faire pour vous ?

Du côté droit du hall, une jeune femme aux cheveux teints en noir attachés en chignon sur le dessus de la tête était assise derrière un simple comptoir en bois sombre. Cem s'amusait à appeler cette coiffure "le palmier de la colère", par dérision, car il avait souvent observé que celles qui l'arboraient avaient une tendance latente à l'agressivité.

— Bonjour, répondit Pia. La citation là-bas sur le mur, elle est de qui ?

— Je ne sais pas, répondit la femme. Tout ce que je sais, c'est que ça m'énerve.

— Vraiment ? Pourquoi donc ? demanda innocemment Cem.

— On est un *homme* du métier, répliqua, furieuse, la femme au palmier de la colère. C'est absolument discriminatoire et misogyne, surtout quand quatre-vingt-dix pour cent du personnel est féminin.

— C'est une citation de Nietzsche, déclara Cem. À l'époque, il ne voulait sûrement pas être discriminatoire.

— Peut-être, mais de nos jours, ce genre de citation n'est plus d'actualité. Ça ne va pas du tout !

C'est alors que la jeune femme, semblant seulement se rendre compte du physique avantageux de son interlocuteur, rougit légèrement, un effet que Cem produisait souvent sur les femmes.

— Vous êtes… euh… je veux dire… on se connaît ?

— Non, je pense que vous me confondez avec quelqu'un d'autre.

Cem arbora son plus charmant sourire hollywoodien tout en lui présentant sa carte de police.

— Je m'appelle Cemal Altunay. Voici ma collègue Pia Sander. Nous aimerions parler à M. Winterscheid.

La réceptionniste ouvrit de grands yeux, mais décrocha le téléphone sans plus de commentaire.

— On vient vous chercher dans cinq minutes, leur dit-elle avant de retourner à son travail.

Des jeunes femmes entrèrent dans le hall en riant et en bavardant, saluèrent au passage la réceptionniste et disparurent dans l'ascenseur. Tandis que Cem se dirigeait vers la haute étagère de livres qui présentait les nouveautés de la maison d'édition en face du comptoir de la réception, Pia observa le buste de plus près. *Abraham Liebman, fondateur de la maison d'édition. 1872-1944*, pouvait-on lire sur une plaque fixée au socle. Ne venait-elle pas de lire sur Internet que la maison d'édition avait été fondée par le grand-père de l'éditeur actuel ?

— Pia, regarde ! Le nouveau polar d'Henning est déjà là !

Cem brandissait un livre qu'il avait pris sur une des étagères.

— Vraiment ? dit Pia en s'approchant de lui. Comment est-ce possible ? Il m'a juré hier qu'il voulait encore faire changer la dédicace !

Elle prit le livre des mains de Cem, regarda la couverture de protection sur laquelle figurait une cabane délabrée et parcourut le texte figurant au dos. La porte d'entrée s'ouvrit à nouveau et un autre groupe de femmes revint de la pause déjeuner. Curieuse, Pia ouvrit le livre et fut déconcertée en lisant *Une femme impopulaire.*

— Il y a dû y avoir une erreur. Et la couverture est plutôt cheap.

Elle continua à tourner les pages et constata avec déception qu'il s'agissait apparemment du premier roman d'Henning.

— C'est ce qu'on appelle un *dummy*, dit une agréable voix de baryton derrière elle. On colle tout simplement la nouvelle couverture sur un autre livre pour mieux se représenter à quoi il ressemblera plus tard.

— Ah ah.

Pia reconnut tout de suite Carl Winterscheid. Au naturel il était mieux que sur les photos d'Internet. Grand et mince, des traits anguleux, une barbe de trois jours, des cheveux rebelles blond foncé, une large bouche aux lèvres minces et des yeux noirs qui plurent à Pia. Il avait retroussé les manches de sa chemise blanche ouverte, portait un jean et une montre simple.

— Carl Winterscheid, dit simplement l'éditeur. On m'a dit que vous vouliez me parler.

— C'est vrai, répondit Pia qui ne s'attendait pas à ce que le patron en personne vienne les chercher, et elle se présenta avec Cem. Il s'agit de votre ancienne collaboratrice Heike Wersch.

— OK.

Winterscheid donna à sa brève remarque un ton interrogatif, plus curieux qu'inquiet.

— Nous allons aller dans mon bureau, ajouta-t-il en leur faisant signe de le suivre vers l'ascenseur.

— Je croyais que c'était votre grand-père le fondateur de la maison.

Pendant qu'ils attendaient que les portes de l'ascenseur s'ouvrent, Pia désigna le buste en bronze.

— Non, la maison a été fondée en 1919 par Abraham Liebman et mon grand-père, expliqua l'éditeur. À l'époque, Liebman était déjà l'un des éditeurs les plus importants, mon grand-père a tout appris de lui. Liebman a compris très tôt ce qui attendait l'Allemagne et a émigré aux États-Unis avec sa famille en 1931. Les nazis ont exigé que la maison d'édition soit rebaptisée "Winterscheid", mais ont permis à mon grand-père de poursuivre son activité. Liebman n'est jamais retourné en Allemagne, mais sa correspondance avec les grands hommes et femmes de lettres existe toujours. Mon grand-père et lui sont restés amis jusqu'à la mort de Liebman. Malheureusement, cette partie de l'histoire de la maison d'édition est un peu tombée dans l'oubli au cours des dernières décennies, c'est pourquoi j'ai fait sortir le buste de Liebman de la cave, l'ai dépoussiéré et l'ai placé ici.

— Avez-vous également commandé la citation de Nietzsche sur le mur ?

L'ascenseur arriva. Carl Winterscheid laissa Pia et Cem passer devant.

— Oui, répondit-il, un sourire juvénile aux lèvres. Mon grand-père était un grand admirateur de Nietzsche et c'était sa citation préférée. Mais elle se heurte à la critique de mes collaboratrices, c'est pourquoi je vais la faire modifier. *On est une femme du métier au prix d'en être aussi la victime*, librement inspirée de Nietzsche. Cela sonne tout aussi bien, vous ne trouvez pas ?

— Franchement, ça m'est complètement égal qu'il y ait écrit homme ou femme du métier, répondit Pia sans sourire. Tous ces états d'âme sur le genre, c'est de la foutaise. Moi, je n'ai pas le temps pour ça dans mon boulot.

— Intéressant, dit l'éditeur en la regardant de plus près. Je pensais que les femmes avaient du mal à travailler dans la police.

— C'est en effet le cas, rétorqua Pia. Mais pensez-vous sérieusement que c'est en changeant la langue que l'on peut changer l'attitude de quelqu'un ? J'ai souvent été harcelée par le passé, mais aujourd'hui je suis commissaire divisionnaire de police judiciaire, et beaucoup de ceux qui pensaient à l'époque qu'étant une femme, je n'avais rien à faire dans la police n'ont jamais dépassé le stade de l'uniforme.

L'ascenseur en verre glissait silencieusement vers le haut. À travers les vitres, on pouvait voir, sur les murs de la cage d'escalier, des photos d'auteurs en noir et blanc. Pia essaya de repérer le portrait d'Henning, mais peut-être n'avait-il pas encore eu cet honneur.

— Merci de prendre le temps de nous rencontrer, dit Cem, dont l'attitude conciliante parvenait souvent à compenser la rudesse de Pia, lorsqu'ils prirent place à la table de réunion du bureau de l'éditeur.

Pia et lui avaient poliment décliné l'offre de boire un café ou autre chose.

— Votre ancienne collaboratrice, Mme Heike Wersch, poursuivit-il, a disparu sans laisser de traces depuis quelques jours. Tout porte à croire qu'elle a été assassinée.

— Putain ! s'exclama Carl Winterscheid, et cette réaction, si soudaine et spontanée, le fit immédiatement passer pour

Pia de la tête de la liste des suspects potentiels à l'une des dernières places. C'est… c'est vraiment affreux ! Mais vous n'en êtes pas sûrs ?

L'éditeur était visiblement bouleversé, mais il se ressaisit très vite.

— Heike Wersch a été vue pour la dernière fois lundi soir, répondit Cem. Depuis, nous n'avons plus aucune trace d'elle.

— Qu'est-ce que son père va devenir ? s'enquit Winterscheid. C'est elle qui s'occupe de lui chez elle.

— Le médecin de famille s'est chargé de le placer dans une maison de retraite, dit Pia, surprise que l'éditeur en sache apparemment plus sur la situation privée d'Heike Wersch que son amie Maria Hauschild.

Elle essaya de jauger l'homme qui lui faisait face. Dans une interview, Heike Wersch l'avait décrit comme un homme froid, sans empathie, un petit esprit ignorant et avide de profit qui allait ruiner la maison d'édition. Ce n'était pourtant pas l'impression que Carl Winterscheid leur donnait. Les gens pensaient aussi que les criminels devaient toujours ressembler et parler comme des criminels, mais la réalité ne correspondait presque jamais au cliché. La plupart des meurtriers auxquels Pia avait eu affaire avaient une apparence tout à fait moyenne et normale. L'impression que faisait une personne pouvait donc être trompeuse.

— En quoi puis-je vous aider ? demanda l'éditeur.

— Nous essayons de nous faire une idée de la personnalité d'Heike Wersch, dit Pia en sortant son carnet de notes. C'est pourquoi nous interrogeons des gens qui l'ont connue, des voisins et d'anciens collègues de travail. Que pouvez-vous nous dire sur elle ?

— Vous avez probablement déjà entendu parler des conflits qui ont conduit au licenciement immédiat d'Heike Wersch, répondit-il. C'était une excellente directrice éditoriale, dotée d'un flair exceptionnel pour les talents littéraires, et j'aurais volontiers continué à travailler avec elle, mais elle n'était malheureusement pas disposée à reconnaître les chances et les avantages de la réorientation et de l'extension du programme de la maison.

— Pourquoi pas ? demanda Cem.

— Pendant plus de quatre-vingt-dix ans, Winterscheid a été une maison d'édition purement littéraire avec de grandes exigences intellectuelles, répondit Carl Winterscheid. Mais le concept qui a eu du succès pendant toutes ces années ne fonctionnait plus. Mon oncle, qui a dirigé la maison d'édition avant moi, n'a pas réussi à franchir le pas vers le XXIe siècle. Il ne voulait pas comprendre que le mode de lecture des gens, l'esprit du temps et les goûts des lecteurs avaient changé. À la fin, la plupart des titres se vendaient à moins de mille exemplaires par an. La maison d'édition était au bord du dépôt de bilan lorsque j'ai repris la direction et élargi le programme aux domaines du divertissement et de la non-fiction. Pour Heike Wersch, c'était un sacrilège. Mon oncle était plutôt, et je dis cela sans ironie, la figure de proue de la maison d'édition. C'est une personnalité charismatique, mais pas un grand connaisseur de la littérature. Heike Wersch était responsable du programme éditorial. Elle avait un grand pouvoir de décision et mon oncle lui laissait toute latitude pour négocier les contrats avec les agents et les auteurs. Cela a changé quand je suis devenu directeur, et elle a ressenti la réduction de ses compétences comme un profond affront.

— Après son licenciement sans préavis, Heike Wersch a formulé de graves reproches à l'encontre de la maison d'édition, mais surtout à votre encontre, dit Pia. Cela a dû vous contrarier et vous blesser.

— Vous vous demandez si j'aurais eu un motif de lui faire du mal ? rétorqua Winterscheid toujours sérieux, mais avec une étincelle moqueuse dans les yeux.

— Si vous voulez le formuler ainsi, dit Pia en souriant.

Rien n'était plus rafraîchissant que de croiser le fer avec un adversaire à sa hauteur.

— Bien sûr, ce n'est pas très agréable d'être diffamé et insulté publiquement de la sorte, reconnut Carl Winterscheid. Mais je m'attendais à quelque chose de ce genre. Heike Wersch a un caractère emporté et impulsif. Pendant un an et demi, elle a semé le trouble au sein du personnel, critiquant ouvertement le nouveau concept et remettant sans cesse mon autorité en question. Ma décision de confier la responsabilité de la direction éditoriale à un autre collaborateur a été pour elle une terrible humiliation. C'est pourquoi je n'ai pas été surpris de sa réaction. Mon avocat et mes collègues du conseil d'administration m'ont conseillé d'entamer des poursuites judiciaires contre Heike Wersch, mais j'ai refusé. Cela n'aurait fait qu'attirer inutilement l'attention sur cette affaire.

Ses paroles traduisaient-elles de l'arrogance ou plutôt de la sagesse ? Par le passé, Pia avait parfois eu affaire à des chefs d'entreprise ou à des cadres supérieurs, des hommes de pouvoir et d'ambition, comme Fridtjof Reifenrath, le père biologique de sa nièce Fiona, ou Carsten Bock, qui était tombé à la suite d'un scandale de corruption, Siegbert Kaltensee, Friedhelm Döring ou Claudius Terlinden. Ils avaient tous un point commun : derrière leur façade cultivée et polie, c'étaient des égoïstes immoraux et impitoyables, qui ne se préoccupaient que de leur propre intérêt et ressentaient toute défaite comme un affront personnel. Carl Winterscheid était-il lui aussi, derrière ses manières très sympathiques, de cet acabit ?

— Vous avez subi une défaite aux prud'hommes, remarqua Pia, qui ne croyait pas tout à fait à sa sérénité.

D'un autre côté, dans un poste de direction, il ne fallait pas être trop sensible, il fallait supporter la critique.

— Pas vraiment une défaite, rétorqua Carl Winterscheid. Nous avons trouvé un compromis satisfaisant pour les deux parties.

— Les attaques contre votre personne ne vous ont donc pas affecté outre mesure, poursuivit Pia. Mais Heike Wersch a fait beaucoup de mal à l'un de vos auteurs les plus célèbres et donc aussi à la maison d'édition, n'est-ce pas ?

— L'affaire Severin Velten était clairement une vengeance de sa part, déclara Carl Winterscheid. Toutefois, elle s'est fait plus de mal à elle-même et à ses projets d'avenir qu'à nous.

— Dans quelle mesure ?

— La relation entre l'auteur et l'éditeur est quelque chose de très particulier. Il faut beaucoup de confiance de la part de l'auteur et de sensibilité de la part de l'éditeur, qui doit répondre aux attentes de son auteur et de la maison d'édition.

Carl Winterscheid s'éclaircit la gorge.

— Heike Wersch est une éditrice particulièrement expérimentée. Parmi les auteurs dont elle s'occupe, parfois depuis des décennies, figurent quelques-uns des plus grands écrivains contemporains. Mais rares sont les auteurs qui peuvent écrire des livres en appuyant sur un bouton. Parfois, cela prend plus de temps, et parfois, l'éditeur doit accepter qu'un auteur ait besoin d'une pause. C'est le cas de Severin Velten. Il a écrit sept romans très réussis, tous récompensés et très appréciés. Mais Heike Wersch l'a fortement pressé, car elle voulait absolument qu'un nouveau roman de lui soit le titre phare de notre programme de printemps. Elle est allée jusqu'à lui donner une nouvelle d'un auteur chilien décédé et lui a proposé de s'en inspirer. Velten a rapidement transposé l'action en Allemagne et a repris l'intrigue, les personnages et même les dialogues. Peut-être que personne ne l'aurait remarqué, mais Heike Wersch l'a elle-même rendu public et le scandale a été parfait. Car *Le Héron unijambiste* était la sensation littéraire du printemps, il avait de bonnes chances de remporter le prix du Livre allemand et d'autres distinctions. La maison d'édition à laquelle Heike Wersch avait voulu nuire n'a toutefois pas été lésée : curieusement, le scandale a eu pour effet que le livre s'est vendu comme des petits pains et nettement mieux que la plupart des romans précédents de Velten. Nous avons essayé de faire retirer les livres des librairies, mais ils se vendent tellement bien qu'elles en profitent. Entre-temps, nous avons également pu trouver un accord avec les héritiers de l'auteur chilien.

— Et que dit… euh… M. Velten à propos de tout ça ? demanda Pia.

— Depuis, il s'est planqué pour échapper à l'agitation autour de sa personne, répondit Carl Winterscheid. C'est terrible pour lui, car bien sûr, toute son œuvre est maintenant remise en question. Mais je suis convaincu que ses lecteurs lui pardonneront.

Pia ne put s'empêcher de penser à Nicole Engel et hocha la tête.

— Velten a commis une grave erreur, il s'en excusera publiquement en temps voulu. En revanche Heike Wersch a considérablement et durablement terni sa propre réputation et, par cette action, elle a compromis son intégrité et sa loyauté envers ses auteurs. C'est pourquoi la plupart des auteurs qu'elle voulait débaucher de chez Winterscheid et emmener dans sa propre maison d'édition ont choisi de rester chez nous.

Tout ce qu'il disait semblait plausible. Carl Winterscheid lui rappelait son patron par son attitude réfléchie et posée, et elle se demandait si quelque chose pouvait lui faire perdre son sang-froid. Les personnes qui savaient se maîtriser avaient tendance, une fois leur seuil de tolérance dépassé, à perdre le contrôle et à faire des choses qu'elles n'auraient jamais faites dans des circonstances normales. Heike Wersch aurait-elle pu mettre Carl Winterscheid en colère au point qu'il la tue et jette son corps dans une poubelle ? Mais qu'aurait-il gagné à le faire ?

— Vous étiez l'invité de l'émission *Paula lit* mardi soir, dit-elle. Saviez-vous qu'Heike Wersch était également invitée ?

— Non, répondit l'éditeur, surpris. Je l'ignorais.

— Seriez-vous allé à l'émission si vous l'aviez su ?

Carl Winterscheid hésita un instant et secoua la tête.

— Non, je pense que je n'y serais pas allé, reconnut-il.

— Comment avez-vous appris les projets d'Heike Wersch concernant sa propre maison d'édition ? demanda Cem.

— Par quelqu'un qui l'avait appris par hasard.

— Ce quelqu'un a-t-il aussi un nom ? demanda Pia.

— Bien sûr, répondit Carl Winterscheid. Mais je ne le nommerai pas.

— Juste pour le rapport, demanda Pia en refermant son carnet de notes, où étiez-vous lundi soir ?

— Ici.

— Y a-t-il des témoins ?

— Non, je ne crois pas. J'étais ici jusqu'à un peu avant minuit. Je suis souvent au bureau tard le soir.

— Encore une question, dit Cem. Vous avez fait des études dans de prestigieuses universités aux États-Unis. Et en dépit de votre jeune âge, vous avez déjà une belle carrière derrière vous. Qu'est-ce qui vous a incité à revenir en Allemagne et à reprendre une maison d'édition en quasi-faillite ?

Pour la première fois, un vrai sourire apparut sur le visage de Winterscheid.

— Il y avait plusieurs raisons, répondit-il. En premier lieu, une raison sentimentale. Winterscheid est une entreprise familiale et j'ai hérité des parts de mon grand-père. De plus, j'aime les défis. Dans un groupe de médias comme Pegasus, un PDG n'a plus rien à voir avec la production de livres et leurs auteurs. On n'est plus qu'un manager. Mais je veux être proche des livres. Des bons livres qui sont lus. Et je veux remettre cette maison d'édition, l'héritage de mon père et de mon grand-père, sur la voie du succès.

Elle était là, la passion qui avait manqué à Pia jusqu'à présent. Carl Winterscheid était à la fois idéaliste et réaliste, il voyait les choses dans leur ensemble et n'avait pas peur de prendre des décisions et de résoudre des problèmes. Heike Wersch avait été un problème qu'il avait résolu avec une stratégie intelligente et des moyens légaux. Il n'avait pas eu besoin de la tuer pour cela.

*

Carl Winterscheid en personne les accompagna chez le directeur de programme éditorial Alexander Roth, dont le bureau nettement plus petit était au quatrième étage. Pia, qui se trouvait pour la première fois dans une maison d'édition, regardait autour d'elle avec curiosité. Des livres, des livres et encore des livres ! Dans chaque bureau, des bibliothèques jusqu'aux hauts plafonds. Aux murs étaient accrochées des affiches de couvertures de livres, de listes de best-sellers ou de lectures d'auteurs depuis longtemps révolues. Une odeur de papier poussiéreux flottait dans l'air, semblable à celle de la bibliothèque municipale que, dans leur enfance, Pia et ses frères et sœurs fréquentaient au moins une fois par semaine. En apercevant le quinquagénaire trapu aux boucles grises ébouriffées, avec des lunettes rondes en écaille démodées, elle sut immédiatement que Kai avait tapé juste. Alexander Roth, avec sa barbe de cinq jours, rouge et bouffi par l'alcool ou une tension artérielle trop élevée, était certainement l'homme que les voisins avaient vu lundi en fin d'après-midi à la maison d'Heike Wersch. Il ne tenta d'ailleurs pas de nier sa présence chez elle.

— Que vous faisiez-vous là ? demanda Cem.

— Je… je me suis inquiété. Elle n'avait plus donné de nouvelles et je voulais juste savoir comment elle allait.

Le directeur éditorial transpirait, en dépit de l'agréable fraîcheur qui régnait dans son bureau.

— Heike – enfin, Heike Wersch – et moi, nous sommes amis et nous avons été collègues pendant trente ans.

Pia regarda l'homme, qui était tout le contraire de son chef distingué. Nerveux, l'air quasi coupable, il pétrissait ses doigts en essayant de soutenir son regard. Malgré la chaleur, il portait une chemise à manches longues et un jean d'un noir quasi existentialiste.

— Et que faisiez-vous vraiment chez votre ancienne amie et collègue ? demanda doucement Pia.

— Que… que voulez-vous dire ?

Sa pomme d'Adam se mit à sautiller de haut en bas. Alexander Roth ne tenait pas en place, il faisait constamment pivoter son fauteuil, craquer les articulations de ses doigts et balançait son pied. Il enleva ses lunettes et se frotta les yeux, qui étaient très rouges.

— Nous avons appris qu'Heike Wersch avait été licenciée sans préavis parce qu'elle voulait fonder sa propre maison d'édition. Étiez-vous au courant de ses projets ? Vous a-t-elle demandé votre soutien ou a-t-elle voulu vous débaucher ?

Alexander Roth s'éclaircit la voix et remit ses lunettes.

— Heu oui, répondit-il. Heike veut qu'Henri, enfin Henri Winterscheid, l'ancien éditeur, et moi, nous dirigions ensemble la maison d'édition. Elle a été assez… eh bien… contrariée parce que j'ai refusé.

— Pourquoi est-ce que vous auriez accepté ? demanda Cem avec un sourire candide. Vous êtes devenu directeur éditorial. Un poste sûr dans une maison d'édition prestigieuse.

— Oui, elle m'en veut aussi pour ça, admit Roth en passant la main dans ses boucles. Ce n'est pourtant pas ma faute si la nouvelle direction m'a donné ce poste.

— Vous auriez pu refuser, rétorqua Cem. En tant que vieil ami et loyal compagnon de route.

— J'ai cinquante-six ans. J'aime mon travail ici. J'aime le nouveau concept de la maison d'édition. Et je ne suis pas du genre à changer, se justifia inutilement Roth en rougissant de plus en plus.

Il donnait l'impression qu'il allait à tout moment tomber sans connaissance de sa chaise. La lumière se reflétait dans les verres de ses lunettes, si bien qu'on ne distinguait plus ses yeux.

— De quoi avez-vous parlé lundi avec Heike Wersch ? demanda Pia.

— Ma femme – Paula Domski – avait invité Heike à son émission du mardi soir. Je voulais lui demander de ne pas s'y rendre.

— Pourquoi ?

— Parce que… commença-t-il en détournant les yeux de la fenêtre pour se tourner de nouveau vers Pia et Cem. Ma femme avait aussi invité Carl Winterscheid. Je… je connais Heike. Je sais à quel point elle est impulsive et comment… à quel point elle peut être blessante. Et puis… je ne trouvais pas normal que Carl ne soit pas au courant qu'Heike était également invitée. Ils voulaient l'envoyer au casse-pipe.

Voulait-il vraiment protéger son patron ou était-ce plutôt pour protéger son poste et donc en premier lieu se protéger lui-même ?

— Vous tutoyez votre patron ? s'enquit Cem.

— Oui, c'est lui qui me l'a proposé, répondit Roth. Je le connais depuis qu'il est né. Sa mère était une amie, j'étais à son baptême, dit-il avec un sourire furtif. Je ne l'ai pas vu depuis longtemps, et quand il est réapparu devant moi il y a deux ans, je ne l'ai pas reconnu au début. Et maintenant, le petit garçon de l'époque est devenu mon patron.

Il voulait ainsi justifier son besoin de vouloir protéger un homme qui n'en avait nullement besoin.

— Comment Heike Wersch a-t-elle réagi à votre demande lundi ?

Alexander Roth émit un petit bruit, un mélange de rire et de reniflement.

— Elle s'est moquée de moi, dit-il en joignant les mains sur son ventre. Je voulais aussi lui parler de ce qui s'est passé avec Severin. Elle ne s'est pas rendu service en agissant ainsi.

— Mais c'est une bonne chose que le public apprenne qu'un auteur vole la propriété intellectuelle d'un autre, dit Cem.

— Oui, bien sûr. Le plagiat, surtout à une telle échelle, n'est pas une mince affaire, rétorqua Roth dont le comportement changea. Mais ce qui est piquant dans cette affaire, c'est que c'est manifestement Heike elle-même qui a poussé Severin à faire ça, et depuis que ça a été rendu public, elle est pour ainsi dire cuite dans la branche. Comprenez-moi bien : ce n'est pas parce que je me sens trop vieux pour l'aventure et ai refusé de la suivre dans sa nouvelle maison d'édition que je ne tiens pas à elle. Nous avons travaillé ensemble pendant plus de trente ans, avec beaucoup de succès, et nous sommes amis.

— Alors comment s'est passé le lundi soir ? demanda Pia pour en revenir au fait.

— Je ne m'en souviens malheureusement pas, répondit Roth à son grand étonnement. Après, je suis allé dans un bar. Je… je suis alcoolique. J'ai été sobre pendant plus de quinze ans. Mais toute cette situation me pèse. Ma femme est venue me chercher mardi matin au commissariat d'Eschborn.

Il recommença à pétrir ses doigts.

— Vous savez déjà pourquoi nous vous posons ces questions ?

— Non. Pas vraiment.

— Heike Wersch a disparu depuis mardi matin.

Pia vit un furtif passage à vide dans le regard de Roth qui se reprit aussitôt.

— Disparu ? Comment ça ? demanda-t-il, stupéfait. Je croyais qu'elle était partie en voyage.

— Qu'est-ce qui vous fait dire ça ?

— Eh bien, elle est… elle n'était pas… dans l'émission de mardi soir, bafouilla-t-il. Et elle… elle m'avait dit qu'elle avait besoin… d'un break après toute cette agitation.

Pia prit note, ce qui rendit Roth encore plus nerveux.

— Une vieille amie d'Heike Wersch nous a informés hier. Elle aussi se faisait du souci.

— Une vieille amie ?

— Maria Hauschild, l'agent. Vous la connaissez ?

— Maria. Oui, bien sûr. Nous nous connaissons depuis longtemps.

— Connaissez-vous aussi le père d'Heike Wersch ? demanda Cem.

— Le père d'Heike Wersch ? répéta Roth, comme s'il voulait gagner du temps pour réfléchir. Non… enfin, si. Je le connaissais. Mais il vit depuis des années dans un centre de soins. À moins qu'il soit mort ?

— Non, il n'est pas mort. Il est dément et vit dans la maison de sa fille. Heike Wersch s'occupe de lui depuis de nombreuses années – Pia constata avec satisfaction qu'Alexander Roth était aussi peu au courant de la vie privée de sa bonne vieille amie Heike Wersch que Maria Hauschild –, elle ne partirait pas quelques jours en le laissant seul à la maison, qu'en pensez-vous ?

— Je… je pense… Non. Non, ça… elle ne ferait pas ça, balbutia Alexander Roth en rougissant avant de blêmir.

— Avez-vous une objection à ce qu'on prélève un échantillon de votre muqueuse buccale pour un test ADN ? Et nous aimerions aussi prendre vos empreintes digitales. Ne vous inquiétez pas, nous le ferons uniquement pour que la police scientifique puisse vous exclure.

— Non, chuchota Roth en sueur. Je… je n'ai rien contre.

*

Bodenstein avait déposé Sophia chez ses parents et elle était immédiatement partie chercher son oncle Quentin. Contrairement à ses enfants plus âgés, qui ne s'étaient jamais particulièrement intéressés à la ferme, à l'agriculture, à la sylviculture et aux animaux, Sophia aimait le travail au domaine et tout ce qui s'y rapportait. Les enfants de Quentin et Marie-Louise, devenus adultes, n'avaient aucun intérêt pour l'endroit où ils avaient grandi, c'est pourquoi Bodenstein pensait qu'il était tout à fait possible que sa cadette prenne un jour la succession de son frère. En fait, il avait prévu de repartir tout de suite, mais sa mère l'avait forcé à manger quelque chose après qu'il avait eu le malheur de dire qu'il n'avait pas mangé depuis trois jours. Dans la famille Bodenstein, on n'était généralement pas enclin à l'émotion. Plutôt que des mots, la compassion se manifestait par des actes et une solidarité indéfectible, et c'est ainsi que Bodenstein avait avalé debout, sous l'œil attentif de sa mère, une tranche de poitrine de bœuf froide accompagnée d'une sauce verte maison. Ses proches savaient que Cosima était malade, mais à sa demande, il avait caché à tous, sauf à Lorenz et Rosalie, à quel point elle allait mal.

— Je me fais du souci pour toi, dit soudain sa mère, brisant ainsi un tabou familial. Tu as mauvaise mine, Oliver. Qu'est-ce qui se passe ? Est-ce que je peux faire quelque chose pour toi ?

— Vous en faites déjà tous assez si Sophia peut vivre avec vous, répondit-il en posant l'assiette sur l'évier. C'est un peu difficile en ce moment.

— Oh, mon garçon, dit-elle en tendant la main pour lui caresser la joue.

Cette marque rare d'affection lui fit monter les larmes aux yeux et, l'espace d'un instant, il ressentit le besoin impérieux de poser sa tête sur les genoux de sa mère, comme un enfant, et d'entendre de sa bouche que tout allait s'arranger, mais il ne voulait pas accabler sa mère octogénaire avec ses problèmes. Comment aurait-elle pu l'aider ? Sa vie était devenue un trou noir qui absorbait toute son énergie et sa confiance. Par le passé, il avait connu des phases difficiles, mais il était plus jeune et plus optimiste. Il n'y avait qu'au boulot qu'il se sentait encore à peu près bien, mais il savait qu'il devrait bientôt parler à Nicole et à Pia de l'opération à venir et de sa situation personnelle, et le trou noir le suivrait alors au travail comme une ombre sinistre.

— Merci, maman, dit-il d'une voix étranglée en essayant de sourire. Tout ira bien.

— Prends soin de toi, répondit-elle. Et tu sais : s'il y a quoi que ce soit, notre porte est toujours ouverte pour toi.

Bodenstein se contenta d'acquiescer silencieusement, sinon il aurait pu fondre en larmes. Reconnaissant, il prit sa mère dans ses bras et l'embrassa. De retour dans la voiture, il regarda son portable en mode silencieux et vit que Kai Ostermann avait essayé de l'appeler. Il rappela.

— Je viens de recevoir le profil du service de localisation du portable d'Heike Wersch, répondit Ostermann quelques secondes plus tard. Dans la nuit de lundi à mardi, il était connecté à la même cellule radio à Bad Soden jusqu'à 0 h 05. Ensuite, il s'est déplacé et s'est trouvé dans une cellule radio à environ deux kilomètres de là jusqu'à jeudi matin à 11 h 22, selon les données de la cellule radio du fournisseur d'accès.

— Et après ?

— Plus rien. La batterie devait être vide.

— Cela signifie qu'il devrait encore s'y trouver maintenant, conclut Bodenstein en bifurquant sur la gauche en direction de Schneidhain.

— Exactement, répondit Ostermann. En tout cas, il n'est pas dans l'usine d'incinération d'Eschborn. Et d'une certaine manière, j'ai l'impression que son corps ne s'y trouve pas non plus.

— Où se trouve exactement la cellule radio où il a été localisé en dernier ? demanda Bodenstein.

— Quelque part entre Königstein, Mammolshain et Neuenhain.

Dans la forêt, donc. Quelqu'un aurait pu, pour brouiller les pistes, jeter le portable dans les sous-bois. Mais bien sûr, le corps d'Heike Wersch pouvait aussi se trouver là, dans la forêt. Bodenstein évalua rapidement dans sa tête ce que coûtait l'intervention d'une centaine de policiers antiémeutes et d'un chien détecteur de cadavres, comparée à la fouille de l'usine d'incinération, et prit une décision.

— Appelle Christian. Dis-lui d'interrompre sa mission. Nous allons d'abord fouiller la forêt, dit-il, secrètement heureux d'être distrait de ses propres soucis. Et s'il te plaît, écris un message dans notre groupe WhatsApp. Nous nous retrouverons dans une heure au commissariat pour en discuter. Que Christian nous rejoigne aussi.

*

De la fenêtre de son bureau, Alexander Roth regardait en contrebas dans la Schillerstrasse. Il vit les deux policiers quitter le bâtiment et disparaître en direction de la Bourse. Sa chemise était trempée de sueur et il aspirait de toutes les fibres de son corps à une gorgée de vodka apaisante pour arrêter de trembler. Il était certain que les flics, ce type à la George Clooney et la blonde qui n'arrêtait pas de gribouiller dans son carnet, n'avaient pas été dupes. Sinon, pourquoi auraient-ils voulu prélever un échantillon de salive et ses empreintes digitales ? Avait-il touché quelque chose chez Heike, laissé une trace révélatrice ? Il était un piètre acteur et il était clair qu'ils n'avaient pas cru une seconde qu'il s'était rendu à Bad Soden parce qu'il s'inquiétait pour son amie et collègue de longue date. Alexander Roth ne savait pas lui-même pourquoi il avait menti, mais le mensonge était devenu depuis longtemps un réflexe chez lui. La police allait-elle découvrir où il se trouvait le lundi soir ? Le pire, c'est qu'il ne se souvenait effectivement plus de ce qu'il avait fait. Ils s'étaient violemment disputés, Heike et lui, ça, il s'en souvenait. Il avait été tellement déçu et furieux, et quand elle l'avait menacé de révéler ce que…

On frappa à la porte. Dorothea passa la tête par la porte.

— Hé, Alex, dit-elle, tu voulais te joindre à notre réunion. Mais nous sommes déjà…

Elle s'interrompit et le regarda d'abord, puis son regard se posa sur le téléphone dont le combiné était posé sur la table.

— Qu'est-ce qui t'arrive ? Il s'est passé quelque chose ? Tu es livide !

Alexander Roth prit une profonde inspiration. Il se rassit derrière son bureau et remit sur le socle le combiné du téléphone qu'il avait posé sur la table pour ne pas être dérangé.

— La police judiciaire vient de passer, dit-il. À propos d'Heike.

— La police judiciaire ? s'étonna Dorothea. Qu'est-ce qui se passe avec Heike ?

Elle referma la porte derrière elle et s'assit sur la chaise des visiteurs, où la policière blonde était encore assise il y a quelques instants.

— Il paraît qu'elle a disparu.

— Disparu, ça veut dire quoi ?

— Personne ne semble savoir où elle est.

Alexander Roth se passa la main sur le visage et eut envie que Dorothea disparaisse pour pouvoir céder à son envie d'une gorgée de vodka.

— Tu savais qu'Heike s'occupait de son père dément chez elle ?

— Quoi ? s'exclama Dorothea en écarquillant les yeux. Non, elle ne me l'a jamais dit. Mais après tout, je n'ai jamais été aussi proche d'elle que toi. Qu'est-ce que la police a dit d'autre ? Raconte !

— Qu'est-ce que tu veux que je raconte ? Roth haussa les épaules. Maria est allée chez Heike hier parce qu'elle n'arrivait pas à la joindre. Et elle a dû alerter la police.

— Et la police judiciaire, qu'est-ce qu'elle te voulait ? Qu'est-ce que tu as à voir avec ça ? À part le fait qu'Heike te déteste parce que tu as repris son poste.

Derrière ses lunettes roses, les yeux de Dorothea brillaient d'excitation. Cela semblait l'amuser beaucoup.

— Je… je suis allé chez elle lundi, avoua Alexander Roth.

Dorothea cessa de sourire et le fixa, abasourdie.

— Oh mon Dieu, Alex ! murmura-t-elle, consternée. Ne me dis pas que tu l'as tuée !

— N'importe quoi ! Qu'est-ce que tu racontes ? Je voulais juste lui parler et l'empêcher d'aller à l'émission de Paula le mardi soir.

Le téléphone sur son bureau se mit à sonner.

— Eh bien, en tout cas, tu as réussi, dit sèchement la directrice commerciale. Quelle que soit la manière dont tu t'y es pris.

Dégage, pensa Alexander Roth en posant sa main sur le combiné. Dorothea comprit qu'elle était sommée de partir. Elle posa le dossier qu'elle avait apporté sur son bureau et se leva.

— Voici les projets de couverture pour le nouvel Ismini Papadimakopoulo. Mme Dellamura t'enverra les fichiers par e-mail. Envoie-les à son agent et dis-moi rapidement ce que tu en penses. Nous avons une préférence pour les numéros 3 et 7.

— Très bien. Tu peux fermer la porte derrière toi ?

Lorsque la porte se referma, il se leva d'un bond et se dirigea vers la table dans le coin de son bureau, sous laquelle se cachait un petit réfrigérateur. Il en sortit une bouteille, dévissa le bouchon, la porta à ses lèvres et avala de grandes gorgées de vodka glacée, les premières depuis la veille. Les yeux fermés, il savoura la brûlure dans sa gorge et l'effet de l'alcool qui calmait miraculeusement son système nerveux central. Il laissa le téléphone sonner.

*

— Le téléphone portable d'Heike Wersch est resté connecté à la même cellule radio à Bad Soden du vendredi 31 août au mardi 4 septembre à 0 h 05, déclara Kai en désignant le rayon de la cellule radio concernée sur une carte imprimée. Cela signifie qu'Heike Wersch – ou plutôt son portable – s'est éloignée au maximum de cent cinquante à deux cents mètres de la propriété, sinon il se serait connecté à la cellule radio la plus proche.

— Mais ce n'est pas vraiment fiable, s'inquiéta Christian Kröger. Si une cellule radio est surchargée, un portable peut aussi se connecter à une autre.

— C'est vrai, acquiesça Kai. Mais à minuit, les cellules radio sont rarement surchargées.

Toute l'équipe de la K11 s'était réunie dans la salle de réunion. Christian Kröger, Kathrin et Tariq avaient pris place près de la fenêtre ouverte, car l'odeur de poubelle de leurs cheveux et de leurs vêtements était insupportable.

— Heureusement, il s'agit d'un téléphone portable avec fonction GPS – Kai afficha une autre carte sur le tableau blanc. Et c'est pourquoi nous connaissons les coordonnées exactes du dernier endroit où il a été localisé avant de s'éteindre.

— Au milieu de la forêt, constata Kröger.

— Je connais le coin, dit Pia. Je m'y promène au moins trois fois par semaine avec Beck's.

— Nous commencerons les recherches demain matin à 8 heures, annonça Bodenstein. Le point de rendez-vous est le parking en face de l'auberge forestière Hubertus de la Sophienruhe à Neuenhain.

— Pourquoi ne pas chercher tout de suite si nous avons des données aussi précises ? s'enquit Kathrin Fachinger.

— Parce que le chien de détection de cadavres ne sera disponible que demain, répondit Bodenstein.

— J'ai demandé que la fosse à ordures n° 9 reste temporairement fermée, déclara Christian Kröger. Si nous ne trouvons rien dans la forêt, nous continuerons comme prévu.

Bodenstein acquiesça et Kröger quitta la salle de réunion.

— Qu'est-ce qui est ressorti de votre visite aux éditions Winterscheid ?

— Carl Winterscheid est un homme d'affaires, répondit Pia. Éloquent, poli, sobre et difficile à cerner. Quand je lui ai dit qu'Heike Wersch avait peut-être été assassinée, il a été choqué. Il nous a expliqué pourquoi il avait dû licencier Heike Wersch et n'a pas caché qu'il avait de gros problèmes à cause d'elle. Mais je ne vois pas chez lui de véritable motif de crime. Il s'est débarrassé du fauteur de troubles de manière tout à fait légale, par le licenciement et le conseil des prud'hommes.

— Le scandale du livre de Severin Velten ne semble pas non plus être un problème pour la maison d'édition, ajouta Cem. Il paraît que, depuis, il se vend beaucoup mieux que tous ses autres romans.

— Severin Velten n'aurait donc pas non plus de motif pour assassiner Heike Wersch ? poursuivit Kathrin.

— Un auteur verra les choses un peu différemment que l'éditeur, lança Bodenstein. Avez-vous demandé où il pourrait se trouver maintenant ?

— Winterscheid a dit que depuis, il se cachait, dit Pia.

— Je sais peut-être où il pourrait se trouver, répondit Kai Ostermann. J'ai regardé des reportages sur lui sur YouTube. Il y en avait un, entre autres, de 2016, où Velten se promène le long d'un chemin avec un critique littéraire en bavardant sur son nouveau livre. Le format s'appelle *Visite à domicile*, et ils parlent entre autres du fait que Velten aime se retirer pour écrire dans un petit village du Taunus.

Il s'assit devant son ordinateur, se mit à taper sur le clavier et, un peu plus tard, il retourna l'écran pour que tous puissent voir l'endroit que Kai voulait leur montrer.

— C'est à Oberems ! s'exclamèrent en chœur Bodenstein et Pia.

— C'est là que se trouve la salle des congrès de la Commerzbank, précisa Pia. Et avec le mouvement de caméra, on voit la B8 en direction de Bad Camberg et, derrière, Oberrod et Niederrod.

— Très bien, Kai, le félicita Bodenstein. Si Velten a encore son refuge là-bas, nous le trouverons.

— Je peux me renseigner auprès du cadastre du Haut-Taunus. Et aussi auprès de la ville… à quoi est rattaché ce trou ?

— À Glashütten, répondit Pia.

— Il faut encore qu'on parle d'Alexander Roth, dit Cem. Il a succédé à Heike Wersch comme directeur éditorial de la littérature aux éditions Winterscheid et, selon ses propres dires, il n'est pas seulement un collègue de travail de longue date d'Heike Wersch, mais aussi un ami depuis leur scolarité.

— Cependant, il ne savait pas non plus qu'Heike Wersch s'occupait de son père, tout comme Maria Hauschild, dit Pia en feuilletant son carnet de notes. Carl Winterscheid, l'éditeur, le savait, lui. Et sa première question, quand nous lui avons dit qu'Heike Wersch avait peut-être été assassinée, a été de s'inquiéter de son sort, et j'ai eu l'impression que son intérêt était réel.

— Pia est une fan de Carl Winterscheid, la charria Cem.

— Je suis fan des gens qui ne nous mentent pas à tout bout de champ, comme cet Alexander Roth, rétorqua Pia. Il a certes admis immédiatement qu'il était allé chez Heike Wersch lundi, mais son histoire ne tenait pas debout.

— Il aurait voulu l'empêcher de se rendre mardi soir à l'émission littéraire de sa femme, sous prétexte que son patron y était également invité, lequel ignorait totalement qu'il y rencontrerait son ex-collaboratrice, qui ne le raterait pas.

— Quelle noblesse de sa part, ironisa Kathrin. Vous y croyez ?

— En partie, répondit Pia. Mais ce n'était certainement pas la vraie raison de sa visite chez Heike Wersch.

— Ce type était complètement à côté de la plaque, dit Cem. Il était nerveux, il avait la bougeotte et il s'est remis à boire après quinze ans d'abstinence. C'était aussi son excuse pour ne pas se souvenir de ce qui s'était passé le lundi soir. Après avoir rendu visite à Heike Wersch, il prétend avoir atterri dans un bar et après, ne plus se souvenir de rien. Sa femme a dû aller le chercher mardi matin à la cellule de dégrisement du commissariat de Niederhöchstadt.

— C'est facile à vérifier, déclara Bodenstein. Nous devons aussi parler à la présentatrice de l'émission de télévision.

— Paula Domski, précisa Kai Ostermann qui avait cherché des informations sur Internet à la vitesse de l'éclair. Journaliste culturelle et critique littéraire. Elle a son propre site web.

— Les gars, franchement, ce que nous faisons ici ne mène à rien, dit Pia, agacée. Tant que nous n'aurons pas retrouvé le corps d'Heike Wersch, nous n'avancerons pas. Il y a plein de gens qui lui en veulent pour toutes sortes de raisons, mais pour l'instant, on ne sait même pas comment elle est morte.

— Il se peut aussi qu'elle soit détenue quelque part, dit Tariq, remettant son idée sur le tapis.

— Peut-être qu'Alexander Roth était tellement nerveux qu'il l'a maîtrisée lundi soir et l'a enfermée quelque part, ajouta Cem en poursuivant l'idée de Tariq.

— Je crois qu'elle est morte, répliqua Pia. C'est une intuition. Je propose d'attendre de voir si le chien détecteur de cadavres trouve quelque chose demain dans la forêt avant de continuer à parler aux gens et peut-être d'avertir le coupable.

Bodenstein s'éclaircit la gorge.

— Pia a raison, décida-t-il en repoussant sa chaise d'un coup sec et en se levant. On s'arrête là pour aujourd'hui. Demain matin, on se retrouve dans la forêt comme convenu. Le week-end est annulé pour nous tous jusqu'à nouvel ordre. Bonne soirée à tous.

— Je voulais encore…, commença Kai, mais son chef avait déjà disparu.

*

Bodenstein était épuisé. Sa tête bourdonnait et à plusieurs reprises il avait ressenti dans sa poitrine des oppressions qui l'avaient inquiété. Toute la journée, son cerveau avait fonctionné à deux vitesses et il savait que cela continuerait et le démoraliserait s'il ne mettait pas à exécution la décision qu'il avait prise la veille. Une heure et demie plus tôt, le médecin-chef du service d'oncologie l'avait contacté : il avait reçu les résultats de ses examens qui étaient OK. En ce qui le concernait, rien ne s'opposait plus, d'un point de vue médical, au don du foie. C'est pourquoi il ne devait rien lui arriver tant que l'état de Cosima ne s'était pas suffisamment stabilisé après la chimioembolisation pour qu'elle puisse supporter l'opération. Depuis qu'il savait Sophia en sécurité, il avait certes un souci de moins, mais il devait maintenant parler à Karoline, faire ses valises et quitter la maison. Il avait déjà convenu avec sa belle-sœur qu'il pourrait rester à l'hôtel du château jusqu'à ce qu'il trouve un autre logement.

Il aurait préféré faire ses bagages seul, tranquillement, avant que Karoline ne rentre à la maison, mais lorsqu'il engagea la voiture de service dans le parking souterrain de leur maison, sa voiture était déjà garée à côté de sa Porsche, comme si elle avait eu un pressentiment. Elle ne devait pas être là depuis longtemps, il percevait encore de légers bruits du moteur de son 4×4. Bodenstein prit une profonde inspiration, ouvrit la porte du sous-sol et entra dans la maison. Il trouva Karoline dans le salon, en train de nettoyer le chaos que Greta avait laissé derrière elle. Avec des gestes saccadés, elle rassemblait des paquets de chips et des bouteilles vides.

— Bonjour, dit-il.

— Greta m'a dit que Sophia avait pris toutes ses affaires ce midi et que vous ne lui aviez pas adressé la parole, dit Karoline en lui jetant un bref regard sans répondre à son salut.

Elle était hors d'elle. Elle avait tellement pleuré qu'elle pouvait à peine parler.

— Je ne te comprends pas, Oliver, comment peux-tu être aussi cruel ?

— Sophia avait mal au ventre. J'ai dû aller la chercher à l'école, rétorqua-t-il sans répondre à ses reproches. Elle ne voulait plus venir ici. C'est pourquoi je l'ai d'abord emmenée chez mes parents.

— Je vois.

Karoline passa devant lui et se dirigea vers la cuisine, qui semblait avoir été le théâtre d'une fête organisée par toute une bande d'adolescents. Des casseroles et des poêles usagées traînaient, le mixeur contenait les restes d'un smoothie vert. Des coupes de fruits s'entassaient à côté de la vaisselle sale, il y avait sur le plan de travail une boîte d'œufs vide avec les coquilles d'œufs et tous les ingrédients du smoothie. Les portes des placards et de l'armoire à pharmacie étaient ouvertes et la plaque de cuisson couverte d'éclaboussures de graisse.

— Eh bien. C'est peut-être mieux comme ça. Greta se calmera sûrement aussi.

Karoline referma les armoires et, les lèvres pincées, jeta les déchets dans la poubelle. Bodenstein la regarda faire et se demanda, avec un mélange de nostalgie et de perplexité, où était passée la femme intelligente et compatissante dont il était tombé amoureux six ans plus tôt. Après des débuts difficiles, pleins de malentendus et de déceptions involontaires, ils s'étaient trouvés, et Karoline lui avait donné la chance de faire enfin la paix avec son passé. Elle avait été la première femme à laquelle il s'était ouvert, car elle lui avait fait sentir qu'elle s'intéressait sincèrement à lui en tant qu'être humain. Après leur mariage, leur relation avait été parfaite pendant un certain temps, et il avait vraiment cru que cela durerait toujours. Mais ensuite, Greta avait réussi à les séparer et Karoline avait laissé faire. Elle s'était de plus en plus éloignée de lui et avait en même temps développé une jalousie quasi paranoïaque à l'égard de toutes les personnes de son entourage, en particulier Cosima et Sophia. Et lorsqu'ils se disputaient, ce qui arrivait de plus en plus souvent, elle se servait, dans l'intention de le blesser, des confidences qu'il lui avait faites. À la moindre remarque corrosive, la moindre taquinerie et la moindre insinuation injustifiée, sa confiance et son amour pour elle s'effritaient petit à petit, jusqu'à ce qu'il n'en reste plus rien. Et même si, plus tard, en larmes, elle venait s'excuser mille fois, il ne pouvait oublier les paroles qu'elle avait prononcées et qui l'avaient blessé.

— Sophia m'a raconté des choses qui m'ont profondément bouleversé, dit-il, résumant les méchancetés que Greta avait lancées jour après jour à sa fille.

— Tu ne vas quand même pas la croire ! s'exclama Karoline en éclatant d'un rire méprisant.

— Si, je la crois. Sophia n'invente pas ce genre de choses.

— C'est absurde ! Greta ne ferait jamais une chose pareille !

— Je ne veux plus discuter de ta fille avec toi, dit Bodenstein, fatigué. Je vais m'installer à l'hôtel.

— Mais pourquoi ça ?

Karoline s'arrêta. La stupéfaction qu'il lut dans son regard le surprit. Ne s'était-elle donc pas rendu compte que leur couple était en bout de course ?

— Je ne me sens plus le bienvenu ici, dit-il.

— Ah ! tu veux dire pour ce matin ! Ce n'est pas ce que Greta voulait dire.

Elle se mit à rire tout en frottant la cuisinière.

Bodenstein comprit qu'il était inutile de parler à Karoline. Elle ne voulait pas voir le problème. Il la laissa continuer à remettre la cuisine en état et monta à l'étage. Dans la penderie du couloir, il prit sa valise et ses sacs de voyage et les porta dans sa chambre. Lorsqu'il avait quitté sa maison de Ruppertshain pour s'installer ici quatre ans plus tôt, il avait d'abord placé ses meubles et ses cartons dans le vaste garage souterrain. Ils y étaient restés jusqu'à ce que, l'année dernière, il les donne à sa fille Rosalie, qui était revenue en Allemagne après six ans et plusieurs séjours à l'étranger et avait acheté une petite maison à Kelkheim avec son mari. La plupart des caisses avaient peu à peu migré vers le grenier de ses parents, car il n'y avait pas de grenier dans la maison à toit plat de Karoline. C'est pourquoi il n'avait pas beaucoup de choses à emballer. Il ouvrit la valise, puis la penderie où se trouvaient ses costumes et ses pantalons. Il voulut attraper le premier cintre, mais il était vide. Tout comme tous les autres cintres, ses costumes, vestes et pantalons étaient entassés au fond de la penderie.

— Cette petite peste ! marmonna-t-il, comprenant immédiatement que Greta devait être derrière tout ça. Il ramassa les vêtements et crut d'abord que son cerveau surexcité lui jouait un tour, mais il s'aperçut ensuite que tous les vêtements avaient été soigneusement lacérés. Son cœur se mit à battre à tout rompre. Il ouvrit les tiroirs de la commode et constata avec stupeur que ses sous-vêtements avaient subi le même sort. Rien n'avait été épargné : les chaussettes, les caleçons, les tee-shirts, les chemises, même son vieux jogging, ses vestes et ses manteaux avaient été victimes des ciseaux. Il ne lui restait que les vêtements qu'il portait sur lui. Il photographia le résultat du carnage avec son portable, fourra les sacs de voyage dans la valise, actionna la serrure puis il entra dans la salle de bains. Il eut un mauvais pressentiment en lisant l'inscription au rouge à lèvres sur le miroir. Greta avait étalé son dentifrice et sa crème dans sa trousse de toilette en cuir, avait vidé tous les flacons d'eau de toilette et d'après-rasage. Sa rage destructrice n'avait reculé devant rien. Elle avait même coupé en petits morceaux le câble de chargement de son rasoir.

Karoline apparut à la porte de la salle de bains.

— Qu'est-ce que tu fais ?

— Quelqu'un a lacéré tous mes vêtements, dit-il avec la voix rauque d'une colère difficilement contenue. Ne prétends pas que je suis encore le bienvenu dans ta maison.

Il lui montra la trousse de toilette maculée et désigna le message au rouge à lèvres sur le miroir : *Va te faire foutre, enculé.*

— C'est de ta faute, Oliver, dit Karoline et Bodenstein n'en crut pas ses oreilles. Pourquoi est-ce que tu ne laisses pas Greta tranquille ? Tu sais à quel point elle est sensible.

— Elle n'est pas sensible, elle est psychiquement malade, rétorqua-t-il. Elle a un besoin urgent d'un pro. Ouvre enfin les yeux !

Il attrapa la valise vide et appela en descendant le commissariat de Kelkheim pour qu'une patrouille passe prendre la voiture de service. Il n'était pas étonné que tous ses livres et CD aient disparu, mais il ne s'abaisserait pas à fouiller les poubelles. Au moins, ce matin, il avait mis en sécurité tous les documents importants.

C'était peut-être préférable que les choses se terminent de cette façon. Comme après l'incendie d'une maison, il pourrait prendre un nouveau départ. Karoline le suivit dans le parking souterrain, où l'attendait la prochaine mauvaise surprise. Greta avait également déversé sa haine sur sa Porsche. Le mot ENCULÉ avait été gravé sur la portière de sa voiture que la mère de Cosima lui avait offerte pour son mariage avec Karoline, et un pénis stylisé sur le capot du coffre. Ce spectacle le déchira mais il maîtrisa sa colère. Il actionna la porte du garage et photographia les dégâts avec son portable. Karoline l'observait silencieusement.

— Je vais faire repeindre la voiture, m'acheter de nouveaux vêtements et t'envoyer les factures, dit-il à sa femme, si tu les paies, je renonce à porter plainte.

Une voiture de patrouille s'arrêta devant le garage. Bodenstein donna la clé de la voiture de service à sa collègue en uniforme et lui demanda d'emmener la voiture à Hofheim, au BRI, et de l'y déposer. Après avoir posé sa valise sur le siège passager, il monta dans sa Porsche, démarra le moteur et ouvrit le toit.

— C'est tout ? demanda Karoline d'une petite voix.

— Oui, c'est tout, répondit Bodenstein. Prends soin de toi.

En sortant du garage dans la rue, il se sentit délesté d'un énorme poids. Il n'éprouvait aucun regret, qu'un grand soulagement.

*

Alexander Roth regardait par la fenêtre de son bureau les tours éclairées de la banque, qui ne cessaient de s'estomper devant ses yeux. Ses pensées, embrumées par l'alcool, se tournaient vers le passé. Autrefois, ils étaient souvent restés ici jusque tard dans la nuit – Henri, Heike et lui. Ils discutaient avec passion de manuscrits et d'auteurs, imaginaient des stratégies et faisaient des projets, ils buvaient, fumaient et riaient. Il n'était pas rare qu'ils aillent ensuite dîner ensemble ou boire un dernier verre quelque part. Ils n'étaient jamais à court de sujets de conversation. Oui, ils avaient formé une bonne équipe pendant près de trente ans. Mais maintenant, tout était différent. Il souffrait de voir que de nombreux collaborateurs leur reprochaient le fait que la maison d'édition ait connu des difficultés économiques. Les jeunes collègues qui, vu leur âge, pourraient être ses filles, le considéraient comme un dinosaure qui avait survécu par hasard à l'ère du crétacé et le traitaient avec une indulgence polie, mais pas avec respect ni même avec considération. Tout le monde dans la maison d'édition, y compris lui-même, pensait que c'était une décision purement stratégique de la direction de le hisser au poste de directeur éditorial de la littérature. Officiellement, on disait qu'il incarnait la continuité et qu'il jouissait de la confiance des auteurs, mais lui il savait ce qu'il en était. Carl était rusé, tout comme son père l'avait été autrefois. Lorsqu'il avait eu vent des projets d'édition d'Heike, il lui avait proposé son poste, à lui qui avait toujours été au second plan, sachant que sa vanité lui interdirait de refuser cette offre. Mais à y regarder de plus près, ce poste s'apparentait à un Oscar pour son travail, un prix de consolation humiliant pour n'avoir jamais vraiment atteint le sommet. Et tout le monde dans le secteur le savait. Ce n'est que des mois plus tard qu'il avait compris que Carl lui avait tendu un piège habile dans lequel il était tombé trop volontiers. C'est comme ça que tout avait commencé. Heike ne lui avait pas pardonné d'avoir refusé. Elle comptait fermement sur son soutien et maintenant il l'abandonnait sans ménagement, lui avait-elle reproché, furieuse, le traitant de lâche sans colonne vertébrale et de procrastinateur. Elle l'accusait d'avoir voulu la voir échouer pour se venger, parce qu'elle avait toujours été meilleure que lui.

— Tu as juste peur d'échouer parce qu'en réalité, tu n'as aucun talent et que sans le grand nom de Winterscheid derrière lequel tu te caches depuis trente ans tu n'es qu'un pauvre type ! lui avait-elle lancé au visage, méprisante.

Bien que ses reproches l'aient profondément affecté, il avait gardé le silence, car il ne voulait pas la mettre encore plus en colère contre lui. Heike avait espéré pouvoir discréditer Carl Winterscheid en créant sa propre maison d'édition et en emmenant avec elle les meilleurs auteurs, mais ses plans n'avaient pas abouti, sans doute parce que tous, sauf Henri, avaient refusé : Stefan, Maria, Josi et, pour finir, lui aussi. C'était plus d'humiliation que l'ego d'Heike, gâtée par le succès, n'avait pu en supporter, après avoir essuyé les refus de toutes les maisons d'édition auxquelles elle avait frappé. Et puis, dans sa colère aveugle, elle avait commis l'erreur la plus impardonnable qu'une éditrice puisse commettre : elle avait trahi son auteur le plus célèbre, uniquement parce que celui-ci avait préféré rester chez Winterscheid pour le moment.

Alexander termina son verre et constata qu'il avait presque vidé la moitié de la bouteille depuis cet après-midi, depuis que les flics étaient arrivés. Après quinze ans de sobriété, il ressentait les effets de l'alcool beaucoup plus rapidement qu'auparavant. Il avait la tête qui tournait et une légère nausée, ce qui était peut-être dû au fait qu'il n'avait presque rien mangé aujourd'hui. De plus, il avait un horrible mal de tête, comme cela ne lui était jamais arrivé, même avec une grosse gueule de bois. Il s'en voulait d'avoir rechuté, mais il ne pouvait se passer d'alcool pour contenir la peur qui lui attaquait le cerveau dès qu'il pensait à la menace d'Heike. Et à cette étrange lettre qui avait été postée dix jours plus tôt, dans une quelconque enveloppe marron, sans le nom de l'expéditeur. Depuis, il avait du mal à avoir les idées claires et ne dormait plus.

Aujourd'hui, lorsque la police judiciaire s'était soudain présentée devant lui, il avait failli s'effondrer et tout avouer, juste pour se débarrasser enfin de ce terrible poids qui l'oppressait. Mais il avait été trop lâche, parce qu'il savait pertinemment qu'il briserait non seulement sa propre vie, mais aussi celle de sa femme et de ses filles adultes, qui n'y pouvaient rien. L'idée de passer le reste de sa vie en prison le terrifiait encore plus. Il se méprisait pour cela, mais d'une certaine manière, il espérait toujours s'en sortir indemne.

Il souleva son sous-main, en tira deux feuilles et les lut lentement, ligne par ligne, même si depuis longtemps, il connaissait le contenu de la lettre par cœur. Quelqu'un était au courant de tout. Quelqu'un qui n'était manifestement pas bien disposé à son égard. Il y avait eu des moments où il n'y pensait plus, où il avait presque oublié. Il n'avait aucune idée de qui avait pu lui envoyer cette lettre. Mais une chose était limpide : tôt ou tard, ça se saurait. Et les gens qui lui avaient fait confiance, à qui il devait tout ce qu'il avait et ce qu'il était, apprendraient que pendant toutes ces années il leur avait menti.

Alexander se leva. Il dut s'accrocher à son bureau et attendre que le vertige se dissipe. Puis il se dirigea vers la déchiqueteuse et passa les deux feuilles dans le broyeur. Devait-il appeler cette blonde de la police judiciaire, se rendre, tout avouer ?

Non. Non, il n'en était pas capable. À moins que ? Procrastinateur ! Lâche ! La voix d'Heike résonnait dans sa tête. Il attrapa son portable, composa un numéro et attendit que quelqu'un décroche.

— C'est moi, dit-il la gorge serrée. Il faut qu'on parle.

*

— Ce n'est pas vrai, n'est-ce pas ? s'exclama Cosima en cliquant, incrédule, sur les photos du portable de Bodenstein. Quelle petite peste !

— Elle s'est vraiment donné beaucoup de mal pour ne rien oublier, dit Bodenstein, regarde ici : elle a même coupé les poils de ma brosse à cheveux.

Sa colère contre Greta s'était dissipée au moment où la maison de Karoline avait disparu dans le rétroviseur de sa voiture et maintenant il pouvait en rire. Il se sentait libéré. Enfin, il n'avait plus besoin de justifier et d'expliquer tout ce qu'il faisait ni de supporter des discussions interminables. Pendant six ans, il avait toujours été question de Greta, tout tournait toujours autour d'elle. C'était fini.

— La seule chose qui me désole, c'est la jolie trousse de toilette en cuir que tu m'avais rapportée de New York, dit-il en reprenant son portable.

— Je l'ai achetée dans un petit magasin à Sag Harbor, se souvint Cosima. Comment te sens-tu maintenant ? Est-ce que tu as déjà réfléchi à l'endroit où tu vas habiter ?

— Non, dit Bodenstein en secouant la tête. La priorité absolue est maintenant ton opération. Sophia est entre de bonnes mains.

— As-tu déjà parlé à Nicole et Pia ?

— Non, pas encore.

— Tu devrais le faire bientôt.

— Oui, je le ferai, promit-il. Nous avons justement une nouvelle affaire. L'éditrice de Severin Velten, l'écrivain, a disparu.

Par le passé, il avait déjà souvent parlé de son travail avec Cosima. Elle s'y intéressait et lui donnait parfois, quand il n'y voyait plus clair, des conseils utiles.

— Heike Wersch ? demanda Cosima, étonnée.

— Tu la connais ?

Bodenstein n'était pas particulièrement surpris. Cosima connaissait tout le monde.

— Connaître est exagéré. Elle a animé pendant un certain temps, avec ma vieille amie Paula, cette émission littéraire sur la première chaîne, répondit Cosima. Je l'ai rencontrée plusieurs fois.

— Paula Domski est une vieille amie à toi ? insista Bodenstein. Je ne t'ai jamais entendue prononcer ce nom !

— C'est vrai que c'était avant ton époque, dit Cosima en souriant. Paula et moi faisions toutes deux partie de la première promotion de l'école de journalisme Henri-Nannen à Hambourg. Remarque, tu la connais peut-être : à l'époque, elle a habité quelques mois dans ma coloc avant de trouver quelque chose pour elle.

Bodenstein ne s'en souvenait pas. Paula Domski n'avait pas dû lui faire une impression particulière, mais son séjour à Hambourg remontait à trente-huit ans.

— Tu as encore des contacts avec elle ? demanda-t-il.

— Non. Nous nous sommes croisées il y a quelques années au Festival du film documentaire de Mannheim et nous avons bu un verre ensemble. Je me souviens qu'elle m'avait fait part de son chagrin, car à l'époque, elle et son mari venaient de déménager de Francfort dans une maison mitoyenne à Liederbach, à cause des enfants. Et elle trouvait ça horrible de passer du statut de citadine cool, avec un appartement ancien à Bornheim, à celui de mère de famille en banlieue.

Bodenstein remarqua à quel point parler l'épuisait et changea de sujet. Cosima voulait savoir comment son déménagement et celui de Sophia s'étaient déroulés et elle montra à Bodenstein le message vidéo qu'elle avait reçu de Sophia.

— Notre petite paysanne, dit-elle en souriant affectueusement. Elle est heureuse quand elle peut ramasser le crottin de cheval et conduire un tracteur.

— Mon père nourrit l'espoir que sa plus jeune petite-fille aura peut-être hérité de ses gènes de propriétaire terrien, plaisanta Bodenstein.

— En tout cas, elle pourra se le permettre, rétorqua Cosima. J'ai demandé à ma mère de modifier son testament en faveur de toi et des enfants.

— Mais Cosi, tu vas vivre ! objecta Bodenstein. Et il faut aussi que tu le veuilles !

— Bien sûr que je veux vivre. Mais je suis lucide, répondit son ex-femme. Quand je me regarde dans la glace, la mort sourit par-dessus mon épaule. Et même si je devais survivre à tout ça, on n'a pas besoin de payer deux fois les droits de succession. Il y a quand même beaucoup d'argent en jeu.

Elle lui tendit la main et il la saisit.

— J'ai été une mauvaise mère, murmura-t-elle. Non, ne dis rien ! C'est toi qui as élevé nos enfants, pas moi. C'est aussi toi qui leur as donné le sens de la famille et un bon système de valeurs. Ce qu'ils sont aujourd'hui, c'est à toi qu'ils le doivent. Le côté maternel m'a toujours manqué.

— Tu es en train de me faire tes adieux ? ironisa Bodenstein d'un ton léger censé dissimuler son chagrin et son inquiétude.

Mais bien sûr, Cosima n'était pas dupe. Elle avait l'air plus mal en point qu'il y a deux jours et cela brisait le cœur de Bodenstein de la voir souffrir ainsi.

— Le médecin vient de me dire que les résultats de tes analyses se sont améliorés et que la tumeur a diminué, dit-il en serrant doucement sa main qui semblait fragile. Tu vas y arriver, Cosi ! On va y arriver ensemble !

— Merci. Merci d'être là.

Elle laissa tomber sa tête sur l'oreiller, épuisée, et posa l'autre main sur la sienne.

— J'ai été partout dans le monde, dans les coins les plus reculés de la planète. Mais je n'ai jamais réussi à aller en

Irlande. Depuis que je suis petite, je rêve de traverser l'île verte dans une roulotte traînée par un cheval pie. Le Connemara. Galway. Cork. Il paraît qu'il y a même des palmiers, à cause du Gulf Stream. Tu veux y aller avec moi ?

Bodenstein luttait contre les larmes qui montaient. C'était terrible de voir cette fichue maladie aspirer peu à peu la vie du corps de cette femme si forte. Est-ce que c'étaient ses adieux ? Sentait-elle qu'elle allait perdre la bataille ?

— Oui, murmura-t-il en posant sa joue contre sa main pour qu'elle ne voie pas qu'il pleurait. Oui, Cosi, je viendrai. Je te le promets.

*

Derrière les fenêtres, la nuit était presque tombée. La plupart des collègues s'étaient éclipsés en début de soirée pour le week-end après une semaine éprouvante avec la réunion des représentants, et l'équipe de nettoyage était déjà passée. Julia s'étira en bâillant et se frotta les yeux. Elle aimait travailler tard. D'habitude, c'était lorsque la maison d'édition était silencieuse et que le téléphone ne sonnait pas qu'elle pouvait le mieux se concentrer, mais depuis quelques jours, plus rien n'était normal. La nouvelle que la police judiciaire s'était rendue à la maison d'édition à midi et avait parlé à Carl Winterscheid et Alexander Roth s'était répandue comme une traînée de poudre dans les couloirs et les bureaux, et les spéculations allaient bon train. Julia l'avait appris l'après-midi dans la cuisine par une collègue du comité de lecture, qui l'avait appris par quelqu'un du service commercial, qui le tenait de la réceptionniste. Personne ne savait rien de précis, mais la visite de la police judiciaire était certainement liée à la disparition d'Heike Wersch. Julia avait ensuite appelé Henning Kirchhoff, soi-disant pour l'informer que la modification souhaitée de la dédicace avait été effectuée avant l'impression du livre. En passant, elle s'était renseignée sur Heike Wersch. À sa grande déception, il n'avait rien appris de nouveau, mais peut-être ne lui avait-il rien dit. Le secret médical s'appliquait certainement aussi aux médecins légistes. Un coup d'œil sur la pendule indiqua à Julia qu'il était déjà neuf heures et demie. Il était temps de rentrer car le lendemain elle devait se lever tôt pour la séance photo avec Millie Fisher. Elle éteignit l'ordinateur, rassembla ses affaires et se surprit, pour la énième fois de la journée, à se demander si Carl Winterscheid avait quelque chose à voir avec la disparition d'Heike Wersch. Depuis leur rencontre fortuite au marché couvert et l'agréable matinée qu'ils avaient passée ensemble, Julia pensait souvent à son patron. Elle avait cherché des informations sur lui sur Internet et s'était sentie un peu honteuse car elle avait l'impression de le harceler, mais ce qu'elle avait découvert n'avait fait que renforcer le mystère qui l'entourait. Sur LinkedIn et Xing, et dans les revues spécialisées telles que le *Buchreport* et le *Börsenblatt*, elle avait tout appris sur son parcours professionnel, mais Carl Winterscheid ne parlait jamais de sa vie privée. Dans un portrait complet et très détaillé paru dans la *Frankfurter Allgemeine Zeitung* il y a un an et demi, lorsqu'il avait repris la maison d'édition, il avait certes parlé de sa famille, mais n'avait pas dit un mot sur une quelconque relation. Sur Internet, il n'y avait aucune photo de lui avec une femme – ou un homme – et sa page sur Wikipédia se limitait à quelques phrases succinctes. Pourquoi un homme beau, brillant et intelligent comme lui vivait-il seul ? Quel secret se cachait derrière son physique séduisant ? Ce matin-là, devant le marché couvert, il avait certes révélé certaines choses, il avait parlé de ce qu'il aimait et n'aimait pas, mais en réalité, il avait toujours réagi à ce qu'elle disait et n'avait rien dit spontanément.

Julia éteignit la lampe de bureau et sortit du bureau. Elle évitait de prendre l'ascenseur si tard le soir, car elle ne voulait pas risquer de rester bloquée. Ses pas résonnaient dans la cage d'escalier, plongée dans une lumière crépusculaire par l'éclairage de secours. Parfois, Carl Winterscheid lui rappelait son ex-petit ami, avec qui tout avait commencé de manière idéale l'été précédent. Lennart, qui ressemblait au jeune Leonardo DiCaprio, l'avait littéralement séduite, et elle avait été incroyablement heureuse pendant quelques mois, elle ne s'était jamais sentie aussi aimée et aussi proche de quelqu'un. Jusqu'à ce que Lennart lui montre soudain son vrai visage et qu'elle réalise, choquée, que presque rien de ce qu'il lui avait dit n'était vrai.

Elle s'était insensiblement de plus en plus éloignée de sa famille et de ses amis parce que Lennart se mettait en colère chaque fois qu'elle voyait quelqu'un. Il l'ignorait ou l'effrayait par ses accès de colère, elle s'était excusée mille fois auprès de lui et avait essayé de se faire pardonner. C'est de cette manière perverse qu'il avait réussi à ce qu'il n'y ait plus que lui dans sa vie. Elle avait d'abord refusé d'admettre ce qui se passait. Elle avait trente et un ans, elle était adulte, avait terminé ses études, elle avait un travail avec des responsabilités, mais Lennart était de plus en plus souvent pris de crises de colère violentes qui laissaient Julia sans voix. Lorsqu'il avait commencé à contrôler son portable, à l'appeler et à l'insulter des dizaines de fois par jour, elle avait compris ce que tous les membres de son entourage avaient compris depuis longtemps : elle devait mettre fin à cette relation. Se débarrasser de Lennart s'était toutefois révélé difficile, car il n'avait pas accepté la séparation, l'avait poursuivie, harcelée et terrorisée. Pour avoir enfin la paix, elle avait dû obtenir une ordonnance de protection contre la violence à son encontre et quitter la ville. Elle luttait encore contre les séquelles de cette relation destructrice et se demandait parfois si elle parviendrait un jour à faire confiance à un homme. En tout cas, elle ne se fiait plus guère à ses connaissances des gens.

Carl Winterscheid avait-il vécu la même chose qu'elle ? D'où venait le côté sombre qui transparaissait parfois dans ses yeux ? Il la fascinait, mais en même temps, il la mettait mal à l'aise parce qu'elle n'arrivait pas à y voir clair. Est-ce qu'elle lui plaisait ? Ou avait-elle trop interprété la conversation qu'ils avaient eue il y a quelques semaines ? Il avait sans doute simplement été aimable avec une collaboratrice dont, en tant que patron, il appréciait le travail, rien de plus. Et alors qu'elle s'apprêtait à rentrer chez elle, il était peut-être en train de dîner avec une femme et ne pensait pas à elle. C'était mesquin de sa part d'avoir ce genre d'idées mais c'était aussi le fait de la solitude. Et elle était vraiment seule, au milieu de cette grande ville étrangère.

Elle venait d'arriver au rez-de-chaussée et s'apprêtait à sortir par l'arrière, car l'entrée principale était fermée et protégée par une alarme le vendredi à partir de 20 heures, lorsqu'au-dessus d'elle, l'ascenseur se mit en mouvement. Elle s'arrêta, effrayée. Qui d'autre qu'elle se trouvait dans le bâtiment ? Le cœur battant, elle se réfugia dans le couloir menant au bureau du courrier, d'où elle vit Alexander Roth sortir de l'ascenseur. Il passa tout près d'elle et elle l'entendit ouvrir la porte arrière qui donnait sur la cour. Mais il ne sortit pas, il fit entrer quelqu'un.

— Merci d'être venu, l'entendit-elle dire.

La lourde porte se referma avec fracas et elle ne put pas entendre la réponse de son visiteur. Qui pouvait bien lui rendre visite si tard ? Julia se plaqua contre le mur pour ne pas être vue. Son cœur battait à tout rompre et elle se traitait elle-même d'idiote. Pourquoi se cachait-elle ?

— Montons dans mon bureau, dit à ce moment-là Alexander Roth.

Il était maintenant trop tard pour se montrer. Julia attendit que l'ascenseur démarre, puis elle quitta le bâtiment et ferma la lourde porte de sécurité derrière elle, aussi silencieusement que possible.

3e jour
Samedi 8 septembre 2018

Pia quitta le bâtiment du centre de remise en forme de l'hôpital de Bad Homburg, sortit son ticket de parking d'une des poches latérales de son sac à dos et l'introduisit dans le distributeur. Depuis un peu plus d'un an, tous les quinze jours, elle se rendait tôt le matin à Bad Homburg pour entraîner sa musculature autochtone du dos sur des machines spécialement conçues à cet effet. L'effort en valait la peine : depuis huit mois, elle ne souffrait plus du tout, et ce sans opération, sans comprimés ni injections. Pendant des années, elle avait souffert de douleurs dorsales atroces et était presque prête à se faire opérer, mais on lui avait conseillé d'essayer d'abord cette méthode d'entraînement. Sa colonne vertébrale était en piteux état, il n'y avait rien à faire, mais avec cet entraînement et douze kilos en moins grâce à un changement d'alimentation, elle pouvait à nouveau faire face sans problème à la vie quotidienne et surtout à son travail. Le distributeur ne réclamait pas d'argent et Pia se dirigea vers sa voiture, isolée sur le parking encore assez vide. Un autre avantage d'être debout tôt. Elle ouvrit sa voiture avec la télécommande et Beck's, qui s'était roulé en boule devant le siège du passager, leva la tête, tendit l'oreille et s'ébroua, tout content. Pia s'installa au volant et actionna le toit ouvrant. Elle était dans les temps et pourrait faire un tour avec Beck's avant de commencer les recherches dans la forêt. Alors qu'elle s'apprêtait à partir, son portable se mit à biper. Kai avait écrit un message dans le tchat de la K11 : *Des forestiers viennent de trouver un corps dans la forêt entre Königstein et Mammolshain. Qui peut vérifier s'il s'agit de HW ?*

Je peux y être dans quinze minutes, répondit Pia.

Elle démarra et bifurqua peu avant Oberursel sur la B455, direction Königstein *via* Kronberg. En passant devant le zoo Opel, elle aperçut le 4×4 de son mari garé sur le parking des employés et ne put s'empêcher de sourire. Après avoir gardé un silence fier et obstiné pendant trois jours, Christoph et elle s'étaient envoyé la veille un émoji d'un cœur presque en même temps, puis s'étaient téléphoné. Tout s'était arrangé et Pia se réjouissait à l'idée de retrouver Christoph le soir à la maison.

À cette heure matinale, il y avait peu de circulation à Königstein. Pia contourna le rond-point, prit la quatrième sortie et passa devant le radar fixe à pile quarante-huit kilomètres-heure. Après le bâtiment de la clinique des cheminots à la sortie de la ville, elle tourna à gauche en direction de Bad Soden. De grands feuillus tendaient leurs branches au-dessus de la route et formaient un tunnel vert et ombragé. De loin, Pia aperçut la voiture de police sur le côté gauche de la route. Elle ralentit, mit son clignotant et s'arrêta à côté de sa collègue en uniforme, qui se tenait, bras croisés, devant la barrière ouverte.

— Bonjour ! dit-elle en enlevant ses lunettes de soleil.

— Bonj… oups !

L'officier de police Silvia Wittich fit un bond en arrière, effrayée, lorsque Beck's se releva de l'espace réservé aux pieds et dévoila en bâillant son impressionnante mâchoire.

— Mais ce n'est pas conforme au règlement, lança-t-elle en gardant ses distances. Un chien doit être dans une cage ou sécurisé d'une autre manière, mais pas sur le siège avant.

— Ouaf ! fit Beck's en s'asseyant sur le siège du passager en remuant la queue.

— Je sais, dit Pia avec un sourire contrit. C'est mon mari qui a la voiture avec la cage du chien. Et je ne pouvais pas le laisser à la maison parce que je ne sais pas combien de temps je vais mettre ici.

— Vous m'avez déjà raconté la même histoire il y a plusieurs semaines, rétorqua la collègue en uniforme en souriant d'un air pincé. Je ne vous avais alors donné qu'un avertissement. Mais j'ai horreur qu'on me prenne pour une idiote, chère collègue !

— Je suis désolée…, commença Pia, mais la policière ne voulait plus entendre d'excuses ou de faux-fuyants.

— Vous devez connaître le Code de la route, ça fait 30 euros. En cas de mise en danger d'autrui, c'est 60 euros et un point sur votre permis. Vous voulez payer tout de suite ou vous préférez recevoir un courrier ?

— Je vais payer tout de suite.

Pia fit redescendre le chien sur l'espace réservé aux pieds, sortit son porte-monnaie de son sac à dos et tendit sa carte bleue à sa collègue en uniforme.

— Je n'ai pas de liquide.

— Pas de problème, madame.

Le sourire de Silvia Wittich s'élargit. Elle se dirigea vers sa voiture de police et Pia, impatiente, tambourina sur le volant jusqu'à ce qu'elle revienne enfin avec le lecteur de carte bleue. Pia s'en voulait car elle avait dans son garage un véhicule équipé d'une cage réglementaire, le vieux 4×4 Volvo d'Henning, qu'elle lui avait acheté l'année dernière. Elle avait voulu juste aller à son entraînement avec la Mini et revenir ensuite échanger les voitures. Pas de chance.

La policière Wittich lui tendit le reçu et sa carte bleue.

— Merci beaucoup, dit-elle, et on voyait bien que cet épisode avait égayé sa journée. Suivez le chemin forestier. Mais il y a beaucoup de bois. Faites attention à ne pas abîmer votre jolie petite voiture dépourvue de cage pour chien.

— Merci pour le conseil ! marmonna Pia. Est-ce que j'aurai encore une amende de votre part si je reviens tout de suite ?

— Si le chien est correctement attaché dans votre véhicule d'ici là, bien sûr que non.

— Très bien. Bonne journée, chère collègue !

Pia se força à sourire et se demanda s'il existait un autre chemin pour sortir de la forêt.

Elle s'éloigna au pas du chemin forestier cahoteux, passant devant des troncs d'arbres fraîchement abattus qui avaient été empilés en énormes tas et dégageaient une odeur résineuse. Beck's trônait à côté d'elle sur le siège passager, une patte élégamment posée sur le tableau de bord, et regardait, curieux, autour de lui. La lumière du soleil filtrée par les feuilles mouchetait le chemin, parsemé de branches et de brindilles arrachées là où les lourdes machines forestières avaient ouvert de larges tranchées dans la forêt. Pia essayait d'éviter les obstacles, mais au bout de quelques centaines de mètres, elle renonça. Sa Mini n'avait qu'une quinzaine de centimètres de garde au sol, et le risque de rester coincée par une bosse ou une branche était trop grand.

— Allez, Beck's.

Elle referma le toit ouvrant, accrocha la laisse au collier de Beck's et fit descendre le chien de la voiture. Puis elle lança son sac à dos sur son épaule et continua à pied. Les graviers crissaient sous la semelle de ses baskets, l'air était plein de chants d'oiseaux et de bourdonnement d'insectes, et si elle ne s'était pas rendue auprès d'un cadavre, elle aurait apprécié la promenade. Grâce à Beck's, elle connaissait désormais assez bien la forêt entre Bad Soden, Mammolshain et Königstein. Au bout de cinq minutes de marche, Pia aperçut une énorme abatteuse jaune vif, garée dangereusement près d'une pente, à côté de laquelle il y avait des hommes qui semblaient attendre. Sur le côté droit du chemin, le terrain en pente raide rétrécissait pour former une gorge rocheuse qui débouchait, quelques kilomètres plus loin, sur la jolie région d'excursion dénommée Süße Gründchen. Mais un glissement de terrain avait dû se produire récemment d'un côté de l'escarpement. Plusieurs dizaines d'épicéas desséchés avaient été cassés et renversés, les troncs s'étalaient en travers du ravin et au-dessus de l'étroit sentier qui descendait dans la vallée. Comme si un géant avait joué au mikado.

— Bonjour ! lança Pia en saluant les hommes qui s'écartaient respectueusement devant Beck's. Je suis Pia Sander, commissaire de police judiciaire de la K11 d'Hofheim.

— Il était temps, marmonna l'un des forestiers.

— Ça fait une heure qu'on est là à poireauter et à se tourner les pouces, déclara un autre.

Pia ignora les récriminations.

— Qui est le responsable ici ? s'enquit-elle.

— Moi, répondit une voix venant d'en haut.

Pia et Beck's se retournèrent. Entre les arbres au-dessus du chemin se tenait… d'Artagnan. Avec ses boucles brunes qui lui arrivaient aux épaules, sa moustache et sa barbiche, l'homme semblait tout droit sorti d'un casting de film historique, sauf qu'au lieu d'un gilet, d'une chemise à volants et d'un chapeau à plumes, il portait très prosaïquement un jean et des chaussures de travail. Il dévala le talus et s'arrêta devant eux. Il avait tout au plus la trentaine, mince, musclé, le regard vif et un sourire charmant.

— Wotan Velázquez de HessenForst, se présenta-t-il. Je suis le garde forestier.

— Euh… pardon ?

Pia crut avoir mal entendu, mais l'homme semblait habitué à la réaction que son nom suscitait.

— Je dois le Wotan à ma mère, car elle aime la mythologie nordique, expliqua-t-il en haussant les épaules et Pia ne se demanda pas pour la première fois à quoi les gens pensaient en donnant à leur enfant le fardeau d'un tel prénom. Mon père est espagnol. Et je travaille pour HessenForst*.

Pia se présenta au garde forestier, puis s'enquit de l'endroit où se trouvait le corps.

— Il est là, au fond du ravin, répondit Wotan Velázquez. Nous l'avons découvert ce matin par hasard, car après les orages du week-end, nous avons dû entrer dans la forêt avec des engins lourds pour réparer les dégâts causés par la tempête. Venez avec moi, je vais vous y conduire.

Alors que Pia suivait le garde forestier dans la descente d'un étroit sentier, avec Beck's tout près d'elle, elle lui expliqua qu'ils recherchaient une femme disparue dont le portable avait été localisé pour la dernière fois dans cette région. Pia devait faire attention à ne pas trébucher sur des racines ou à ne pas glisser sur des rochers dissimulés sous les feuilles mortes. Velázquez accéléra le pas.

La forêt était dans un état pitoyable. Au début de l'été, elle était encore dense et ombragée, maintenant une clairière s'était formée tout autour du ravin et il ne restait plus des grands

* HessenForst : office des forêts de la Hesse.

épicéas d'un vert profond que le tronc et les branches gris rougeâtre.

— Tous ces arbres sont tombés pendant l'orage du weekend ? demanda Pia. La semaine dernière, ça n'avait pas l'air si terrible ici.

— Oui, malheureusement répondit le garde forestier d'un ton quasi résigné. La chaleur et la sécheresse de ces derniers mois ont tellement affaibli surtout les épicéas qu'ils ne peuvent rien contre les scolytes. De sa main libre, il fit un grand geste de la main et poursuivit : Depuis le mois d'avril, nous travaillons quasiment sans relâche pour retirer les arbres morts des forêts afin d'éviter que les scolytes se propagent. Un automne doux et un printemps sec et chaud favorisent leur multiplication en masse. Et nous verrons sans doute de plus en plus souvent de telles phases météorologiques dans les années à venir. Merci au changement climatique.

La pointe dénudée d'un imposant épicéa leur barrait le chemin. Velázquez s'arrêta et montra la pente abrupte.

— Elle est là, en bas. On ne l'aurait probablement jamais découverte si cet arbre n'était pas tombé juste en travers du chemin.

— Quelqu'un l'a-t-il touchée ou déplacée ? s'enquit Pia.

— Non, répondit Velázquez en secouant la tête. Mes hommes ont cessé de travailler dès qu'ils l'ont découverte. Il nous arrive souvent de trouver des corps ou des parties de corps. Parfois, ce ne sont que des os. Il y a quelques années, on a même trouvé le squelette complet d'un vététiste avec son vélo sur l'Altkönig.

Pia, qui pensait que cette histoire de VTT entrait dans le cadre des légendes modernes, plissa les yeux, mais d'ici elle ne distinguait rien. Si ! Quelque chose scintillait dans le sous-bois. Un rayon de soleil contre du métal. Qu'est-ce que cela pouvait être ? Une boucle de ceinture ?

— La personne a dû glisser ou trébucher, déclara le garde forestier en se remettant en marche. C'est souvent le cas quand les gens n'ont pas les chaussures adaptées.

Il y avait quarante ou cinquante mètres jusqu'au fond du ravin. Depuis combien de temps le corps était-il là ? Pia, qui ne savait que trop bien à quoi ressemblait un cadavre humain après avoir passé plusieurs jours à l'air libre par des températures élevées, se prépara intérieurement et commença à descendre le dernier tiers de la pente. Avec l'agilité d'un chamois, Velázquez lui ouvrait un chemin à travers les fougères, les ronces et les orties. Pia était en sueur. Les ronces s'accrochaient à son jean et une fois elle faillit tomber. Une odeur douceâtre de décomposition lui parvint, s'intensifiant à mesure qu'ils s'approchaient du fond du ravin. Velázquez la guida le long du ruisseau asséché. Ils devaient encore escalader quelques rochers et troncs d'arbres et ils avaient atteint leur but.

— Elle est là, sous le tronc d'arbre, dit Velázquez.

Pia enroula la laisse de Beck's autour de la branche d'un arbre tombé et enfila des gants en latex. Le bourdonnement des mouches qui tournaient autour du corps en décomposition emplissait l'air chaud ambiant et l'odeur du cadavre était si intense que Pia dut lutter brièvement contre un haut-le-cœur. Elle se força pendant quelques secondes à respirer par la bouche. Au bout d'un moment, on s'habitue à l'odeur de décomposition, et elle était de toute façon plus supportable à l'air libre que dans un appartement. Pia s'accroupit à côté du corps qui gisait sur le ventre. D'après sa tenue vestimentaire, il s'agissait plutôt d'une femme que d'un homme : un tee-shirt vert olive, recouvert d'un fin gilet beige et d'un pantalon corsaire de la même couleur, des baskets claires aux pieds. Elle avait les poignets pris dans les boucles de bâtons de marche nordique. C'était sans doute l'un de ces bâtons qui avait reflété la lumière du soleil. La peau de la nuque, sous des cheveux blancs courts, avait déjà pris une teinte verdâtre. L'attente de Pia vira à la déception. Cela ne pouvait pas être Heike Wersch avec sa crinière rousse et bouclée ! Mais quelle était la probabilité qu'il y ait deux corps dans cette forêt ? Elle sortit son portable et prit des photos sous différents angles pour documenter la situation dans laquelle le corps avait été trouvé.

— Il faut que je retourne le corps. Vous pouvez m'aider ? demanda ensuite Pia au garde forestier.

— Bien sûr.

Wotan Velázquez s'approcha.

— Ça va être dur, l'avertit Pia. Si vous avez envie de vomir, s'il vous plaît, ne touchez pas le corps.

Elle tira de son sac à dos une autre paire de gants en latex et les tendit au garde forestier.

— Ne vous inquiétez pas, la rassura Velázquez, la mort et la décomposition font partie du cycle de la nature.

— Bon, allons-y.

Kröger et Henning allaient certes lui reprocher d'avoir touché et retourné le corps, mais avant qu'une centaine de policiers antiémeutes et un maître-chien avec un chien renifleur ne viennent dans le Taunus pour rien, Pia devait en avoir le cœur net. Elle dicta à Velázquez exactement où toucher le corps et où le déplacer, et le garde forestier suivit exactement ses instructions sans hésiter. Il ne s'inquiéta pas des mouches qui tourbillonnaient et réussit sans peine à retourner le corps sur le dos. Le visage était très gonflé et verdâtre, les traits à peine reconnaissables. Des asticots sortaient des narines et de la bouche, et il manquait des parties de la moitié gauche du visage. Les dégâts causés par les animaux sont malheureusement fréquents lorsqu'un corps est resté un certain temps dans la forêt. Pia s'accroupit et inspecta la tête et le visage de la femme.

— Vous voyez ça ? demanda-t-elle au garde forestier qui s'était agenouillé à côté d'elle, en désignant la tête.

— Une blessure à la tête, répondit Velázquez. Elle aurait pu se la faire en tombant ?

— Je ne pense pas.

Lorsqu'elle était mariée avec Henning, Pia avait eu l'impression de passer plus de temps dans les salles de dissection au sous-sol de l'institut médicolégal qu'à la maison, et son ex-mari était un excellent professeur. En seize ans, elle avait vu des cadavres à tous les stades de décomposition, par le feu, la noyade, dans des appartements, des victimes d'accidents de la route, de fusillades ou d'assassinats, mais aussi des morts dont la cause n'était pas évidente au premier coup d'œil. Parfois, il n'y avait plus que des os, dont Henning, spécialiste en anthropologie médicolégale, essayait de percer les secrets, souvent avec succès.

— Remarquez la symétrie des bords de la blessure, dit-elle à Velázquez. Ils sont anguleux. Pour moi, cela ressemble à une fracture par pression causée par un objet carré. On ne pourra le voir précisément qu'à l'autopsie, lorsque le cuir chevelu aura été retiré.

Elle plongea prudemment la main dans la poche gauche du pantalon de la morte et en sortit un portable. Dans l'autre poche, elle trouva un trousseau de clés. Pia chercha la photo d'Heike Wersch sur son propre téléphone et la compara avec le visage du cadavre devant elle. Elle ne devait pas se laisser déconcerter par l'absence de cheveux roux, il s'agissait probablement d'une perruque.

— Alors ? demanda, curieux, le garde forestier, que ses explications médicolégales n'avaient pas ébranlé. Il pourrait s'agir de la femme que vous recherchez ?

— Qu'est-ce que vous en pensez ? demanda Pia en lui tendant son portable.

Velázquez examina attentivement la photo, puis se pencha à nouveau sur le corps pour l'examiner.

— Oui, c'est bien la même personne, dit-il, convaincu. Ce serait une grande coïncidence s'il y avait deux femmes avec un grain de beauté aussi visible à côté du sourcil gauche.

— Je suis de cet avis. Merci de votre aide, monsieur Velázquez.

Pia se leva et tapota un message dans le groupe de discussion. *HW trouvée. Les recherches peuvent être interrompues.*

*

Peu après 8 heures, Carl Winterscheid quitta l'hôtel de l'Eschersheimer Tor où il logeait depuis presque deux ans, traversa la Bleichstrasse et tourna cinquante mètres plus loin dans la Schillerstrasse. Lorsqu'il était arrivé à Francfort, son oncle et sa tante lui avaient bien proposé à demi-mot de s'installer dans l'un des appartements vides de la villa du parc de Grüneburg, qui était après tout la propriété de la maison d'édition, mais il n'avait pas eu envie de vivre sous le même toit qu'Henri et Margarethe et de jouer à la famille. Vivre à l'hôtel n'était pas contraignant et n'avait que des avantages pour un célibataire comme lui. Il n'avait pas besoin d'acheter des meubles, des tableaux et autres objets de décoration, ni de chercher une femme de ménage. Chaque soir, il trouvait une chambre propre et du linge fraîchement lavé, pouvait utiliser le sauna, le hammam et la salle de fitness et se servir le matin à l'opulent buffet du petit-déjeuner. Les clients de longue durée dans les hôtels n'étaient pas rares. Udo Lindenberg vivait depuis trente ans dans le prestigieux hôtel Atlantic de Hambourg, et Coco Chanel avait passé presque toute sa vie au Ritz de Paris.

Carl traversa l'arrière-cour où était garée sa voiture, composa à la porte le code pour désactiver le système d'alarme et entra dans la maison d'édition. Il prit l'escalier jusqu'au cinquième étage, alluma la machine à café dans la petite cuisine et mit une cuillère de grains de *kopi luwak* dans la machine. La tasse matinale de ce café particulier qu'il avait découvert quelques années plus tôt lors d'un voyage d'affaires en Indonésie sur l'île de Sumatra était la seule extravagance qu'il s'autorisait.

À son bureau, il alluma son ordinateur en sirotant son café. Alors qu'il s'apprêtait à prendre le courrier que son assistante lui avait déposé, sa main resta un instant en suspens car tout en haut de la pile se trouvait une enveloppe matelassée de couleur crème. Comme la dernière fois, l'adresse était écrite au feutre noir, en lettres d'imprimerie bien distinctes, avec la mention *personnel !!!!* en caractères gras. Carl prit l'enveloppe et la retourna. Pas d'expéditeur.

Elle avait été oblitérée l'avant-veille au centre de tri 60. Tiraillé entre la curiosité et l'agacement face à l'absence d'adresse de l'expéditeur, Carl la soupesa. Elle était nettement plus lourde que la première qui contenait la voiture Matchbox. La curiosité finit par l'emporter. Il ouvrit l'enveloppe avec précaution, comme si elle pouvait contenir de l'anthrax ou une quelconque neurotoxine, aucune poudre suspecte ne s'écoula sur le bureau mais un paquet de papiers apparut, maintenu par un élastique. Carl jeta un coup d'œil à l'intérieur de l'enveloppe, mais comme la dernière fois, elle ne contenait rien d'autre. Une fois l'élastique retiré, une photo glissa de la pile de papiers. Carl la regarda. Six jeunes gens en tenue estivale, trois hommes et trois femmes, étaient assis sur un escalier. À l'arrière-plan, entre les buissons et les grands arbres, on pouvait voir une partie d'une maison blanchie à la chaux. Quelqu'un avait écrit NOIRMOUTIER au stylo-bille au dos de la photo. La date était à peine lisible, mais Carl crut déchiffrer 08-1983. Il mit la photo de côté et fut surpris de constater que la pile de papiers semblait être un manuscrit dactylographié. Sur la première page, on avait tapé le titre en majuscules. AMITIÉ ÉTERNELLE. Et en dessous… Un fragment de seconde, son cœur cessa de battre. Sous le titre, on pouvait lire KATHARINA WINTERSCHEID. C'était le nom de sa mère !

Qu'est-ce que ça voulait dire ? Quelqu'un voulait-il lui faire une mauvaise blague ? Les mains de Carl tremblaient et, tout d'abord, il voulut jeter le manuscrit à la poubelle. Sa mère, impardonnable, qui s'était suicidée trois jours avant son premier jour d'école et avait ainsi fait de lui un orphelin, ne l'intéressait pas. À sa mort, il était trop petit pour se souvenir vraiment d'elle, il n'en gardait qu'une ou deux images floues. Et Henri et Margarethe, chez qui il avait grandi, parlaient rarement d'elle et de son père. Avec le temps, la femme qui l'avait mis au monde s'était estompée dans son souvenir pour ne devenir qu'une vague ombre, tout comme la rancœur qu'il avait nourrie à son égard durant sa jeunesse et ses années solitaires d'internat. C'était une pure perte de temps et d'émotions que de se mettre en colère contre une personne que l'on ne connaissait même pas et pour laquelle on n'avait manifestement pas compté.

Carl regarda le manuscrit. Hormis quelques photos, un tas de livres et de vieux vêtements, Katharina Winterscheid n'avait pratiquement rien laissé. C'était comme si elle n'avait jamais existé. Il savait par sa tante que sa grand-mère était morte elle aussi prématurément et que sa mère était une enfant illégitime qui n'avait jamais connu son père. Il ne lui était rien resté qui aurait pu éveiller son intérêt pour elle. Mais maintenant, ce manuscrit tapé à la machine était là, devant lui et Carl s'aperçut qu'il éveillait sa curiosité. L'idée que sa mère ait tenu ces feuilles entre ses mains l'émut curieusement. Il le feuilleta, hésitant. Au milieu de la deuxième page, il n'y avait qu'une seule phrase, une dédicace.

Comme toujours, pour toujours – pour Carl, mon plus grand trésor.

Cette phrase le bouleversa. Il eut soudain les larmes aux yeux mais fut pris en même temps d'une colère dont la violence l'effraya. Comment avait-elle pu écrire une chose pareille et se suicider peu après en le laissant seul ? Non, il n'allait pas lire ça ! Surtout pas maintenant ! Il devait avoir les idées claires en ce moment, se concentrer. Il remit résolument les feuilles dans l'enveloppe et y glissa la photo. Il le lirait plus tard. Un jour ou l'autre. Peut-être.

*

Peu après, quatre véhicules débouchèrent sur le chemin forestier et s'arrêtèrent derrière l'abatteuse jaune des forestiers : le combi VW bleu de la police scientifique, suivi du 4×4 noir d'Henning Kirchhoff et de la camionnette de l'entreprise des pompes funèbres qui devait transporter à la médecine légale ce qui restait d'Heike Wersch. En queue de peloton se trouvait une voiture de service dont descendirent le patron de Pia, Cem et Tariq. Pia remarqua immédiatement que Bodenstein portait les mêmes vêtements que la veille, ce qui était très inhabituel pour lui qui attachait une grande importance à un physique impeccable et n'avait perdu l'habitude que depuis quelques années de changer de cravate tous les jours. Beck's accueillit joyeusement les nouveaux arrivants.

— Avant que vous ne me fassiez des reproches, je dois dire que le garde forestier et moi avons retourné le corps, dit Pia à son ex-mari et à Christian Kröger. Je devais savoir s'il s'agissait vraiment d'Heike Wersch avant de mettre une centaine de personnes en branle. Mais j'ai pris des photos.

— C'est bon, répondit Kröger.

— Bien joué, acquiesça Henning. Tu es donc sûre qu'il s'agit de l'amie de Maria ?

— Oui, je suis sûre, confirma Pia. Désolée.

Les deux hommes déchargèrent leur matériel et enfilèrent leur tenue. Aucun des deux n'insista sur le fait d'être arrivé le premier. Leur rivalité puérile pour être le premier sur ce genre de scène semblait appartenir au passé. Dans une entente étonnante, les deux hommes, accompagnés de deux techniciens de la police scientifique, suivirent le garde forestier jusqu'au fond du ravin, sans s'envoyer de piques ou de réflexions désobligeantes.

Pia les regarda partir en secouant la tête :

— Qu'est-ce qui leur arrive ?

— Je crois que Christian a toujours voulu qu'Henning reconnaisse son travail, répondit Bodenstein.

Ils se mirent en route à leur tour.

— Et maintenant, c'est le cas tout d'un coup ? demanda Pia. Je n'aurais pas remarqué.

— Parce qu'Henning l'a fait habilement, répondit Bodenstein en souriant. Dans la mesure où le médecin légiste pense et parle en bien du personnage de Kröger dans son roman policier. Tu as entendu combien Christian en était fier.

Le portable de Pia sonna. Kai avait trouvé l'adresse de la maison de Severin Velten à Oberems.

— Tu veux que j'y envoie une patrouille ? demandait-il.

— Non, le chef et moi allons y aller nous-mêmes, répondit Pia en jetant un bref regard à Bodenstein, qui hocha la tête en signe d'approbation.

Après un bref examen, Kröger et Kirchhoff conclurent d'un même accord que le corps était bien celui d'Heike Wersch. Pendant qu'Henning l'examinait, les hommes de Kröger photographièrent les lieux.

— Le déroulement de la soirée de lundi n'est pas clair pour moi, réfléchit Pia à voix haute. Heike Wersch avait enchaîné son père parce qu'elle voulait aller faire des courses. Quand elle est revenue, Severin Velten était là, c'est pourquoi elle n'a pas pu libérer son père. Après minuit, les voisins disent l'avoir encore vue. Mais maintenant elle est morte dans la forêt, avec des bâtons de marche nordique aux poignets, un téléphone portable et un trousseau de clés dans les poches de son pantalon. Quand son sang s'est-il répandu dans la cuisine et la poubelle ?

— Elle n'était certainement plus en vie à minuit, dit Tariq. Son portable a quitté la cellule radio lundi soir à 0 h 05 et s'est connecté à une autre cellule radio à deux kilomètres de là. Il y est resté jusqu'à ce que la batterie rende l'âme le jeudi.

— Quelqu'un va-t-il vraiment se promener seul dans la forêt à minuit ? demanda Cem à la ronde.

— Et ça après avoir perdu tant de sang ? ajouta Pia. Au fait, que sont devenues les courses ?

— Jusqu'à ce que nous puissions clairement prouver le contraire, nous devons partir du principe qu'elle était encore en vie après minuit, déclara Bodenstein. Mais Tariq pourrait avoir raison dans sa supposition. Peut-être que le coupable a simplement enfilé la perruque d'Heike Wersch. Dans l'obscurité, sous la pluie et à distance, même des voisins qui la connaissaient bien pourraient se tromper.

— Merci, chef ! dit Tariq, fier de lui.

— Je peux vous interrompre un instant ? demanda Henning, et tout le monde se tourna vers lui. Sur le corps, il y a un indice qui montre que la femme ne voulait pas vraiment faire de la marche nordique. Celui qui le découvrira aura une place VIP pour la première de mon livre.

— Je n'ai pas besoin de jouer aux devinettes, dit Pia. J'en ai déjà une.

— Alors, tant qu'à faire, j'en veux deux, pour pouvoir emmener ma femme avec moi, dit Tariq.

— Alors c'est parti, O'Malley, dit Henning dont les yeux se mirent à briller. Si vous trouvez, vous êtes assurés d'avoir deux places au premier rang.

— Omari, corrigea Tariq.

Tous se penchèrent sur la dépouille de l'éditrice de Severin Velten, et Henning, les bras croisés, tel un prof de fac, regarda les policiers comme s'il s'agissait d'étudiants de première année dans un amphi.

— Les bâtons sont trop courts, s'exclama le garde forestier qui s'était tenu à l'écart. Je l'ai déjà remarqué tout à l'heure. On ne peut pas vraiment marcher avec.

— Très bien ! Excellent sens de l'observation, dit Henning, satisfait. Voilà un homme bien. Qui êtes-vous déjà ?

— Wotan Velázquez. Le garde forestier du territoire.

— Pas drôle, j'y aurais pensé ! marmonna Tariq.

Pia se pencha et tenta d'allonger l'un des bâtons. Pour dévisser la tige télescopique, il fallait une certaine force.

— Effectivement, confirma-t-elle, quelqu'un les a réglés. Ce n'est pas arrivé pendant la chute.

— Mais dans le garage, dit Bodenstein. Je suppose que ce quelqu'un a chargé le corps d'Heike Wersch dans le coffre de sa voiture et l'a amenée ici pour faire passer sa mort pour un accident. Dans sa précipitation, il a cependant oublié de rallonger les bâtons. Sinon, il a pensé à presque tous les détails : le portable et le trousseau de clés dans les poches du pantalon, les chaussures adéquates…

— Mais elle ne portait pas de chaussettes dans ses baskets, lança Henning.

— Tu as une idée de la cause de sa mort ? demanda Bodenstein.

— Je suppose qu'il s'agit d'une des blessures à la tête, répondit le légiste. Certaines d'entre elles sont graves. Je ne pourrai déterminer qu'à l'autopsie lesquelles sont *ante* ou *post mortem* et si elles ont finalement causé la mort. En tout cas, je suis presque sûr qu'elle n'est pas morte ici.

— Merci, Henning, dit Pia. Quand vas-tu l'autopsier ?

— Cet après-midi même, soupira Kirchhoff. Pauvre Maria ! Ça va être un choc pour elle.

Ce genre d'émotion était aussi atypique pour son ex-mari que de se présenter dans ses vêtements de la veille pour Bodenstein. Que se passait-il ?

— Viens, Pia, on va aller chez Velten, dit Bodenstein. Cem, Tariq, vous assisterez Kröger dans la recherche d'indices. Nous devons savoir exactement où le corps a été déchargé de la voiture et jeté en bas de la pente. Et au labo, vous examinerez les pneus à la loupe en faisant des essais comparatifs avec…

— Hé, Oliver, tu ne te mêles pas de mon travail, s'exclame Kröger, qui avait entendu les instructions de Bodenstein.

— Ça ne me viendrait jamais à l'idée, rétorqua sèchement Bodenstein.

Pia laissa Beck's, le sac de friandises et sa clé de voiture à Tariq en lui disant de prendre une autre route pour sortir de la forêt s'il ne voulait pas se faire piquer 30 euros par le cerbère en uniforme. Puis elle entama la montée avec son chef.

— Je crois qu'il y a quelque chose entre Henning et cette Maria Hauschild, dit Pia alors qu'ils se dirigeaient vers la voiture de service de Bodenstein. Je lui ai posé la question, mais il a nié et affirmé que leur relation était purement professionnelle.

— Pourquoi pas ? dit Bodenstein en émergeant de ses pensées.

— Je ne sais pas, répondit Pia. C'est juste une impression.

— Il m'a dit récemment à quel point il était heureux de pouvoir faire ce qu'il voulait sans devoir rendre des comptes à qui que ce soit, dit Bodenstein. Et j'ai l'impression que ça lui va très bien, l'appartement du gardien de l'institut.

— Il n'est pas obligé de se marier tout de suite, rétorqua Pia en haussant les épaules. Peut-être qu'il ne fait que coucher avec elle.

— Mais ce ne serait vraiment pas pro de la part de son agent, pensa Bodenstein. D'ailleurs, j'ai aussi lu les épreuves de son nouveau roman. Surtout la dédicace.

— Il ne l'a pas encore fait modifier, précisa Pia.

Elle sentit le sang lui monter au visage.

— La seule femme qui compte pour ton ex-mari, c'est toi, Pia, dit Bodenstein, exprimant par là ce qui lui avait effleuré l'esprit lorsqu'elle avait lu le premier roman d'Henning.

Dans *Amis dans le crime*, ce qui était écrit entre les lignes était encore plus explicite, à son grand dam. Le livre était une déclaration d'amour pour elle, plus ou moins cachée, et Christoph aussi l'avait remarqué.

— N'importe quoi ! rétorqua-t-elle violemment. Je suis heureuse dans mon couple. Henning et moi, nous sommes juste des… comme de vieux amis qui ont eu une histoire par le passé.

— Comme Cosima et moi, dit Bodenstein. Nous nous connaissons depuis trente-cinq ans, nous avons eu trois enfants et nous avons vécu beaucoup de choses ensemble. Tout cela nous lie l'un à l'autre, mais Karoline ne voulait tout simplement pas le comprendre. Elle a toujours été follement jalouse de tout ce qui concernait Cosima.

— Dans ce cas, c'est plutôt embêtant qu'elle travaille pour la mère de Cosima, lança Pia.

— C'est vrai.

Bodenstein soupira et garda le silence pendant quelques secondes.

— Je vais faire don d'un morceau de mon foie à Cosima.

Pia s'arrêta net, le souffle coupé.

— Oh mon Dieu, s'exclama-t-elle, choquée. Je ne savais pas… Je veux dire… tu ne m'avais pas dit qu'elle allait si mal !

— Si, malheureusement. Elle a un cancer du foie suite à une infection par l'hépatite C il y a de nombreuses années. Un don d'organe est sa dernière chance, et ça devient pressant. Quand le cancer aura métastasé, ce sera trop tard. Les enfants n'entrent pas en ligne de compte pour un don, les sœurs de Cosima ont refusé pour diverses raisons, sa mère est trop âgée. Et dans mon cas, il se trouve que tous les paramètres correspondent.

— Et quand… quand… est-ce que vous allez être opérés ? demanda Pia, bouleversée par la nouvelle. Ce n'est pas dangereux pour toi ?

Ses connaissances sur le don du foie se limitaient à ce qu'elle avait vu dans la série hospitalière américaine *Grey's Anatomy*, mais elle était néanmoins consciente qu'une telle opération n'était pas non plus une mince affaire pour le donneur.

— Bien sûr, il y a des risques, reconnut Bodenstein. Comme dans toute opération, le prélèvement d'un morceau de foie peut entraîner des complications. Mais le foie restant se régénère assez rapidement jusqu'à atteindre presque sa taille initiale, tout comme le morceau de foie transplanté. Ces dernières semaines, j'ai passé tous les examens nécessaires. À cinquante-huit ans, je suis encore dans la limite d'âge autorisée. Je n'ai pas bu d'alcool depuis six semaines et je n'ai pas fumé non plus.

— Mon Dieu, répéta Pia. Je n'en reviens pas. C'est fou que tu fasses ça pour Cosima. Qu'est-ce que Karoline en pense ?

— Elle ne le sait pas, reconnut Bodenstein. Personne ne le sait, sauf ma famille et celle de Cosima. Et maintenant toi.

Ils étaient arrivés devant la voiture de service et montèrent.

— Mais ce que Karoline en dit n'a plus d'importance non plus, dit Bodenstein en attachant sa ceinture. J'ai déménagé hier.

— Vraiment ? Et tu as laissé tous tes vêtements chez elle ?

Pia mit le moteur en marche, enclencha la marche arrière et fit demi-tour sur le large chemin forestier.

— Oui, en effet, répondit Bodenstein avec un léger sourire. Qu'est-ce qui te fait dire ça ?

— Parce que tu portais déjà la même chemise et le même pantalon hier.

— Eh bien, si je ne peux pas faire de courses aujourd'hui, je vais devoir continuer à porter ces vêtements, dit Bodenstein. Car Greta n'a pas seulement rayé ma voiture, elle a aussi transformé tous mes vêtements en spaghettis.

— Pardon ?

Pia leva le pied de l'accélérateur et regarda son chef, incrédule.

Bodenstein, qui tenait beaucoup plus à sa liberté retrouvée qu'au contenu de son armoire, raconta à Pia ce qui s'était passé la veille chez Karoline et ne put s'empêcher de rire.

— En fait, ce n'est pas drôle du tout, dit Pia en faisant un signe de tête amical à l'officier de police Wittich avant de bifurquer sur la route de campagne. Il faut qu'elle voie un psy.

— Je suis d'accord avec toi. Tout comme sa mère. Mais maintenant, ce n'est plus mon problème. J'ai vraiment tout essayé pour la convaincre, mais j'ai échoué, ajouta Bodenstein. C'est pour ça que c'est fini. Une fin avec des horreurs vaut mieux qu'une horreur sans fin.

*

En ce début de matinée, la B8 n'était pas encore encombrée par les touristes du week-end et ils roulaient sans problème. Bodenstein était au téléphone avec sa fille aînée Rosalie, qui se trouvait apparemment dans le centre Main-Taunus, au rayon sous-vêtements d'un grand magasin, et il lui dictait explicitement ce qu'elle devait lui acheter. Pia ne s'intéressait pas particulièrement à la taille des vêtements de son patron, mais elle comprenait l'urgence de la situation. Ce qu'il lui avait dit sur l'état de santé de son ex-femme l'avait bouleversée. Elle se souvenait encore très bien de sa première rencontre avec Cosima von Bodenstein en août, treize ans auparavant, près d'un vignoble à Hochheim, où on avait retrouvé le corps d'un procureur général. À l'époque, elle venait d'acheter le Birkenhof et avait commencé à travailler à la brigade criminelle d'Hofheim, et cela avait été sa toute première collaboration avec Bodenstein. Au fil des années, Pia avait souvent rencontré Cosima, elle avait vu le couple des Bodenstein se désintégrer, mais aussi son patron et son ex finir peu à peu par se rapprocher grâce à leurs trois enfants. Il est difficile d'imaginer que cette femme énergique et forte, qui n'avait que quelques années de plus qu'elle, allait mourir si elle n'était pas transplantée très vite.

Peu après la sortie de Glashütten, Bodenstein avait fini de passer commande.

— Voilà, espérons que notre auteur du *Héron* soit chez lui, dit-il en se frottant les mains. Je n'aurais pas cru un écrivain capable de se débarrasser d'un corps dans une poubelle, mais je pense qu'il est tout à fait possible qu'il l'ait déposé dans la forêt pour dissimuler son crime.

— C'est un mauvais cliché, rétorqua Pia. Qu'est-ce qu'il y a de différent entre un écrivain ou un autre type ? J'ai fait une recherche sur Internet hier soir. Il y a un nombre étonnant d'écrivains qui sont devenus des tueurs. Un auteur de polars hollandais a même passé le corps de sa femme dans un hachoir à viande et donné la viande hachée à ses pigeons.

— Vraiment ? fit Bodenstein avec une grimace de dégoût. Et comment a-t-il été condamné ?

— Il a été assez stupide pour enterrer son crâne sous l'abri de jardin et vendre la maison quelques années plus tard.

Pia ralentit en passant le panneau de l'agglomération. Le GPS lui fit traverser le village et tourner à droite sur une route qui longeait la forêt et se terminait dans une impasse.

— C'est ici. Numéro 48, dit Pia en éteignant le moteur. Ça n'a pas tellement l'air d'être habité.

Ils descendirent et se dirigèrent vers le bungalow. Tous les volets étaient baissés, ce qui donnait à la maison, entourée de grands pins, un air sombre et peu accueillant, même par cette journée ensoleillée de fin d'été. Le toit était recouvert d'une épaisse couche de mousse et d'aiguilles d'épicéa, et la clôture qui entourait le terrain était pourrie et brisée à certains endroits.

— Velten a raconté dans cette interview sur YouTube que la maison était restée vide pendant longtemps parce que l'ancien propriétaire s'était pendu dans le garage, on l'avait retrouvé des semaines plus tard, expliqua Bodenstein.

— Je vois. Un nid de héron douillet.

Le regard de Pia se dirigea involontairement vers le garage.

Elle actionna la sonnette à côté d'une boîte aux lettres rouillée sur laquelle aucun nom ne figurait. Comme rien ne bougeait, elle ouvrit la petite porte branlante et entra dans la propriété.

— Une voiture est passée par ici récemment.

Bodenstein la suivit et montra du doigt les ornières dans les mauvaises herbes qui envahissaient l'allée menant au garage. Il traversa ce qui avait dû être un petit jardin et poussa un peu la vieille porte du garage.

— Et là, il y a une voiture immatriculée à Francfort.

— En tout cas, il n'a pas peur du fantôme de l'ancien propriétaire qui s'est pendu.

Pia frappa résolument du poing contre la porte d'entrée.

— Monsieur Velten ! Police judiciaire ! Ouvrez, s'il vous plaît !

Ils attendirent un moment. Pia s'apprêtait à faire le tour de la maison quand la porte s'entrouvrit. Un nuage de fumée de cigarette monta vers elle. Dans la pénombre apparut un homme pâle, mal rasé, de corpulence frêle, les pieds nus et le regard hagard, vêtu d'un tee-shirt blanc taché et d'un pantalon de jogging gris.

— Severin Velten ? demanda Bodenstein.

Sur les photos qu'il connaissait, l'écrivain était très différent. Guindé, content de lui, avec un double menton, la raie sur le côté bien droite, une chemise et un pull-over. Cette silhouette déguenillée qui se tenait devant lui ne lui ressemblait guère.

Les traits de Velten s'étaient creusés, il paraissait plus mince et plus jeune.

— Qui me demande ? répondit Velten en les dévisageant avec suspicion.

— Police judiciaire.

Bodenstein lui tendit sa carte de police. Les yeux de Velten s'éclairèrent soudain.

— Police judiciaire ! répéta-t-il. Bien, bien. Je commençais à croire que ces charognards de la presse m'avaient trouvé. Entrez donc. Je vous attendais.

Il avait l'air soudain soulagé.

*

Le soleil brillait dans un ciel de septembre bleu azur et, hormis quelques bandes de condensation, immaculé. À 9 h 20 précises, Millie Fisher était arrivée à la gare centrale, de bonne humeur et joyeuse, bien qu'elle se soit levée aux aurores. Julia était venue la chercher comme convenu et, après un court trajet en taxi, elles étaient arrivées à dix heures moins vingt à la villa Winterscheid dans le Westend où Anja Dellamura, la photographe, et son équipe les attendaient. Anja, qui organisait souvent des séances photos avec des auteurs, avait choisi de les faire dans le pavillon de style classique situé à l'avant du vaste parc. Des décennies de gel hivernal avaient fissuré le marbre et le lierre avait envahi le toit en forme de coupole, ce qui donnait au bâtiment un charme morbide. Waldemar Bär, à la fois gardien de la maison d'édition, jardinier et chauffeur, avait tout préparé et même prévu une petite collation, du café et des boissons fraîches, de sorte que Julia n'avait rien à faire pour l'instant. Sur une table en bois, la maquilleuse avait étalé son matériel, des dizaines de pots, de pinceaux et de crayons. Millie Fisher était heureusement une autrice très simple. Elle plaisantait et riait avec Anja et la maquilleuse et se laissait patiemment maquiller et coiffer pendant que la photographe et son équipe vérifiaient les conditions d'éclairage et faisaient des essais. Un peu plus loin dans le parc, au bout d'une longue allée, se trouvait la villa Winterscheid, un magnifique bâtiment Belle Époque recouvert d'un crépi jaune, dans lequel vivaient l'ancien éditeur et sa femme et qui abritait les célèbres archives Liebman.

Julia se servit un café, choisit un pain au chocolat parmi l'assortiment de viennoiseries et s'assit un peu plus loin sur un banc blanc, sous un grand ginkgo biloba. Elle travaillait pour la maison d'édition depuis un an et demi mais c'était la première fois qu'elle venait ici. En tant qu'éditrice de littérature de genre, elle n'appartenait pas au cercle des personnalités que Margarethe et Henri Winterscheid conviaient à la villa ; ce privilège était réservé aux anciens collègues. Comment était-ce de vivre ici ? Les oiseaux gazouillaient dans les grands vieux arbres alentour et tout semblait idyllique, on se croyait quelque part à la campagne et non au milieu d'une grande ville. Était-il permis de prendre des photos de la villa et de ce magnifique parc ? Julia posa sa tasse de café et sortit son portable de son sac. Elle constata avec étonnement qu'elle avait reçu un message de Carl Winterscheid à 9 h 56. *Bonjour Julia*, avait-il écrit, *désolé de vous déranger un samedi matin, mais j'aimerais beaucoup vous rencontrer aujourd'hui. Pourriez-vous passer un instant à la maison d'édition un peu plus tard ? Bien sûr, si vous avez le temps. Cordialement CW.* Julia relut le message une seconde fois et ressentit une boule au ventre. Perplexe, elle se demanda comment réagir ? Pourquoi son patron voulait-il la rencontrer un samedi dans la maison ? Qu'y avait-il de si important qui ne puisse attendre jusqu'à lundi ? C'était à la fois excitant et déconcertant. À moins qu'il ne s'agisse pas de boulot, mais d'autre chose…

— Bonjour, madame Bremora. Est-ce que tout se passe bien ? dit une voix derrière son dos qui la fit sursauter.

— Oh, monsieur Bär, bonjour, je… je ne vous ai pas entendu venir, balbutia-t-elle en s'empressant de remettre son portable dans sa poche. Oui, merci, c'est parfait. Merci beaucoup !

— Je vous en prie, dit Waldemar Bär avec un sourire.

Julia l'aimait bien, il avait une manière discrète d'être poli. Quelle que soit l'agitation qui régnait parfois dans la maison ou lors des manifestations, il ne perdait jamais son calme et trouvait toujours une solution à chaque problème. La séance de photos avait commencé au pavillon. Millie Fisher posait sur les marches, tantôt assise, tantôt debout, et souriait à l'objectif comme s'il n'y avait rien de plus beau au monde. De temps en temps, la maquilleuse s'approchait d'elle et lui poudrait le visage, arrangeait ses cheveux et ses vêtements.

— Ça, ce n'est pas pour moi, dit Julia. Je préfère vraiment rester à l'arrière-plan.

— Nous avons ça en commun, observa le gardien en souriant.

Le grand portail en fer forgé s'ouvrit. Une Jaguar vert foncé passa et continua le long de l'allée gravillonnée menant à la villa.

— Ah, la voilà !

Julia se leva de son banc lorsque Dorothea Winterscheid-Fink et un homme en descendirent. La directrice des ventes avait accepté de venir, après tout, Millie Fisher était une nouvelle acquisition importante et devait voir toute l'attention qu'on lui portait dans la maison d'édition. Mme Wi-Fi traversa la pelouse, le shooting fut brièvement interrompu pour qu'elle puisse échanger quelques mots avec l'autrice et la photographe.

Mais son sourire semblait forcé. Elle se tourna ensuite vers Anja et Julia.

— Je ne peux malheureusement pas assister au déjeuner comme prévu, dit-elle en baissant la voix. Alexander Roth a eu un accident hier. Mon mari et moi, nous allons maintenant chercher ma mère et nous irons ensemble à l'hôpital.

— M. Roth a eu un accident ? demanda Julia, choquée.

Elle frissonna, prise d'un sentiment de malaise. La veille encore, elle l'avait vu faire entrer quelqu'un à l'arrière du bâtiment de la maison d'édition.

— Oui, mais je ne sais rien de précis, répondit la directrice des ventes. Si besoin est, je suis joignable à tout moment sur mon portable.

Anja lui assura qu'elle s'occupait de tout.

— Je parie qu'il a encore trop bu, dit-elle d'un ton moqueur lorsque Mme Wi-Fi fut hors de portée. *Don't drink and drive.*

Julia s'apprêtait à répliquer lorsqu'elle se souvint que sa collègue n'était pas au courant de la disparition d'Heike Wersch. Était-ce une coïncidence qu'il soit arrivé quelque chose à deux personnes qu'elle connaissait bien ? Mme Wi-Fi disparut dans la villa, son mari, que Julia n'avait encore jamais vu, fumait, appuyé sur l'aile de sa voiture et parlait avec Waldemar Bär.

— Pourquoi est-ce que Mme Winterscheid senior les accompagne à l'hôpital ? s'enquit Julia auprès de sa collègue.

— Je suppose que c'est parce que ce bon vieil Alex fait en quelque sorte partie de la famille, répondit Anja. Il était probablement le meilleur ami de Götz, le frère décédé de Dorothea, et il est aussi le président de la fondation que les Winterscheid ont créée.

— Ah !

Julia regarda Mme Winterscheid-Fink sortir de la villa avec sa mère. Elles descendirent l'escalier extérieur. M. Bär ouvrit la portière de la Jaguar et la referma doucement lorsque Margarethe Winterscheid fut montée.

— Vous savez comment va M. Roth ? demanda Anja au gardien, plus curieuse qu'inquiète, lorsqu'il revint vers eux.

— Apparemment pas bien, répondit Waldemar Bär, l'air grave. Il a dû avoir un accident de vélo et il est dans le coma.

— Mon Dieu, c'est terrible !

Contrairement à la directrice artistique, Julia était sincèrement affectée. Elle n'avait certes pas beaucoup affaire au directeur éditorial, mais elle le rencontrait tous les jours à la maison d'édition et l'appréciait. Sans qu'elle s'en rende compte, une ombre était tombée sur cette belle journée, et le rire joyeux de Millie, qui résonnait depuis le pavillon, semblait déplacé.

— Oui, c'est ça, acquiesça Waldemar Bär. Veuillez m'excuser. Si vous avez besoin de quoi que ce soit, vous n'avez qu'à sonner à l'entrée latérale.

— C'est entendu. Merci, monsieur Bär, répondit Anja.

Julia le regarda partir vers la maison, la tête baissée. Si la nouvelle de l'accident d'Alexander Roth l'avait déjà tellement affectée, que devait ressentir Waldemar Bär, lui qui connaissait le directeur éditorial depuis trente ans ?

— Bon, il faut que je leur mette un peu la pression. J'ai réservé une table à l'Ojo de Agua pour midi et demi, déclara la directrice artistique qui apparemment ne pensait déjà plus à l'accident de son collègue. Millie fait vraiment du bon boulot, tu ne trouves pas ?

— Oui, je trouve aussi, approuva Julia.

Son téléphone sonna. Elle attendit qu'Anja soit de nouveau avec Millie et la photographe pour sortir son portable. Son cœur ne fit qu'un bond. C'était Carl Winterscheid !

— Bonjour, madame Bremora, dit-il sur un ton purement professionnel. Je dois malheureusement m'absenter de toute urgence, mais je voudrais… vous parler de quelque chose. Vous êtes encore à la séance photo ?

— Heu… oui…, répondit Julia, hésitante.

— Bien, dit Carl Winterscheid. Je… serai là dans dix minutes.

Avant qu'elle ait pu dire un mot, il avait raccroché.

*

La maison de Severin Velten était modestement meublée, mais lorsqu'il les conduisit du vestibule au salon, Pia faillit laisser échapper une exclamation d'admiration. Des fenêtres panoramiques du sol au plafond offraient une vue à couper le souffle sur la vaste vallée jusqu'à Oberrod et Niederrod. Hormis une table et une chaise, il n'y avait aucun meuble dans la grande pièce au parquet rayé. Sur la table se trouvaient un ordinateur portable ouvert et une lampe de bureau, à côté d'un cendrier qui aurait dû être vidé d'urgence et de plusieurs bouteilles d'eau. Sur le sol, tout autour de la table, il y avait des dizaines de bouteilles d'eau vides et des paquets de cigarettes froissés. La fumée de cigarette dans la pièce piquait les yeux et la gorge de Pia.

— Comment se fait-il que vous nous attendiez ? demanda-t-elle à Velten.

— Eh bien, parce que j'ai tué Heike. La police découvre toujours ce genre de choses, répondit-il à sa grande surprise. Je voulais me rendre dès que j'aurais fini d'écrire mon nouveau livre. Je peux enfin écrire à nouveau ! Pendant cinq ans, j'ai eu un blocage, j'avais la tête complètement vide. Pas d'idées. Pas d'inspiration. Et soudain, les mots sont revenus ! Depuis, j'écris jour et nuit. C'est tout simplement… incroyable !

Il éclata de rire et Pia échangea un regard déconcerté avec son patron. Qu'est-ce que ça voulait dire ?

— Depuis ? insista Bodenstein. Que voulez-vous dire ?

Velten ne répondit pas. Il tendit les mains, les ouvrit, les referma plusieurs fois et les regarda l'air surpris, comme s'il les voyait pour la première fois.

— Jusqu'à présent, je n'ai fait qu'écrire des livres avec ces mains, murmura-t-il. Mais maintenant… Maintenant, avec mes mains, j'ai tué quelqu'un.

— Monsieur Velten, essaya encore une fois Bodenstein. Étiez-vous lundi dernier chez Heike Wersch à Bad Soden ?

— Oui, j'y étais, répondit Velten en laissant retomber ses mains et en levant les yeux. J'y suis allé et j'ai voulu lui parler. J'étais complètement désemparé. Elle a détruit ma carrière, toute ma vie, et tout ça sans crier gare. Un matin, mon téléphone a sonné. Mon agent est au bout du fil et me demande si c'est vrai. Je lui demande : Qu'est-ce que tu veux dire ? Qu'est-ce qui est vrai ? Là, j'avais déjà un mauvais pressentiment. Je n'ai pas aimé faire ça, vous savez. J'ai dit à Heike que je ne pouvais plus écrire, que j'avais besoin d'une pause, qu'il fallait qu'elle me comprenne, j'étais vidé. Mais elle voulait absolument un livre de moi pour le programme de printemps, elle m'a presque supplié. Mais je ne pouvais pas. Vous savez ce que c'est, ce que l'on ressent quand on fixe un écran vide pendant des semaines, parce qu'il n'y a tout simplement rien qui veut sortir de vous ?

La question était purement rhétorique, l'écrivain n'attendait pas de réponse et Bodenstein et Pia se gardèrent bien d'interrompre son flux de paroles. Velten passa ses deux mains dans ses cheveux emmêlés, puis attrapa d'un air distrait un paquet de cigarettes et un briquet.

— Un jour, Heike est arrivée avec ce petit livre. *El hombre que robó las plumas del cóndor*, une nouvelle d'un auteur chilien datant de 1951. Cent douze pages.

Velten fit une grimace.

— Elle m'a dit : lis ça. Tu peux t'en inspirer. Et c'est ce que j'ai fait. Oui, j'ai piqué l'histoire, mais j'en ai fait quelque chose de complètement différent, vous comprenez, quelque chose de nouveau ! Je l'ai fait pour le bien d'Heike, pour qu'elle ait un livre de moi et qu'elle soit bien vue par la maison d'édition. Comment pouvais-je prévoir qu'elle me mettrait dans un tel pétrin ?

— Revenons à lundi dernier, dit Bodenstein.

— Ah oui, je m'égare. Excusez-moi.

Velten poussa ses cigarettes et son briquet et se gratta pensivement la nuque. À chaque mouvement, il dégageait une odeur âcre de transpiration.

— Donc, Josef, mon agent, m'a appelé. Il était tout excité et m'a dit qu'Heike avait révélé lors d'une interview dans la *Frankfurter Allgemeine Zeitung* que j'avais commis un plagiat. Et puis mon portable s'est mis à sonner et ne s'est plus arrêté. Pendant des jours et des jours. J'ai cru devenir fou. En bas, devant chez moi, des journalistes m'attendaient avec des caméras et des micros, ils voulaient une déclaration de ma part…

Il se tut et se laissa tomber sur la chaise. Son visage s'était assombri.

— C'est là que j'ai su que j'étais fini. On ne se remet pas d'une telle accusation. J'avais déjà un mauvais pressentiment depuis la parution du livre et son succès. À chaque interview, à chaque critique de livre, à chaque recension, je craignais que quelqu'un fasse le parallèle avec *El hombre que robó las plumas del cóndor*, ce qui était peu probable, mais pas exclu. Je ne me serais jamais attendu à ce que ce soit justement Heike qui me trahisse.

— Et pourquoi a-t-elle fait ça ? demanda Pia.

Severin Velten releva la tête et la regarda de ses yeux rouges.

— Elle voulait fonder sa propre maison d'édition. Avec Henri Winterscheid et quelques autres, et elle voulait que je l'accompagne. Mais j'ai refusé. Je n'aime pas les changements. Et je suis satisfait chez Winterscheid. C'est pour ça qu'elle m'a trahi. Elle était furieuse et vexée. Parce que je suis son auteur le plus important et que je ne voulais pas changer de maison d'édition. Et puis elle voulait se venger de Carl. Parce qu'il l'avait mise à la porte. La politique de la terre brûlée. C'est ce qu'elle disait toujours. Si je pars un jour d'ici, je laisserai de la terre brûlée derrière moi.

Velten se mordilla la lèvre inférieure.

— Elle a bousillé ma vie et ma carrière. Je n'étais jamais allé chez Heike. Pendant des jours et des jours, les journalistes et les fans ont assiégé la maison, je n'ai pas pu mettre un pied dehors. J'ai essayé de téléphoner à Heike. Je lui ai écrit. Elle n'a pas réagi. Lundi, les vautours avaient enfin disparu et j'ai pu sortir discrètement. Heike ne voulait pas me parler. Elle m'a crié dessus, m'a traité de traître. Pourtant, je voulais juste qu'elle dise la vérité, à savoir qu'elle m'avait forcé à plagier ce livre !

Velten regarda un instant dans le vague.

— Que s'est-il passé quand vous étiez chez Heike Wersch ? demanda Bodenstein.

— Elle n'a rien voulu entendre. J'ai jeté son ordinateur portable par terre et elle s'est jetée sur moi comme une furie. Mais je me suis défendu.

Velten sourit, non sans une certaine fierté.

— Je vois. Et comment vous êtes-vous défendu ?

Velten se replongea dans la contemplation de ses mains.

— Je suis un homme pacifique. Un lâche, en fait, dit-il, plus pour lui-même que pour Bodenstein. J'ai toujours évité les conflits. Je n'aime pas particulièrement les gens et je déteste les conflits. En fait, j'ai toujours regardé la vie de loin, en spectateur indifférent. Mais depuis que j'ai osé aller chez Heike et l'affronter, il s'est passé quelque chose en moi.

Il se leva. Ses yeux brillaient étrangement, son visage pâle rougit.

— Depuis, je *ressens* les choses différemment ! La violence et la confrontation physique, la passion, la colère et son assouvissement – ce n'est plus seulement quelque chose de théorique, quelque chose que j'imagine et que je décris de seconde main, non, maintenant c'est authentique ! Vécu et ressenti par moi ! C'est comme si j'avais vécu sous l'eau jusqu'à présent et émergé soudain pour voir clairement le monde que je ne percevais que de manière floue !

Velten avait l'air euphorique, comme sous l'emprise de drogues.

— Je n'avais pas l'intention de faire du mal à Heike. Je voulais juste savoir pourquoi elle avait fait ça et qu'elle rectifie toute l'affaire en public. Mais elle a commencé à m'insulter. Côté insultes, elle savait faire ! J'aurais aimé avoir un carnet avec moi pour noter ses jurons et ses insultes !

Il secoua la tête avec un petit rire.

— J'ai ramassé son ordinateur portable et comme elle n'arrêtait pas de m'humilier, je l'ai frappée à la tête. Pour qu'elle se taise enfin et qu'elle m'écoute. Elle s'est… s'est écroulée, et tout d'un coup, il y avait du sang partout, et moi…

— Monsieur Velten, l'interrompit Pia. Nous devons vous faire remarquer que tout ce que vous direz maintenant pourra être retenu contre vous. Vous avez le droit de garder le silence si en parlant vous vous incriminez vous-même. Et vous avez le droit de vous entretenir avec un avocat.

Velten la dévisagea un instant. Ses yeux brillaient comme ceux d'un fou, mais Pia avait l'impression que les événements et toute la situation ne le touchaient pas vraiment.

— Je sais que je vais aller en prison pour ça, dit-il. J'ai tué une femme. De mes propres mains ! Mais vous savez quoi ? Au moment où je l'ai frappée à la tête avec son ordinateur, où j'ai entendu le craquement de son crâne, où j'ai vu tout ce sang, quelque chose s'est soudain dénoué en moi ! Soudain, j'ai su exactement ce que je voulais écrire ! J'ai acheté des cartouches de cigarettes à la station-service, je suis allé voir mon agent à Francfort et je me suis mis au travail ! D'habitude, l'écriture est un processus laborieux, où je dois me battre avec chaque phrase, mais depuis lundi, j'écris sans interruption. Je n'ai pas dormi et je n'ai pas mangé. C'est… vertigineux ! C'est de la folie ! Je n'ai jamais rien vécu de tel ! Vous pouvez comprendre ça ?

— À quelle station-service avez-vous acheté les cigarettes ? demanda Pia.

— C'est important ? demanda Velten, nerveux.

— Oui, je pense que oui.

— C'était une station-service dans un village voisin de Bad Soden. Je suis passé devant par hasard.

— À Sulzbach ?

— Oui, c'est possible.

Pia sortit son portable et s'éloigna un peu. Elle regarda sur Google les heures d'ouverture de la station-service de Sulzbach, et c'est bien ce qu'elle pensait. La tension retomba. Si ce que Severin Velten leur avait dit était vrai, il avait peut-être tué Heike Wersch, mais il n'avait pas pu nettoyer la cuisine et jeter le corps dans la forêt, car la station-service fermait à 22 heures.

— Oui, je crois que je vous comprends, disait Bodenstein à Velten. Néanmoins, je dois vous demander de nous suivre maintenant.

— Vous m'arrêtez ? demanda l'écrivain, avec curiosité. Vraiment, avec des menottes ?

— Pas nécessairement. À moins que vous ne vous y opposiez, répondit Bodenstein. Et nous ne vous arrêtons pas non plus, nous voulons juste vous interroger.

— D'accord, je comprends, dit Velten en regardant autour de lui. OK. Laissez-moi réfléchir. Hum. Je peux passer vous voir quand j'aurai fini mon manuscrit ? Je ne pars pas à l'étranger et je vous dirai tout ce que vous voulez savoir, je vous le jure, mais je ne veux pas perdre mon *flow*, je ne peux pas m'interrompre maintenant.

— Malheureusement, je dois insister pour que vous veniez maintenant, répondit Bodenstein, inflexible. Mais si vous voulez, vous pouvez prendre votre ordinateur.

*

Au moment où ils arrivaient au commissariat avec Severin Velten, douché et avec des habits propres, Henning appela pour dire à Pia qu'il allait commencer l'autopsie d'Heike Wersch dans une heure.

— Nous t'enverrons Omari et Altunay, dit Pia en laissant Bodenstein passer devant avec l'écrivain. J'ai encore un entretien important à faire ici. Tu as déjà des radios ?

— Oui, Böhme vient de les faire. Pourquoi ?

— Heike Wersch aurait-elle pu être tuée avec un ordinateur portable ? demanda Pia en s'arrêtant devant l'escalier. Ce serait bien que je le sache, car nous avons ici un suspect qui affirme être le coupable.

— Et tu as des doutes ?

— Oui. Il me semble avoir vu ce matin un trou rectangulaire à l'arrière de la tête de la victime. J'en ai parlé avec le garde forestier, répondit Pia. J'aurais parié sur une sorte de marteau comme outil contondant, mais pas sur un ordinateur portable.

— Attends une seconde.

Pia entendit le cliquetis d'un clavier. À l'institut médicolégal, l'époque où l'on fixait les radios sur des caissons lumineux était révolue. Désormais, les images étaient directement transférées de l'appareil de radiographie sur l'ordinateur.

— Eh bien, dit Henning au bout d'un moment, je distingue sur les radios différents motifs de fracture à l'arrière de la tête, au-dessus de la ligne occipitale. Ce que je vais te dire est sans aucune garantie tant que je n'ai pas vu l'intérieur du crâne, mais tu as raison : cela ressemble à au moins trois traumatismes contondants. Je ne peux pas imaginer qu'ils proviennent d'un ordinateur portable.

— Le suspect aurait entendu la boîte crânienne se briser, dit Pia. Ensuite, la victime a beaucoup saigné.

— Elle a une plaie à la racine des cheveux, répondit Henning. Cela dépend bien sûr de la force avec laquelle le coup a été porté avec l'ordinateur. En principe, tout type de coup contondant contre le crâne peut entraîner des blessures graves. Mais il est également possible qu'il ait entendu l'ordinateur se briser.

— Merci, ça me suffit pour l'instant. S'il te plaît, appellemoi quand tu auras fini.

Henning le lui promit et Pia mit fin à la conversation. Tout en marchant, elle tapota un message dans le groupe de discussion, puis entra dans la BRI.

Dans le couloir, Bodenstein était en train de libérer Velten de ses menottes et le confiait à un collègue pour l'identification.

— Drôle d'oiseau, le héron unijambiste, dit Pia en montant à l'étage. Pourquoi a-t-il insisté avec tant de véhémence pour que tu lui mettes les menottes ?

— Il est tombé de sa tour d'ivoire pour entrer dans la vraie vie, suggéra Bodenstein. Et maintenant, il veut faire ses propres expériences.

— J'espère qu'il ne va pas vouloir en plus qu'on lui mette la lampe en pleine figure lors de son interrogatoire.

Pia tint à son chef la porte coupe-feu qui menait à la cage d'escalier.

— Nous devons parler à son agent. Si Velten est vraiment allé chercher des cigarettes à la station-service de Sulzbach avant 22 heures et s'est ensuite rendu à Francfort, il ne peut pas avoir transporté le corps d'Heike Wersch dans la forêt.

Dans la salle de réunion, Bodenstein répartit leurs tâches à ses collègues. Cem et Tariq iraient à la médecine légale pour l'autopsie du corps d'Heike Wersch, Kathrin s'occuperait du placement de Velten dans une des cellules de détention.

La voix de Nicole Engel retentit soudain.

— Monsieur von Bodenstein, j'ai entendu dire que vous aviez arrêté Severin Velten. Je peux savoir pourquoi ?

Tout le monde se retourna. Personne ne savait que la cheffe était dans le bureau.

— M. Velten a avoué avoir tué Heike Wersch, répondit Bodenstein. Il prétend qu'il l'a tuée lundi soir avec son ordinateur portable, après une dispute, dans un accès de colère.

Nicole Engel resta impassible.

— Était-il nécessaire de lui passer les menottes ?

— Il a insisté, répondit Bodenstein en haussant les épaules. Je l'ai d'ailleurs autorisé à prendre son ordinateur pour travailler.

— A-t-il demandé un avocat ? demanda-t-elle.

— Non, répondit Pia. Lui, ce qui l'intéresse, c'est le livre qu'il est en train d'écrire. Il voulait se rendre dès qu'il l'aurait terminé.

Nicole Engel referma la porte derrière elle. Elle fronça les sourcils en réfléchissant aux problèmes qui pourraient découler de cette affaire.

— Écoutez-moi bien tous, dit-elle. Severin Velten est une célébrité de premier plan. C'est l'un des écrivains les plus célèbres de notre pays et son nom circule dans la presse depuis des semaines. Nous n'avons pas le droit à l'erreur et je vous demande de faire preuve d'une discrétion absolue.

— Bien entendu, répondit Bodenstein, impassible.

— Je m'occupe moi-même de Velten, déclara Nicole Engel, comme Pia le craignait. Allez-vous l'interroger maintenant ?

— Non, nous voulons d'abord parler à son agent, rétorqua Pia. Je pense que Velten se contentera d'avoir une prise électrique pour son ordinateur portable et un cendrier.

— Bien, il aura tout ce qu'il voudra.

La directrice de la police judiciaire hocha la tête, ouvrit la porte et s'éclipsa.

— Génial, marmonna Kathrin Fachinger, agacée. Elle m'a soufflé le client le plus intéressant que nous ayons jamais eu ici. Qu'est-ce que je fais maintenant ?

— Tu peux veiller à ce qu'ils démontent le détecteur de fumée dans la cellule où on va mettre Velten, puis m'aider à attribuer les numéros des portables qui ont été utilisés lundi soir dans les cellules concernées à Bad Soden, lui proposa Kai. Il y en a des centaines.

— Qu'est-ce que tu espères en faire ? demanda Pia à son collègue.

— Peut-être que notre coupable a eu la gentillesse d'emporter son portable lorsqu'il a tué Heike Wersch et s'est débarrassé d'elle dans la forêt, répondit Kai. Je cherche un numéro qui a été composé dans la cellule 48701E-332 jusqu'à minuit, puis qui est passé dans la cellule 48701W-334.

— C'est complètement illégal, lui rétorqua Kathrin. Tu es au courant, non ?

— Je m'en fiche, répondit Kai en souriant. Tu m'aides ou tu continues à faire encore un peu la gueule ?

*

Julia attendait avec impatience l'arrivée de son patron. Le bavardage incessant d'Anja, de la maquilleuse et de Millie Fisher lui tapait sur les nerfs et elle se demandait comment échapper au déjeuner sans brusquer l'écrivaine. L'idée de devoir subir une heure et demie de bavardage en faisant mine d'être intéressée la fatiguait. Il était 11 h 20 lorsque l'Audi gris argent de l'éditeur franchit le portail.

— Ne me dites pas que c'est le patron ! s'exclama Anja, surprise. Je ne savais même pas qu'il voulait passer.

Stupéfaite, Julia la regarda arranger coquettement ses cheveux, lisser sa jupe et vérifier rapidement son look dans le miroir que la maquilleuse avait installé pour Millie. Elle accueillit Carl Winterscheid avec un sourire éclatant et fut déçue qu'il se contente de lui faire un signe de tête et de lui demander si tout se passait bien avant de saluer Millie Fisher et de lui parler brièvement. Il semblait aussi attentif et prévenant que d'habitude, mais ses yeux trahissaient son bouleversement intérieur. Il était certainement déjà au courant de l'accident d'Alexander Roth.

— Madame Bremora, vous avez un moment ? demanda-t-il.

— Moi ? Euh, oui. Oui, bien sûr.

Julia espérait avoir bien joué la surprise car elle sentit le regard perçant d'Anja Dellamura dans son dos alors qu'elle se dirigeait avec son chef vers sa voiture. Si la directrice artistique, connue pour être une commère, s'apercevait qu'elle communiquait par WhatsApp avec Carl Winterscheid, cela ferait bientôt le tour de toute la maison.

— J'ai récemment reçu une petite voiture Matchbox dans une enveloppe matelassée sans adresse de l'expéditeur, commença l'éditeur. Une Fiat bleu clair avec un petit chien en plastique blanc sur la banquette arrière. C'était ma voiture préférée quand j'étais petit. Je ne l'ai pas vue pendant trente ans et je l'avais oubliée.

— Ah bon ?

Julia, qui s'attendait à tout, mais pas à une histoire de petite voiture, était décontenancée.

— Hier, nous avons encore reçu une enveloppe anonyme dans le courrier, poursuivit Carl Winterscheid. Cette fois-ci, elle contenait une photo et un manuscrit dactylographié.

— Un manuscrit ? demanda Julia, étonnée.

Il y avait probablement un nombre invraisemblable de personnes qui se sentaient une vocation d'écrivain, qui rêvaient de gloire et d'argent et qui se comparaient, eux et leur savoir-faire, sans autocritique, à des auteurs célèbres. Chaque jour, les maisons d'édition et les agences recevaient des dizaines de manuscrits, que les stagiaires triaient, examinaient et rejetaient le plus souvent, car quatre-vingt-dix-neuf pour cent d'entre eux étaient mauvais et leurs auteurs tout simplement sans talent. Lorsque Julia était invitée à une fête ou à une soirée, elle ne parlait jamais de son métier car il ne fallait généralement pas longtemps pour que quelqu'un lui impose son idée géniale (ou celle de sa tante, de son voisin, de son collègue de travail) pour un nouveau best-seller. Il était déjà arrivé que Julia reçoive des manuscrits des mains de parfaits inconnus. Même à la Foire du livre, il y avait des gens qui distribuaient leurs écrits. Et les plus audacieux envoyaient même leurs manuscrits directement à l'éditeur.

— Oui, ce que je vais vous dire est un peu particulier, je sais, dit Carl Winterscheid en baissant la voix. Sur le manuscrit, le nom de l'auteur, c'est celui de ma mère. Et elle me l'a… dédié.

C'était en effet une histoire singulière. En même temps, Julia était curieuse.

— Est-ce que votre mère… enfin, vous saviez que votre mère écrivait ? demanda-t-elle.

— Non. Je ne sais presque rien de ma mère. Elle est morte quand j'avais six ans.

Carl Winterscheid serra un instant les lèvres et chercha une formulation adéquate avant de continuer.

— Je sais que c'est une affaire personnelle et il serait tout à fait normal que vous refusiez. Mais vous êtes… je vous fais confiance, ajouta-t-il en esquissant un sourire, un sourire que Julia ne lui avait encore jamais vu. Je n'ai pas le temps de m'occuper du manuscrit en ce moment. Pourriez-vous le lire et me dire ce que vous en pensez ? Bien sûr, si vous avez le temps.

Julia ne s'attendait pas à une telle demande et son premier réflexe fut de refuser. Pourquoi ne le lisait-il pas lui-même ? Qu'est-ce qu'il voulait ? La manipuler en la flattant, en prétendant qu'elle était la seule à pouvoir l'aider ? Était-il comme Lennart – d'abord charmant, puis destructeur, ou abusait-il sans scrupule de sa position de supérieur ? Les avertissements insistants de sa thérapeute de ne pas tomber une nouvelle fois dans le piège d'un pervers narcissique lui traversèrent l'esprit. Non, mais sa méfiance devenait pathologique ! Si un ami lui avait demandé gentiment ce service, elle l'aurait pris pour une preuve de confiance et non comme une tentative de manipulation. Manifestement, Carl lui faisait confiance. Il fallait qu'elle recommence enfin à faire confiance aux autres.

— Oui, dit-elle alors, sans toutefois être tout à fait convaincue d'avoir raison. Oui, je peux le faire.

— Merci, dit Carl. J'apprécie beaucoup. Il n'y a pas d'urgence non plus. Je sais que vous avez beaucoup à faire avant le salon du livre.

— D'après vous, qui vous a envoyé la voiture et le manuscrit ? demanda Julia.

— Aucune idée.

L'éditeur haussa les épaules, perplexe.

— J'ai l'impression qu'il s'agit d'une sorte de message. Mais si c'en est un, malheureusement, je ne le comprends pas.

Il ouvrit la portière passager de sa voiture, prit une enveloppe matelassée sur le siège et en sortit une photo. Il l'examina un moment avant de la tendre à Julia. Six jeunes gens, tous dans la vingtaine, au look typique des années 1980, posant pour la photo sur un escalier devant un bâtiment au crépi blanc.

— Je savais qu'ils se connaissaient tous depuis longtemps, dit Carl, d'une voix étrange. Mais je n'avais pas réalisé qu'à une époque, apparemment, ils étaient très proches.

— De qui parlez-vous ?

Julia examina la photo de plus près. Son cœur se mit à battre lorsqu'elle crut reconnaître dans le visage aux cheveux bruns et bouclés, avec des lunettes, le jeune Alexander Roth. Et la femme aux cheveux d'un roux éclatant, tressés en une natte, pourrait bien être Heike Wersch. À côté d'elle, assise sur les marches, il y avait une fille mince et bronzée, en short et haut de bikini, avec une permanente typique des années 1980 et une cigarette entre les doigts.

— C'est Maria Hauschild ? demanda Julia.

— Je crois que oui, confirma Carl. Et ça doit être Stefan Fink, le mari de ma cousine Dorothea, et Josefin Lintner.

— La libraire du centre Main-Taunus ?

— C'est elle.

— Et qui est l'autre garçon ?

— C'est Götz, mon cousin. Il est mort quelques jours après que la photo a été prise.

Mort. Ce mot éveilla chez Julia un sentiment étrange. L'espace d'un instant, elle regretta d'avoir accepté mais sa fascination pour les histoires à suspense et les mystères était plus forte que ses doutes.

— Comment est-il mort ? demanda-t-elle.

— Il s'est noyé. On a retrouvé son corps échoué sur la plage, répondit Carl. Un accident dans lequel l'alcool a dû jouer un rôle. Il n'avait que vingt et un ans.

— C'est terrible, dit Julia, choquée. Qui a bien pu prendre cette photo ? Et que signifie NOIRMOUTIER ?

— Noirmoutier, c'est une île en France, sur la côte Atlantique. Ma famille y possédait autrefois une maison. Mais après la mort de Götz, mon oncle l'a vendue.

Carl jeta un coup d'œil rapide à sa montre.

— Je dois malheureusement y aller.

— Vous allez aussi voir M. Roth à l'hôpital ? s'enquit Julia avant de réaliser que cela ne la regardait pas vraiment.

Mais son chef semblait voir les choses autrement.

— Oui, dit-il en poussant un soupir. Je ne sais pas s'il y a un lien, mais M. Roth est…

Il s'arrêta au milieu de sa phrase. Julia suivit son regard. De la terrasse au-dessus de la porte d'entrée de la villa, deux vieillards les regardaient, comme les deux papis du *Muppet Show*. Elle reconnut l'oncle de Carl, Henri Winterscheid, et Hellmuth Englisch.

— Après l'orgueil vient la chute ! lança Englisch en brandissant le poing. Tu te souviendras de ce que je te dis, Carl Winterscheid !

Carl ignora les deux vieillards.

— Merci d'avance. Je vous rappellerai plus tard, d'accord ?

Il tendit à Julia l'enveloppe qu'elle rangea immédiatement dans son sac.

— Oui, d'accord.

Julia mit son sac sur son épaule et se dirigea vers le pavillon. Les vieillards sur le balcon n'étaient pas les seuls à les observer, Anja Dellamura avait elle aussi suivi attentivement chacun de leurs mouvements. Il ne lui fallut pas une minute pour venir demander à Julia ce que Carl lui voulait.

— Rien de particulier, répondit Julia, évasive.

— Et qu'y a-t-il dans l'enveloppe qu'il t'a donnée ? insista la directrice artistique.

Julia regarda autour d'elle.

— Un manuscrit qu'on lui a envoyé, chuchota-t-elle. Mais surtout, ne le dis à personne.

— Oh là là, fit Anja Dellamura, exaspérée. Par moments, tu es vraiment stupide.

Julia se contenta de hausser les épaules en souriant. La vérité était souvent plus incroyable que n'importe quel mensonge.

*

L'agence littéraire Moosbrugger était située dans un bel immeuble ancien aux volets verts, dans une rue calme et arborée du vieux Heddernheim. Malheureusement, des graffitis défiguraient le mur blanc. Juste en face se trouvait un petit parc avec une aire de jeux où des mères et même quelques pères surveillaient leur progéniture. À côté, sur une pelouse, des petits garçons tapaient dans un ballon de foot en criant. Un groupe d'ados traînaient autour d'un banc. Certains fumaient, d'autres sirotaient des boissons énergisantes, tous avec leur portable à la main. Pia trouva une place de parking juste devant l'agence. Severin Velten leur avait appris que Josef Moosbrugger et sa femme habitaient au-dessus des locaux de l'agence et personne ne répondant à leur coup de sonnette, ils trouvèrent effectivement l'agent dans la cour intérieure. Il était confortablement installé sur une chaise longue sous un parasol blanc et lisait un gros livre. Sur l'une des chaises, un chat roux somnolait.

— Ça donne envie d'être agent littéraire, murmura Bodenstein.

— Eh bien, oui. Moi je dirais : réfléchissez bien avant de choisir votre profession, rétorqua Pia. Monsieur Moosbrugger ?

— Oui ?

L'homme posa le livre, releva ses lunettes de lecture sur son front et se leva de sa chaise longue. Pia se présenta ainsi que Bodenstein en s'excusant de le déranger un samedi midi.

— Ce n'est pas grave. Ma femme est provisoirement absente sinon, je ne ferais sans doute que travailler toute la journée.

Josef Moosbrugger, un homme svelte d'une soixantaine d'années au regard vif, un sourire espiègle et un léger accent bavarois, montra d'un geste ce qui l'entourait.

— En été, c'est mon bureau extérieur. Cela me rappelle le Sud de l'Italie, surtout quand la voisine étend son linge sur le balcon.

— C'est vraiment agréable de vivre ici, répondit Bodenstein.

Dans un coin de la cour pavée se trouvait un barbecue au charbon de bois. Un salon d'été sous une pergola couverte de vigne vierge. Entre les lauriers-roses en fleur dans de grands pots en terre cuite, une petite piscine hors-sol invitait à se rafraîchir.

— Je peux vous offrir quelque chose à boire ? De l'eau ? Du Coca ? Ou un bon *limoncello* bien frais ?

— Non merci, c'est très aimable, répondit Pia. Nous sommes ici pour votre auteur, Severin Velten.

— Ah, ce Severin ! Qu'est-ce qu'il a encore fait ? soupira Moosbrugger. En fait, je serais encore avec ma femme en Toscane, mais l'affaire du plagiat m'a obligé à revenir plus tôt que prévu.

Il souleva doucement le chat de sa chaise et offrit une place à Bodenstein et Pia. Ils s'assirent et Moosbrugger alluma une cigarette. L'industrie du livre semblait vraiment être un des derniers territoires pour les fumeurs.

Bodenstein lui annonça d'emblée que Velten leur avait raconté qu'il était allé chez son éditrice Heike Wersch en début de soirée lundi dernier et qu'il avait eu une altercation avec elle.

— Oui, je sais, dit Moosbrugger en hochant la tête. Il est arrivé à l'improviste lundi soir vers huit heures et demie, après être resté cloîtré dans son appartement sans répondre au téléphone pendant quinze jours. Je ne peux pas lui en vouloir, vu la tempête de critiques qui s'est abattue sur lui.

— Qu'est-ce qu'il vous a dit quand il est venu ici ? demanda Pia. Comment était-il ?

— Il était très agité et a dit qu'il était allé chez Heike pour la faire parler, se remémora Moosbrugger. Je n'ai guère pu en savoir plus, parce qu'il s'est tout de suite assis dans mon bureau avec son ordinateur et s'est mis à écrire. Il a dû y avoir une violente altercation entre Heike et lui, avec des coups. Cela m'a étonné, car ce genre de comportement est tout à fait inhabituel chez Severin. Il a plutôt peur des conflits et m'envoie généralement en avant lorsque quelque chose le met mal à l'aise, c'est-à-dire en fait toujours. Heike est souvent irascible et peut être très blessante. Elle en a voulu à Severin de ne pas vouloir la suivre dans sa nouvelle maison d'édition. Et elle est aussi en colère contre moi parce qu'elle pense que j'aurais dû le convaincre, ainsi que mes autres auteurs.

— Pourquoi ? demanda Bodenstein.

— Oh, Heike et moi, nous nous connaissons depuis toujours, expliqua l'agent. Nous étions collègues chez Winterscheid il y a de nombreuses années, avant que je ne fonde mon agence, et en tant qu'agent, je représente certains auteurs d'Heike. Comme leurs livres ont souvent de bonnes critiques, mais malheureusement un cercle de lecteurs limité, Heike et moi avons organisé par le passé des ateliers d'écriture avec certains d'entre eux dans ma maison en Toscane. Il y a toute sorte d'auteurs en herbe ambitieux qui aiment recevoir des conseils de la part d'un lauréat du prix Büchner. De plus, en tant qu'agent, j'espère toujours dénicher par hasard un nouveau talent, ajouta-t-il en riant, il est arrivé que ça marche.

— Combien de temps M. Velten est-il resté ici ? demanda Bodenstein.

— Il a écrit toute la nuit. À un moment donné je suis allé me coucher, répondit Josef Moosbrugger. Le lendemain matin, nous avons encore pris un café ensemble et je voulais profiter de l'occasion pour discuter avec lui de la manière dont il pourrait se sortir de toute cette affaire. Mais il ne voulait rien entendre. Il m'a dit qu'il avait un sujet fantastique en tête et qu'il devait absolument continuer à écrire tout de suite.

— Attendez ! l'interrompit Bodenstein. Que vous a dit Velten exactement sur sa dispute avec Heike Wersch ?

— Juste qu'elle n'avait pas voulu l'écouter jusqu'à ce qu'il jette son ordinateur par terre. Sur ce elle s'est précipitée sur lui, l'a frappé avec ses poings, l'a insulté, alors il a ramassé l'ordinateur et le lui a lancé à la figure.

Moosbrugger écrasa sa cigarette dans le cendrier.

— Elle a dû saigner et l'insulter encore plus, reprit-il, en tout cas après, Severin a pris la fuite. J'ai essayé d'appeler Heike pour savoir ce qui s'était passé. Mais elle n'a pas répondu, probablement parce qu'elle avait vu mon numéro. Alors je lui ai écrit. Elle finira par se calmer. Après tout, Severin n'a pas tort de vouloir qu'elle s'explique et rectifie le tir. C'est finalement Heike qui l'a mis dans cette situation absurde. Si un auteur a besoin d'une pause créative, il faut l'accepter, mais ce n'est pas ce qu'a fait Heike. Elle l'a harcelé et lui a donné ce petit livre pour l'inspirer. Un écrivain avec une mémoire photographique comme Severin court alors vite le risque de plagier, même si ce n'est pas du tout son intention.

— Hum. Combien de temps M. Velten est-il resté chez vous ?

— Mardi matin, il est parti dans sa petite maison du Taunus pour pouvoir travailler tranquillement. Je n'ai plus de nouvelles de lui depuis, mais ce n'est pas inhabituel. Quand Severin écrit, il est dans son monde. Il lui arrive alors de ne pas manger, de ne pas se doucher pendant des semaines et d'oublier de recharger son portable.

— M. Velten semble être tout à fait sûr d'avoir tué Heike Wersch avec son ordinateur, objecta Bodenstein. Vous n'y avez pas pensé ?

— Ah non, s'exclama Moosbrugger en secouant la tête. Pas vraiment. Severin est incapable de tuer quelqu'un.

Pia haussa les sourcils.

— Avez-vous eu des nouvelles d'Heike Wersch depuis lundi ? demanda-t-elle.

— Non, répondit Moosbrugger en fronçant les sourcils. J'ai essayé de la contacter plusieurs fois. Nous sommes de vieux amis, quand on n'est pas d'accord, on se réconcilie toujours.

Mais cette fois, elle semble vraiment fâchée car elle n'a même pas lu mes messages.

Moosbrugger prit son portable sur la table, mit ses lunettes et ouvrit WhatsApp. Puis il le tendit à Bodenstein et Pia.

— Regardez ici, il y a toujours une coche grise sur le message que je lui ai envoyé mercredi.

— Elle ne lira plus vos messages, monsieur Moosbrugger, lui annonça Pia. Nous avons retrouvé le corps d'Heike Wersch ce matin.

— Quoi ? s'écria l'agent, livide, en se redressant. Heike est *morte* ?

— Oui, je suis désolée. Apparemment elle a été assassinée.

— Mon Dieu ! Ce n'est pas possible ! s'exclama Moosbrugger.

Il attrapa son paquet de cigarettes. C'est alors seulement qu'il sembla se demander pourquoi il recevait la visite de la police judiciaire un samedi après-midi.

— Et maintenant, vous pensez que Severin pourrait être impliqué ?

— Nous ne pensons rien du tout, répondit Bodenstein. Mais M. Velten devrait au moins être l'un des derniers à avoir vu Heike Wersch vivante. Il est actuellement chez nous pour un interrogatoire.

— Il est… vous l'avez… *arrêté* ? Que… que va-t-il lui arriver maintenant ?

La nouvelle de la mort de sa vieille amie avait visiblement affecté Moosbrugger. Il avait l'air décontenancé. Ses mains tremblaient et quand il voulut se passer la main dans les cheveux, il fit accidentellement tomber ses lunettes de son nez.

— Est-ce que… il a besoin d'un avocat ? Je peux lui parler ? Où est-il maintenant ? Je veux dire… il a… il n'a pas de famille. Il est divorcé. Ses parents ne sont plus là. Il n'a que moi.

C'était en quelque sorte touchant de voir l'agent s'inquiéter pour son protégé et Pia regretta un peu qu'ils ne lui aient pas dit tout de suite qu'Heike Wersch était morte.

— Le mieux est de me donner vos coordonnées et je vous appellerai si M. Velten a besoin d'aide, dit Pia avec compassion en lui glissant une de ses cartes de visite. Ne vous inquiétez pas, il va bien. Il a pu emporter son ordinateur et écrit sans arrêt.

Cette nouvelle sembla rassurer un peu Moosbrugger, mais à la surprise de Pia, il eut soudain les larmes aux yeux. Il s'efforça aussitôt de retrouver son sang-froid.

— Vous savez, dit-il d'une voix chancelante. En fait, la première chose que j'aurais faite, c'est d'appeler Heike pour lui raconter ça. Mais ce… maintenant, ce n'est plus possible.

*

Julia était ravie que le déjeuner à l'Ojo de Agua, un sympathique *steakhouse* argentin situé non loin de la maison d'édition, touche enfin à sa fin. Elle avait eu du mal à suivre les conversations à table et n'avait pas vraiment apprécié le délicieux carpaccio au *chimichurri* frais et au parmesan, car elle se demandait qui avait bien pu envoyer à Carl la voiture Matchbox et le manuscrit avec la photo, et pour quelle raison. Qu'est-ce que sa mère avait à voir avec Heike Wersch, Alexander Roth, Maria Hauschild, Josefin Lintner et le mari de sa directrice commerciale ? Cet envoi anonyme pouvait-il avoir un rapport avec la disparition d'Heike Wersch ? S'agissait-il d'un indice ou même d'une menace ? Une petite voix persistante dans sa tête lui murmurait que Carl Winterscheid n'était peut-être pas aussi innocent qu'il le prétendait. Il n'avait pas fait mention de son ancienne collaboratrice ni de la visite de la police judiciaire hier. Se laissait-elle entraîner dans une affaire dont elle aurait mieux fait de se tenir à l'écart ?

La photographe, ses deux assistants et la maquilleuse la remercièrent de son invitation avant de s'éclipser, et Anja consulta son portable pour la vingtième fois. Dorothea Winterscheid-Fink avait promis à Millie Fisher une visite de la maison d'édition, et maintenant elle ne donnait pas de nouvelles.

— Elle est peut-être encore à l'hôpital, supposa Julia lorsque Millie eut disparu aux toilettes.

— Oui, qui sait ce qui se passe avec ce bon vieil Alex, dit Anja. Je vais appeler Doro tout de suite. C'est vrai que je n'ai pas la clé de la maison d'édition. M. Bär pourrait certes nous ouvrir, mais je pense qu'une visite de la maison est l'affaire de la direction.

Elle tutoyait la directrice des ventes, comme presque tous les anciens collaborateurs et ne manquait pas une occasion de le souligner. Mme Winterscheid-Fink répondit immédiatement. Julia ne comprenait pas ce qu'elle disait, mais en l'écoutant, Anja Dellamura écarquilla les yeux, choquée.

— C'est terrible ! s'exclama-t-elle, feignant la compassion, pathétique, pour faire part à Julia de ce qu'elle venait d'apprendre. Oh mon Dieu, quelle horreur ! Oui… Oui, bien sûr. Non, c'est bon. Elle comprendra, j'en suis sûre. Bon, alors… oui… à lundi au plus tard.

Julia ne distingua que le mot "mort" et eut froid dans le dos.

— Qu'est-ce qui se passe ? demanda Julia.

Sa collègue se pencha en avant.

— Figure-toi qu'Heike Wersch est morte ! chuchota Anja, tout excitée. On a retrouvé son corps ce matin dans la forêt ! C'est dingue ! Eh bien, ces derniers temps, j'ai souvent pensé qu'elle finirait par se faire tuer.

— Je n'y crois pas. C'est horrible, dit Julia consternée, bien que cette nouvelle ne la surprenne pas.

Elle ne s'attendait pas vraiment à ce qu'on retrouve Heike Wersch vivante, mais c'était un sentiment très pénible quand une personne dont on avait secrètement souhaité la mort venait à mourir.

— Est-ce qu'elle t'a aussi parlé d'Alexander Roth ? demanda-t-elle.

— Il est dans le coma en soins intensifs, répondit la directrice artistique, déjà occupée à diffuser les *breaking news* sur WhatsApp.

Son manque de respect était écœurant. Elle aurait au moins pu faire semblant d'être choquée. Julia régla le serveur avec sa carte de crédit et demanda une facture à l'ordre de l'éditeur pour se faire rembourser plus tard.

Millie Fisher revint des toilettes. Anja l'informa que la visite prévue à la maison d'édition serait malheureusement reportée mais sans lui en divulguer la raison. L'autrice, si elle était déçue, n'en laissa rien paraître. Dix minutes plus tard, elle monta dans un taxi, radieuse, et fit un signe d'adieu à Anja et Julia qu'elle avait embrassées avec effusion, après leur avoir répété à plusieurs reprises à quel point la matinée avait été formidable, l'endroit magnifiquement choisi pour la séance photo et combien elle était absolument ravie d'être publiée chez Winterscheid. Lorsque le taxi disparut dans la Börsenstrasse, le sourire de façade d'Anja s'effaça.

— Ouf, les auteurs sont vraiment pénibles, marmonna-t-elle. Je me demande comment vous, les éditeurs, vous supportez ça ! Ils ne savent parler que d'eux, ils veulent toujours qu'on les adule, qu'on les bichonne, c'est vraiment terrible.

— Je rentre, dit Julia avant que la directrice artistique ne se lance dans une nouvelle tirade.

— Il faut que tu te dépêches de lire le manuscrit pour le patron, hein ? ironisa Anja.

— Exactement ! répondit Julia en souriant. Passe un bon week-end.

Sur ce, elle laissa sa collègue devant le restaurant et se hâta de descendre la Hochstrasse en direction de la place de l'opéra pour attraper un S-Bahn à la station Taunusanlage.

*

— Vu l'état de décomposition déjà avancé du corps, il a été difficile de déterminer l'heure du décès, déclara la voix d'Henning dans les haut-parleurs de la voiture de service, alors que Bodenstein et Pia s'engageaient sur l'A66 à la tour de télévision de Ginnheim. Mais j'estime qu'au moment où Heike Wersch a été retrouvée, elle était morte depuis au moins cinq jours.

Pia avait rapidement fait le calcul.

— Dans ce cas, cela correspondrait à lundi soir. Cela collerait avec les déclarations des voisins et ce que nous avons appris jusqu'à présent.

— La cause du décès était en tout cas une hémorragie cérébrale massive suite à un choc violent sur le crâne au moyen d'un outil quadrangulaire d'une surface d'attaque d'environ quatre centimètres sur quatre. J'ai pu constater au total sept fractures par perforation et impression avec sortie de la masse cérébrale, ainsi que dix-sept autres hématomes au total sur les épaules et dans la région cervicale.

— Y a-t-il des blessures de défense ? s'enquit Bodenstein.

— Non, dit Henning en s'éclaircissant la gorge. Pia, tu m'avais interrogé sur une éventuelle blessure à la tête causée par un ordinateur portable. Nous avons constaté une plaie au niveau de l'os frontal droit, mais elle a tout au plus entraîné une commotion cérébrale.

— D'accord. Se pourrait-il qu'elle ait beaucoup saigné ?

Pia pensa à la déclaration de Severin Velten selon laquelle Heike Wersch était tombée après avoir reçu un coup d'ordinateur portable et que tout était soudain couvert de sang.

— Tout à fait, confirma Henning. Surtout si elle prenait régulièrement des anticoagulants, ce que je suppose, car elle avait un remplacement mécanique de la valve aortique.

— Merci, Henning, dit Bodenstein sans lever les yeux de son téléphone. Cela nous permet déjà d'avancer.

— Pas de problème. Vous aurez le rapport avec tous les détails dès que possible, répondit l'ex-mari de Pia. Encore une question : Maria Hauschild m'a appelé. Je crois qu'elle vient d'apprendre par une connaissance que son amie est morte. Que puis-je lui dire ?

— Pas de détails sur la cause du décès, répondit Pia. Mais tu peux confirmer qu'on a retrouvé le corps.

— Je peux lui dire où ?

— Rien ne s'y oppose, dit Bodenstein.

— Ah oui, encore une chose, se souvint Henning. Maria m'a raconté qu'un ancien collègue de son amie est à l'hôpital. On a dû le retrouver inconscient ce matin.

Pia tendit l'oreille.

— Comment s'appelle ce collègue ?

— Maria l'appelait Alex, répondit Henning.

— Alexander Roth ? demanda Pia. Cem et moi lui avons encore parlé hier !

Henning promit de se renseigner sur l'hôpital dans lequel l'homme avait été admis et raccrocha.

— Moosbrugger doit être scotché à son téléphone, dit Bodenstein. Ce qui nous va. Il est probable que cela déclenche quelque chose.

— Roth s'est comporté de manière assez bizarre hier, lorsque Cem et moi lui avons parlé, dit Pia, pensive.

— Est-ce que c'était du genre "je n'ai encore jamais eu affaire à la police" ou un authentique "bizarre-bizarre" ? demanda Bodenstein.

— Je dirais le dernier. Il avait l'air un peu… coupable.

Pia jeta un bref coup d'œil à son chef.

— Qu'est-ce que tu tapes tout le temps ?

— Les analyses de sang de Cosima se sont améliorées, répondit-il. Cela signifie que l'opération pourra avoir lieu bientôt, j'espère. Je suis en train d'organiser une réunion de famille pour ce soir. Il y a beaucoup de choses à discuter.

— Mon Dieu !

Pia inspira et expira profondément. La veille, elle avait obtenu sur Internet des informations sur les chances et les risques d'un don de foie, et son respect pour l'altruisme de Bodenstein était devenu immense. Certes, le foie était le seul organe du corps humain capable de se régénérer complètement après une telle intervention, mais il s'agissait néanmoins d'une intervention lourde pour le donneur et son patron n'était plus tout jeune.

— Quand est-ce que tu vas en parler à Nicole ?

— Dès que possible.

Bodenstein rangea son téléphone et retira ses lunettes.

— Il peut arriver que l'opération de prélèvement d'organe soit programmée à la dernière minute. Il se peut que je doive alors te charger de l'enquête en cours si nous n'avons pas confondu notre coupable d'ici là.

— Je me débrouillerai, le rassura Pia, même si elle aurait préféré dire tout autre chose.

— Je ne vais pas mourir, dit Bodenstein, comme s'il avait lu dans ses pensées. Au bout de quinze jours d'hosto, je serai de nouveau sur pied.

— Que Dieu t'entende.

Après treize ans de collaboration, Pia et son chef étaient comme un vieux couple, ils se connaissaient bien et savaient exactement comment l'autre fonctionnait. Sur le plan professionnel, ils se complétaient parfaitement, mais il y avait encore des limites qu'ils ne franchissaient tous deux qu'exceptionnellement et, si c'était le cas, avec un certain malaise. Il s'agissait par exemple de la santé et de la vie intime de l'autre.

— Severin Velten n'a pas tué Heike Wersch, dit Bodenstein, et Pia fut soulagée que leur conversation revienne sur un plan professionnel.

— Je suis d'accord. Et il n'a pas non plus jeté son corps dans la forêt. Nous pouvons le laisser repartir.

Elle tourna brièvement la tête vers la droite, comme chaque fois qu'elle passait devant Birkenhof, où elle avait habité. Mais les arbres près de l'autoroute étaient devenus si denses qu'elle put à peine apercevoir la maison.

— L'agent de Velten ne semble pas avoir cru un seul instant qu'il aurait pu tuer Heike Wersch. Cela prouve qu'il connaît mieux son protégé que celui-ci ne se connaît lui-même.

— La femme a été frappée à mort avec une extrême brutalité, réfléchit Bodenstein. Pas besoin d'être un profileur pour savoir qu'un tel accès de violence, une mise à mort, est toujours un signe de colère et d'agressivité, et le signe d'une relation personnelle entre l'auteur et la victime. De toutes les personnes que nous avons connues jusqu'à présent dans l'entourage d'Heike Wersch, qui serait capable de la frapper plus de vingt fois avec un objet ?

Pia laissa sa question lui traverser l'esprit. Au fil des années, elle avait appris qu'il n'était absolument aucune cruauté en ce monde dont les gens ne soient capables. Souvent, c'étaient justement les gens sans histoires, les gens quelconques et les voisins sympathiques qui commettaient des actes horribles. Contrairement à ce que suggèrent les livres et les films, les meurtriers n'étaient que très rarement des psychopathes froids ou des tueurs en série fous qui obéissaient à une voix intérieure ou qui tuaient dans un accès de frénésie sanguinaire. Dans la réalité, les criminels appartenaient souvent à l'entourage personnel de la victime et leurs motifs étaient presque toujours d'une banalité effrayante : vengeance, envie, jalousie, cupidité ou peur du châtiment. Lorsqu'ils étaient arrêtés et condamnés, il n'était pas rare que des avocats de la défense intelligents réussissent à obtenir des circonstances atténuantes pour leurs clients, parce que des psychologues leur avaient attesté une enfance difficile ou quelque chose de ce genre. Ils s'en tiraient avec des peines de prison relativement courtes et étaient libérés un jour, alors que leurs victimes étaient mortes pour toujours.

— La vraie question est celle du *pourquoi*, dit Pia. Tant que le motif n'est pas vraiment clair pour nous, nous sommes dans le flou. Il faut qu'on en sache plus sur Heike Wersch. C'est pourquoi Cem, Tariq et Kathrin doivent commencer aujourd'hui à fouiller sa maison à la recherche d'indices. Cette femme doit bien avoir fait quelque chose pour s'être attiré une telle haine.

— Et nous, qu'est-ce qu'on fait ?

— Je dirais qu'on attend qu'Henning nous recontacte et après, on file à l'hôpital où a été admis Alexander Roth, suggéra Pia. Je parie que nous pourrons y apprendre beaucoup de choses sur Heike Wersch.

*

Julia s'était installée sur le petit balcon de son deux-pièces avec son manuscrit et une carafe de thé glacé. Depuis un an et demi, elle s'asseyait souvent dehors pour lire : des manuscrits et des traductions, des épreuves et des livres en anglais ou en français dont les droits l'intéressaient. La plupart du temps, elle lisait sur l'écran et, toujours pressée, vérifiait en lisant les textes s'il n'y avait pas d'erreurs, d'incohérences, de redondances, ou elle préparait dans sa tête des arguments pour la vente et le marketing, comme les caractéristiques d'exclusivité, la compatibilité avec le groupe cible et d'autres paramètres similaires. La lecture purement ludique n'était plus possible qu'en vacances. C'était d'autant plus excitant pour elle de pouvoir lire ce manuscrit dactylographié, soi-disant rédigé par la mère de son patron. Il ne faisait aucun doute que le papier était ancien. Il était plus fin que le papier de 80 grammes utilisé de nos jours et au fil du temps il avait pris une teinte jaunâtre.

Julia feuilleta avec précaution les cent trente-quatre pages à l'écriture serrée, numérotées en bas de page. L'écriture n'était pas aussi régulière que celle à laquelle elle était habituée sur les textes imprimés, et cela lui semblait presque un phénomène historique, comme une découverte rapide sur laquelle elle devait donner son avis de spécialiste. Le titre était *Amitié éternelle*, avec le nom de l'auteur : © *Katharina Winterscheid, Francfort, 23 mai 1990*. Julia lut la dédicace. *Comme toujours, pour toujours – pour Carl, mon plus grand trésor.*

— Comme toujours, pour toujours, murmura Julia.

Comme toujours ? Qu'est-ce que cela voulait dire ? On aurait presque dit que Katharina Winterscheid avait souvent dédicacé quelque chose à son petit garçon. Bizarre.

Julia but une gorgée de thé glacé et commença à lire. Au bout de trois pages déjà, l'histoire d'une jeune femme qui venait d'enterrer sa mère et de déménager à Francfort la captiva. Il ne s'agissait certainement pas de l'essai maladroit d'une femme au foyer qui s'ennuyait, qui s'était mariée dans la famille d'éditeurs Winterscheid et qui voulait s'essayer à l'écriture, non, à la grande surprise de Julia, Katharina Winterscheid s'avérait être une narratrice chevronnée qui savait faire vivre ses personnages. Elle avait une langue concise, claire et fluide, et elle maîtrisait parfaitement les outils de l'écriture : l'orthographe était parfaite, la ponctuation dans l'ensemble aussi et elle avait un vocabulaire très riche. Sans s'en rendre compte, Julia se retrouvait dans le Francfort de la fin des années 1980, et ce dans la perspective de la narratrice Karla. Elle lut comment celle-ci, à la recherche d'un logement abordable sur le tableau d'affichage de la fac, était tombée sur l'offre de Tina, qui cherchait une quatrième colocataire pour sa colocation de filles. Tina, une fille de bonne famille dont le père était mort d'une crise cardiaque dans son propre sauna, alors que Tina écoutait de la musique dans sa chambre avec des écouteurs, avait hérité, en plus d'une somme d'argent considérable, de l'appartement dont elle ignorait l'existence jusqu'à l'ouverture du testament.

Dès les vingt-cinq premières pages, Julia fut sous le charme, sans savoir encore dans quel genre elle allait classer le manuscrit, mais elle appréciait la manière dont Katharina Winterscheid décrivait avec humour et une pointe d'ironie les trois colocataires légèrement bizarres qui, contrairement à Karla, étaient toutes issues de la bourgeoisie cultivée. Si le manuscrit ressemblait d'abord à un roman d'amour amusant, il s'était soudain passé quelque chose qui laissa Julia perplexe :

Karla devait accompagner ses trois colocataires à une fête dans une magnifique villa datant de la fin du XIXe dans le quartier de Merton, à laquelle Lutz, l'ami de Tina, les avait invitées. Et Lutz était – hasard ou intention – justement le fils du célèbre éditeur de Francfort, Hardy Vogelsang, qui avait été l'ami de philosophes comme Adorno et Horkheimer. Au fur et à mesure de sa lecture, Julia découvrait de plus en plus de parallèles avec la réalité, et elle fut à la fois fascinée, choquée et touchée lorsqu'elle comprit que le roman de Katharina Winterscheid était pratiquement autobiographique. Elle ne perdait plus de temps à se demander d'où venait ce manuscrit ni pourquoi quelqu'un l'avait envoyé anonymement au fils de l'auteur vingt-huit ans après sa rédaction, elle était juste curieuse de savoir ce qui allait se passer et comment l'histoire allait se terminer. Ce qui est le plus grand éloge que l'on puisse faire à un manuscrit.

*

— Ce n'est pas possible ! Vous devez vous tromper ! Je l'ai tuée ! C'est sûr et certain. J'ai entendu très distinctement l'os de son crâne craquer quand je l'ai frappée avec l'ordinateur.

Severin Velten secouait la tête. Il avait la voix cassée et ses mains tremblaient.

— Nous pensons plutôt que le craquement provenait du boîtier de l'ordinateur, répéta patiemment Bodenstein pour la troisième ou quatrième fois, mais Velten se contentait de secouer la tête en marmonnant.

Cem, Tariq, Kathrin et Kai étaient assis dans la salle de surveillance voisine pour suivre la farce qui se jouait sous leurs yeux, *via* la caméra et le micro.

— Mais le sang ! Il y avait du sang partout ! Elle était par terre !

Choqué, l'écrivain allait et venait comme un fauve en cage, se tordant les mains, théâtral. De même qu'il avait insisté la veille pour qu'on lui passe les menottes, il tenait à être interrogé dans cette pièce sans fenêtre. Au début, son comportement étrange avait amusé Pia, mais il commençait à l'agacer sérieusement.

— Je ne comprends pas, répétait Velten comme un disque rayé. Quelqu'un meurt bien quand il perd tant de sang !

— Heike Wersch prenait un anticoagulant, fit remarquer Pia pour la énième fois. C'est pour cela qu'elle saignait autant.

Elle était appuyée contre la porte, les bras croisés, et observait l'homme qui, depuis un quart d'heure maintenant, argumentait, amer et désespéré, pour prouver sa culpabilité. Elle n'avait encore jamais vu une chose pareille. Velten avait presque fondu en larmes lorsqu'ils lui avaient annoncé que les accusations portées contre lui n'étaient plus d'actualité et qu'il pouvait partir.

— Vous ne pouvez pas rester ici plus longtemps et bloquer une cellule de détention s'il n'y a rien contre vous, essaya de lui faire comprendre Pia.

Il existait de nombreuses instructions sur la manière de traiter les suspects et sur la durée de la détention, car la plupart étaient impatients d'être enfin libérés. Mais rien n'indiquait comment traiter les personnes qui refusaient de quitter leur cellule. Avait-on le droit de les mettre dehors de force ?

— Je vous en prie ! Ne me jetez pas dehors ! supplia Velten.

— Nous ne vous jetons pas dehors. Nous vous demandons de partir.

— Mais pourquoi est-ce que je ne peux pas rester ici ? Je ne dérange personne ! Et de toute façon, les cellules sont vides.

— Nous n'avons pas le droit de détenir quelqu'un sans raison.

— Mais ce n'est pas le cas ! Je suis ici de mon plein gré !

— Mais c'est l'argent des contribuables qu'on gaspille.

— Je peux payer !

Peu à peu, la situation tournait au vaudeville. L'homme n'avait visiblement plus toute sa tête. Pia échangea un regard résigné avec son chef, puis, en levant les yeux au ciel, elle lui fit signe de la suivre. Dans le couloir devant la salle d'interrogatoire, Pia attrapa le téléphone mural et composa le numéro de Nicole Engel.

— M. Velten ne veut pas nous quitter, dit-elle lorsqu'elle eut enfin la directrice de la police judiciaire. Qu'est-ce qu'on fait ?

— J'arrive, répondit Nicole Engel.

De la salle de surveillance, les collègues sortirent en plaisantant et en faisant des propositions superflues pour se débarrasser de Velten. Juste au moment où la directrice de la police judiciaire arrivait dans le couloir, un vacarme et des cris se firent entendre dans la salle d'interrogatoire, quelqu'un donnait des coups de poing dans la porte.

— Je veux sortir d'ici ! Au secours ! Laissez-moi sortir ! criait Velten.

— Qu'est-ce que c'est que ce cirque ?

Maintenant, même Bodenstein n'en pouvait plus, il ouvrit la porte qui n'était pas fermée à clé.

— Vous pouvez sortir !

— Mais… mais ce n'est pas ce que je veux, balbutia Velten en reculant.

— Alors pourquoi est-ce que vous criez comme ça ?

— Parce que… je… je…

Il cherchait ses mots, démuni.

— Parce que vous voulez sentir dans votre propre corps ce que cela fait, n'est-ce pas ? l'aida Nicole Engel.

Severin Velten la dévisagea. Soudain, un sourire reconnaissant se dessina sur son visage et il hocha la tête.

— Exactement, dit-il, soulagé. Oui, c'est exactement ça. Vous me comprenez.

— D'accord.

La directrice de la police judiciaire referma la porte et se tourna vers Bodenstein et son équipe.

— M. Velten restera ici aussi longtemps qu'il le souhaite. Je m'occuperai personnellement de lui. Retournez à votre travail.

— Mais… objecta Pia.

— Il n'y a pas de mais, l'interrompit Nicole Engel. Cet homme est un des écrivains les plus célèbres de notre pays, comme je l'ai déjà dit. Ce devrait être un honneur pour nous qu'il veuille écrire son nouveau livre, qui sera certainement un best-seller, dans une de nos cellules.

Sur ce, elle disparut dans la salle d'interrogatoire.

— Elle est aussi folle que l'auteur du *Héron*, marmonna Pia, agacée.

— Ce n'est pas génial ? dit Kathrin en riant.

— Elle veut juste qu'un des écrivains les plus célèbres de notre pays lui dédie son livre, ironisa Cem.

Mort dans la poubelle, de Severin Velten, suggéra Kai. Pour ma grande admiratrice Nico, l'ange.

— Allez, les gars, dit Bodenstein. On a du pain sur la planche. Velten n'est pas notre coupable, on repart à zéro.

*

— Heike Wersch n'est pas morte en faisant de la marche nordique dans la forêt, expliqua Tariq quelques minutes plus tard dans la salle de réunion. L'autopsie a révélé qu'au moins sept coups portés à l'arrière de la tête avec un objet quadrangulaire ont provoqué des fractures du crâne avec des lésions cérébrales massives et une fuite de la masse cérébrale, et qu'ils ont très probablement causé la mort. En outre, dix-sept autres hématomes ont été documentés au niveau des épaules et de la nuque.

Pia observa les tableaux blancs. Sous le visage souriant d'Heike Wersch étaient épinglées des photos de son corps et du lieu de la découverte. Des photos grand angle et des gros plans terriblement détaillés. Kai avait noté les noms de toutes les personnes connues de l'entourage de la victime. Pia n'écoutait que d'une oreille le rapport de Tariq. C'était toujours frustrant et fastidieux lorsqu'au cours d'une enquête, il fallait tout recommencer à zéro, tout réévaluer, mais tant qu'ils n'avaient pas retrouvé le corps, tout n'avait été de toute façon que spéculation. C'est maintenant que tout commençait et le résultat de l'autopsie réduisait considérablement le nombre de suspects. Le profil d'un criminel qui frappe sa victime à la tête et au torse avec un objet contondant jusqu'à ce que l'os du crâne se brise et que la masse cérébrale s'échappe était totalement différent de celui d'un criminel qui frappait sous le coup de la colère quelqu'un à la tête avec un ordinateur portable. Dans le cas d'Heike Wersch, on avait agi avec une volonté absolue de tuer, c'était désormais clair, mais le mobile restait une énigme. Malheureusement, les indices trouvés sur les lieux du crime, la cuisine de la maison d'Heike Wersch, n'étaient pas d'une grande aide. Kröger et son équipe avaient certes pu relever toutes sortes d'empreintes et de traces d'ADN dans la cuisine et la voiture d'Heike Wersch, mais aucune ne se retrouvait dans les bases de données de la police.

Pia se demandait comment David Harding, le profiler américain qui l'avait conseillée l'année précédente sur l'affaire d'un tueur en série, aborderait l'affaire. En tant qu'analyste, David Harding mettait l'accent sur la victimologie, c'est-à-dire la personnalité de la victime, en plus de l'évaluation du comportement du criminel et du déroulé chronologique. Selon lui, il valait la peine de passer au crible les journaux intimes, les agendas, les lettres, les textos et les mails pour en apprendre davantage sur la victime, sa situation et sa véritable nature, car l'une de ses règles fondamentales était que l'auteur et la victime se connaissaient, même si c'était de manière brève et superficielle. L'objectif de la victimologie, qui était devenue depuis longtemps une discipline reconnue de la criminologie, était de reconstruire, du point de vue de la victime, ce qu'elle faisait et comment s'était nouée une relation avec le meurtrier.

Le silence soudain dans la salle de réunion attira l'attention de Pia.

— Qu'est-ce qu'il y a ? demanda-t-elle en voyant les visages interrogateurs de ses collègues. Excusez-moi, j'étais ailleurs.

— Nous voulons vérifier l'alibi d'Alexander Roth, répéta Kai. Et il faudrait rendre visite au maître d'ouvrage du nouveau bâtiment avec lequel Heike Wersch avait eu un conflit.

— Vraiment ? Je ne pense pas qu'il soit notre coupable. Je ne peux pas m'imaginer que ce type, qui est manifestement colérique, transporte le corps d'Heike Wersch dans la forêt, de nuit et sous une pluie battante, et le balance en bas d'une pente, rétorqua Pia. Le criminel n'a pas seulement dû la porter jusqu'au garage et la déposer dans le coffre de sa voiture, mais il a dû auparavant préparer le corps en lui attachant les bâtons de marche nordique aux poignets et en mettant son téléphone et son trousseau de clés dans ses poches. Pour cela, il fallait qu'il la touche. C'est tellement… s'interrompit Pia, cherchant le terme adéquat, d'une certaine manière… tellement intime.

Tous hochèrent la tête.

— Qu'est-ce que tu proposes ? demanda Bodenstein. À ton avis, comment devrions-nous procéder ?

— Je pense que nous devrions fouiller la maison d'Heike Wersch pour trouver des indices. Je ne peux pas m'imaginer qu'elle ait été assassinée aussi brutalement uniquement parce qu'elle projetait de créer une nouvelle maison d'édition. Il doit y avoir autre chose derrière. Jusqu'à présent, nous ne savons presque rien d'elle, à part les descriptions subjectives de ses voisins et de deux anciens collègues de travail. Mais nous ne savons pas quel genre de personne elle était, ce qui l'animait, ce à quoi elle s'intéressait. Avait-elle des secrets ? A-t-elle peut-être fait chanter quelqu'un ? Elle a travaillé pendant trente ans pour cette maison d'édition. Je suis sûre qu'elle a dû entendre beaucoup de choses pendant cette période.

— Quoi, par exemple ? demanda Kathrin.

— Je ne sais pas, répondit Pia, haussant les épaules.

Son portable bipa, un message d'Henning. Alexander Roth était hospitalisé à Bad Soden, et Maria Hauschild s'y rendait pour soutenir sa femme.

— Je vais à l'hôpital, décida-t-elle. Qui vient avec moi ?

— Je suis désolé. Je dois malheureusement partir, répondit Bodenstein après avoir jeté un coup d'œil à la pendule au-dessus de la porte.

— Moi aussi. Mon fils a un match important et je lui ai promis d'être là, s'excusa Cem.

— Euh, c'est l'anniversaire de ma femme aujourd'hui, ajouta Tariq. Elle a invité tout un tas de gens cet après-midi et si je ne me pointe pas à un moment ou à un autre, je vais avoir des ennuis.

— Maintenant je me sens vraiment mal, fit Kathrin avec une grimace. Mais pour une fois, je suis prise.

— Je peux venir avec toi, proposa Kai. Ça fait longtemps que je n'ai pas fait d'enquête extérieure.

— Non, c'est bon. Après tout, ce n'est pas grand-chose, et j'habite presque à côté de l'hôpital. On se voit demain à 9 heures à la maison d'Heike Wersch. Kröger est déjà au courant. Allez, Beck's !

Pia se leva et attrapa son sac à dos. Le chien se leva de sa place sous la table, se secoua et trottina derrière elle. En fait, Pia espérait aussi pouvoir rentrer plus tôt. Christoph rentrait aujourd'hui de sa conférence à Amsterdam et elle voulait encore faire des courses et cuisiner quelque chose de bon. Mais si quelqu'un comprenait qu'elle doive travailler plus tard, c'était bien son mari, qui lui-même ne finissait que rarement à l'heure et était souvent de service au zoo le week-end.

— Pia, attends !

La voix de Bodenstein retentit juste au moment où elle allait prendre l'escalier pour descendre. Elle s'arrêta.

— Je t'accompagne, dit-il. Je ne suis pas à une heure près.

— Tu es sûr ?

— Oui. Je voulais juste passer en vitesse au centre Main-Taunus m'acheter quelques fringues avant notre réunion de famille. Mais si ça ne dure pas trop longtemps à l'hôpital, je peux quand même le faire avant, dit Bodenstein en descendant l'escalier à côté d'elle.

— Dans ce cas…

Pia ouvrit la porte de sécurité et ils se dirigèrent vers la sortie. Devant le sas de sécurité, Nicole Engel vint à leur rencontre, chargée de deux packs de six bouteilles d'eau minérale, d'une cartouche de cigarettes et d'un sac en papier portant le logo d'un magasin local, un restaurant thaï dont le service de ramassage et de livraison était très apprécié des employés de la BRI.

— La journée est finie ? demanda-t-elle avec une pointe de suffisance.

Beck's renifla avec intérêt le sac en papier.

— Non. Une personne de l'entourage direct de notre victime a été hospitalisée aujourd'hui, dit Pia. On y va maintenant, on va parler avec les proches.

— Depuis quand tu achètes des cigarettes ? lui lança Bodenstein. Et de la nourriture thaïlandaise ? Ce n'est pas ton truc.

— C'est pour le héron, railla Pia, au diable l'interdiction de fumer dans les lieux publics.

— Des circonstances particulières exigent justement des mesures particulières, rétorqua Nicole Engel d'un air hautain en continuant son chemin.

— Oh, Nicole, la retint Bodenstein. Dis-moi, vous discutez aussi, le héron et toi ?

— Nous discutons aussi, bien sûr, répondit Nicole Engel en lui lançant un regard méfiant. Pourquoi tu me demandes ça ?

— Tu pourrais peut-être lui demander si Heike Wersch portait sa perruque rousse lundi, quand il s'est disputé avec elle.

— Oui, je peux, bien sûr. Pourquoi ?

— Pour rien, répondit Bodenstein. Ça m'intéresse.

— OK. Je lui demanderai.

La directrice de la police judiciaire était pressée de descendre au sous-sol rejoindre son écrivain préféré.

— Autre chose ?

— Pas pour l'instant.

— Pourquoi veux-tu qu'elle lui demande ça ? demanda Pia alors qu'ils passaient le sas de sécurité.

Elle fit un signe de tête à leur collègue derrière la vitre blindée et sortit.

— Ce que Tariq a dit me trotte dans la tête, répondit Bodenstein. Comment les voisins ont-ils reconnu, la nuit et par temps de pluie, que c'était bien Heike Wersch qui avait sorti la poubelle et était entrée dans le garage en voiture ?

— Parce qu'ils la connaissent, dit Pia en haussant les épaules.

— Et parce qu'ils ne s'attendent à personne d'autre.

Bodenstein s'arrêta sur la dernière marche de l'escalier.

— Si ç'avait été un homme ou une femme blonde, ils y auraient regardé à deux fois, par curiosité ou par méfiance. J'aimerais savoir si Heike Wersch portait cette perruque à la maison ou peut-être seulement en public. Car si Tariq a raison et que son assassin s'est déguisé en Heike Wersch, il devait savoir que ses cheveux roux étaient une perruque.

— Ce serait une preuve supplémentaire que nous devons chercher le coupable parmi ses proches.

Pia acquiesça de la tête en suivant le raisonnement de son chef.

— Eh bien, je suis curieux de savoir dans quelle mesure le héron connaissait son éditrice.

*

À l'hôpital de Bad Soden, Bodenstein demanda à la réception le numéro de la chambre d'Alexander Roth. En attendant la réponse, Pia balaya du regard le hall d'entrée, frissonnant au souvenir de l'un des pires événements de sa carrière professionnelle. Il y avait presque dix ans, un homme était tombé sous ses yeux à travers une porte coupe-feu. Elle avait tenté en vain de le sauver, mais il s'était vidé de son sang en quelques minutes. Chaque fois que des raisons professionnelles ou privées l'amenaient ici, elle pensait à cet homme qui pourrait encore être en vie aujourd'hui si elle était intervenue à temps et avait empêché que…

— Pia ?

— Oui, excuse-moi, répondit-elle en prenant une profonde inspiration. Chaque fois que je suis ici, je ne peux m'empêcher de penser à Hartmut Sartorius.

— Moi aussi, admit Bodenstein. Et à la façon dont cette assistante vétérinaire m'a mis à terre avec une prise de judo devant tout le monde. Viens, c'est au deuxième étage.

À ce moment-là, une femme entra dans le hall.

Elle avait des cheveux blond argenté coupés au carré et portait de grandes lunettes de soleil noires.

— Madame Hauschild ? l'interpella Pia alors que la femme s'arrêtait devant le tableau d'information pour s'orienter.

L'agent d'Henning retira ses lunettes de soleil et regarda Pia un instant, perplexe, avant de la reconnaître.

— Ah, bonjour madame Sander, dit-elle alors. Henning m'a dit que vous vouliez savoir dans quel hôpital Alex avait été admis.

Elle n'était pas maquillée, avait les yeux rouges et enflés.

— Oui, merci beaucoup pour le renseignement. Et voici mon chef, Bodenstein, l'inspecteur principal de police judiciaire.

Pia se promit de demander à Henning, à la prochaine occasion, de ne pas divulguer à l'avenir de telles informations à des personnes extérieures.

— Savez-vous ce qui est arrivé à M. Roth ?

— Pas exactement. Il a dû tomber de vélo. J'étais aujourd'hui à Cologne avec une autrice et je déjeunais avec elle quand Doro m'a appelée pour me dire qu'Alex avait eu un accident et qu'il était dans le coma.

L'agent se passa la main dans les cheveux d'un geste négligent. Elle semblait bouleversée.

— Qui est Doro ? demanda Pia.

— Dorothea Winterscheid-Fink, expliqua Maria Hauschild. C'est la directrice des ventes de la maison d'édition Winterscheid et la fille d'Henri et Margarethe Winterscheid. Après son coup de fil, je suis venue ici aussi vite que possible.

— Pourquoi ?

— Pourquoi ? répéta l'agent, surprise. Parce que nous sommes de vieux amis. Nous nous soutenons mutuellement. Encore plus après cette terrible histoire avec Heike. Je n'arrive toujours pas à croire qu'elle… qu'elle n'est plus en vie. Nous étions des amies proches depuis notre jeunesse.

Avant que Pia ne puisse dire quoi que ce soit, Bodenstein s'interposa.

— Je vous présente mes condoléances, madame Hauschild. Ce doit être une grande perte pour vous.

— Merci. Oui, je n'arrive tout simplement pas à réaliser qu'elle n'est plus là. Et j'ai d'autant plus de mal que nous nous sommes quittées en mauvais termes.

Maria Hauschild se passa à nouveau la main dans les cheveux, mais cette fois-ci de manière plus coquette que distraite. Fascinée, elle ne quittait pas des yeux Bodenstein, un phénomène que Pia avait déjà souvent observé. Les femmes de tout âge avaient un faible pour son patron. Bodenstein n'avait pas la beauté hollywoodienne de Cem, mais c'était un homme séduisant à qui le vieillissement allait extrêmement bien. Ses épais cheveux noirs aux tempes argentées, les rides d'expression autour de ses yeux bruns, son nom noble et ses manières parfaites – tout cela faisait souvent oublier qui il était et pourquoi il s'adressait à eux. Pia enviait parfois cette aptitude de son chef, car lorsqu'elle parlait avec des témoins ou des suspects, elle avait toujours l'impression que les mots POLICE JUDICIAIRE étaient inscrits sur son front.

L'agent d'Henning pencha la tête.

— Vous me rappelez quelqu'un, dit-elle à Bodenstein, et en son for intérieur, Pia s'attendait déjà à une histoire kitsch du genre *vous-me-rappelez-un-vieil-ami*, mais ce fut quelque chose d'inattendu.

— Ah oui, maintenant je sais ! dit Maria Hauschild en souriant. Vous ressemblez un peu à Tim Bergmann, l'acteur.

— Vraiment ? Vous me flattez.

Bodenstein, le charmeur, afficha son plus séduisant sourire que Pia qualifiait par dérision de "look aristocratique", il ne lui manquait plus que de s'incliner galamment et de lui faire le baisemain.

— Si vous êtes d'accord, nous aimerions vous accompagner à l'étage, ajouta-t-il.

— Bien sûr, avec plaisir, répondit l'agent, ravie. Tout le monde est là, toute notre ancienne clique. Je vous présenterai très volontiers, monsieur von Buchwaldt.

— Bodenstein, corrigea Pia.

— Ah, bien sûr, excusez-moi.

Maria Hauschild se mit à rire, le deuil de son amie assassinée semblait momentanément oublié.

— J'ai si souvent parlé de l'intrigue et de ses personnages avec le professeur Kirchhoff que j'ai du mal à faire la différence entre la fiction et la réalité, maintenant que je rencontre ses modèles.

— Ce n'est pas grave. C'est un grand honneur pour nous d'être immortalisés dans un roman, ajouta Bodenstein en faisant un clin d'œil à Pia, qui se contenta de secouer la tête d'un air amusé.

L'ascenseur s'arrêta et la porte s'ouvrit. Bodenstein laissa passer l'agent et Pia.

— Quand Josef m'a appelée tout à l'heure pour me dire qu'on avait retrouvé Heike morte, je n'ai d'abord pas pu y croire, dit

Maria Hauschild en reprenant son air bouleversé. Quand on connaît quelqu'un depuis si longtemps, on ne peut pas s'imaginer que, tout d'un coup, cette personne ne soit plus là. Et puis maintenant, la nouvelle de l'accident d'Alex. C'est tout simplement terrible.

— Savez-vous pourquoi M. Roth s'est remis à boire après avoir été abstinent si longtemps ? demanda Pia.

— Pas vraiment, répondit l'agent, mais je sais qu'Heike a exercé une forte pression sur lui. Elle voulait absolument l'emmener dans sa nouvelle maison d'édition. Quand elle a quelque chose dans la tête, elle ne lâche pas prise. J'imagine aisément qu'Alex s'est retrouvé en plein dilemme lorsque Carl l'a nommé directeur éditorial. Certaines personnes supportent la pression moins bien que d'autres.

— Comme vous, par exemple ? demanda Pia.

Maria Hauschild lui jeta un regard songeur.

— Oui, je supporte bien la pression. Mais ça aussi, j'ai dû l'apprendre. Ce n'est pas facile d'être impopulaire, surtout avec les gens que l'on aime. Vous justement, vous devriez comprendre ça.

Aïe ! pensa Pia, un à zéro pour l'agent.

— Dans votre travail, vous êtes certainement tous les deux souvent soumis à une grande pression, ajouta aussitôt Maria Hauschild pour désamorcer sa réponse, mais Pia avait parfaitement compris ce qu'elle voulait dire – et surtout de qui elle parlait.

— Dans notre boulot, nous n'avons pas souvent affaire à des gens que nous aimons, dit-elle.

— Mais ça arrive. Après tout, vous avez rencontré votre mari lors de l'affaire du zoo d'Opel, lança Maria Hauschild. Et bien que votre patron l'ait longtemps soupçonné de meurtre, vous êtes tombée amoureuse de lui.

— Je crois que je vais suggérer à Henning de travestir davantage ses personnages à l'avenir, répondit Pia sèchement. Il divulgue tous mes secrets.

L'ascenseur s'arrêta au deuxième étage, ils descendirent et suivirent le couloir jusqu'à l'entrée de l'unité de soins intensifs. Les personnes réunies dans la salle d'attente étaient silencieuses.

À l'exception d'une vieille dame, assise très droite sur l'une des chaises en plastique vert menthe, toutes les autres personnes présentes – deux hommes et cinq femmes – étaient plongées dans la contemplation de leurs portables. Pia fut un instant surprise de voir Carl Winterscheid ici, mais elle se souvint ensuite qu'il s'agissait d'Alexander Roth, son collaborateur, et non d'Heike Wersch.

— Maria ! Te voilà !

La vieille dame se leva et lui ouvrit les bras avec un sourire désolé. L'agent la serra chaleureusement dans ses bras.

— Margarethe ! Je suis venue aussi vite que j'ai pu, dit-elle. Comment va-t-il ? Vous savez quelque chose ?

— Paula parle encore aux médecins, répondit une femme avec des cheveux courts teints en noir et de grandes lunettes à monture bleu vif. Ça ne doit pas être bon.

— Mon Dieu !

Une grande blonde vint embrasser Maria Hauschild.

— Tout cela est horrible !

Bodenstein et Pia s'arrêtèrent discrètement à la porte et regardèrent Maria Hauschild que chacune des personnes présentes saluait. Tous semblaient affectés et parlaient à voix basse, presque comme à un enterrement. La vieille dame l'accapara complètement, l'attira sur la chaise à côté d'elle, serra sa main entre les siennes et lui chuchota quelque chose à l'oreille. Maria Hauschild jeta un regard désolé à Pia et c'est finalement Carl Winterscheid qui vint au-devant d'eux. Maria Hauschild l'avait également embrassé, ce qui avait un peu étonné Pia.

— Maria est ma marraine, leur expliqua l'éditeur.

Puis il leur présenta dans l'ordre les personnes présentes. La vieille dame aux cheveux blancs était Margarethe Winterscheid, la tante de Carl et l'épouse de son oncle et prédécesseur Henri Winterscheid, qui avait des problèmes de santé et n'était donc pas là. La femme aux cheveux noirs et aux lunettes bleues était sa cousine Dorothea Winterscheid-Fink, le seul autre homme dans la pièce était son mari, Stefan Fink. La blonde aux taches de rousseur était la libraire Josefin Lintner, et les deux jeunes femmes aux yeux larmoyants, perchées côte à côte sur un banc comme deux petits oiseaux ébouriffés, étaient les filles d'Alexander Roth. La présentation était à peine terminée que la porte à double battant en verre dépoli de l'unité de soins intensifs s'ouvrit avec un léger bruit. Une femme entra dans la salle d'attente. Grande et frêle, les cheveux bruns tombant sur les épaules, elle semblait à la fois élégante et maîtresse d'elle-même dans son tailleur-pantalon gris-bleu, un foulard de soie autour du cou. À sa vue, les conversations cessèrent, tous les regards se tournèrent vers elle, mais la femme ne s'adressa qu'à Carl Winterscheid.

— Alexander est toujours dans le coma, en réanimation, lui dit-elle à voix basse. Lors de sa chute, il s'est gravement blessé au visage et a plusieurs fractures. Les médecins ne se risquent à aucun pronostic quant au moment où il reprendra conscience. Ils disent que les prochaines vingt-quatre heures seront décisives.

L'une des jeunes femmes se mit à sangloter, l'autre la prit dans ses bras pour la consoler.

C'était donc Paula Domski, la journaliste de télévision avec laquelle Heike Wersch avait animé pendant des années cette émission littéraire dominicale, une vieille amie de Cosima von Bodenstein, comme Bodenstein l'avait dit à Pia. Les noms que Kai avait notés sur le tableau blanc de la salle de réunion avaient maintenant des visages, et Pia, avec son sens aigu des relations humaines, enregistra les tensions entre les personnes présentes. Elle remarqua que Maria Hauschild, Stefan Fink et Josefin Lintner s'étaient regroupés – consciemment ou non – autour de Margarethe Winterscheid, tandis que les filles d'Alexander Roth et Carl Winterscheid se tenaient à distance. Dorothea Winterscheid-Fink semblait tenir le rôle de médiatrice.

— Oh Paula, je suis vraiment désolée ! dit Dorothea Winterscheid-Fink, rompant le silence. Pauvre Alex ! Mais il va se réveiller, n'est-ce pas ?

— Je ne sais pas, répondit froidement l'intéressée. Carl, j'aimerais bien que tu restes ici. Elle balaya les autres du regard et ajouta : Je vous remercie d'être venus. Alexander sera content de l'apprendre. Mais pour le moment, vous ne pouvez rien de plus. Alors partez, s'il vous plaît.

— Alexander est comme un fils pour moi, dit Margarethe Winterscheid d'une voix ferme. Je reste ici. Je lui dois bien ça.

— Je reste aussi, dit aussitôt Maria Hauschild.

— Nous aussi.

Stefan Fink parlait au nom de sa femme et de lui-même, et Dorothea Winterscheid-Fink confirma sa décision d'un signe de tête. La réaction des personnes présentes révélait clairement les rapports de force au sein du groupe. Personne ne remettait en question l'autorité de Margarethe Winterscheid. Si elle restait, tout le monde restait.

— Comme vous voulez, répliqua Paula Domski, d'un ton manifestement méprisant. Il en a toujours été ainsi. Mais n'allez pas croire que vous pouvez vous racheter comme ça. C'est à cause de vous qu'Alexander a replongé. Je ne vous le pardonnerai jamais. Soyez maudits !

Elle fit signe à ses filles de la suivre et sortit. À l'exception de Carl Winterscheid qui semblait affecté, personne ne montra de réaction à la malédiction que Paula Domski leur avait lancée. Ils ne la prenaient visiblement pas au sérieux.

Les deux jeunes femmes se mirent à courir après leur mère, et Bodenstein et Pia la suivirent également.

Paula Domski s'était arrêtée quelques mètres plus loin dans le couloir. Les bras croisés sur sa poitrine, elle parlait à ses filles en baissant la voix.

— Excusez-moi, lui dit Bodenstein.

— Bonjour ?

Elle avait l'air surprise, puis se souvint sans doute de les avoir vus dans la salle d'attente.

— Je suis désolée pour cette scène. Vous avez aussi un membre de votre famille en soins intensifs ?

— Non, nous sommes de la police judiciaire, répondit poliment Bodenstein. Auriez-vous un moment à nous consacrer ?

— Police judiciaire ? répéta Paula Domski d'un air confus. Oui… oui, bien sûr.

Bodenstein proposa de mener la conversation à l'extérieur et elle accepta immédiatement, visiblement soulagée de pouvoir échapper pour un temps à la compagnie obligée de la salle d'attente.

— Je reviens tout de suite, dit-elle à ses filles.

En descendant, Pia et Bodenstein apprirent qu'Alexander Roth avait de l'alcool dans le sang lors de son admission, ce qui était peut-être aussi la raison de sa chute à vélo. Comme il avait roulé sans casque, comme d'habitude, il s'était non seulement fracturé quelques os, mais aussi gravement blessé au visage.

— Si on l'avait trouvé plus tôt, on aurait probablement pu l'aider. Mais il a dû rester inconscient dans le fossé pendant plusieurs heures avant qu'un chauffeur de bus le remarque par hasard et appelle les secours.

Elle se montrait étonnamment calme, mais peut-être faisait-elle tout simplement preuve de sang-froid.

— Les images du scanner ne montrent pas de lésions cérébrales. Malgré tout, les médecins disent que ses chances de se réveiller sont très faibles. Il n'y a presque plus d'activité cérébrale tangible.

Bodenstein les conduisit à l'extérieur, jusqu'à un banc sous un tilleul. Paula Domski et Bodenstein s'assirent, Pia resta debout.

— Hier après-midi, un collègue et moi, nous avons parlé à votre mari à la maison d'édition, dit-elle à Paula Domski, pas surprise que l'épouse d'Alexander Roth n'ait pas l'air d'être au courant. Il nous a dit qu'il était allé lundi après-midi dernier chez Heike Wersch, soi-disant pour lui demander de ne pas venir mardi soir dans votre émission.

— Apparemment, il a réussi, dit Paula Domski avec un reniflement discret. Elle ne s'est pas présentée, alors que toute cette histoire, c'était son idée.

— Quelle histoire ? demanda Pia.

— Heike voulait attaquer Carl en direct et en public, admit la journaliste. Elle avait très envie de se venger de ce qu'elle considérait comme une injustice. Mon rédacteur en chef était tout feu tout flamme à cette idée. Depuis qu'Heike a quitté *Paula lit*, l'émission ne fait plus qu'un pour cent d'audience et nous sommes sur la liste noire de la chaîne. Il avait espéré que la présence d'Heike provoquerait un beau petit scandale et ferait remonter le taux d'audience. Mais Heike l'a laissé tomber. Elle n'a même pas annulé. J'ai essayé de la joindre des dizaines de fois, mais elle ne répondait pas au téléphone ni à aucun SMS.

— À ce moment-là, selon toute vraisemblance, elle était déjà morte, déclara Pia. Nous avons retrouvé son corps ce matin.

— Oui, je l'ai appris tout à l'heure. C'est affreux.

Paula Domski n'avait pas l'air très convaincue. Le souci pour son mari prenait-il le pas sur son chagrin pour son ancienne collègue, ou était-elle indifférente au sort d'Heike Wersch ? Tout à l'heure, dans la salle d'attente, elle n'avait parlé qu'à Carl Winterscheid et avait même été la seule à lui demander de rester, mais mardi dernier, pour l'amour de l'audimat, elle aurait été prête à laisser cet homme se jeter dans la gueule du loup devant la caméra.

— Vous avez bien connu Mme Wersch, n'est-ce pas ? demanda Pia. Vous avez travaillé ensemble pendant longtemps.

— C'est vrai, acquiesça Paula Domski, nous formions une bonne équipe. Nous étions très proches. Je ne dirais pas que nous étions amies, mais nous avons toujours eu une bonne relation de travail. J'aimerais pouvoir être choquée ou la pleurer, mais je ne peux pas. Après tout ce qu'elle a fait !

— Par qui avez-vous appris la mort d'Heike Wersch ? demanda Bodenstein.

— Par les Éternels, répondit l'épouse d'Alexander Roth en désignant le bâtiment de l'hôpital d'un signe de tête, son ton devint sarcastique. C'est ainsi que j'appelle les vieux amis de mon mari : "les Amis éternels". Ils se connaissent depuis presque toujours. Voilà pourquoi.

— Ah ! fit Bodenstein.

— Votre mari nous a dit qu'il s'était disputé avec Heike Wersch, reprit Pia. Il prétend qu'elle lui en voulait parce qu'il avait obtenu le poste de directeur éditorial et ne voulait donc pas la suivre dans sa nouvelle maison d'édition.

— Alexander méritait absolument ce poste et c'était la faute d'Heike si on ne le lui avait pas donné après la restructuration de la maison d'édition, rétorqua Paula Domski avec fermeté. Dès le premier jour, elle s'est opposée à la nouvelle direction et a remonté le personnel contre eux. Elle était douée pour ce genre de choses. Quand elle n'a pas réussi à s'en sortir et qu'elle n'a pas non plus trouvé de place dans une autre maison, elle a eu l'idée de créer sa propre maison. Elle était fermement convaincue que ses auteurs et ses collègues la suivraient, mais le réveil a été brutal et elle s'est rendu compte à quel point elle était en fait impopulaire. Elle a toujours cru qu'elle savait et pouvait tout faire mieux que tout le monde et considérait les autres comme des idiots et des incapables, ce dont elle ne s'est jamais cachée. Dans la maison, on était content de la voir partir. Je crois que personne n'a versé une larme pour elle.

— Malgré tout, votre mari ne semble pas heureux de son poste, dit Pia.

— Si, je pense qu'il l'est, affirma Paula Domski. Ce sont juste les circonstances qui le rendent difficile.

Elle marqua une courte pause, et lorsqu'elle reprit la parole, elle semblait avoir la gorge serrée, comme si elle retenait péniblement quelque chose.

— Mon mari et moi sommes mariés depuis vingt-cinq ans. Nous avons deux filles formidables, nous avons tous deux réussi dans nos professions et nous nous sommes toujours soutenus mutuellement. En fait, nous avions toutes les conditions pour mener une vie heureuse. Mais la maison d'édition et les Éternels ont toujours compté plus pour mon mari que nous, sa famille. Vous les avez vus, là-haut. C'est une société fermée. Je suis toujours restée à l'écart. Les histoires d'autrefois, les souvenirs communs et les petites allusions qui les font rire, je ne les comprends toujours pas aujourd'hui.

— Que vouliez-vous dire tout à l'heure quand vous avez dit que c'était la faute des amis de votre mari s'il avait replongé ? demanda Pia.

— Ils sont ses amis et ils savaient que c'était un ancien alcoolique. Ils auraient dû l'empêcher de boire au lieu de faire pression sur lui jusqu'à ce qu'il se remette à boire, déclara Paula Domski, amère. Il est resté clean pendant près de dix-sept ans. Mais il y a quelques mois, peu après que Carl l'a nommé directeur éditorial, j'ai dû aller le chercher de nuit dans un commissariat de Francfort. Il avait été arrêté dans le quartier de la gare, ivre mort et désorienté. Le lendemain, il s'est repenti. Il m'a juré en pleurant qu'il ne toucherait plus une goutte d'alcool, mais apparemment il n'a pas réussi.

Elle s'arrêta un instant.

— Avant, c'était un buveur mondain. À l'époque, on buvait tous les soirs à la maison d'édition et bien sûr aussi à toutes les manifestations auxquelles il devait constamment se rendre. Mais cette fois-ci, j'ai eu l'impression qu'il y avait autre chose derrière son alcoolisme. Depuis quelques semaines, il n'est plus du tout le même, et quand j'essayais de lui parler, il se bloquait immédiatement.

Paula Domski s'éclaircit la gorge et se redressa.

— Ce devait être il y a une quinzaine de jours, le mardi ou le mercredi, mon mari est rentré à la maison complètement saoul. Il était tard, j'étais déjà au lit. Comme il n'est pas monté, je suis allée le voir et je l'ai trouvé en train de dormir dans le garage. Il ne pouvait plus se lever, tellement il était ivre.

Elle sembla un moment lutter contre elle-même, et l'on pouvait voir à quel point elle avait du mal à parler des faiblesses de son mari.

— Je m'étais demandé comment il avait encore réussi à se rendre à vélo de Francfort à Liederbach. J'ai menacé de le mettre à la porte s'il n'arrêtait pas immédiatement de boire. C'est alors qu'il s'est mis à pleurer. Il a dit qu'il avait terriblement peur qu'on découvre qu'il était indigne et qu'il avait construit toute sa vie et sa carrière sur un mensonge.

— Qu'a-t-il pu vouloir dire par là ? demanda Bodenstein.

— Je ne sais pas. C'est tout ce qu'il a dit, répondit Paula Domski d'une voix sourde. Maintenant, il va peut-être mourir. Ou alors son cerveau sera endommagé à jamais. Je ne saurai jamais ce qui l'a tant tourmenté. J'ai l'impression que je ne le connaissais pas vraiment.

*

— Ça doit vraiment être moche quand tu réalises que l'homme avec qui tu as passé la moitié de ta vie a des secrets, dont il ne t'a jamais parlé, et qu'en fait, tu ne le connais pas, dit Pia lorsque Paula Domski eut disparu dans le bâtiment de l'hôpital.

— Elle est amère et jalouse des anciens amis de son mari, ajouta Bodenstein.

— Pas étonnant, dit Pia en hochant la tête, les Éternels. Une société fermée à laquelle on ne lui a jamais donné accès. Elle l'a décrit assez justement.

— Peut-être que c'est elle qui a tué Heike Wersch, réfléchit Bodenstein à voix haute. Elle peut avoir été chez elle lui demander ce que son mari pouvait bien vouloir dire par ses propos.

— Et comme elle ne lui a rien dit, ou du moins pas ce qu'elle voulait entendre, elle l'aurait tuée ? dit Pia en secouant la tête.

— Ce n'est pas impossible, dit Bodenstein.

— Eh bien, j'ai du mal à imaginer comment cette femme aurait pu frapper Heike Wersch jusqu'à ce que le sang et la cervelle giclent dans la cuisine, puis l'emmène dans la forêt et nettoie la cuisine.

— Derrière l'apparente maîtrise de cette femme, il y a un monde d'émotions qui bouillonne, affirma Bodenstein. Lorsque la frustration et les rancœurs accumulées depuis vingt-cinq ans explosent, tout peut arriver. Ce sont justement ceux qui se montrent si maîtres d'eux-mêmes et endurcis à l'extérieur qui sont généralement les plus profondément blessés.

— Nous avons donc besoin de connaître son alibi pour lundi soir. Et ses empreintes digitales et son ADN. Mais peut-être pas maintenant et pas devant les autres.

Pia vit soudain la libraire blonde, Stefan Fink et sa femme au nom double passer dans la porte à tambour et aller jusqu'au coin fumeurs. Le couple Fink s'alluma une cigarette, la blonde s'éclipsa en embrassant tout le monde et disparut en direction du parking.

— Allons voir ces deux-là. Et après, on devrait s'occuper encore une fois de Carl Winterscheid, suggéra Pia. Il connaît tous les Éternels, même s'il n'en fait pas partie. Il est possible qu'il sache quelque chose et qu'il ne sache même pas qu'il le sait.

— Bon plan. Pour Paula Domski, on aura toujours le temps, l'approuva Bodenstein, puis il consulta discrètement sa montre.

— Je peux m'en charger seule, chef, lui assura Pia. Tu ferais mieux d'aller t'acheter des vêtements avant que les magasins ferment.

Bodenstein se dirigea vers sa voiture de fonction, Pia rejoignit Stefan Fink et sa femme et se présenta. Elle n'avait vu le mari de la cousine de Carl Winterscheid qu'assis et fut étonnée de voir à quel point il était grand et large d'épaules. Avec un visage anguleux comme s'il avait été sculpté dans un bloc de granit, des yeux bleu clair, des cils et des sourcils blonds, il ressemblait à un chef viking sur le retour. Tout comme sa femme, il avait l'air déprimé, ce qui n'était pas surprenant au vu des événements survenus dans leur cercle d'amis proches.

— Vous étiez à la maison d'édition hier, n'est-ce pas ? demanda Dorothea Winterscheid-Fink en écrasant sa cigarette sur le bord du cendrier en métal.

Elle n'était pas du tout maquillée et, à côté de son géant de mari, ses cheveux noirs coupés à la garçonne et son petit nez retroussé lui donnaient un air de petite fille.

— Oui, répondit Pia. Mon collègue et moi avons parlé avec M. Winterscheid et M. Roth. C'était à propos d'Heike Wersch.

— C'est vraiment affreux ce qui s'est passé. Nous sommes tous sous le choc.

Stefan Fink passa la main sur ses cheveux gris-blond qui tombaient sur le col de sa chemise.

— Je comprends très bien, dit Pia en hochant la tête avec compassion. Ça doit être vraiment dur pour vous tous, surtout que vous vous connaissez depuis longtemps.

— Depuis l'école, confirma Stefan Fink. Heike et moi étions dans la même classe, avec Josefin, Maria, Alexander et Götz, le frère aîné de ma femme, qui est malheureusement décédé.

Dorothea Winterscheid-Fink avait deux ans de moins que son mari qui, après ses études, avait repris la direction de la grande imprimerie de ses parents. Le couple était également lié par les affaires, puisque la maison d'édition Winterscheid était depuis plus de cinquante ans l'un des plus gros clients de l'imprimerie Fink.

— Ce n'est pas fréquent que des amitiés durent aussi longtemps, constata Pia. Je n'ai plus de contact depuis longtemps avec la plupart des gens que j'ai connus à l'école.

— C'est peut-être parce que nous avons tous atterri dans le secteur du livre, déclara Stefan Fink. Ce n'est pas si grand, on se croise toujours. Bien sûr, nous ne sommes plus aussi proches qu'avant, mais nous nous retrouvons souvent. Alex et moi avons joué au tennis pendant des années, jusqu'à ce que nos articulations du genou nous lâchent. Avec Josi et son mari, ma femme et moi jouons régulièrement aux cartes. Jusqu'à il y a deux ou trois ans, Heike et Maria avaient le même abonnement que nous à l'opéra.

Il eut un sourire attristé.

— Nous faisons la fête ensemble, nous travaillons ensemble et nous nous soutenons mutuellement quand l'un de nous ne va pas bien, affirma Dorothea. C'est pourquoi nous sommes tous ici aujourd'hui.

— C'est vraiment un très beau geste, dit Pia, ironique, Mme Domski appréciera votre soutien.

— Non, malheureusement, rétorqua Dorothea Winterscheid-Fink. Paula a toujours été jalouse que nous connaissions Alex depuis plus longtemps qu'elle. Nous avons vraiment tout essayé pour qu'elle fasse partie de notre cercle, mais nous ne l'intéressons pas. Elle nous l'a toujours fait très clairement sentir. Mais ce n'est pas pour elle que nous sommes ici aujourd'hui, c'est pour Alex, notre ami. Ce que Paula pense de notre présence nous est égal. C'est uniquement de sa faute s'il s'est remis à boire. Elle n'était jamais contente et n'arrêtait pas de le critiquer. Aucun homme ne peut supporter ça.

Cela ne ressemblait pourtant pas du tout à ce que Paula Domski venait de dire, et une fois de plus, Pia pensa qu'il fallait effectivement toujours écouter les deux parties avant de porter un jugement.

— Que pouvez-vous me dire sur Heike Wersch ? demanda-t-elle, elle a posé de gros problèmes à votre maison d'édition ces derniers mois. Vous ne lui en avez pas voulu ?

— Oh si, bien sûr ! Beaucoup, même ! répondit Dorothea. Carl et nous tous travaillons très dur depuis un an et demi pour sauver la maison d'édition, qu'Heike et mon père avaient failli ruiner avec leur obstination ! Je lui ai suggéré à plusieurs reprises de démissionner si la nouvelle orientation ne lui convenait pas, car la manière dont elle pourrissait l'ambiance était devenue insupportable. Mais elle a eu l'outrecuidance de croire que, sans elle, la maison perdrait son identité.

Elle avait la voix tremblante et eut soudain les larmes aux yeux.

— Je sais que vous allez penser que je ne l'aimais pas. Mais ce n'est pas vrai. Heike était juste la personne la plus têtue que j'aie jamais connue, et je me suis terriblement énervée contre elle ces derniers temps.

Dorothea Winterscheid-Fink faisait son numéro, pas particulièrement bon. Tout ce qu'elle disait et faisait était très légèrement exagéré. Avait-elle mauvaise conscience ? Ou avait-elle quelque chose à cacher ? Pia l'observa avec attention. Parfois, dans une telle situation, ce n'était ni la tristesse ni le choc, mais l'autocompassion ou la peur d'être découvert qui faisait monter les larmes aux yeux des gens.

— Elle voulait créer sa propre maison d'édition, fit observer Pia.

— Oui, c'est ce qu'elle voulait faire.

Dorothea Winterscheid-Fink avait vite surmonté son bref moment d'émotion, réelle ou feinte.

— Avec mon père et Alex Roth. Maria et Josefin étaient également au courant, mais moi, elle ne m'avait rien dit. Elle avait probablement peur que j'en parle à Carl. Et elle avait raison. Je l'aurais certainement fait.

Carl Winterscheid l'avait quand même appris et avait congédié Heike Wersch. Pia se souvenait de la façon dont il avait refusé la veille de révéler l'identité de son informateur.

— Vous l'auriez fait ou vous l'avez fait ? demanda-t-elle.

— Je l'aurais fait ! insista Dorothea Winterscheid-Fink. C'est Carl qui m'a mise au courant.

— De toute façon, tu n'aurais pas suivi, intervint Stefan Fink.

Il tendit la main et caressa le bras de sa femme.

— C'est vrai, reconnut-elle. Mais j'étais quand même en colère contre Heike. D'autant plus qu'il est évident qu'elle ne voulait que le nom et l'argent de mon père, et je trouvais ça nul, après tout ce qu'il avait fait pour elle. Elle savait très bien qu'il ne serait plus du tout en mesure de reconstruire et de diriger une maison d'édition. Certes, il aime bien encore se voir comme le grand Zampano, et l'idée d'Heike a certainement flatté sa vanité, mais il peut à peine s'habiller tout seul et il y a longtemps qu'il ne peut plus sortir en public sans protections, déclara Dorothea Winterscheid-Fink. Ma mère et moi sommes en tout cas contentes que ces projets tombent à l'eau. Ç'aurait été une humiliation pour mon père, il n'aurait vraiment pas mérité ça.

— Est-ce que ces projets ne se réaliseront plus maintenant parce qu'Heike Wersch est morte ? insista Pia. Ou avait-elle de toute façon renoncé à ses projets d'édition ?

— Euh, eh bien, honnêtement, je ne sais pas.

Dorothea Winterscheid-Fink avait remarqué sa formulation ambiguë et eut un petit rire gêné. Mais quand les gens disent "honnêtement", généralement, ils ne le pensent pas, Pia en avait souvent fait l'expérience.

— Qui aurait pu avoir une raison de tuer Heike Wersch ? demanda-t-elle à brûle-pourpoint au couple.

— Je n'arrête pas de me poser la question, répondit Dorothea Winterscheid-Fink en soupirant, Heike a fait beaucoup de dégâts ces derniers mois. Mais que quelqu'un aille jusqu'à la tuer pour cela, non, avec la meilleure volonté du monde, je ne peux pas l'imaginer.

— Eh bien. Elle était passée maître dans l'art de monter les autres contre elle, dit Stefan Fink en allumant de nouveau une cigarette. Heike était toujours blessante et directe. Il y a des générations de stagiaires humiliés qui ont souffert à cause d'elle, des dizaines d'auteurs dont elle a détruit la carrière, des journalistes insultés, des critiques dénigrés, des collègues vilipendés, des chauffeurs de taxi, des serveurs, des éboueurs, des vendeuses et je ne sais qui d'autre encore auraient eu au fil des années de bonnes raisons de lui tordre le cou.

— C'est vrai, confirma Dorothea Winterscheid-Fink, et elle avait le don de trouver immédiatement le point sensible des gens et d'en profiter.

— Elle ne nous a pas non plus épargnés, nous, ses amis, déclara Stefan Fink. Elle a toujours été d'une franchise implacable. Mais nous avions l'habitude, ses critiques, nous ne les prenions pas personnellement. Au fond, Heike se préoccupait d'une seule chose. Elle était perfectionniste et les gens qui ne pouvaient pas suivre son rythme l'agaçaient vite. Elle pouvait être une vraie garce, mais c'était intéressant de discuter avec elle, très stimulant. Elle va me manquer.

Pia doutait qu'on ne prenne pas les critiques personnellement, surtout lorsqu'elles venaient de la bouche d'une amie. De nombreuses amitiés n'étaient pas basées sur la franchise, et si l'on se disait vraiment la vérité, la plupart des amitiés ne tiendraient pas longtemps.

— J'aimerais pouvoir dire la même chose, rétorqua Dorothea Winterscheid-Fink qui ne faisait pas mystère de ce qu'elle pensait. À la fin, Heike m'agaçait tout le temps avec son caractère destructeur et ses intrigues. Je n'ai certainement pas souhaité qu'elle meure, mais si elle avait émigré en Amérique du Sud et que je ne l'aie jamais revue, je n'aurais pas été triste non plus.

Cela semblait nettement plus honnête que ce que son mari avait dit.

— Saviez-vous qu'Heike Wersch s'occupait de son père dément à la maison ? demanda Pia.

— Oui, nous le savions, répondit Dorothea Winterscheid-Fink, mais le regard surpris que Stefan Fink lança à sa femme n'échappa pas à Pia.

— Maria Hauschild ne le savait pas, dit-elle, et Alexander Roth non plus. Pourtant, ils étaient très amis avec elle.

— Elle ne l'a pas crié sur les toits, répondit Dorothea Winterscheid-Fink.

— Heike a toujours été très proche de son père, dit son mari. Elle a perdu son frère et sa mère très tôt. Je ne l'ai jamais entendue parler de parents. Il n'y a toujours eu que son père et elle.

— Heike Wersch n'a-t-elle jamais eu de liaison ? s'enquit Pia et les Fink échangèrent à nouveau un regard.

— Si, mais pas officiellement, dit Dorothea Winterscheid-Fink. Elle a été la maîtresse de mon père pendant trente ans. Jusqu'à son AVC il y a deux ans.

*

Pia avait encore fait un tour dans la forêt voisine avec Beck's, à qui elle avait donné à manger avant de monter dans la salle de bains prendre une bonne douche, après cette longue et fatigante journée. Juste avant son départ d'Amsterdam, Christoph lui avait envoyé un message avec un cœur en émoji. Son avion devait atterrir à Francfort à 19 h 50 et, sauf imprévu, il serait à la maison vers 21 heures. Elle était impatiente de le voir car même si cela ne la dérangeait pas d'être seule pendant quelques jours de temps en temps, la maison était vide sans lui. Et même s'ils étaient ensemble depuis près de douze ans, il y avait toujours cette étincelle entre eux, et c'était bien plus que ce que la plupart des couples peuvent dire de leur relation après une si longue période. Après l'échec de son mariage avec Henning, Pia ne s'attendait pas à trouver un autre grand amour, mais c'était arrivé de manière totalement impromptue. Avec Christoph, elle pouvait rire, se disputer et se réconcilier, il était son meilleur ami, son conseiller et son confident, et elle se sentait à l'aise avec lui comme avec personne avant.

Pia descendit à la cuisine et sortit deux courgettes et une aubergine du réfrigérateur. Tout en hachant l'ail et les oignons, en coupant les légumes en tranches, en faisant revenir le tout à la poêle et en mettant l'eau des pâtes à chauffer, elle réfléchit à leur affaire en cours. Les faits qu'ils avaient rassemblés jusqu'à présent ne concordaient pas, tout simplement. Une chose semblait certaine : après que Severin Velten avait assommé Heike Wersch avec son ordinateur et pris la fuite, quelqu'un d'autre avait dû s'introduire chez elle et achever l'œuvre de Velten, et ce résolument et dans l'intention de tuer. On pouvait conclure du comportement du tueur après le meurtre qu'il avait une relation avec Heike Wersch, elle ne lui était pas indifférente, sinon il aurait simplement laissé le corps sur place. Mais pourquoi, après l'avoir tuée si sauvagement, s'était-il donné tant de mal pour faire passer ce meurtre brutal pour un accident ? Avait-il espéré qu'on ne la retrouverait pas dans la forêt, ou peut-être seulement dans quelques mois ou années, lorsque la nature aurait transformé le corps en squelette ? Mais dans ce cas, pourquoi ne l'avait-il pas déposé quelque part au fin fond du Taunus ? Pourquoi avait-il mis son portable et son trousseau de clés dans les poches de son pantalon ? N'importe quel enfant savait désormais que les téléphones portables peuvent être localisés ! Ce comportement contredisait tout ce que Pia avait appris au fil des ans sur la psychologie des criminels. Elle essaya d'éliminer dans sa tête certains niveaux de contradiction, mais elle n'avançait pas. Cela n'avait tout simplement aucun sens.

Elle se servit un verre de *vinho verde* et jeta un coup d'œil à la pendule de la cuisine. Neuf heures moins vingt. L'eau des pâtes était en train de bouillir. Elle ajouta du sel, un filet d'huile d'olive et les pâtes, puis dressa la table dans le jardin d'hiver dont les portes vitrées étaient grandes ouvertes. Au moment où les pâtes étaient *al dente*, Beck's se releva de son coussin et courut vers la porte d'entrée en remuant la queue. La seconde d'après, la clé tournait dans la serrure et la porte s'ouvrait. Pia entendit Christoph parler au chien, puis il entra dans la cuisine, et son cœur fit un bond en le voyant.

— Ha ! Te voilà ! Je suis contente que tu sois rentré.

Elle enleva la poêle de la plaque de cuisson brûlante, embrassa Christoph et se blottit dans ses bras.

— Alors où en sommes-nous de notre belle dispute ? la taquina-t-il en lui caressant tendrement la joue.

— Ah, la vie est bien trop courte pour se disputer, répondit Pia.

— Tu as raison.

Après dîner, ils rangèrent ensemble la cuisine, Christoph lui parla de sa conférence et Pia lui raconta que son patron était prêt à faire don d'un morceau de son foie à son ex-femme gravement malade. Malgré leur fatigue à tous les deux, Christoph ouvrit une deuxième bouteille de vin. Ce soir, Cem et

Tariq étaient de garde, Pia pouvait donc tranquillement se servir un autre petit verre. Elle alluma les bougies dans les photophores et ils s'installèrent dans le confortable salon d'été de la terrasse. Pia avait retiré ses Crocs et Christoph lui massait les pieds. Ils restèrent un moment assis là, savourant en silence le calme, le vin et l'air doux du soir. Les oiseaux dans les arbres alentour s'étaient tus. Quelques papillons de nuit virevoltaient autour du photophore.

— Qu'est-ce qui te préoccupe ? demanda Christoph.

— Nous avons une affaire de meurtre. Ici, à Bad Soden, d'ailleurs. En contrebas, dans la Burgbergstrasse, répondit Pia en bâillant. Au début, ça ressemblait à un crime passionnel, mais depuis, c'est devenu assez compliqué.

— Tu veux m'en parler ?

Lorsqu'une affaire devenait épineuse, il était souvent utile de raconter ce que l'on avait découvert à quelqu'un qui ne voyait pas tout à travers le prisme de la criminologie. Parfois, il lui suffisait d'énumérer les faits pour comprendre des liens qu'elle n'avait pas vus auparavant.

— La victime est une femme de cinquante-six ans, commença donc Pia. Il se trouve qu'elle était une amie de l'agent d'Henning et que, jusqu'à son licenciement sans préavis il y a quelques mois, elle travaillait dans la maison d'édition où paraît son livre. Elle était d'ailleurs l'éditrice de Severin Velten, le célèbre écrivain. Nous avons retrouvé son corps aujourd'hui dans la forêt au-dessus du Süßen Gründchen.

— Ah ah ! Je suis toujours partant pour ce genre d'histoire.

Christoph se resservit du vin et s'installa confortablement.

Pia commença par sa rencontre avec Maria Hauschild dans la maison d'Heike Wersch et termina par sa visite à l'hôpital. Christoph, un fervent lecteur de romans policiers et un fan des séries policières américaines comme *True Detective* ou *Criminal Minds*, avait écouté attentivement et n'avait posé que de brèves questions de temps à autre.

— Tout cela n'a aucun sens, dit Pia lorsqu'elle eut terminé. Il y a des dizaines de personnes qui lui en voulaient assez pour la tuer plus ou moins accidentellement après une dispute, car apparemment, elle pouvait provoquer les gens au point de leur faire péter un câble. Mais il y a un monde entre frapper quelqu'un sur la tête sous le coup de l'affect et frapper quelqu'un à mort avec une volonté de destruction absolue. L'auteur du crime n'était pas vexé ou en colère, il lui en voulait à mort.

— Vous n'en savez peut-être pas assez jusqu'à présent, dit Christoph. Il se pourrait bien que cela n'ait rien à voir avec la maison d'édition et que vous deviez chercher dans une tout autre direction.

— Tu as probablement raison.

Pia bâilla à nouveau. Ses yeux se fermaient et elle se sentait presque trop fatiguée pour se traîner jusqu'à son lit dans l'escalier.

— Demain, nous allons nous occuper de sa maison, et il se peut que nous y trouvions des indices complètement différents.

4e jour
Dimanche 9 septembre 2018

Peu avant huit heures, Bodenstein entra dans la salle à manger du château, encore peu fréquentée, et prit au passage un des journaux du dimanche avant de s'asseoir à sa table. Après deux nuits déjà, il appréciait beaucoup les avantages d'une vie dans un hôtel cinq étoiles sous la direction exclusive de sa belle-sœur, et il savourait le fait de pouvoir lire enfin l'édition imprimée du journal et plus seulement la version numérique, par égard pour la prétendue allergie d'une jeune fille narcissique de dix-huit ans. Pendant la nuit, des petites mains avaient lavé et repassé à la perfection ses chemises neuves, ciré ses chaussures et, dans le lit d'hôtel au matelas ferme, il avait bien dormi, d'un sommeil profond et sans rêves. Il n'était donc pas très pressé de trouver un nouveau logement, d'autant plus que Sophia était ravie de pouvoir enfin vivre au domaine. Avant que, dans les années 1980, le château ne soit transformé en un petit hôtel et que le restaurant soit ouvert, ses parents et ses grands-parents y habitaient. Bodenstein et ses frères et sœurs avaient grandi dans le château de style Tudor, construit en 1884, qui était certes majestueux mais peu confortable.

Karoline ne s'était plus manifestée depuis l'avant-veille, mais il avait des dizaines de messages de Greta sur son portable, des messages oraux et écrits, comme d'habitude, lorsqu'elle avait dérapé. Mais il n'en avait consulté aucun. Cela ne l'intéressait plus. Cette fois, elle était allée trop loin, et elle devait le comprendre. L'aimable serveuse lui apporta du café, puis il commanda au buffet du petit-déjeuner une omelette aux légumes et revint à sa table se plonger dans la lecture du journal. La *Frankfurter Allgemeine Zeitung* du dimanche avait publié une photo en noir et blanc d'Heike Wersch et une nécrologie de deux colonnes rendant hommage à ses mérites incontestés en matière de littérature germanophone. Pas un mot sur le scandale de Severin Velten, son licenciement sans préavis et les circonstances de sa mort – on ne disait pas de mal des morts. Bien sûr, on ne mentionnait pas non plus le fait qu'elle avait été la maîtresse de l'éditeur Henri Winterscheid, un fait tout à fait intéressant que Pia lui avait communiqué la veille.

Il venait de terminer son omelette et son petit bol de muesli quand son téléphone se mit à vibrer. Il le prit, sous le regard désapprobateur de la vieille dame à la table voisine. Avant qu'elle ne le réprimande à haute voix, les portables étant strictement interdits dans la salle à manger, il se leva et sortit dans le hall.

— Bonjour, Pia, dit-il.

— Les nouvelles ne sont pas bonnes, dit sa collègue. L'hôpital nous a informés qu'Alexander Roth était décédé cette nuit sans avoir repris connaissance.

— En effet, ce n'est pas une bonne nouvelle.

En passant, Bodenstein fit un signe de tête à la réceptionniste, ce qui lui valut un grand sourire. Cela faisait longtemps qu'il n'avait pas commencé une journée de manière aussi positive.

— Tu es où ?

— À l'hôpital. Le médecin de service a coché une mort inexpliquée sur le certificat de décès et j'ai déjà informé le procureur, dit Pia en baissant la voix. Mme Domski et ses filles sont encore en train de discuter ici avec le médecin, alors que je leur ai déjà expliqué pourquoi en cas de mort inexpliquée l'enquête est obligatoire.

C'était toujours un choc pour les proches lorsque le médecin concluait à une cause de mort inexpliquée, voire suspecte, et que la brigade criminelle débarquait. L'idée de l'autopsie d'un être cher perturbait profondément la plupart des proches, d'autant plus qu'on ne pouvait jamais leur dire exactement quand on leur rendrait le corps.

— Je vais demander à Henning de procéder au plus vite à l'autopsie, poursuivit Pia. Il y a quelque chose qui cloche.

— D'accord. J'arrive.

Bodenstein ne posa pas d'autres questions. Au fil des années, il avait appris à se fier à l'intuition de Pia.

Il sortit du château, passa devant la terrasse pour descendre au parking et ouvrit la voiture de service avec la télécommande. En sortant du parking, il tourna la tête vers la droite et jeta un bref coup d'œil vers Ruppertshain, situé en haut de la pittoresque vallée. C'était vraiment agréable d'habiter à nouveau ici et d'être réveillé le matin par le chant du coq et le hennissement des chevaux. Peut-être devrait-il faire plaisir à Sophia et à lui-même en emménageant dans l'appartement du domaine qui était vide depuis le départ du couple de naturopathes quelques mois auparavant. Quentin le lui avait proposé hier et le loyer que demandait son frère était ridicule par rapport à ce que l'on pouvait trouver à Kelkheim, Königstein ou Bad Soden pour un quatre-pièces, si tant est qu'on en trouve un. Bodenstein n'avait jamais aimé vivre seul. Le pire pour lui, c'était de ne pas pouvoir partager ses expériences quotidiennes avec quelqu'un. Mais sur ce domaine familial, il avait suffisamment de gens avec qui parler. À commencer par ses parents, Sophia, Quentin, Marie-Louise et sa fille Rosalie avec son mari Jean-Yves. Alors qu'il traversait le tunnel de verdure que formaient les arbres, il se dit qu'il devrait en parler à Cosima à l'occasion. Et bien sûr à Karoline, se dit-il en mode conscience automatique, mais il réalisa alors que son épouse ne jouait plus aucun rôle dans ses projets d'avenir. Il était inutile de se voiler la face.

En haut, sur la B455, il tourna à gauche en direction de Schneidhain, et réfléchit alors à ce qui l'attendait. Il était possible que la veuve d'Alexander Roth ait tué Heike Wersch. Elle avait le motif le plus évident, car elle la rendait responsable de la rechute de son mari, un ancien alcoolique. De plus, elle détestait les vieux amis de son mari parce que, selon elle, ils ne l'avaient jamais intégrée dans leur cercle. Est-ce que c'était vrai ? Ce n'est pas ce que Dorothea Winterscheid-Fink avait dit la veille à Pia, mais si elle avait raison, pourquoi

Mme Domski n'avait-elle pas accepté de se joindre à eux ? Comment se faisait-il qu'en vingt-cinq ans, elle et son mari ne se soient pas fait leur propre cercle d'amis ? Chacune de ses paroles était empreinte d'une profonde rancœur. Jouer toujours les seconds violons dans une relation, c'était quelque chose qui vous ronge, Bodenstein ne le savait que trop bien lui-même. Cosima aussi avait toujours accordé plus d'importance à son travail qu'à sa famille. Lorsque son équipe et les gens de la télévision venaient chez eux, ou lorsqu'il accompagnait Cosima à des avant-premières de films ou à des remises de prix, il se sentait toujours comme la cinquième roue du carrosse. Tout comme Paula Domski l'avait décrit hier, il n'avait jamais vraiment compris de quoi Cosima parlait ou riait avec ses collègues et amis, parce qu'il ne faisait pas partie de ce monde. Oui, il pouvait comprendre ce qu'avait pu ressentir la veuve d'Alexander Roth, et il savait parfaitement combien une sourde rancœur peut vite se transformer en jalousie haineuse. Le succès professionnel et la reconnaissance ne valaient pas grand-chose lorsqu'on était exclu de ce qui comptait dans la vie de son partenaire. Pia pouvait en douter, mais Bodenstein n'excluait pas que Paula Domski ait tué Heike Wersch et ait ensuite caché son corps dans la forêt.

*

La maison d'Heike Wersch a été cambriolée, avait écrit Tariq dans le tchat de la K11. *Porte de la cuisine forcée, scellés déchirés, chaos total dans la maison. SpuSi* est là.*

— Génial, manquait plus que ça ! marmonna Pia, énervée qu'ils n'aient pas fouillé la maison à fond dès le jeudi.

Elle attendait depuis dix minutes son chef, qui avait raccompagné à sa voiture une Paula Domski impassible et ses filles qui sanglotaient, hystériques. Malgré les protestations des filles qui ne supportaient pas l'idée qu'on “étripe” leur père, le corps d'Alexander Roth était en route pour Francfort, et

* *SpuSi* (abréviation de Spurenversicherung) : l'identité judiciaire.

Henning avait promis de procéder à l'autopsie le plus rapidement possible.

— Pourquoi as-tu parlé si longtemps avec elle ? demanda Pia lorsque Bodenstein sortit enfin du parking.

Ils s'étaient tous deux garés en dehors de l'enceinte de l'hôpital, ce qui ne posait aucun problème un dimanche matin et était en outre moins cher, car il n'y avait pas besoin de ticket de parking.

— Je l'ai un peu réconfortée, répondit-il.

— Je vois. Comment ça ?

— Je sais ce que c'est que d'être exclu par son partenaire, dit Bodenstein. C'est ton truc à toi d'habitude, pour suggérer la compassion : si tu veux obtenir quelque chose de quelqu'un, tu n'as qu'à faire semblant d'avoir vécu quelque chose de similaire. Je te rappelle juste ton histoire de sac de couchage chez le vétérinaire à Mammolshain.

— Mais le truc, c'est d'inventer une histoire, rétorqua Pia. Et il me semble que tu n'as rien inventé.

— Eh bien, elle l'ignore. En tout cas, ça lui a fait du bien.

— Patron, déclara Pia en s'arrêtant. Ce ne sont pas mes affaires, mais ne va pas t'enticher de Paula Domski. Elle est suspecte.

— Quoi ? s'exclama Bodenstein en ouvrant de grands yeux. Qu'est-ce qui te prend ?

— Je te connais. Et je sais comment tu choisis tes proies. Paula Domski est une femme qui a réussi professionnellement et dont la confiance en soi est ébranlée. Comme Annika Sommerfeld à l'époque. Ou Karoline. Ou Inka Hansen.

Bodenstein rougit légèrement.

— Mais qu'est-ce que tu vas chercher ? dit-il, outré en se remettant en marche. Je viens de me séparer de ma femme. Je ne vais pas me jeter dans les bras de la première venue.

— Je dis ça comme ça.

— Moi aussi, répondit Bodenstein. Et si tu me fais le coup du suspect, je peux te rappeler comment et dans quelles circonstances tu as rencontré ton mari.

Pia se rendit compte qu'elle était allée trop loin.

— Dans notre métier, où peut-on rencontrer quelqu'un, à part au boulot ? plaisanta-t-elle.

Mais Bodenstein ne répondit pas. Elle s'arrêta à côté de sa Mini. Qu'est-ce qui lui avait pris de dire ça ? Les conseils stupides de ses collègues étaient bien la dernière chose dont son patron avait besoin dans sa situation actuelle.

— Je suis désolée, je ne voulais pas te faire de peine. Maintenant, tu es furieux contre moi et tu as raison.

— Je ne suis pas furieux. Au contraire, répondit-il sérieusement. Tu t'inquiètes sincèrement pour moi. Ce qui n'est le cas de personne d'autre, à part peut-être ma mère. Bien sûr, ils prétendent tous s'inquiéter pour moi, mais en réalité, ce sont pour des motifs purement égoïstes. Cosima s'inquiète soi-disant parce que j'ai mauvaise mine – mais s'en soucie-t-elle vraiment ou a-t-elle seulement peur que je ne sois plus donneur ? Et mes enfants, mon frère ou même Nicole : tu crois qu'ils ont vraiment peur que je meure pendant l'opération parce qu'ils tiennent à moi ? Ou peut-être seulement parce qu'ils craignent pour leur propre confort, parce qu'ils perdraient la personne fiable et pratique qui résout gratuitement les problèmes, à la fois chauffeur, baby-sitter et tout le reste ?

Stupéfaite, Pia resta sans voix.

— Tu es ma seule véritable amie, Pia, dit alors Bodenstein. Ton souci pour moi est désintéressé. Et je t'en remercie. Car personne d'autre ne se soucie de savoir si je suis malheureux, tant que je continue à fonctionner correctement.

— Je… je… euh…, balbutia Pia, ne sachant que répondre.

Ils se regardèrent un instant sans rien dire et Bodenstein, qui avait remarqué son embarras, eut un petit sourire.

— Ne m'en veux pas, mais il fallait que ça sorte.

Son ton avait changé, volontairement léger, comme s'il avait simplement fait une blague.

— Au fait, ajouta-t-il, j'ai demandé à Mme Domski quel était son alibi pour le lundi soir. Eh bien, figure-toi qu'elle n'en a pas. Il paraît qu'elle était seule chez elle et qu'elle préparait l'émission du lendemain. Il n'y a bien sûr aucun témoin.

*

— La porte de la cuisine a été forcée avec ce pied-de-biche.

Christian Kröger, en combinaison intégrale blanche, présenta à Bodenstein et Pia un pied-de-biche avec un revêtement par poudre noir et rouge très voyant. À une extrémité, la pointe était pliée à 90 degrés, l'autre extrémité était aplatie et légèrement courbée.

— Il est neuf et n'a pratiquement pas servi. Il n'y a qu'à l'extrémité plate que le revêtement est légèrement rayé.

— C'est un truc particulier ? demanda Pia.

— Malheureusement non. Du pur produit en série, répondit Kröger en soupesant le pied-de-biche dans sa main gantée. D'après l'étiquette, il a coûté 29,95 euros dans un magasin de bricolage.

— Qu'en penses-tu ? lui demanda Bodenstein. Est-ce que c'est le fait d'un cambrioleur professionnel ?

— Les pros n'ont pas l'habitude de laisser derrière eux leurs outils de cambriolage sur lesquels il y a encore une étiquette avec le prix, répondit Kröger et il tendit le pied-de-biche à un collègue qui le mit dans un sac de preuves. Cependant, il nous est arrivé plusieurs fois qu'une maison que nous avions scellée soit ensuite cambriolée.

— On peut entrer ?

— Tout dépend de la façon dont tu veux que ça se passe. Si tu veux qu'on prélève des indices dans la maison, ça va prendre quelques heures.

— Je pense que nous pouvons nous épargner ces efforts, dit Pia. Heike Wersch et son père ne se soucieront plus de savoir si des cambrioleurs occasionnels ont volé une télévision ou des bijoux.

— Et si c'est le coupable qui est revenu ? demanda Cem.

— Dans ce cas, il aura laissé aussi peu de traces que lorsqu'il a commis son crime, répondit Pia.

— Je suis d'accord, dit Bodenstein à Pia.

— Dans ce cas, la maison est à vous, dit Kröger en haussant les épaules. De la cave au grenier.

Pia expliqua à l'équipe, composée de Cem, Tariq, Kathrin et trois collègues de la police scientifique, ce qu'ils devaient chercher.

— Nous devons en savoir plus sur la vie d'Heike Wersch pour pouvoir reconstruire ce qui l'occupait et comment cela a pu donner naissance à une relation avec son meurtrier, dit-elle. Emballez-moi tout ce qui vous semble important ou utile.

Ils s'armèrent de cartons vides et de paniers à linge, enfilèrent des gants et se dispersèrent dans la maison. Les deux téléviseurs de l'étage et du sous-sol étaient encore là, ainsi qu'un robot de cuisine coûteux, des couverts en argent véritable et une montre Piaget pour femme en or rose avec des diamants, qui, selon Cem, valait environ 50 000 euros. Celui qui s'était introduit ici cherchait autre chose, et il était pressé, comme en témoignait le désordre qu'il avait laissé derrière lui. Les tiroirs avaient été retirés et leur contenu vidé sur le sol. Dans le bureau, tous les classeurs – et pas des moindres – avaient été fouillés puis abandonnés. Un véritable flot de papiers s'était déversé dans le couloir. Tous les tiroirs d'un élégant secrétaire ancien étaient ouverts, tout comme le compartiment secret. Les tableaux avaient été décrochés des murs, les étagères avec les provisions et les armoires de cuisine vidées, les canapés, les lits et les fauteuils éventrés jusqu'aux ressorts. Le cambrioleur ne s'était même pas arrêté devant les armoires de la salle de bains, le panier à linge sale, les poubelles et les corbeilles à papier. Que ferait le profiler David Harding face à ce désordre impressionnant ? Comment l'interpréterait-il ?

— Par où commencer ? demanda Kathrin, perplexe, avec des montagnes de livres jusqu'aux genoux, car le cambrioleur avait également arraché tous les livres et albums photos des bibliothèques du salon qui s'élevaient jusqu'au plafond. Si au moins nous savions ce que nous cherchons !

— Ce qui nous intéresse avant tout, ce sont les notes, les lettres, les journaux intimes, les agendas, les albums photos, les relevés de compte et ainsi de suite, lui répondit Pia. Je veux savoir où en étaient ses projets de création d'une maison d'édition, qui était impliqué et qui ne l'était pas.

— D'accord. Alors, on y va.

Kathrin poussa un soupir et commença à empiler les livres qui traînaient.

Il s'agissait là de la partie laborieuse et peu spectaculaire du travail de la police, que les séries policières télévisées et les livres avaient toujours trop tendance à laisser de côté.

Pia se remémora la voix de Harding lui disant : *"Vous devez vous mettre à la place du coupable, penser comme lui."* Et si elle essayait de se mettre non pas dans la peau d'un criminel au mobile inconnu, mais dans celle d'Heike Wersch ? Elle monta l'escalier jusqu'à l'étage et balaya du regard les diverses pièces. Si elle était Heike Wersch, où garderait-elle les choses auxquelles elle tenait vraiment ? Les montres, les bijoux et autres objets précieux ne signifiaient apparemment rien pour elle, car elle avait tout laissé en évidence.

Elle retrouva Bodenstein dans la cuisine, occupé à lire l'agenda mensuel accroché près de la porte. Kröger se débarrassait de sa combinaison devant la porte de la cuisine.

— Dites-moi, quelles sont les cachettes les plus farfelues dont vous vous souvenez pour des objets de valeur ou des documents secrets ? demanda Pia à ses collègues de la police scientifique.

— Des enclos d'animaux de toutes sortes, répondit l'un des techniciens qui triait le courrier et les papiers à la table de la cuisine. J'ai déjà eu de tout, des écuries aux aquariums, en passant par les chenils, les cages de cochons d'Inde et les volières.

— Lorsque j'étais encore à la brigade fiscale, un jour on a reçu la confidence d'une épouse délaissée, raconta une collègue. Son mari était boucher et il avait mis des masses d'argent liquide et de documents bancaires douteux dans des boîtes d'aliments pour chiens, qu'il avait ensuite refermées de manière professionnelle, si bien que nous ne les aurions jamais retrouvées.

— Dans l'étang du jardin ! s'exclama Cem depuis le garde-manger.

— Dans des sacs en plastique sous la pelouse, compléta Kröger.

— Dans un piano.

— Les congélateurs plaisent bien.

— Les caissons de volets roulants.

— Mes parents ont emballé tous les souvenirs d'enfance dans des cartons de déménagement et les ont mis au grenier quand mes frères et sœurs et moi avons déménagé, dit Bodenstein en décrochant le calendrier du mur qu'il mit dans l'un des paniers à linge. Peut-être que Mme Wersch a fait la même chose.

Son portable sonna et il répondit. Soudain une voix d'homme se fit entendre dehors.

— Il y a quelqu'un ?

Kröger se retourna.

— C'est un type du chantier, dit-il.

— Ah ! c'est peut-être le maître d'ouvrage qui doit à Heike Wersch l'interruption du chantier.

Pia passa devant son chef toujours au téléphone et sortit. Dans l'un des encadrements d'une fenêtre qui descendait jusqu'au sol et surplombait la maison d'Heike Wersch comme une imposante forteresse en ruine, un homme regardait, curieux, dans sa direction.

— Bonjour, dit-il lorsque Pia s'approcha de la clôture grillagée qui séparait les propriétés. Vous êtes de la police ? C'est vrai que la vieille sorcière a disparu ?

— Descendez, je vous prie, dit Pia qui n'avait pas envie de se tordre le cou pour lui parler.

— Un instant !

L'homme disparut de la cavité de la fenêtre et Pia en profita pour retrouver dans son carnet l'endroit où elle avait noté le nom du maître d'ouvrage belliqueux.

— Henning vient de me rappeler, dit Bodenstein en s'approchant d'elle. Il pratiquera l'autopsie d'Alexander Roth aujourd'hui à 13 heures.

— C'est pratique qu'il habite directement à l'institut. Au fait, ce type-là, c'est Marcel Jahn, le maître d'ouvrage avec lequel Heike Wersch était en procès, dit-elle à son chef lorsque l'homme apparut au rez-de-chaussée de son palais de béton à moitié terminé, se frayant péniblement un chemin entre les seaux de mortier, les sacs de ciment et les orties qui poussaient jusqu'à la clôture.

Marcel Jahn avait la quarantaine, des cheveux roux, un visage émacié marqué par les cicatrices d'une terrible acné d'adolescence. Il n'était pas bel homme, mais sa stature respirait l'assurance et la persévérance.

— Je parie ma Mini qu'il est banquier d'affaires ou avocat dans un de ces grands cabinets de Francfort, qu'il a au moins un, si ce n'est deux doctorats et qu'il court un demi-marathon le matin avant d'aller travailler, chuchota Pia.

— Tu peux garder ta voiture. Je ne parie pas, rétorqua Bodenstein, impassible, lorsque trente secondes plus tard l'homme lui mit sa carte de visite sous le nez, il ne sourcilla pas. *Dr Marcel Jahn, Partner, Head of Private Equity.*

Jahn payait probablement autant d'impôts en un mois que ce que Bodenstein gagnait en un an. Derrière lui apparut une femme blonde, coupe au carré, et Pia n'en crut pas ses yeux lorsqu'elle reconnut la propriétaire du braque de Weimar de l'autre jour, laquelle avait proféré à son intention des insultes des plus vulgaires. Elle pouvait tout à fait s'imaginer une altercation dans la rue entre le couple Jahn et la provocante Heike Wersch.

— Depuis plus d'un an, cette personne nous empêche de finir notre chantier, se plaignit le super-avocat. Elle trouve constamment de nouvelles procédures.

— Elle ne vous embêtera plus, répondit sèchement Bodenstein. Heike Wersch est morte.

— Oh, fit Marcel Jahn, plus surpris qu'affecté.

Sa femme avait du mal à dissimuler sa satisfaction à l'annonce de cette bonne nouvelle inattendue.

— Eh bien, c'est ce qu'on appelle un karma, dit-elle avec un sourire malicieux. Cette vieille peau nous a fait vivre un enfer.

— Qui va hériter de la maison et du terrain ? demanda son mari, ne cherchant même pas à faire mine d'être désolé.

Pia ignora la question.

— On nous a dit que, dimanche dernier, il y avait eu une altercation très bruyante entre Heike Wersch et vous, au cours de laquelle vous vous êtes montrée très agressive, dit-elle tout en feuilletant son carnet. Des voisins nous ont rapporté qu'au cours de cette altercation, vous avez traité Heike Wersch, entre autres, de – je cite – “vieille abrutie” et d’“ordure”, et que vous avez ajouté, et ce en présence de plusieurs enfants, que vous souhaiteriez qu’elle crève.

Loin de ressentir la moindre honte, Mme Jahn se montra soudain agressive.

— Quoi ? Qui vous a raconté ça ? s’exclama-t-elle, les mains sur les hanches, c’est un odieux mensonge ! Je ne parle pas comme ça ! Je veux un nom !

— Certainement pas ! rétorqua Pia en refermant le carnet. Nous enquêtons sur cette affaire car Heike Wersch a été assassinée. Et vous avez tous les deux un motif solide.

La femme plissa soudain les yeux.

— Mais je vous connais ! s’écria-t-elle en pointant Pia du doigt. Marcel, c’est la femme avec ce cabot qui a mordu notre Eddi ! Ça m’a coûté 250 euros de véto !

— Alors à l’avenir, il vaut mieux que vous teniez votre chien en laisse, rétorqua Pia. Parce que le mien, lui, était en laisse.

— Le mien aussi ! affirma la femme. J’attache toujours mes chiens.

Elle mentait avec une audace et une conviction comme Pia en avait rarement vu, et on lui avait déjà vraiment souvent menti dans sa vie. Tout à coup, elle éprouva une sorte de sympathie pour la défunte Heike Wersch.

— Où étiez-vous lundi soir ? demanda Bodenstein à l’avocat et à sa femme.

— C’est vraiment un scandale ! s’emporta l’épouse blonde de l’avocat, mais avant qu’elle ne puisse se lancer dans ses diatribes, son mari intervint.

— Je suis parti dimanche soir à Chicago pour affaires, dit-il. Et je suis revenu hier matin. Nous avons eu beaucoup de problèmes avec Heike Wersch, mais nous n’avons certainement pas souhaité sa mort.

— Et vous, madame Jahn, où étiez-vous lundi soir ?

— J’étais à une manifestation organisée par ma banque au Kameha-Lounge à Francfort, répondit-elle en pinçant les lèvres. Vers minuit, j’ai pris un taxi. Et avant que vous nous soupçonniez d’avoir tué la sorcière, demandez d’abord au vieux schnock qui lui a rendu visite dimanche et qu'elle a flanqué à la porte avant de vous en prendre à nous.

*

Qui était donc cet homme qu'Heike Wersch avait soi-disant mis dehors dimanche dernier ? Alexander Roth ? se demanda Pia alors qu'ils traversaient le Friedensbrücke pour aller de l'autre côté du Main.

En semaine, il fallait parfois une demi-heure ou plus pour faire le trajet entre la foire et le Friedensbrücke, mais le dimanche, on ne mettait pas dix minutes.

— Roth ne serait quand même pas allé chez elle le dimanche *et* le lundi, dit Bodenstein. Surtout que l'homme que la femme a décrit était bien plus âgé que Roth. Peut-être s'agissait-il d'Henri Winterscheid, son ancien amant et futur partenaire commercial.

Il changea de file pour tourner dans la Kennedyallee.

— Non, je ne crois pas, répondit Pia. Henri Winterscheid doit être de santé plutôt fragile, c'est du moins ce que dit sa fille. Mais nous pourrons quand même demander plus tard à Carl Winterscheid si le portrait qu'en a fait Mme Jahn correspond à celui de son oncle.

Après l'autopsie qui devait normalement permettre de clarifier la cause de la mort d'Alexander Roth, ils voulaient encore aller poser quelques questions à l'éditeur. Il devait y avoir un lien entre le meurtre d'Heike Wersch et la mort d'Alexander Roth. Ils étaient tous deux depuis trop longtemps dans la police pour croire aux coïncidences.

Le parking de l'institut médicolégal, installé dans une belle villa ancienne de style Art nouveau sur la Kennedyallee, était quasiment vide, excepté deux voitures. Devant "l'entrée des clients", comme les employés de l'institut appelaient l'entrée arrière destinée à la livraison des corps, Frederick Lemmer et Ronnie Böhme, le plus ancien assistant de la section, s'accordaient une pause cigarette au soleil.

— Bon, on y va, dit Böhme d'un air maussade. Si nous mettons les bouchées doubles, je pourrai peut-être encore profiter de mon week-end.

— De toute façon, vous n'avez rien de mieux à faire. C'est la pause des matchs des Länder. Pas de Bundesliga.

Le Dr Lemmer sourit et écrasa son mégot.

— Désolée de vous déranger un dimanche, dit Pia, mais le médecin légiste lui fit signe que non.

— Pas de problème. Je suis de garde de toute façon, et M. Böhme est plutôt bien payé pour travailler le dimanche.

— Ce qu'il faut pas entendre ! On est payé une misère ici quand on n'est pas docteur ou professeur, maugréa Böhme en tenant la porte à Pia et Bodenstein. En fait, je pourrais quitter mon logement et emménager directement ici, vu le nombre de fois où le chef m'y convoque. Comme s'il n'y avait que moi. Bien sûr, on se fait toujours avoir quand on n'a pas de famille.

— Mais vous êtes le meilleur, monsieur Böhme, dit Lemmer.

— Le meilleur, vous vous foutez de moi ! lança Böhme.

Ils le suivirent dans le couloir jusqu'aux deux salles de dissection qui se trouvaient au sous-sol du bâtiment. Dans la salle n° 1, le corps d'Alexander Roth, déjà déshabillé, reposait sur une table de dissection en acier inoxydable. Bien que Pia ait passé d'innombrables soirées et week-ends en ce lieu quand elle était mariée avec Henning et qu'elle ait vu des cadavres dans tous les états imaginables, la vue de l'homme avec lequel elle parlait encore l'avant-veille lui souleva le cœur. Il y avait une différence entre connaître et ne pas connaître la personne dont on assistait à l'autopsie. Mais si elle n'avait pas su que c'était Alexander Roth, elle ne l'aurait pas reconnu. Son visage et son corps étaient couverts d'hématomes, de contusions et de lacérations. Ses boucles grises étaient humides et collées à son crâne déformé.

— Bonjour, Pia. Bonjour, Oliver.

Henning se leva du tabouret à roulettes sur lequel il était assis pour regarder les radios.

— Merci de pouvoir autopsier aussi rapidement, dit Pia à son ex-mari, jusqu'à présent cette affaire est un vrai mystère.

— Je peux peut-être résoudre une partie de l'énigme, répondit Henning. Nous lui avons fait passer une radio et quelques tests rapides qui confirment les résultats de labo et les analyses de gaz du sang effectuées à l'hôpital.

— *Nous*, bien sûr ! Faut toujours s'attribuer le mérite des autres, marmonna Ronnie Böhme.

Henning, habitué à ses râles incessants, l'ignora.

— Le médecin traitant à l'hôpital suppose que Roth est décédé d'un infarctus suite à une acidose métabolique.

— Qu'est-ce que c'est ? s'enquit Bodenstein.

— En cas d'acidose métabolique, il y a excès d'acidité dans le corps, ce qui peut notamment se produire en cas de diabète sucré, mais aussi en cas de famine sévère, de choc ou d'abus d'alcool, expliqua Henning. L'acidose métabolique a des effets sur le cœur et les vaisseaux sanguins. Alors que la pression sanguine augmente dans la circulation pulmonaire, elle baisse dans le reste du corps. Souvent, le visage apparaît rouge, les conjonctives présentent également une coloration rougeâtre. À cela s'ajoutent des symptômes non spécifiques comme les maux de tête, la fatigue, les vomissements, un manque d'appétit…

— Quand je lui ai parlé vendredi, il était très rouge, l'interrompt Pia. Et il n'arrêtait pas de cligner des yeux et de se les frotter.

— Ça collerait bien, confirma Henning. Plus tard, d'autres symptômes apparaissent : faiblesse, vomissements, accélération de la respiration, troubles de la vue, difficultés respiratoires, perte de conscience. Une conséquence mortelle de l'acidose métabolique est l'hyperkaliémie, un trouble électrolytique dans lequel la concentration de potassium dans le sang est élevée. Cela entraîne des troubles du rythme cardiaque pouvant aller jusqu'à la fibrillation auriculaire et ventriculaire.

— Et qu'est-ce qui provoque ça ? Pas seulement quelques verres de vin ? demanda Bodenstein.

— Je suppose qu'il a eu une intoxication au méthanol, répondit Henning. Autrefois, après la guerre, ou même en RDA, les gens mélangeaient souvent l'alcool, les intoxications au méthanol étaient alors monnaie courante. Mais depuis, elles sont devenues très rares en Allemagne, c'est pourquoi les médecins n'y pensent pas forcément.

— Cela veut dire qu'Alexander Roth a bu de l'alcool frelaté ?

— C'est possible, dit Henning. Le méthanol lui-même est peu toxique. La véritable toxicité provient de sa dégradation par le formaldéhyde en acide formique. Et comme l'acide formique ne se dégrade que très lentement dans le corps humain, une phase dite de latence entraîne une acidose métabolique. Il existe un antidote simple, l'inhibiteur de l'ADH 4-méthylpyrazole, on peut aussi donner de l'éthanol, voire des alcools forts, qui inhibent la dégradation du méthanol dans le corps. On peut favoriser la dégradation de l'acide formique en donnant de l'acide folique. Une intoxication au méthanol n'entraîne donc pas forcément la mort si elle est reconnue et traitée à temps. Mais dans le cas qui nous intéresse, ça aurait été trop tard.

— Il est resté plusieurs heures dans le fossé après sa chute de vélo, dit Pia.

— Exactement. Pendant ce temps, des lésions cérébrales irréversibles sont très probablement survenues, répondit Henning. Je m'attends à ce que nous trouvions des œdèmes rétiniens, car l'acide formique a déjà attaqué les yeux et a peut-être provoqué des troubles de la vision, voire la cécité. En outre, on peut trouver des modifications au niveau du cerveau, du cœur, du foie, des reins et d'autres organes, ce qui confirmerait mon hypothèse.

— Quand aurait-il consommé l'alcool frelaté ? demanda Bodenstein.

— La phase de latence après le stade narcotique provoqué par la consommation d'alcool dure entre six et trente-six heures, calcula Henning.

— L'accident s'est produit dans la nuit de vendredi à samedi, rappela Pia. Probablement vers 23 heures.

— Le vendredi, quand tu lui as parlé, il présentait déjà des symptômes importants, lui rappela Henning. Il a donc probablement subi une première intoxication dès le jeudi.

Le Dr Lemmer avait déjà commencé l'examen externe du corps et il dictait ses conclusions dans le micro de son casque. Pia observa le corps, exposé sur la table de dissection, dans la lumière crue, et soupira.

— S'il n'avait pas eu d'accident de vélo, il serait peut-être encore en vie, dit-elle.

— Non, il était déjà trop tard, corrigea Henning, je pense que l'accident s'est produit uniquement parce qu'il a perdu connaissance en raison de lésions nerveuses déjà avancées et de difficultés respiratoires.

*

Un bourdonnement perçant commençait à dissiper le rêve. Les visages autour d'elle pâlissaient rapidement et les voix s'estompaient dans le lointain. Le rêve se fondait avec la réalité. Elle ne se souvenait déjà plus de leurs noms, ils allaient bientôt disparaître complètement. Cela l'attristait, car elle se doutait qu'elle ne pourrait pas revenir, alors qu'elle aurait aimé rester plus longtemps. Julia resta un moment allongée, les yeux fermés, essayant de se remémorer au moins les dernières bribes de ce rêve qui lui avait semblé si réaliste. Elle ouvrit les yeux et constata qu'elle était allongée sur le canapé, tout habillée, et que la lumière du jour entrait par les fenêtres. Elle n'aimait pas dormir aussi longtemps, car cela perturbait toujours complètement son biorythme.

— Merde ! marmonna-t-elle en cherchant son portable à tâtons.

Il était déjà presque midi, et le bourdonnement qui l'avait si brusquement tirée de son rêve était un appel de Carl Winterscheid. Elle se redressa en bâillant et se dirigea en titubant vers la salle de bains. Elle avait fini de lire à 4 heures du matin le manuscrit qui, malheureusement, se terminait de manière abrupte. Elle aurait aimé connaître la suite de l'histoire, savoir ce qu'était devenue Karla après le décès soudain de son mari, victime d'une crise cardiaque, qui l'avait laissée seule avec son fils de quatre ans. Avait-elle réussi à s'imposer face à son beau-frère dominateur et à sa femme autoritaire ? Allait-on découvrir que la clique avait noyé le neveu de son mari dans la mer, près de leur maison de vacances sur l'île de Noirmoutier ? Toute cette histoire était-elle le fruit de l'imagination de l'auteur ou la narratrice Karla était-elle en réalité Katharina Winterscheid elle-même ?

À un moment, Julia s'était mise à écrire des noms et à spéculer sur le fait que tel personnage pouvait correspondre à tel autre dans la réalité. Elle en savait trop peu sur la mère de son patron pour pouvoir dire avec certitude ce qui était autobiographique dans tout ça, mais les parallèles avec des événements réels étaient frappants. Le fils d'Henri et Margarethe Winterscheid était mort jeune, mais sur Internet et sur le site de la fondation Götz Winterscheid, il était question d'un "accident tragique" et non d'un meurtre. De plus, cette histoire avait déclenché en elle un vague souvenir qu'elle ne pouvait toutefois pas saisir. C'était comme un mot qu'elle avait sur le bout de la langue, mais qui ne lui venait pas à l'esprit. Quoi qu'il en soit, Julia avait été si profondément touchée qu'elle avait rêvé de la maison blanche aux volets bleu clair dans les dunes, des jeunes gens qui s'étaient juré une amitié éternelle lors d'un rituel solennel sur les falaises au coucher du soleil, et de Karla, la jeune femme qui avait trouvé son grand amour pour le perdre quelques années plus tard. Il lui arrivait très rarement qu'un livre la poursuive jusque dans ses rêves. Elle devait absolument en parler à Carl Winterscheid.

Après avoir pris une douche, enfilé des vêtements propres et bu un café, elle le rappela, mais il ne répondit pas. Elle reçut simplement un message quelques secondes plus tard.

Je suis à la maison d'édition, réunion de crise. Alexander Roth a succombé à ses blessures la nuit dernière.

— Mon Dieu, murmura Julia en frissonnant soudain.

D'abord Heike Wersch, et maintenant Alexander Roth, mort lui aussi ! Et elle avait été l'une des dernières à le voir vivant. En fait, elle n'avait rien vu le vendredi soir, elle avait juste entendu des voix.

C'est vraiment terrible, répondit-elle à son chef. *J'ai lu le manuscrit hier soir et il faut que je vous en parle. Ce n'est sûrement pas le moment, mais peut-être plus tard ?*

Oui, absolument, fut sa réponse.

*

L'autopsie avait confirmé les soupçons d'Henning et le diagnostic du médecin de l'hôpital : Alexander Roth avait été victime d'une intoxication au méthanol. La cause du décès était finalement un infarctus du myocarde, mais les dommages causés au tissu cérébral étaient si importants qu'il était déjà en état de mort cérébrale lorsque ses reins, son foie et finalement son cœur avaient cessé de fonctionner les uns après les autres. Certes, on savait maintenant de quoi Alexander Roth était mort, mais ce qui avait provoqué sa mort restait un mystère. S'agissait-il d'un accident ou Roth s'était-il empoisonné au méthanol en toute connaissance de cause et peut-être avec une intention suicidaire ? Par quel biais ce poison insidieux avait-il pu pénétrer dans son corps ?

En rentrant vers le centre-ville, Pia prit le volant et Bodenstein appela le procureur de service pour qu'il lui délivre immédiatement un mandat de perquisition pour le bureau et le domicile privé d'Alexander Roth. Le procureur fut d'abord réticent, mais Bodenstein réussit à le convaincre que Roth avait été fortement soupçonné du meurtre d'Heike Wersch et qu'il avait peut-être été lui-même assassiné. Il appela ensuite Carl Winterscheid qui lui dit qu'il était à la maison d'édition.

— Je ne crois absolument pas qu'il se soit suicidé, dit Pia alors qu'ils traversaient le pont Untermain. Personne ne se tue comme ça. Il y a des méthodes bien plus rapides et efficaces.

Elle aimait la vue spectaculaire sur les gratte-ciels du quartier des banques depuis la rive du Main de Sachsenhausen, mais ce jour-là, elle n'y prêta guère attention.

— Je n'exclus pas le suicide. Roth avait l'air d'être très perturbé, fit observer Bodenstein, songeur. Il a peut-être choisi délibérément une méthode moins évidente pour que sa femme et ses filles ne soient pas traumatisées par le fait que leur mari et père se soit suicidé. Il a peut-être pensé que les gens trouveraient son corps et supposeraient qu'il était mort dans un accident.

— Comme si c'était si facile de mourir, marmonna Pia.

Ils suivirent la Neue Mainzer Strasse entre les gratte-ciels.

— Quel peut bien être ce mensonge sur lequel reposait la carrière d'Alexander Roth ? réfléchit Bodenstein à voix haute. Pourquoi se considérait-il comme “indigne” ?

— *Indigne* – quelle drôle d'expression, dit Pia.

— Je la trouve tout à fait appropriée, rétorqua Bodenstein. Si je comprends bien, Alexander Roth pensait qu'il ne méritait pas quelque chose. Une distinction ? La confiance ? Une tâche qu'il ne se sentait pas capable d'accomplir ?

— Le poste de directeur éditorial, peut-être, suggéra Pia, pragmatique comme toujours. Il marchait sur les traces de grandes personnalités et s'est retrouvé tout à coup en première ligne. Cela l'a tellement stressé qu'il s'est remis à boire.

— Mais ça ne peut pas être la seule raison, déclara Bodenstein. Il avait beau être consciencieux, ce n'était qu'un boulot. Il n'était pas obligé de l'accepter. Il aurait pu démissionner.

— Je ne suis pas d'accord. Alexander Roth s'est défini par rapport à ce poste, il y tenait tellement qu'il a compromis son amitié avec Heike Wersch. Ce n'est peut-être que plus tard qu'il s'est rendu compte qu'il n'était pas à la hauteur de ce poste sans elle et qu'il échouerait. Un tel dilemme est une raison suffisante pour qu'une personne instable se réfugie dans l'alcool, ou la mort.

Dix minutes plus tard, Pia bifurqua de la Börsenstrasse dans la Rahmhofstrasse, puis cinquante mètres plus loin dans la Schillerstrasse. Elle trouva une place de parking à proximité de la maison d'édition et ils descendirent. Comme promis, le procureur avait envoyé l'ordre de perquisition en PDF par mail sur le portable de Bodenstein.

Carl Winterscheid leur ouvrit la porte et ils entrèrent dans le hall. Le dimanche, il n'y avait personne à la réception. L'éditeur, en chemise et jean noirs, était pâle et semblait tendu. La mort d'Alexander Roth l'avait visiblement affecté. Pia et Bodenstein lui présentèrent leurs condoléances. Winterscheid ne jeta qu'un coup d'œil furtif au mandat de perquisition que Bodenstein lui tendait.

— Faites ce que vous avez à faire, dit-il. Je n'ai rien contre. Venez, je vous emmène à l'étage.

Le regard de Pia se posa sur la citation de Nietzsche sur le mur entre l'ascenseur et l'escalier.

— Vous l'avez déjà fait changer.

— Pardon ? De quoi parlez-vous ? demanda Carl Winterscheid, perplexe.

— La citation, dit Pia en désignant le mur. *On est un homme du métier au prix d'en être aussi la victime.* Quelqu'un avait marqué "un homme" d'un astérisque et inscrit dessous, avec un astérisque, "une femme".

— Ça… oh oui ! dit Winterscheid avec une ébauche de sourire. C'était une idée d'Alex. Enfin, de M. Roth. Un bon compromis, comme nous avons tous trouvé.

— Moi, ça me plaît bien, dit Pia.

Tout à coup, des voix résonnèrent dans la cage d'escalier. Quelque part, une porte claqua.

— Vous n'êtes pas seul ici ? s'enquit Bodenstein.

— Non. J'ai convoqué une réunion de crise. Le conseil d'administration est là, ainsi que tous les chefs de service. M. Roth était un collaborateur important et très apprécié, sa mort soudaine nous pose de gros problèmes, surtout maintenant, si près de la Foire du livre. Si nous annulons aussi tard notre présence à la foire par respect pour lui, nous subirons un préjudice économique considérable. Si nous n'annulons pas, nous serons accusés de manquer de respect. Ne croyez pas que je sois insensible, je pense bien sûr à la famille de M. Roth, mais j'ai une entreprise à diriger et la Foire du livre de Francfort est l'un des rendez-vous les plus importants de l'année.

— Nous comprenons, assura Bodenstein.

La mort de son directeur éditorial touchait l'éditeur de très près, c'était évident. Pour masquer son émotion, il se réfugiait dans son rôle de communicant.

— Nous devons informer tous les auteurs dont M. Roth était responsable. Formuler un communiqué de presse, publier un faire-part de décès.

Carl Winterscheid se mordit les lèvres.

— Même si Heike Wersch n'était plus employée chez nous, je la compte toujours parmi nos collaborateurs. Deux décès en quelques jours, c'est plus qu'une tragédie. Cela nous affecte tous beaucoup.

L'ascenseur arriva et la porte s'ouvrit avec un léger grincement.

— Mme Domski nous a dit que son mari s'était remis à boire après une longue période d'abstinence, déclara Bodenstein en montant. Il y a quelques jours, il est rentré chez lui très fatigué et a expliqué à sa femme qu'il avait peur qu'on découvre qu'il était "indigne" et que toute sa vie et sa carrière s'étaient construites sur un mensonge. Qu'a-t-il bien pu vouloir dire par là ?

Carl Winterscheid secoua la tête.

— Je ne sais pas. Bien sûr, il ne m'a pas échappé qu'Alexander s'était remis à boire. Je lui ai parlé, je voulais l'aider, mais il m'a dit qu'il gérait.

— La direction éditoriale, c'était peut-être trop pour lui ? demanda Pia.

— Je me suis posé la même question, reconnut Winterscheid, l'air soudain abattu. Et je me sens responsable parce que je pense que c'est moi qui ai provoqué cette catastrophe avec la décision que j'ai prise concernant le personnel. Alexander Roth était-il dépassé ? Peut-être l'ai-je entraîné dans un conflit de loyauté qui l'a fait replonger dans l'alcool ?

— Il aurait pu refuser le poste, dit Pia.

— Il aurait pu, oui, dit Carl Winterscheid en haussant les épaules. Mais j'étais certain qu'il ne le ferait pas. Il était flatté. Et il avait hâte de sortir enfin de l'ombre que lui faisaient Heike Wersch et mon oncle, de devenir le numéro un.

— Et vous saviez aussi que, de cette manière, vous l'empêchiez de suivre Heike Wersch dans sa nouvelle maison d'édition, poursuivit Pia, toujours mal à l'aise.

Elle trouvait toujours problématique d'interroger des gens en état de choc ou dans une situation émotionnelle exceptionnelle, mais c'est précisément dans ces moments-là, lorsque les mécanismes de défense ne fonctionnaient pas bien, qu'ils obtenaient les réponses les plus sincères.

— C'est vrai, admit Carl Winterscheid avec une honnêteté désarmante. C'est justement ce que je me reproche. Promouvoir Alex Roth était une décision purement stratégique, qui a peut-être entraîné sa mort.

Ce n'était pas une quête d'absolution, mais un diagnostic objectif. Le jeune éditeur de la maison d'édition Winterscheid n'était manifestement pas seulement un bon gestionnaire de crise, il était également préparé à l'exercice de ses fonctions et capable de reconnaître ses erreurs et d'assumer la responsabilité de ses actes. C'est précisément ce qui faisait de lui un bon patron, et non l'âge ou les qualifications professionnelles.

Ils sortirent de l'ascenseur et suivirent Carl Winterscheid dans le couloir de gauche.

— Il y a des caméras de surveillance dans ce bâtiment ? s'enquit Bodenstein.

— Non, nous avons un système d'alarme, c'est tout. Mon oncle n'a malheureusement jamais investi dans l'infrastructure. Tout était obsolète. Pour moi, la priorité était d'abord d'avoir une informatique moderne plutôt qu'un système de sécurité sophistiqué.

Winterscheid s'arrêta devant la porte du bureau d'Alexander Roth et tendait déjà la main pour la poser sur la poignée.

— Non, ne touchez à rien, s'il vous plaît, dit Pia, et il retira rapidement sa main.

Bodenstein et Pia enfilèrent des gants et Pia ouvrit la porte. Le bureau était dans le même état que vendredi. Il y avait des piles de livres et de documents sur des meubles de bureau et une table avec deux chaises. Mais le bureau était bien rangé. Pia ouvrit les tiroirs du caisson à roulettes et souleva le sous-main. Bodenstein poussa du bout du pied la corbeille à papier sous le bureau. Elle était vide.

Dans l'encadrement de la porte, un homme grand et mince d'une cinquantaine d'années apparut à côté de Carl Winterscheid. Il portait un costume de ville gris, une chemise blanche et une cravate noire.

— Je me suis permis de demander à Waldemar Bär de nous rejoindre, dit Carl Winterscheid en le présentant. Il est l'âme de notre maison depuis plus de trente ans et connaît cet endroit bien mieux que moi. Il pourra certainement répondre à toutes vos questions.

Bodenstein hocha la tête.

— Merci de nous consacrer votre temps un dimanche, monsieur Bär.

— C'est normal, répondit poliment le gardien.

Son visage étroit était pâle et inexpressif, et hormis ses yeux sombres enfoncés sous des sourcils épais et sa moustache bien entretenue, Pia le trouva en tout point quelconque.

Le portable de Winterscheid bourdonna. L'éditeur jeta un coup d'œil sur l'écran, et s'excusa, tout en assurant qu'il restait à leur disposition à tout moment. Il disparut précipitamment vers l'escalier et prit l'appel.

Waldemar Bär resta sur le pas de la porte.

— Entrez, l'invita Pia. Vous remarquez quelque chose ? Quelque chose n'est pas comme d'habitude ?

Le gardien entra dans le bureau et jeta un regard scrutateur autour de lui. Il balaya du regard le bureau et le sol, les bibliothèques et les armoires avec les dossiers et s'arrêta finalement sur une déchiqueteuse de documents qui se trouvait derrière le bureau, à côté de la corbeille à papier.

— Il y a du papier dans la déchiqueteuse, constata-t-il. Le soir, les employés de la société de nettoyage vident toutes les corbeilles à papier et les destructeurs de documents.

— À quelle heure ?

— Ils ont généralement fini vers 19 heures.

— À quelle heure avez-vous quitté le bâtiment vendredi ?

— Vers 17 h 30. J'avais encore des obligations à la villa.

Cela signifiait-il que Roth était resté tard dans son bureau le vendredi soir et qu'il avait détruit des documents ? Ce n'était en soi rien de suspect. En théorie, n'importe quel employé de la maison d'édition aurait pu utiliser le destructeur de documents de Roth, mais pourquoi quelqu'un l'aurait-il fait ? Pia se souvenait qu'elle avait déjà confisqué le contenu déchiqueté d'une déchiqueteuse quelques années auparavant et qu'elle l'avait reconstitué laborieusement à l'aide d'un fer à vapeur. Elle laissa à Bodenstein le soin de continuer à interroger le gardien. Au cours de leurs treize années de collaboration, ils avaient développé un sens aigu de celui d'entre eux qui convenait le mieux à telle ou telle personnalité, et dans le cas de M. Bär, très poli, c'était clairement M. von Bodenstein, tout aussi poli. Pia sortit le bac de récupération du destructeur de documents, en retira le contenu et le plaça avec précaution dans un sac à preuves, sans mélanger les morceaux de papier.

— Monsieur Bär, depuis combien de temps connaissez-vous M. Roth ? demanda Bodenstein.

— Depuis toujours. Alexander Roth était un ami d'enfance du jeune Götz Winterscheid, depuis la maternelle, répondit Waldemar Bär. J'ai grandi dans la villa, car mes parents étaient déjà au service de la famille Winterscheid. Depuis 1988, je suis employé et gardien de la maison d'édition et de la villa des éditeurs au parc de Grüneburg.

— Quand avez-vous vu M. Roth pour la dernière fois ?

— Vendredi en fin d'après-midi, se souvint le gardien. Il est passé devant mon bureau et est sorti par la porte de derrière, dans la cour de service. Quelques minutes plus tard, il est revenu, a passé la tête à l'intérieur et m'a souhaité un bon week-end, ce qui m'a un peu étonné.

— Pourquoi ? Il ne faisait pas ça d'habitude ?

— Non. Les seules personnes qui le font sont M. Winterscheid junior, sa cousine, Mme Winterscheid-Fink, la directrice des ventes, et Mme Bremora, une jeune éditrice. Tous les autres collaborateurs ne me souhaitent une bonne soirée ou un bon week-end que lorsqu'ils me rencontrent par hasard.

— M. Roth avait-il changé ces derniers temps ?

— Oui, il avait changé.

— Dans quel sens ?

— Je ne veux pas être indiscret, et ce n'est qu'un avis tout à fait personnel…

Waldemar Bär hésita, se lissa la moustache avec le pouce et l'index.

— J'ai eu l'impression que depuis le départ d'Heike Wersch… M. Roth n'avait plus vraiment de plaisir à son travail. Il était souvent replié sur lui-même. Triste. Oui, presque déprimé.

Le regard de Waldemar Bär suivit celui de Pia, qui était en train d'ouvrir une à une toutes les armoires à dossiers et tous les tiroirs.

— Et il s'est aussi remis à boire, dit Bodenstein.

— Oui, malheureusement.

— Quand était-ce à peu près ?

— Mi-juin. Peu après avoir pris son nouveau poste. C'est à ce moment-là que j'ai découvert des bouteilles de vodka vides dans la poubelle. J'ai tout de suite compris qu'elles devaient être à M. Roth, car c'était par le passé sa marque préférée.

— Lui en avez-vous déjà parlé, ou avez-vous éventuellement échangé à ce propos avec quelqu'un d'autre ?

Pia dut réprimer un sourire, Bodenstein s'adaptait parfaitement à la manière de s'exprimer un peu désuète de Waldemar Bär.

Bär secoua la tête

— Oh non ! Ce n'est pas à moi de faire ça. Je ne suis que le gardien ici. Je veille à ce que tout fonctionne bien, mais je ne parlerais jamais de ce dont je suis témoin par hasard, à moins que cela relève de mon domaine.

Soudain, Pia entendit un bourdonnement. Elle s'arrêta et tendit l'oreille. Cela ressemblait au bruit d'un réfrigérateur. D'où venait-il ?

— Mais vous entendez certainement beaucoup de choses ici, dans la maison d'édition, n'est-ce pas ? demanda Bodenstein.

Le gardien esquissa un petit sourire.

— Eh bien, je fais quasiment partie des meubles. En général, les collaborateurs me remarquent à peine et ne baissent même pas la voix quand ils parlent entre eux. Mais j'ai pris l'habitude de ne pas écouter.

Waldemar Bär eut beau se montrer aussi discret qu'un majordome de la famille royale britannique, Bodenstein réussit à lui soutirer quelques informations sur Alexander Roth, mais celles-ci ne firent finalement que confirmer ce qu'ils savaient déjà. Cependant, lorsque Bodenstein se mit à parler d'Heike Wersch, le visage du gardien se ferma.

— Heike Wersch m'a beaucoup déçu par son comportement, dit-il en se raidissant. On ne mord pas la main qui vous a nourri si longtemps. Mais ce n'est que mon humble avis.

— Merci beaucoup pour les renseignements, monsieur Bär, dit Bodenstein, conscient que le gardien n'en dirait pas plus pour l'instant. Nous allons mettre le bureau sous scellés. Aujourd'hui ou demain, nous enverrons la police scientifique. Maintenant, si vous pouviez nous montrer la poubelle dans laquelle vous avez trouvé les bouteilles de vodka.

— Bien sûr.

Entre-temps, Pia avait découvert sous la table le réfrigérateur, à peine plus grand qu'un minibar d'hôtel. Elle attendit cependant que Bodenstein et le gardien aient quitté le bureau avant de pousser les chaises et de s'accroupir pour l'ouvrir. Il contenait une bouteille de champagne, une bouteille de vin blanc et trois bouteilles d'eau minérale. Aucune n'était entamée. Dans le compartiment à glace se trouvait une bouteille de vodka Black Moose de 70 centilitres, à moitié vide. Lorsqu'elle la retira avec précaution, un sac de glaçons lui tomba dessus. Il y avait quelque chose d'autre au fond du compartiment. Pia se pencha et regarda de plus près. Un objet argenté dans un sachet Ziploc. Mais qu'est-ce que c'était ? Elle sortit son portable et prit quelques photos avant de retirer délicatement le sac. Son cœur se mit à battre lorsqu'elle reconnut l'objet qu'il contenait. Tout à coup, les pièces du puzzle semblèrent s'assembler. Elle sortit un sac à preuves de son sac à dos, l'étiqueta et y plaça le sachet Ziploc avant de refermer le réfrigérateur.

Bodenstein apparut dans l'embrasure de la porte.

— Pia, où as-tu…

— Regarde ce que j'ai trouvé dans le compartiment à glaçons du réfrigérateur, derrière un sac de glaçons et une bouteille de vodka, l'interrompit Pia en lui tendant le sac.

— Qu'est-ce que c'est ?

Bodenstein plissa les yeux et examina la trouvaille de Pia.

— Je dirais que c'est un attendrisseur de viande en acier inoxydable, répondit-elle, avec une surface d'attaque carrée d'environ quatre centimètres sur quatre.

*

L'après-midi touchait à sa fin lorsque Bodenstein et Pia arrivèrent à la BRI, en même temps que les collègues qui avaient fouillé la maison d'Heike Wersch. Bodenstein avait prévu une réunion pour échanger les dernières informations. Kai Ostermann, qui venait de se servir un Coca frais au distributeur de boissons du rez-de-chaussée, se joignit à eux.

— Que fait le PCEA au sous-sol ? s'enquit Tariq en se dirigeant vers les bureaux de la K11, situés au dernier étage du bâtiment.

Les abréviations cryptées étaient très appréciées par la police en général et par Nicole Engel en particulier.

— Le quoi ? s'enquit-elle.

— Euh, rien de particulier.

Tariq, qui n'avait pas vu que la commissaire en chef était entrée avec eux dans la cage d'escalier par la porte coupe-feu, rougit, gêné.

— C'est juste un truc d'initiés.

— Et ça veut dire quoi ?

— Le Plus Célèbre Écrivain Allemand, répondit Tariq.

Cem, Kathrin et Pia éclatèrent de rire dans le dos de leur patronne.

— Vous vous foutez de moi, lui lança Nicole Engel en se retournant aussi vite vers les autres. Et vous aussi !

— Au fait, vous avez pu interroger le héron au sujet de la perruque d'Heike Wersch ? lui demanda Pia.

— Oui, répondit Nicole Engel. M. Velten – car c'est son nom et vous pourriez enfin vous en souvenir –, donc M. Velten s'est rendu compte ce soir-là qu'Heike Wersch portait toujours une perruque. Il ne l'avait jamais vue sans et a été très surpris de la voir en face de lui avec des cheveux gris coupés court.

— Est-ce qu'il croit toujours qu'il l'a tuée ? demanda Bodenstein en tenant à sa cheffe la porte du couloir qui menait aux bureaux.

— Oui, répondit Nicole Engel en haussant les épaules. Pourquoi pas, si ça l'inspire.

— Eh bien, espérons qu'il ne commettra pas vraiment un meurtre un jour, lorsqu'il sera à nouveau bloqué pour écrire, fit remarquer Kai, ce qui lui valut un regard réprobateur de sa patronne.

Ils entrèrent dans la salle de réunion et se répartirent autour de la table. Pia exposa ce qu'ils avaient appris et découvert dans la maison d'édition, et Kai écrivit également le nom du gardien sur le tableau blanc.

La police scientifique avait récupéré trois bouteilles de vodka vides de la marque Black Moose dans la benne à ordures de la cour de la maison d'édition. Bodenstein et Pia avaient laissé le bureau d'Alexander Roth à Kröger et à son équipe et étaient retournés à l'institut médicolégal avec l'attendrisseur de viande, où Ronnie Böhme avait sorti le corps d'Heike Wersch de son congélateur et où Henning avait comparé les bords des fractures d'impression dans la boîte crânienne de la victime avec l'ustensile de cuisine. Elles correspondaient au millimètre près et il n'y avait presque plus aucun doute sur le fait qu'il s'agisse de l'arme du crime.

— Félicitations, dit Nicole Engel. Je dirais que l'affaire est résolue.

— Et c'est pratique : le meurtrier aussi est mort, nota Pia, ironique, ce qui n'eut pas l'air de plaire non plus à la commissaire en chef.

Bodenstein s'abstint de tout commentaire. Sa patronne, qui craignait toujours une mauvaise presse, semblait heureuse que son auteur vedette vénéré soit mis hors de cause dans le meurtre de son éditrice, mais il y avait encore trop d'incohérences pour être sûr qu'Alexander Roth était bien l'assassin d'Heike Wersch. Après s'être saoulé quelque part pour se donner du courage, il serait revenu le lundi soir assassiner sa collègue de longue date de manière aussi bestiale ?

— Mais Roth aimait bien Heike Wersch. Ils étaient amis, fit remarquer Kathrin.

— Amis ! s'exclama Pia avec mépris. Rien que d'entendre ce mot ! Qu'est-ce que ça veut dire ? Ils se connaissaient depuis longtemps, c'est vrai, mais cela ne veut pas dire nécessairement qu'ils s'appréciaient. Je pense plutôt qu'ils étaient en concurrence et ne s'aimaient pas. Plus sérieusement, quand vous êtes amis avec quelqu'un, vous lui dites que vous vous occupez de votre père à la maison, non ?

La réponse fut un haussement d'épaules général et un hochement de tête hésitant.

— Cem, dit Pia en se tournant vers son collègue, tu as vu Roth, toi aussi, et tu lui as parlé. Tu l'aurais cru capable de mettre le corps ensanglanté de sa bonne vieille amie qu'il venait d'assassiner dans le coffre de sa voiture, de l'emmener dans la forêt, de l'y décharger et de le jeter en bas d'une pente pour revenir ensuite nettoyer tranquillement la cuisine ?

— Non, admit Cem. Je ne l'aurais même pas cru capable de frapper quelqu'un à mort.

— Pourquoi pas ? demanda Nicole Engel.

— Parce que ce n'était pas son genre, répondit Cem. C'était un type mince avec des mains fines d'intello…

— Tout ça, ce sont des clichés, l'interrompit Engel. Vous savez très bien ce que l'alcool peut provoquer chez quelqu'un sous le coup de la colère.

— Peut-être que sa femme l'a aidé, dit Bodenstein, faisant allusion à sa suspecte préférée. Paula Domski est pleine de haine envers l'ancienne clique d'amis de son mari. Elle accuse Heike Wersch d'être responsable de la rechute de son mari.

— Mais Paula Domski voulait qu'Heike Wersch vienne dans son émission le lendemain soir, intervint Tariq.

— Est-ce vraiment ce qu'elle voulait ? réfléchit Bodenstein à voix haute. Heike Wersch lui a volé la vedette pendant des années. Les gens allumaient la télé pour la voir, elle, pas pour voir Paula Domski, même si l'émission portait son nom. Quand Heike Wersch a quitté l'émission, l'audimat a chuté.

— Une jalousie irrépressible comme motif, envisagea Kai. Cela correspondrait en tout cas à la brutalité de ce crime. Elle a un alibi ?

— Rien qui vaille, répondit Bodenstein. Il paraît qu'elle était seule chez elle le lundi soir et qu'elle préparait l'émission du lendemain soir.

— Qu'en est-il de l'alibi d'Alexander Roth pour le lundi soir ? demanda Nicole Engel.

— Nous avons parlé à tous les tenanciers de bars de Bad Soden et leur avons montré une photo de Roth, répondit Tariq. Il était dans un bar de sportifs vers six heures et demie, à proximité de chez Heike Wersch où il a bu deux vodkas tonic, il a payé en liquide et est reparti. Sinon, personne ne se souvient de l'avoir vu.

— Une patrouille l'a ramassé mardi matin à 2h45 à Bad Soden, près de l'école primaire Otfried-Preussler, et l'a emmené à Niederhöchstadt, car il ne voulait absolument pas être raccompagné chez lui, dit Kai en consultant sur son portable le procès-verbal des collègues de Niederhöchstadt qu'il avait ajouté au dossier virtuel.

— Il était ivre, mais paisible. On a renoncé à lui faire une prise de sang parce qu'il n'avait pas conduit de véhicule. Selon le procès-verbal, il n'avait sur lui qu'un sac à bandoulière.

— Qui contenait quoi ? demanda Nicole Engel.

— Hum… dit Kai en parcourant l'écran. On n'a rien noté.

— Prenez contact avec vos collègues et demandez-leur s'ils ont examiné le contenu du sac, ordonna la directrice de la police judiciaire. Ils devraient avoir remarqué un attendrisseur de viande. Et au fait, comment Alexander Roth est-il arrivé à Bad Soden ?

— Je m'en occupe, dit Kai. Nous supposons qu'il a pris le S-Bahn. Roth n'avait plus de permis de conduire, on lui avait retiré deux fois pour cause d'alcool au volant. C'est pourquoi il allait au travail à vélo, et prenait souvent le S-Bahn.

— Qu'en est-il de la géolocalisation de son portable ? demanda Bodenstein.

— Je l'ai demandée, répondit Kai. Tout comme le compte rendu des collègues qui l'ont trouvé samedi matin à Liederbach.

— Les bouteilles de vodka vides et celle à moitié pleine du réfrigérateur du bureau de Roth sont en route pour le labo, tout comme l'attendrisseur de viande et le contenu du destructeur de documents, annonça Kröger. Nous devrions avoir les premiers résultats au plus tard demain.

— Henning est d'avis que Roth a dû être empoisonné au méthanol dès jeudi, dit Pia. Il est probable que l'accident a eu lieu parce qu'il a perdu connaissance en raison de difficultés respiratoires et de lésions nerveuses. Des lésions cérébrales irréversibles ont dû se produire avant qu'on le retrouve.

— Kirchhoff a-t-il une idée de la manière dont Roth a pu ingérer le méthanol ? demanda Nicole Engel.

— Non, mais on peut penser qu'il a bu de l'alcool frelaté, répondit Pia.

— Sa marque de vodka préférée est Black Moose, c'est une vodka de qualité supérieure, pas de la gnôle artisanale, déclara Kröger.

— Mais peut-être qu'il a bu de la gnôle artisanale quelque part jeudi, rétorqua Bodenstein. Ou alors il s'est volontairement empoisonné, sans que le suicide soit trop évident. On peut commander du méthanol sur Internet sans problème auprès des magasins de modélisme.

Nicole Engel secoua la tête :

— C'est absurde ! Pourquoi cet homme voudrait-il se suicider d'une manière aussi atroce ?

— Peut-être pour expier le meurtre d'Heike Wersch et d'autres fautes, suggéra Bodenstein. Alexander Roth était très déprimé. Il se trouvait "indigne", c'est ce que nous a raconté sa femme. Et quand on ne se suicide pas sur un coup de tête, on calcule plutôt son coup.

La directrice de la police judiciaire lui jeta un coup d'œil sceptique.

— Vous avez trouvé quelque chose d'intéressant dans la maison d'Heike Wersch ? demanda Pia à ses collègues.

— Nous avons trouvé la clé d'un coffre-fort, répondit Tariq.

— Et aussi des dossiers avec des plans pour la création d'une maison d'édition, ajouta Cem. Heike Wersch était quelqu'un d'organisé et de méticuleux. Elle a même classé soigneusement toute la correspondance relative aux litiges avec Marcel Jahn. En avril, elle avait fait une demande de crédit de 500 000 euros auprès de sa banque, qui apparemment a été refusé, alors qu'elle voulait mettre sa maison comme garantie.

— En avril ? demanda Bodenstein. Mais elle n'a été licenciée que fin juin.

— Elle n'a été licenciée que parce que la direction a eu connaissance de ses projets de création d'une maison d'édition, lui rappela Pia.

— Ah oui, c'est vrai.

Bodenstein hocha la tête, ce qui lui valut encore un coup d'œil critique de Nicole Engel.

— Le grenier était plein de caisses poussiéreuses, poursuivit Cem, il y a entre autres des albums photos et des souvenirs, certains très anciens, d'autres plus récents. On va tous les passer en revue.

— L'ordinateur portable d'Heike Wersch est revenu du labo, dit Kai. Comme il ne peut pas être l'arme du crime, je vais m'en occuper. Je peux sûrement déplomber le programme de messagerie et accéder à sa boîte mail.

— Nous avons également trouvé une liste de mots de passe chez elle, ajouta Kathrin. Si au labo, ils peuvent récupérer son portable, nous pourrons aussi lire ses messages.

— Bien.

Nicole Engel se leva.

— Veuillez me tenir au courant de tout. Monsieur Bodenstein, avez-vous cinq minutes à m'accorder ?

— Bien sûr.

Bodenstein la suivit dehors pendant que Pia distribuait encore les tâches pour le lendemain.

*

Bodenstein attendait en fait depuis un bon moment que Nicole lui demande ce qui lui arrivait, mais leur passé commun restait un obstacle entre eux. S'il ne s'était agi que d'un amour d'étudiant sans engagement de part et d'autre qui se serait terminé un jour, Nicole s'en serait certainement remise depuis longtemps, mais Bodenstein avait mis fin à leur relation assez brutalement au bout de deux ans lorsqu'il était tombé follement amoureux de Cosima. Quelques mois plus tard, il l'avait épousée et peu après était devenu père. Même si tout cela remontait à plus de trente-cinq ans, la directrice de la police judiciaire n'avait jamais vraiment digéré cet affront et ne pouvait pas supporter l'ex-femme de Bodenstein. C'était aussi la raison pour laquelle Bodenstein ne lui avait rien dit de ce qui le préoccupait.

— J'ai l'impression que tu n'es pas vraiment à ton affaire ces derniers temps, commença Nicole après avoir refermé la porte de son bureau derrière elle. Qu'est-ce que tu as ?

— Cosima a un cancer du foie, répondit-il. Je vais bientôt devoir m'absenter pendant un certain temps, car je vais lui faire don d'une partie de mon foie.

— Quoi ? s'exclama la commissaire. Cosima a un cancer ? Depuis quand le sais-tu ?

— Depuis quelques semaines, admit Bodenstein. On l'a détecté par hasard, sans doute la conséquence tardive d'une infection par une hépatite non détectée, qu'elle a probablement contractée il y a des années lors d'une de ses expéditions.

— Oh mon Dieu ! Je suis vraiment désolée, dit Nicole en mettant sa main sur sa poitrine, visiblement choquée.

Bodenstein, qui s'attendait à une réaction différente, beaucoup plus froide, de sa patronne, fut touché par sa compassion.

— Une transplantation du foie est sa seule chance, dit-il. Elle est sur la liste d'attente d'Eurotransplant, mais personne ne peut dire combien de temps il faudra pour obtenir un organe compatible. Selon la loi sur la transplantation, seuls les membres de la famille sont éligibles pour un don d'organe de leur vivant, c'est pourquoi les enfants et moi-même avons passé un test. Chez moi, tous les paramètres conviennent. Et en fait, nous attendons juste que Cosima aille suffisamment bien après la chimio pour pouvoir être opérée. C'est une course contre la montre.

— Je ne comprends pas que tu ne m'aies pas dit ça plus tôt. Un don de foie de ton vivant ! Tu vas passer des semaines à l'hôpital !

Nicole laissa retomber sa main et croisa les bras sur sa poitrine.

— Je pensais vraiment que nous avions plus confiance l'un en l'autre.

Elle était blessée. Pas tout à fait à tort, comme Bodenstein dut l'admettre.

— Tu n'as jamais aimé Cosima, dit-il.

— Sans doute pour des raisons compréhensibles, rétorqua Nicole. Mais c'était il y a longtemps et cela n'a plus d'importance. Et honnêtement, ce n'est pas pour Cosima que je m'inquiète, c'est pour toi. Une telle opération comporte de gros risques et – pardonne-moi – mais tu n'es plus tout jeune.

— Dans deux ans, je serais effectivement trop vieux, répondit Bodenstein. Mais le foie repousse et je suis en pleine forme. J'ai passé tous les examens nécessaires et les médecins m'ont donné le feu vert.

— Qu'est-ce que ta femme dit de tout ça ? demanda Nicole.

Bodenstein s'installa sur le bord du bureau.

— Elle n'est pas au courant. J'ai quitté la maison avant-hier. Mon couple avec Karoline, c'est terminé.

Cette fois, Nicole semblait vraiment choquée.

— Mais pourquoi ? Tu étais pourtant si heureux avec elle ! C'est bien toi qui m'as dit, il y a un an, que vous aviez surmonté tous les problèmes et que tout était parfait entre vous ?

— C'était malheureusement une erreur, répondit Bodenstein. Karoline est jalouse quand je veux passer du temps avec ma famille. Et c'est ce que je veux. Je veux voir grandir mes petits-enfants, mais elle n'a jamais voulu m'accompagner et elle me faisait des scènes terribles lorsqu'une fête ou une réunion de famille était prévue, jusqu'à ce que je reste à la maison uniquement pour avoir la paix.

Il raconta à Nicole ses problèmes avec Greta, même s'il savait qu'elle était capable de s'en servir contre lui le moment voulu.

— Karoline n'a jamais voulu comprendre qu'il n'y avait plus rien entre Cosima et moi, à part une relation d'amitié et nos enfants. Et ça, elle le savait depuis le début.

— Mais elle a aussi un ex-mari avec lequel elle est encore en contact, non ?

— Oui, bien sûr. Et cela me convient parfaitement. C'est normal, quand on refait sa vie. Tout le monde a un passé. Le problème, c'est que Karoline et sa fille refusent de faire quoi que ce soit pour soigner leur traumatisme. Leurs angoisses de séparation, leur jalousie, en réalité tous leurs problèmes sont tout à fait compréhensibles quand on sait ce qu'elles ont vécu. Mais je ne comprends pas qu'elles ne veuillent pas se faire aider.

— Parce que c'est douloureux, long et épuisant de se confronter à soi-même, dit Nicole en s'installant sur l'une des deux chaises pour les visiteurs. J'ai vécu la même chose avec Kim. Elle non plus n'a jamais été prête à faire face à son passé. Au lieu de cela, elle a tout simplement tout refoulé ou s'est enfuie, parce que c'était la voie la plus confortable. Elle m'a même caché l'existence de sa fille. Et au lieu de s'occuper de Fiona, elle a disparu en Amérique. Je n'ai plus jamais entendu parler d'elle.

— Toi aussi, tu as supporté ça longtemps, dit Bodenstein.

— Oui, beaucoup trop longtemps, soupira Nicole, on ne veut pas s'avouer qu'on s'est trompé et qu'on a échoué. Et on espère toujours que l'autre finira par changer, mais c'est une erreur. Les gens ne changent pas. À un moment donné, il faut prendre une décision quand on se rend compte que le partenaire ne nous convient pas. À notre âge, on n'a pas toujours le temps d'attendre que ça s'arrange.

Ils se regardèrent d'un air compréhensif.

— Je me sens mieux seule, dit Nicole.

— Je crois que moi aussi.

— Je ne veux plus jamais perdre de temps à laisser quelqu'un d'autre décider de ma vie. Et même si, par le passé, j'étais parfois un peu jalouse des gens qui avaient des enfants, je suis aujourd'hui très heureuse de ne pas en avoir.

Pendant un moment, ils se laissèrent aller à leurs pensées en silence, et Bodenstein observa le profil de Nicole Engel, songeur. Que serait devenue sa vie s'il n'avait pas rencontré Cosima ? Nicole et lui ne seraient très probablement pas restés ensemble. Aurait-il rencontré une autre femme, une femme avec laquelle il aurait non seulement fondé une famille, mais aussi construit un cercle d'amis ? Cosima et lui n'y étaient jamais parvenus. Il y avait eu leurs collègues de travail et des connaissances qu'ils avaient rencontrées au cours du temps. Dans une amitié, il fallait investir du temps, et il n'avait jamais eu ce temps. Les attentes des enfants, la maison et son travail ne lui avaient tout simplement pas laissé la possibilité d'entretenir des amitiés.

Il n'avait jamais eu de véritable ami, de copain à qui se confier et qui se confiait à lui. Bodenstein pensa à Heike Wersch et Alexander Roth et à leur ancienne bande d'amis, les "Éternels", dont la femme de Roth était si jalouse. Ils se connaissaient depuis l'école et ne s'étaient jamais perdus de vue, même lorsqu'ils s'étaient mariés et avaient eu des enfants. Mais qu'est-ce qui les unissait ? Des souvenirs de jeunesse communs suffisaient-ils vraiment à fonder une amitié pour la vie, ou s'agissait-il plutôt de vieilles connaissances qui glorifiaient leur passé ? Mais pourquoi ? Heike Wersch, en tout cas, n'avait pas tout dit à ses anciens amis, et lorsqu'elle avait eu besoin de soutien, aucun d'entre eux n'avait accepté de l'aider.

— Quand l'opération doit-elle avoir lieu ? demanda Nicole.

— Comme je l'ai dit : dès que Cosima sera suffisamment stabilisée, répondit Bodenstein. Depuis quelques jours, son état s'améliore lentement mais sûrement. Quand ce sera d'actualité, je t'en informerai bien sûr.

— Tu veux te mettre en congé d'ici là ? demanda Nicole.

— Non, ce n'est pas nécessaire.

Rien que l'idée de rester assis à ne rien faire, à attendre simplement l'appel de la clinique, lui était insupportable.

— Quand le moment sera venu, Pia prendra la direction de l'enquête, ajouta-t-il.

— Tu l'as donc déjà mise au courant ?

Un léger reproche perçait dans la voix de Nicole.

— Il y a seulement deux jours, répondit Bodenstein. Je ne savais pas exactement comment tu allais réagir, c'est pourquoi j'ai remis cette conversation à plus tard. Mais maintenant, je suis content que tu le saches. Et je te remercie de ta compréhension.

Ils se levèrent tous les deux.

— Est-ce que tu dirais que nous sommes amis tous les deux ? demanda Bodenstein alors que Nicole tendait déjà la main vers la poignée de la porte.

— Je ne sais pas, dit-elle en laissant retomber sa main. Je suis ta cheffe. Et j'ai été ta petite amie. Non, je ne pense pas que nous soyons amis dans ce sens. Mais peut-être que nous sommes plus que ça, parce que nous n'avons pas d'exigences ni d'attentes l'un envers l'autre. Je préfère avoir de bons collègues fiables que des amis qui n'ont aucune idée de ce que cela signifie d'être à la police judiciaire et de mener des enquêtes sur des meurtres, de n'en avoir jamais fini et de devoir en plus jouer assez souvent le rôle du bouc émissaire pour l'opinion publique.

Bodenstein hocha lentement la tête, puis sourit. Elle avait raison. Rares étaient les personnes de son entourage qui pouvaient s'imaginer ce que cela faisait que de repêcher le corps d'une fillette maltraitée dans le Main ou de traquer un psychopathe qui exécutait des innocents avec un fusil de sniper. Seuls les collègues pouvaient vraiment comprendre que l'on trimbalait toutes ces tragédies même après le boulot, quand on rentrait chez soi. Les collègues comprenaient pourquoi il fallait parfois rester au bureau la nuit, assister à des autopsies le week-end ou regarder des cadavres en décomposition. En fait, il n'était pas étonnant que ses relations aient été vouées à l'échec.

— Bonne fin de journée, dit Nicole. À demain matin.

— Oui, toi aussi. À demain.

— Oh, Oliver, s'exclama la commissaire en se retournant une fois de plus. Je n'aimais pas Cosima parce qu'elle t'avait enlevé à moi à l'époque. Mais c'est pardonné et oublié depuis longtemps. Je souhaite vraiment qu'elle se rétablisse. Transmets-lui le message, s'il te plaît.

*

Julia avait attendu tout l'après-midi que son patron la contacte, et lorsqu'il le fit enfin, il était déjà un peu plus de cinq heures. Elle avait passé son temps à numériser les cent trente-quatre pages du manuscrit, ce qui avait été une tâche fastidieuse avec son vieux scanner à plat, mais cela en valait la peine, car maintenant tout était sauvegardé. C'était vraiment triste que Katharina Winterscheid soit morte avant d'avoir pu terminer le manuscrit, car ainsi, on ne saurait jamais la fin de l'histoire. Sur le chemin de la maison d'édition, Julia s'était brièvement arrêtée chez MoschMosch, sur la Goetheplatz, pour acheter deux portions de *pinatsu karê don* à emporter, car elle s'était souvenue que Carl Winterscheid lui avait confié ce matin-là devant la Kleinmarkthalle que c'était son plat préféré.

Julia ne savait pas si c'était la nourriture ou le fait qu'elle se soit souvenue de ses préférences qui lui faisait le plus plaisir, mais lorsque, assis à la table de réunion de son bureau, ils dégustèrent le riz avec un curry de cacahuètes et de noix de coco, des légumes frais et des cacahuètes hachées, il n'avait plus son air soucieux et elle eut un peu l'impression de dîner avec un ami. Particulièrement confiant, il lui raconta ce que

Paula Domski lui avait appris sur la mort d'Alexander Roth, ajouta que la brigade criminelle avait fouillé le bureau de Roth et la poubelle dans la cour. Il les avait entendus par hasard dire qu'ils avaient trouvé dans le réfrigérateur du bureau de Roth quelque chose qui pouvait être l'arme du crime.

Julia posa ses baguettes.

— Je me sens terriblement coupable, avoua-t-elle, c'est moi qui ai parlé à votre assistante de la conversation entre Heike Wersch et M. Roth. Si je ne l'avais pas fait, vous n'auriez pas licencié Heike Wersch et elle serait peut-être encore en vie aujourd'hui.

Carl Winterscheid cessa lui aussi de manger et regarda à nouveau Julia, avec une étrange intensité qui la troubla et fit battre son cœur en un staccato effréné. Que signifiait ce regard ? *Ah, c'était donc toi, la traîtresse ! Toi qui dénonces tes collègues et n'as même pas le courage de le dire toi-même au chef ?*

— Ce n'est pas mon assistante qui me l'a dit, dit-il cependant à son grand soulagement. J'étais déjà au courant avant. Et l'agent d'un auteur qu'Heike Wersch voulait débaucher m'avait prévenu. J'ai bien peur que ce soit moi qui ai déclenché ce désastre, quand j'ai proposé à Alexander Roth le poste de directeur éditorial. J'espérais qu'Heike Wersch démissionnerait ensuite d'elle-même, mais elle ne m'a pas fait ce plaisir.

Julia reprit ses baguettes. Ils terminèrent leur repas dans un silence consensuel, et lorsque les boîtes en carton furent vidées jusqu'au dernier grain de riz et que Carl eut pris dans la cuisine une bouteille de vin blanc, deux verres, débouché la bouteille et versé le vin, c'est là seulement qu'il demanda ce qu'il en était du manuscrit.

— C'est bon, répondit Julia. Non, ce n'est pas bon, c'est excellent ! Je prendrais l'auteur sous contrat sans hésiter.

— Vraiment ?

— Oui, je suis enthousiaste.

Elle sortit le manuscrit et les notes de son sac et les posa devant elle sur la table.

— Sans parler du contenu, ce texte est absolument convaincant sur le plan stylistique. Il y a du suspense en continu, on est tout de suite proche des personnages auxquels on peut s'identifier. Les dialogues sont vivants et authentiques, le texte développe une force d'attraction incroyable et on veut absolument connaître la suite. Je ne l'ai pas lâché avant 4 heures du matin. Elle posa délicatement la main sur le manuscrit et poursuivit : Ce texte a été écrit par une autrice expérimentée. Elle est passée maître dans l'art du *cliffhanger* et n'alourdit pas inutilement l'intrigue de détails secondaires. C'est brillant. Dommage que votre mère n'ait pas pu terminer le manuscrit.

— Comment ça ?

— Eh bien, ça s'arrête à la page 134. En quelque sorte au milieu du manuscrit. J'ai l'impression qu'il devrait encore se passer beaucoup de choses après, dit Julia. Au fait, saviez-vous que votre mère écrivait ?

— Non, je l'ignorais.

Carl hésita, il sembla réfléchir à ce qu'il devait révéler de lui-même, puis se décida à être plus ouvert.

— Je ne sais pas grand-chose sur ma mère. Chez mon oncle, on ne parlait pas souvent d'elle. Peut-être parce qu'elle s'est suicidée quand j'avais six ans. Trois jours seulement avant mon premier jour d'école. Je lui en ai plutôt voulu pour ça.

— Elle s'est… ?

Julia, qui s'apprêtait à boire une gorgée de vin, faillit s'étouffer.

Elle pensait que Katharina Winterscheid était morte si jeune à la suite d'un accident ou d'une grave maladie. Jamais, au grand jamais, elle n'aurait pensé au suicide, surtout après avoir lu le manuscrit inachevé et la dédicace affectueuse pour son fils.

— Ma mère est devenue dépressive après la mort de mon père, expliqua Carl. Un soir, elle s'est jetée du balcon de son appartement du cinquième étage et est morte sur le coup. Elle n'a même pas laissé de lettre d'adieu.

Julia ne savait que dire, elle était sous le choc. Cela n'avait pas dû être facile pour Carl de grandir sans ses parents, mais ne pas savoir pourquoi sa mère s'était suicidée en le laissant seul, cela avait dû être encore bien pire. Aux yeux de Julia, les gens qui se suicidaient étaient des égoïstes. Ils mettaient certes un terme à leur propre mal-être, mais sans se soucier de la culpabilité que connaîtraient leurs proches et leurs amis toute leur vie.

— Je suis vraiment désolée, finit-elle par balbutier, une formule tout à fait maladroite vu la portée de cet événement, même s'il remontait à des décennies.

Soudain, elle se sentit mal à l'aise. Il ne s'agissait pas d'une intrigue de roman, mais de la vie de Carl Winterscheid, et elle n'avait pas le droit d'exprimer ses doutes concernant ce suicide, d'autant plus qu'elle n'en avait aucune preuve, juste une impression. Et elle ne devait pas oublier qu'il était son patron et non un ami, et qu'ils ne parlaient pas ici du manuscrit d'un auteur quelconque, mais d'un texte que sa mère avait rédigé et qui était mystérieusement réapparu après avoir disparu pendant des années.

Carl se rendit compte qu'il avait bouleversé Julia.

— Je ne savais pas que ma mère écrivait des romans, dit-il en reprenant le fil de la conversation. Mais je me souviens du bruit de sa machine à écrire que j'entendais chaque soir en m'endormant. J'ai dû penser que cela faisait partie de son travail.

Songeur soudain, il sembla revenir vers un lointain passé.

— C'est étrange, dit-il en se frottant le menton, pensif. Comment se fait-il que je me souvienne tout d'un coup de cette machine à écrire ? Elle était jaune et elle était toujours sur la table de la salle à manger. J'avais souvent le droit de dessiner sur cette table, et je me souviens qu'elle vibrait lorsque ma mère tapait. Notre chat aimait ça aussi. La plupart du temps, il s'allongeait en travers de la table.

— Vous aviez un chat ? s'enquit Julia, qui s'était remise de son premier choc. Il n'était pas noir, par hasard ?

— Si, c'est vrai. Il était noir. Avec des pattes blanches, répondit Carl en souriant, lui-même étonné par les souvenirs qui remontaient à sa conscience depuis un coin caché de son cerveau. Qu'est-ce qui vous fait dire ça ?

— Se pourrait-il qu'elle s'appelle *Fleur de Sel* ? demanda Julia. Elle se pencha en avant et examina son patron avec un intérêt non dissimulé.

— Oui, c'était son nom. Comment le savez-vous ?

Carl ne souriait plus, il l'observait, perplexe.

— Je ne sais rien, répondit Julia en désignant de l'index le manuscrit qui se trouvait devant elle. Mais dans cette histoire qui se déroule d'abord à Francfort et ensuite sur l'île de Noirmoutier, la protagoniste trouve un chaton dans le bassin du port pendant ses vacances et l'adopte. Dans le manuscrit, le chat est tout noir, il a juste les pattes blanches. Et son surnom est Selli.

— C'est pas possible ! s'exclama Carl Winterscheid d'une voix soudain rauque. Notre chat ressemblait exactement à ça. Il a emménagé avec moi dans la villa. Après la mort de mes parents, j'ai en effet été élevé par mon oncle et ma tante.

— Les auteurs aiment parfois s'amuser à glisser des détails autobiographiques dans leurs livres, dit Julia.

Elle lui fit passer la photo avec les six jeunes gens.

— Dans l'histoire de votre mère, il s'agit d'une étudiante qui rencontre une bande de jeunes à l'université, parmi lesquels Lutz, le fils de l'éditeur de Francfort Hardy Vogelsang. Karla, la protagoniste, tombe amoureuse de David, le frère de Hardy, qui a douze ans de plus qu'elle.

Carl l'écoutait attentivement, en pâlissant de plus en plus.

— La clique part ensemble en été dans la maison de vacances de la famille Vogelsang sur l'île de Noirmoutier, et Karla y va seule, car David ne peut la rejoindre qu'une semaine plus tard, poursuivit Julia. Au début, l'histoire se lit comme un roman d'amour, mais elle se transforme ensuite en roman policier, car les cinq amis d'enfance noient ensemble le fils de l'éditeur dans la mer. Ils inventent ensuite une histoire à dormir debout et concluent un pacte. Ils se jurent de ne plus jamais en parler. Lorsque David et Karla reviennent d'une croisière en voilier, la police française est déjà sur place.

Julia se tut.

— Et après ?

Carl était devenu livide. Les jointures de ses doigts étaient blanches sous sa peau légèrement bronzée, tant il serrait son verre de vin.

— La mère de Lutz Vogelsang pense que Karla a fait tourner la tête de son fils, juste pour passer le temps, en attendant que son beau-frère David arrive, poursuivit Julia. Cette rumeur avait été lancée par les autres jeunes gens. Martha Vogelsang accuse Karla de la mort de son fils parce que, soi-disant, à cause de son chagrin d'amour, il s'est tellement saoulé qu'il a glissé sur les rochers, s'est cogné la tête, est tombé à l'eau et s'est noyé.

— Et… Karla n'a pas pu démentir cette rumeur ? demanda Carl d'une voix rauque.

— Apparemment non, jamais vraiment. Elle ne s'entendait pas bien avec Martha Vogelsang, bien que David et elle se soient mariés six mois après l'enterrement de Lutz, lorsque Karla a réalisé qu'elle était enceinte, répondit Julia en jetant un coup d'œil rapide à ses notes pour ne pas perdre le fil. Elle s'entendait très bien avec son beau-père, l'ancien éditeur Arnold Vogelsang, mais elle n'avait pas le droit de travailler dans la maison d'édition, Hardy et Martha l'en ont empêchée. Mais les anciens amis de Lutz, eux, ont obtenu des emplois dans le comité de lecture et dans la fondation que les Vogelsang avaient créée à la mémoire de Lutz. Il y a cependant quelques secrets qui ne sont malheureusement pas éclaircis. Mark, l'un des jeunes gens, est le petit ami de la jeune sœur de Lutz, Corinna, qui n'était pas avec lui en vacances. Lutz, qui avait rompu quelques mois avant sa mort avec son amie d'enfance Mia, incroyablement jalouse, qui faisait d'ailleurs aussi partie de la clique, n'était pas amoureux de Karla, mais de Mark. Le manuscrit se termine assez abruptement, juste au moment où Karla vient d'apprendre par les médecins que son mari, son grand amour, est décédé d'une crise cardiaque.

Carl avait écouté attentivement, il s'éclaircit la gorge.

— On dirait un peu que ma… ma mère avait fait plus que de mettre quelques détails autobiographiques dans son histoire.

Julia était tout à fait d'accord avec lui. Ce manuscrit était un véritable roman à clés. Katharina Winterscheid racontait tout ce qui lui était arrivé. Pourquoi s'était-elle jetée du balcon avant que le roman soit terminé ? Si cette Karla était son alter ego, elle avait de grands projets pour son avenir et celui de son jeune fils et n'était nullement déprimée. Mais qui disait que le texte était d'elle ? N'importe qui aurait pu taper cette histoire sur une machine à écrire. Il n'y avait pas de preuves. Seulement des énigmes.

— Vous pourriez peut-être en parler à Maria Hauschild et à votre cousine, dit Julia à son chef qui regardait dans le vide, silencieux. Elles ont certainement bien connu votre mère. Il est même possible qu'elles aient une idée de qui a pu vous envoyer le manuscrit et la voiture Matchbox.

— C'est justement pour ça que je ne leur ai pas encore parlé, dit Carl, je n'ai jamais voulu savoir quoi que ce soit sur ma mère.

Il se leva et s'approcha de la fenêtre, les mains dans ses poches.

— Avant, j'étais très en colère contre elle, je lui en voulais d'avoir été si… si égoïste, de se suicider alors que j'avais besoin d'elle. Pendant un certain temps, je n'ai pas pu lui pardonner, mais aujourd'hui, je suis passé à autre chose. Je m'en sors bien. Elle ne m'intéresse pas, tout simplement.

— Je peux comprendre, dit Julia avec compassion, même si ce n'était absolument pas vrai.

À sa place, elle aurait tout fait pour en savoir plus sur cette femme qui l'avait abandonné comme ça. Rien que pour trouver la paix intérieure et pouvoir tirer un trait sur cette histoire.

— Mais vous ne voulez pas savoir qui vous a envoyé ce manuscrit et cette petite voiture ? Et pourquoi justement maintenant ?

Carl se tourna vers elle, les lèvres serrées. Son attitude était devenue soudain presque hostile et il y avait dans ses yeux gris une expression qui rétablissait la distance entre eux.

— Je vais y réfléchir, dit-il sur un ton professionnel.

— Je vous laisse le manuscrit. Il vous appartient, après tout, dit Julia en rangeant ses notes. Vous devriez le lire. Il est vraiment bon. Elle en a peut-être écrit d'autres, et la personne qui vous a envoyé celui-ci a peut-être aussi les autres. Imaginez que vous deveniez l'éditeur de votre mère !

Le portable de Carl se mit à sonner. Il le prit et son visage s'assombrit en regardant l'écran.

— J'ai malheureusement d'autres soucis en ce moment. Mais je le lirai un jour, lui promit-il, maintenant que je l'ai.

— Très bien.

Julia mit son sac sur son épaule et attrapa les boîtes de nourriture vides pour les jeter à la poubelle.

— Ah, madame Bremora, je vous dois combien pour ce repas ? demanda Carl, ce qui vexa Julia.

C'était un rejet pur et simple, un geste de domination inutile auquel Julia ne s'attendait pas. S'agaçait-il de lui en avoir trop dit sur lui-même ?

— Si vous n'y voyez pas d'inconvénient, c'était une invitation, répondit-elle, aussi froidement que lui. Je ne suis pas si mal payée que ça ici. Mais si cela vous gêne, vous pourrez me donner 8,90 euros à l'occasion.

Il désigna son portable.

— Je dois répondre, dit-il sèchement. Merci et bonne soirée.

— Bien sûr. Vous aussi.

Ainsi larguée, Julia laissa les cartons vides sur la table et sortit du bureau de son patron avec un mélange d'agacement et de résignation. Mais d'une certaine manière, elle ne pouvait pas vraiment lui en vouloir. Être confronté ainsi à un passé que l'on aimerait mieux oublier devait être une épreuve. Ce n'est qu'en descendant la Schillerstrasse en direction du métro que Julia se souvint de ce qu'elle voulait dire à Carl Winterscheid, à savoir que, le vendredi soir, elle avait vu Alexander Roth faire entrer quelqu'un dans la maison d'édition par la porte de derrière. Mais maintenant qu'il était mort, cela n'avait plus d'importance.

5e jour
Lundi 10 septembre 2018

Lundi matin, à 7 heures, lorsque Pia s'engagea dans le couloir des bureaux de la K11, elle trouva ses collègues en pleine effervescence. Kathrin et Cem avaient étalé sur la grande table de la salle de réunion le contenu d'une des caisses qu'ils avaient rapportées du grenier de chez Heike Wersch et fouillaient méticuleusement dans ses souvenirs personnels, ses photos et ses documents, dans l'espoir de trouver des éléments susceptibles de faire avancer l'enquête.

Kai et Tariq faisaient un travail similaire, mais en suivant les traces numériques laissées par Heike Wersch. Grâce à la liste de mots de passe qu'ils avaient récupérée lors de la perquisition, ils avaient pu démarrer sans problème l'ordinateur portable qui n'était que légèrement endommagé, et ils passaient maintenant en revue la correspondance électronique des dernières semaines et des derniers mois.

— Alors ? s'enquit Pia. Vous avez trouvé quelque chose d'intéressant ?

— Difficile à dire répondit Kai. Avec tous les mails qu'elle a écrits et reçus ! Il s'agit en premier lieu de mails professionnels. Sa correspondance avec les avocats au sujet de son licenciement, de l'audience aux prud'hommes, du projet de création d'une maison d'édition. Elle s'était abonnée à des tas de newsletters de journaux et de maisons d'édition et faisait souvent des achats en ligne.

— Elle a beaucoup échangé de mails avec des auteurs et des agents, ajouta Tariq. Apparemment, concernant son projet, elle n'a essuyé en général que des refus. Seuls quelques-uns avaient envisagé d'accepter son offre et de la suivre dans sa nouvelle maison, mais si je comprends bien, ils ne pouvaient pas parce qu'ils avaient signé en avril une prolongation de leur contrat avec la maison d'édition Winterscheid et étaient donc liés à long terme. Heike Wersch était furieuse. Elle a traité d'idiots les auteurs et les agents qui, par cupidité et stupidité, étaient tombés dans un piège sournois.

— Ah ah !

Pour Pia, ce n'était vraiment pas un motif de meurtre, mais comme elle n'avait aucune idée des subtilités du business dans l'édition, elle décida d'appeler Maria Hauschild. En tant qu'agent, elle pouvait mesurer la portée de ces choses et lui expliquer ce que cela signifiait.

— Est-ce qu'elle correspondait aussi avec ses amis ?

— Bien sûr ! répondit Kai en lui tendant quelques mails imprimés. Au cours de la semaine qui a précédé sa mort, elle a échangé une trentaine de mails rien qu'avec Alexander Roth !

— Et de quoi s'agit-il ?

— On ne comprend pas très bien, répondit Tariq.

— On dirait qu'Alexander Roth accuse Heike Wersch de vouloir le faire chanter, dit Kai. Mais avec quoi, on ne comprend pas encore. Peut-être que tu comprendras, toi, en lisant ce qu'ils écrivent.

— Du chantage ?

Pia tendit l'oreille. Elle y avait déjà pensé. Le chantage n'est pas toujours une question d'argent. Parfois, il s'agissait simplement du plaisir d'aller voir dans la vie d'autrui et de semer le trouble. Et Heike Wersch semblait aimer particulièrement harceler et déstabiliser les gens. Pia s'assit à son bureau et commença à lire les mails qu'Heike Wersch avait échangés avec Alexander Roth.

Comment peux-tu faire une chose pareille ? Quelle égoïste minable tu fais ? Tu crois vraiment que tu es le centre du monde ! Mais tu ne peux pas utiliser les gens comme des pions, avait écrit Alexander Roth le 23 août. *Cela te retombera dessus, crois-moi. Comment peux-tu penser qu'on veuille te soutenir ? On n'a jamais pu attendre quoi que ce soit de ta part, tu ne penses qu'à toi.*

Mais c'est TOI *qui devrais faire très attention, pauvre mauviette !* avait répliqué Heike Wersch par retour du courrier. *Le fait que tu te caches justement derrière Carl est aussi absurde que tout ce qui se passe en ce moment ! Je suis sûre que c'était ton idée d'appâter les auteurs avec des addendas. Petite vengeance d'un petit esprit ! Et si les Winterscheid découvraient le traître qu'ils ont abrité en leur sein pendant toutes ces années ? Tu as vraiment de quoi trembler, pauvre créature.*

— Eh bien, ce sont vraiment de bons amis, murmura Pia.

Alexander Roth leur avait clairement menti, à Cem et à elle. Il n'avait certainement pas rendu visite à Heike Wersch ce lundi pour l'empêcher de participer au talk-show de Paula Domski, mais pour de tout autres raisons. Mais de quoi s'agissait-il ? De Severin Velten ? *Et si les Winterscheid découvraient le traître qu'ils ont abrité en leur sein pendant toutes ces années ?* Cela sonnait clairement comme une menace. Pia chercha dans son carnet le numéro de téléphone de Maria Hauschild et prit son portable pour lui demander ce qu'étaient ces "addendas" avec lesquels on pouvait appâter les auteurs.

*

— Je viens d'avoir Maria Hauschild au téléphone, elle m'a dit qu'Heike Wersch avait demandé un soutien financier pour sa nouvelle maison d'édition non seulement à Henri Winterscheid, Alexander Roth, Josefin Lintner et elle-même, mais aussi à Stefan Fink, rapporta Pia une demi-heure plus tard lors de la réunion du matin. Le samedi après-midi, lorsque j'ai parlé avec sa femme et lui, Stefan Fink n'en a pas dit un mot lorsque la conversation a porté sur ce sujet. Sa femme était très vexée parce qu'elle n'avait appris ces projets d'édition que par Carl Winterscheid. Et maintenant, je me demande pourquoi son mari lui a caché qu'Heike Wersch lui avait posé la question.

— Quelle importance ? demanda Nicole Engel en attrapant son portable qui vibrait.

— Je n'en suis pas encore tout à fait sûre, répondit Pia, mais j'ai l'impression qu'Heike Wersch voulait faire chanter

Alexander Roth. Et peut-être aussi Stefan Fink. Et Dorothea Winterscheid-Fink ne fait apparemment pas partie des Éternels, comme Paula Domski appelle les amis de son mari.

— Maria Hauschild n'a rien dit sur ce qu'Heike Wersch aurait pu détenir contre Roth ? demanda Bodenstein.

— Je ne lui ai pas posé la question aussi concrètement. Ce n'est pour l'instant qu'une supposition de ma part, dit Pia en feuilletant son carnet. Mais j'ai appris ce que sont les addendas. C'est ainsi que l'on désigne les avenants d'un contrat. Carl Winterscheid a en effet déjoué les plans d'Heike Wersch, avec une manœuvre très futée, en prolongeant fin avril les contrats existants de presque tous les auteurs importants de Winterscheid que, pour lui, Heike Wersch voulait débaucher, et en les rétribuant assez généreusement. Entre autres, les contrats de Severin Velten. L'agent de ce dernier n'était alors pas encore au courant des projets d'Heike Wersch. Ce n'est que lorsque tous les auteurs ont signé que Carl Winterscheid a viré Heike Wersch.

— Futé et tout à fait légal, dit Nicole Engel.

— Heike Wersch a pensé que c'était une idée d'Alexander Roth, dit Pia en citant le traître dont parlait le mail. C'est probablement pour cela qu'elle l'a menacé. Avec quoi, c'est ce que nous devons encore découvrir.

— Et pourquoi Maria Hauschild n'a-t-elle pas soutenu son amie ? demanda Bodenstein.

— C'est ce qu'elle voulait faire, répondit Pia. Mais elle était d'avis que la création d'une maison d'édition devait être mieux planifiée, et c'est sans doute sur ce point qu'Heike Wersch et elle se sont disputées. Après tout, elle avait laissé entrevoir à son amie la coquette somme de 250 000 euros comme financement de départ, mais elle voulait en contrepartie un droit de regard plus important et une ligne éditoriale élargie. Ce dernier point n'a pas été entendu par Heike Wersch.

— Un quart de million d'euros comme financement de départ ! s'étonna Kathrin.

— Pourquoi Wersch avait-elle besoin de tant d'argent ?

— Maria Hauschild prétend que c'est pour débaucher des auteurs d'autres maisons d'édition. L'argent est toujours motivant. Ça me paraît logique, répondit Pia. D'ailleurs, Stefan Fink et la libraire Josefin Lintner ont refusé parce qu'ils n'étaient pas en mesure de soutenir financièrement le projet. Fink se bat apparemment pour survivre avec son imprimerie. Pendant toutes ces années, la maison d'édition Winterscheid a été son meilleur client, sur lequel il a toujours pu compter, mais depuis que c'est Carl Winterscheid qui dirige la maison, il fait imprimer ses livres en République tchèque et en Pologne, c'est nettement moins cher. La librairie de Josefin Lintner n'est pas non plus dans une situation très rose, le loyer dans le centre Main-Taunus est assez élevé, elle a en outre de gros frais de personnel.

— Qui d'autre aurait suivi Heike Wersch ? demanda Nicole Engel.

— D'après Maria Hauschild, les seuls autres membres de l'équipe étaient l'ancien éditeur Henri Winterscheid et l'écrivain Hellmuth Englisch, répondit Pia. Mais elle m'a aussi raconté qu'il y avait eu une brouille entre Heike Wersch et Hellmuth Englisch, car elle ne voulait pas publier son nouveau livre, bien que ce soit un des écrivains allemands qui a le plus de succès et qui a déjà remporté tous les prix littéraires importants. Carl Winterscheid avait résilié son dernier contrat et Heike Wersch n'en voulait pas non plus, c'est pourquoi il se retrouve maintenant sans maison d'édition.

— Ce qui ne doit pas lui faire plaisir, lança Bodenstein. Est-ce que ça pourrait être l'homme qui s'est disputé avec Heike Wersch dimanche dernier.

— Nous allons montrer une photo de lui à Mme Jahn, dit Pia.

— Bon, je résume, dit Kai.

Il se dirigea vers les tableaux blancs et prit le crayon à papier.

— Stefan Fink n'a pas dit à son épouse qu'Heike Wersch lui avait demandé de l'aide pour sa maison d'édition. Correct ?

Pia hocha la tête.

— Où est le problème ? demanda Nicole Engel sans lever les yeux de son smartphone.

— Et pourquoi êtes-vous si sûrs que Fink n'en a pas parlé à sa femme ? demanda Tariq.

— Dorothea Winterscheid-Fink a été très blessée que son père ne lui ait pas parlé des projets d'Heike, répondit Pia. Mais ça doit être bien pire pour elle que son propre mari ne lui en parle pas ! Et si elle l'avait su, elle l'aurait certainement mentionné samedi lors de notre entretien devant l'hôpital. Dorothea Winterscheid-Fink a dû vivre une situation similaire à celle de Paula Domski – elle n'a jamais vraiment fait partie des "Éternels".

— Pourquoi son mari lui a-t-il d'ailleurs caché ça ?

La directrice de la police judiciaire leva les yeux et posa son smartphone sur la table.

— Mais c'est justement la question ! s'impatienta Pia. Je suppose qu'Heike Wersch avait en main un moyen de pression sur ses anciens amis, qu'elle a utilisé pour obtenir leur soutien !

— Stefan Fink n'avait donc probablement aucun intérêt à ce que son secret soit divulgué, dit Kai. Ce genre de choses peut détruire des couples. À mon avis, c'est un bon motif de meurtre.

Il traça sur le tableau blanc une ligne allant du nom de Stefan Fink à celui d'Heike Wersch.

— Fink mesure un quatre-vingt-dix et est sportif, dit Pia en pensant au géant blond. Pour lui, ce ne serait sûrement pas un problème de mettre un corps dans le coffre de sa voiture et de le décharger dans la forêt.

— D'accord, dit Bodenstein. Nous allons parler à Fink. Continue, qu'est-ce qu'on a d'autre ?

Kathrin et Cem présentèrent des photos, des coupures de presse et des objets qu'ils avaient trouvés dans une boîte à chaussures tout au fond de l'une des caisses à souvenirs.

— Heike Wersch a méticuleusement rempli des albums, a dit Kathrin. Nous avons trouvé des dizaines d'albums photos dans le salon, au grenier. Jusqu'en 2010, elle faisait un album photo par an, en collant soigneusement les photos et en écrivant des textes en dessous, en collant des billets d'entrée, des menus, des programmes et autres. Il y a aussi des albums photos plus anciens, peut-être réalisés par sa mère. C'est pourquoi nous avons trouvé inhabituel qu'elle n'ait pas collé ces photos-là dans un album.

Ils avaient ainsi respecté la vieille règle de la police selon laquelle lorsqu'on cherchait des informations sur une personne, il fallait toujours chercher quelque chose qui sorte de l'ordinaire.

Sur les photos datant de 1978 à 1983, ce sont toujours les mêmes jeunes gens qui posent pour la photo : quatre hommes et trois femmes, en 1983 une nouvelle femme s'y était ajoutée et l'un des hommes n'apparaissait plus sur les clichés.

— Alex, Götz, Steve, Josi, Waldi, Mia et Heike – Noirmoutier, été 1981, lut Kathrin au dos d'une photo montrant les jeunes gens sur une plage devant des rochers et une mer bleue. Avec la minutie qui la caractérise, Heike Wersch avait écrit les noms sous toutes les photos. À partir de 1983, "Waldi" manquait, mais "Chatte" figurait sur les photos. En arrière-plan, on voyait toujours la même maison blanchie à la chaux avec des volets bleu clair, parfois aussi un voilier, la plage, une piscine.

— Les Éternels en vacances, commenta Tariq.

— Je me demande si "Waldi" est Waldemar Bär, le gardien, intervint Bodenstein ? Vu son âge, ça se pourrait.

— Heike est bien sûr Heike Wersch, dit Kathrin. À l'époque, elle était vraiment rousse. Et Alex, c'est Alexander Roth, facilement reconnaissable à ses cheveux bouclés et à ses lunettes.

— Josi, c'est Josefin Lintner.

Cem tapota du bout du doigt sur une jeune femme blonde qui, sur chaque photo, se blottissait contre le jeune Alexander Roth. Mia devrait donc être Maria Hauschild. Quant à Götz, il s'agit sans doute de Götz Winterscheid.

— Le frère aîné de Dorothea, qui est décédé très tôt, expliqua Pia.

— Pourquoi Dorothea ne figure-t-elle pas sur les photos ? demanda Nicole Engel.

— Elle ne faisait probablement pas partie de la clique parce qu'elle a quelques années de moins que les autres, suggéra Cem. En revanche, son mari y est. Nous pensons que "Steve" est Stefan Fink. Tiens, le grand blond à l'extrême droite de la photo.

— Oui, ça collerait.

Pia observa les photos en plissant les yeux, puis les fit passer l'une après l'autre à Bodenstein. Et "Waldi" pourrait vraiment être le gardien. Mais qui est la "Chatte" ?

Pia essaya de distinguer le visage à moitié détourné de l'appareil de la femme aux cheveux blond foncé qui n'apparaissait que sur une seule photo.

— Au fait, comment est mort Götz Winterscheid ? demanda Nicole Engel.

Kai s'installa à nouveau derrière son ordinateur portable et chercha le nom sur Google.

— Selon Wikipédia, Götz Winterscheid, le fils de l'éditeur francfortois Henri Winterscheid et de sa femme Margarethe, est décédé tragiquement en 1983 lors de vacances d'été en France. Il n'avait que vingt et un ans et ses parents ont ensuite créé la fondation Götz Winterscheid.

Kai s'arrêta et secoua la tête.

— Hé, les gars, devinez qui est le président du conseil d'administration de la fondation. Ou plutôt était.

— Alexander Roth.

Pia répéta la phrase du mail d'Heike Wersch à Roth et tira la boîte à chaussures vers elle.

— *Et si les Winterscheid découvraient le traître qu'ils ont abrité en leur sein pendant toutes ces années ?*

Petit à petit, tout commençait à prendre sens. Les premières pièces du puzzle étaient à leur place.

— Roth avait recommencé à boire après de nombreuses années d'abstinence, dit Bodenstein. L'élément déclencheur n'était peut-être pas sa nomination au poste de directeur éditorial, mais la peur justifiée qu'Heike Wersch rende public quelque chose qui aurait eu des conséquences néfastes pour lui. Il a dit une fois que toute sa vie et sa carrière reposaient sur un mensonge.

Pendant que ses collègues discutaient de différents scénarios, Pia observa les autres objets qui se trouvaient dans la boîte à chaussures. Une petite bouteille d'Orangina ventrue, remplie de sable et fermée par un bouchon et du vernis à cacheter. Un bocal contenant des coquillages et des pierres. Une branche desséchée dans une pochette en plastique. Une édition de poche usée du *Loup des steppes* d'Hermann Hesse, une lecture culte typique des années 1980. Plusieurs ronds à bière et des tickets de caisse décolorés. Une plume d'oiseau. Un coffret en bois recouvert de tissu et artistiquement décoré, dans lequel se trouvait une vieille monture de lunettes aux verres fêlés. Un sac en plastique portant l'inscription publicitaire d'une chaîne de supermarchés française qui n'existe plus depuis longtemps, à l'intérieur duquel se trouvait un morceau de tissu. Pia secoua le sac, un tee-shirt gris clair taché tomba sur la table.

Elle eut un choc. Son pouls accéléra.

— Passe-moi les photos de 1983, s'il te plaît, dit-elle à Cem qui poussa la petite pile vers elle.

Pia les feuilleta rapidement et en posa une devant elle sur la table. Sur cette photo, on voyait les six jeunes gens sur des marches d'escalier devant la maison blanchie à la chaux. Elle sortit alors de son sac à dos une paire de gants en latex qu'elle enfila. La conversation autour de la table de réunion avait cessé, tous suivaient ses gestes avec curiosité. Pia étala le tee-shirt. Il était gris clair, portait le logo de *Fruit of the Loom* et était couvert de taches sombres.

— Je parie que c'est le tee-shirt que portait Götz Winterscheid quand il est mort ! dit-elle tout excitée. Regardez la photo !

— Autrefois, presque tous les gens qui se respectaient avaient ce genre de tee-shirt, fit remarquer Nicole Engel. À l'époque, c'était un must absolu.

— Je comprends. Mais pourquoi Heike Wersch aurait-elle gardé un tee-shirt quelconque ? demanda Pia. Celui-ci devait avoir une signification particulière pour elle.

Puis quelque chose d'autre la frappa et elle eut une poussée d'adrénaline, comme chaque fois qu'elle tombait sur quelque chose d'inattendu qui pouvait la rapprocher de la vérité. Elle sortit la monture de lunettes de son écrin et la posa à côté de la photo.

— Heike Wersch n'a pas seulement ramassé le tee-shirt de Götz Winterscheid, mais aussi ses lunettes, dit-elle, triomphante. Et je pense qu'elle ne l'a pas fait pour des raisons sentimentales, mais parce que ce sont des preuves.

Elle s'arrêta un instant et réfléchit. Puis tout lui parut parfaitement clair.

— Alexander Roth doit avoir quelque chose à voir avec la mort de Götz Winterscheid. Heike Wersch le savait et l'a fait chanter à ce sujet !

— Pour obtenir quoi ? demanda Nicole Engel.

— Elle voulait qu'il quitte Winterscheid et qu'il monte sa nouvelle maison d'édition avec elle, répondit Pia. Pour elle, c'était vital. Elle ne supportait pas d'être au second plan, dépourvue d'influence. Elle voulait à nouveau s'impliquer et en même temps en remontrer à Carl Winterscheid.

— À l'époque, les parents de Götz ont fait de Roth le président du conseil d'administration de la fondation, ajouta Bodenstein. Il a fait carrière dans la maison d'édition Winterscheid, une carrière qui aurait sans doute été réservée à Götz. Une carrière fondée sur un mensonge. Il n'est pas étonnant que Roth se soit considéré comme indigne s'il avait effectivement quelque chose à voir avec la mort de Götz Winterscheid.

Pendant un moment, tous se turent. Ils sentaient que l'affaire avait changé. Ils ne pêchaient plus en eau trouble.

— Comment allons-nous procéder maintenant ? demanda Kai.

— Nous devons étayer nos suppositions par des preuves, ce qui risque d'être difficile, vu le temps écoulé, dit Bodenstein en freinant l'euphorie naissante de ses collaborateurs. Et pour cela, nous devons être prudents et ne pas nous précipiter, car nous avons besoin d'une chaîne de preuves complète, même si notre principal suspect est mort. Nous devons d'abord découvrir comment Götz Winterscheid est mort, et pour cela nous devons interroger les personnes qui étaient présentes à l'époque. S'il y a le moindre doute sur le fait que sa mort soit accidentelle, il est évident que tous les autres amis qui étaient présents lors de ces vacances d'été sont au moins aussi suspects qu'Alexander Roth.

— Ils pourraient également avoir été victimes de chantage de la part d'Heike Wersch, lança Nicole Engel. Et dans ce cas, tous les autres auraient eux aussi un motif de meurtre.

— Stefan Fink, Maria Hauschild, Josefin Lintner et la femme surnommée “Chatte”, énuméra Tariq. Heike Wersch et Alexander Roth sont morts.

— Envoyons le tee-shirt et les lunettes au labo, on pourra peut-être encore prélever de l’ADN, suggéra Kai.

— Nous avons déjà celui d’Alexander Roth, dit Cem.

— On va se procurer les autres, dit Pia.

Le fax posé sur l’un des meubles bas se mit à ronronner et cracha trois feuilles. Kathrin se pencha et les attrapa.

— Le mandat de perquisition pour le coffre est arrivé, constata-t-elle.

— Bien, dit Bodenstein en se levant. Pia et Tariq, vous allez à l’agence bancaire de Bad Soden et vous ouvrez le coffre. Cem, nous allons rendre visite à Paula Domski. Kathrin, tu vas chez Mme Jahn et tu lui montres une photo d’Hellmuth Englisch, car nous ne pouvons pas négliger l’éventualité d’un autre motif. Renseigne-toi aussi sur la situation financière de l’imprimerie Fink. Kai, téléphone et tâche d’obtenir le plus d’informations possible sur Götz Winterscheid.

— Est-ce que ça aurait un sens de parler au père d’Heike Wersch ? demanda Pia. Il est encore à l’hôpital en ce moment.

— Je peux le faire, proposa Kathrin.

Bodenstein acquiesça.

— Ça vaut la peine d’essayer. Alors au travail. On se retrouve ici au plus tard cet après-midi à 15 heures.

*

Chez Bodenstein, l’instinct de chasseur s’était réveillé, un sentiment qu’il avait perdu les dernières années. Son métier avait toujours été pour lui une vocation et pas seulement un gagne-pain. Il était enquêteur corps et âme et n’avait jamais eu l’ambition de devenir chef de service ou même commissaire de police. On lui avait proposé plusieurs occasions de faire carrière, mais il les avait toutes refusées, au grand dam de Nicole Engel qui lui reprochait son manque d’ambition. Il était devenu policier parce qu’il croyait en la justice, aux règles et aux valeurs, et non pour faire une carrière ou de la politique, atteindre des échelons de rémunération plus élevés et prendre sa retraite à cinquante ans. Il y a quelques années, il avait toutefois eu besoin de prendre un congé sabbatique, car l'affaire du tireur embusqué qui avait également abattu la mère de Karoline avait été trop pour lui. Il ne pouvait plus garder ses distances et faire abstraction du travail une fois rentré chez lui. Lorsqu'il avait été confronté à son propre passé lors d'une enquête dans sa ville natale de Ruppertshain, il avait pensé à abandonner définitivement le métier de policier. Un moment, il avait sérieusement envisagé d'accepter l'offre alléchante de son ancienne belle-mère, car la gestion de la fortune de la comtesse Gabriela von Rothkirch était un travail exceptionnellement bien rémunéré et dépourvu de stress. Mais alors que son congé sabbatique touchait à sa fin, il avait décidé de reprendre son ancien métier. Il était prêt à s'intégrer dans l'équipe qu'il avait dirigée pendant de nombreuses années, mais Pia, qui dirigeait la K11 par intérim pendant son absence, s'était volontairement retirée au second plan et Nicole lui en avait à nouveau confié la direction. Le congé sabbatique lui avait fait du bien. Il avait acquis une attitude différente, plus saine, vis-à-vis de son travail, et de toute évidence, il se raccrochait à son métier et à l'équipe de la K11 lorsque sa vie privée était problématique, comme c'était le cas maintenant.

Cem avait pris l'A66 pour ne pas avoir à traverser la moitié d'Hofheim. Après le rond-point à l'entrée de Liederbach, il quitta la Höchster Strasse pour prendre le Münsterer Weg et s'arrêta peu après devant une maison jumelée bien entretenue. Une Škoda argentée était garée sous un abri voiture.

— On y est, dit Cem.

Bodenstein détacha sa ceinture.

— Il vaut mieux que tu te charges d'entamer la conversation, Cem. Je crois que j'ai trop de préjugés.

Cem acquiesça et appuya sur la sonnette.

Paula Domski ouvrit quelques secondes plus tard. Elle était pâle et avait des ombres violettes sous les yeux, elle ne portait pas de noir, mais un tailleur-pantalon similaire à celui qu'elle avait le samedi et dimanche matin à l'hôpital, ainsi qu'une écharpe de soie jaune et un collier de perles de bois multicolores autour du cou.

— Entrez, dit-elle en reconnaissant Bodenstein. Vous voulez prendre un café ?

— Volontiers, répondit poliment Cem.

Il tenait à générer une atmosphère propice à la conversation. Ils suivirent Paula Domski dans une cuisine aux façades brillantes d'un rouge vif pas évident et prirent place à la table de cuisine. Ils étaient très souvent invités dans la cuisine lorsqu'ils allaient voir des témoins ou des suspects à leur domicile. Bodenstein supposait qu'il devait s'agir de quelque chose de psychologique, une cuisine étant moins formelle qu'un salon et ne révélant pas autant de choses personnelles. Tandis que Cem se faisait servir un café et que Paula Domski, très calme, exposait les résultats de l'autopsie et la cause de la mort de son mari, Bodenstein se demandait où, lui, il recevrait la police judiciaire, et dut réprimer un sourire, car pour un laps de temps incertain, ce serait sa chambre d'hôtel.

— Qu'est-ce que c'est ? demanda Paula Domski, suspicieuse, lorsque Cem lui montra une photo de l'attendrisseur de viande que Pia avait découvert dans le réfrigérateur du bureau d'Alexander Roth.

— Vous connaissez cet attendrisseur de viande ? demanda Cem.

— Non, je ne le connais pas.

Paula Domski ouvrit un tiroir et en sortit un objet.

— Voici mon attendrisseur de viande. On ne l'utilise plus parce que nous sommes végétariens.

— Nous avons trouvé ceci dans le réfrigérateur du bureau de votre mari, dit Cem. La police scientifique est en train de l'examiner car il a très probablement été utilisé pour tuer Heike Wersch.

Paula Domski pâlit. Elle se tourna vers Bodenstein.

— Vous croyez que mon mari l'a tuée ? demanda-t-elle.

— Nous ne croyons rien du tout, répondit Bodenstein. Mais nous savons qu'il était chez elle lundi après-midi et qu'il lui a parlé. Nous essayons justement de comprendre où il s'est rendu ensuite, avant que la patrouille ne l'arrête.

— Votre mari nous a dit vendredi qu'il ne se souvenait de rien, déclara Cem. D'après nos informations, il a bu deux vodkas tonic dans un bar de Bad Soden. Mais ça ne suffit pas pour lui faire perdre la mémoire.

— Non. Pour cela, il lui a fallu un peu plus que deux vodkas tonic, rétorqua Paula Domski, furieuse. Qu'est-ce que vous voulez savoir de moi maintenant ? Je n'ai pas non plus la moindre idée de l'endroit où il était jusqu'à ce que la police m'appelle mardi matin pour me demander de venir le chercher.

— Où étiez-vous lundi soir ? demanda Cem.

— Vous ne croyez tout de même pas..., commença Paula Domski, avant de s'interrompre et de secouer la tête dans un mélange de volonté et de résignation. Je sais que vous ne croyez rien, j'ai compris. Lundi soir, j'étais ici. Il n'y a pas de témoins, à part nos voisins qui m'ont peut-être vue sur la terrasse. Depuis que nos filles ont déménagé, je travaille chez moi, ce qui m'évite de payer un loyer onéreux pour un bureau en ville. J'ai préparé mon émission pour le lendemain soir.

— L'émission que vous et Heike Wersch vous animiez ensemble par le passé ?

— Oui, c'est exact. *Paula lit...* c'est le nom de l'émission. C'est un talk-show littéraire dans lequel je discute de livres actuels avec différents invités de la scène littéraire.

— Pourquoi Heike Wersch a-t-elle quitté l'émission ? Et quand ?

— C'était l'année dernière, répondit Paula Domski. Mais Heike n'a pas arrêté de son plein gré. C'est la chaîne qui voulait se débarrasser d'elle.

— Mais après, l'audimat a chuté en flèche.

Cem avait bien fait son boulot.

— Au lieu de deux millions de téléspectateurs aux meilleurs moments, il n'y en avait plus que cent cinquante mille, c'est pourquoi la chaîne vous a reléguée du prime time en fin de soirée. Cela signifie-t-il que les gens voulaient en fait voir Heike Wersch et pas vous ?

— C'est votre interprétation, répondit Paula Domski, piquée.

La provocation de Cem avait fait mouche.

— Les gens adoraient la façon dont elle condamnait ou encensait les livres, les auteurs et les critiques, cela avait quelque chose du Circus Maximus de la Rome antique. Le problème, c'est que les maisons d'édition redoutaient les critiques impitoyables d'Heike, qui avaient souvent un impact direct sur les ventes. Les auteurs n'étaient donc plus invités à l'émission depuis longtemps. À un moment donné, la chaîne a mis Heike à la porte. Reste à savoir si cette décision était finalement judicieuse ou non.

Paula Domski ne dit rien de négatif sur Heike Wersch. Elle la décrivit comme une éditrice passionnée, éloquente et très cultivée de littérature contemporaine, elle la dit fiable, précise et toujours bien préparée. Elle mentionna en passant qu'Heike Wersch avait été la maîtresse d'Henri Winterscheid, son patron, pendant plus de vingt ans.

— Tout le monde le savait, même Margarethe, la femme d'Henri, dit-elle en remuant une cuillère dans son café sans le boire. De même que tout le monde savait que c'était Heike qui avait fait le programme éditorial de Winterscheid. Alexander était content d'être le second. Il aimait son travail à la fondation et s'occuper de ses auteurs. Il n'y avait pas de concurrence entre Heike et lui. Ils étaient amis. De vieux amis.

Bodenstein s'éclaircit la gorge.

— Je crains que vous ne vous trompiez, madame Domski, dit-il. Nous avons lu une correspondance électronique entre Heike Wersch et votre mari, qui nous semble indiquer qu'Heike Wersch pourrait avoir fait chanter votre mari.

— Chanter ? s'exclama Paula Domski.

Bodenstein sortit un exemplaire du courrier de la poche intérieure de son veston, le déplia et mit ses lunettes de lecture.

— *Mais c'est TOI qui devrais faire très attention, pauvre mauviette !* a écrit Heike Wersch à votre mari le 23 août, dit-il. *Le fait que tu te caches justement derrière Carl est aussi absurde que tout ce qui se passe en ce moment ! Et si les Winterscheid découvraient le traître qu'ils ont abrité en leur sein pendant toutes ces années ? Tu as vraiment de quoi trembler, pauvre créature.*

Paula Domski regarda Bodenstein, incrédule. Elle sembla vouloir ébaucher un sourire.

— Vous nous avez dit que votre mari vous avait avoué qu'il se sentait indigne, poursuivit-il. Nous supposons que, l'été 1983, il s'est passé quelque chose dont votre mari a profité.

— L'été 1983, Götz Winterscheid est mort, dit Paula Domski qui s'était ressaisie. Mon mari était son meilleur ami depuis le jardin d'enfants. Après la mort de Götz, Henri et Margarethe ont traité mon mari comme leur propre fils et l'ont même nommé, à vingt-deux ans, président du conseil d'administration de la fondation qu'ils ont créée en mémoire de Götz. Et Alexander a obtenu un poste fixe dans la maison d'édition juste après avoir terminé ses études. C'est inhabituel. Normalement, on fait d'abord un stage à durée déterminée.

— Est-ce qu'il vous a déjà parlé des événements de l'époque ? demanda Cem.

— À peine. En tout cas pas en détail, dit Paula Domski avec un petit rire amer. Et il ne m'a certainement jamais dit la vérité. Il ne m'a d'ailleurs jamais dit la vérité sur rien. Je n'ai jamais su ce qui l'animait vraiment. Au fond, il est toujours resté un étranger pour moi.

— Parlez-nous des Winterscheid et des amis de votre mari, lui demanda Cem.

— Il appelait Henri et Margarethe sa deuxième famille, expliqua-t-elle. Mon mari n'avait plus de contacts avec ses propres parents depuis de nombreuses années. Je n'en ai jamais connu la véritable raison. À notre mariage et aux baptêmes de nos filles, ce sont les Winterscheid qui ont été invités, pas la vraie famille d'Alexander. Josi pourra peut-être vous en dire plus à ce sujet, elle l'a connu plus longtemps que moi.

— Josi ?

— Josefin Lintner, la femme blonde qui était aussi à l'hôpital samedi. Son mari et elle possèdent la librairie House of Books dans le centre Main-Taunus. Il y a de nombreuses années, mon mari et elle étaient en couple.

— Quelle est votre relation avec les Winterscheid et les autres amis de votre mari ? demanda Bodenstein.

— Quelle serait votre relation avec des gens qui ne vous ont jamais vraiment accepté, qui n'ont jamais voulu de vous dans leur cercle ? demanda Paula Domski en retour. J'ai très longtemps fait bonne figure. Mais à un moment donné, j'ai renoncé à me battre pour obtenir leurs faveurs. Je n'en avais pas besoin. J'ai mon propre cercle d'amis et une famille. J'avais une bonne relation professionnelle avec Heike, mais nous n'avons jamais parlé de choses personnelles. C'était tout simplement tabou.

Bodenstein éprouva une véritable compassion pour cette femme qui avait vécu dans son mariage des choses tout à fait similaires à celles qu'il avait vécues avec Cosima. Un jour ou l'autre, on se retrouvait à la croisée des chemins et il ne restait plus qu'à s'accommoder d'une situation en fait insupportable ou à faire ses valises et partir. Si des enfants étaient en jeu, on avait tendance à rester, même si c'était l'option la plus dangereuse. En effet, l'abnégation nécessaire pour rester coincé dans une telle situation pouvait se transformer en haine, surtout lorsque l'autre vous échangeait contre un nouveau partenaire. Bodenstein avait une endurance proverbiale au mal, mais même lui avait déjà pété les plombs et dans un accès de haine et de colère il avait à moitié étranglé Cosima sur le parking du château Bodenstein lorsqu'il avait appris qu'elle le trompait depuis des mois. Sans l'intervention de son père et de son frère, il l'aurait peut-être tuée à l'époque et serait toujours en prison. Depuis, il avait compris qu'en principe, sous le coup d'un affect, tout le monde pouvait devenir un criminel.

— Selon le rapport d'autopsie, votre mari est mort des suites d'une intoxication au méthanol, déclara Bodenstein.

— Une intoxication au méthanol ? répéta Paula Domski, incrédule. Comment cela peut-il encore arriver de nos jours ?

— Nous supposons qu'il a ingéré le méthanol avec de l'alcool très fort, expliqua Cem.

— Ça me paraît évident, dit la journaliste, amère. Avec quoi d'autre ? Quand il était stressé, ce qui était rapidement le cas pour lui, il buvait tout ce qui lui tombait sous la main.

— Il a dû s'empoisonner le jeudi. Vous savez où il était ce jour-là ?

— À la maison d'édition, je suppose, répondit Paula Domski. Ce soir-là, il est rentré avant moi et il dormait déjà quand je suis arrivée. Mais qu'est-ce que ça signifie ? Est-ce que ça lui est arrivé accidentellement ?

— C'est ce que nous essayons de découvrir, dit Bodenstein. J'ai une dernière question avant de partir. Votre mari a-t-il éventuellement laissé une lettre d'adieu ?

— Quoi ?

La veuve d'Alexander Roth semblait sincèrement étonnée.

— Je ne pense pas qu'il soit exclu qu'il ait mis fin à ses jours. Il avait apparemment très peur.

— Non, avec la meilleure volonté du monde, je ne peux pas croire une chose pareille, répondit Paula Domski fermement. Si grande qu'ait pu être sa peur de quoi que ce soit, mon mari n'était pas assez courageux pour se suicider.

Le mépris qui transparaissait dans ces mots était pour Bodenstein la dernière confirmation que Paula Domski ne se serait jamais sali les mains pour son mari et n'avait pas tué Heike Wersch. Il pouvait sans crainte rayer son nom de la liste des suspects.

*

À 10 h 30, tous les collaborateurs se réunirent dans la bibliothèque, la plus grande pièce du bâtiment de la maison d'édition. La direction avait ordonné par mail à l'ensemble du personnel d'être présent, mais avant même que Carl Winterscheid, Dorothea Winterscheid-Fink et le directeur commercial, tous vêtus de noir, entrent dans la salle, la nouvelle s'étant naturellement propagée depuis longtemps, la consternation et la tristesse étaient grandes. Julia se tenait tout au fond, près de la sortie, pour pouvoir disparaître rapidement. Durant la nuit, elle avait relu une deuxième fois le manuscrit de Katharina Winterscheid et, en le lisant, une vague association d'idées n'avait cessé de flotter dans sa tête, comme un papillon qui ne se laisse pas saisir. Quelque chose dans le texte réveillait un souvenir qui se cachait dans un coin de sa tête mais elle ne savait pas quoi. Ce n'était pas l'histoire elle-même, c'était un détail quelconque, mais elle n'arrivait pas à trouver lequel.

— Chers collègues, j'ai le triste devoir de vous annoncer que notre collaborateur de longue date et très apprécié, notre directeur éditorial Alexander Roth, est décédé hier matin des suites d'un accident de vélo, déclara Carl Winterscheid.

Silvia Blanke, Christine Weil et Manja Hilgendorf, les collègues du département de littérature générale, sanglotaient et se mouchaient, s'étreignaient, comme tant d'autres dans la salle. Même des gens qui n'étaient pas vraiment proches d'habitude se prenaient dans les bras. En temps de crise, le besoin de réconfort par la proximité physique était toujours particulièrement grand. Puis Carl parla d'Heike Wersch, mais ses paroles passèrent inaperçues aux yeux de Julia. Ses pensées étaient toujours à la chasse aux papillons, même si c'était en vain.

— Bonjour, madame Bremora, dit quelqu'un à côté de Julia et elle se tourna vers la gauche.

— Bonjour, monsieur Bär, dit-elle doucement au gardien. Elle se demanda un instant si elle devait lui présenter ses condoléances, car après tout, il connaissait Alexander Roth et Heike Wersch depuis très longtemps, mais finalement elle trouva que c'était déplacé.

— C'est terrible, dit-elle, juste pour dire quelque chose.

— Oui, en effet, répondit le concierge Bär, et son visage inexpressif ne laissait pas deviner si les événements l'attristaient ou le laissaient froid.

Après une minute de silence pour les collègues décédés, chacun repartit et Julia se dépêcha de sortir de la bibliothèque avant que Carl Winterscheid ne puisse l'aborder. Depuis qu'il l'avait pratiquement mise à la porte de son bureau la veille, il ne lui avait plus donné de nouvelles, ce qui était à la fois une déception et un soulagement. Il était clairement plus sage d'avoir une relation purement professionnelle avec son supérieur.

De retour dans son bureau, Julia essaya de se concentrer sur les mails des agences qui envoyaient leurs listes d'auteurs un mois avant le début du salon du livre. C'était toujours passionnant d'apprendre quelles nouveautés les agences avaient retenues, et Julia s'intéressait particulièrement à deux auteurs américains qui n'avaient pas encore été publiés en Allemagne.

Mais elle n'était pas vraiment concentrée. Elle pensait constamment à Katharina Winterscheid, et elle essayait de se mettre à la place de la jeune femme qui avait le même âge qu'elle aujourd'hui quand elle était morte. Se suicidait-on quand on avait un fils de six ans qu'on aimait par-dessus tout ? *Comme toujours, pour toujours – pour Carl, mon plus grand trésor.* Cette dédicace voulait dire deux choses : Katharina avait dû écrire bien plus que ce manuscrit inachevé et son petit garçon était pour elle ce qui comptait le plus au monde. Elle ne s'était peut-être pas jetée du balcon, elle était peut-être tombée ? Un accident tragique que l'on avait pris pour un suicide – mais pourquoi personne n'en avait-il douté ?

Le téléphone fixe de Julia sonna et elle reconnut le numéro d'Henning Kirchhoff sur l'écran. Elle lui avait laissé un message lui demandant de la rappeler, car il y avait quelques points à éclaircir. Les dates de la tournée de lecture de Kirchhoff à travers l'Allemagne, l'Autriche et la Suisse étaient déjà fixées, mais de nouvelles demandes et invitations continuaient d'affluer, et le service commercial demandait à ce que deux clients importants – une librairie dans l'Allgäu et une autre dans la Ruhr – soient encore pris en compte si possible. Un rédacteur de HR2 voulait que Kirchhoff participe à l'émission culturelle *Doppelkopf* et l'enregistrer dès la semaine suivante, et la ZDF l'invitait au talk-show de Markus Lanz.

— J'ai encore une autre question, dit Julia après qu'ils eurent discuté de tout ce qui était important. En cas de suicide, y a-t-il une enquête ?

— Seulement si le procureur l'ordonne, répondit Kirchhoff. L'article 159 du Code de procédure pénale oblige la police à ouvrir une enquête pour tout décès qui n'est pas naturel. Ainsi, dès que la case "suspect" ou "inconnu" est cochée sur l'acte de décès, le parquet est saisi. La police essaie de trouver un motif clair pour un suicide. Cela se fait généralement en interrogeant les parents sur place, les voisins, les collègues de travail ou d'autres personnes qui étaient proches du suicidé. Le corps est bien entendu examiné et photographié, de même que le lieu de découverte du corps et l'appartement. D'autres indices sont souvent des objets tels que des journaux intimes ou des lettres d'adieu, qui peuvent être saisis par la police et ne sont rendus aux proches qu'à la fin de l'enquête.

— Est-ce que le corps d'un suicidé est aussi autopsié ? demanda Julia.

— Pas nécessairement. Le parquet décide, sur la base de l'enquête, de rendre le corps ou, si les faits ne sont pas clairs, ordonne une autopsie. Ce n'est qu'une fois qu'il est établi que le décès n'est pas dû à une cause extérieure, un accident ou à l'intervention d'un tiers, que l'enquête est close.

— Et combien de temps les documents de l'enquête sont-ils conservés après un suicide ? demanda Julia.

— En règle générale, les dossiers relatifs aux affaires de cadavres, ou, comme on l'appelle correctement, *les procédures visant à déterminer les causes de la mort des personnes décédées*, sont conservés pendant trente ans par le parquet. Dans ces dossiers se trouvent tous les procès-verbaux de la police, les photos de la scène de crime et du corps, ainsi que les rapports d'examen ou d'autopsie, expliqua de bonne grâce Henning Kirchhoff. Vous avez éveillé ma curiosité, madame Bremora. Y a-t-il une raison concrète à vos questions ?

— Oui, bien sûr, et cela pourrait être la matière de votre prochain roman policier, répondit Julia. Je suis tombée par hasard sur une affaire qui s'est déroulée ici, à Francfort, il y a longtemps. La mère d'une de mes relations s'est soi-disant suicidée en 1990. Mais d'une certaine manière, je doute qu'il s'agisse vraiment d'un suicide.

— Ah bon, et pourquoi ?

— C'est juste une impression, admit Julia, gênée.

Elle oubliait parfois qu'Henning Kirchhoff n'était pas seulement un auteur de romans policiers à succès, mais aussi le directeur de l'institut médicolégal de l'université de Francfort, et de surcroît une sommité dans le domaine de l'anthropologie médicolégale. Elle ne voulait pas lui faire perdre son temps avec une vague intuition.

— Souvent, les policiers n'ont "qu'une intuition", répondit cependant Kirchhoff à sa grande surprise. Et il n'est pas rare que ça les mette sur la bonne piste.

D'abord hésitante, puis de plus en plus librement, Julia parla au médecin légiste du manuscrit qui était arrivé anonymement par la poste, de son auteur, qui se trouvait être la mère de son patron, et de la dédicace qui l'avait laissée perplexe. Elle résuma ensuite le contenu du manuscrit, dont elle était désormais convaincue qu'il était fortement autobiographique. Kirchhoff posait de temps à autre de brèves questions intermédiaires, et Julia eut l'impression qu'ils avaient échangé leurs rôles. Elle se sentait comme un auteur qui présente son nouveau livre à son éditeur.

— Je m'en souviens, dit soudain Kirchhoff. Je suis arrivé à Francfort en 1982 pour faire des études de médecine, et je me souviens que, l'été 1983, la fac de médecine était en deuil de Götz Winterscheid, mort accidentellement pendant ses vacances d'été.

— Vous le connaissiez donc ?

Un frisson d'excitation parcourut Julia.

— Ce serait exagéré, répondit Kirchhoff. Il était un semestre au-dessus de moi. Je le connaissais de vue, c'est tout. Dans la *Frankfurter Allgemeine Zeitung*, il y a eu à l'époque toute une page d'avis de décès sur lui, ce qui m'a beaucoup impressionné. De la part de sa famille bien sûr, de l'école, de l'université, de ses amis. Il y a eu un enterrement gigantesque au cimetière principal, qui a fait l'objet de discussions interminables, et peu après, une fondation a été créée, qui portait le nom de Götz Winterscheid. Elle existe probablement encore aujourd'hui.

Julia se balançait nerveusement sur sa chaise. Dans son manuscrit *Amitié éternelle*, Katharina Winterscheid avait décrit l'enterrement de "Lutz Vogelsang" dans les moindres détails, elle avait même mentionné les avis de décès, en caractères aussi gros que s'il s'agissait du président de la République.

— Oui, la fondation existe toujours, confirma Julia. Alexander Roth, le directeur éditorial qui est mort dimanche à la suite d'un accident de vélo, était le président du conseil d'administration. C'était le meilleur ami de Götz Winterscheid. Vous l'avez peut-être connu, car c'était un vieil ami de Maria Hauschild, votre agent.

— Oui, je sais, mais je n'ai malheureusement fait sa connaissance qu'à ma table de dissection, dit Kirchhoff sèchement, et Julia eut du mal à réprimer un fou rire subit.

Tout cela était complètement fou, et si un auteur lui avait proposé une histoire bourrée de coïncidences comme celle-ci, elle l'aurait refusée comme étant peu crédible.

— Vous vous souvenez peut-être aussi du suicide de Katharina Winterscheid ? s'empressa-t-elle de demander. C'était sept ans plus tard, au cours de l'année 1990.

— En juin 1990, Pia et moi nous sommes mariés, réfléchit Kirchhoff à voix haute. À ce moment-là, je venais de terminer mes études de médecine et j'ai commencé ma formation de médecin spécialiste à Berlin, à la Charité. Non, je crains que cela ne m'ait échappé.

— Et votre femme ? Enfin, votre ex-femme, je veux dire bien sûr, dit Julia. Elle était déjà dans la police ?

— Elle a commencé sa formation en 1989, à l'école de police de Wiesbaden. À l'époque, elle n'était pas encore dans la police judiciaire.

Kirchhoff possédait une mémoire fabuleuse, que Julia avait appris à apprécier en travaillant avec lui.

— Et il est plutôt improbable de trouver encore quelqu'un à la police de Francfort qui se souvienne ou même qui ait participé à l'enquête, si tant est qu'il y en ait eu une. Mais… il y a quelques années, j'ai fait numériser entièrement nos archives par mes étudiants ici à l'institut. Vous pourriez venir et nous verrions si nous trouvons quelque chose sur cette affaire.

— Ce serait génial ! s'exclama Julia, ravie. Quand est-ce que cela vous conviendrait ?

— J'ai une autopsie maintenant et je dois encore terminer une expertise aujourd'hui, répondit Kirchhoff. Mais comme j'habite ici, cela n'a pas vraiment d'importance. Venez simplement me voir quand vous aurez fini votre journée de travail.

— Super ! Je vous enverrai un message quand je pars, dit Julia.

Elle le remercia et raccrocha. Il n'était plus question de se concentrer sur son travail. Ses idées lui échappaient dès qu'elle voulait penser à autre chose qu'à Katharina Winterscheid. N'était-il pas étrange que Carl n'ait pas été au courant des manuscrits de sa mère ? Où étaient les autres textes que Katharina avait rédigés et dédiés à son fils ? Que s'était-il passé avec ses effets personnels après sa mort ? Plus Julia réfléchissait, plus les questions se succédaient, mais la plus pressante était la suivante : qui avait envoyé ce manuscrit à Carl ? Et pourquoi maintenant ? Peut-être que ce soir elle trouverait des réponses. Sinon, elle ferait des recherches de son côté. Elle devait savoir la fin de l'histoire.

*

— D'après les registres de la banque, la dernière fois qu'Heike Wersch s'est présentée à son coffre-fort, c'était le vendredi 31 août à 11 h 20, dit Pia.

Elle avait convoqué tous ses collègues à la BRI, car Tariq et elle avaient fait une découverte étonnante qui pourrait éventuellement orienter leur enquête dans une tout autre direction.

— Nous avons trouvé toutes sortes de documents : des ordonnances médicales pour elle et pour son père, des extraits du registre foncier, des bijoux, de l'argent liquide et son testament. Et c'est là que ça devient intéressant. Pour le cas où il lui arriverait quelque chose avant la mort de son père, elle avait désigné comme tuteur de son père le notaire Philipp Eberwein de Königstein, qui a également rédigé son testament. Et comme unique héritier de tous ses biens, elle avait désigné Waldemar Bär, sans conditions ni restrictions.

Elle brandit le testament que Tariq avait glissé dans une pochette transparente par mesure de sécurité.

— Le gardien de la maison d'édition Winterscheid ? demanda Bodenstein, étonné.

C'était en effet une surprise. La veille il n'avait pas été très tendre en parlant d'Heike Wersch. Qu'est-ce qui les liait l'un à l'autre ?

— Waldi, dit Kathrin Fachinger en attrapant les photos qui traînaient sur la table de réunion. Il faisait aussi partie de la clique.

— Pourquoi Waldemar Bär ? réfléchit Bodenstein à haute voix en regardant la photo de l'été 1981 que Kathrin avait choisie.

Le garçon maigre aux cheveux noirs qu'avait été Waldemar Bär avait l'air sérieux et se tenait un peu à l'écart. Il n'enlaçait personne et personne ne l'enlaçait. Il était présent, mais à l'écart. Une constellation intéressante.

— De quand date le testament ? s'enquit Bodenstein.

— Il a été rédigé en novembre 2015, répondit Pia.

— Nous avons contacté le notaire, dit Tariq. Heike Wersch avait pris rendez-vous là-bas demain à 11 heures, car elle voulait modifier son testament.

— Est-ce que Bär savait qu'Heike Wersch l'avait désigné comme son unique héritier ? demanda Cem.

— Il serait bien plus intéressant de savoir s'il le savait et craignait qu'elle veuille à nouveau le rayer de son testament, déclara Kathrin.

— Après tout, il s'agit de la maison et du terrain à Bad Soden, dit Tariq. Les prix des terrains et des biens immobiliers explosent en ce moment. Il pourrait facilement s'agir d'un million et demi ou de deux millions d'euros. On a déjà tué des gens pour beaucoup moins.

— Avant de spéculer, nous devrions l'interroger, suggéra Pia. Son adresse figure sur son testament.

— Attendez, intervint Kai. Christian est en route, il a des résultats du laboratoire. Et j'ai obtenu de son serveur le profil de déplacement du portable d'Alexander Roth.

— Et alors ?

— Lundi dernier, il y a une semaine, il était connecté à partir de 16 heures à une cellule radio à Bad Soden, répondit Kai. Jusqu'à 2 h 54, il était dans différentes cellules radio à Bad Soden, puis à Niederhöchstadt, ce qui correspond à ce que nous avons appris jusqu'à présent. Il a donc séjourné en permanence dans la ville.

— Du moins son téléphone portable, précisa Tariq.

Kai acquiesça.

— Nous devons partir du principe qu'il l'avait sur lui. Si ce n'est pas le cas, il ne nous sert à rien.

— Où peut-il s'être saoulé à ce point entre-temps ? demanda Kathrin.

— Peut-être qu'il avait apporté à boire, suggéra Cem. Ou il s'est procuré de l'alcool quelque part et a bu sur un banc. Nous devrions faire le tour des supermarchés et des kiosques de Bad Soden.

— Bonne idée, dit Bodenstein. Vous vous en chargez.

— Vendredi soir, poursuivit Kai, le portable de Roth était dans la même cellule radio du centre-ville de Francfort jusqu'à 23 h 30. Je suppose qu'il était dans la maison d'édition. Ensuite, il passe dans le Westend, puis devant la tour de la foire et à travers Rödelheim jusqu'à la Nidda, passe sous l'échangeur de Francfort-Ouest, continue le long de la Nidda, traverse Höchst et Unterliederbach, passe sous l'A66 et longe la Schmalkaldener Strasse. À partir de 1 h 12, le téléphone était connecté à une seule et même cellule radio, juste avant l'entrée de Liederbach. Jusqu'à 5 h 44.

— Là, selon le centre de contrôle, il a été retrouvé dans le fossé à côté de la piste cyclable et transporté en ambulance à l'hôpital de Bad Soden, déclara Kathrin. Tout concorde.

— Le labo a trouvé de l'ADN d'Heike Wersch sur l'attendrisseur de viande, dit Kai en attrapant le dossier. C'est sans aucun doute l'arme du crime. Kirchhoff a confirmé que les bords des fractures par impression dans le crâne d'Heike Wersch correspondaient exactement à ceux de l'attendrisseur de viande.

Quelques découvertes et une solution qui donnèrent lieu à de nouvelles questions. D'où venait l'attendrisseur de viande ? L'assassin d'Heike Wersch l'avait-il apporté ou s'agissait-il d'une arme trouvée par hasard dans la cuisine de la victime ?

— Pas d'autres traces sur l'attendrisseur de viande ? demanda Pia. Des empreintes digitales ?

— Malheureusement non, répondit Kai.

On frappa à la porte de la salle de réunion et Kröger entra. La police scientifique n'avait rien trouvé de suspect ou d'utile dans le bureau d'Alexander Roth, pas même une lettre d'adieu. Son agenda pour les semaines à venir était plein à craquer, il avait des dizaines d'invitations avant et pendant la semaine de la Foire du livre, entre autres plusieurs tables rondes. Dans ses mails, il n'avait rien trouvé d'important pour l'affaire.

— Mais ma collaboratrice a bien avancé, dit Kröger en exhibant fièrement deux feuilles. Elle a réussi à reconstituer les bandes de papier qui se trouvaient dans la déchiqueteuse du bureau de Roth. Voyez vous-même.

Il tendit les feuilles à Bodenstein, des copies du fragile original.

— Une lettre adressée à Roth. Deux phrases écrites à l'ordinateur et ensuite ce qui me semble être un extrait de journal intime. *Je sais ce que tu as fait pendant l'été 1983. Et tu le sais aussi*, lut Bodenstein.

"Francfort, 12 août 1983. Hier, c'était l'enterrement de Götz. L'horreur à l'état pur. J'aurais préféré ne pas y aller. Margarethe a crié et pleuré très fort, puis elle s'est effondrée devant la tombe. Henri ne faisait que pleurer. Tout le monde pleurait. Personne n'a fait attention à la pauvre Doro. C'était affreux. Alex, ce sale hypocrite, avait enfin obtenu ce qu'il voulait. Henri l'a pris dans ses bras et ne l'a plus lâché après qu'Alex a prononcé une oraison funèbre mielleuse sur son « meilleur ami, son frère », alors que Götz ne voulait plus le voir depuis longtemps. Quand je pense à la façon dont Götz lui a crié dessus en France, a crié sur lui, sur Heike, sur Josi et sur Mia, avec ses yeux d'abrutie et ses airs de martyre. Ils n'ont pas dit un mot sur le fait que Götz les avait mis à la porte parce qu'il ne les supportait plus, bien sûr. Je le sais par Stefan, mais lui aussi est lâche et se tait. Bien sûr, officiellement, il est l'ami de Doro et ses parents dépendent d'Henri et de sa maison d'édition ! Parfois, j'ai vraiment envie de crier la vérité à la figure d'Henri et de Margarethe (y compris celle concernant Götz et Stefan), mais de toute façon ils ne me croiraient pas. John au moins, lui, il me croit. Mais notre amour a-t-il un avenir ? Son frère et sa belle-sœur me détestent. Ils nous reprochent la mort de Götz ! À nous ! Et bien sûr, surtout à moi ! Margarethe m'appelle Lady Macbeth depuis qu'elle sait que John et moi sommes ensemble. Elle pense sérieusement que j'ai brisé le cœur de Götz, que je l'ai trompé avec John. Qui sait quels autres mensonges Alex leur a racontés ! Cette sangsue habite pratiquement dans la villa depuis notre retour. Mais en fait, c'est ma faute. J'ai joué le petit jeu de

Götz et Stefan, et ensuite, quand John est arrivé, je suis allée faire de la voile avec lui. Alors évidemment, qu'est-ce qu'ils peuvent croire ? Quand j'y réfléchis bien, ce qu'ils disent est tout à fait plausible. Ah, ça me rend folle."

— Ce doit être la "Chatte" qui a écrit ça, dit Kathrin dans le silence qui s'était installé. Elle était nouvelle dans la clique.

— Qu'est-ce qu'un Lady Mac ? Un burger ? demanda Tariq.

— Mais tu n'y connais vraiment rien ! lança Kathrin à son collègue. *Macbeth* est un drame de Shakespeare. Macbeth et sa femme assassinent le roi d'Écosse et Macbeth se fait ensuite couronner roi. Lady Macbeth est un personnage sans scrupule et avide de pouvoir. Être comparé à elle est tout sauf un compliment.

— Ah d'accord, merci, marmonna Tariq.

— C'est qui ce John ? demanda Cem.

— C'est là-dedans, mon vieux !

Kai, qui avait l'esprit rapide, prit la copie de l'extrait du journal des mains de Bodenstein.

— John est le frère d'Henri et donc le beau-frère de Margarethe Winterscheid. L'auteur du journal est apparemment son amie. Carl Winterscheid est le neveu d'Henri et, selon Wikipédia, il est né en 1984, je suppose donc que John et l'autrice sont les parents de Carl.

— À quel genre de jeu Götz et Stefan ont-ils bien pu jouer ? demanda Pia.

— C'est ce qu'il nous faut découvrir maintenant, dit Bodenstein en se levant. Bon travail, Christian. Merci à ta collaboratrice. Viens, Pia, nous allons rendre visite à Waldemar Bär. Cem, tu fais venir Stefan Fink. Lui uniquement, pas sa femme. Je veux lui parler seul à seul.

— Et nous, Kathrin et moi, on fait quoi ? demanda Tariq.

— Vous vous renseignez dans les supermarchés et les kiosques de Bad Soden et vous parlez avec les collègues de la patrouille qui ont ramassé Roth, répondit Bodenstein. Je veux savoir exactement quelle impression il leur a faite, s'il était vraiment ivre au point de tout oublier, et si oui, où il a trouvé l'alcool.

*

— Eh ben dis donc ! s'exclama Pia lorsqu'ils arrivèrent à l'adresse de Waldemar Bär dans le Westend de Francfort et s'arrêtèrent devant un portail en fer forgé à double battant. Il a l'air de vivre pas mal, Waldi. Gardien chez les bons patrons, le rêve.

— Je suis sûr qu'il n'a que le logement de fonction, rétorqua Bodenstein.

Villa Winterscheid, pouvait-on lire sur un panneau à côté de la sonnette, et dessous *Fondation Götz Winterscheid* et *Archives Abraham Liebman. Rendez-vous uniquement sur rendez-vous.*

Pia abaissa la vitre latérale, se pencha par la fenêtre et actionna la sonnette. Une voix rauque se fit entendre : Oui ? Pia exposa sa requête et, après y avoir été invitée, tendit sa carte de police judiciaire devant la caméra. Le portail s'ouvrit alors comme par enchantement. Dans un parc magnifiquement aménagé avec des arbres centenaires, des buissons taillés avec art et une véritable mer d'hortensias en fleur de toutes les couleurs et tailles imaginables, au bout d'une allée gravillonnée, se dressait la villa, un grand bâtiment jaune pâle, avec un large escalier et un portique soutenu par des colonnes, une architecture qui plut bien à Pia, même si elle n'avait aucune idée du style ou de l'époque de cette maison. Charlotte Horowitz, la grand-mère de son ancienne meilleure amie Miriam, une grande dame de la haute société de Francfort, habitait un palais similaire dans le quartier huppé d'Holzhausen et, jeune fille, Pia y allait et venait. La villa Winterscheid était encore un peu mieux située, et l'immense terrain, cette oasis de verdure en pleine ville, devrait faire baver de convoitise tous les spéculateurs immobiliers.

Margarethe Winterscheid, toute de noir vêtue, leur ouvrit la porte d'entrée. Comme d'habitude, Bodenstein joua la carte de la noblesse et, cette fois encore, ses manières exemplaires, sa révérence implicite et sa carte de visite ne manquèrent pas de faire leur effet. La maîtresse de maison s'empressa de les conduire vers une entrée latérale, mais elle eut beau sonner et frapper, personne n'ouvrit.

— Apparemment, M. Bär n'est pas là, dit Margarethe Winterscheid.

— Il n'a pas de téléphone portable ? demanda Pia.

— Si, bien sûr. Mais je ne connais pas bien son numéro. Il est certainement encore à la maison d'édition. Je peux appeler ma fille et lui demander d'aller voir.

— Ce serait très gentil de votre part, répondit Bodenstein.

— Puis-je vous demander pourquoi vous souhaitez parler à M. Bär ? s'enquit l'épouse de l'ancien éditeur.

D'habitude, Bodenstein et Pia ne répondaient pas à ce genre de questions, mais dans ce cas, Bodenstein jugea bon de le faire. Peut-être qu'ils apprendraient de Margarethe Winterscheid quelque chose que Waldemar Bär ne leur dirait pas.

— Heike a pensé à Waldemar dans son testament ? répéta Margarethe Winterscheid en haussant ses sourcils soigneusement épilés, étonnée.

Elle changea de ton, se fit plus attentive.

— C'est surprenant.

— Nous aussi, nous avons été surpris, dit Bodenstein. Si vous avez un moment, ma collègue et moi aimerions parler avec vous et votre mari. Nous avons rencontré quelques incohérences et vous pourrez peut-être nous aider à les éclaircir.

— Bien volontiers.

La curiosité de la vieille dame était maintenant éveillée.

— Mon mari a été très affecté par toutes ces mauvaises nouvelles. Alexander, Heike et lui ont travaillé ensemble pendant près de trente ans, et Alexander a toujours été pour mon mari comme son propre fils.

Margarethe Winterscheid ramena Pia et Bodenstein vers la maison, leur demanda d'attendre au pied d'un large escalier et disparut dans une pièce dont la porte portait une plaque en laiton avec l'inscription *Fondation Götz Winterscheid*. Pia aperçut deux bureaux inoccupés et entendit Mme Winterscheid téléphoner. Elle revint deux minutes plus tard.

— Personne n'a vu M. Bär à la maison d'édition aujourd'hui, leur dit-elle. Ma fille essaie de le joindre sur son portable.

— C'est très gentil à vous, dit Bodenstein. Depuis combien de temps M. Bär travaille-t-il pour vous ?

— Ses parents travaillaient déjà pour mes beaux-parents, puis pour nous, répondit Margarethe Winterscheid. Waldemar a grandi avec nos enfants dans cette maison. Après l'armée, il a fait une formation d'électricien, mais tout de suite après, mon beau-père l'a engagé. Cela fait certainement trente ans.

— Il partait aussi en vacances avec votre famille l'été ? s'enquit Pia.

— Oui, nous l'emmenions chaque été dans notre maison en France quand il était enfant, confirma la vieille dame. Il avait de l'asthme. Le climat stimulant de la mer lui faisait du bien. Plus tard, il y allait avec notre fils et ses amis.

— M. Bär a-t-il une femme et une famille ? demanda Bodenstein.

— Non. Ses parents sont morts et depuis son divorce il y a dix ans, il vit seul dans l'appartement de gardien, répondit Margarethe Winterscheid en l'invitant d'un geste à la suivre dans l'escalier extérieur jusqu'au premier étage. M. Bär est un collaborateur extrêmement fiable et digne de confiance. Il s'occupe de la maison d'édition et de la villa, mais aussi du jardin et du parc automobile. C'est notre homme à tout faire. Sans lui, nous serions perdus.

Elle eut un rire bienveillant et conduisit Bodenstein et Pia dans un grand salon avec un haut plafond orné de stuc, des bibliothèques vitrées et des murs tapissés de vert lierre. Sur une table basse se trouvait un vase avec des hortensias blancs. Des fenêtres à croisillons du sol au plafond donnaient sur le parc et les tours du quartier des banques. Un vieil homme maigre, au nez en bec d'aigle et aux traits creusés, était assis à une table dans un coin de la grande pièce, penché sur un jeu d'échecs. Il tenait la poignée d'une canne, ses cheveux gris légèrement ondulés lui arrivaient à la nuque. Bien qu'il soit chez lui, Henri Winterscheid était habillé aussi correctement que s'il voulait sortir : un costume gris clair, une chemise blanche et une cravate noire, sans doute pour marquer son deuil.

— Henri, ces personnes sont de la police judiciaire. Ils sont là pour Heike, dit Margarethe Winterscheid à son époux, qui leva les yeux de l'échiquier et regarda un moment Bodenstein puis Pia avec ses yeux rougis, avant de se lever péniblement de son fauteuil. Henri Winterscheid était un homme de grande taille, ses mouvements étaient lents et il paraissait frêle en comparaison de sa femme qui, si aimable et bienveillante qu'elle puisse paraître, avait sans aucun doute une volonté de fer et était ici aux commandes.

— Restez à votre place, monsieur Winterscheid, s'empressa de dire Bodenstein. Nous ne voulons pas vous déranger longtemps.

— Asseyez-vous, je vous en prie.

Le vieil homme désigna d'un geste maladroit un canapé tendu de brocart fané en face de lui et se laissa lui-même retomber sur son fauteuil. Margarethe Winterscheid resta près de la fenêtre, tandis que Bodenstein et Pia prenaient place sur le canapé, qui était légèrement défoncé.

— Alexander était comme un deuxième fils pour moi, soupira Henri Winterscheid lorsque Bodenstein évoqua la mort d'Alexander Roth. Et maintenant, il est mort lui aussi.

— Et ta concubine aussi.

Il y avait un soupçon de triomphe dans la voix de Margarethe Winterscheid – sa rivale était définitivement vaincue – et elle ébaucha un sourire, mais son mari ne réagit pas à cette remarque.

— De qui parlez-vous ? demanda Pia.

— Mon mari et Heike Wersch ont eu une liaison pendant vingt-sept ans, lui expliqua Margarethe avec un malin plaisir. Henri voulait même vendre ses parts de la maison d'édition pour pouvoir investir dans sa nouvelle société. Ce qu'il n'avait pas pris en compte, c'est que nous perdrions alors notre maison, car la villa fait partie du patrimoine de l'entreprise d'édition.

— Mais je ne l'ai pas fait ! s'exclama Henri Winterscheid, les yeux brillants de colère. Ce n'était qu'une idée !

— Une idée tout de même assez concrète pour que tu proposes à Carl de racheter tes parts.

Margarethe jetait avec délectation du sel sur les plaies ouvertes de son mari. Toute sa vie, elle était restée dans l'ombre et avait fait bonne figure, elle avait supporté que son mari la trompe avec une femme plus jeune, et maintenant qu'il était vieux et malade, elle se vengeait de toutes ces humiliations par des propos acerbes. C'était toute la rancœur qui s'était accumulée en elle au fil des années. Bodenstein et Pia voyaient souvent ce genre de choses chez des couples qui n'avaient plus d'affection l'un pour l'autre et qui se faisaient mutuellement vivre un enfer au lieu de tirer un trait et de se séparer correctement et décemment. Manifestement, c'était le cas pour les Winterscheid. Il fallait sauvegarder la façade, à tout prix.

— Pourquoi M. Roth était-il comme un deuxième fils pour vous ? intervint Bodenstein avant que les deux ne se déchirent.

Physiquement, Henri Winterscheid était plutôt décrépit, mais il était lucide.

— Vous savez peut-être que notre fils Götz est mort dans un accident il y a de nombreuses années, leur expliqua Margarethe Winterscheid avant que son mari ne puisse dire quoi que ce soit. Alexander était son meilleur ami depuis l'école primaire. Lui et Maria, la fiancée de Götz, nous ont soutenus dans les moments difficiles qui ont suivi ce drame et, au fil des années, mon mari et moi nous sommes attachés à eux comme à nos propres enfants.

Pia se souvint comment Margarethe Winterscheid avait accaparé Maria Hauschild le samedi à l'hôpital.

— Maria ? demanda-t-elle quand même. Maria Hauschild, l'agent ?

— Oui, c'est vrai. Maria était le premier et malheureusement le seul amour de Götz. Ils sortaient ensemble depuis le lycée et plus tard à l'université. Nous…

À ce moment-là, un petit homme aux cheveux blancs, vêtu d'un costume bleu clair froissé, entra dans le salon. Son regard, indifférent, glissa sur Bodenstein et Pia, qui le reconnurent immédiatement.

— Comment ça va, Henri ? Alors, tu as trouvé ce que tu vas jouer ou tu reconnais que tu es échec et mat ? demanda-t-il sans se soucier de faire irruption dans une conversation.

— Vous êtes bien Hellmuth Englisch, le célèbre écrivain, n'est-ce pas ? demanda Bodenstein en se levant.

— En effet.

L'homme bomba le torse comme un coq nain dans la basse-cour. Il devait se pencher en arrière pour pouvoir regarder Bodenstein en face, ce qui l'agaçait, mais en même temps, il était visiblement flatté.

— Je suis ravi de faire votre connaissance. J'adore vos livres, dit Bodenstein d'une voix douce, et Pia dut se retenir pour ne pas éclater de rire. Il était évident que son patron n'avait jamais touché, et encore moins lu, un livre d'Hellmuth Englisch. Je suis l'inspecteur principal de la police judiciaire Oliver von Bodenstein. Ma collègue Mme Sander et moi aimerions vous poser quelques questions.

— À moi ? s'exclama l'écrivain, affable. Vous voulez me parler de littérature ?

— Non, d'Heike Wersch. Nous sommes de la brigade criminelle.

Pia s'était levée à son tour.

Cette expression désuète faisait toujours impression, surtout chez les personnes d'un certain âge. Hellmuth Englisch fut déstabilisé un instant, mais se ressaisit aussitôt, typique pour quelqu'un qui ne s'intéressait qu'à lui-même et à ses propres problèmes.

— Qu'est-ce que vous voulez savoir sur Heike Wersch ? demanda-t-il, dépité.

Son regard errait à travers la pièce.

— Quand lui avez-vous parlé pour la dernière fois ? demanda Pia.

— Comment voulez-vous que je le sache ? Je ne tiens pas d'agenda pour ce genre de choses sans intérêt, répondit-il sèchement, c'en était fini de son affabilité. Mais je peux vous dire que votre Heike Wersch m'a bien eu, qu'elle aille au diable, cette charogne ! Elle m'a attiré avec un contrat de trois livres, et elle voulait me racheter à Winterscheid ! Elle me l'a promis, car elle savait pertinemment le prestige qu'Hellmuth Englisch allait apporter à sa nouvelle maison d'édition. Pendant vingt-cinq ans, elle a eu l'honneur de relire mes romans. Et puis, plus rien ! Elle m'a largué de sang-froid après que ce petit merdeux de Carl Winterscheid a résilié mon contrat et réclamé le remboursement de mes à-valoir, comme si j'étais un écrivain quelconque ! Comment est-ce possible, je vous le demande ? Cette… cette personne sait parfaitement qui est Hellmuth Englisch ! Qui a eu le prix Büchner ! Son nom a été plusieurs fois cité pour le prix Nobel de littérature ! On ne se débarrasse pas comme ça d'Hellmuth Englisch, sans raison…

Sa voix était passée à l'octave supérieure, mais comme il n'arrêtait pas de parler de lui à la troisième personne, Pia, impassible, interrompit son flot de paroles.

— On vous a vu dimanche dernier vous disputer avec Heike Wersch. Est-il vrai que vous l'avez même menacée de mort ? Vous comprendrez que nous, à la police judiciaire, prenons ce genre de choses très au sérieux, surtout si la personne menacée est effectivement assassinée le lendemain.

Englisch fut pris d'une quinte de toux.

— Qui a pu dire une chose pareille ? s'exclama-t-il nerveusement, le cou rouge soudain, ce qui le fit ressembler encore plus à un coq. Je ne suis arrivé à Francfort que la semaine dernière !

— Ce n'est pas vrai, lui lança Margarethe Winterscheid. Tu es arrivée de Starnberg le 29 août. Bär est allé te chercher à la gare centrale à midi.

Englisch la gratifia d'un regard méprisant, puis haussa les épaules.

— Oui, c'est possible. Ça n'a pas d'importance.

— Pour nous ça en a. Où étiez-vous lundi soir de la semaine dernière ? insista Pia.

— Lundi soir, lundi soir ! Comment pourrais-je le savoir aujourd'hui ? Pensez-vous vraiment que j'ai le temps de m'occuper de ces broutilles ?

Pia eut un instant l'idée de prendre à revers ce coq imbu de lui-même, de le menacer de le mettre en garde à vue, mais Henri Winterscheid s'interposa.

— Ma femme et moi étions ce soir-là à une manifestation à la Maison de la littérature, a-t-il déclaré. M. Englisch nous a accompagnés. M. Bär nous y a conduits vers 18 h 30 et est venu nous chercher à 22 h 45. Notre présence là-bas est attestée par de nombreux témoins et certainement par des photos de presse. Cela vous satisfait-il ?

L'arrogance avec laquelle il avait dit cela déplut à Bodenstein, tout comme le manque de compassion d'Englisch pour deux personnes qu'il avait bien connues et qui étaient mortes désormais. Mais comme aucun des trois n'était vraiment suspect et qu'il n'y avait aucun risque de fuite ou de destruction de preuves, il intervint avant que Pia ne puisse se faire blessante.

— Merci, cela nous suffira pour l'instant, dit-il rapidement, puis il se tourna vers l'écrivain. Nous aimerions parler en privé avec le couple Winterscheid. Si vous voulez bien nous excuser ?

Il fallut quelques secondes à Hellmuth Englisch pour réaliser qu'on lui avait demandé de quitter le salon. Furieux, il sortit en claquant la porte derrière lui.

— Asseyons-nous, proposa Bodenstein.

Il attendit que Margarethe Winterscheid soit installée dans l'un des fauteuils. Puis il évoqua en quelques mots les extraits du journal intime qu'Alexander Roth avait reçus anonymement avant sa mort.

— Un journal intime, mais de qui donc ? demanda Margarethe Winterscheid, avec une pointe de scepticisme dans la voix.

— Nous ne sommes pas certains, dut reconnaître Bodenstein. Sur les photos de 1983 que nous avons trouvées chez Heike Wersch, il est fait mention d'une jeune femme qui avait pour surnom "Chatte". Nous avons déduit du contenu du journal qu'il devait s'agir de celle qui est devenue par la suite la femme de votre beau-frère John, c'est-à-dire la mère de Carl Winterscheid, votre neveu.

— Katharina ? s'exclama Margarethe Winterscheid, stupéfaite. Ma belle-sœur qui est morte ?

— Oui, si c'était son nom, en effet, dit Bodenstein. Nous ne savons pas encore très bien pourquoi et par qui ces pages ont été envoyées, mais il s'agit de la mort de votre fils Götz. Les copies étaient accompagnées de la dénonciation suivante : "Je sais ce que tu as fait pendant l'été 1983."

— Mon Dieu, murmura Margarethe.

Henri Winterscheid parut lui aussi bouleversé, mais ne fit aucun commentaire.

— Nous concluons de cet extrait de journal que votre fils a eu une liaison avec Stefan Fink cet été-là, dit Bodenstein. Et Katharina était au courant et les a probablement couverts tous les deux.

Le couple Winterscheid regarda Bodenstein, incrédule.

— C'est un mensonge ! s'exclama Margarethe Winterscheid, notre fils n'était quand même pas homosexuel ! Il avait une fiancée qu'il voulait épouser ! Et notre gendre est marié depuis trente ans avec notre fille et ils ont des enfants ! Comment osez-vous affirmer une telle chose ? Götz était heureux avec Maria, jusqu'à ce que Katharina entre en jeu. Elle a d'abord complètement tourné la tête de Götz, puis lui a brisé le cœur, car elle n'avait jamais pris cette histoire au sérieux !

Elle parlait d'un ton péremptoire.

— Je crains que vous ne vous trompiez, madame Winterscheid, dit Bodenstein.

Il fit un signe à Pia qui afficha sur son portable la photo qu'elle avait prise des lambeaux assemblés de la déchiqueteuse d'Alexander Roth. Elle lut l'intégralité du texte au couple Winterscheid. Tous deux écoutèrent en silence. Leurs visages exprimèrent d'abord la stupeur, puis l'incrédulité et enfin le déni. Margarethe Winterscheid ne cessait de secouer la tête.

— Non, non ! Ce n'est pas possible ! dit-elle fermement lorsque Pia eut fini de lire. Ce n'est pas vrai ! Quelqu'un a inventé cette absurdité. C'est une honte d'accuser de la sorte quelqu'un qui ne peut plus se défendre !

— Mais comment pouvez-vous être si sûre que ce n'est pas le cas ? demanda Pia.

— Parce que je le sais, tout simplement ! Une mère connaît ses enfants, affirma Margarethe Winterscheid en regardant son époux. N'est-ce pas, Henri ? Nous savons que Götz et Maria voulaient se marier ! Et c'est Götz qui serait aujourd'hui le directeur des éditions Winterscheid, pas Carl !

Elle cracha le nom de son neveu comme un morceau de poisson avarié. Henri Winterscheid ne répondit pas.

— C'est vrai que vous avez appelé Katharina "Lady Macbeth" ? demanda Pia.

— Oui, c'est vrai, admit Margarethe Winterscheid, elle est arrivée ici et a fait des avances à notre fils alors qu'il avait une petite amie ! Et quand il est mort, elle a entraîné mon beau-frère dans son lit et s'est fait faire un enfant, cette… garce !

Inopinément, de vieilles blessures jamais cicatrisées resurgissaient.

— Pour moi, c'était insupportable de voir Katharina s'installer dans notre famille. Se pavaner avec son gros ventre, alors que mon fils était mort par sa faute ! Et puis elle a eu un fils qu'elle a appelé comme mon beau-père Carl August, et mon beau-père était si fier qu'il en a tout simplement oublié mon Götz !

Sa voix se brisa. Elle éclata en sanglots, les mains devant ses yeux. La violence de sa douleur, que les années n'avaient pas réussi à atténuer, toucha Pia. Son regard se posa sur Henri Winterscheid, qui n'avait pas un mot de réconfort pour sa femme. Mais le vieil homme était lui-même en état de choc. Il était devenu blême, il avait le regard vitreux de quelqu'un dont le monde s'est écroulé, définitivement, sous ses yeux.

Qu'avaient fait les "Éternels" il y a trente-cinq ans ? Quel mensonge Stefan Fink, Alexander Roth, Maria Hauschild, Josefin Lintner et Heike Wersch avaient-ils raconté aux parents endeuillés de leur ami Götz ? Avaient-ils conclu un pacte auquel ils s'étaient tenus dur comme fer parce qu'ils avaient tous profité de la mort de Götz ? Pourquoi Katharina n'avait-elle jamais démenti cette histoire ? Avait-elle essayé, sans succès ? Au fil du temps, l'histoire basée sur le mensonge s'était en tout cas consolidée pour le couple Winterscheid et était devenue un fait irréfutable. Mais maintenant, quelqu'un était apparu, qui connaissait la vérité et avait fait s'écrouler cet édifice de mensonges. Deux des Éternels étaient déjà morts, y en aurait-il un autre ?

— Alexander Roth a recommencé à boire parce qu'il craignait que l'on découvre que toute sa vie et sa carrière avaient été bâties sur un mensonge. Sa conscience s'est manifestée après toutes ces années lorsqu'il a réalisé que quelqu'un savait ce qui s'était passé à l'époque, déclara Bodenstein dans le silence qui s'était installé.

Il ne s'attarda pas sur les détails de l'extrait du journal, car il ne voulait pas tourmenter inutilement les Winterscheid, et il n'était pas non plus de son devoir de les convaincre de quoi que ce soit. Il voulait retrouver un meurtrier et devait pour cela mettre en lumière une vérité qu'ils refusaient tous deux d'admettre.

— Il a dit à sa femme qu'il se sentait indigne, ajouta-t-il.

Indigne. Le mot résonna sur les murs du salon. Margarethe Winterscheid se leva et Pia crut déjà qu'elle allait sortir, mais elle se contenta de se diriger vers un buffet sur lequel se trouvaient des photographies dans différents cadres argentés et en prit une.

— Dans un mail, Heike Wersch a écrit à Alexander Roth : *Et si les Winterscheid découvraient le traître qu'ils ont abrité en leur sein pendant toutes ces années ?* poursuivit Bodenstein. À nos yeux, c'est une indication claire que Roth a joué un double jeu avec vous. Et Heike Wersch le savait et l'a fait chanter.

Henri Winterscheid émit des sons inarticulés, un mélange de gémissements et de soupirs. Le vieil homme donnait l'impression de ne pas pouvoir en supporter beaucoup plus. Une larme coula sur sa joue ridée et se perdit dans le col de sa chemise. Il tremblait de tout son corps. Pia comprenait cette réaction. Pour lui, ils salissaient la mémoire de son fils décédé.

— Les amis de Götz ont compris à l'époque qu'ils pouvaient profiter de la situation et vous ont menti, dit-elle néanmoins, implacable. Ils n'ont tiré que des avantages de sa mort. Alexander a endossé le rôle de votre fils. Personne ne vous a jamais expliqué que si Götz avait eu un chagrin d'amour et s'était saoulé, ce n'était pas à cause de Katharina, mais de Stefan. Katharina a dû vivre avec cette contre-vérité et votre haine.

Le visage de Margarethe Winterscheid se figea. Elle eut du mal à se maîtriser.

— Je pense que vous feriez mieux de partir maintenant, dit-elle froidement.

— Nous devons encore vous parler de deux objets que nous avons trouvés dans la maison d'Heike Wersch, dit Pia. Dans une boîte à chaussures au grenier de sa maison se trouvaient entre autres un tee-shirt gris taché de sang et une paire de lunettes qui appartenaient peut-être à votre fils Götz. En effet, sur les photos que nous y avons trouvées, il portait exactement ces lunettes et ce tee-shirt. Les deux sont actuellement au laboratoire de la police scientifique, on est en train d'analyser l'ADN. Nous aimerions vous demander, à vous ou à votre mari, un échantillon de salive afin que nous puissions éventuellement comparer l'ADN.

Margarethe Winterscheid était devenue livide. Bouleversée, elle serrait la photo contre sa poitrine, elle avait les larmes aux yeux. Elle pouvait encore contester l'authenticité d'une copie de journal intime, mais pas un résultat du labo de la scientifique.

— Partez ! murmura-t-elle. S'il vous plaît, partez et laissez-nous seuls.

*

— Je comprends maintenant de quoi Roth avait peur, dit Pia alors qu'ils franchissaient le portail de la villa et se dirigeaient vers le Grüneburgweg. Quoi qu'il se soit passé à l'époque, lui et ses amis ont gardé la vérité pour eux et ont raconté une histoire à dormir debout aux vieux Winterscheid.

Elle jeta un coup d'œil à son téléphone portable. Cem lui avait envoyé un message pour lui annoncer la détention provisoire de Stefan Fink : il était dans l'une des salles d'interrogatoire de la BRI. Pia lui répondit et lui demanda de veiller à ce que Fink ne quitte pas le sous-sol, où il n'y avait pas de réception pour les portables. Elle ne voulait pas qu'il ait sa belle-mère au téléphone avant qu'ils lui aient parlé.

— La vie et la carrière de Roth ont été basées sur ce mensonge. Il a dû avoir mauvaise conscience pendant trente-cinq ans, observa Bodenstein. Pas étonnant qu'il n'en ait jamais parlé à sa femme.

— Il s'était tout arrogé, même de nouveaux parents. Comment peut-on vivre avec cela sur la conscience ?

— Il ne pouvait pas, justement. C'est pour ça qu'il buvait, rétorqua Bodenstein. Qui détient le journal intime de Katharina Winterscheid ?

— Maria Hauschild pourrait le savoir, dit Pia. Après tout, elle devait être une grande amie de Katharina Winterscheid si celle-ci l'a choisie comme marraine de son fils. Elle se souviendra de ce qui s'est passé avec ses affaires après sa mort.

— Nous avons complètement oublié de demander de quoi Katharina Winterscheid était réellement morte, dit Bodenstein. Elle devait être encore très jeune.

— Je peux aussi poser la question à Maria Hauschild.

Pia sortit son agenda, chercha le numéro et appela l'agent.

— Occupé, constata-t-elle. C'est probablement Margarethe Winterscheid qui l'appelle en ce moment. Maria Hauschild va avoir du mal à s'expliquer.

— Ou alors, elle a déjà préparé son prochain mensonge pour cette éventualité.

Bodenstein mit son clignotant et tourna dans la Siesmayerstrasse, qui débouchait à quelques centaines de mètres sur la Bockenheimer Landstrasse.

— Heike Wersch et Alexander Roth sont morts, elle peut sans crainte tout leur mettre sur le dos. Pour moi, elle fait aussi partie du cercle des suspects, ajouta-t-il.

— Oui, absolument. Mais quel aurait été son motif ? Elle n'a rien à voir avec la maison d'édition Winterscheid et elle n'a pas non plus profité de la mort de Götz, réfléchit Pia. Sa carrière, elle l'a construite elle-même et aujourd'hui elle a une bonne situation. Et elle s'est tout de même fait suffisamment de souci pour son amie pour aller la voir et appeler Henning, qui à son tour m'a mise au courant.

— Ça ne prouve rien, dit Bodenstein. Tu sais bien que les coupables aiment revenir sur les lieux du crime. Ou ils aident même activement et avec un engagement particulier à rechercher le coupable, un peu comme les pyromanes.

— Tu crois vraiment cette femme capable de mettre la perruque de son amie, qu'elle a brutalement battue à mort auparavant, de traîner le corps dans la forêt et de nettoyer ensuite la cuisine ?

— On a vu pire, répondit Bodenstein alors qu'ils s'engageaient sur l'A66 à la Bundesbank. Maria Hauschild n'est pas ma suspecte principale, mais il ne faut quand même pas la négliger. C'est pourquoi ce serait aussi bien que tu fasses comprendre à Henning qu'il ne doit en aucun cas l'informer des avancées de notre enquête.

— En fait, il le sait, marmonna Pia.

— En fait, ça ne me suffit pas, répéta Bodenstein.

— Je vais le lui redire très clairement.

Son téléphone portable sonna.

— Ah, c'est elle.

Elle alluma le Bluetooth et répondit.

— Bonjour, madame Hauschild. Merci de nous rappeler. Nous sommes actuellement en ville et aimerions passer vous voir rapidement.

— Bonjour, madame Sander – la voix de l'agent d'Henning résonna dans le haut-parleur. Je suis actuellement à Marburg et… je suis de retour à Franc… le soir… de quoi s'agit-il… ? Je… quelques minutes avant… rendez-vous, mais peut-être… aider… liaison radio… pas…

— Je vais faire vite alors, dit Pia. Nous avons trouvé dans les documents de M. Roth la copie d'un extrait de journal intime, avec une lettre composée des deux phrases suivantes : *Je sais ce que tu as fait pendant l'été 1983. Et tu le sais aussi.* Nous pensons que cela se rapporte aux vacances en France au cours desquelles Götz Winterscheid est mort. Est-ce que par hasard vous avez aussi reçu une telle lettre ?

— Oui… j'ai…, répondit Maria Hauschild. … trois semaines. C'était dans un… qui ne contient pas d'expédi… assez surprenant, car il… journal… de Katha… Winterscheid.

— C'est la mère de Carl Winterscheid, l'actuel éditeur, n'est-ce pas ? demanda Pia en haussant le ton.

— Exactement. Je… très bien… étions proches… je me demandais qui…

La qualité de la connexion se dégradait de plus en plus.

— Madame Hauschild ? Allô ? Vous m'entendez encore ? s'exclama Pia.

— Mauvaise connexion… plus tard…

Puis la conversation s'interrompit.

— Ne crie pas comme ça, s'amusa Bodenstein. Elle ne t'entendra pas mieux.

— C'est un peu automatique.

Pia sourit à son tour. Au loin, les contours du centre Main-Taunus apparurent.

— Allons rendre visite à Josefin Lintner, suggéra-t-elle à son chef.

La libraire était la seule des "Éternels" à qui ils n'avaient pas encore parlé.

— Bonne idée. Stefan Fink peut attendre encore un peu.

Bodenstein s'engagea sur la B8 derrière la station-service Aral et prit la sortie du centre commercial deux kilomètres plus loin. Ils laissèrent la voiture de service dans l'un des parkings, allèrent chercher des paninis grillés au jambon, tomates et mozzarella dans une épicerie italienne pour un déjeuner rapide et s'assirent sur un banc. Tout en déjeunant, ils continuèrent à spéculer sur la personne qui aurait pu envoyer à Alexander Roth et Maria Hauschild la copie de l'extrait du journal.

— Je sais ce que tu as fait pendant l'été 1983, cita Pia. Cela ressemble à un vieux film d'horreur hollywoodien où un des personnages principaux reçoit une lettre avec cette phrase.

— Probablement que la personne qui a envoyé les pages du journal connaissait le film, rétorqua Bodenstein. Et comme il l'a certainement envoyé anonymement, il a en plus fait une peur bleue à Alexander Roth, qui souffrait déjà de son ancienne culpabilité. Je suis curieux de savoir si Mme Lintner a également reçu ce genre de courrier.

— Le contraire m'étonnerait, dit Pia en mâchant. Quelqu'un a fait pression sur les Éternels. Peut-être pour faire la lumière sur ce qui s'est vraiment passé à l'époque. Mais pourquoi maintenant ? Pourquoi est-ce que cela n'est pas arrivé plus tôt ?

— Hum.

Bodenstein mâchait pensivement.

— Il doit y avoir eu un élément déclencheur. Cela ne peut pas être la mort d'Heike Wersch. Roth devait avoir cette copie depuis longtemps. Il l'a probablement reçue en même temps que Maria Hauschild, il y a trois semaines.

Ils continuèrent un moment à manger en silence tout en spéculant chacun de son côté.

— Je crains que nous ne connaissions pas encore toutes les personnes présentes sur le terrain, dit Bodenstein en s'essuyant la bouche avec la serviette en papier. C'est comme dans une partie d'échecs. Si une pièce importante est éliminée, c'est toute la dynamique du jeu qui change. Comme c'est arrivé au plus tard avec la mort d'Heike Wersch.

— Toi et tes métaphores. Allez, on y va.

Pia froissa le papier dans lequel son panini avait été enveloppé, le jeta dans la poubelle à côté du banc et réprima l'envie de nicotine qui l'assaillait chaque fois qu'elle avait mangé quelque chose.

La librairie House of Books qui, située au milieu de l'ancienne rue commerçante, s'imposait déjà depuis des décennies dans le centre Main-Taunus, était devenue une institution. Dans le vaste espace de vente, à cette heure-ci, c'était calme. Seuls quelques clients fouillaient sur les tables de livres, deux jeunes femmes avec des poussettes déambulaient dans le rayon des livres pour enfants, un homme se faisait conseiller par une libraire. Pia reconnut Josefin Lintner qui, le téléphone à l'oreille, derrière le comptoir de la caisse, prenait une commande devant un ordinateur. Ils attendirent poliment que la libraire ait terminé sa conversation téléphonique, puis présentèrent leur carte de police judiciaire.

— Ah, bonjour, les salua Mme Lintner, je vous ai vus samedi à l'hôpital.

Ses cheveux blond cendré étaient noués en un chignon lâche sur son cou, des lunettes de lecture étaient posées sur le bout de son nez, elle portait un tee-shirt bleu foncé à col en V avec le logo de sa librairie, un jean et des chaussures à talons blocs, ce qui était raisonnable quand on devait rester debout ou marcher toute la journée.

— Il s'agit d'Alexander Roth et d'Heike Wersch, dit Bodenstein. Avez-vous un moment à nous consacrer ?

— Bien sûr.

Mme Lintner fit signe à une employée de s'occuper de la caisse, puis elle conduisit Bodenstein et Pia vers une porte située entre les étagères de livres pour la jeunesse et le rayon des guides de santé. Elle se déplaçait avec agilité et énergie, elle donnait l'impression d'avoir un tempérament solaire. Un sourire par-ci, un signe par-là, elle supervisait tout. Derrière la porte, des caisses s'empilaient, deux jeunes femmes étaient occupées à déballer et à préparer des livres. Mme Lintner leur parla brièvement, donnant quelques explications, aimablement mais fermement.

— La livraison quotidienne du grossiste, commenta-t-elle en ouvrant la porte d'un bureau à peine moins encombré que le couloir.

Deux bureaux se faisaient face, chacun avec un ordinateur et des corbeilles de rangement pleines, les étagères étaient remplies de dossiers, il y avait deux imprimantes et un fax sur un meuble bas. Sur chaque espace libre s'empilaient des livres et des catalogues d'éditeurs.

— Enlevez simplement tout ce qui traîne sur les chaises et posez-le par terre, suggéra la libraire. C'est un peu étroit ici, mais vu le prix des loyers, chaque centimètre de la surface de vente compte.

— On va se débrouiller, dit Bodenstein en empilant une pile de catalogues sur le sol.

— Ouf, c'est la première fois que je m'assois aujourd'hui.

Josefin Lintner se laissa tomber dans le fauteuil de direction derrière l'un des deux bureaux, fit une grimace et étendit les jambes. Elle devait avoir la cinquantaine, mais paraissait plus âgée. Trop de soleil et de cigarettes avaient laissé des traces évidentes sur son visage constellé de taches de rousseur, qui n'était pratiquement pas maquillé.

— Nos condoléances pour le décès de M. Roth, commença Bodenstein après que Pia eut demandé à enregistrer la conversation avec son smartphone.

— Je vous remercie, répondit Mme Lintner. C'est vraiment très triste.

— Nous avons entendu dire que M. Roth et vous aviez eu une liaison autrefois.

La libraire parut étonnée.

— Oh, c'était il y a longtemps. Ça doit faire pas loin de trente-cinq ans. Nous nous sommes connus au lycée, un lycée privé à Kelkheim, où de nombreux élèves venaient faire leur terminale lorsqu'ils voulaient obtenir de meilleures notes au bac. Heike et moi venions du lycée Sainte-Angela de Königstein, en seconde. Alex et Götz Winterscheid d'un lycée de Francfort. Seuls Maria et Stefan y étaient depuis plus longtemps.

— Maria Hauschild ? s'enquit Pia.

— À l'époque, elle s'appelait encore Maria Molitor, confirma Josefin Lintner. Nous avions tous des intérêts similaires et les mêmes spécialités : allemand et sciences sociales.

— Alexander Roth était le meilleur ami de Götz Winterscheid, non ? demanda Pia.

— Depuis l'enfance, acquiesça Josefin Lintner. Pourtant, ils étaient totalement opposés. Götz était gai, charmant, beau, drôle et généreux. Il nous invitait souvent dans la villa de ses parents et nous trouvait des jobs : comme serveurs dans des fêtes, des soirées au coin du feu ou des événements comme des lectures d'auteurs, ou sur le stand à la Foire du livre. Nous étions tous profondément impressionnés par les écrivains, artistes et philosophes célèbres qui allaient et venaient chez Winterscheid. C'était un monde totalement nouveau et fascinant pour nous tous. Alex et Stefan le connaissaient déjà, mais Heike, Maria et moi, nous étions ravies de faire la connaissance de tous ces grands auteurs, ajouta-t-elle en riant à ce souvenir. Nous adorions les philosophes de l'école de Francfort, et nous les rencontrions en personne, discutions, buvions et mangions avec eux. Nous rivalisions pour obtenir les faveurs de ces gens-là, nous essayions de nous départager, nous lisions tous leurs livres, et c'était comme un adoubement d'obtenir l'approbation de quelqu'un comme Alfried Kempermann, Volker Böhm ou Marina Bergmann-Ickes. Nous étions un peu comme des groupies d'auteurs, ce qui serait saugrenu aujourd'hui, mais à l'époque, nous avions dix-huit ou dix-neuf ans et nous trouvions ça cool. J'ai même eu une aventure d'un soir avec Gunnar Gantenberg, qui venait de recevoir un prix important et logeait dans la suite présidentielle du Frankfurter Hof. Des décennies plus tard, lorsque je l'ai invité à une lecture dans notre librairie, il est venu et nous nous sommes remémoré ces jours-là.

Elle se souvenait, en arborant un léger sourire, d'événements qui remontaient à la première moitié de sa vie.

— Götz n'a jamais eu l'ambition d'entrer dans la maison d'édition de son père, reprit-elle. Il avait obtenu d'excellentes notes au bac et décroché une place en médecine à Francfort. Il aurait préféré aller à Munich ou à Hambourg, mais pour l'amour de Maria, il était resté ici.

— Pourquoi ? demanda Pia.

— Maria avait perdu son père de manière tragique, expliqua la libraire. Il avait fait un infarctus chez lui, dans le sauna, et Maria l'avait trouvé le lendemain matin.

— Parlez-nous d'Alexander Roth, lui demanda Bodenstein. Sa veuve nous a dit qu'il avait coupé les ponts avec ses parents. Pourquoi ?

Josefin Lintner poussa un soupir et secoua la tête.

— Alex avait un complexe d'infériorité parce que ses parents n'étaient pas des universitaires. Son père possédait plusieurs stations-services, il gagnait beaucoup d'argent, c'était quelqu'un de gentil. Sa mère faisait toute la comptabilité et travaillait dans les stations-services. Je les aimais beaucoup, mais Alex avait honte d'eux. Je pense que son amitié avec Götz a éveillé ses ambitions sociales. Alex vénérait Henri Winterscheid et son père, le vieil éditeur. Il voulait absolument leur ressembler, et Götz était son billet assuré pour le bonheur.

Elle pinça les lèvres, un nouveau sourire passa sur son visage constellé de taches de rousseur, mais cette fois-ci c'était un sourire moqueur.

— Aujourd'hui, ça ne se voit plus, mais à l'époque, j'étais la plus jolie fille du lycée. J'aurais pu avoir n'importe quel garçon, mais j'étais tombée éperdument amoureuse d'Alex, même s'il ne me correspondait pas du tout. Désormais, je dois dire que c'est probablement son aura intellectuelle qui m'a fascinée, ce côté différent, mystérieux. Il portait des lunettes parce que Götz en portait, alors qu'en réalité, il n'était pas du tout myope. Il lisait tous les livres publiés chez Winterscheid, juste pour pouvoir participer à la discussion et faire impression sur les vieux Winterscheid, pas parce que cela l'intéressait vraiment. Heike, elle, c'était une vraie intellectuelle, tandis qu'Alex faisait tout pour en être un. Lorsque nous avons dû choisir nos spécialités pour le bac, j'ai choisi les mêmes que lui, alors que mes points forts étaient plutôt dans le domaine des sciences. Pendant un an, avant qu'il s'intéresse enfin à moi, j'ai adoré Alex. J'avais même acheté des lunettes pour avoir l'air plus intelligente, précisa Josefin Lintner en riant. Alors que je n'étais ni intellectuelle ni particulièrement intelligente. Les auteurs et philosophes célèbres avaient assez vite perdu leur attrait pour moi, car j'avais constaté que la plupart d'entre eux avaient mauvaise haleine, ils étaient en plus terriblement ennuyeux et imbus d'eux-mêmes. Ce qu'ils voulaient, c'était uniquement parler d'eux, de leurs livres ou de leurs théories, et tripoter les filles. S'il n'y avait pas eu Alex, je n'aurais probablement plus rien eu à voir avec cette clique. C'est Heike qui dirigeait tout. Stefan, Maria et moi, nous nous taisions quand elle et Alex s'échauffaient, parce qu'Heike pouvait devenir vraiment mauvaise. Je savais qu'ils me prenaient pour une idiote et j'en souffrais, car je faisais des efforts fous pour parler comme eux. J'ai beaucoup pleuré à l'époque, parce qu'il suffisait que Götz claque des doigts pour qu'Alex me laisse chaque fois tomber. Götz était important pour lui, à cause de la maison d'édition et du contact avec tous ces gens célèbres et formidables. Quelques semaines après la mort de Götz, Alex a rompu avec moi, très brièvement, par téléphone. Il n'avait plus de temps pour moi, car les parents de Götz les avaient quasiment adoptés, lui et Maria, et Heike avait son histoire avec Henri Winterscheid. Lui, c'était un vieux vicieux qui avait les mains baladeuses, ajouta-t-elle en frissonnant à cette idée. Peu de temps après, Katharina s'est mariée avec John, l'oncle de Götz, puis Stefan et Dorothea se sont mariés à leur tour, et c'en était fini de notre clique.

— Mais Katharina ne faisait pas partie de votre clique depuis très longtemps, n'est-ce pas ? interrogea Bodenstein tandis que Pia prenait des notes pour s'y retrouver avec tous les noms et toutes les relations.

— Non, c'est vrai. Elle est venue à Francfort à l'automne 1982 pour terminer ses études, elle avait quelques années de plus que nous, répondit Josefin Lintner. Elle avait répondu à une annonce de Maria, qui cherchait alors quelqu'un pour notre colocation. Après coup, elle a dû regretter d'avoir donné la chambre à Katharina, car Götz était fou d'elle. Il l'a emmenée à une manifestation quelconque à la villa, et c'est là qu'elle a croisé son oncle, Götz n'avait plus aucune chance : Katharina et John sont tombés follement amoureux l'un de l'autre.

— Katharina avait-elle un surnom ?

— Oui, nous l'appelions Chatte. Je ne me souviens même plus pourquoi. Peut-être parce qu'elle adorait les chats. En vacances à Noirmoutier, elle avait repêché quatre chatons dans le bassin portuaire. Trois chatons étaient morts, mais elle a pu sauver le quatrième. Elle l'emmenait partout et plus tard elle l'a même emmené à Francfort.

— Que s'est-il passé exactement pendant les vacances d'été 1983, lorsque Götz Winterscheid est mort ? demanda Pia.

— C'était la quatrième fois que nous y allions ensemble, toute la clique, se souvint Josefin Lintner. Les Winterscheid possédaient une grande maison sur l'île de Noirmoutier avec vue sur la mer, une maison de gardien et tout le tralala. Götz nous y invitait toujours fin juillet, après le départ de ses parents. En 1983, nous étions sept à y aller, et en fait, dès le début, ça s'est très mal passé. Maria était là, alors que Götz avait rompu avec elle quelques mois avant. Aucun d'entre nous ne comprenait vraiment ce qui se passait, et l'ambiance était tendue. Tout le monde buvait beaucoup. Götz flirtait avec Katharina. Avec Stefan, ils étaient tout le temps ensemble et Maria était jalouse. Et puis John est arrivé et avec Katharina ils sont partis en voilier. Ce soir-là, Götz s'est saoulé et est devenu terriblement agressif. Il ne supportait pas qu'Alex et Heike discutent pendant des heures de littérature, de philosophie et de politique, il nous insultait, se moquait de nous et des projets d'avenir d'Alex et d'Heike. Il pouvait se montrer très cynique et blessant lorsqu'il était ivre. Il nous a reproché de profiter de lui, puis il s'est mis à nous crier de tous partir le lendemain, il a dit que nous le dégoûtions. Nous avions déjà vécu souvent ce genre de choses et ne l'avons donc pas vraiment pris au sérieux. Généralement dès qu'il dessaoulait, il s'excusait de son comportement. Mais ce soir-là, ça a complètement dérapé. Götz m'a d'abord insultée, puis il nous a tous traités de parasites et de sangsues. À un moment donné, j'en ai eu assez et je suis montée dans ma chambre pour faire mes bagages. J'étais furieuse, je pleurais, surtout parce qu'Alex ne m'avait pas protégée. Le lendemain matin, nous avons été réveillés par la police. Quelqu'un avait trouvé le corps de Götz sur la plage. C'était horrible. Heureusement, John et Katharina sont rentrés de leur croisière en fin de matinée. John parlait parfaitement le français, il s'est occupé de tout. Le soir, Henri et Margarethe sont arrivés. Margarethe est devenue folle. Je n'avais jamais de ma vie entendu quelqu'un crier comme ça. La police judiciaire était venue du continent sur l'île, il y a eu une enquête, nous avons tous été interrogés. Götz avait plus de trois grammes d'alcool dans le sang et une fracture du crâne. Les enquêteurs en ont conclu qu'il s'agissait d'un accident. Götz avait dû trébucher, se cogner la tête contre un rocher et tomber dans l'eau, inconscient. Ce soir-là, la marée était haute, il y avait beaucoup de vent, le ressac était intense. Ah, c'était un drame, un cauchemar absolu. Le lendemain matin, je suis rentrée à la maison avec Heike et Stefan. Pendant tout le trajet, aucun de nous n'a prononcé un mot, et même plus tard, nous n'avons plus jamais parlé de cette journée.

— Et ensuite, Henri et Margarethe Winterscheid ont accueilli Alexander Roth comme leur fils.

— Oui. Ils ont apparemment vu en lui une sorte de substitut de Götz. L'ami loyal. Ils l'ont complètement accaparé. Pour être honnête, Alex était aussi plus apte à ce qu'ils espéraient et souhaitaient pour leur fils. Götz ne serait jamais entré dans la maison d'édition, mais Alex a toujours fait tout ce qu'Henri et Margarethe souhaitaient. Ils ont créé cette fondation et en ont confié la direction à Alex et Maria. Margarethe considérait déjà Maria comme sa belle-fille. Je pense qu'elle ignore encore aujourd'hui que la relation entre Götz et Maria était terminée depuis longtemps.

— Et Heike Wersch est devenue la maîtresse secrète du père de Götz.

— Ce n'était pas si secret que ça, précisa Josefin Lintner en secoua légèrement la tête. Elle a toujours voulu nous faire croire qu'ils avaient énormément d'affinités et qu'ils ne faisaient que parler, mais c'était n'importe quoi. Henri nous avait déjà toutes draguées, il avait envie de tout ce qui était jeune et n'avait pas froid aux yeux. Mais Heike serait allée loin sans lui. Elle était vraiment douée dans son travail. D'une manière ou d'une autre, nous avons tous atterri dans le monde des livres, mais moi, c'était plutôt par hasard. J'ai rencontré mon mari lors d'une fête du vin et je suis tombée amoureuse de lui avant de savoir qu'il possédait une librairie. Je n'ai jamais suivi de véritable formation. J'aurais probablement fait une bonne boulangère ou une bonne restauratrice. À l'époque, Maria a quitté la fondation assez rapidement, mais Henri lui a donné un poste dans la maison d'édition, au service des droits. Alex et Heike ont obtenu des postes fixes au comité de lecture, Stefan a repris l'imprimerie de ses parents. Après la mort de John, Katharina a hérité de ses parts dans la maison d'édition et a repris le poste de Maria lorsque celle-ci a rejoint l'agence Hauschild, dont elle a épousé le patron. Nous ne nous sommes jamais vraiment perdus de vue, le secteur du livre est trop petit pour cela. Chaque année, nous nous retrouvions à la Foire du livre, traditionnellement le jeudi soir à la Winterscheid *party*. Malheureusement, Carl a mis fin à ces soirées, maintenant, nous nous retrouvons le vendredi de la Foire du livre chez Fischer ou à la soirée de clôture de Josef Moosbrugger, l'agent.

Pia jeta un coup d'œil à son smartphone pour s'assurer qu'il enregistrait toujours. Elle n'arriverait jamais à se souvenir de la multitude d'informations fournies par cette libraire si communicative. Mais une chose était désormais très claire : Alexander Roth et Heike Wersch avaient largement profité de la mort de Götz Winterscheid. Roth avait réussi son ascension sociale, Heike Wersch et lui s'étaient tous deux fait un nom dans le monde de la littérature.

— Qu'en est-il de Dorothea Winterscheid, la fille ? demanda Bodenstein. Pourquoi ses parents ne lui ont-ils pas confié la direction de la fondation ?

— Peut-être parce qu'elle était encore trop jeune à l'époque, suggéra Josefin Lintner. En 1983, elle ne devait pas avoir plus de dix-huit ou dix-neuf ans.

— Quelle était votre relation avec Heike Wersch ? demanda Pia.

— Plutôt bonne, répondit la libraire. Elle a toujours veillé à ce que nous puissions tenir le stand lors des manifestations des éditions Winterscheid, ce qui est un très bon revenu d'appoint. Nous avons aussi souvent organisé nous-mêmes des lectures ou des séances de signature. Notre librairie est toujours très animée, ne serait-ce qu'en raison de son emplacement. Heike et moi n'étions pas de grandes amies, mais elle ne m'a jamais considérée comme une concurrente.

Elle s'arrêta un instant.

— Qu'est-ce qui va se passer maintenant avec son père ?

— M. Wersch a un tuteur et sera placé dans un centre, sa fille y avait veillé, répondit Pia.

Josefin Lintner était apparemment la seule de tous les anciens "amis" à être au courant de la situation personnelle d'Heike.

— Comment Maria Hauschild s'entendait-elle avec Heike Wersch ?

— Elles se sont toujours appréciées. Pourquoi, je ne l'ai pas compris, avoua Josefin Lintner. En fait, elles étaient tellement différentes. Heike était autoritaire, émotive et cynique, Maria déterminée, pragmatique et équilibrée. C'est peut-être cette opposition qui les a attirées l'une vers l'autre. Depuis que Maria a perdu son mari, elles sont devenues encore plus proches.

— Maria Hauschild a perdu son mari ? demanda Bodenstein.

— Oui. Erik, son mari, est mort d'un coma diabétique pendant la Foire du livre de 2005.

— Heike Wersch vous a-t-elle également demandé de participer à sa nouvelle maison d'édition ?

— Oui, elle l'a fait, confirma Josefin Lintner. Elle nous a tous demandé de participer, elle avait besoin d'un capital de départ et nous a promis des rendements mirobolants. Mais j'ai dû refuser. Non que je ne trouve pas ça passionnant, mais nous n'avons pas l'argent nécessaire. Nous nous en sortons très bien, mais nous ne pouvons pas disposer comme ça de plusieurs dizaines de milliers d'euros. Et encore moins pour un projet aussi audacieux. D'après ce que je sais, tout le monde a refusé, sauf Maria et Henri, qui se voyait déjà comme le grand éditeur. Pourtant, ce qu'Heike voulait en premier lieu c'était son nom, pour embêter Carl. Et son argent, bien sûr.

— Le nom de Waldemar Bär vous dit-il quelque chose ? demanda Bodenstein.

— Oui, bien sûr. C'est le factotum des Winterscheid.

— Le quoi ? demanda Pia, qui n'avait jamais entendu cette expression.

— Le gardien, le jardinier, le chauffeur, tout ça à la fois.

Josefin Lintner jeta un coup d'œil à son portable, qu'elle avait posé devant elle sur son bureau.

— Vous avez d'autres questions ? Car je vais devoir partir.

— Nous avons bientôt fini, répondit Bodenstein. Dans le bureau de M. Roth, nous avons trouvé la copie d'un extrait de journal intime, accompagnée d'une lettre d'avertissement qui se composait de deux phrases.

— *Je sais ce que tu as fait pendant l'été 1983*, le devança Josefin Lintner. J'ai aussi reçu quelque chose comme ça. C'est arrivé anonymement, par la poste, il y a environ trois semaines. Mon mari et moi nous sommes demandé ce que cela signifiait et qui pouvait être l'expéditeur.

Elle se mit à fouiller dans les corbeilles de rangement, trouva ce qu'elle cherchait et tendit deux feuilles à Bodenstein.

— Il s'agit apparemment de deux pages d'un journal intime de Katharina.

— Pouvez-vous m'en faire une copie ? demanda Bodenstein.

— Vous pouvez l'emporter, répondit la libraire.

Pia prit les feuilles des mains de son patron et les parcourut rapidement.

À l'attention de Mme Josefin Lintner – personnellement –
c/o House of Books centre Main-Taunus 65843 Sulzbach

Je sais ce que tu as fait pendant l'été 1983. Et tu le sais aussi.

Île de Noirmoutier, 18 juillet 1983

Hier soir, je suis allée me promener seule sur les rochers pour voir le coucher de soleil derrière l'île du Pilier, et quand je suis revenue, ces idiots n'avaient toujours pas fini de débarrasser la table. Ah, si seulement John était là ! Avec lui, ici, ce sera le rêve. Ces petits malins me tapent sur les nerfs. Moi – enfin, franchement, moi !!!! (ma grand-mère serait morte de rire si elle le savait) – je me suis même portée volontaire pour faire la cuisine et la vaisselle, juste pour échapper à leurs discussions interminables sur Handke, Grass ou Bernhardt. Ils se prennent la tête, ils s'excitent et se prennent au sérieux en citant des passages de livres qu'ils épluchent et triturent ! Le mot préféré d'Alex est "ambiguïté", Heike adore des expressions telles que "herméneutique esthétique" et "autoréférentialité", et Josi, cette petite idiote, se laisse démolir par eux. En même temps, ils fument des joints, boivent du vin rouge et se sentent terriblement intellectuels. Tout cela est tellement bête. Ils passent la nuit à raconter des âneries, sont ivres morts tous les soirs et dorment jusqu'à midi. Alex et Josi font l'amour tous les soirs, et moi malheureusement j'ai ma chambre juste à côté de la leur, et j'ai droit à leurs cris et gémissements. John et ma machine à écrire me manquent ! Ici, avec vue sur l'Atlantique, je pourrais écrire merveilleusement bien.

Mia exagère totalement. Elle se faufile en larmoyant derrière Götz, elle le cajole, mais lui, il flirte avec moi à tout va, juste pour que personne ne remarque de qui il est vraiment amoureux. Je les couvre du mieux que je peux, mais je n'en ai vraiment plus envie. C'est stressant. Josi ne cesse de faire des remarques stupides à propos de John. Elle n'est pas aussi bête qu'elle le prétend, Götz devrait faire plus attention. Heike m'a raconté hier que tout le monde pensait que Götz et Mia se marieraient un jour, parce qu'ils étaient ensemble depuis la classe de seconde, du genre : "Laisse tomber !" C'est épuisant ! Comment vais-je supporter ça pendant encore quinze jours ?

— Pourquoi Götz était-il si ivre le soir de sa mort ? demanda Bodenstein.

Josefin Lintner hésita une fraction de seconde.

— C'était il y a si longtemps, esquiva-t-elle. Il était amoureux de Katharina, il n'était pas heureux et il a noyé sa frustration dans l'alcool.

— Ce n'est pas vrai, et vous le savez très bien, rétorqua Pia. À qui avez-vous promis à l'époque de ne pas en parler ? Alexander Roth ? Ou Heike Wersch ? Ils sont morts tous les deux.

— Je n'ai rien promis à personne !

Josefin Lintner secoua la tête, mais elle ne put empêcher le sang de lui monter aux joues.

— Comment en êtes-vous arrivés à une telle conclusion ?

— On a envoyé à Alexander Roth un autre passage du journal que celui que vous avez reçu.

Pia sortit son téléphone portable et afficha la photo du texte.

— On y trouve les phrases suivantes : *Qui sait quels autres mensonges Alex leur a racontés ! Cette sangsue habite pratiquement dans la villa depuis notre retour. Mais en fait, c'est de ma faute. J'ai joué le petit jeu de Götz et Stefan.*

La libraire regarda Pia, choquée. Elle déglutit.

— Maria n'était pas jalouse de Katharina. Elle semble l'avoir appréciée, et vice versa sans doute aussi, dit Pia. Sinon, Katharina ne lui aurait jamais demandé d'être la marraine de son fils, n'est-ce pas ?

Josefin Lintner hésita un instant, puis elle poussa un profond soupir.

— Vous avez raison. Il y avait quelque chose entre Götz et Stefan, nous l'avions tous compris, finit-elle par admettre. Ce flirt avec Katharina n'était que pour la galerie. Le soir de la mort de Götz, j'ai entendu une dispute entre Stefan et lui. Je n'ai pas compris exactement de quoi ils parlaient, ils étaient en bas sur la plage et moi sur le chemin des dunes, mais Götz criait et suppliait Stefan. Stefan a ensuite couru vers la maison et est parti un peu plus tard avec sa voiture. La soirée a été terrible, je vous l'ai déjà raconté. Maria et moi, nous étions dans nos chambres et faisions nos bagages, car nous voulions partir le lendemain, s'il le fallait en car jusqu'à Nantes et de là en train jusqu'à la maison. Nous n'avions ni l'une ni l'autre envie de rester plus longtemps. J'ai ensuite déposé mes affaires dans la chambre de Maria, car j'étais furieuse contre Alex. Il devait être environ minuit et Maria dormait déjà, mais moi je ne dormais toujours pas quand soudain, en bas, tout est devenu silencieux. Alors je me suis glissée dans notre chambre, à Alex et moi, et j'ai regardé par la fenêtre. C'était la pleine lune cette nuit-là, ça soufflait, j'entendais les vagues. Et j'ai vu Alex et Heike marcher le long du chemin des dunes en direction des falaises.

Elle se tut. Pia et Bodenstein ne la brusquèrent pas.

— Je pensais qu'ils voulaient faire l'amour, dit la libraire. J'étais folle de jalousie et je les ai suivis. J'avais déjà imaginé ce que je ferais et dirais si je les prenais sur le fait. Mais ce n'était pas du tout le cas. Götz était assis sur un rocher en haut de la falaise, la tête dans les bras. Je crois qu'il pleurait. Je pensais qu'Alex et Heike voulaient lui parler, le consoler…

Josefin Lintner serra les lèvres.

— C'était une grande marée. Il y avait des vagues énormes. Götz n'avait aucune chance, Alex… il lui a juste donné un coup de pied dans le dos, sans prévenir. L'instant d'après, il ne restait plus qu'Heike et Alex en haut de la falaise. Ils regardaient en contrebas dans ce… cet enfer. Ils ont tué Götz. Froidement. Plus tard, la police a retrouvé une bouteille de whisky sur le rocher, sur laquelle il y avait ses empreintes digitales. Ils en ont conclu que Götz avait été sur ce rocher et avait bu. Un chagrin d'amour, soi-disant à cause de Katharina.

Elle fit une moue résignée et secoua la tête.

— Je suis rentrée à la maison en courant aussi vite que j'ai pu. J'étais morte de peur. Toute la nuit, j'ai à peine fermé l'œil, mais je n'ai pas non plus osé réveiller Maria et lui raconter ce que j'avais vu. Je ne l'ai jamais dit à personne. Quand la police est venue parce qu'ils avaient trouvé le corps de Götz sur la plage, Stefan a failli s'évanouir. Il était bouleversé et se reprochait la mort de Götz. Nous avons dû lui promettre de ne pas dire que Götz et lui avaient eu une liaison. Nous avons inventé une histoire que nous allions raconter à la police et aux parents de Götz, à savoir qu'il était amoureux de Katharina. Aujourd'hui, Maria et Stefan ne savent toujours pas ce qu'Heike et Alex ont fait.

— Vous en êtes sûre ? demanda Bodenstein.

— En tout cas, moi je ne leur ai rien dit, répondit Josefin Lintner.

— Mais visiblement quelqu'un le sait, rétorqua Pia. À savoir celui qui a le journal de Katharina.

— Pourquoi Katharina elle-même n'a-t-elle jamais éclairci la situation ? demanda Bodenstein. En se mariant, elle est entrée dans la famille Winterscheid et a dû faire face à l'hostilité de sa belle-sœur Margarethe.

— Je peux imaginer qu'elle ait pris cela sur elle à cause de Stefan, dit la libraire. Mais peut-être qu'elle a juste réalisé qu'elle n'avait aucune chance de prouver la vérité, car nous aurions tous les quatre juré que Götz l'aimait.

— Pourquoi êtes-vous restée amie avec Heike Wersch et Alexander Roth alors que vous saviez ce qu'ils avaient fait ? demanda Pia. On peut oublier une chose pareille ?

— Non, on ne peut pas. Mais on peut le refouler. Même plutôt bien.

Josefin Lintner se passa les mains sur le visage. Elle se mordillait la lèvre inférieure, pensive.

— Après cet été-là, j'ai abandonné mes études et j'ai commencé à travailler dans un bar de Sachsenhausen. Malheureusement, j'ai aussi commencé à prendre des drogues. D'abord des pilules, puis de la cocaïne et un jour de l'héroïne. J'ai rencontré un soldat américain et je me suis mariée avec lui trois semaines plus tard. Nous sommes partis aux États-Unis, mais au bout de six mois, il m'a mise à la porte parce que je lui avais volé de l'argent pour m'acheter de la drogue. Nous avons divorcé. J'étais toxico, j'ai été prise un jour en flagrant délit de cambriolage et j'ai fini dans une prison pour femmes dans l'Illinois, jusqu'à ce qu'au bout d'un an, on m'expulse. Quand je suis revenue en Allemagne, je n'avais plus rien : pas de métier, pas d'argent, pas de maison. J'avais trente ans et j'étais loin d'être la jolie fille d'autrefois. Mes parents m'ont claqué la porte au nez, tellement ils étaient déçus. J'ai atterri dans le quartier de la gare à Francfort. J'étais au bout du rouleau. C'est là que j'ai rencontré Alex par hasard. Il prenait le S-Bahn pour aller travailler et il m'a emmenée chez Heike. Celle-ci n'a pas hésité une seconde, elle m'a donné une chambre dans son appartement. Maria m'a emmenée dans un centre de désintoxication qu'elle a payé. Stefan m'a donné un travail dans son entreprise. J'avais de nouveau une assurance maladie, je n'étais plus une clocharde toxico. Avec leur aide, je suis devenue clean et j'ai pu reprendre pied dans la vie. Je travaille depuis de nombreuses années comme bénévole pour le Weisser Ring, je milite pour les victimes de violences et leurs proches. Là, je peux me rendre utile. Götz est mort. Rien de ce que je pourrais faire ou dire ne le ramènera à la vie. Et quoi que ces personnes aient fait, elles m'ont sauvé la vie et ne m'ont jamais rien demandé en retour. Seuls les amis font ce genre de choses.

*

— Nous avons encore oublié de demander comment Katharina Winterscheid était morte, se souvint Pia un quart d'heure plus tard dans la voiture alors qu'ils retournaient à Hofheim.

Elle sortit son téléphone portable.

— J'envoie un SMS à Maria Hauschild et je lui demande.

Elle tapota rapidement un message.

— Nous avions raison de penser que c'était le cas, dit-elle ensuite. C'est Alexander Roth qui a tué Götz Winterscheid.

— Et cette histoire qu'ils avaient inventée, à savoir que Götz s'était saoulé par amour et qu'ensuite, il avait été victime d'un accident, c'était le mensonge dont parlait Roth, ajouta Bodenstein. Pas étonnant qu'il ait eu une peur panique que ses parents de substitution apprennent qu'ils avaient accueilli dans leur famille le meurtrier de leur fils.

— Heike Wersch a pu le menacer de le dire aux Winterscheid.

Pia fronça les sourcils.

— Mais cela l'aurait aussi incriminée, après tout, elle était présente et elle a laissé faire.

— À condition que Mme Lintner nous ait dit la vérité, objecta Bodenstein. Et j'en doute. À l'époque, elle était folle d'Alexander Roth, elle lui était littéralement soumise. S'il lui avait dit : pousse Götz sur la falaise, elle l'aurait certainement fait, car elle détestait vraiment Götz.

Il avait déjà souvent fait l'expérience que la vérité avait quelque chose de sémantique. Les gens la manipulaient, l'embellissaient, et filtraient éventuellement des détails apparemment minimes, mais importants. La plupart du temps, cela se faisait sans arrière-pensée, simplement parce que la perception était toujours subjective, mais parfois c'était intentionnel.

— Elle était jalouse de Götz parce que, pour son ami, il comptait plus qu'elle, dit Pia à son chef.

— C'est peut-être aussi pour cela qu'elle s'est réfugiée en Amérique, parce qu'elle craignait que son crime soit révélé au grand jour, suggéra Bodenstein. Et quand elle est revenue en Allemagne, elle a demandé le soutien de ses amis pour lesquels elle avait commis un meurtre.

— Elle a fait de la prison en Amérique, dit Pia. Elle était toxico et SDF, elle ne devait pas avoir de scrupules. Quand Heike Wersch l'a menacée de dire à Winterscheid ou peut-être même à la police que c'était elle qui avait tué Götz, elle l'a assassinée.

— Cependant, elle a un alibi, fit remarquer Bodenstein. Et même un assez solide.

Lundi soir, à 20 heures, Josefin Lintner s'était rendue à une réunion du comité des assortiments de la Börsenverein, à Francfort, puis avait dîné dans un restaurant grec de l'Adickesallee. Elle avait ensuite pris un autre collègue dans sa voiture, l'avait déposé à Sossenheim et était rentrée chez elle peu avant 2 heures.

— C'est vrai, dit Pia. Elle a peut-être tué Heike Wersch, mais ce n'est pas elle qui s'est débarrassée de son corps. Alors Alexander Roth ?

— Attendons de voir ce que Stefan Fink va nous dire. Je parie qu'il a aussi reçu une copie de son journal.

Bodenstein réduisit sa vitesse à soixante kilomètres-heure lorsqu'il s'engagea sur la L3018, dont le tronçon entre la sortie d'autoroute et l'entrée d'Hofheim était soumis à des contrôles radars réguliers. Il entra dans la cour de la BRI et continua jusqu'au parking réservé aux véhicules de service, où ils tombèrent sur Cem et Kathrin, qui rapportaient des kébabs d'où s'échappait une odeur alléchante qui fit venir l'eau à la bouche de Pia. Elle leur raconta les conversations avec le couple Winterscheid et Josefin Lintner, et Kathrin leur dit que Mme Jahn avait effectivement identifié Hellmuth Englisch comme l'homme qui s'était disputé avec Heike Wersch le dimanche.

— La conversation avec M. Wersch s'est avérée malheureusement très unilatérale, ajouta-t-elle. Il m'a appelée Gisela tout le temps et n'a absolument pas compris ce que je voulais de lui.

— Dommage.

Bodenstein ne s'attendait guère à autre chose.

— Avez-vous trouvé dans les documents de la maison d'Heike Wersch une lettre similaire à celle que Josefin Lintner et Alexander Roth ont reçue ?

Cem secoua la tête.

— Non. Il n'y avait rien qui ressemble à la copie d'un extrait de journal intime. Mais si elle a reçu une lettre de ce genre il y a trois semaines, elle a pu la jeter.

— Ou alors le cambrioleur l'a prise, suggéra Bodenstein. Peut-être que cette lettre était d'ailleurs la raison du cambriolage.

— Quoi ? Une copie d'un extrait de journal intime ? s'exclama Cem. Ce serait vraiment le motif de cambriolage le plus étrange que je connaisse.

— Alexander Roth a reçu un autre passage du journal que Josefin Lintner, dit Bodenstein en tenant la porte d'entrée à ses collègues. Il est possible que celui qui a le journal en sa possession ait choisi des passages qui mettent particulièrement la pression sur les destinataires, parce qu'ils révèlent quelque chose qui les compromet.

— Après tout, il s'agit d'un meurtre, dit Kathrin.

— Et surtout que les Winterscheid pourraient apprendre que les amis de leur fils leur ont menti sans scrupule, rétorqua Pia.

— Mais c'était il y a trente-cinq ans. Qui est-ce que ça intéresse aujourd'hui ?

Cem fit au passage un signe à la collègue en uniforme derrière la vitre blindée de la réception.

— Quelqu'un qui a eu des remords, même si c'est assez tard, dit Bodenstein. Je crois que nous avons notre coupable. Alexander Roth avait un mobile et l'occasion idéale. Severin Velten avait déjà fait le travail préparatoire. Il a pu trouver l'attendrisseur dans la maison de sa victime.

La deuxième porte du sas de sécurité s'ouvrit et ils entrèrent dans le bâtiment.

— Mais pour moi, le gardien n'est pas encore exclu non plus, lança Pia alors qu'ils passaient devant le distributeur de boissons et se dirigeaient vers la cage d'escalier. Il a emmené les vieux Winterscheid à la Maison de la littérature à six heures et demie et les a récupérés à onze heures moins le quart. En quatre heures, il peut facilement être allé à Bad Soden, avoir tué Heike Wersch, l'avoir déchargée dans la forêt et avoir nettoyé la cuisine.

— Et pourquoi aurait-il fait ça ? demanda Kathrin.

— Parce qu'il avait peut-être appris qu'elle voulait le rayer de son testament.

— Pure spéculation.

— Alexander Roth est clairement celui à qui la mort de Götz Winterscheid a le plus profité, objecta Bodenstein. Il était obsédé par une carrière dans l'édition. Il rêvait de devenir un grand nom dans le monde qu'il avait découvert grâce à Götz Winterscheid. Et pour ça, il était prêt à sacrifier son meilleur ami.

Ils bifurquèrent dans le couloir qui menait à leurs bureaux et entrèrent dans la salle de réunion où Tariq était assis seul à une table. Une boîte en carton rose trônait au milieu de la table.

— Salut, les gars, vous voilà enfin !

Tariq se leva d'un bond. Ses yeux brillaient, il était tombé sur quelque chose, cela se voyait.

— J'ai découvert quelque chose !

— Tu es parti comme ça et tu m'as laissé faire le tour des supermarchés et des bars restants seule ! lui lança Kathrin, furieuse. Et justement aujourd'hui !

— Qu'est-ce qui se passe aujourd'hui ? demanda Pia.

— C'est son anniversaire, répondit Tariq à la place de Kathrin en poussant la boîte en carton vers elle. Joyeux anniversaire, chère collègue !

— Ouah ! Un vrai gâteau d'anniversaire ! s'exclama Kathrin en ouvrant le carton.

Sa colère était oubliée.

— Oh, Tariq, tu es génial !

Flatté, Tariq sourit et Pia la félicita, un peu honteuse. Bodenstein s'excusa à mots couverts d'avoir oublié de la féliciter le matin même, alors que son anniversaire était noté dans son agenda.

— Je te pardonne, chef, tu as des choses plus importantes à faire en ce moment, dit Kathrin, avant d'ajouter en se tournant vers Pia, Tariq et Kai, qui venait d'entrer dans la salle de réunion. Mais pas vous ! Moi, je pense toujours à vos anniversaires, contrairement à vous !

— Bon allez, ça va, mange ton gâteau et ferme-la, lui dit Kai. À ton avis, qui a récolté l'argent, qui s'est procuré la carte et qui a commandé au pâtissier ce gâteau dont tu nous vantes les mérites depuis un an, hein ? Certainement pas M. Omari.

Ce fut au tour de Kathrin d'être gênée.

— Je vais chercher des assiettes, dit-elle en disparaissant dans la cuisine.

— Les gars, hier soir, j'ai écrit un programme avec lequel…, commença Kai, mais Tariq l'interrompit.

— J'ai trouvé la bouteille de vodka avec laquelle Alexander Roth a été empoisonné ! s'exclama-t-il, tout excité.

Bodenstein se tourna vers lui, surpris.

— Où ça ?

— J'ai réfléchi au résultat de l'autopsie de Roth, répondit-il. Et je me suis souvenu que notre voisin, qui travaille comme interne aux urgences de l'hôpital Höchster, m'a parlé dimanche matin, pendant notre jogging, de trois SDF qui ont été transportés à l'hôpital dans la nuit de vendredi à samedi avec des symptômes d'intoxication étranges. Ils ont été admis à l'hôpital. Deux d'entre eux se sont rétablis assez rapidement, le troisième est en soins intensifs. Il est devenu aveugle et se sent très mal. Ils avaient tous les trois une concentration extrêmement élevée de méthanol dans le sang ! Les deux premiers ont disparu sans laisser de trace quand ils ont été mieux, mais j'ai parlé au troisième tout à l'heure. Il m'a raconté que lui et ses copains étaient tranquillement installés sur l'aire de jeux près de l'église Saint-Stephanus à Unterliederbach quand un cycliste est passé. Il roulait comme s'il était ivre mort et lorsqu'ils l'ont interpellé, il s'est arrêté et est tombé. Une bouteille de vodka, qui se trouvait dans le panier de son vélo, a roulé à leurs pieds. L'homme, qui correspondait d'ailleurs à cent pour cent à la description d'Alexander Roth, leur a dit qu'ils pouvaient garder la bouteille, qu'il en avait assez. Il est remonté péniblement sur son vélo et est reparti. La bouteille était encore à moitié pleine. Ce n'était pas un alcool bon marché. Ils ont vidé la bouteille à trois et au bout de quelques heures, ils se sont sentis mal. Et comme le SDF se souvenait qu'ils avaient jeté la bouteille dans un buisson près de l'aire de jeux, je suis allé à Unterliederbach et je l'ai retrouvée.

— Et où est-elle ? demanda Cem.

Kathrin revint. Elle posa des assiettes sur la table et commença à distribuer les parts de gâteau.

— Je l'ai déposée directement au labo, répondit Tariq, c'est de la vodka Black Moose, la marque préférée d'Alexander Roth. S'ils trouvent effectivement des traces de méthanol, on pourra en conclure que Roth a été délibérément empoisonné, n'est-ce pas, chef ?

— En effet. Bien joué, Omari, lança Bodenstein à son plus jeune collaborateur.

Tariq Omari était quelqu'un qui pouvait donner une impulsion déterminante dans une enquête, parce qu'il était capable d'établir des liens et de penser de manière peu orthodoxe. Comme policier, il était déjà très bon, mais il avait sans aucun doute tout ce qu'il fallait pour devenir excellent.

— Roth avait d'ailleurs acheté une bouteille de vodka lundi soir dernier dans un supermarché de Bad Soden, précisa Kathrin. Quand ses collègues de la patrouille l'ont interpellé, il ne l'avait plus. Mais il n'avait pas non plus d'attendrisseur de viande sanglant dans son sac, qu'ils ont bien sûr fouillé.

— OK.

Bodenstein hocha la tête, légèrement déçu. Alexander Roth avait beau en avoir un paquet sur la conscience, il n'avait apparemment rien à voir avec la mort d'Heike Wersch. Ils ne devaient pas s'éparpiller sur des pistes secondaires, il leur fallait garder à l'esprit leur mission première, à savoir trouver le meurtrier d'Heike Wersch.

Kathrin répartit le gâteau dans les assiettes, tandis que Cem sortait le kébab, le *lahmacun* et le *börek* des sacs et les posa sur la table.

— Est-ce que je peux dire quelque chose avant qu'on attaque la bouffe ? demanda Kai à nouveau.

— Pardon, bien sûr, dit Bodenstein en mordant dans un *börek* au fromage de brebis et aux épinards encore tiède.

— Je m'occupe depuis plusieurs jours de voir quels numéros de téléphone portable ont été reliés aux cellules radio de Bad Soden lundi dernier à l'heure en question, dit Kai. Il y en a malheureusement des milliers et la recherche est un vrai travail de Sisyphe. C'est pourquoi j'ai écrit un programme, et ça fonctionne. Il y a exactement deux numéros de téléphone mobile qui ont été composés dans la cellule 48701E-332 le mardi 4 septembre jusqu'à 0 h 05, puis qui ont été transférés dans la cellule n° 48701W-334. Cependant, plus tard, un seul de ces deux numéros est…

Le portable de Bodenstein sonna.

— Un instant, s'il te plaît, Kai. C'est la patronne, dit-il en prenant l'appel.

Il écouta brièvement, dit : on arrive, et mit fin à la conversation.

— C'était Engel, déclara-t-il. Severin Velten veut nous parler. Il a quelque chose d'extrêmement intéressant à nous dire. On descend.

— Oliver ! Tu ne peux pas m'écouter encore quinze secondes ? s'écria Kai, furieux. Moi aussi, j'ai quelque chose d'extrêmement intéressant à vous dire !

— Bien sûr. Tu me raconteras ça en descendant.

Ils reportèrent le repas à plus tard et descendirent.

— Donc, un seul des deux numéros de téléphone mobile que mon programme a filtré parmi les milliers de numéros est revenu dans la cellule 48701E-332, le mardi 4 septembre à 1 h 07 exactement, dit Kai dans l'escalier. Pour le plaisir, j'ai suivi ce numéro un peu plus loin. Il s'est connecté pour la première fois à cette cellule radio le lundi soir à 22 h 24 et l'a quittée le mardi matin à 1 h 57.

— Intéressant.

Bodenstein n'écoutait Kai que d'une oreille. Il se dépêcha d'arriver derrière Pia, Cem et Tariq. Que pouvait bien avoir à leur dire le héron ?

— Bon sang, chef ! Maintenant, écoute-moi !

Kai se mit en travers de son chemin et l'empêcha de suivre les autres. Lui qui était par ailleurs toujours calme et serein avait l'air bouleversé, Bodenstein l'avait rarement vu comme ça. Au sous-sol, la porte coupe-feu se referma, les voix se turent.

— Le numéro de mobile dont je parle est celui de Josef Moosbrugger, l'agent du héron ! Il était chez Heike Wersch au moment du crime et avait apparemment son portable dans la poche lorsqu'il a emmené son corps dans la forêt ! Il a eu une heure et demie pour nettoyer la cuisine et effacer toutes les traces. Alors, c'est assez intéressant pour toi ? Et ne viens pas me demander maintenant si je suis sûr !

Il fallut quelques secondes à Bodenstein pour réaliser ce que cette nouvelle signifiait pour leur enquête, et il fut envahi par ce sentiment de quasi-ferveur qui le saisissait chaque fois que le bourbier des soupçons et des fausses pistes, des suppositions et des erreurs s'éclaircissait tout à coup, laissant entrevoir le coupable. L'évidence le traversa comme une décharge électrique, et il ressentit un immense soulagement. Dans quelques heures, ils traqueraient l'assassin d'Heike Wersch et apprendraient la vérité. Moosbrugger ne pourrait pas nier ; la trace que son téléphone portable avait laissée dans le réseau radio était une preuve irréfutable de sa présence sur les lieux du crime. Et il avait aussi un motif : venger Severin Velten, son auteur, à qui Heike Wersch avait fait un sale coup. Bodenstein prit une profonde inspiration et se frotta la nuque de la main droite. Il allait bientôt pouvoir remettre le dossier au procureur et s'occuper de ses problèmes privés sans avoir mauvaise conscience, car l'affaire était résolue.

— Je n'ai pas besoin de te demander, Kai, je sais, dit-il. Merci.

— C'est juste mon boulot. Je me charge du mandat d'arrêt ? demanda Kai avec un sourire modeste.

— Oui, bien sûr.

Bodenstein lui donna une tape sur l'épaule. En bas, la porte s'ouvrit à nouveau.

— Chef ? cria Pia dans la cage d'escalier. Qu'est-ce que vous fabriquez ?

— Viens voir, Pia ! Je crois que Kai a résolu notre affaire.

Quelques secondes plus tard, Pia montait l'escalier.

— Quoi ? Comment ça, tout d'un coup ? demanda-t-elle, surprise.

— Josef Moosbrugger a eu la maladresse d'emporter son portable lors de sa virée meurtrière à Bad Soden, répondit Kai non sans fierté en racontant son histoirc à Pia.

— Moosbrugger est notre coupable, dit Bodenstein, satisfait. Nous pouvons le confondre clairement grâce à ses données de portable, et il avait un mobile.

— Et comment l'arme du crime se serait-elle retrouvée dans le compartiment à glace du réfrigérateur de Roth dans la maison d'édition ? demanda Pia.

La déception fit place à l'enthousiasme suscité par le succès supposé de l'enquête. Même le sourire de Kai disparut.

— Putain, marmonna Bodenstein.

Dans son euphorie, il n'y avait même pas pensé.

— Mais il est allé à Bad Soden, insista Kai, cette fois sans conviction.

— Tu sais toi-même que tu as enfreint les règles de protection des données, Kai, dit Pia, sa collègue et sa supérieure. La seule chose que tu peux prouver avec ça, c'est que le portable de Moosbrugger était à Bad Soden. Un avocat intelligent le sortira de là en un rien de temps si nous n'apportons pas d'autres preuves.

— Nous n'avons pas besoin de raconter ça à Moosbrugger.

Bodenstein encaissa le revers avec calme.

— Kai, occupe-toi quand même du mandat d'arrêt. Allez, Pia, on va voir ce que le héron a à dire et on va chercher son agent.

— Et Stefan Fink ? demanda Kai. Il attend en bas dans la salle d'interrogatoire 4 depuis ce matin.

— Cem et Tariq peuvent aller chercher Moosbrugger, dit Bodenstein. En attendant, Pia et moi, on va parler à Fink.

Le portable de Pia émit un son.

— Ah ! Maria Hauschild a répondu, constata-t-elle.

Elle ouvrit de grands yeux en lisant le message que l'agent d'Henning avait envoyé.

— Alors ? s'enquit Bodenstein.

— Je n'aurais jamais pensé une chose pareille maintenant, dit Pia en levant les yeux. Figurez-vous qu'en août 1990, Katharina Winterscheid s'est suicidée !

*

Julia avait décidé de ne pas dire à Carl Winterscheid qu'elle irait voir Kirchhoff à l'institut médicolégal. Il avait suffisamment de choses à faire en ce moment et il était peut-être préférable d'attendre de toute façon de savoir si elle pourrait trouver quelque chose sur la mort de sa mère. Elle termina sa journée de travail à 18 heures précises, descendit au pas de course la Schillerstrasse et monta à la Hauptwache dans le S3 en direction de Darmstadt. Le S-Bahn était désespérément bondé à cette heure-là et elle dut rester debout, mais cela ne la dérangeait pas car il n'y avait que cinq arrêts. Dans la maison d'édition, elle avait imprimé quelques pages du manuscrit scanné et noté ce dont elle voulait parler avec Kirchhoff. Elle descendit à l'arrêt Stresemannallee et parcourut le reste du chemin à pied le long de la Waidmannstrasse. Ce n'était pas sa première visite à la médecine légale, mais elle était tout de même un peu nerveuse lorsqu'elle traversa la Kennedyallee et se dirigea vers la villa qui lui rappelait étrangement le Bates Motel de *Psychose*. Il aurait peut-être été plus facile de supporter l'idée que des corps étaient entassés dans des compartiments réfrigérés au sous-sol de ce bâtiment si l'environnement avait été plus stérile et plus clinique, mais ce décalage étrange entre le magnifique bâtiment ancien avec ses murs lambrissés, ses fenêtres à croisillons et ses plafonds en stuc et le monde sinistre des morts avec ses néons froids, ses tables de dissection en acier inoxydable et son odeur de désinfectant et de formol lui inspirait un certain malaise. Henning Kirchhoff, vêtu d'une blouse blanche, lui ouvrit la porte et l'introduisit dans son bureau aux étagères de livres allant du sol au plafond et au bureau surchargé, dominé par un grand microscope.

— Je me suis permis de fouiller dans les archives et j'ai fait des découvertes, lui annonça-t-il.

Il poussa l'une des chaises des visiteurs à côté de son fauteuil et d'un geste de la main invita Julia à s'asseoir à côté de lui puis ouvrit le rapport d'enquête.

— Il y a bien eu une levée de corps, comme je le pensais, dit-il. Elle a eu lieu le 18 août 1990 et a été effectuée par deux médecins légistes, dont le directeur intérimaire de l'institut à l'époque. On peut donc partir du principe que l'autopsie a été réalisée dans les règles de l'art.

Katharina Winterscheid, née Komorowski, le 14 septembre 1959 à Bochum, décédée le 17 août 1990 après une chute du balcon de son appartement au cinquième étage, Stalburgstrasse 82 à Francfort-sur-le-Main, lut Julia et elle eut soudain la chair de poule.

Le décès a été provoqué par de graves lésions à la tête et aux organes, une analyse de sang n'avait toutefois révélé qu'un faible taux d'alcool de 0,2 pour mille et une analyse toxicologique et chimique n'avait donné aucun résultat.

"Contenu de l'estomac : pain, fromage, tomates."

Julia retint ses larmes. L'idée que Katharina Winterscheid avait dîné avec son jeune fils, puis l'avait mis au lit avant de se jeter du balcon, la bouleversait.

— On n'a donc pas trouvé de psychotropes ou d'antidépresseurs dans son sang ? demanda-t-elle à Kirchhoff.

— Non, rien de tel.

— Alors elle n'a pas pu prendre de médicaments avant de mourir, n'est-ce pas ?

— Exact. Cela aurait été constaté. Elle a bu au maximum un verre de vin ce soir-là, ce qui correspond à environ 0,2 pour mille.

— Je n'arrive pas à croire qu'elle s'est suicidée, dit Julia. Quelle mère ferait une chose pareille avec son enfant dans l'appartement ? Et elle était en plein travail sur un manuscrit ! Elle a mangé une tartine de fromage avec des tomates et bu un verre de vin. Est-ce que c'est ce que font les gens qui veulent se suicider ?

— J'ai déjà vu toute sorte de choses, même les plus folles.

Concentré, Kirchhoff étudiait le rapport rédigé vingt-huit ans plus tôt. Julia observa les contours nets et précis de son profil, il remuait les lèvres en lisant. Henning Kirchhoff était un très bel homme, riche et cultivé. Pourquoi vivait-il comme un ermite dans le minuscule appartement du gardien de l'institut ? Et pourquoi n'y avait-il pas de femme dans sa vie ? Julia savait qu'il avait été marié et avait divorcé deux fois. Aurait-il découvert un jour qu'il n'aimait pas vraiment les femmes ? L'intrigue du roman de Katharina lui revint à l'esprit. Si l'équivalent de son personnage “Lutz Vogelsang” était dans la vraie vie Götz Winterscheid, alors Stefan Fink devait être celui de son amour secret pour Mark. Dorothea savait-elle que son ami avait une relation amoureuse avec son frère et que Katharina ne faisait que les couvrir, par amitié ou par compréhension, ou parce que Götz le lui avait demandé ? Et si elle l'avait découvert des années plus tard et avait poussé Katharina pardessus le parapet du balcon par jalousie ou par colère ?

— Bizarre, murmura Kirchhoff à ce moment-là.

— Qu'est-ce qui est bizarre ? demanda Julia, brusquement rappelée à la réalité.

— Outre des déchirures des poumons, de la rate, du foie, des intestins et du cœur, on a constaté des fractures, des contusions et des éraflures à la hanche gauche et au bas du dos à gauche qui, à mon avis, ne correspondent pas au schéma des lésions d'une chute, répondit Kirchhoff. Les collègues les ont attribuées aux conséquences de la chute sans envisager d'autres possibilités, et ça m'étonne.

Il se pencha en arrière, retira ses lunettes et se massa l'arête du nez avec le pouce et l'index.

— Dans les cas évidents de décès par chute de très haut, il faut toujours penser à une éventuelle responsabilité étrangère.

Si quelqu'un est par exemple poussé dans un escalier, cela ne laisse généralement sur la victime aucune trace exploitable pour une reconstitution du crime.

— Mais on est parti du principe qu'il s'agissait d'un suicide, sans se poser de questions ? demanda Julia.

— Oui, c'est la conclusion à laquelle sont arrivés mes collègues à l'époque, confirma Kirchhoff en remettant ses lunettes. Les homicides par chute de très haut sont extrêmement rares. Cela s'explique par le fait que l'exécution du crime n'est guère planifiable et qu'elle est compliquée par des circonstances imprévisibles sur lesquelles l'auteur n'a pratiquement aucune influence. Il doit profiter d'un effet de surprise ou la victime doit être sans défense. En outre, les auteurs craignent les témoins potentiels, ce qui représente un risque particulièrement grand dans un immeuble de cinq étages en été, où les gens restent sur leurs balcons jusque tard dans la nuit.

Kirchhoff finit de lire le rapport.

— Est-ce qu'il est précisé avec qui la police a parlé et si on a trouvé une lettre d'adieu dans l'appartement de Katharina ? demanda Julia.

— Non, c'est juste le compte rendu de l'autopsie, répondit Henning Kirchhoff, sans quitter l'écran des yeux. Tout le reste se trouve au bureau du procureur. Un membre de la famille pourrait demander à consulter le dossier avec l'aide d'un avocat. Et à mon avis, c'est ce que M. Winterscheid devrait faire de toute urgence. Pour pouvoir vraiment évaluer la situation, il faudrait en effet connaître les circonstances exactes dans lesquelles la chute s'est produite.

Le médecin légiste se tourna vers Julia et la regarda pensivement. Ici, dans son bureau, en professionnel, il n'était pas du tout le même que lors des réunions concernant ses livres. Il émanait de lui quelque chose d'intimidant, de professionnel, mais de tout à fait séduisant.

— Je partage vos doutes quant au suicide, madame Bremora, ajouta-t-il.

— Vraiment ?

Le cœur de Julia fit un bond.

— Pourquoi ?

Kirchhoff hésita.

— Les photos de l'autopsie sont archivées avec le procès-verbal. Elles ne sont certainement pas agréables à regarder, avertit-il Julia. Vous pouvez supporter ça ?

— Je… je pense que oui, répondit Julia en s'armant intérieurement.

Kirchhoff cliqua sur les fichiers images et commença à lui expliquer ce qu'il y avait dessus.

— En cas de chute mortelle, de graves lésions dues à l'impact déterminent les traces sur le corps, dit-il. La difficulté d'interprétation de ces traces est due au fait que l'on ne sait souvent que peu de choses sur la mécanique d'une telle chute. L'impact d'un corps qui tombe est influencé par des mouvements musculaires réflexes et volontaires, qui entraînent des changements de direction pendant la chute. À quoi s'ajoute la possibilité de collisions intermédiaires. En outre, il est important de savoir si la personne s'est laissée glisser ou tomber dans le vide ou si elle a sauté, auquel cas, logiquement, la distance entre le mur de l'immeuble et le point d'impact augmente. Seul le procès-verbal de la police, que mes collègues avaient peut-être en leur possession à l'époque, nous en informerait.

Les photos montrant de près le visage fracassé de Katharina Winterscheid étaient difficiles à supporter. Mais Kirchhoff observa avec une attention particulière les photos qui montraient la moitié gauche de son corps.

— Vous voyez ça ?

Il désigna les écorchures et Julia hocha la tête.

— Pour moi, ces blessures ont l'air d'avoir été faites juste avant que la mort ne survienne. Pas d'hémorragie sous-cutanée.

— Et qu'est-ce qu'elles ont de particulier ? demanda Julia.

Kirchhoff la regarda, son visage était si proche du sien qu'elle pouvait voir les petits points bruns dans l'iris gris de ses yeux.

— À l'époque, les collègues ont expliqué ces écorchures par une possible collision avec le mur de la maison ou avec la balustrade du balcon en dessous, répondit Kirchhoff. Si cela avait été le cas, on aurait dû trouver des fractures ou des déchirures de tissus sous les écorchures, ce qui n'est pas le cas. Pas à cet endroit du corps.

— Et qu'en concluez-vous ?

Julia retint son souffle.

— J'imagine que son corps a été poussé latéralement sur des matériaux rugueux ou à arêtes vives, par exemple sur une balustrade de balcon. Si quelqu'un se jette délibérément par-dessus la balustrade d'un balcon, il grimpe sur quelque chose et saute soit la tête la première, soit il s'assoit sur la balustrade et se laisse ensuite tomber. Personne ne se glisse latéralement par-dessus une balustrade, c'est d'ailleurs anatomiquement difficile à réaliser.

Kirchhoff, l'air tendu, fit à nouveau défiler les images.

— Que cherchez-vous ? s'enquit Julia, curieuse.

— Ça !

Le médecin légiste eut un sourire triomphant et se leva d'un bond.

— Debout ! cria-t-il et Julia obéit, étonnée.

— Imaginez que mon bureau soit la balustrade du balcon. Vous êtes Katharina Winterscheid et je suis… je ne sais pas qui ! Je veux vous pousser par-dessus la balustrade, vous n'allez évidemment pas vous laisser faire. Alors je vous attrape par les avant-bras. Et je dois serrer fort.

Il en fit la démonstration.

— Aïe ! se plaignit Julia.

— Essayez de vous libérer ! lui enjoignit Kirchhoff, les yeux brillants. Allez ! Je veux vous pousser par-dessus la balustrade !

Julia essaya avec acharnement de se libérer de sa poigne implacable, mais en vain. Lorsqu'il la lâcha enfin, essoufflée, le cœur battant, elle se frotta les avant-bras, sur lesquels ses doigts avaient laissé des marques rouges.

— Je n'ai pas serré aussi fort que celui qui a attrapé Katharina Winterscheid, la rassura Kirchhoff. Ça va disparaître, ne vous inquiétez pas. Mais si vous mouriez dans les dix prochaines minutes, les taches ne disparaîtraient pas.

Il s'assit à nouveau devant son ordinateur, ouvrit l'image et montra quatre empreintes en forme de demi-lune à peine visibles.

— Ce sont des marques d'ongles, expliqua-t-il. Et c'est la preuve qu'il a dû y avoir une intervention extérieure.

— C'est fou ! marmonna Julia, impressionnée. Pourquoi n'a-t-on pas remarqué cela à l'époque ?

— Je ne sais pas. Peut-être parce qu'ils n'ont pas cherché. Ou alors ils ne l'ont tout simplement pas vu, étant donné la complexité des traces.

Puis il regarda à nouveau Julia. Sa proximité l'avait troublée et elle sentit le sang lui monter aux joues.

— J'ai un bon contact avec le procureur, dit-il. Je vais passer par la voie hiérarchique rapide pour avoir accès au dossier.

— Et je parlerai à mon patron dès demain, répondit Julia aussi calmement que possible.

Kirchhoff la regarda à nouveau, l'air grave.

— Vous devriez avant tout parler de cette affaire à mon ex, lui conseilla-t-il, car si mes prédécesseurs ont effectivement commis une erreur de jugement, l'enquête pourrait être rouverte. Et vous savez bien qu'en Allemagne, il n'y a pas prescription pour les meurtres.

*

Lorsque Pia et Bodenstein prirent place en face de lui, Stefan Fink ne se plaignit pas d'avoir été enfermé pendant plusieurs heures dans la petite pièce sans fenêtre, et ils ne s'excusèrent pas non plus. Le collègue en uniforme qui le surveillait avait raconté que Fink avait d'abord fait les cent pas, cherchant désespérément à téléphoner ou à écrire des messages, ce qui était impossible faute de connexion wifi dans le sous-sol de la BRI. Quand il avait fini par accepter la situation, il s'était assis et s'était mis à cogiter.

— Monsieur Fink, commença Pia après avoir enregistré les informations nécessaires. Avez-vous reçu, il y a environ trois semaines, une lettre anonyme contenant une copie d'un extrait de journal de Katharina Winterscheid ?

Avec Bodenstein, ils avaient opté pour la stratégie de la confrontation directe.

— Oui, répondit Stefan Fink.

Il était assis bien droit, son visage anguleux était sérieux, le regard attentif de ses yeux bleu clair cernés de cils blonds.

— C'était la copie d'un extrait de journal datant de juillet 1983. Je suppose que vous connaissez déjà le contexte.

— Oui, suffisamment, acquiesça Pia. Continuez.

— Katharina m'avait parlé de Götz et avait fait appel à ma conscience. Maria et elle étaient les seules à savoir qu'il y avait quelque chose entre nous.

— Ah !

Pia prit note. Elle voulait parler plus tard avec Maria Hauschild du rôle qu'elle avait joué cet été-là.

— À l'époque, je flirtais avec ma bisexualité, poursuivit Fink.

Comme beaucoup de personnes qui ont gardé un secret pendant des années, Stefan Fink réagit avec soulagement lorsqu'il comprit que ce n'en était plus un et donna de plein gré des informations.

— Pour moi, c'était un jeu excitant avec Götz, pour lui, c'était plus. Je n'avais pas compris à quel point il avait souffert de devoir garder son orientation sexuelle secrète. Ses parents ne savaient pas qu'il étudiait la médecine, puisqu'il voulait devenir médecin. Derrière sa façade joyeuse et pleine d'humour, Götz était très malheureux. Pendant les vacances de l'été 1983, il m'a pressé de choisir entre lui et sa sœur. Il était prêt à faire son coming out et à dire à ses parents qu'il ne voyait pas son avenir dans la maison d'édition, et Katharina l'a encouragé dans cette voie. Mais moi, je n'étais pas prêt. J'avais peur des réactions de ma famille. Mes parents étaient autoritaires et ringards, ils n'auraient jamais compris. Depuis mon plus jeune âge, je voulais reprendre l'entreprise de mon père. C'est pourquoi j'y travaillais pendant les vacances et après le lycée, et je me suis forcé à faire des études d'économie. Katharina et moi avons longuement parlé de tout ça, c'est de ça qu'il s'agissait dans l'extrait du journal que j'ai reçu.

— Que s'est-il passé à l'été 1983, lorsque Götz est mort ? demanda Bodenstein.

Stefan Fink hésita.

— J'avais rompu avec Götz. J'avais espéré qu'il comprendrait mes motivations, mais ce n'était pas le cas. Il était hors de lui, il pleurait et me traitait de lâche. Je me suis enfui, j'ai dit aux autres que j'allais à la Boîte à Sel, c'était une boîte sur l'île. En réalité, je n'avais pas envie de danser. J'étais terriblement malheureux, car je ne voulais pas perdre Götz, je voulais au moins le garder comme ami. Mais notre dispute avait tout gâché. Je suis resté jusqu'au petit matin assis sur la plage à réfléchir. Et puis j'ai décidé d'être courageux. Götz comptait beaucoup plus pour moi que mes parents ou l'entreprise de mon père. Et aussi plus que Doro. Un jour, il serait médecin et moi économiste, nous n'aurions besoin de personne, nous gagnerions assez d'argent nous-mêmes. Je suis retourné à la maison, j'ai ramassé au passage le fils des voisins et un copain qui avaient passé la nuit en boîte. Dans la maison, je suis allé directement dans la chambre de Götz. J'étais tellement… heureux, et j'avais hâte de le lui dire. Mais son lit était vide. Alors je suis allé dans ma chambre à côté, je me suis couché sur mon lit en attendant que Götz revienne, et je me suis endormi.

Stefan Fink fit une pause. Ses souvenirs très précis de ce moment-là témoignaient que cette histoire était toujours présente pour lui.

— J'ai été réveillé par des voix sonores. Quelqu'un a ouvert la porte de la chambre, c'était Maria, elle pleurait et m'a dit que la police était là, qu'on avait… on avait trouvé le corps de Götz sur la plage.

Il déglutit difficilement et plissa les yeux à plusieurs reprises.

— J'ai appris plus tard qu'il s'était terriblement saoulé la veille au soir, après mon départ. Il… il a insulté tout le monde et leur a crié de partir de chez lui, qu'il ne voulait plus les voir. Et puis… il a dû descendre vers la falaise. Vers notre lieu de rendez-vous secret. Nous… nous allions souvent nous asseoir là, nous regardions la mer, surtout quand il y avait de la tempête et que la marée était haute, c'était spectaculaire de voir… les vagues se déchaîner contre les rochers. Il… il a dû perdre l'équilibre et tomber dans l'eau. C'est de ma faute s'il est mort. C'est de ma faute si… sa vie a basculé à vingt et un ans. Il était malheureux à cause de moi. Et je ne me le pardonnerai jamais.

Le chagrin pour lequel il n'y avait pas de mots, la douleur et les reproches qui l'accompagnaient depuis trente-cinq ans se reflétaient sur son visage et dans toute sa personne.

— Pourquoi avez-vous inventé cette histoire, que Götz était amoureux de Katharina et s'était saoulé à cause d'elle ? demanda Pia.

— C'est Heike et Alexander qui l'ont inventée, répondit Stefan Fink, d'une voix rauque trahissant le mal qu'il avait encore aujourd'hui à en parler. Ils ont dit que Götz était mort, qu'il n'y avait rien à faire, mais qu'il ne fallait pas aggraver la situation pour ses parents et sa sœur. S'ils apprenaient que leur fils était gay et qu'il avait une liaison avec le petit ami de leur fille, ça les rendrait fous. J'ai laissé faire. Parce que je suis un lâche.

— Mais pourquoi Katharina a-t-elle accepté, et pourquoi n'a-t-elle pas dit ce qu'il en était vraiment ? demanda Bodenstein.

— C'était trop tard, le mensonge était lancé, pas possible de revenir en arrière, dit Stefan Fink en haussant ses larges épaules. Heike a dit carrément à Katharina que nous aurions tous juré que Götz était amoureux d'elle et qu'elle l'avait envoyé balader pour John.

— Pourquoi ? Qu'est-ce qu'elle y gagnait ?

Fink réfléchit un instant.

— Je ne sais pas si vous avez déjà eu affaire à des personnes qui veulent absolument quelque chose et qui sont prêtes à tout pour y parvenir. Heike et Alexander, ils étaient comme ça, littéralement obsédés par l'idée de faire partie de l'univers Winterscheid. Et ils subordonnaient tout à cette obsession. Ils se sont laissé insulter par Götz, ils ont supporté qu'il les traite de parasites et de sangsues. Il s'est foutu d'eux, mais d'une certaine manière, il aimait aussi avoir un tel pouvoir sur eux.

— Maria Hauschild était-elle au courant pour Götz et vous ?

— Oui, acquiesça Stefan Fink. Elle a toujours été l'alibi de Götz. Et après sa mort, elle a continué à jouer ce rôle jusqu'à ce qu'elle se rende compte qu'elle ne pouvait plus s'en sortir. Ma belle-mère l'a complètement accaparée.

Et elle continuait, comme Pia et Bodenstein avaient pu l'observer samedi à l'hôpital.

— Et moi non plus, je n'ai pas réussi à me sortir de cette situation, dit Fink. Dorothea avait alors dix-neuf ans. Nous étions ensemble depuis quelques années déjà. Cet été-là, elle n'était pas avec nous à Noirmoutier, elle avait fait un voyage Interrail en Espagne et au Portugal avec deux amies. Elle est rentrée chez elle la veille du jour où ses parents ont appris la mort de Götz et elle dormait encore quand ils ont pris la voiture et sont partis pour Noirmoutier. Ils n'ont pas prévenu leur fille ! Et après ça, ils se sont accrochés à Alexander et Maria, et Heike a commencé sa liaison avec Henri. Personne ne s'est occupé de Doro, sauf moi. Je me sentais terriblement mal pour elle, et en plus je me sentais mal parce que je l'avais trompée avec son frère. Notre couple était brisé. Josi a abandonné ses études, elle s'est mariée avec un Américain qu'elle avait rencontré quelques semaines avant et a disparu du jour au lendemain en Amérique. Alexander et Maria habitaient pratiquement chez Winterscheid. Katharina a épousé John et est tombée enceinte. Nous n'avons plus jamais parlé de cet été-là.

— Jusqu'à ce qu'Heike Wersch commence à vous faire tous chanter pour que vous souteniez ses projets d'édition, supposa Pia.

— Non, répondit Stefan Fink, surpris. Elle n'a rien dit à ce sujet. Elle avait besoin d'argent et je n'en avais pas. C'est pour ça que j'ai refusé. Depuis que Carl fait imprimer à l'étranger pour des raisons de coûts, j'ai pris des crédits et investi beaucoup d'argent dans les dernières techniques d'impression pour redevenir compétitif.

— Pourquoi n'en avez-vous pas parlé à votre femme ?

— Parce qu'Heike me l'avait demandé, répondit Fink. Doro fait partie de la direction de Winterscheid, et Heike ne voulait pas que Carl soit au courant de ses projets.

— Alors vous ne lui avez rien dit ! Et si elle l'apprenait un jour ? demanda Bodenstein.

— Elle m'en voudra et puis elle me le pardonnera.

Fink ne semblait pas s'en inquiéter.

— Ce qui aurait été grave, c'est que j'investisse dans la maison d'édition d'Heike à son insu.

— Lorsque nous avons discuté samedi devant l'hôpital, vous avez eu l'air surpris quand votre femme a dit qu'elle savait qu'Heike Wersch s'occupait de son père à la maison, dit Pia. Pourquoi ?

— Parce que je l'ignorais, répondit Fink. Mais Doro a travaillé beaucoup plus étroitement avec Heike que moi. Il est possible qu'elles en aient parlé toutes les deux et que ma femme ait oublié de me le dire parce que ça ne lui semblait pas important.

— Revenons à l'extrait du journal qu'on vous a envoyé, dit Bodenstein en croisant les jambes. Votre femme n'en sait rien non plus, n'est-ce pas ?

— Non. Je ne savais pas comment lui dire. Il y a des choses qu'elle ne sait pas.

— Tout comme il y avait beaucoup de choses que Paula Domski ne savait pas.

— Oui. Paula, ça l'a toujours énervée. Elle se sentait exclue. Pas Doro. Elle comprend qu'Heike, Alexander, Josi, Maria et moi avons un passé commun, et ça ne la dérange pas. Et elle sait aussi que nous n'avons jamais été de vrais amis. Plutôt une communauté d'intérêts qui s'est transformée en communauté de destins.

Pia trouva cette phrase très révélatrice et se demanda si Dorothea Winterscheid-Fink voyait vraiment les choses de cette manière. N'avait-elle pas encore souligné samedi qu'on faisait la fête ensemble, mais qu'on se soutenait aussi dans les moments difficiles ?

— Qui, à votre avis, vous a envoyé les copies du journal ? insista Bodenstein en se penchant en avant. Qui peut avoir pris le journal de Katharina Winterscheid après sa mort ?

— J'ai beaucoup réfléchi à cette question, avoua Stefan Fink. Ma première idée a été : Maria. C'est elle qui était la plus proche de Katharina. Mais Maria a elle-même reçu une copie et ne sait rien d'un quelconque journal intime. Alors j'ai pensé à Margarethe, ma belle-mère. C'est elle qui a accueilli Carl chez elle et vidé l'appartement de Katharina, avec ma femme et Waldemar Bär. Parce que je suis presque sûr que Doro n'a pas les journaux intimes – l'une des caractéristiques sympathiques de ma femme est qu'elle ne peut jamais garder quelque chose pour elle longtemps. Reste Waldemar. Il vénérait Katharina. Et il est extrêmement loyal envers la famille Winterscheid.

— Mais vous aussi, vous faites partie de la famille.

— Non. Seulement par alliance. Pour Waldemar cela fait une différence.

Une lueur d'amusement passa sur le visage impassible de Fink.

— Pourquoi aurait-il envoyé ces extraits de journal intime justement maintenant ? poursuivit Bodenstein. Pourquoi pas plus tôt ? Et dans quel but ?

— Je ne sais pas. Je ne trouve pas d'explication.

Fink avait l'air désemparé.

Pia sentait surgir en lui comme une tension qui n'existait pas auparavant. Il mentait. Et soudain, elle fut certaine qu'il savait pourquoi. Les meilleurs menteurs n'étaient-ils pas toujours ceux qui savaient bien se mentir à eux-mêmes ? Stefan Fink se mentait à lui-même depuis trente-cinq ans : ne venait-il pas de dire qu'il avait épousé sa femme parce qu'il ne pouvait plus faire autrement ?

À ce moment-là, une hypothèse traversa l'esprit de Pia, qui, sous le coup de l'excitation, eut soudain la chair de poule. Et si Waldemar Bär, le fidèle factotum de la famille Winterscheid, s'était emparé du journal de Katharina Winterscheid après son suicide et l'avait conservé comme une relique, pour le feuilleter et le lire de temps en temps, sans en comprendre vraiment le contexte ? Aurait-il entendu dans la maison d'édition, lui dont on ne remarquait pas la présence car il faisait partie des meubles, quelque chose qu'il n'aurait pas dû entendre ? Par exemple une dispute entre Heike Wersch et Alexander Roth, alors qu'ils parlaient du meurtre de Götz Winterscheid, avec lequel Heike Wersch voulait faire chanter son vieux copain Alex Roth ? Waldemar Bär avait-il ensuite donné le journal à Dorothea Winterscheid-Fink, la fille toujours à la marge, et lui avait-il raconté ce qu'il avait entendu ? Avaient-ils alors décidé ensemble de déstabiliser les Éternels en leur envoyant des copies du journal et de les monter les uns contre les autres ? Peut-être avaient-ils tué Heike Wersch et empoisonné Roth ensemble, pour se venger du meurtre de Götz ! La mort de son frère avait fait basculer la vie de Dorothea Winterscheid-Fink. Pour Waldemar Bär et elle, il était en tout cas facile de déposer l'arme du crime dans le réfrigérateur de Roth et de mettre du méthanol dans une bouteille de vodka !

Pia donna un léger coup de pied à son chef sous la table et lui signala d'un regard qu'elle devait lui parler. Devant la porte de la salle d'interrogatoire, elle lui fit part de son hypothèse. La porte de la salle d'observation s'ouvrit, Nicole Engel et Kai Ostermann apparurent.

— Qu'est-ce qui se passe ? Pourquoi vous arrêtez-vous ? demanda la directrice de la police judiciaire.

Pia répéta sa théorie.

— Margarethe Winterscheid a appelé sa fille ce matin et lui a demandé si Waldemar Bär était à la maison d'édition parce que la police judiciaire voulait lui parler. D'après elle, il n'était pas là. C'est clair que Dorothea Winterscheid-Fink le protège, non ?

— La dynamique au sein de cette clique peut avoir été très différente de ce que nous supposons, fit remarquer Bodenstein. Stefan Fink peut aussi avoir tué Götz Winterscheid. Après leur dispute qu'il a reconnue et dont Josefin Lintner a été témoin, il serait parti, mais selon ses propres dires, il n'est pas allé en boîte, il est resté sur la plage. Et s'il n'était pas parti du tout, mais avait attendu à la maison que Götz s'en aille sur les rochers ? Après tout, Götz voulait le forcer à faire son coming out, et Fink n'était pas prêt.

Ils avaient beau réfléchir, discuter des différentes possibilités et scénarios, ils devaient se rendre à l'évidence : ils n'avaient pas avancé d'un pouce dans la résolution de leur affaire, bien au contraire. Josefin Lintner avait affirmé qu'Alexander Roth avait poussé Götz du haut de la falaise et qu'Heike avait assisté à la scène. Mais elle aurait pu s'en charger elle-même pour faire plaisir aux autres. Il ne faut pas sous-estimer le pouvoir d'un groupe comme phénomène psychologique. Il peut déposséder l'individu de sa responsabilité, le sentiment du "moi" cède le pas au sentiment du "nous", et l'on s'unit rapidement contre un ennemi commun, n'agissant plus en tant qu'individu, mais en tant que clan.

— Qu'est-ce qu'on fait maintenant ? demanda Pia. On va le confronter avec ce que Josefin Lintner nous a raconté ?

— Pas question ! s'exclama Bodenstein. Le mieux est qu'il reste en garde à vue toute la nuit pour qu'il ne puisse parler ni à sa belle-mère ni à sa femme avant que nous ayons parlé avec elle et Waldemar Bär.

— Impossible. Pour quelle raison veux-tu garder cet homme ici ? demanda Nicole Engel.

— S'il n'a pas un alibi solide pour lundi dernier, nous le gardons ici parce qu'il est soupçonné d'avoir tué Heike Wersch, rétorqua Bodenstein.

— Stop ! C'est contraire à toutes les règles !

Nicole Engel secoua la tête en signe de désapprobation.

— Là, vous me mettez dans la merde.

— Tu as une meilleure idée ? demanda Bodenstein. Fink ne sait pas encore ce qui l'attend dès qu'il aura une connexion. Nous avons dit à sa belle-mère ce matin qu'il avait une relation homosexuelle avec son fils. Je suis sûr que, maintenant, sa femme le sait aussi.

— Nous le gardons pour ainsi dire sous protection, dit Kai en souriant.

— Moosbrugger est-il déjà là ? s'enquit Bodenstein.

— Oui, il est arrivé il y a une demi-heure, répondit Kai. Il a été identifié et attend maintenant en salle 2.

Bodenstein fronça les sourcils, pensif, puis jeta un coup d'œil à sa montre. Il était presque 19 h 30.

— Bon, les gars, écoutez-moi.

Il avait pris une décision.

— Équipe de nuit pour tout le monde. Nous allons faire attendre Moosbrugger encore un peu et d'abord on va manger. Ensuite, Pia et moi parlerons à Moosbrugger. Kai, demande à Fink son alibi pour le lundi soir et demande-lui s'il veut un kébab. Je suis d'accord pour qu'il fume, si quelqu'un démonte le détecteur de fumée. Pour l'instant, il est manifestement permis de fumer ici.

Il jeta un bref regard à Nicole Engel qui acquiesça en haussant les épaules.

— Ensuite, nous ramènerons Fink chez lui et parlerons à sa femme. Je veux un mandat de perquisition pour la maison de campagne et l'appartement privé de Waldemar Bär au plus tard demain matin, Tariq s'en occupe. Kathrin se charge d'en apprendre le plus possible sur le suicide de Katharina Winterscheid.

*

Josef Moosbrugger souffrait d'un manque atroce de nicotine. Cem et Tariq l'avaient arrêté deux heures plus tôt dans une auberge de l'Ostend, puisqu'il était soupçonné d'avoir assassiné Heike Wersch, et depuis, de plus en plus nerveux, il faisait les cent pas dans une des salles d'interrogatoire sans fenêtre de la BRI. On lui avait lu ses droits et conseillé de prendre un avocat, mais il avait refusé, jugeant cela superflu.

Bodenstein, Pia, Kai et Cem étaient assis derrière la vitre sans tain dans la pièce voisine, ils mangeaient des kébabs et des *lahmacun* réchauffés au micro-ondes et regardaient l'agent de Severin Velten. Ils étaient également remontés contre ce dernier. Depuis plusieurs jours, il était installé dans sa cellule transformée en bureau, demandait à leur directrice de lui fournir – non pas comme un héron, mais plutôt comme un coucou vorace – de la nourriture, des boissons, des vêtements propres et des cigarettes, et n'avait jugé nécessaire que maintenant de leur communiquer une information importante. Tout à coup, Velten s'était souvenu que son agent avait quitté la maison le lundi soir et n'était revenu qu'au petit matin, pendant que, de son côté, il se mettait à écrire comme un forcené dans son bureau. S'il l'avait fait plus tôt, Kai n'aurait pas eu à chercher des milliers de numéros de téléphone et à écrire un programme spécial pour arriver à la conclusion que Moosbrugger lui avait menti effrontément.

La porte s'ouvrit et Nicole Engel passa la tête.

— Combien de temps allez-vous le laisser mariner ? demanda-t-elle d'un ton étonnamment paisible.

Malgré toute la sympathie qu'elle éprouvait pour Severin Velten, elle savait qu'il avait des raisons d'être en disgrâce auprès de Bodenstein et de son équipe.

— Plus pour longtemps, on a bientôt fini de manger.

Bodenstein avala le dernier morceau de son kébab et se tamponna le menton avec un essuie-tout. Après des semaines où il s'était nourri principalement de légumes et de salade, il appréciait la viande grasse.

— Qu'il croie encore un moment qu'il est accusé de meurtre, ajouta Pia. Je parie qu'il est en train de se demander ce que ça fait de passer quinze ans dans une cellule comme celle-ci.

— Il ne l'a pas volé, marmonna Cem.

À 21 heures précises, Bodenstein et Pia entrèrent dans la salle d'interrogatoire. Moosbrugger n'était plus que l'ombre de lui-même.

— Asseyez-vous, dit Pia en posant nonchalamment un paquet de cigarettes sur la table, puis elle alluma l'enregistreur, la caméra vidéo et prononça dans le micro le numéro de dossier, le lieu et l'heure ainsi que les noms des personnes présentes.

— Je n'ai pas tué Heike, s'exclama Moosbrugger.

Son visage enjoué s'était creusé, il était blême et une sueur froide perlait sur son front.

— Vraiment, vous devez me croire ! Elle était déjà morte quand je suis arrivé.

— Chaque chose en son temps, dit Bodenstein.

Il se renversa sur sa chaise en croisant confortablement les mains sur son ventre.

— Veuillez nous décrire très précisément la soirée du 3 septembre 2018.

Moosbrugger raconta que son auteur, Severin Velten, avait fait irruption chez lui vers 20 h 30 et bafouillé, tout excité, qu'il avait tué Heike Wersch en la frappant avec son ordinateur lors d'une dispute. Tout en parlant, Moosbrugger s'efforçait de ne pas regarder constamment le paquet de cigarettes avec lequel Pia jouait de manière provocante. Après tout ce qui s'était passé les semaines précédentes, Moosbrugger avait pensé qu'il était possible qu'une dispute entre Velten et son éditrice ait dégénéré, mais pas que Velten l'ait tuée. Il avait essayé d'appeler sa vieille amie Heike Wersch. Comme elle ne répondait pas au téléphone et que Velten martelait comme un fou le clavier de son ordinateur, il était sorti, avait pris sa voiture et était parti pour Bad Soden.

— Je m'attendais à ce qu'Heike soit blessée à la tête et en colère, mais quand je suis entré dans la cuisine et que je l'ai vue par terre, couverte de sang, j'ai été pétrifié, déclara Moosbrugger, la voix nouée. Il y avait du sang partout ! Son crâne était… était carrément… *explosé* ! Je n'ai jamais rien vu de pareil de ma vie !

— Pourquoi n'avez-vous pas appelé la police ? demanda Bodenstein.

— Je… je ne sais pas, répondit l'agent en haussant les épaules, désemparé. J'étais tout d'un coup comme en pilotage automatique et ne pensais plus qu'à Severin. C'est un type si paisible et si démuni devant la vie. Heike avait dû l'acculer à un tel point qu'il n'avait pas su s'en sortir autrement. Je voulais le protéger. Je ne voulais pas qu'Heike gâche toute sa vie, c'est pourquoi j'ai eu l'idée de faire croire qu'elle avait eu un accident. Dehors, un orage se préparait et Heike m'avait raconté qu'elle faisait maintenant de la marche nordique tous les jours. Je me suis dit qu'elle aurait pu prendre un arbre sur la tête dans la forêt ou autre chose. Je veux dire – morte pour morte. Peu importe comment, non ?

Il regarda alternativement Pia et Bodenstein en quête de leur assentiment.

— D'un point de vue biologique, vous avez certainement raison, répondit sèchement Bodenstein. Mais d'un point de vue juridique, vous avez commis plusieurs délits.

Moosbrugger soupira. Pendant un bon moment, il resta assis en silence, se frottant le menton. Bodenstein et Pia attendaient patiemment qu'il continue.

— J'ai d'abord mis un sac plastique sur la tête d'Heike, puis j'ai emballé son corps dans deux sacs-poubelles tout en pleurant, poursuivit l'agent du héron, accablé. Son visage, sa tête, c'était un spectacle horrible, elle me faisait tellement pitié. Même si je lui en voulais, elle ne méritait vraiment pas une telle fin. Abattue comme un chien galeux ! Je n'ai pas osé traîner son corps à travers le jardin jusqu'au garage, alors j'ai mis sa perruque, des gants de ménage et j'ai pris la poubelle. Elle était vide. J'ai mis le corps d'Heike dans la poubelle et je l'ai traînée dans le garage. C'est là que j'ai réalisé que j'avais oublié la clé de la voiture d'Heike dans la maison. Entre-temps, il pleuvait à verse et je me suis dit que j'allais d'abord nettoyer la cuisine à fond. Cela m'a pris environ une heure. Ensuite, je suis retourné au garage et j'ai ouvert le coffre de la voiture d'Heike, mais il était plein de sacs de courses et de caisses de boissons, j'ai dû les décharger avant de pouvoir y mettre le corps. C'est là que ça a commencé à poser problème, parce que je n'avais pas pensé à la rigidité cadavérique. Heike, à ce moment-là, commençait déjà à être assez… eh bien… raide.

Bodenstein et Pia écoutaient avec une stupéfaction croissante cette histoire aussi incroyable qu'horrible, mais qui n'était pas dépourvue d'un certain comique.

— Heureusement, dehors il y avait de l'orage.

Tout comme Stefan Fink, Moosbrugger semblait soulagé d'avoir pu enfin se débarrasser de son secret, qui lui pesait manifestement. Il était peut-être roublard, mais ce n'était pas un assassin, et Pia le croyait quand il disait qu'il avait fait tout ça pour protéger Velten. Mais il y avait sans doute aussi un certain intérêt personnel en jeu, car en prison, son protégé n'aurait sans doute pas pu publier son prochain best-seller.

— J'ai renversé la poubelle et sorti Heike, les sacs-poubelles se sont déchirés, raconta l'agent, dont le visage reprenait peu à peu des couleurs. Mais je me suis débrouillé pour les faire rentrer dans le coffre et j'ai pensé au dernier moment aux bâtons de marche nordique. Puis je me suis souvenu qu'elle ne serait probablement pas allée dans la forêt avec des Crocs aux pieds, alors j'ai pris d'autres vêtements et chaussures dans la maison, ainsi que son téléphone portable. J'ai fermé la porte de la cuisine et pris le trousseau de clés pour le mettre dans la poche d'Heike. Dans le garage, j'ai à nouveau sorti Heike du coffre et des sacs-poubelles et je l'ai changée, ce qui n'a pas été facile.

Bodenstein et Pia échangèrent un regard. Ce récit minutieux des événements était grotesque, mais comme tous les détails correspondaient aux traces constatées, l'histoire était crédible. Il était néanmoins inconcevable que, simplement parce que Moosbrugger avait transporté le corps d'Heike Wersch dans la poubelle de la maison au garage, ils aient failli fouiller un puits de vingt-cinq mètres de profondeur de la centrale d'incinération ! Son mensonge leur avait coûté du temps et de l'argent – et peut-être la vie d'Alexander Roth.

— Finalement j'ai pu la remettre dans le coffre de la voiture. J'ai jeté dans la poubelle tous les chiffons, les sacs de courses et les vêtements qu'elle portait auparavant, puis j'ai sorti la voiture du garage et j'ai failli écraser un type et son chien au passage.

Moosbrugger parlait maintenant de plus en plus vite. Il avait roulé en direction de Königstein, dans la nuit noire, alors qu'il pleuvait à verse. Sans connaître les lieux, il avait simplement pris le premier chemin forestier venu. Au milieu de la forêt, il avait sorti le corps d'Heike Wersch du coffre, lui avait attaché les bâtons autour des poignets, avait glissé son téléphone portable et son trousseau de clés dans les poches de son pantalon. Il avait dû donner plusieurs coups de pied pour aider le corps à rouler sur le bord du ravin.

— Je suis rentré à Bad Soden, j'ai mis la voiture d'Heike dans le garage et j'ai remis la clé de la voiture sur le tableau des clés dans la cuisine.

— Et comment êtes-vous entré dans la cuisine ? s'enquit Pia. Le trousseau de clés était bien dans la poche de pantalon d'Heike Wersch.

— En effet, mais j'avais gardé le double de la clé.

— Et où est la clé maintenant ?

— Je l'ai aussi jetée dans la poubelle et j'ai mis la poubelle sur le bord de la route.

— Qu'avez-vous fait de la perruque ?

— Je l'ai jetée par la fenêtre en rentrant à Francfort, répondit Moosbrugger. Severin était encore en train d'écrire quand je suis rentré. Je suis allé prendre une douche, j'ai bu un double whisky pour me calmer et je suis allé me coucher.

— Et pour dissimuler votre acte, vous avez continué à écrire des messages à Heike Wersch et à l'appeler parce que vous saviez que cela se verrait plus tard sur son portable.

— Oui.

Moosbrugger baissa la tête, l'air contrit.

— Il est très regrettable que vous ne nous ayez pas raconté tout cela la semaine dernière, dit Pia. M. Velten n'a pas tué

Heike Wersch, c'est une certitude. Mais nous supposons que son meurtrier a aussi quelque chose à voir avec la mort d'Alexander Roth. Et ça, monsieur Moosbrugger, vous auriez très certainement pu l'éviter.

Une fois de plus, l'agent blêmit. Il baissa la tête.

— C'est idiot ce que j'ai fait, admit-il. Idiot et horrible.

— C'est bien que vous le reconnaissiez, dit Bodenstein en se levant. Ce n'était pas seulement idiot et horrible, c'était surtout criminel, et il y aura des conséquences pour vous. Vous devrez répondre d'obstruction à la justice et d'atteinte à l'intégrité du cadavre.

— Je l'ai bien mérité, murmura Moosbrugger, les larmes aux yeux.

— Vous pouvez partir maintenant, monsieur Moosbrugger, dit Bodenstein. Mais vous n'avez pas le droit de quitter le pays.

Pia se dirigea vers la porte et frappa. Le collègue en uniforme qui montait la garde dans le couloir ouvrit.

— Bien entendu, assura l'agent en se levant à son tour.

— Encore une question, dit Pia. Saviez-vous que le père dément d'Heike Wersch était en haut pendant que vous nettoyiez la cuisine ?

— Non. Ou si, en fait, je le savais, concéda Moosbrugger de plus en plus gêné, mais je n'ai pas pensé à lui sur le moment.

— Vous avez de la chance qu'il ait survécu, ajouta Pia, sinon, vous seriez maintenant accusé d'homicide involontaire et vous seriez en route pour la détention provisoire.

*

La brève euphorie et l'espoir d'avoir démasqué le meurtrier d'Heike Wersch avaient fait place à un profond abattement. Après le départ de Moosbrugger, Bodenstein avait renvoyé Cem, Kathrin et Tariq chez eux et était maintenant assis dans la salle de réunion avec Pia, Nicole Engel et Kai. Chacun avait devant lui un café pour rester éveillé. La nuit était tombée depuis longtemps et les bureaux alentour étaient déserts. Seul le poste de garde, occupé vingt-quatre heures sur vingt-quatre, était encore éclairé.

— Nous en sommes au même point qu'il y a cinq jours, marmonna Pia en feuilletant son carnet de notes, frustrée. Pire encore. Nous devons réévaluer et reconsidérer tout ce que nous avons appris.

Jusqu'à présent, ils étaient partis du principe qu'Heike Wersch avait été mortellement frappée par une seule et même personne avant d'être balancée dans la forêt, ce qui avait fortement réduit le cercle des coupables potentiels, car ils avaient tout de suite exclu certains des suspects possibles en raison de leur âge ou de leur constitution physique. Maintenant, ils devaient considérer chacun d'entre eux sous un angle différent.

— Un attendrisseur de viande pesant à peine un kilo est une arme mortelle, même dans les mains d'une femme ou d'un vieil homme, déclara Nicole Engel.

— Surtout si la victime est déjà affaiblie par une blessure à la tête et ne peut guère se défendre, ajouta Bodenstein.

— Margarethe Winterscheid savait que son mari avait eu une relation avec Heike Wersch pendant plus de trente ans. Elle ne pouvait pas être bien disposée envers l'ancienne maîtresse de son mari, dit Pia. Lors de notre conversation, j'ai eu l'impression qu'elle n'aimait pas vraiment son mari. Si Henri Winterscheid avait effectivement vendu ses parts dans la maison d'édition, elle aurait tout perdu, son influence, son statut et son logement.

— Dans ce cas, elle aurait mieux fait de le tuer lui, et non Heike Wersch, rétorqua Kai.

— Eh bien, sans la nouvelle maison d'édition d'Heike Wersch, Henri Winterscheid n'aurait plus eu de raison de vendre ses parts, objecta Nicole Engel. Cela aurait été une solution élégante.

Kai se leva et se dirigea vers les tableaux blancs.

— Ce peut être aussi Alexander Roth, après tout.

— On en a déjà parlé. Je parlais juste de l'arme du crime, dit Pia.

— Ah oui ! Bien sûr, fit Kai, pensif. Pourquoi est-ce que le coupable a pris l'attendrisseur de viande au lieu de le laisser sur place ?

— Les vieux Winterscheid et Hellmuth Englisch sont hors de cause, dit résolument Bodenstein. À l'heure en question, c'est-à-dire entre 20 heures et 21 h 30, ils étaient à une manifestation à Francfort où on les a vus. La libraire Josefin Lintner était également présente à une manifestation. Bien sûr, nous vérifierons cela demain, mais je pars maintenant du principe que leurs alibis sont solides.

— Qu'en est-il des alibis des autres suspects ? s'enquit la directrice de la BRI.

— Nous devons encore les interroger, répondit Bodenstein. Notre principal indice est l'arme du crime dans le réfrigérateur de Roth. Qui a eu accès sans problème à son bureau ?

— Nous avons déjà eu ça aussi, fit remarquer Pia en bâillant. Dorothea Winterscheid-Fink et Waldemar Bär. Et Carl Winterscheid, bien sûr.

— Je penche pour Waldemar Bär, le gardien et l'unique héritier d'Heike Wersch, rétorqua Bodenstein. Il a à mon avis un motif vraiment fort, s'il connaissait le contenu de son testament.

— Nous avons rendez-vous demain matin chez son notaire à Königstein. Nous en apprendrons peut-être plus là-bas. dit Pia. Viens, nous devons ramener Fink chez lui et parler à sa femme.

— Encore une chose, objecta Kai. Moosbrugger a raconté tout à l'heure que la rigidité cadavérique avait déjà commencé chez Heike Wersch lorsqu'il a voulu mettre son corps dans la poubelle. Comment est-ce possible ?

— Il faisait assez chaud, la rigidité cadavérique se développe plus rapidement que lorsqu'il fait froid, répondit Nicole Engel.

— Mais quand même, une rigidité complète n'apparaît pas avant huit à dix heures environ, objecta Pia. Il a dû se tromper.

— Ou alors il ne s'est pas trompé et elle est morte plus tôt, dit Kai. Si elle a été tuée à 19 h 30, il se peut effectivement que la raideur se soit étendue au cou et aux bras quatre heures plus tard.

— Qu'est-ce que vous voulez dire, collègue Ostermann ? demanda Nicole Engel en lançant un regard ulcéré à Kai.

— Que c'était bien le héron, rétorqua Kai.

— C'est idiot ! s'exclama la directrice de la BRI en fronçant de plus belle les sourcils. Comment l'arme du crime se serait-elle retrouvée dans le bureau de Roth ?

— Un agent qui se débarrasse d'un corps pour protéger son auteur aurait aussi pu faire ça, fit remarquer Kai. D'après ce que j'ai entendu dire, il est courant que les agents rendent visite aux éditeurs de leurs auteurs. J'imagine que Moosbrugger est souvent allé chez Winterscheid ces derniers temps, après tout, ils devaient mettre au point une stratégie pour réhabiliter Velten. Et si nous avions affaire à un complot ? Si Carl Winterscheid ou Dorothea Winterscheid-Fink étaient au courant et voulaient faire peser les soupçons sur Alexander Roth ?

— En utilisant Severin Velten comme tueur ou quoi ? ironisa Nicole Engel

— Velten a tué Heike Wersch avec un attendrisseur de viande, dit Kai. Il était fou de rage parce qu'elle avait ruiné sa réputation et ne l'avait pas écouté. Puis il est allé voir son agent. Celui-ci a fait le ménage derrière sa mine d'or et a emporté l'arme du crime. Moosbrugger est du genre à ne rien garder pour lui, alors il en a parlé aux Winterscheid. Aucun des trois n'a intérêt à ce que leur auteur de best-sellers se retrouve en prison pour avoir tué son éditrice, ils ont donc réfléchi à qui ils pourraient faire porter le chapeau et ont pensé à Alexander Roth. Pour qu'il ne puisse plus témoigner, ils ont versé du méthanol dans sa vodka, l'ont peut-être même encouragé à boire pour être sûrs qu'il ingère une dose mortelle. Ensuite, ils n'avaient plus qu'à attendre. Une fois Roth mort, l'un d'entre eux a déposé l'arme du crime dans son réfrigérateur, et voilà.

Pendant un bon moment, personne ne dit rien. Chacun réfléchissait à la portée de cette possibilité et à ses conséquences, pesait le pour et le contre.

— Une théorie audacieuse, finit par dire Bodenstein. Mais pas impensable.

— Ils auraient sacrifié Roth ?

La fatigue de Pia avait disparu. Elle était à nouveau tout à fait réveillée.

— Carl Winterscheid a lui-même admis que sa décision de faire de Roth le directeur éditorial était purement stratégique, il ne l'avait pas fait par conviction. Il n'avait pas une très haute opinion de lui.

— Il aurait pu facilement empoisonner Roth, confirma Kai.

— Les hommes ne sont pas des empoisonneurs, contredit Nicole Engel avec détermination. Cette hypothèse est totalement absurde. Avec votre imagination débridée, vous devriez écrire des scénarios de polars pour la télé, Ostermann !

— C'est un compliment ou une insulte ? demanda Kai à sa patronne, mais celle-ci se contenta de secouer la tête.

— Je trouve que l'histoire n'est pas si farfelue, même si elle a quelques faiblesses, objecta Bodenstein. Demain, nous enverrons Kröger à la maison d'édition. S'il trouve un flacon de méthanol quelque part, nous devrions au moins prendre l'idée de Kai en considération.

— Ma suspecte favorite est Dorothea Winterscheid-Fink, lança Pia, séduite par cette nouvelle possibilité. Elle a plusieurs raisons d'en vouloir à Heike Wersch et Alexander Roth. Toute sa vie, ses parents les ont préférés à elle, leur propre fille. Le vieux Winterscheid voulait même vendre son héritage, à savoir ses parts dans la maison d'édition, pour soutenir financièrement celle d'Heike Wersch. Elle a peut-être aussi appris que Wersch et Roth avaient quelque chose à voir avec la mort de son frère.

— Nous devons absolument découvrir qui a envoyé les copies du journal de Katharina Winterscheid, déclara Bodenstein. Il ou elle sait quelque chose qui doit rester secret. La question qui se pose est donc la suivante : qui a le plus à perdre dans toute cette histoire et qui est prêt à tuer des gens pour garder un secret ?

Pia balaya du regard les noms et les photos des morts et des suspects.

— Nous passons à côté de quelque chose de crucial, dit-elle, mais quoi ?

— Ou plutôt : qui oublions-nous ? poursuivit Bodenstein en fronçant les sourcils. Il faut qu'on trouve le journal d'où proviennent ces copies.

— Et le motif des meurtres de Wersch et de Roth ? lança Nicole Engel.

— En fait, nous ne savons rien, dit Kai, l'air sombre. J'ai l'impression que ce n'est pas la dernière fois que notre coupable a tué.

— Demain, nous interrogerons à nouveau Carl Winterscheid. Et maintenant on va parler à Dorothea Winterscheid-Fink. Cem et Tariq convoqueront Waldemar Bär dès demain matin pour l'interroger. S'il est à nouveau introuvable, on mettra son nom sur la liste des personnes recherchées, dit Bodenstein, allez Pia, on n'a pas fini !

Le smartphone de Stefan Fink était étonnamment silencieux lorsqu'il se reconnecta au réseau au pied de l'escalier. Apparemment, il n'avait reçu que quelques appels de sa femme, rien d'autre, ce qui surprit Bodenstein, car Pia et lui s'attendaient à ce que Margarethe Winterscheid appelle immédiatement son gendre et lui fasse d'amers reproches. Mais ce n'était pas le cas. En revanche, même après avoir quitté le sous-sol, Bodenstein trouva un tas de messages sur son portable. Lorenz avait déposé la Porsche rayée à l'atelier de peinture, comme convenu. Sophia lui avait envoyé un message vocal crypté, truffé de mots djeunes comme *cringe*, *safe* et *mega*, qu'il avait du mal à comprendre. Cosima aussi s'était manifestée, également avec un message vocal, mais plus compréhensible. Bodenstein s'arrêta et laissa Pia, Nicole et Kai passer devant avec Stefan Fink pour écouter ce que Cosima avait à lui dire. Les médecins lui avaient laissé espérer que l'opération puisse avoir lieu bientôt, car ses analyses s'étaient nettement améliorées une semaine après la fin de la chimio. C'était réjouissant, mais cela augmentait en même temps la pression de clore cette affaire le plus rapidement possible, ce qui, malheureusement, ne semblait pas être le cas.

— Patron ! s'écria Kathrin en dévalant l'escalier. J'ai trouvé des infos sur Katharina Winterscheid sur Internet !

— Suis-moi, que les autres puissent entendre, dit-il à sa collègue.

Pia et Kai attendaient avec Nicole Engel et Stefan Fink au sas de sécurité, et Bodenstein leur fit signe de les rejoindre.

— Alors, commença Kathrin. Je n'ai pas de détails, il faudrait que je demande le dossier, s'il y en a eu un, mais j'ai découvert qu'une femme du nom de Katharina Winterscheid avait été retrouvée morte dans la cour du 82 de la Stalburgstrasse à Francfort dans la nuit du 17 au 18 août 1990. Ses collègues avaient alors déclaré que sa mort était un suicide.

À ces mots, un souvenir revint soudain à l'esprit de Bodenstein. En juin 1990, commissaire fraîchement diplômé, il avait rejoint la police judiciaire à Francfort, au service de la répression des fraudes. À la suite d'un important manque de personnel, il avait été affecté, quatre semaines seulement après son entrée en fonction, à la brigade criminelle où il était resté. Son chef était le légendaire commissaire divisionnaire Menzel, de la vieille école, qui lui avait beaucoup appris. Il avait souvent pris des gardes de nuit supplémentaires, car comme tous les jeunes fonctionnaires, il tenait à l'époque à se faire remarquer par ses chefs, et le meilleur moyen d'y parvenir était de montrer son engagement.

— Je me souviens de cette affaire, dit-il à la grande surprise de ses collègues. J'étais nouveau à la K10, c'était l'une de mes premières gardes de nuit et mon premier suicide. Peut-être que je m'en souviens uniquement parce que le cas m'a beaucoup touché, car le fils de la femme avait alors le même âge que Lorenz. Il avait six ans. Et je me suis demandé comment une femme peut sauter du balcon en laissant son enfant seul dans l'appartement.

Bodenstein fronça les sourcils, essaya de se remémorer les détails de cette affaire, mais en vain.

— Et alors ? demanda Nicole Engel.

— Quoi – et alors ?

— Tu es le seul à t'être posé la question, ou ton chef se l'est posée aussi ? Qui était-ce à l'époque ? Menzel ? Vous avez enquêté sur cette affaire ?

— Je ne m'en souviens pas, répondit Bodenstein. Oui, Menzel a été mon premier patron. Je pense qu'il a continué à s'occuper de l'affaire. Peut-être que j'ai été affecté ailleurs après. Tu sais toi-même comment c'était, en tant que novice.

Et cette affaire remonte à longtemps. Après, j'ai traité pas mal de suicides.

— Dans ce cas, nous devrions rapidement demander le dossier, dit Pia. Nous devons absolument en savoir plus sur Katharina Winterscheid. Moi, je ne pourrais pas envisager le suicide même si je devais laisser mon chien seul dans mon appartement, sans parler de mon enfant de six ans !

— Je m'en occupe, proposa Nicole Engel. J'appelle le procureur à la première heure demain matin.

*

Dorothea Winterscheid-Fink n'avait pas d'alibi pour le soir du meurtre d'Heike Wersch, son mari non plus. Elle prétendait qu'elle voulait aller au yoga à Eschborn, mais un représentant de la maison d'édition l'avait appelée et elle était rentrée directement de la maison d'édition chez elle. Stefan Fink était resté tard au bureau. Son imprimerie se trouvait dans une zone industrielle à Rödelheim, non loin de la centrale d'incinération. Contrairement au bâtiment de la maison d'édition Winterscheid, le site de l'imprimerie était équipé d'un système de surveillance ultramoderne et il était peut-être encore possible de vérifier les prises de vues du 3 septembre. Mais l'information de Dorothea Winterscheid-Fink concernant l'alibi de ses parents était bien plus intéressante, car la manifestation à laquelle elle prétendait avoir assisté avec Hellmuth Englisch avait eu lieu le dimanche soir, et non le lundi. Avec le témoignage de Josef Moosbrugger, le couple Winterscheid était devenu soudain suspect, tout comme l'écrivain en colère. Avec leur rage au ventre, Margarethe Winterscheid et Hellmuth Englisch auraient pu porter les coups mortels.

La maison des Fink, une belle maison avec un toit en croupe très bas, des fenêtres à croisillons et un double garage, se trouvait directement sur la L3005, à la périphérie de Schwalbach. Par la porte ouverte de la terrasse, on entendait parfois une voiture passer sur la route à quatre voies, malgré le mur antibruit. La directrice des ventes des éditions Winterscheid avait reçu Bodenstein et Pia sans manifester la moindre surprise en dépit de l'heure tardive – son mari l'avait probablement prévenue par texto – et ils étaient maintenant assis à la grande table d'une cuisine ouverte où la maîtresse de maison avait apparemment encore travaillé. À côté d'un ordinateur fermé, il y avait un verre de vin et une assiette pleine de miettes. L'intérieur de la maison était moderne, confortable. Les tableaux étaient dans les styles les plus divers, au-dessus du canapé du salon se trouvait une grande photo de toute la famille avec le chien, qui n'existait probablement plus. On sentait une certaine harmonie dans le couple Fink.

— Je n'ai pas tué Heike, dit Dorothea Winterscheid-Fink lorsque Pia lui demanda son alibi. Pourquoi aurais-je fait ça ?

— Peut-être parce que vous avez appris que votre père voulait vendre ses parts de la société, qui sont tout de même votre héritage, pour investir l'argent dans les projets d'édition d'Heike Wersch, suggéra Pia.

— J'avoue que j'ai été très déçue, voire furieuse, répondit sèchement Dorothea Winterscheid-Fink.

Elle était pieds nus, portait un confortable pantalon de jogging noir, un sweat-shirt gris à capuche et de simples lunettes noires.

— J'ai souvent été dépassée dans ma vie. Mes parents me préféraient toujours des étrangers. J'ai hérité de mon grand-père douze pour cent de la maison d'édition. Cela peut paraître peu, mais c'est une minorité de blocage. Je dois donner mon accord si l'un des actionnaires veut vendre. Si mon père avait effectivement voulu vendre ses parts, j'aurais tout simplement refusé.

Cela semblait évident. Un premier motif de meurtre éventuel partait en fumée.

— Quand avez-vous parlé à Heike Wersch pour la dernière fois ? demanda Pia.

— C'était il y a longtemps.

Dorothea Winterscheid-Fink réfléchit un instant.

— Je crois que, la dernière fois, c'était le jour où elle a été licenciée. Après tous les ennuis qu'elle nous a causés, je n'ai pas ressenti le besoin de lui parler. Qu'elle ait bousillé l'avenir d'un auteur comme Severin Velten, alors que c'est elle qui l'avait poussé à commettre ce plagiat, je ne le comprends toujours pas aujourd'hui. Si j'avais voulu la tuer, je l'aurais probablement fait avant qu'elle ne raconte toutes ces bêtises sur Carl et Severin Velten.

— Vous étiez jalouse d'Heike Wersch ou de M. Roth ? demanda Bodenstein. Ils ont tous les deux été traités par vos parents comme des enfants de substitution. Cela devait être vexant pour vous.

— Oh oui, autrefois, cela m'a beaucoup vexée. Mais ce n'est plus le cas aujourd'hui. En plus d'Alexander et Heike, il y avait aussi Maria, que ma mère traitait comme sa belle-fille. Pendant des années, j'ai eu de la peine parce qu'Alexander avait pris la place de mon frère auprès de mes parents. Et cette fondation pour la promotion de jeunes écrivains et poètes – une telle hypocrisie ! Mon frère n'avait pas le moindre intérêt pour l'édition, il n'aimait pas la littérature. Il voulait devenir médecin et étudiait la médecine en secret. Mon père serait devenu fou s'il l'avait appris ! S'ils devaient créer une fondation, Götz aurait préféré qu'il s'agisse d'aider des étudiants en médecine démunis !

— Quelqu'un veut boire quelque chose ? proposa Stefan Fink.

Bodenstein et Pia refusèrent poliment, mais Dorothea Winterscheid-Fink hocha la tête et désigna son verre de vin vide. Son mari disparut dans la cuisine et revint avec une bouteille de vin blanc. Il remplit son verre à moitié et le lui tendit.

— Pour mes parents, ce qui compte, c'est la façade, poursuivit Dorothea après avoir bu une gorgée. Ça a toujours été comme ça et ça n'a pas changé. En fait, ils ne se supportent pas et sont pourtant restés ensemble, même si mon père n'a jamais été discret sur ses aventures. Il aimait appeler Heike sa "deuxième femme" devant ma mère, juste pour l'énerver ! Ma mère n'a jamais fait le deuil de mon frère et l'a idéalisé. Josefin et Maria ont vécu avec nous les premiers mois après la mort de Götz, elles, elles avaient le droit d'essuyer ses larmes. Moi je n'ai jamais compté pour mes parents. C'est notre gouvernante qui m'a appris la mort de mon frère, parce que mes parents étaient partis sans moi à Noirmoutier. Son enterrement a été une horreur.

Elle se tut et fit tourner pensivement le vin dans son verre. Son mari se leva de table, s'arrêta devant la porte ouverte de la terrasse et alluma une cigarette.

— Après la mort de Götz, mes parents ont vendu la maison de Noirmoutier que j'aimais tant et ont donné le produit de la vente à cette stupide fondation. Mon père a fait entrer Heike et Alexander dans la maison d'édition et Maria au service des droits. Il n'y avait pas de place pour moi, soi-disant parce que je ne connaissais rien à la littérature. C'est pourquoi je n'ai pas fait d'études, mais une formation d'employée de commerce et j'ai travaillé au bureau du père de Stefan. Mes parents ne m'ont jamais demandé ce que je faisais.

— Mais vous et votre mari avez continué à vivre dans la villa de vos parents pendant un certain temps, n'est-ce pas ? demanda Bodenstein.

— Oui. Pas à cause de mes parents, mais à cause de mon grand-père et de mon oncle, répondit Dorothea Winterscheid-Fink et son visage s'assombrit. Quand ils sont morts, tout a changé. Après la mort de son mari, la femme de mon oncle s'est installée avec son fils dans le quartier du Nordend.

— Katharina, c'est ça ?

— Oui, Katharina.

— Elle s'est suicidée, nous a-t-on dit.

— Oui, elle est devenue dépressive après la mort de John. C'était son grand amour et il est mort d'un infarctus à seulement quarante et un ans. Katharina a hérité de lui la moitié de la maison d'édition, ce qui a été un cauchemar pour mon père. Mais Katharina a réussi à s'imposer, à obtenir une place à la direction et le poste de Maria au service des droits. Quand elle traversait de mauvaises périodes, Waldemar s'occupait d'elle. Il faisait alors les courses pour elle et ainsi de suite. Pour Carl, elle avait toujours des filles au pair.

Bodenstein et Pia échangèrent un regard. Avait-elle vu juste ? Waldemar Bär était-il derrière les lettres anonymes contenant les copies du journal intime ?

— Waldemar Bär avait-il une relation avec Katharina ? demanda Pia.

— Oh non !

Dorothea Winterscheid-Fink secoua résolument la tête.

— Waldemar avait toujours eu une grande admiration pour John, qu'il a reportée sur Katharina après sa mort.

— Qu'est-il advenu de l'héritage de Katharina après sa mort ? demanda Pia. Quelqu'un a dû s'occuper de la liquidation de son appartement.

— Hum, je ne me souviens plus du tout.

Dorothea Winterscheid-Fink se tourna vers son mari.

— Tu t'en souviens ?

— Je pense que c'est Margarethe qui s'en est chargée, avec Maria et Waldemar, répondit Stefan Fink. Toi, tu t'es occupée de Carl pendant si longtemps parce qu'il ne voulait pas rester seul avec la gouvernante dans la villa.

— C'est vrai, acquiesça Dorothea Winterscheid-Fink. Il avait peur de Mme Bär, qui était d'ailleurs la mère de notre M. Bär. Carl était en effet complètement perdu.

— Et que sont devenues toutes les affaires ? Les vêtements, les meubles, les livres, les effets personnels ?

— Autant que je sache, ma mère a mis tous les vêtements dans la collecte de vêtements usagés, et le nouveau locataire a repris la plupart des meubles. Je ne sais pas ce qu'il est advenu des affaires personnelles de Katharina. Vous devriez peut-être demander à Maria.

— Et qu'est-il arrivé à l'enfant ?

— J'aurais volontiers pris Carl. Nous n'avions pas encore d'enfants. Maria aussi l'aurait pris, elle est sa marraine. Mais ma mère s'est chargée de Carl alors qu'elle détestait Katharina, qu'elle a toujours tenue pour responsable de la mort de Götz.

— Pourquoi a-t-elle fait ça ? demanda Pia.

— Elle a dit un jour qu'elle avait des droits sur Carl parce que sa mère lui avait volé son fils, répondit Dorothea Winterscheid-Fink. Carl n'a malheureusement pas eu de chance avec mes parents. Ils l'ont tenu éloigné de la maison d'édition et l'ont mis en pension quand il avait dix ans. Et quand il a voulu partir en Amérique chez son parrain, ils étaient bien contents de se débarrasser de lui. Le fait qu'il soit revenu maintenant et qu'il ait repris la maison d'édition est en quelque sorte une ironie du sort.

Elle vida son verre.

— Vous voulez bien venir sur la terrasse ? Nous ne fumons pas dans la maison, et j'ai besoin d'une cigarette maintenant.

Bodenstein et Pia la suivirent sur la terrasse couverte. Dans un coin, il y avait des meubles de salon confortables, de l'autre côté, un gril à gaz couvert. Dorothea Winterscheid-Fink demanda une cigarette à son mari et l'alluma. Elle tira une grande bouffée.

— Nous avons toujours gardé le contact avec Carl. Mon mari et moi lui avons rendu visite à plusieurs reprises aux États-Unis. C'est génial de travailler avec lui. Il connaît bien les affaires et surtout la gestion de l'entreprise. Mon père a toujours été snob, et Heike l'était aussi.

— Et Alexander Roth ? s'enquit Pia.

— Alex était le plus snob de tous. Il avait un grand besoin de reconnaissance sociale. Un jour, alors que j'étais encore à l'école, il m'a dit que lorsque j'aurais l'âge, il m'épouserait et prendrait mon nom. Il ferait alors partie de la famille Winterscheid. Ça veut tout dire, non ? Et c'était un faible. Mais ce sont souvent les plus faibles qui s'accrochent le plus à quelque chose. Son rêve, c'était de devenir un jour l'éditeur des éditions Winterscheid, de s'asseoir dans le bureau de l'éditeur en fumant la pipe et de feuilleter les premières éditions aux tranches dorées de Schopenhauer. Pour réaliser ce rêve, il se laissait trop volontiers accaparer par mes parents, ajouta-t-elle avec un rire moqueur. Contrairement à Maria, qui a bien eu raison de partir et de quitter son poste à la fondation au bout de quelques mois, Alex et Heike étaient ravis. À vingt-deux ans, Alex était président du conseil d'administration de la fondation et Heike était assurée d'un poste dans le comité de lecture, sans avoir à faire de stage. Mon père aussi était ravi, il avait réussi à remplacer deux fois Götz, avec des gens qui s'intégraient bien mieux dans ses plans que Götz.

Elle écrasa sa cigarette dans un cendrier sur la table du salon.

— Mais en fin de compte, ils n'ont pas été heureux, ni Alex ni Heike. Croyez-moi, je n'ai absolument aucune raison de gâcher ma vie en tuant quelqu'un qui m'est indifférent. J'ai un mari merveilleux, deux fils formidables, une belle maison et un métier qui me comble. Et si un jour mon père rend l'âme, j'hériterai de ses parts dans la maison d'édition, ou pas. Cela n'a aucune importance pour moi, car une partie de la maison d'édition m'appartient déjà. Vous comprenez ?

— Oui, dit Bodenstein. Je comprends.

Le smartphone de Pia se mit à bourdonner. Elle le sortit de sa poche et vit que Maria Hauschild lui avait envoyé un message.

Bonjour madame Sander, je viens juste de rentrer chez moi, avait écrit l'agent d'Henning. *Je vous envoie la copie de la lettre anonyme que j'ai reçue il y a environ trois semaines. Pour votre compréhension : Mia = moi, Heike = c'est clair, Alex = Alexander Roth, Josi = Josefin Lintner, Stefan = Stefan Fink. Demain, je serai facilement joignable toute la journée. N'hésitez pas à m'appeler ou à passer me voir. MH.*

Pia mit ses lunettes de lecture, ouvrit la première photo et commença à lire.

Mme Maria Hauschild
c/o Agence littéraire Hauschild
Untermainanlage 211
60311 Francfort-sur-le-Main

Je sais ce que tu as fait pendant l'été 1983. Et tu le sais aussi.

Île de Noirmoutier, 24 juillet 1983
Götz est mort. Götz, lui qui était si doux, amusant, charmant, si joyeux ! Je n'arrive pas à y croire. C'était le seul être raisonnable de toute cette bande, et maintenant il n'est plus. Je ne comprends pas. Où est-il maintenant ? Où est son âme ? Comment tout ce qui était en lui, toutes ses pensées et ses sentiments, ses projets et ses idées, ont-ils pu cesser d'exister d'une seconde à l'autre ? S'est-il noyé ? Ou était-il déjà mort lorsqu'il est tombé à l'eau ? A-t-il réalisé, a-t-il eu peur de mourir ? John m'a dit que le médecin pense qu'il était inconscient à cause de l'alcool. Mais comment peut-il le savoir ? Je suis si heureuse que John soit là et qu'il s'occupe de tout !

Ah, j'aimerais pouvoir pleurer Götz, mais je suis bien trop choquée. C'est…

Île de Noirmoutier, 25 juillet 1983 – 3 h 55 du matin
Ils sont partis. Enfin, je peux à nouveau avoir les idées claires. Mia et Alex sont partis tout à l'heure avec les parents de Götz. Mia joue la veuve éplorée, c'était terriblement gênant de voir ça, surtout quand on sait quelle était la nature de sa relation avec Götz. Ses parents ne semblent même pas savoir qu'ils n'étaient plus en couple et personne ne le leur a dit. Josi s'est précipitée dans la voiture de Stefan, ils ne nous ont même pas dit au revoir, et il s'en est fallu de peu qu'ils oublient Heike, tellement ils étaient pressés de partir d'ici. Je referme le chapitre amitié. En réalité, ils ne se supportent pas les uns les autres. Je ne l'avais pas vraiment remarqué à la maison, car je les ai rarement vus ensemble. Mais la façon dont ils rivalisaient pour s'attirer les faveurs de Götz, la façon dont ils se tapaient dessus quand il n'était pas là, la façon dont ils se jalousaient et se dénigraient mutuellement, tout cela n'a absolument rien à voir avec l'amitié. La pire de toutes est Heike. Elle est toxique, jalouse et archi calculatrice. Après ces "vacances", je vais chercher tout de suite un logement. Je ne veux pas passer un jour ou une nuit de plus avec eux.

Pia afficha la photo suivante et lut le texte.

Il serait faux de dire que je l'avais pressenti, ce n'est pas le cas. Mais j'aurais dû le voir venir. Il y avait toujours de l'agressivité sous-jacente. Et ce mutisme quand j'arrivais. Les regards éloquents qu'Heike et Alex échangeaient. Mais je n'aurais jamais pu imaginer qu'ils le tuent. Car c'est ce qu'ils ont fait, j'en suis sûre. Ils sont si différents d'avant. Chez eux, la tristesse et le choc ne sont pas réels, contrairement à Josi, Mia et Stefan. Bien sûr, je n'ai aucune preuve, et je n'étais pas là ce soir-là mais je pense qu'ils mentent tous, même Stefan, et ça me rend folle. Ils se sont mis d'accord sur quelque chose, les cinq, et la police les a crus parce qu'ils jouent leur rôle de manière convaincante. Comme avant. Götz a dû payer de sa vie parce qu'il avait sous-estimé ce que ça signifiait pour eux d'appartenir à ce monde de l'édition. Ah, si seulement il m'avait écoutée et s'il n'avait pas tant bu ! Je comprenais sa frustration, mais il y aurait certainement eu une solution à son dilemme, et de toute façon, il n'en avait rien à faire de la maison d'édition. Pourquoi a-t-il été assez stupide pour les menacer chaque fois ? Pourquoi n'étais-je pas là ? Pendant que je vivais les plus beaux moments de ma vie avec John, Götz est mort. Je m'en voudrai toute ma vie. Et je sais que le frère de John et son horrible femme me le reprochent aussi, parce qu'ils croient apparemment que Götz était amoureux de moi et que je l'ai largué pour John ! Bien sûr, c'est ma faute, j'ai joué le jeu de Götz et Stefan parce que Götz me l'a demandé (et parce que c'était amusant, je l'admets). Comment aurais-je pu savoir ce qui allait se passer ? J'espère que John et moi survivrons à cette terrible tragédie ! Je l'aime tellement, et je mourrais s'il rompait avec moi. Pendant trois jours, j'ai été la personne la plus heureuse du monde. Mais c'est comme si je n'avais pas le droit d'être heureuse. Oh, Götz, Götz, comment tout cela a-t-il pu déraper de manière si terrible ?

Pia tendit à Bodenstein son portable et ses lunettes de lecture. Le couple Fink les observait en silence.

— Qu'avez-vous fait jeudi dernier ?

— C'était le dernier jour de notre réunion des représentants. J'ai passé toute la journée à la maison d'édition, jusqu'à 8 heures du soir environ.

— Et après ?

— Je suis rentrée chez moi. Notre fils aîné était là, nous avons fait un barbecue.

— Avez-vous vu Alexander Roth jeudi ?

— Oui, bien sûr. Comme je l'ai dit, c'était la réunion des représentants. Nos éditeurs ont présenté les nouveaux titres du programme du printemps 2019. Les directeurs éditoriaux sont tout le temps présents, j'y attache beaucoup d'importance.

Bodenstein avait terminé la lecture des textes. Il retira les lunettes de lecture de Pia, lui rendit son portable et leva les yeux.

— Quand avez-vous vu Waldemar Bär pour la dernière fois ?

— Je ne sais pas exactement. Hier ? Oui, hier matin, il était là quand Carl a annoncé au personnel la nouvelle de la mort d'Heike et Alexander. Je ne l'ai pas revu après.

— Avez-vous parlé à votre mère aujourd'hui ? demanda Pia.

— Non, pourquoi ? Pourquoi aurais-je dû ?

— Vos parents ont appris aujourd'hui que pendant trente-cinq ans ils avaient cru ce qui était un mensonge, répondit Bodenstein. Avant de mourir, ce n'est pas à cause de Katharina que votre frère s'est saoulé, mais à cause d'un homme qu'il aimait.

— Quoi ? s'exclama Dorothea Winterscheid-Fink, qui s'apprêtait à prendre le paquet de cigarettes que son mari avait posé sur la table, elle s'arrêta net.

Elle se tourna vers lui et on pouvait clairement lire sur son visage ce qui se passait dans sa tête, comment elle récupérait et évaluait les informations et en tirait ses conclusions.

— Non ! Non, ce n'est pas possible. Stefan, dis-moi que je me trompe. Dis-moi que vous ne nous avez pas menti pendant toutes ces années !

Stefan Fink sembla rapetisser devant son regard. Il baissa la tête, conscient de sa culpabilité, et ne tenta pas de se justifier.

— Je suis désolé, dit-il simplement.

— Götz et – *toi* ?

Fink hocha la tête avec un geste d'impuissance.

— Au début, c'était juste pour s'amuser. Rien de sérieux. Je ne pouvais pas me douter que Götz s'était vraiment… eh bien… tomberait amoureux de moi.

Sa femme le fixait en silence, s'efforçant de maîtriser sa stupeur. L'ampleur de ce mensonge et sa portée commençaient à lui apparaître. Elle n'était peut-être pas rancunière, mais cette trahison était si énorme qu'elle ne pardonnerait pas de sitôt à son mari, si tant est qu'elle lui pardonne un jour.

— Qui était au courant ? demanda-t-elle.

— On peut en parler plus tard, répondit-il, gêné.

— Je veux le savoir maintenant, lança Dorothea Winterscheid-Fink, se maîtrisant difficilement. Pendant toutes ces années, qui savait que tu avais couché avec mon frère ? Est-ce que tu l'aimais ? Est-ce que tu es un homosexuel secret qui traîne la nuit sur des parkings d'autoroute ? Aurais-tu rompu avec moi s'il n'était pas mort ? Est-ce que tu as fini par tuer mon frère ?

Elle avait crié la dernière question et était sur le point de se jeter sur son mari, mais au dernier moment elle se maîtrisa. La situation était particulièrement pénible pour Fink qui était devenu cramoisi.

— Pourriez-vous nous laisser seuls, s'il vous plaît ? dit-il en se tournant vers Bodenstein et Pia, mais cette dernière secoua la tête.

— Votre réponse nous intéresse aussi, répondit-elle en croisant les bras.

Hormis la respiration lourde de Dorothea Winterscheid-Fink, il n'y avait plus un bruit. Une voiture passa de l'autre côté du mur antibruit, sur la départementale. Stefan Fink luttait contre lui-même et contre les fantômes du passé.

— Katharina et Maria le savaient, avoua-t-il finalement. Maria avait été l'alibi de Götz pendant des années, parce qu'il avait su assez tôt qu'il n'aimait pas les filles. Et Katharina avait tout de suite remarqué qu'il y avait quelque chose entre nous. Les autres, ils… ils ne l'ont appris que lorsque… quand Götz… quand Götz est mort.

— Continue ! lança sa femme entre ses dents serrées.

— J'ai rompu avec Götz ce soir-là. Je lui ai dit que je t'aimais, Doro ! murmura Fink.

Ses épaules s'affaissaient, il avait soudain l'air d'un vieil homme.

— C'est pour ça qu'il s'est tellement saoulé et qu'il est tombé de la falaise. C'est ma faute si Götz est mort, et même si je ne l'ai pas voulu, cette culpabilité me pèse sur le cœur depuis trente-cinq ans. Il n'y a pas un jour où je ne pense pas à lui.

Dorothea Winterscheid-Fink regarda son mari.

— Pourquoi avez-vous prétendu que c'était à cause de Katharina ? chuchota-t-elle à son tour. Pourquoi n'a-t-elle jamais dit la vérité ? Pourquoi a-t-elle supporté l'hostilité de ma mère ?

Stefan Fink évita son regard.

— Heike et Alexander ont dit qu'il fallait vous épargner ça, à toi et tes parents, nous… nous voulions vous ménager. Tes parents n'auraient jamais cru Katharina si c'était sa parole contre la nôtre.

Pendant un bon moment, Dorothea Winterscheid-Fink resta muette. Elle ferma les poings et les ouvrit à nouveau. Ce n'était pas seulement la nouvelle en tant que telle qui l'avait profondément ébranlée, mais surtout l'impardonnable abus de confiance que son mari avait commis à son égard.

— Ces minables, ces menteurs, ces parasites, lâcha-t-elle. Je ne veux plus voir aucun d'entre eux. Et pour le moment, toi non plus, espèce de lâche. Je ne sais pas si je pourrai à nouveau te faire confiance un jour.

Et sur ce, elle disparut dans la maison.

*

En sortant de chez les Fink, Bodenstein trouva trois appels de son frère sur son portable et il eut froid dans le dos. Un appel de Quentin à une heure aussi tardive lui faisait toujours craindre qu'il soit arrivé quelque chose à leurs parents qui avaient plus de quatre-vingts ans. Il tendit les clés de la voiture à Pia et rappela son frère. Alors qu'il attendait que Quentin réponde, il se souvint qu'il pourrait aussi s'agir de Sophia.

Allez, réponds, marmonna-t-il et comme si son frère l'avait entendu, il décrocha.

— Nous venons de surprendre ta belle-fille, qui a mal tourné, et deux types en train d'essayer de mettre le feu à notre écurie ! s'écria Quentin, excédé.

Bodenstein n'en crut pas ses oreilles.

— Ils ont mis le feu aux bottes de paille dans le passage avec une sorte de cocktail Molotov, et elles avaient commencé à brûler. Heureusement, les chiens ont aboyé, papa les a laissés sortir et a aussitôt mis l'arrosage en marche. Je viens de sortir du champ, nous avons commencé la récolte du maïs aujourd'hui, et ces trois petits voyous ont failli passer sous le tracteur !

— Vous avez pu éteindre l'incendie ? demanda Bodenstein.

— Oui, Dieu merci. Il n'y a que trois bottes de paille rondes qui ont brûlé et le plafond du passage est noir. Rien qu'on ne puisse réparer. Mais qu'est-ce que je fais maintenant avec les trois ?

Bodenstein était soulagé. Ses parents allaient bien. Sophia était saine et sauve. Mais il sentit monter la colère en lui. Cet attentat leur était destiné, à Sophia et à lui, c'était clair. Il avait systématiquement ignoré les appels de Greta, ses messages écrits et parlés, et la jeune fille ne pouvait pas supporter qu'on l'ignore. Qu'elle soit vexée au point d'aller jusqu'à tenter de mettre le feu à l'écurie dans laquelle elle pensait que se trouvait le poney de Sophia était monstrueux.

— Appelle la police, conseilla-t-il à son frère. C'est un incendie criminel et ils doivent être poursuivis. J'arrive dans vingt minutes !

— Que s'est-il passé ? demanda Pia, et Bodenstein lui raconta.

— Cette fille, on devrait l'enfermer en HP, s'énerva-t-il. Elle est dangereuse pour la société ! Imagine que les chiens n'aient pas aboyé et que le feu se soit propagé à l'écurie et à la maison d'habitation !

Il était hors de lui. Découper des vêtements et rayer une voiture, cela pouvait encore passer pour de mauvaises blagues, mais quand il s'agit d'un incendie volontaire avec un accélérateur de feu, on ne rigole plus.

— Tu veux que je vienne ? demanda Pia.

— Non. Va à Hofheim, répondit Bodenstein.

— C'est idiot. Tu me déposes à l'hôpital et tu rentres directement chez toi, rétorqua Pia. Christoph peut me conduire au boulot demain matin, ce n'est pas un problème.

— Mais tu vas devoir traverser la forêt, il fait sombre, dit Bodenstein, qui était reconnaissant de la proposition de sa collègue, mais qui avait quand même mauvaise conscience. À cette heure-ci !

— Ce n'est que cinq cents mètres, le rassura Pia. Le passage pour piétons est éclairé, et puis j'ai mon arme de service avec moi. Ça marche.

Elle tourna à droite au carrefour Conti et s'arrêta une minute plus tard dans l'allée réservée aux véhicules de secours. Ils descendirent pour que Bodenstein puisse prendre sa place au volant.

— Il ne manquait plus que ça ! s'exclama Bodenstein. Cosima va mieux, l'opération peut avoir lieu d'un jour à l'autre. Et cette affaire qui n'avance pas !

— Si, elle avance, le rassura Pia. Je pense que nous avons créé une certaine agitation aujourd'hui, cela va déclencher quelque chose. Demain, nous parlerons au notaire et à Maria Hauschild. Nous allons mettre la maison d'édition sens dessus dessous et trouver Waldemar Bär. C'est notre homme, je le sens.

— C'est le jardinier, répondit Bodenstein en ne pouvant malgré tout s'empêcher de sourire, c'est un cliché.

— Les clichés n'en sont que parce qu'ils sont souvent vrais. Maintenant, vas-y. On se voit demain à 7 heures au bureau.

*

Julia se réveilla en sursaut en pleine nuit. Les images de son rêve étaient encore très claires dans son esprit. Ce qui l'avait préoccupée depuis qu'elle avait lu le manuscrit de Katharina Winterscheid. C'était la chatte ! *Fleur de Sel*, la chatte noire aux pattes blanches ! Maintenant, elle savait à quoi elle l'avait fait penser tout ce temps, et cela ne pouvait pas être une coïncidence. Ce chat, elle l'avait rencontré des années auparavant dans un livre ! Elle alluma la lampe de chevet, sauta du lit et s'approcha de sa bibliothèque. Mais où était le livre ? L'avait-elle même emporté ou avait-il fait partie des livres qu'elle avait triés avant de déménager de Berlin à Francfort et qu'elle avait donnés à une bibliothèque publique ? Tout en cherchant, à trois heures et demie du matin, dans sa vaste bibliothèque, un livre de poche qu'elle avait lu pour la dernière fois il y avait plus de dix ans, elle réfléchissait à sa visite de la veille à l'institut médicolégal. Elle avait été impressionnée de voir Kirchhoff dans son élément. Après avoir lu le rapport sur l'examen médicolégal du corps de Katharina Winterscheid, Julia lui avait posé des questions sur son travail. Elle en savait déjà beaucoup grâce à ses deux romans policiers, mais c'était purement théorique. Elle lui avait avoué qu'elle n'avait jamais vu de cadavre de sa vie et il l'avait emmenée dans le sous-sol de l'institut où il avait ouvert l'un des compartiments réfrigérés. Elle s'attendait à une odeur de décomposition et à un spectacle pénible, mais le mort, un jeune homme victime d'une overdose, avait l'air de dormir paisiblement. Seules sa pâleur et ses lèvres bleutées indiquaient que ce sommeil était définitif.

— Heike Wersch et M. Roth sont aussi ici ? avait-elle demandé en frissonnant légèrement.

Kirchhoff avait répondu par l'affirmative et lui avait demandé si elle voulait les voir, mais elle avait décliné sa proposition. Un étranger, c'était tout autre chose que des collègues de travail, d'autant plus que Kirchhoff l'avait avertie que ces deux cadavres n'étaient pas beaux à voir.

En remontant à l'étage, elle avait demandé à Kirchhoff si par le passé lui et son ex-femme passaient souvent les week-ends et les jours fériés dans les salles d'autopsie, comme c'était le cas des personnages correspondants dans ses romans policiers, et il avait confirmé. En fin de compte, son mariage avait échoué parce qu'il avait toujours accordé plus d'importance à son travail qu'à sa femme. Il l'aimait toujours beaucoup, Julia l'avait remarqué à la manière dont il parlait d'elle. Son deuxième mariage avec une copine d'école de son ex-femme semblait en tout cas avoir été d'emblée un désastre, et Kirchhoff en avait apparemment assez des femmes, à l'exception de Pia qu'il avait immortalisée par le biais de son enquêtrice Ina Grevenkamp. C'est peut-être pour cela qu'il vivait seul dans le minuscule appartement au dernier étage du bâtiment de l'institut. Peu à peu, Julia eut du mal à distinguer la réalité de la fiction, car les personnages du manuscrit de Katharina Winterscheid semblaient eux aussi avoir des modèles réels.

— Ha ! Te voilà ! s'exclama-t-elle en tirant le livre de poche d'une des étagères supérieures de sa bibliothèque.

Il était usagé, et au milieu, il y avait une carte avec un autographe signé, sur laquelle figurait non pas la photo de l'autrice mais la couverture du livre. Elle emporta le livre dans la cuisine, versa du café en poudre dans la cafetière et commença à feuilleter le livre pendant que le café passait. Il ne lui fallut pas longtemps pour trouver l'endroit qu'elle cherchait et un sentiment de bonheur fou s'empara d'elle. Elle était là, la chatte noire aux pattes blanches ! Comme dans le manuscrit de Katharina Winterscheid ! Elle relut le passage une deuxième et une troisième fois. Non, elle ne s'était pas trompée. Le sentiment de bonheur s'estompa pour faire place à une profonde satisfaction. Julia prit son portable et écrivit un message à son patron, se fichant complètement qu'il ne soit que 4 heures du matin. Elle devait lui parler au plus vite. Car ce qu'elle avait découvert pouvait changer sa vie. Et pas seulement la sienne.

6e jour
Mardi 11 septembre 2018

— Mon Dieu ! Ce n'est pas possible !

Le notaire Philipp Eberwein, un homme d'une cinquantaine d'années aux traits fins et aux cheveux clairsemés, pâlit sous son bronzage de croisière lorsqu'il apprit la mort violente de sa cliente.

— Si, malheureusement, c'est vrai, dit Bodenstein, qui vivait une étrange impression de déjà-vu.

Il y a dix ans, dans cette même pièce, il était assis en face du Dr Daniela Lauterbach et annonçait que quelqu'un avait fait tomber d'une passerelle son amie Rita Cramer. Le cabinet d'avocats Eberwein Straumann Hübner avait repris les locaux de la zone piétonne de Königstein il y a neuf ans et n'y avait pratiquement rien changé. De grandes pièces claires avec de hauts plafonds et des parquets brillants qui craquaient à chaque pas, des posters encadrés et des gravures sur les murs des couloirs à la place des tableaux sombres de l'époque, et sur l'armoire du bureau du notaire la littérature juridique avait remplacé la littérature médicale de Mme Lauterbach. Les fenêtres derrière le bureau offraient cependant toujours la même jolie vue sur le parc thermal et les ruines du château.

— Heike m'a appelé il y a dix jours, nous étions justement dans le port de Bari, dit Eberwein en secouant la tête à l'évocation de ce souvenir. Elle a insisté pour avoir un rendez-vous rapidement, parce qu'elle voulait modifier son testament. Vous devez savoir que je connais Heike depuis très longtemps. Nous étions ensemble au lycée.

— Ah oui, vraiment ? Lequel ?

Pia regarda l'homme avec un nouvel intérêt.

— Le lycée Friedrich-Schiller de Kelkheim.

— Alors vous connaissiez aussi Alexander Roth ?

— Oui, bien sûr que je connais Alex Roth. Mais pourquoi parlez-vous de lui au passé ?

— Parce que M. Roth est décédé dimanche dernier... répondit Pia.

— Mais c'est terrible ! s'exclama Eberwein, visiblement affecté par cette nouvelle.

— Vous étiez proche d'Heike Wersch ou d'Alexander Roth ? demanda Pia.

— J'ai dressé le compromis de vente d'une maison pour Alex il y a des années, répondit le notaire. J'étais plus proche d'Heike, enfin, d'Heike Wersch. Elle m'avait demandé d'assumer la tutelle de son père si jamais elle disparaissait avant lui.

— Ce qui est le cas maintenant, dit Pia.

— Oui, hélas.

Le notaire s'était ressaisi.

— Mais ça ne me pose pas de problème. J'ai toujours apprécié M. Wersch et j'assume volontiers cette tâche.

Pia, qui avait lu le testament, le croyait sur parole, car Eberwein serait royalement payé pour ses services par la succession d'Heike Wersch. Beaucoup d'argent pour peu de travail, après tout, M. Wersch était en maison de retraite et dément de surcroît ; le notaire n'aurait même pas à lui rendre visite à Noël ou à l'appeler pour son anniversaire.

— Savez-vous pourquoi Heike Wersch a désigné M. Bär comme son unique héritier ? demanda Bodenstein.

— Dans une version antérieure et manuscrite de ses dernières volontés, elle avait désigné la fondation Götz-Winterscheid comme unique héritier de ses biens, mais elle a voulu changer cela, répondit le notaire. Elle m'avait alors demandé conseil à ce propos. Heike n'avait pas de descendants, pas de partenaire, pas même de filleul. J'avais le sentiment qu'il n'y avait personne dans son entourage en qui elle ait vraiment confiance. Elle connaissait M. Bär depuis très longtemps. Il l'avait souvent aidée et faisait pour elle des choses que fait souvent un mari. Il lui réparait toute sorte de choses, il faisait du jardinage, accrochait des lampes, ce genre de choses. Heike le payait pour cela, elle ne voulait pas de services d'amis, mais elle appréciait beaucoup M. Bär. C'est pourquoi elle a décidé de le désigner comme unique héritier.

Bodenstein bâilla furtivement. Il s'était couché à 4 heures et n'avait guère dormi. Quentin avait appelé la police, les trois malfaiteurs avaient été emmenés au poste de police de Kelkheim, soumis à des examens d'identité et placés dans des cellules séparées avant que leurs parents ne soient informés. Les deux garçons étaient des voyous bien connus dans la région, tous deux encore mineurs, mais avec un casier judiciaire long comme le bras pour vol à l'étalage, resquillage, coups et blessures et infraction à la loi sur les stupéfiants. Leurs parents n'avaient pas jugé utile de venir chercher leur progéniture mal en point, mais Karoline s'était naturellement présentée et avait insisté pour ramener sa fille à la maison. Lorsqu'on lui avait refusé cette demande – Greta était majeure et donc pleinement responsable – elle l'avait appelé. Elle s'était moquée qu'il soit deux heures et demie du matin et l'avait supplié de faire jouer ses relations. Il avait refusé car ses collègues allaient de toute façon laisser partir Greta quelques heures plus tard. Quelques heures dans une cellule la feraient peut-être réfléchir. Cette fois-ci, son comportement aurait de graves conséquences, car l'incendie volontaire était un délit sanctionné d'office.

— Pourquoi pas quelqu'un de ses amis ? demanda Pia, et Bodenstein se replongea mentalement dans la conversation. Sa meilleure amie Maria Hauschild, par exemple ? Ou Alexander Roth, son collègue de longue date ?

— D'après Heike, ces deux-là avaient déjà suffisamment de fortune personnelle, répondit le notaire d'un ton neutre. Maria est très aisée, et Alexander et sa femme ne sont pas non plus dans une situation financière difficile. Je pense qu'elle voulait que M. Bär soit couvert.

— Un geste très noble, lança Pia en s'efforçant de ne pas avoir l'air sarcastique. Mais ensuite, elle a changé d'avis. Pourquoi ?

Eberwein hésita un instant. Il semblait se demander si en tant que notaire il n'était pas tenu à un devoir de discrétion. Mais il n'avait encore rien consigné.

— Il paraît que Bär avait révélé à la direction de son employeur qu'elle voulait fonder sa propre maison d'édition et débaucher des auteurs, dit-il. Je m'étais occupé de la création de la maison d'édition et lui avais fortement déconseillé de faire une chose pareille tant qu'elle était encore sous contrat. Malheureusement, elle a ignoré mes conseils, comme c'était souvent le cas. Elle était outrée par le comportement de Bär, le traitant de traître, de salaud et pire encore.

Bodenstein et Pia remercièrent Eberwein pour ses explications et prirent congé.

— Pourquoi Carl Winterscheid n'a-t-il pas voulu nous dire, à Cem et à moi, de qui il tenait l'information sur les projets d'Heike Wersch ? demanda Pia alors qu'ils marchaient dans la zone piétonne en direction du parc. Quelle raison peut-il bien avoir eue ?

— C'est ce qu'on va lui demander maintenant. On va aller le voir à Francfort, répondit Bodenstein. Et ensuite, nous parlerons à Maria Hauschild.

Les mandats de perquisition pour la maison d'édition et l'appartement privé de Waldemar Bär étaient arrivés. Kröger n'attendait que le signal du départ. Kai avait demandé à des collègues de Francfort d'emmener le couple Winterscheid et Hellmuth Englisch, s'il se trouvait encore dans la villa Winterscheid, au commissariat d'Hofheim pour les interroger. Au labo, l'ADN d'Alexander Roth avait pu être prélevé sur le tee-shirt taché de sang, ce qui laissait supposer qu'il s'agissait de son tee-shirt et pas de celui de Götz Winterscheid. Le sang en revanche ne provenait pas de Roth. Si c'était le sang de Götz, il était possible qu'Heike Wersch ait conservé le tee-shirt de Roth comme moyen de pression sur lui. Les Éternels n'étaient vraiment pas des amis. Tout le monde mentait à tout le monde.

Tous avaient eu des secrets que les autres ignoraient. Mais maintenant, ils se retrouvaient confrontés à ces cachotteries. Le couple Fink n'avait pas dû passer une nuit terrible, et les vieux Winterscheid avaient eu eux aussi matière à réflexion.

Bodenstein s'installa au volant et manœuvra la voiture de service depuis le parking bondé à travers la ville non moins bondée de Königstein, dont l'infrastructure n'était pas conçue pour faire face à l'afflux de circulation. Il souhaitait clore l'affaire le plus rapidement possible, ce qui n'était pas judicieux, car dans la précipitation, des erreurs pouvaient survenir. Dès que les médecins donneraient leur feu vert, il laisserait tout tomber et partirait pour l'hôpital. Dans sa chambre d'hôtel, sa valise était déjà prête. Au début, il n'avait considéré l'opération à venir que comme une mesure nécessaire au salut de Cosima, mais plus la date approchait, plus il se sentait mal à l'aise à l'idée d'être anesthésié et charcuté. À dix-sept ans, il avait passé des semaines à l'hôpital à la suite d'un grave accident de cheval et avait subi plusieurs opérations. À l'époque, il n'avait pas eu le choix, mais maintenant, il allait bien et s'engageait délibérément dans une situation qui allait d'abord le rendre malade. Oui, il pouvait même mourir, ne pas se réveiller de l'anesthésie ou se vider de son sang pendant l'opération. Avait-il vraiment pris la bonne décision ? Et si son don de foie n'aidait pas Cosima et qu'elle mourait quand même ? Son malaise était renforcé par le fait que beaucoup trop de gens étaient désormais au courant ; il aurait préféré que tout cela se déroule dans la plus grande discrétion. Sa famille voyait en lui le sauveur altruiste et héroïque, ses collègues plutôt l'idiot prêt à se sacrifier qu'il avait toujours été lorsqu'il s'agissait de Cosima. Lesquels d'entre eux avaient raison ? Que penseraient-ils de lui s'il faisait marche arrière ? Qu'est-ce qu'il en avait à faire de ce que pensaient les autres ? Lors de l'entretien avec la psychologue à l'hôpital, il avait affirmé qu'il faisait le don de son foie de plein gré – mais était-ce vraiment vrai ? D'un autre côté, personne ne s'attendait à ce que lui, l'ex-mari trompé, fasse une chose pareille, et Cosima, à sa place, le ferait-elle pour lui ?

Le portable de Pia sonna et elle répondit. Elle écouta un moment, remercia et mit fin à la conversation.

— C'était Kai. Le laboratoire a détecté des résidus de méthanol dans la bouteille de vodka que Tariq a trouvée et dans l'une des bouteilles de la poubelle de la maison d'édition, annonça Pia alors qu'il passait devant le radar à la sortie de la ville. Et à une concentration si élevée que quelques gorgées ont dû suffire à provoquer la mort.

— Ce qui veut dire que Roth a été empoisonné, déclara Bodenstein.

— C'est aussi mon avis. Nous avons deux bouteilles de vodka avec des résidus de méthanol. Roth a dû ingérer une dose létale le jeudi. Quelqu'un lui a refilé la vodka, deux bouteilles d'un coup, pour être sûr qu'il la boirait.

— Nous devons trouver d'où viennent les deux bouteilles, dit Bodenstein en fronçant les sourcils et en accélérant. Que Tariq et Cem s'en chargent. Et que Kathrin se charge d'obtenir des informations sur tous les Éternels encore en vie, et surtout aussi sur Katharina Winterscheid. Le mobile de notre coupable se trouve dans le passé. Et nous passons à côté de quelque chose. Quelque chose de décisif.

*

— Madame Bremora, je suis désolé mais je n'ai vraiment pas le temps pour ça maintenant, dit Carl Winterscheid lorsque, devant le bâtiment de la maison d'édition, Julia se mit en travers de son chemin. Je ne sais pas où j'ai la tête en ce moment. On peut en parler plus tard ?

— Je sais que vous avez beaucoup à faire. Mais c'est quand même important ! insista Julia.

Depuis sa découverte cette nuit, elle avait envoyé plusieurs messages à son chef pour lui demander de la rappeler, mais il n'avait pas répondu.

Elle avait décidé de passer à l'offensive et était montée directement au cinquième étage pour lui parler, mais son assistante Alea lui avait confié qu'aujourd'hui, il ne viendrait pas avant 10 heures. Elle avait donc pris position au coin de la rue, face à l'hôtel où résidait son patron. Elle dut attendre un quart d'heure avant qu'il traverse effectivement la rue à dix heures moins cinq. Là, il ne pouvait pas l'éviter sans être impoli.

— Bon, d'accord. Je vous écoute, dit l'éditeur avec un soupir résigné. Mais je n'ai pas beaucoup de temps.

Julia avait l'impression de devoir présenter un livre à son patron en trois minutes. C'est pourquoi elle décida de commencer directement par la prémisse de l'histoire et de réduire à deux courtes phrases tout ce qu'elle lui aurait autrement décrit en détail.

— Votre mère ne s'est pas suicidée. On l'a poussée du balcon, déclara-t-elle.

C'était sans doute le résumé le plus court de tous les temps, mais sans doute aussi le meilleur qu'elle ait jamais trouvé, car Carl Winterscheid s'arrêta net et la regarda avec un mélange d'incrédulité et d'agacement.

— Pardon ? demanda-t-il.

— Il est fort probable qu'elle ait écrit bien plus que le manuscrit qui vous a été envoyé, poursuivit Julia avec empressement. Je suis tombée sur cette dédicace : *Comme toujours, pour toujours – pour Carl, mon plus grand trésor.* Comme toujours ! On n'écrit ça que lorsqu'on a déjà fait quelque chose plusieurs fois. Je veux dire, quand on fait quelque chose pour la première fois, on ne dit pas…

— Oui, oui, j'ai compris, l'interrompit Carl Winterscheid. Qu'est-ce qui vous fait dire que quelqu'un l'a poussée du balcon ?

Julia prit une profonde inspiration.

— Le manuscrit que votre mère a écrit raconte une histoire vraie, dans laquelle seuls les noms des personnages ont été changés. Il s'arrête en plein milieu. Je ne pouvais pas imaginer qu'elle se lève simplement de sa machine à écrire, qu'elle aille sur le balcon et se jette par-dessus le parapet, c'est pourquoi j'ai fait quelques recherches et j'ai demandé au professeur Kirchhoff, qui est mon auteur, de m'aider. Dans les archives, nous avons trouvé le rapport de l'examen médicolégal du corps de votre mère, et Kirchhoff a été intrigué lorsqu'il a découvert sur les photos des écorchures sur la hanche gauche et des marques d'ongles sur le haut du bras de votre mère.

Carl Winterscheid l'écoutait, l'air pensif.

— Continuez, dit-il, impassible.

— Kirchhoff est d'avis que ses collègues n'ont pas vu ces traces à l'époque ou qu'elles n'ont pas été correctement évaluées, parce qu'après une chute du cinquième étage, le… le corps de votre mère était naturellement en très mauvais état. De plus, aucune trace de médicaments n'a été décelée dans son sang, et elle n'avait bu que très peu d'alcool, un verre de vin tout au plus. Bien sûr, nous n'avons pu consulter que le procès-verbal de l'autopsie, mais Kirchhoff m'a dit que le parquet conservait les documents relatifs aux affaires de cadavres pendant trente ans. Les proches peuvent demander à consulter le dossier, et c'est ce que vous devriez faire ! En outre, Kirchhoff pense que l'enquête pourrait être rouverte si ses prédécesseurs avaient vraiment commis une erreur de jugement à l'époque. Et alors, nous devrions… Je veux bien sûr dire : *vous* devriez alors faire appel à la police judiciaire. D'ailleurs, je suis…

— Je vous promets d'y réfléchir, l'interrompit Carl Winterscheid en se dirigeant vers le bâtiment de la maison d'édition. Mais pour l'instant, j'ai d'autres soucis. Après vingt-huit ans, je ne pense pas qu'on soit à quelques jours près.

Ils étaient presque arrivés et Julia réalisa la teneur des soucis de son patron. Deux voitures de police, une Opel argent et trois combis Volkswagen bleus étaient garés juste devant l'entrée principale. Plusieurs personnes vêtues de combinaisons intégrales blanches, sur le dos desquelles était inscrit le mot POLICE, déchargeaient des valises et des caisses.

Alea Schalk, l'assistante de Winterscheid, s'approcha d'eux en courant, soulagée enfin lorsqu'elle aperçut son patron. Elle jeta un regard étrange à Julia, puis se mit à parler à Winterscheid. Julia saisit des bribes de mots "mandat de perquisition" et "relevé d'indices". Elle s'arrêta et regarda sa collègue et son patron.

— Après tout, c'est peut-être à quelques jours près, murmura-t-elle en s'apprêtant à les suivre, mais elle n'alla pas loin.

— Madame Bremora !

Julia se retourna.

— Bonjour, madame Hauschild, dit-elle à l'agent d'Henning Kirchhoff, surprise. Vous voulez me parler ? Nous avons rendez-vous ?

— Non. J'ai rendez-vous avec les agents de la police judiciaire qui enquêtent sur Heike, répondit Maria Hauschild. Carl est en train de leur parler. Là-bas.

Julia regarda son patron qui parlait à un homme grand, aux cheveux noirs et à une femme avec une courte queue de cheval blonde.

— Ouah ! s'exclama-t-elle, surprise, Tristan von Buchwaldt et Ina Grevenkamp !

— En réalité, ils s'appellent Oliver von Bodenstein et Pia Sander, rétorqua l'agent en souriant. Henning s'est vraiment inspiré très étroitement de la réalité pour ses personnages.

— On peut le dire.

Julia avait l'impression d'avoir atterri sans le savoir dans un des romans policiers de Kirchhoff. Elle regarda avec curiosité Pia, l'ex-femme de Kirchhoff, à qui il avait dédié son dernier roman. Elle était plutôt grande et mince, portait un jean délavé serré et des baskets blanches, ainsi qu'un tee-shirt gris avec un col en V. Ses cheveux blonds étaient attachés en une courte queue de cheval et elle portait à la taille un étui de pistolet impressionnant avec son arme de service. Elle avait l'air décontractée et sûre d'elle, et elle correspondait parfaitement à l'idée que Julia se faisait de la commissaire. Kirchhoff avait également bien décrit son chef d'origine aristocratique, qui écoutait Carl Winterscheid, bras croisés : grand, brun et plutôt bel homme avec un visage marqué, une barbe de trois jours et des lunettes de soleil, également en jeans, avec une chemise, une veste et des chaussures en cuir marron.

Que pouvait-il bien se passer pour que la police se déplace avec un tel déploiement de forces ? Même la scientifique était là. Avec des combis bleus, exactement comme ce que Kirchhoff avait décrit dans *Une femme impopulaire* et dans *Amis dans le crime*. Et l'un des hommes en combinaison était certainement Kris Krüger, quel que soit son nom dans la réalité.

Les passants s'arrêtaient, intrigués.

— Qu'est-ce qu'ils font ici dans la maison d'édition ? demanda Julia à l'agent.

— Je ne sais pas non plus, répondit Maria Hauschild. Ils veulent me parler d'Heike et Alexander, je pense. Mme Sander m'a suggéré de venir ici.

Julia se demanda si l'occasion était propice pour demander à Maria Hauschild le manuscrit de Katharina Winterscheid.

Avait-elle le droit de le faire sans demander au préalable la permission à Carl Winterscheid ? Bien qu'il lui ait dit samedi qu'elle était la seule en qui il avait confiance, elle semblait être tombée en disgrâce auprès de lui, mais elle ne savait pas bien pourquoi. Elle comprenait certes qu'il avait beaucoup de choses à faire en ce moment, mais pourquoi lui avait-il donné le manuscrit s'il ne voulait pas en entendre parler ensuite ? Elle savait par Alea que la direction devait prendre une décision quant à l'annulation tardive de la participation de la maison d'édition à la prochaine Foire du livre en raison de la mort accidentelle d'Alexander Roth. Et l'affaire Severin Velten n'était pas encore réglée, d'autant plus que personne ne semblait savoir où il se trouvait actuellement. Mais Henning Kirchhoff n'avait-il pas dit la veille qu'il fallait informer la police de ses soupçons selon lesquels la mort de Katharina Winterscheid n'était peut-être pas un suicide ? Et qui, hormis Maria Hauschild, qui était une amie proche de Katharina Winterscheid, pourrait lui dire si la mère de Carl avait rédigé plus que ce manuscrit inachevé ?

— C'est vraiment affreux, cette histoire avec M. Roth.

Julia ne voulait pas enfoncer des portes ouvertes et décida donc d'entamer la conversation de manière anodine.

— Oui, vraiment, confirma Maria Hauschild. Je le connaissais depuis presque toujours, tout comme Heike.

— Je crois que j'ai été la dernière à le voir vivant, dit Julia. Vendredi, tard dans la soirée, il a reçu la visite de quelqu'un à la maison d'édition. Il a dû avoir eu son accident quelques heures plus tard.

— Vous l'avez déjà dit à la police ? s'enquit Maria Hauschild. Cela pourrait être important.

— Non, je ne l'ai dit à personne, répondit Julia. Il avait peut-être une maîtresse qu'il voyait en secret, et ce serait grave pour sa femme si elle l'apprenait maintenant, non ?

— Je ne peux pas imaginer qu'Alex ait eu liaison. Ce n'était pas son genre, dit l'agent en secouant la tête. Ah, on dirait qu'ils en ont fini avec Carl. Venez, nous allons voir ces messieurs de la police judiciaire. Vous ferez connaissance avec les modèles des personnages de roman d'Henning et vous pourrez leur parler de vos observations.

Peu de temps après, Julia se trouvait face à la commissaire Pia Sander et Maria Hauschild la présenta.

— Ainsi, c'est vous qui avez réussi au dernier moment à empêcher cette dédicace ridicule.

Une poignée de main ferme, un regard scrutateur de ses yeux bleus, un sourire.

— Oui, c'est moi, répondit Julia. Je suis contente de vous rencontrer enfin en personne. Votre ex-mari m'a beaucoup parlé de vous.

— Eh bien, j'espère que c'était en bien, dit Pia Sander en souriant.

— Mme Bremora a observé quelque chose vendredi soir, intervint Maria Hauschild. Elle voulait vous en parler.

— Ah bon ?

Pia Sander examina soudain Julia avec attention, sans sourire.

— Alors, entrons. M. Winterscheid nous met gentiment à disposition une salle où nous pourrons discuter sans être dérangées.

*

À l'en croire, Carl Winterscheid n'avait aucune arrière-pensée en ne révélant pas à Pia et Cem l'identité de son informateur vendredi. Plusieurs personnes l'avaient informé des projets d'Heike Wersch de fonder une maison d'édition, affirmait-il, le gardien Waldemar Bär n'étant que l'une d'entre elles. Cela semblait crédible, mais Pia gardait tout de même un reste de soupçon lorsqu'elle pénétra dans le hall d'entrée de la maison d'édition en compagnie de Maria Hauschild et de Julia Bremora, l'éditrice d'Henning. L'éditeur lui-même montra à Kröger l'atelier et le bureau de Waldemar Bär, lequel avait disparu de la surface de la terre. Winterscheid ne l'avait pas vu depuis hier matin, son téléphone portable était éteint. Bodenstein parlait avec la réceptionniste, qui n'était pas la même que lors de la visite de Pia vendredi. Le badge sur le comptoir de la réception indiquait qu'il s'agissait de Steffi Lotz, et elle semblait plus compétente que sa jeune collègue de l'autre jour. Pia demanda à Maria Hauschild et à l'éditrice d'Henning d'attendre un instant et alla voir son chef. Au moment où elle allait demander ce qu'il en était de Bär, Dorothea Winterscheid-Fink descendit l'escalier, son portable à la main et un paquet de documents sous le bras. Elle reconnut Bodenstein et Pia et se dirigea vers eux. Apparemment, elle avait mal dormi.

— Bonjour. Je peux vous être utile ? demanda-t-elle sans sourire.

— Nous aimerions parler à votre gardien, M. Bär, dit Pia. Il est là ?

— Je ne sais pas.

La responsable des ventes se tourna vers la réceptionniste :

— Madame Lotz, avez-vous déjà vu M. Bär aujourd'hui ?

— Non, pas encore. Hier non plus, d'ailleurs. Je pensais qu'il était peut-être en vacances.

— Pas que je sache. Je vais l'appeler.

Dorothea Winterscheid-Fink prit son portable, tapa sur un numéro abrégé et attendit quelques secondes avant de raccrocher.

— Je suis désolée, son portable doit être éteint. Que lui voulez-vous ?

Bodenstein ignora sa question.

— Où peut-il être ? Pourriez-vous nous donner ses numéros de téléphone, portable et fixe, s'il en a un ? Et avez-vous peut-être une photo récente de lui ?

— Je n'ai aucune idée de l'endroit où pourrait se trouver M. Bär. Peut-être qu'il est encore chez lui.

Elle se pencha sur le comptoir de la réception, prit un bloc et un stylo et nota deux numéros de téléphone sans consulter son portable.

— Voilà. Je ne peux malheureusement pas vous fournir de photo. Puis-je faire autre chose pour vous ?

Elle ne mentionna pas un mot de la soirée de la veille, mais on voyait clairement à quel point ce qu'elle avait appris l'avait affectée. Toute l'énergie positive qu'elle dégageait habituellement avait disparu, tout comme son sourire enjoué. Elle avait pris dix ans en une nuit.

— Vous avez parlé à vos parents entre-temps ? demanda Bodenstein.

— Cela ne vous regarde pas. Ce sont des affaires de famille, rétorqua vivement Dorothea Winterscheid-Fink.

Derrière les verres de ses lunettes à la monture rose, son regard était menaçant.

— Laissez mes parents tranquilles. Ils sont vieux, mon père est malade. Et quoi qu'ils aient fait, ça ne partait pas d'une mauvaise intention.

— Nous n'en doutons pas, dit Pia, sans mentionner que si tout s'était bien passé, le couple Winterscheid et l'écrivain Hellmuth Englisch étaient en ce moment même dans la voiture de patrouille en route pour Hofheim. Mais nous devons interroger toutes les personnes qui sont susceptibles de nous donner des informations utiles.

— Et vous pensez que cela justifie tout ? lança Dorothea Winterscheid-Fink en faisant un pas vers Pia, les mains sur ses hanches. Vous savez vraiment ce que vous faites ? Vous fouillez dans l'intimité des gens et vous détruisez des vies avec une insouciance sans pareille. Vous, les dégâts que vous causez quand vous émettez des soupçons absurdes, ça vous est égal ! Les dommages collatéraux ne vous intéressent pas. Qu'est-ce que ça peut bien vous faire, de briser des couples ou des familles ? L'essentiel, c'est qu'à la fin, vous puissiez clore un dossier et vous taper mutuellement dans le dos. Je vous souhaite de ne jamais vous retrouver dans cette situation où, sans avoir commis aucun délit, vous voyez des policiers avides de succès détruire sans scrupule la vie des membres de votre famille et de vos amis.

— Vous avez fini ? demanda froidement Pia.

— Oui, bien sûr. J'en ai fini avec vous, répondit-elle, glaciale. Laissez-moi faire mon travail et ne me faites plus perdre mon temps.

— Nous aussi, nous voulons faire notre travail, rétorqua Pia. C'est en effet notre devoir d'élucider les meurtres, car il n'est pas permis de tuer des gens qui dérangent. Nous aimerions n'avoir à fouiller nulle part, mais nous y sommes malheureusement contraints parce qu'on nous ment en permanence. Vous devriez être la mieux placée pour comprendre ce que nous ressentons chaque jour dans notre travail, puisque vous avez vous-même été victime de mensonges toute votre vie : de la part de votre frère, de vos parents, des amis de votre frère et même de votre mari.

Les mots de Pia firent mouche, comme elle l'avait prévu. Cela ne l'amusait pas, mais il fallait parfois exercer une pression supplémentaire sur des personnes qui se trouvaient dans un état psychique exceptionnel pour apprendre des choses que, normalement, elles n'auraient pas révélées.

— Il ne doit pas avoir vraiment confiance en vous, sinon il vous aurait dit qu'il était au courant des projets d'édition d'Heike Wersch. Elle lui avait demandé de ne pas vous en parler pour que vous ne le révéliez pas trop tôt à votre chef. Et c'est ce qu'il a fait.

Le regard de Dorothea Winterscheid-Fink perdit de son assurance.

— Vous ne savez probablement rien non plus de la copie du journal qu'on lui a envoyée anonymement, n'est-ce pas ?

Pia observa attentivement le visage de Dorothea Winterscheid-Fink, attendant avec impatience des signaux révélateurs, mais celle-ci ne détourna pas les yeux, surprise, sans rougir ou pâlir.

— Non, je ne sais rien de tout cela. Et je ne mens pas en vous disant que je n'ai pas tué Heike. Mais elle n'a eu que ce qu'elle méritait ! Je suis contente, non, je suis plus que contente qu'elle soit morte ! Et Alexander aussi ! Je ne les pleure ni l'un ni l'autre ! Et maintenant, vous pouvez penser ce que vous voulez de moi.

Elle se détourna et son regard tomba sur Maria Hauschild.

— Bonjour Doro, la salua l'agent, ne se doutant de rien.

— Ne t'avise plus jamais de m'adresser la parole, sale menteuse, lui lança Dorothea Winterscheid-Fink avec un regard haineux. Si j'apprends que tu parles à nouveau à mes parents ou que tu franchis le seuil de leur maison, je te ferai vivre un enfer, je le jure sur la tête de mon frère mort, que vous avez tous sur la conscience, toi et tes *amis* menteurs !

Sur ce, elle s'éloigna en direction de l'escalier. Maria Hauschild et l'éditrice d'Henning la regardèrent partir, complètement consternées. La réceptionniste s'éclaircit la gorge.

— Euh, je vous montre la salle ? demanda-t-elle sans conviction.

— Oui, ce serait très aimable, répondit Bodenstein.

Mme Lotz les conduisit dans une salle de réunion au rez-de-chaussée et Pia demanda à Maria Hauschild d'attendre encore un moment, le temps qu'elle parle à l'éditrice d'Henning, sur laquelle il ne tarissait pas d'éloges. Elle nota le nom et le numéro de téléphone de la jeune femme et écouta ce qu'elle avait à dire. Julia Bremora avait terminé sa journée de travail le vendredi précédent vers 21 h 30 et avait voulu quitter le bâtiment de la maison d'édition par la porte arrière, l'entrée principale étant fermée à partir de 20 heures. Elle avait entendu l'ascenseur et des pas et, pour une raison quelconque, s'était cachée dans le couloir menant au bureau de poste. C'est pourquoi elle n'avait pas vu, mais seulement entendu Alexander Roth qui faisait entrer quelqu'un en disant "Merci d'être venu". Puis il s'était dirigé vers l'ascenseur avec son visiteur et était monté dans son bureau. Malheureusement, Mme Bremora ne pouvait pas dire si le visiteur était un homme ou une femme, et son observation, si intéressante soit-elle, n'était pas très utile. Pia remercia néanmoins la jeune femme et lui donna une de ses cartes de visite avant de la quitter et d'inviter Maria Hauschild à entrer.

— Merci d'être venue, dit Pia en invitant l'agent à s'asseoir à la table de réunion. Est-ce que vous êtes d'accord pour que j'enregistre notre conversation ?

— Bien sûr.

Maria Hauschild était visiblement encore sous le coup de l'attaque haineuse de Dorothea Winterscheid-Fink. Elle était toute pâle et sa main tremblait lorsqu'elle sortit une bouteille d'eau de son sac et la dévissa.

— Elle est au courant de tout, n'est-ce pas ? demanda-t-elle lorsque Pia eut posé son smartphone sur la table.

— Qu'est-ce que vous voulez dire ?

— L'histoire avec Götz. Tous les mensonges que le premier mensonge a entraînés.

Maria Hauschild poussa un profond soupir et ferma les yeux.

— Pendant trente-cinq ans, j'ai redouté ce jour, parce que je savais qu'il finirait par arriver.

— Pourquoi n'avez-vous pas éclairci ce point plus tôt ? demanda Bodenstein. Cela doit être terrible de vivre avec cette épée de Damoclès au-dessus de la tête. Surtout quand on a constamment affaire à des gens à qui l'on ment.

Maria Hauschild rouvrit les yeux et le regarda.

— Oui, vous avez tout à fait raison, admit-elle. C'est l'enfer. Et on se dit constamment : maintenant, je vais parler. Maintenant, je vais tout déballer et mettre toutes les cartes sur table. Et puis on n'ose pas, parce que les circonstances ne s'y prêtent pas. Et passent une semaine, un mois, une année. Et un jour, ça fait trente-cinq ans. Un mensonge est comme un cancer. Il grandit, grandit et forme des métastases qui continuent elles aussi à grandir et à tout empoisonner. On ne peut plus les enlever aussi facilement.

— Pourquoi n'avez-vous pas dit tout de suite la vérité aux parents de Götz Winterscheid à l'époque ? demanda Pia. Ils n'avaient pourtant rien à voir avec sa mort.

— Si, je l'ai fait, répondit Maria Hauschild. J'ai fait semblant d'être sa petite amie, même sa fiancée, juste pour que personne ne remarque qu'il était gay. Au début, au lycée, nous étions un vrai couple avec tout ce que cela implique et puis lors du voyage de fin d'études à Paris, Götz m'a avoué qu'il trouvait mignon un garçon de la section maths physique. Au début, j'ai été sous le choc, ça fait quand même un drôle d'effet quand un garçon annonce tout d'un coup à sa copine qu'il est homosexuel. On pense que c'est un peu de notre faute, ce qui est évidemment absurde. Et puis après, nous sommes devenus comme frère et sœur. Il était à mes côtés dans la pire période de ma vie, il a toujours été à l'écoute, il était mon meilleur ami et mon confident.

— Vous voulez dire au moment de la mort de votre père ? demanda Pia.

— Oui, j'avais seize ans et ma mère était partie en week-end avec ma sœur. Mon père sortait tard du bureau et allait au sauna, ce qu'il faisait plusieurs fois par semaine en hiver. Le matin, je l'ai cherché parce que les lumières étaient allumées partout et que sa voiture était dans le garage. Je l'ai trouvé mort dans le sauna, et je n'oublierai jamais cette vision. Il n'avait que cinquante et un ans. Personne ne sait ce qui s'est passé, même l'autopsie n'a rien révélé. Il devait s'agir d'un collapsus cardiovasculaire.

— Plus tard, vous avez aussi perdu votre mari.

— En octobre 2005, Erik était diabétique. C'était la Foire du livre. Il y avait beaucoup de manifestations, beaucoup de stress, d'alcool. Il est retourné à l'agence, nous devions nous retrouver plus tard à une soirée au Schirn, mais il n'est pas venu. Je ne me suis pas inquiétée, j'ai pensé qu'il avait dû rester en rade quelque part, il y a des dizaines de manifestations pendant la Foire du livre. Le lendemain matin, une collaboratrice l'a retrouvé. Il était allongé, mort devant le réfrigérateur dans lequel il conservait son insuline. Il n'avait que cinquante-trois ans, lui aussi.

Elle gardait son calme.

— Pourquoi Götz Winterscheid a-t-il fait un tel mystère de son homosexualité ? demanda Bodenstein. Ses parents justement, qui ont beaucoup travaillé avec des artistes, dont certains vivaient déjà ouvertement leur homosexualité à l'époque, auraient dû être tolérants.

— Non, ils ne l'étaient pas du tout, ils faisaient juste semblant, répondit l'agent d'Henning. Au fond, c'étaient des bourgeois. Götz devait un jour diriger la maison d'édition. Dès le début, Margarethe m'a traitée comme si j'allais être un jour la mère de ses petits-enfants, c'était parfois vraiment bizarre. C'est aussi pourquoi il m'a été facile de jouer ce rôle. Personne dans notre groupe n'avait non plus de soupçons. Jusqu'à ce que Götz tombe amoureux de Stefan, et cela a tout changé. J'étais l'alibi de Götz, je les couvrais du mieux que je pouvais.

— Mais Katharina Winterscheid a tout de suite vu clair dans votre jeu.

— Oui, répondit Maria Hauschild en souriant à ce souvenir. Katharina est arrivée en hiver 1982 dans notre coloc, dont faisaient également partie Josefin et Heike. L'autre colocataire était partie en été. Götz et moi voulions à ce moment-là mettre fin à notre amitié officielle, car vis-à-vis de moi, il avait mauvaise conscience, il trouvait qu'il abusait. Katharina a tout de suite compris quand elle nous a vus Götz, Stefan et moi ensemble. Elle voulait encourager les garçons à avouer leur liaison, mais ils n'osaient pas. Les parents de Stefan étaient peut-être encore un peu plus conservateurs que ceux de Götz, et en plus économiquement, leur imprimerie dépendait de la maison d'édition. Katharina et John Winterscheid sont tombés amoureux l'un de l'autre. John, qui était bien plus âgé et plus expérimenté que nous, a conseillé à son neveu de ne pas faire son coming out. John connaissait son frère et sa belle-sœur, et surtout son père, qui était encore en vie à l'époque et qui avait le dernier mot. Nous avons donc continué à jouer le jeu. Jusqu'à cette triste fin.

— Vous n'avez donc jamais été jalouse de Katharina ? demanda Pia.

— Jalouse ? s'exclama Maria Hauschild, étonnée. Au contraire. Nous étions amies. En fait, elle était même ma seule vraie amie après la mort de Götz. John et elle ont déménagé de la villa, et j'étais souvent chez eux, j'aidais Katharina avec Carl. C'est pourquoi John et elles m'ont demandé d'être la marraine de Carl.

— Et puis le mari de Katharina est mort…

— Oui, en 1988, en mai. Il était aux États-Unis pour affaires, il a fait un infarctus. Sans crier gare. Avant, il n'avait jamais été malade. Katharina a eu le cœur brisé. Elle n'a plus jamais été comme avant. John était l'amour de sa vie. Elle avait hérité de lui la moitié de la maison d'édition et de Carl August senior, le père de John, qui l'aimait beaucoup, les archives Liebman. Katharina n'avait jamais rien eu à voir avec la maison d'édition, Henri et Margarethe ne voulaient pas d'elle, mais après la mort de John, elle s'est battue pour obtenir une place à la direction de la maison d'édition.

— Et elle a obtenu votre poste dans la maison d'édition.

— Exactement. C'était mon idée de la faire entrer au service des droits, dit Maria Hauschild. Moi, je trouvais ça monotone et, de toute façon, je n'ai jamais vraiment pu me faire à la grande littérature. Mon truc, c'est la diversité, et on venait de me proposer un poste à l'agence Hauschild. J'étais plutôt contente de pouvoir enfin me débarrasser du dernier tentacule de Winterscheid. J'avais déjà arrêté de travailler à la fondation quelques années auparavant.

— Que s'est-il passé après le suicide de Katharina ? Qui a vidé son appartement et qu'est-il advenu de ses effets personnels ?

— J'ai déjà perdu des personnes qui m'étaient chères dans ma vie. Mais la mort de Katharina a été la pire des choses pour moi. Le visage de Maria Hauschild s'assombrit et elle resta un moment silencieuse avant de reprendre : Après la mort de John, elle a eu des accès de mélancolie. Puis elle s'est terrée dans son appartement et ne voulait plus voir personne. Et puis à un moment donné, les accès de mélancolie se sont transformés en crises dépressives de plusieurs semaines où elle restait au lit, léthargique. Sur mon insistance, elle a suivi un traitement médical et a pris des antidépresseurs, après quoi elle s'est sentie bien pendant un bon moment. Mais ce jour-là, il a dû se passer quelque chose qui l'a complètement déstabilisée. J'étais déjà endormie lorsque Margarethe m'a appelée et a crié au téléphone que Katharina était morte. Je n'ai d'abord pas vraiment compris, et le temps que j'arrive à l'appartement de Katharina, Dorothea était déjà partie à la villa avec Carl. La police était là. Nous n'avions pas le droit d'entrer dans l'appartement. On a pu y retourner seulement deux jours plus tard et j'y suis allée avec Dorothea pour chercher des vêtements et des jouets pour Carl. Margarethe avait engagé une entreprise de débarras – deux jours seulement après la mort de Katharina ! Je n'ai pas pu l'empêcher de vider complètement l'appartement, à l'exception de quelques meubles.

— Et les affaires personnelles ? répéta Pia.

— Vous voulez dire le journal intime ? demanda Maria Hauschild en secouant légèrement la tête. Je ne sais pas. Peut-être que Waldemar a emporté des choses, car il aimait et admirait

Katharina. Mais ce qui est plus probable, c'est que Margarethe a tout emballé et vérifié. Elle a dû jeter la plupart des choses.

— Vous pensez donc que c'est Margarethe Winterscheid qui a envoyé les copies des extraits du journal ? demanda Bodenstein.

— Non, non, certainement pas Margarethe, répondit Maria Hauschild. Dorothea en serait capable. Elle n'a jamais pu nous souffrir, et on ne peut même pas lui en vouloir. Toute sa vie, elle a été lésée. Ses parents nous préféraient à elle. Et Heike a eu une relation avec son père pendant vingt-cinq ans.

— Samedi, à l'hôpital, quand j'ai discuté avec elle, j'ai eu l'impression que Mme Winterscheid-Fink vous considérait tous comme des amis, dit Pia. Elle ne disait que du bien de vous.

— Dorothea a toujours été douée pour se comporter exactement comme on l'attend d'elle, rétorqua Maria Hauschild. Chez elle, c'est automatique. Elle ne ment même pas, c'est comme une sorte d'autoprotection.

— Mais pourquoi aurait-elle envoyé les copies du journal précisément maintenant ?

Maria Hauschild sortit une pochette transparente de sa poche et la tendit à Pia et Bodenstein.

— Voici la copie que j'ai reçue, avec le texte. J'ai aussi gardé l'enveloppe. Le cachet de la poste date du 13 août. Heike s'est fait virer de Winterscheid fin juin, puis elle est allée aux prud'hommes et a lancé début août une campagne de dénigrement contre Carl et la maison d'édition. C'est peut-être la goutte d'eau qui a fait déborder le vase pour Dorothea, et elle a décidé de se venger de nous tous.

— Vous avez parlé de ces copies avec vos amis ?

— Uniquement avec Heike et Stefan. Ce dernier a d'ailleurs cru que j'avais ce journal. Je n'ai guère de contact avec Josi. Heike était aussi persuadée que Dorothea était derrière tout ça.

— Quel genre de texte a reçu Heike Wersch ?

Maria Hauschild haussa les épaules.

— Je ne sais pas, Heike aurait immédiatement jeté la lettre à la poubelle. Selon elle, seuls les lâches écrivent des lettres anonymes.

— Par contre cette copie du journal a complètement déstabilisé Alexander Roth, dit Bodenstein. Sa femme nous a raconté qu'elle l'avait trouvé un soir dans le garage, ivre et en pleurs. Il avait peur qu'on découvre que sa carrière était basée sur un mensonge.

— À sa place, moi aussi, j'aurais eu peur, répondit Maria Hauschild. Je ne sais pas quel passage il a reçu, mais il est évident qu'il s'agissait de l'été où Götz est mort. Et nous savions maintenant tous que nous avions alors propagé un énorme mensonge.

— Quand avez-vous vu Alexander Roth pour la dernière fois ?

— C'était au début de l'été, peu de temps après que Carl l'avait nommé directeur éditorial. Il avait organisé une petite fête à laquelle j'avais été invitée. Professionnellement, je n'avais rien à voir avec lui, car je n'ai aucun des auteurs dont il s'occupait.

— Où étiez-vous lundi soir dernier ?

— Là, je suis restée tard au bureau parce que j'avais des enchères en cours avec le livre d'un de mes clients américains, se souvint Maria Hauschild, visiblement pas choquée par la question de Pia. J'ai dû rentrer chez moi vers 19 h 30. J'habite à Kronberg. J'ai continué à travailler jusqu'à environ 23 h 30.

On frappa à la porte et Christian Kröger passa la tête à l'intérieur.

— Pia, Oliver, je peux vous parler un instant ?

— Veuillez nous excuser, dit Pia en prenant son téléphone portable sur la table et en suivant son chef dans le couloir.

— Qu'est-ce qu'il y a ? demanda Bodenstein.

Au lieu de répondre, Kröger leur tendit trois sacs de preuves, avec un grand sourire. L'un des sacs contenait un rouleau de sachets de conservation Ziploc, un autre une bouteille de méthanol et le troisième plusieurs entonnoirs et pipettes.

— Nous avons trouvé tout cela dans l'atelier du gardien, expliqua Kröger. Sur l'emballage des sachets, nous avons constaté une trace de sang microscopique. Je parierais presque que le sachet dans lequel se trouvait l'attendrisseur de viande provient exactement de ce rouleau.

Bodenstein hocha la tête en signe d'approbation.

— Très bien. Ça peut servir.

— Nous avons pratiquement terminé ici, dit Kröger. On s'occupe ensuite de son appartement ?

— Oui. Si Bär n'est pas chez lui, tâchez d'entrer. Et appelle Kai pour qu'il lance un avis de recherche contre Bär. Vous trouverez peut-être chez lui une photo qu'on pourra utiliser. Dès que nous aurons fini ici, nous vous rejoindrons.

Kröger acquiesça et disparut avec son butin.

— Tout ce que Mme Hauschild nous raconte me semble assez cohérent, dit Pia. Qu'est-ce que tu en penses ?

— Ta théorie selon laquelle Bär et Dorothea Winterscheid-Fink ont fait cause commune me séduit de plus en plus, répondit Bodenstein. Dorothea détestait Heike Wersch, et comme la menace de l'extrait de journal n'a pas eu l'effet escompté, Bär et elle sont allés la voir et Bär l'a tuée.

— Ils n'ont ni l'un ni l'autre d'alibi valable, dit Pia. Et comme ils avaient Roth dans le collimateur, ils l'ont empoisonné et ont manipulé les traces pour qu'elles le désignent comme coupable.

— Mais pourquoi Bär n'a-t-il pas fait disparaître les sachets de conservation et la bouteille de méthanol ? réfléchit Bodenstein. Ça me gêne.

— Parce que ce n'est pas un pro, répondit Pia. Et parce qu'il ne s'attendait pas à se retrouver au cœur de l'enquête.

— Quand même. Quand quelqu'un conçoit un plan aussi élaboré, il ne laisse pas des preuves pareilles derrière lui, dit Bodenstein.

— Bon, on va en finir avec Mme Hauschild. Je veux voir l'appartement de Bär.

Pia avait déjà la main sur la poignée de la porte quand quelque chose lui revint à l'esprit.

— Au fait, qui peut bien être le visiteur que Roth a laissé entrer dans le bâtiment de la maison d'édition vendredi soir ?

— En principe, n'importe qui, dit Bodenstein. Peut-être qu'il lui a donné rendez-vous par téléphone. On va charger Tariq d'examiner ses relevés de connexion du portable et du téléphone du bureau.

— OK, je lui écris.

— Quel pourrait être le motif de Waldemar Bär ? demanda Bodenstein.

— La loyauté, répondit Pia. Tu te souviens de ce qu'il nous a dit dimanche ? Heike Wersch l'aurait déçu, on ne mord pas la main qui nous nourrit. Et puis Bär aurait pu apprendre qu'Heike Wersch était prête à le rayer de son testament. Le meurtre d'Heike Wersch était un acte passionnel, peut-être exécuté par Dorothea Winterscheid-Fink, quoi qu'elle en dise maintenant. L'empoisonnement de Roth, en revanche, avait été soigneusement planifié. Waldemar Bär avait un motif. Il avait les moyens et l'opportunité.

Bodenstein acquiesça.

— Alors, pour ce qui est de Roth, il est maintenant notre numéro un… On y retourne, on va voir si Maria Hauschild ne sait vraiment pas ce qui s'est passé en 1983.

Ils retournèrent dans la salle de réunion et reprirent leur place en face de Maria Hauschild. Pia lança un nouvel enregistrement et posa son portable devant elle sur la table.

— L'été 1983, dit-elle, que s'est-il passé exactement à ce moment-là ?

L'agent semblait s'attendre à cette question.

— C'était la quatrième fois que nous étions ensemble dans la maison de Winterscheid à Noirmoutier. C'était devenu une sorte de tradition, commença-t-elle, mais cet été-là, nous nous sommes sentis mal dès le début. Notre amitié n'en était plus vraiment une et il y avait toujours du stress. Alex et Heike agaçaient terriblement Götz avec leurs bavardages incessants sur la littérature et les auteurs. Je crois qu'il aurait préféré partir seul avec Stefan à Noirmoutier, mais cela aurait attiré l'attention, c'est pourquoi il avait invité toute la clique, ce qui s'est avéré être une erreur. Götz ne supportait plus les cachotteries. Il avait déjà caché à ses parents qu'il étudiait la médecine et il craignait en permanence qu'ils le découvrent. Il voulait devenir médecin et vivre avec Stefan, mais quand il l'a demandé à Stefan, celui-ci s'est dégonflé. Et c'est comme ça que la tragédie a commencé.

— Vous savez ce qui s'est passé le soir où Götz Winterscheid est mort ? demanda Bodenstein.

— Eh bien, Götz était complètement saoul. Il était frustré et triste parce que Stefan lui avait annoncé que c'était fini et qu'il aimait Dorothea, répondit Maria Hauschild d'une voix un peu triste. Il est devenu très blessant. Il a insulté Heike, Josi et Alex. Leur a dit d'aller se faire foutre, il ne voulait plus les voir. Et de ne plus mettre les pieds dans la maison d'édition ou à la villa de ses parents. Il ne supportait plus Heike et Alex, leur ambition maladive et leur obsession. Même moi, je n'ai pas pu le calmer, ce que je faisais d'habitude assez bien quand il avait trop bu et qu'il commençait à insulter les gens.

Maria Hauschild fit une pause, plongée dans ses souvenirs.

— Je suis ensuite montée dans ma chambre, dit-elle d'une voix rauque. C'est la dernière fois que j'ai vu Götz. Josi est montée à son tour. Elle pleurait et m'a demandé si elle pouvait dormir avec moi. Elle était déçue d'Alex – qui était son ami à l'époque – parce qu'il ne la soutenait jamais quand Götz l'insultait. Je n'y voyais pas d'inconvénient. Josi a fait ses bagages et est venue dans ma chambre. Elle était fermement décidée à partir le lendemain matin.

— Vous aussi ?

Maria Hauschild secoua la tête.

— Non, j'étais contente que Josi veuille partir et j'espérais qu'Heike et Alex s'en iraient aussi.

Pia prit une note. Josefin Lintner leur avait donné une version légèrement différente.

— Katharina et John étaient partis en voilier et voulaient être de retour le lendemain. Avec eux deux et Götz, ça aurait été sympa. Je me suis mise au lit ce soir-là parce que j'avais aussi bu plus que je ne pouvais le supporter. Götz continuait à hurler en bas. À un moment donné, je me suis endormie et quand je me suis réveillée… Götz était mort. Son corps s'était échoué sur la plage.

Maria Hauschild se tut et mordilla sa lèvre inférieure.

— La police était là, reprit-elle, la femme de ménage aussi. Aucun de nous ne parlait vraiment bien le français, heureusement, John et Katharina sont revenus. Stefan nous a suppliés de ne dire à personne que lui et Götz avaient eu une relation.

C'est à ce moment-là que j'ai réalisé qu'Heike et Alex se doutaient au moins qu'il y avait quelque chose entre Stefan et Götz. Les vieux Winterscheid étaient déjà en route pour Noirmoutier, il y avait des gens partout : des voisins, la police, un médecin. Heike et Alex ont inventé l'histoire selon laquelle c'était par amour pour Katharina que Götz s'était saoulé à ce point-là, et elle a accepté. Probablement parce qu'elle aussi était sous le choc, comme nous tous. Nous nous sommes promis de ne plus jamais en parler et de ne dire que ce qui avait été convenu. Et c'est ce que nous avons fait. Nous avons conclu un pacte et nous l'avons respecté.

— Mme Lintner nous a raconté une autre histoire, dit Bodenstein. Elle prétend s'être relevée le soir où vous dormiez déjà et avoir vu Heike Wersch et Alexander Roth se diriger vers les rochers. Elle les a suivis et a vu Alexander Roth pousser Götz Winterscheid du rocher dans la mer.

Maria Hauschild, blême, ouvrit de grands yeux.

— Nous pensons qu'il est possible qu'Heike Wersch ait fait du chantage à Alexander Roth avec cette histoire, lorsque celui-ci a refusé de la soutenir, et que c'est pour cette raison qu'il l'a tuée.

— Alex ? murmura Maria Hauschild, consternée. Non, non, ce n'est pas possible ! Il a quand même… Il était quand même…

Elle s'interrompit. Son regard errait, sans but, dans la pièce. Elle allait recommencer à parler, mais se ravisa. Elle joignit les mains comme pour prier, les porta à ses lèvres. Ses pensées se précipitaient dans le passé, traversaient les années jusqu'au présent, l'expression de son visage passant de l'incrédulité à la stupeur, puis à l'ébranlement, et Pia comprit que Mme Hauschild ne pensait pas à la mort d'Heike Wersch, mais à celle de Götz Winterscheid, son ami et confident. Tout comme Dorothea Winterscheid-Fink la veille, elle venait de prendre conscience de l'ampleur de cette monstrueuse escroquerie. Tout son monde s'écroulait.

— Le discours d'Alexander à l'enterrement de Götz, dit-elle d'une voix blanche. Son chagrin pour Götz. Toutes les conversations avec Henri et Margarethe. Les projets de la fondation, les discours qu'il a prononcés au fil des ans, au cours desquels il a toujours parlé de Götz… tout cela n'était que mensonge ?

Maria Hauschild leva les yeux.

— Comment est-ce possible ? Et Heike ! Elle avait une relation avec Henri. Tous les trois, ils se sont vus tous les jours pendant trente ans, ils ont travaillé et fait la fête ensemble ! Comment des gens peuvent-ils faire une chose pareille ?

Maria Hauschild s'éclaircit la gorge et tenta désespérément de se ressaisir.

— Je vous prie de m'excuser. Je… c'est… je suis complètement sous le choc. Si c'est vrai, je dois évaluer différemment tout ce qui s'est passé au cours des trente-cinq dernières années. Heike savait ce que représentait Götz pour moi, et elle ne m'a jamais dit la vérité sur sa mort ! Manifestement je ne comptais pas pour elle. Et j'ai failli investir beaucoup d'argent dans sa maison d'édition ! Parce que je pensais qu'elle était mon amie.

— Nous avons retrouvé chez Heike Wersch un tee-shirt couvert de sang et une paire de lunettes. Nous supposons que les deux appartenaient à l'origine à Alexander Roth et que le sang provient de Götz Winterscheid, reprit Pia là où elle venait de s'arrêter, mais l'agent ne l'écoutait pas vraiment.

— Alex a prononcé un discours bouleversant à l'enterrement de Götz, il a serré Henri dans ses bras en pleurant. Et puis, il a pris la place de Götz, il a gagné la confiance et l'affection des Winterscheid, et il a pu le faire parce qu'il savait très bien qu'Heike se tairait. C'est tout simplement incroyable.

Enfin elle leva les yeux.

— C'est peut-être aussi Josi qui a tué Götz. Elle aurait fait n'importe quoi si Alex le lui avait demandé. Peut-être que ça l'a profondément déstabilisée parce qu'elle, elle avait une conscience, contrairement à Alexander et Heike.

Peu importait finalement lequel des deux avait poussé son ami dans la mer. Mais tout d'un coup, il n'était pas exclu que Dorothea Winterscheid-Fink et Waldemar Bär, dévoué corps et âme à la famille, aient vengé le meurtre de Götz.

*

— … et puis le commissaire a dit que, sur la falaise, Alexander avait poussé Götz dans la mer, et Heike était à côté de lui et a assisté à la scène. Ils ont tué Götz, mon Götz, mon meilleur ami, uniquement parce qu'ils étaient obsédés par l'idée de travailler dans cette maison d'édition et qu'il les gênait ! Ils se sont installés sans scrupule dans la famille de Götz et dans la maison d'édition, et ils n'ont même pas eu mauvaise conscience !

Maria Hauschild était livide, elle avait la gorge serrée et vacillait légèrement, et Julia craignait qu'elle ne s'évanouisse à tout moment.

— Je suis sans voix. Choquée. Dorothea m'a crié dessus tout à l'heure devant tout le monde et devant les deux policiers, elle m'a traitée de menteuse, alors que je n'en savais rien moi-même jusqu'à ce que M. von Buchwaldt ne me mette au courant.

— Il s'appelle en réalité Bodenstein, dit Julia. Mais pour l'instant, asseyez-vous, madame Hauschild.

Elle lui prit le bras et conduisit la femme, qui tremblait de tout son corps, vers une chaise dans le bureau de Carl Winterscheid.

— Je vais te préparer quelque chose à boire. Un gin tonic ? demanda l'éditeur.

— Du gin pur. Laisse tomber le tonic.

Maria Hauschild inspira profondément, posa son coude sur la table et son visage dans sa main. Carl Winterscheid se dirigea vers une armoire et ouvrit la porte d'un bar bien garni. Julia croisa son regard. Il secoua très légèrement la tête et Julia acquiesça car elle comprit ce qu'il voulait lui dire. Ce que Maria Hauschild venait de raconter correspondait exactement à l'intrigue du manuscrit inachevé de Katharina Winterscheid, c'était glaçant. Carl servit le gin à sa marraine, qui le descendit d'un trait. L'alcool lui redonna un peu de couleurs, elle cessa de trembler.

Julia avait décidé de parler à la police de la petite voiture bleue et du manuscrit que Carl Winterscheid avait reçu anonymement, mais après l'accès de colère de Mme Winterscheid-Fink, elle avait oublié de le mentionner à Pia Sander.

Elle avait attendu dans le hall d'entrée que l'ex-femme de Kirchhoff et son patron terminent leur entretien avec Maria Hauschild pour pallier cet oubli, mais elle avait finalement raté les agents de la police judiciaire, car l'éditeur l'avait convoquée dans son bureau pour s'excuser de son comportement brutal des derniers jours. En effet, il avait lu le manuscrit de sa mère pendant la nuit et partageait ses doutes quant à un suicide. Le convaincre de l'accompagner chez Henning Kirchhoff, qui avait entre-temps reçu le dossier du procureur, s'était donc avéré chose facile. Au moment où Carl s'apprêtait à quitter le bureau de Winterscheid, Maria Hauschild était sortie de l'ascenseur, pâle comme la mort, et s'était presque jetée dans les bras de Julia.

Carl servit un deuxième gin à sa marraine, qui le descendit également comme si c'était de l'eau.

— La police pense qu'il est possible qu'Alexander ait tué Heike parce qu'elle voulait le faire chanter avec ce qu'elle savait du meurtre de Götz. Tout ça à cause de son idée saugrenue de créer sa propre maison d'édition ! Pure vanité de sa part !

La voix de Maria Hauschild était presque redevenue normale.

— Imaginez un peu. Des gens que l'on a connus toute sa vie et que l'on considérait comme des amis, et qui font des choses pareilles !

Julia avait du mal à croire ce qu'elle entendait. M. Roth, si gentil et aimable, aurait tué la vieille sorcière Wersch ? Elle aurait volontiers demandé à son patron de lui servir aussi un verre de gin. Tout ce qui s'était passé au cours des dernières quarante-huit heures lui apparaissait de plus en plus comme un rêve insensé et elle avait l'impression d'avoir atterri dans un film, comme le garçon dans le vieux film d'Arnold Schwarzenegger *Last Action Hero*.

Carl s'assit sur la chaise à côté de Maria Hauschild.

— Maria, tu as bien connu ma mère, n'est-ce pas ? commença-t-il.

— Oui, bien sûr. Tu le sais bien, répondit-elle. Elle était ma meilleure amie après ce qui s'est passé avec… avec Götz.

— Tu sais si elle écrivait ?

— Écrivait ?

Maria Hauschild regarda son filleul d'un air perplexe et posa le verre vide sur la table.

— Qu'est-ce que tu veux dire ? Un journal intime ?

— Des romans. Des livres. Des histoires. Quelque chose comme ça, suggéra Carl et Julia attendit avec impatience la réponse.

— Je doute qu'elle ait écrit des romans, répondit Maria Hauschild avec un bref sourire. Mais l'écriture en soi a été son hobby pendant un certain temps. Lorsque nous vivions ensemble dans la colocation, elle passait chaque minute de son temps libre à taper sur sa vieille machine à écrire de voyage. Le cliquetis nous agaçait tous. Mais qu'est-ce qui te fait dire ça tout d'un coup ?

Carl ignora la question de sa marraine.

— Qu'est-ce qu'est devenu ce qu'elle écrivait ?

— Elle détruisait la plupart de ses écrits. Elle était extrêmement critique envers elle-même, si je la compare aux auteurs d'aujourd'hui qui vous envoient n'importe quoi et sont convaincus d'être l'auteur du prochain best-seller. À l'époque, nous avions une vieille cuisinière à charbon. C'est là que la plus grande partie de ses écrits a fini. Elle ne nous a jamais fait lire quoi que ce soit. Et quand Heike a prétendu qu'elle avait dragué John Winterscheid, ton père, pour avoir une maison d'édition pour ses manuscrits, ça l'a achevée. Elle est partie peu de temps après et je ne l'ai plus jamais revue écrire.

Son regard alla de Carl à Julia et inversement.

— Pourquoi tu me demandes ça ? Tu as toujours refusé que je te parle de ta mère.

— Tu sais bien pourquoi.

Carl chercha à nouveau le regard de Julia.

— Mme Bremora et Henning Kirchhoff ont fait quelques recherches concernant sa mort, et ils ont trouvé… eh bien… Ils sont tombés sur quelques incohérences. Le professeur Kirchhoff a des doutes sur le fait que ma mère se soit suicidée.

Julia vit le visage de Maria Hauschild redevenir livide.

— Il a des doutes ? demanda-t-elle, incrédule. Pourquoi ? Et comment, selon lui, est-elle morte ?

— Il pense qu'il est possible que quelqu'un l'ait poussée par-dessus le parapet, répondit Julia à la place de Carl.

— Mon Dieu ! s'exclama Maria Hauschild, horrifiée. Mais… mais il y a eu des examens à l'époque, n'est-ce pas ? Je veux dire, moi… j'ai toujours eu des doutes à ce sujet. Katharina n'était pas du tout du genre à se suicider, et elle t'aimait beaucoup, Carl, même si tu n'as jamais voulu te l'entendre dire. Pour ta mère, tu étais la personne qui comptait le plus, et c'était quelques jours avant ton premier jour d'école, qu'elle attendait avec impatience ! De plus, elle avait des projets pour la maison d'édition. Elle voulait changer certaines choses car, à sa demande, un expert-comptable avait alors examiné les finances de la maison d'édition. Il s'est avéré que la gestion d'Henri était plutôt mauvaise.

Elle s'interrompit et fronça les sourcils.

— J'ai toujours soupçonné Waldemar d'être impliqué dans cette histoire.

— Waldemar Bär ? s'exclamèrent en chœur Carl et Julia, sidérés.

Maria Hauschild acquiesça.

— Il était amoureux de Katharina, mais elle le considérait uniquement comme un ami, raconta-t-elle. Elle portait encore le deuil de ton père, Carl. John était son grand amour, il n'y avait pas de place pour un autre homme.

— Pensez-vous vraiment qu'il soit possible que Waldemar Bär ait fait une chose pareille ?

Julia était abasourdie. Elle aimait bien le gardien, son caractère impassible et prévenant, et avec la meilleure volonté du monde, elle ne pouvait pas imaginer qu'il puisse être capable d'un tel acte de violence.

— L'amour déçu est un motif, dit Maria Hauschild, l'air absent. Je ne me souviens pas exactement de cette terrible nuit, mais je me souviens de la façon dont nous avons vidé l'appartement de Katharina – Margarethe, Dorothea, Waldemar et moi, accompagnés de trois déménageurs polonais. Il n'arrêtait pas de pleurer. Cela dit, ajouta-t-elle, l'air soudain sombre, lors de l'enterrement de Götz, Alexander lui aussi a pleuré comme une madeleine. Cela ne veut donc rien dire.

Waldemar a toujours été difficile à cerner. Il faut se méfier de l'eau qui dort.

Julia observa le profil de Carl Winterscheid et se demanda ce qu'il pouvait bien ressentir à ce moment-là. Elle qui n'avait jamais perdu un être cher ne connaissait pas cette douleur. L'histoire de sa famille était claire et normale, il n'y avait pas de secrets ni de ruptures. Qu'est-ce que cela devait être d'avoir cru toute sa vie que sa mère s'était suicidée, sans se soucier des conséquences pour son fils de six ans ? Elle fut profondément touchée que Carl Winterscheid lui permette, à elle, une employée, d'être associée à ce qui était sans doute le domaine le plus privé de sa vie.

— Pourquoi les Winterscheid n'ont-ils jamais parlé de Katharina à Carl… pardon, je veux dire bien sûr à M. Winterscheid… ? osa-t-elle demander.

— Carl, c'est bon.

Le regard que lui lança l'éditeur lui fit battre le cœur. Il était vraiment difficile à cerner ! Est-ce qu'elle lui plaisait ? Ou allait-il la rejeter à la prochaine occasion ? Julia devait bien admettre qu'elle était attirée par Carl Winterscheid. Mais il était pour elle inconcevable de l'appeler par son prénom.

— Margarethe a toujours été jalouse de Katharina, dit Maria Hauschild. Son fils, qu'elle aimait beaucoup, était mort, et puis sa belle-sœur a eu un fils qu'elle avait aussi appelé comme son beau-père. Katharina était en outre une femme exceptionnelle, Margarethe ne lui arrivait pas à la cheville, sur aucun plan et tout le monde savait qu'Henri ne l'avait épousée que pour son argent. Katharina n'était pas seulement belle, elle était également intelligente et chaleureuse. C'était une battante, tout le monde l'appréciait d'emblée. Même le vieux Carl August, qui d'habitude n'avait pas beaucoup d'estime pour les femmes, était fasciné par Katharina. Il bavardait avec elle pendant des heures, la présentait à tous les auteurs et insistait pour qu'elle s'assoie à côté de lui lors des soirées au coin du feu, alors que Margarethe n'était bonne qu'à servir des boissons et débarrasser les convives de leur manteau. Oui, le vieux Carl August adorait sa belle-fille, et c'est même à elle qu'il avait confié par testament la gestion des archives Liebman, et non à Margarethe pour qui il n'a jamais caché son mépris. Je pense que tout cela a contribué à expliquer pourquoi Margarethe n'a jamais aimé parler de Katharina. Tout comme Dorothea. Elles n'ont jamais trouvé leur place.

Maria Hauschild tendit sa main et la posa sur celle de Carl.

— Je peux te dire beaucoup de choses sur ta mère, si tu le souhaites.

— Oui, je crois que je le veux, répondit-il d'une voix étranglée. Mais avant, nous allons voir Kirchhoff. Je veux savoir ce qu'il y a dans le procès-verbal de la police.

*

— Il n'est pas impossible que Margarethe Winterscheid ait aussi participé au meurtre d'Heike Wersch, dit Pia lorsqu'ils quittèrent la maison d'édition et montèrent dans la voiture de service qui était la dernière devant le bâtiment, Kröger et son équipe étant partis à la villa Winterscheid. Imagine les humiliations qu'elle lui a fait subir au fil des ans ! Et puis elle découvre qu'elle et Alexander Roth ont tué son fils !

— Comment l'aurait-elle découvert ? demanda Bodenstein.

— Grâce au journal intime qu'elle avait pris dans l'appartement de Katharina !

Bodenstein secoua la tête.

— Et qu'elle n'aurait lu que maintenant ? Non, je ne crois pas.

— Alors quelqu'un d'autre l'avait et elle ne l'a eu entre les mains que récemment, insista Pia.

Le téléphone de Bodenstein sonna et il actionna le haut-parleur.

— C'est moi, répondit Tariq. Désolé, chef, nous n'avons pas pu amener les vieux Winterscheid. Ils ont refusé de partir de chez eux, et les collègues n'ont pas voulu entraîner de force des vieilles personnes dans la voiture de patrouille.

— Et maintenant, ils sont où ?

— Chez eux, dans le bureau de la fondation, sous surveillance. Cem et moi sommes venus de Francfort pour soutenir nos collègues, répondit Tariq.

— Le vieil écrivain est là aussi ?

— Non, au dire de Mme Winterscheid senior, Hellmuth Englisch est parti hier soir.

— OK. Nous savons où on peut le trouver. Kröger est déjà là ?

— Non. Mais Dorothea Winterscheid-Fink et son mari viennent de se présenter. Elle exige de pouvoir parler à sa mère, elle est furieuse.

— Elle ne doit en aucun cas lui parler avant qu'on arrive ! s'exclama Pia. Emmenez-les dans une autre pièce et veillez à ce qu'ils n'entrent pas dans l'appartement du gardien !

— D'accord. Ah, voilà l'identité judiciaire.

— Nous aussi, nous serons là dans quelques minutes, dit Bodenstein. Veillez à ce que d'ici là les Winterscheid soient séparés. Prenez-leur leur portable et veillez à ce qu'ils n'aient pas accès à un téléphone fixe.

Évidemment, ils auraient pu téléphoner à Waldemar Bär depuis longtemps et l'avertir, mais peut-être ne l'avaient-ils pas encore fait.

Sur l'Eschersheimer Landstrasse, la circulation était bloquée à la sortie de la ville à cause d'un chantier, Bodenstein prit le Gärtnerweg qui traversait le Westend, puis tourna dans le Reuterweg qui menait directement au campus Westend. De là, il n'y avait plus qu'une courte distance à parcourir.

— Je te dis que j'ai raison. Tu verras, dit Pia.

Elle frémissait d'excitation à l'idée d'être si près du but. Quelques minutes plus tard, Bodenstein franchissait en trombe le portail grand ouvert de la villa de Winterscheid et continuait à rouler à vive allure, faisant gicler les gravillons qui crépitaient sous le châssis de la voiture de service. Devant la maison, à côté de deux voitures de patrouille, il y avait l'Opel gris argent qu'avaient prise Cem et Tariq pour venir, et un 4×4 Volvo noir immatriculé F-WV 889, certainement la voiture de fonction de Dorothea Winterscheid-Fink. Bodenstein fit le tour du bâtiment et s'arrêta derrière l'armada de bus VW de l'identité judiciaire.

— On a sonné et frappé plusieurs fois, le suspect n'ouvre pas, déclara Kröger en guise de bienvenue. On va maintenant ouvrir la porte.

— Allez-y.

Bodenstein était soudain aussi excité que Pia. Étaient-ils sur la bonne voie ? Avaient-ils bientôt résolu l'affaire ? Qu'est-ce qui les attendait derrière la porte verte ? Comme toujours, lorsqu'ils pénétraient dans l'appartement d'une personne disparue, ils devaient s'attendre à tout, même à tomber sur un cadavre ou un fou armé. Lorsque la porte s'ouvrit, Pia et Bodenstein sortirent leurs armes de service. Ils échangèrent un regard de connivence, reprirent leur souffle et entrèrent dans l'appartement dos à dos. Lentement, ils s'avancèrent, regardèrent dans chacune des trois pièces, y compris dans les toilettes, la salle de bains et la cuisine avec son débarras – et purent donner le feu vert.

— L'appartement est sûr, annonça Bodenstein en rangeant son arme. Il n'y a personne.

Pia remit à son tour son arme dans son étui et regarda autour d'elle. L'appartement se composait d'une entrée qui se prolongeait par un couloir lambrissé. La première pièce sur la droite était la cuisine, lumineuse et conviviale.

— Moi à gauche, toi à droite ? demanda Bodenstein et Pia hocha la tête.

Ils enfilèrent des gants en latex et commencèrent à inspecter l'appartement de Waldemar Bär. Kröger et son équipe attendaient dehors. Dans la cuisine, Pia remarqua un gobelet de café rincé dans le support à vaisselle près de l'évier. Dans la poubelle à trois compartiments, il y avait des restes de légumes et du marc de café dans le compost, les deux autres étaient vides. Sur le rebord de la fenêtre, des orchidées violettes et blanches fleurissaient dans des pots en porcelaine. Sur le plan de travail, une corbeille de fruits avec des pommes. Les tiroirs étaient bien rangés. Dans le débarras, il y avait un aspirateur et un seau, sur l'étagère, des aliments de longue conservation et des conserves. Rien de plus normal. Il n'y avait rien d'inhabituel non plus dans la salle de bains, si ce n'est que Waldemar Bär semblait être un homme d'intérieur méticuleux. Rien ne traînait, aucune trace de dentifrice ou de mousse à raser dans le lavabo. La poubelle de la salle de bains avait été vidée, la douche et la baignoire étaient impeccables.

— Pia ? cria Bodenstein. Viens voir !

— Tu es où ?

— Dernière pièce à gauche.

Pia longea le couloir et entra dans une grande pièce avec un plafond en bois sombre et des portes-fenêtres qui donnaient sur une cour d'immeuble avec des garages. Il y avait un canapé en cuir élimé devant une cheminée. Le parquet était recouvert d'un tapis persan usé et décoloré, mais toujours beau. Une télévision, un lecteur DVD et une chaîne stéréo sur un meuble TV moderne en verre avec des pieds en aluminium. Un bureau, un monstre hideux en acajou aux pieds sculptés, bien trop grand et trop imposant pour la pièce et provenant probablement d'un des salons de la villa.

— Il a laissé son portable ici. Avec le câble. Je ne peux pas imaginer qu'il l'ait oublié.

Bodenstein désigna le bureau sur lequel était posé un smartphone d'une ancienne génération.

— Moi non plus. Il n'est pas parti précipitamment. Il a laissé le portable ici exprès, pour qu'on ne puisse pas le localiser, dit Pia.

Sur un coffre en chêne se trouvait une importante collection de photographies dans des cadres en argent ou en bois.

— Hello chef, mon patron demande si on peut commencer.

Dans l'encadrement de la porte, un des collaborateurs de Kröger apparut dans une combinaison blanche à capuche.

— Oui, vous pouvez, répondit Bodenstein. Commencez par ici, le salon, c'est le mieux.

Pia mit ses lunettes de lecture et regarda les photos, toutes anciennes.

— Je me demande si c'est Katharina Winterscheid, demanda Pia en désignant une photo sur laquelle figurait un Waldemar Bär nettement plus jeune, avec un léger duvet sur la lèvre supérieure et une raie sur le côté bien sage, à côté d'une femme aux cheveux noirs d'une beauté exceptionnelle qui tenait un enfant d'environ un an dans ses bras. La femme apparaissait sur plusieurs photos, parfois avec un homme séduisant, sans aucun doute le père de Carl Winterscheid. Carl aussi était souvent représenté : comme petit enfant avec sa mère, en compagnie d'une jeune femme aux cheveux blond foncé, sur un kart, en adolescent au visage sérieux et en jeune homme avec une cape noire et un chapeau de diplômé. Il y avait aussi des photos en noir et blanc d'un couple à différentes occasions, peut-être les parents Bär. Le jeune Waldemar, souriant fièrement avec l'homme dont le portrait était accroché dans le bureau de Carl Winterscheid.

Bodenstein ouvrit le tiroir du bureau, qui reflétait la personnalité tatillonne de son utilisateur. Même les crayons étaient taillés et classés par taille.

— Rien. Pas de journal.

Bodenstein se redressa, déçu.

Pia balaya la pièce du regard et réfléchit à l'endroit où elle cacherait quelque chose qu'on ne devrait pas trouver tout de suite, mais dont on aurait besoin de temps en temps.

— Le coffre, dit-elle alors et elle s'empressa de mettre tous les cadres photos sur le bureau.

Bodenstein l'aida et, ensemble, ils soulevèrent le couvercle qui se mit à grincer. Pia sortit du coffre des couvertures et des coussins de canapé pliés, elle tomba sur une machine à café dans son emballage d'origine, un presse-agrume, plusieurs paires de chaussures, un carton de sacs de courses et un sac à bandoulière en cuir usé. Pas la moindre preuve justifiant un mandat d'arrêt contre Waldemar Bär.

— Je vais jeter un coup d'œil dans la chambre, dit Bodenstein en lui tapant sur l'épaule avant de quitter le salon.

— Et merde ! s'exclama Pia, frustrée, en attrapant le sac en cuir.

L'espace d'un instant, elle avait été persuadée qu'ils trouveraient ici quelque chose qui ferait avancer l'affaire ! L'une des boucles rouillées était un peu coincée, Pia la tira nerveusement et, tout à coup, elle s'ouvrit et plusieurs cahiers noirs aux coins rouges, trois enveloppes A4 épaisses et brunes et des photos glissèrent sur le tapis persan. Un anneau doré roula sur le tapis jusqu'au parquet, il heurta la plinthe et bascula dans un léger tintement. Le cœur de Pia se mit à battre. Avait-elle tiré les bonnes conclusions de l'enchevêtrement confus de pistes, d'informations et d'indices et découvert la piste décisive ?

C'était un peu comme lorsqu'on jouait au Memory et qu'on découvrait les cartes qui se correspondaient. Elle se pencha et attrapa un des cahiers noirs entourés d'un gros élastique. Autrefois, elle aimait utiliser ce genre de carnet comme journal intime. Cela avait été à une époque un cadeau très apprécié, ses amies et elle en avaient souvent acheté pour quelques marks dans un magasin de bric-à-brac appelé CriCri sur le Rossmarkt. D'une main tremblante, Pia retira l'élastique et examina le cahier sous toutes les coutures. Il dégageait une odeur de cave humide. Dans le coin supérieur gauche de la couverture, on avait écrit au vernis à ongles rose et sur la bande de tissu rouge au dos les lettres "KK", et en lettres d'imprimerie les dates 1983/1984. Pia ouvrit le cahier. *Journal de Katharina Komorowski, commencé le 13 janvier 1983*, était écrit au stylo à bille noir, d'une écriture énergique que Pia connaissait déjà grâce aux copies du journal. *Terminé le 26 juillet 1984* figurait dessous, écrit avec un autre stylo.

— Chef ! s'exclama Pia. Christian ! J'ai trouvé les journaux !

*

— Voici le dossier de l'enquête sur la mort de Katharina Winterscheid, née Komorowski, en août 1990. Je l'ai reçu ce matin du parquet de Francfort et je tiens à dire tout de suite que je ne pense pas que ce que nous faisons ici soit une bonne idée.

Henning Kirchhoff était derrière son bureau, en face de lui, Julia, Carl Winterscheid et Maria Hauschild étaient assis sur trois chaises de visiteurs que la secrétaire d'Henning avait apportées.

— Pourquoi y a-t-il eu une enquête sur sa mort ? voulut savoir Carl Winterscheid. Est-ce l'usage en cas de suicide ?

— Je l'ai déjà expliqué à Mme Bremora, répondit Henning en s'installant dans son fauteuil de direction. En principe, une enquête est ouverte lorsqu'il y a un doute sur le fait qu'une personne soit décédée de manière naturelle ou que sa mort ait été provoquée par un tiers, ce qui est toujours le cas pour un suicide. La police prélève alors des indices sur le lieu de découverte du corps et interroge les témoins et les proches. Si, à l'issue de ces premières investigations, on soupçonne que la mort n'a pas pu avoir une cause naturelle, le parquet ordonne une autopsie. Outre les blessures externes, on vérifie surtout que ce qui est visible sur le corps est cohérent avec la situation dans laquelle on l'a retrouvé. Si ces premières investigations révèlent des indices de l'implication d'un tiers, une procédure d'enquête pour homicide est ouverte. Mais comme dans le cas de votre mère l'implication d'un tiers a été exclue, la thèse du suicide a été retenue, le dossier clos et le corps rendu pour l'inhumation.

— Pourquoi mets-tu en doute le suicide ? demanda Maria Hauschild.

Kirchhoff hésita.

— Il y a des indices qui laissent penser que cela aurait pu se dérouler autrement, formula-t-il prudemment. Mais ce ne sont vraiment que des suppositions. Il est toujours difficile d'évaluer un ensemble d'indices aussi complexe sur la seule base de photos et de témoignages.

Julia était déçue. La veille encore, Kirchhoff avait pourtant tenu un tout autre discours ! D'où venait cette soudaine réticence ? Qu'y avait-il dans le dossier du procureur ?

Carl Winterscheid ne laissa rien paraître de ce qu'il ressentait. Il était certainement aussi déçu que Julia et elle se sentait mal à l'aise d'avoir éveillé de faux espoirs en lui.

— Mais hier, vous avez dit vous-même que ces écorchures pourraient indiquer qu'elle n'a pas sauté de son plein gré, mais qu'elle a été poussée, objecta-t-elle pour ne pas passer complètement pour une fantaisiste devant son chef.

— C'est vrai, concéda Henning Kirchhoff, mais il faut toujours avoir une vue d'ensemble. Je continue à avoir des doutes sur un suicide. Et je pense que l'affaire a une chance d'être rouverte.

Voilà qui sonnait mieux !

— Puis-je voir le dossier ? demanda Carl Winterscheid.

— Je préférerais que vous le demandiez officiellement au procureur, répondit Kirchhoff poliment, mais fermement. En tant que membre de la famille, vous pouvez le faire sans problème.

— Pouvez-vous au moins nous dire s'il y a un témoignage d'un homme nommé Waldemar Bär ? insista Julia qui ne voulait pas céder si facilement.

Elle ne comprenait pas le changement d'attitude de Kirchhoff.

— Pourquoi ? s'enquit le médecin légiste.

— Parce que je pense qu'il est possible que Waldemar Bär ait tué Katharina, intervint Maria Hauschild. Katharina était ma meilleure amie. À l'époque, je ne voulais pas croire qu'elle s'était suicidée. Et je sais que Waldemar était très amoureux d'elle. Il venait souvent chez elle. S'occupait de Carl et d'elle quand Katharina était très occupée ou dans une phase dépressive. Mais pour Katharina, il n'était rien de plus qu'un ami, d'autant qu'il avait quelques années de moins qu'elle.

Kirchhoff pinça les lèvres, pensif, et tambourina avec les doigts sur la couverture en carton du dossier.

— Non, je suis désolé, répondit-il.

— Vous pouvez quand même y jeter un coup d'œil, insista Julia, mais Kirchhoff resta inflexible.

— Je comprends votre curiosité, dit-il. Mais si mes constatations devaient effectivement conduire la police à ouvrir une enquête, je serais dans le plus grand embarras si je vous donnais maintenant accès à des informations. Comme je l'ai dit : prenez un avocat, monsieur Winterscheid, qui s'adressera directement au parquet.

Il regarda Julia.

— Vous devriez absolument et le plus rapidement possible remettre ce manuscrit dont vous m'avez parlé à la police judiciaire, madame Bremora.

— Quel manuscrit ? demanda Maria Hauschild, surprise.

— J'ai reçu il y a quelques jours un manuscrit inachevé par courrier anonyme, expliqua Carl à sa marraine. Julia et moi pensons qu'il provient de ma mère. Il s'agit d'une clique de jeunes gens en vacances sur l'île de Noirmoutier, et au cours de l'intrigue l'un d'entre eux meurt.

— Trois semaines plus tôt, quelqu'un a envoyé à... Carl une petite voiture bleue, ajouta Julia. Anonyme aussi.

Aïe ! Elle l'avait appelé par son prénom !

— C'est pour ça que tu m'as demandé si ta mère écrivait.

L'agent comprenait maintenant le contexte.

— Oui, répondit Carl. C'est vraiment bien. Malheureusement, il manque la fin. Et c'est aussi pour cela que Julia et moi pensons qu'elle n'a pas pu se suicider. Elle aurait certainement voulu terminer l'histoire.

— Un manuscrit de Katharina, dit Maria Hauschild à voix basse. C'est incroyable ! Je n'ai jamais pu lire quoi que ce soit d'elle, ce qui m'avait déjà un peu vexée à l'époque. Me laisseras-tu le lire, Carl ?

— Bien sûr que oui, répondit l'éditeur en souriant tristement. C'est génial. Elle avait vraiment du talent.

— Qui a pu l'avoir ? demanda Julia à l'agent. Et pourquoi ne l'a-t-il pas envoyé à Carl bien plus tôt ?

Cette fois-ci, elle arriva plus facilement à prononcer le prénom de son patron.

Dans le sac de Maria Hauschild, une sonnerie retentit.

Elle sortit son portable et jeta un coup d'œil à l'écran.

— Excusez-moi, c'est une écrivaine. Je dois répondre.

Elle se leva et sortit du bureau de Kirchhoff, son portable à l'oreille.

— Madame Bremora, monsieur Winterscheid, il faut que vous informiez la brigade criminelle, je vous en prie, insista le médecin légiste. Prenez contact avec Mme Sander ou M. von Bodenstein ! Tout de suite ! Si vous ne le faites pas vous-mêmes, c'est moi qui vais devoir le faire.

*

— C'est un scandale de nous garder comme ça prisonniers dans notre propre maison et de nous empêcher de téléphoner à un avocat ! C'est une privation de liberté, vous devrez en répondre !

Furieuse, Dorothea Winterscheid-Fink regarda Pia comme si elle était personnellement responsable de son malheur.

— Calmez-vous d'abord, dit Bodenstein. Nous nous excusons pour les désagréments que vous avez subis.

Cem avait conduit Dorothea Winterscheid-Fink et son mari dans le bureau de la fondation au rez-de-chaussée, où leurs parents étaient assis depuis plusieurs heures déjà, sans se plaindre. Ils avaient supporté que Tariq leur fasse des prélèvements de la muqueuse buccale afin de pouvoir éventuellement établir un lien entre l'ADN des taches de sang sur le tee-shirt d'Alexander Roth et Götz Winterscheid. Depuis, Henri Winterscheid restait assis, immobile, les yeux fermés, les mains posées devant lui sur le pommeau de sa canne. Là encore, il se taisait obstinément. Sa femme ne sortit de son mutisme que lorsque Stefan Fink entra dans la pièce.

— Je ne veux plus jamais voir cet homme, s'écria-t-elle d'un ton glacial et méprisant. Sors d'ici, sale menteur.

— Malheureusement, vous devrez le supporter encore un moment, dit Pia. Veuillez tous prendre place. Je suppose que vous êtes d'accord pour que j'enregistre notre conversation.

Personne ne contesta. La présence de quatre policiers en uniforme et de quatre agents de la police judiciaire intimida même Dorothea Winterscheid-Fink, qui s'assit sans broncher sur une chaise.

— Lors de la perquisition du bureau et de l'atelier de M. Bär, nous avons trouvé des indices selon lesquels il aurait pu commettre les meurtres d'Heike Wersch et Alexander Roth, commença Bodenstein. En outre, nous avons trouvé dans son appartement des documents et des journaux intimes que nous considérons comme des biens personnels de Katharina Winterscheid.

Pendant qu'il disait cela, Pia gardait un œil sur Margarethe Winterscheid. La vieille dame avait l'air aussi surprise que sa fille. Henri Winterscheid ne se contrôlait pas très bien. Était-ce de la frayeur qui s'était allumée dans ses yeux pendant une seconde ? Pourquoi ?

— Des extraits de ces journaux ont été envoyés il y a environ trois semaines à M. Roth, Mme Hauschild, Mme Lintner et vous, monsieur Fink, avec une lettre disant : Je sais ce que tu as fait pendant l'été 1983. Le contenu des extraits du journal se réfère à la mort de Götz Winterscheid.

Dorothea Winterscheid-Fink serra les lèvres si fort que les muscles de sa mâchoire se mirent à trembler. Encore une chose que son mari lui avait cachée !

— Entre-temps, nous avons parlé avec un témoin oculaire qui prétend avoir vu Alexander Roth pousser Götz Winterscheid de la falaise dans la mer, poursuivit Bodenstein. Heike Wersch était à côté de lui. Elle a…

— Non !

Un gémissement jaillit de la poitrine de Margarethe Winterscheid et, soudain, elle tomba à genoux, pencha la tête en arrière et poussa un cri inhumain qui se transforma en un hurlement épouvantable qui donna la chair de poule à Pia. Cette douleur non dissimulée était à peine supportable. Personne dans sa famille n'essayant de la réconforter, Pia s'accroupit et voulut aider la vieille dame. Mais Margarethe Winterscheid la repoussa. Avec une agilité dont Pia n'aurait pas cru capable une personne de presque quatre-vingts ans, elle se releva et se précipita sur son mari, donnant libre cours à tout le chagrin et à la haine qui s'étaient accumulés en elle pendant des décennies.

— Salaud ! hurla-t-elle en frappant de ses poings son frêle mari, qui n'essaya même pas de se protéger. Tu as remplacé mon Götz par son *assassin*, tout simplement ! Et tu m'as imposé la présence quotidienne de cette salope rousse, de cette sale hypocrite !

Elle fit tomber les lunettes du nez de son mari, le frappa de toutes ses forces, tandis que des larmes coulaient sur ses joues, et Pia se demanda si, dans une rage aussi folle, elle avait frappé Heike Wersch de la même manière avec un attendrisseur de viande.

— Maman, arrête ! Je t'en prie, maman, arrête !

Dorothea Winterscheid-Fink s'était levée d'un bond. Elle prit sa mère dans ses bras et tenta d'éloigner et de calmer cette furie. La crise finit aussi soudainement qu'elle avait commencé. Margarethe Winterscheid cessa de crier. Elle s'effondra, épuisée, et laissa sa fille la ramener jusqu'à sa chaise.

— Comment pouvez-vous faire une chose pareille ? lança Dorothea Winterscheid-Fink, furieuse. Vous ne pouvez pas annoncer de telles nouvelles avec un peu plus de tact ?

— Laisse-moi, cria Margarethe Winterscheid à sa fille. Allez chercher Maria ! Maria aimait Götz autant que moi. Elle me comprend. Elle m'a toujours comprise.

— Elle aussi t'a menti !

Furieuse, Dorothea lâcha sa mère et haussa le ton.

— Tu ne veux pas comprendre ? Ils ont juste inventé l'histoire selon laquelle Götz était amoureux de Katharina, et vous avez été assez stupides pour y croire !

— Non, non, ce n'est pas vrai, ce n'est pas vrai ! balbutia sa mère en fixant le sol devant elle. Maria n'aurait jamais pu me mentir. Katharina m'a pris mon garçon et lui a pris son fiancé.

— Mère ! répondit sèchement Dorothea. Götz était amoureux de Stefan ! Il était gay et tous deux avaient peur que vous et les parents de Stefan ne le découvriez ! Katharina a accepté de jouer le jeu pour protéger Stefan. Heike et Alexander ont tué Götz et ont pris sa place, tu comprends ?

Margarethe Winterscheid ne dit plus rien, marmonnant en silence des mots incompréhensibles.

— Madame Winterscheid, intervint Pia, nous savons que votre mari, M. Englisch et vous n'étiez pas à la Maison de la littérature lundi dernier. L'événement dont vous nous avez parlé avait déjà eu lieu dimanche. Où étiez-vous lundi soir ?

— Maintenant, ça suffit ! rétorqua énergiquement Dorothea Winterscheid-Fink.

Elle se tourna vers Bodenstein et Pia, les yeux étincelants de colère.

— Ma mère n'a pas plus tué Heike que moi ! Laissez-la tranquille ! Vous ne voyez pas qu'elle va mal ? Elle vient d'apprendre que son fils bien-aimé a été assassiné ! Par des gens en qui elle avait confiance ! Faites preuve d'un peu de respect ! Votre recherche d'assassin ne justifie pas tout !

Bodenstein acquiesça et Pia se retint elle aussi un peu. Une certaine cruauté faisait parfois partie de leur travail, et c'est souvent de cette manière peu élégante qu'ils parvenaient à faire parler des personnes qui ne voulaient pas vraiment parler.

Margarethe releva la tête et regarda sa fille en larmes, presque avec pitié.

— Tu es vraiment une fille bien. Tu as toujours fait tellement d'efforts pour plaire à tout le monde. Mais personne ne t'a jamais prise au sérieux non plus, tout comme moi. Ton père ne nous a jamais aimées ni l'une ni l'autre. Il avait besoin de moi, pour l'argent que j'ai apporté en me mariant, mais toi, tu lui as toujours été indifférente.

— Je sais, maman, répondit Dorothea.

Elle s'accroupit devant sa mère et lui prit doucement les poignets.

— Mais cela ne me dérange plus depuis longtemps. Je me fiche de mon père. Carl et moi dirigeons maintenant la maison d'édition et ça me plaît. Carl est aussi doué pour les affaires que son père et aussi intelligent et battant que sa mère. Nous allons réussir, car nous avons des auteurs et des collaborateurs formidables.

C'était un moment étrangement touchant, presque intime, entre la mère et la fille. Dorothea Winterscheid-Fink avait complètement occulté la présence de sept policiers et n'accorda même pas un regard à son mari et à son père.

— Nos hommes sont des lâches, maman. Tout comme Alexander l'était. Ils ne sont pas aussi forts que nous. Seuls les lâches ont besoin de mentir.

— Ah, mon enfant ! Je t'ai toujours fait du tort.

Une larme roula sur la joue ridée de Margarethe Winterscheid. Dorothea blottit son visage contre celui de sa mère.

— C'est pardonné, oublié. N'en parlons plus, maman.

Ses paroles exprimaient une affection et une chaleur authentiques.

— Nous prenons un nouveau départ. Carl et moi avons tellement de projets intéressants.

Bodenstein s'éclaircit la gorge. Comme Margarethe Winterscheid s'était un peu ressaisie, il lui posa quelques questions. Elle ne savait pas ce qu'étaient devenues les affaires personnelles de Katharina après sa mort. Elle n'avait jamais vu de journal intime. Elle avait vu Waldemar Bär pour la dernière fois le lundi soir vers 17 h 30, lorsqu'il était sorti avec sa voiture, une BMW anthracite, vers le portail. Pendant que Bodenstein interrogeait les autres sur le gardien, Pia se dit que Stefan Fink avait bien un motif pour faire taire Heike Wersch, même s'il n'était pas très fort. Mais comment aurait-il pu placer l'arme du crime dans le réfrigérateur d'Alexander Roth ? Savait-il seulement qu'il y avait un réfrigérateur dans son bureau ? Elle se souvint alors de ce que l'éditrice d'Henning lui avait raconté plus tôt : Alexander Roth avait reçu une visite tard le vendredi soir.

— Monsieur Fink, où étiez-vous vendredi soir, vers 22 heures ? demanda Pia à celui qui était encore le mari de Dorothea Winterscheid-Fink.

Elle avait de sérieux doutes sur la pérennité de ce mariage, après tout ce que sa femme avait appris à son sujet au cours des dernières vingt-quatre heures.

— Sur l'autoroute, avec mon directeur, répliqua-t-il. Nous avions un rendez-vous à Erfurt dans l'après-midi et nous sommes partis vers 20 heures.

— Ma mère peut-elle récupérer son téléphone portable, s'il vous plaît ? demanda Dorothea Winterscheid-Fink à Bodenstein. Elle voudrait appeler Maria et lui demander de venir ici.

— Oui, bien sûr.

Bodenstein fit un signe à Tariq, qui tendit son portable à Margarethe Winterscheid. Puis Bodenstein souleva un cadre qu'il avait posé sur l'un des bureaux et présenta aux personnes présentes la photo sur laquelle figurait un Waldemar Bär jeune et souriant, avec une jolie jeune femme aux cheveux bruns bouclés lui tombant sur les épaules et aux grands yeux sombres, qui s'appuyait sur lui, rayonnante. Cette femme figurait sur plusieurs des photographies encadrées, la plupart du temps en compagnie de Katharina Winterscheid et du petit Carl.

— Cette photo provient de la chambre à coucher de Waldemar Bär, dit-il. Pouvez-vous me dire qui est cette femme ?

— Waldemar a une photo d'elle dans sa chambre ? s'exclama Margarethe, incrédule. Pourquoi donc ?

— Parce qu'il était amoureux d'elle, maman, rétorqua sa fille. Et elle de lui.

— Et qui est-ce ? demanda Bodenstein.

— La dernière fille au pair de Katharina, répondit Dorothea. Elle s'appelait Ségolène, je m'en souviens. Je ne l'ai vue que trois ou quatre fois à l'époque, elle n'est venue chez Katharina qu'après la mort de John, alors qu'elle n'habitait déjà plus dans la villa. Je n'ai, je crois, jamais parlé avec elle.

— Merci beaucoup pour le renseignement.

— Est-ce que, maintenant, nous pouvons partir ? demanda Dorothea Winterscheid-Fink, d'un ton devenu sarcastique. Je crois que mon menteur de mari a dit la vérité cette fois-ci. Et ma mère et moi n'avons certainement tué personne.

C'est alors que, pour la première fois, Henri Winterscheid bougea. Il se souleva et s'appuya lourdement sur sa canne.

— Mais moi j'ai tué quelqu'un. C'était un accident, je ne voulais pas, dit-il d'une voix rauque, grimaçant de haine de soi. J'ai poussé Katharina du balcon.

*

— Waldemar Bär est notre homme.

Lorsqu'ils passèrent devant la salle des fêtes et la foire en direction de Wiesbaden, Bodenstein était de bonne humeur. Cem avait informé Kai, le véhicule de Bär était recherché dans tout le pays. Ce n'était qu'une question de temps avant que quelqu'un le voie ou qu'une patrouille le remarque. Henri Winterscheid était passé aux aveux et, vu son âge et sa santé fragile, il était en route pour l'hôpital de la maison d'arrêt de Kassel. Le 17 août 1990, tard dans la soirée, il était allé trouver Katharina, soi-disant en état d'ébriété, pour lui parler. Elle avait découvert des irrégularités dans la comptabilité de la maison d'édition et avait chargé une société d'audit de vérifier les chiffres des années précédentes, et il en était ressorti des choses qui risquaient de devenir assez désagréables pour Henri. Rien de vraiment criminel, plutôt des négligences, mais qui, dans leur ensemble, auraient pu l'amener à devoir quitter la direction de l'entreprise. Katharina s'était montrée peu compréhensive, une dispute avait éclaté entre eux, au cours de laquelle il l'avait poussée par-dessus la balustrade du balcon. Pris de panique, il avait pris la fuite sans être vu. Kai avait déjà demandé auprès du procureur le dossier concernant l'autopsie de Katharina Winterscheid. Tariq avait emporté à Hofheim les livres de comptes qui se trouvaient dans le coffre de l'appartement de Waldemar Bär et avait pour mission d'y chercher des indices qui pourraient corroborer l'histoire que Josefin Lintner leur avait racontée sur le meurtre de Götz Winterscheid.

Waldemar Bär, le loyal gardien des Winterscheid, avait été furieux et déçu des dommages qu'Heike Wersch avait causés à la société et à Carl. Il avait peut-être appris ce qu'elle avait fait en 1983 en lisant le journal intime. Bär avait bien connu Götz Winterscheid, ils avaient grandi comme des frères, et il avait été témoin du chagrin de Margarethe pendant des années. Une dispute avait-elle éclaté entre Heike Wersch et Bär, au cours de laquelle elle lui avait annoncé qu'elle le rayerait de son testament ? L'avait-il tuée pour cette raison ? Il avait fait pression sur l'ancienne clique avec les lettres anonymes, peut-être qu'Alexander n'avait pas supporté cette pression et avait ouvert son cœur au gardien, qui l'avait ensuite empoisonné avec du méthanol ? Leur théorie avait encore quelques points faibles, car ils n'avaient jusqu'à présent aucune preuve, seulement des indices.

— Alors, quel était le motif de Bär ? demanda Bodenstein, qui semblait avoir les mêmes pensées que Pia.

— La loyauté, répondit Pia. Tu te souviens de ce qu'il nous a dit dimanche ? Heike Wersch l'aurait déçu, car on ne mord pas la main qui vous a nourri. De plus, avec Dorothea, ils auraient pu découvrir ce que Josefin Lintner nous avait dit. Roth a pu le leur avouer alors qu'il était ivre. Et quand Bär a parlé à Heike Wersch, elle a pu le menacer de le rayer de son testament.

— Supposons que ce soit le cas, pourquoi Bär a-t-il conservé ce sac et ces journaux pendant vingt-huit ans ? Que signifiaient pour lui les effets personnels de Katharina Winterscheid, alors qu'il était amoureux de la fille au pair ?

— Pourquoi n'a-t-il pas donné ces objets à Carl Winterscheid, à qui ils appartenaient en tant qu'héritage de sa mère ? réfléchit Pia à voix haute. Après tout, depuis un an et demi, il en aurait eu l'occasion.

— Et pourquoi a-t-il aussi envoyé une copie de son journal à Henri Winterscheid ?

C'est ce que leur avait dit le vieil homme tout à l'heure, mais il l'avait depuis longtemps passée à la déchiqueteuse.

— S'il était si loyal.

— Bon sang !

Bodenstein frappa le volant du plat de la main. Sa bonne humeur s'était envolée. De plus en plus d'inexactitudes apparaissaient et grinçaient comme des grains de sable dans les rouages.

— Je me demande qui était le visiteur que Roth a laissé entrer dans le bâtiment de la maison d'édition vendredi soir, demanda Pia lorsque son téléphone portable sonna.

C'était Kai.

— Je viens de téléphoner au procureur, annonça-t-il. Et imaginez un peu : Quelqu'un d'autre s'est déjà intéressé au dossier de Katharina Winterscheid. Il n'est plus là.

— Ah oui, et qui était-ce ? demanda Pia.

— Ton ex. C'est le professeur Kirchhoff lui-même qui est venu chercher le dossier ce matin.

— Quoi ? Mais pourquoi ? Qu'est-ce que ça veut dire ?

La surprise de Pia se transforma vite en agacement.

— Le mieux, c'est que tu lui demandes toi-même. Quand est-ce que vous arrivez ? Engel pète un plomb parce que vous avez arrêté Henri Winterscheid et l'avez envoyé à Kassel. Elle prétend qu'une assignation à résidence et un bracelet électronique auraient probablement suffi.

— Pas s'il y a un risque de suicide, rétorqua Pia. Ah, Kai, regarde donc sur Google Earth la situation des rues près de la maison d'édition Winterscheid, en particulier l'arrière-cour. Tu pourras peut-être voir s'il y a dans le coin une caméra de surveillance, à l'entrée de la cour.

— OK. Quelle période exactement t'intéresse ?

— Le vendredi soir. Entre 21 heures et l'heure à laquelle Roth a quitté le bâtiment pour rentrer chez lui à vélo. Il a encore eu de la visite ce soir-là.

Pia avait un autre appel, elle jeta un rapide coup d'œil rapide sur son portable. Henning !

— Je vais voir ce que je peux faire, dit Kai en raccrochant.

— Henning !

Pia dut se contrôler pour ne pas crier lorsqu'elle entendit la voix de son ex-mari.

— Écoute, Pia, lui lança-t-il. Oliver et toi, vous devriez venir ici le plus vite possible.

— En effet, pour te rappeler à l'ordre !

— Carl Winterscheid et son éditrice sont dans mon bureau, poursuivit Henning comme si de rien n'était. Ils ont quelque chose d'intéressant à vous dire.

— On arrive dans un quart d'heure, répondit Pia en raccrochant.

— À l'institut médicolégal ? demanda Bodenstein.

Pia hocha la tête. Il prit vers la droite sur deux voies, ignora quelques automobilistes qui klaxonnaient, furieux, et à l'échangeur ouest de Francfort, il eut juste le temps d'attraper la sortie sur l'A5 en direction de Darmstadt. Devant eux s'étendait une mer de feux arrière rouges sur quatre voies, longue de plusieurs kilomètres. Les bouchons habituels de la fin de journée.

— Quel bordel ! Mets le gyrophare, sinon on en a pour une heure.

— Tout ce que j'aime, grogna Pia, exaspérée.

— Qu'est-ce que tu veux dire ?

— Quand les gens pensent qu'ils peuvent faire notre boulot à notre place, sous prétexte qu'ils lisent des polars ou recopient de vieux dossiers d'enquête, comme mon ex-mari qui se croit plus malin que tout le monde !

Avec la sirène et le gyrophare, ils avançaient vite, les automobilistes leur ouvrant un passage de secours, hormis quelques ignorants qui mettaient plus de temps parce qu'ils regardaient leur smartphone au lieu de regarder dans leur rétroviseur. Ils arrivèrent en cinq minutes à l'échangeur de Francfort, d'où ils prirent la B43.

— Ha ! s'exclama Bodenstein si soudainement que Pia sursauta.

— Mais qu'est-ce qu'il y a ? demanda-t-elle.

— Tu te souviens que je t'ai dit qu'il nous manquait des pièces sur l'échiquier ?

— Ta métaphore des échecs ! Bien sûr que je m'en souviens.

Et tout à coup, elle aussi comprit.

— La fille au pair ?

— Exactement ! s'exclama Bodenstein. Et quel est le rôle des jeunes filles au pair ?

— Je ne sais pas. Nous n'en avons jamais eu.

— En général, elles donnent un coup de main à la femme, dit Bodenstein. Elles s'occupent un peu du ménage et…

— … des enfants.

— Exactement. La fille s'est occupée de Carl pour que sa mère puisse aller travailler. Waldemar adorait Katharina, d'un amour platonique. Mais il est tombé amoureux de la fille au pair.

— Et elle est tombée amoureuse de lui.

— Mais il ne l'a pas épousée, dit Bodenstein.

— Qu'est-ce que tu en sais ?

— Il n'y avait pas une seule photo d'elle de plus de vingt ans dans l'appartement de Bär.

— Futé ! dit Pia en souriant.

— Merci, je sais, dit modestement Bodenstein en souriant à son tour. Je continue : après la mort de Katharina Winterscheid, Margarethe a pris l'enfant chez elle, et la fille au pair s'est retrouvée au chômage.

— Et elle est rentrée dans son pays, continua Pia. D'après son nom, elle était française.

— Comment réagirais-tu, à vingt ans, si ta patronne se jetait dans le vide du haut d'un balcon et que tu te retrouvais soudain complètement seule dans un pays étranger ? demanda Bodenstein.

— Je bouclerais sans doute rapidement mes valises et rentrerais chez moi, répondit Pia.

— Ségolène a disparu, poursuivit Bodenstein. En 1990, presque personne n'avait encore de portable pour envoyer un message, et encore moins de Snap Map.

— De quoi ?

— Ah, c'est une fonction de Snapchat. Là, les jeunes peuvent voir où leurs amis se trouvent dans le monde. Je connais ça par Sophia. Donc, en tout cas, Ségolène a disparu du jour au lendemain.

— Sans prévenir Waldemar ?

— Possible.

— Et elle a emporté le sac avec elle ? Mais pourquoi aurait-elle fait ça ?

— Arrête de demander toujours pourquoi !

Bodenstein s'arrêta au feu rouge.

— Essayons de fabuler un peu.

— Plus vert, tu meurs, dit Pia et Bodenstein accéléra.

— Bon, je ferais mieux d'enlever le gyrophare du toit.

— Donc elle a emporté le sac.

Bodenstein éteignit la sirène et s'engagea dans l'Isenburger Schneise, qui rejoignait quelques centaines de mètres plus loin la Kennedyallee.

— Et c'est là qu'on l'a retrouvé, le sac.

— Où ça ?

— Je ne sais pas non plus, soupira Bodenstein. C'est vraiment dingue ! Chaque fois que le puzzle avance, on bute sur un nouvel obstacle.

*

— Qu'est-ce que c'est ? demanda Pia lorsque Carl Winterscheid déposa une pile de papiers dactylographiés devant Bodenstein et elle sur la table de réunion du bureau d'Henning.

— Un manuscrit qu'a écrit ma mère, répondit-il. Je l'ai trouvé vendredi au courrier. Il était dans une enveloppe sans expéditeur, et il y avait cette photo.

Il fit glisser sur la table une photo que Pia et Bodenstein connaissaient déjà d'Heike Wersch : six jeunes gens sur un escalier devant une maison blanchie à la chaux. Pia la prit et la retourna. NOIRMOUTIER était écrit au stylo-bille au dos.

— J'ai déjà reçu une lettre anonyme il y a deux ou trois semaines, dit Winterscheid en sortant une petite voiture bleue de la poche de son veston. Cette voiture m'avait été offerte par ma cousine Dorothea quand j'avais quatre ou cinq ans. C'était mon jouet préféré.

Ils étaient cinq autour de la table rectangulaire : Henning, Julia Bremora et Carl Winterscheid d'un côté, Bodenstein et Pia en face d'eux.

Julia Bremora intervint. Pas forcément jolie, mais elle avait du charme et apparemment elle était assez peu sophistiquée, car elle n'était pas maquillée et portait ses longs cheveux bruns tressés.

— Le manuscrit parle d'un groupe de jeunes gens qui se connaissent depuis le lycée et l'université. Ils passent leurs vacances d'été ensemble sur l'île de Noirmoutier. Les parallèles avec la véritable histoire de Katharina Winterscheid sont flagrants. Il s'agit d'une maison d'édition à Francfort, le fils de l'éditeur meurt pendant ses vacances et son corps est retrouvé échoué sur la plage.

— Il ne comporte que cent trente-quatre pages, dit Carl Winterscheid, et s'interrompt au milieu de l'action. Ma mère me l'a dédicacé.

Il se pencha, sortit la deuxième page et la tendit à Pia et Bodenstein. *Comme toujours, pour toujours – pour Carl, mon plus grand trésor.*

— C'est ce qui m'a fait douter d'un suicide, dit Mme Bremora, les yeux brillants. Une femme qui dit que son fils est son plus grand trésor et qui est en plein travail sur un livre ne va pas se jeter du balcon !

— C'est pour cela que Mme Bremora est venue me voir, reprit Henning. Nous avons examiné le procès-verbal numérisé de l'examen corporel et de l'autopsie et j'ai trouvé des incohérences.

Il ouvrit son ordinateur portable et montra des photos du corps, soulignant les écorchures sur le côté gauche du corps et les marques en forme de demi-lune à l'intérieur des bras. Ses explications sur l'origine de ces blessures semblaient cohérentes.

— Ensuite, je me suis fait remettre le dossier de police par le procureur.

— Henning, il faut qu'on te parle un instant, dit Pia en se levant de la chaise en plastique inconfortable. Viens dehors, s'il te plaît.

Henning ferma son ordinateur et la suivit, Bodenstein également.

— Tu as perdu la tête ? lança Pia à son ex-mari en baissant la voix, alors qu'il refermait la porte derrière lui. Tu crois que parce que tu écris maintenant des polars, tu fais partie de la police judiciaire et que tu peux jouer aux devinettes avec ton éditrice et ton éditeur ? Nous nous demandons depuis des jours pourquoi deux de tes clients là, dans ton congélateur, sont morts et ton histoire, là, pourrait être le motif ! Et qu'est-ce qui t'autorise à demander ce dossier auprès du procureur sans nous en informer au préalable ? Tu outrepasses largement tes compétences !

— J'ai dit dès le début à Mme Bremora qu'elle devait vous parler ! objecta Henning. Mais elle ne voulait pas devancer son patron, après tout, il s'agit de sa mère.

— Henning !

Pia fit un effort pour ne pas crier.

— Quand je trouve un corps et que je veux savoir pourquoi cette personne est morte, je ne l'ouvre pas avec des ciseaux sur ma table de cuisine, je t'appelle !

Henning, gêné, voulut dire quelque chose pour sa défense, mais Pia lui coupa la parole.

— Cinq personnes, qui sont soit mortes, soit soupçonnées de meurtre, ont reçu ces dernières semaines des lettres anonymes contenant des extraits du journal de Katharina Winterscheid, poursuivit-elle. Winterscheid a apparemment reçu de la même personne cette petite voiture et le manuscrit. Qu'en déduis-tu ?

— Ce n'est pas à moi d'en tirer des conclusions, admit Henning.

— Exactement. Alors, laisse-nous faire, s'il te plaît. D'accord ?

Henning acquiesça et leva les mains.

— D'accord. Je m'excuse. Cela ne se reproduira plus.

Puis il regarda Bodenstein.

— Au fait, ton nom apparaît dans le dossier de la police, dit-il. Tu le savais ?

— Oui, je me souviens de cette affaire. Le fils de la victime avait alors le même âge que Lorenz, répondit Bodenstein. Ça m'avait touché.

— Quelque chose a été négligé à l'époque, dit Henning. Je suis convaincu que la femme est morte par l'intervention d'un tiers.

— Elle a été assassinée, répondit Bodenstein. Katharina Winterscheid a été poussée du balcon par son beau-frère Henri lors d'une dispute. Il vient de nous l'avouer et se rend déjà à Kassel aux frais du contribuable.

Henning le regarda un instant, sans voix.

— C'est… c'est…, balbutia-t-il, mais il se reprit rapidement. D'habitude, j'aime avoir raison. Mais cela va profondément ébranler Winterscheid. Il a grandi chez Henri Winterscheid et sa femme ! Je suis content que ce ne soit pas moi qui aie à lui annoncer cette nouvelle.

— Nous avons malheureusement déjà dû bouleverser pas mal de gens ces derniers jours, dit Pia en poussant un soupir. C'est une affaire absolument merdique. Rien que des mensonges et des dommages collatéraux.

Bodenstein prit un ton plus professionnel.

— Henning, nous savons que tu ne peux peut-être pas penser de manière totalement impartiale. Ton agent et ton éditeur sont impliqués dans cette affaire, du moins ils connaissaient bien les deux victimes. Nous avons retrouvé l'arme du crime dans le bureau de Roth. Elle était enveloppée dans un sac de conservation, le rouleau correspondant se trouvait dans l'atelier du gardien, ainsi qu'une bouteille de méthanol. Tout le monde n'a pas accès au bâtiment de la maison d'édition, en particulier au réfrigérateur situé dans un bureau à l'un des étages supérieurs, c'est pourquoi très peu de personnes entrent en ligne de compte. Nous avons déjà pu en exclure quelques-unes. Mais qu'en est-il de Carl Winterscheid ? Tu le connais mieux que nous. Est-ce que tu penses qu'il est possible qu'il ait été de mèche avec le gardien et qu'il ait tué Heike Wersch et Roth ?

— Tu plaisantes ? s'exclama Henning Kirchhoff, stupéfait. Cet homme a perdu sa mère alors qu'il était encore enfant. Il a quasiment grandi sans famille, mais il a quand même suivi son chemin et dirige maintenant avec succès la maison d'édition que son grand-père avait fondée. Son cousin a été assassiné…

Il se tut, réalisant lui-même que ses arguments ne plaidaient pas forcément en faveur de l'innocence de Carl Winterscheid. Il fronça les sourcils.

— Celui qui a tué Heike Wersch était droitier, c'est certain, dit-il lentement. On peut le voir clairement à l'angle sous lequel les coups ont frappé la tête et le corps de la victime. Winterscheid est gaucher. Sous le coup de l'émotion, les gens utilisent automatiquement leur main la plus forte, ils ne se demandent pas si l'on calculera un angle quelconque par la suite. Et vous dites vous-mêmes que le meurtre d'Heike Wersch a été commis sous le coup d'un affect. Je ne peux pas imaginer que, dans une telle situation, quelqu'un soit assez calculateur pour frapper avec sa main la plus faible, juste pour créer de fausses pistes.

— Winterscheid aurait pu ajouter du méthanol à la vodka de Roth, fit remarquer Pia.

— Mme Bremora aussi, rétorqua Henning. Exactement, comme sans doute tous les collaborateurs de la maison d'édition.

— Et ton agent ? Elle connaissait bien Roth et savait très bien qu'il avait un réfrigérateur dans son bureau. Les agents visitent les maisons d'édition, parlent aux éditeurs.

— Bien sûr, Maria pourrait avoir empoisonné Roth. Elle aurait pu aussi tuer Heike Wersch. Avec suffisamment de colère au ventre et une arme appropriée, une femme aussi peut faire ça.

Henning regarda Pia d'un air pensif.

— Et probablement que cela ne lui poserait aucun problème de prendre rendez-vous, par exemple avec Mme Bremora, pour parler de mon nouveau livre. Un petit détour par son ancien ami Roth, personne ne remarquerait. Mais pourquoi aurait-elle fait ça ? Vous en savez probablement beaucoup plus que moi, mais d'après ce que je sais, je ne vois pas de motif pour deux meurtres.

— Nous non plus, concéda Bodenstein. On va rentrer. Nous devons annoncer à Winterscheid que son oncle a détruit sa vie il y a vingt-huit ans.

Bodenstein ouvrit la porte du bureau d'Henning. Celui-ci retint Pia par le bras.

— Tu m'en veux toujours ? demanda-t-il.

— Malheureusement non, répondit-elle en souriant. Tu me connais. Je ne peux jamais en vouloir longtemps à quelqu'un. Même pas à toi.

Ils retournèrent dans le bureau. Carl Winterscheid était à la fenêtre, son smartphone à la main. Il était livide. Julia Bremora était assise à la table et avait l'air aussi choquée que si elle venait de croiser un tueur.

— Ma cousine vient de m'appeler, dit Winterscheid d'une voix rauque. Elle m'a dit que vous aviez arrêté mon oncle parce qu'il avait tué ma mère. C'est vrai ?

*

Julia se sentait mal. Sa place n'était pas ici. Ce n'était pas son affaire, mais lorsqu'elle avait voulu partir, Carl l'avait retenue et lui avait demandé de rester. C'est pourquoi elle était assise ici, à la grande table, avec Maria Hauschild et Dorothea Winterscheid-Fink, consciente des minutes qui défilaient. Personne ne disait rien, parce que tout avait été dit et que les mots ne pouvaient de toute façon plus rien changer. La vérité monstrueuse qui était apparue aujourd'hui dépassait l'imagination. Le repas que Julia était allée chercher deux heures plus tôt au Sushi-Circle de l'Opéra était sur la table, intact. La lumière du jour s'estompait peu à peu et la nuit tombait sur la ville.

Carl était assis depuis une demi-heure derrière son bureau, dans une torpeur catatonique, les yeux rivés sur le portrait de son grand-père. Que se passait-il dans sa tête ? Espérait-il obtenir une quelconque réponse de son ancêtre ? Une réponse à quoi ? Julia partageait sa détresse, mais les mots ou les gestes de consolation étaient inconcevables à cet instant. Depuis qu'il avait appris dans l'après-midi que son oncle avait tué sa mère vingt-huit ans plus tôt, il contrôlait ses émotions avec une maîtrise implacable. Il avait écouté tout ce que les policiers lui avaient raconté et lu dans le procès-verbal de la police d'août 1990, sans sourciller ni poser de questions, et Julia n'était même pas sûre qu'il ait tout compris. On avait trouvé dans l'appartement de Waldemar Bär un mystérieux sac qui avait apparemment appartenu à la mère de Carl. Il avait été question de journaux intimes dont Bär avait recopié des extraits qu'il avait envoyés anonymement à différentes personnes, entre autres à Heike Wersch et Alexander Roth. Les policiers étaient certains que la petite voiture et le manuscrit provenaient également de Bär, mais ils ne pouvaient pas vraiment expliquer pourquoi il avait fait cela. À la grande stupéfaction de Julia, ils étaient assez fermement convaincus que Waldemar Bär avait tué Heike Wersch et empoisonné Alexander Roth avec du méthanol. Ils n'avaient toutefois pas expliqué précisément sur quoi reposait leur hypothèse. C'était terrible que des personnes que l'on connaissait et avec lesquelles on avait travaillé soient assassinées. C'était encore plus terrible quand on connaissait leurs assassins et qu'on… les aimait bien. Julia ne pouvait pas concevoir que Waldemar Bär soit un meurtrier. Cela ne lui ressemblait absolument pas ! Mais n'était-ce pas souvent le cas que les voisins et les connaissances soient abasourdis et horrifiés lorsqu'une personne qu'ils pensaient connaître était soupçonnée de meurtre ?

Lorsqu'ils avaient quitté le service de médecine légale, Carl avait appelé sa cousine et sa marraine pour leur demander de le rejoindre à la maison d'édition. Elles avaient parlé, pleuré et pris Carl dans leurs bras, mais elles avaient vite compris qu'il voulait garder ses distances, il ne voulait pas qu'on l'embrasse. Et depuis, ils étaient assis là, en silence, et le silence, si on s'y laissait aller, rendait les choses plus claires. Julia remarqua que ses pensées s'organisaient et que les fragments d'informations prenaient soudain un sens qu'elle n'avait pas perçu auparavant.

Quand est-ce qu'elle avait remarqué ce sac en papier dans le bureau du gardien et qu'elle lui avait parlé de la phrase qui y était imprimée – *Le dernier espace de liberté sur la terre, c'est la mer* – et qui lui avait tellement plu ? Le lendemain, elle avait retrouvé le sac soigneusement plié et posé sur son bureau, et par la suite, elle avait remercié Bär. Cela ne faisait pas si longtemps. Peut-être trois semaines, un mois tout au plus. En tout cas, c'était avant toute cette histoire avec Severin Velten et les déclarations insultantes d'Heike Wersch dans la presse.

— Vous êtes allé en France ? avait-elle demandé au gardien.

— Oui, mais pas longtemps, avait-il répondu en souriant. J'ai rendu visite à une vieille amie qui est très malade.

Une vieille amie. En France. Qu'est-ce que le commissaire Bodenstein avait dit tout à l'heure ? Waldemar était amoureux de Ségolène, la jeune fille au pair qui avait travaillé chez Katharina Winterscheid. *Une vieille amie*. Mais Maria Hauschild n'avait-elle pas prétendu qu'il était amoureux de Katharina ? Elle n'avait même pas mentionné la jeune fille au pair. C'est drôle.

— Quel âge avait Ségolène, la jeune fille au pair, à l'époque ?

La voix de Julia résonna curieusement dans le silence.

— La vingtaine, je suppose, répondit Maria Hauschild, soulagée de pouvoir dire quelque chose.

— Oui, environ la vingtaine, confirma Dorothea Winterscheid-Fink. Pourquoi demandez-vous ?

— Pour rien.

Julia éprouva le besoin urgent de se lever et de courir dans son bureau à la recherche de ce sac en papier. Elle se souvenait vaguement qu'une adresse web figurait sous la phrase. La police recherchait Bär dans toute l'Allemagne, alors qu'il n'était peut-être plus en Allemagne, mais en France. Chez sa vieille amie, qui était très malade.

— Je me souviens d'elle, dit soudain Carl. Elle me chantait des chansons françaises, et je la corrigeais toujours quand elle faisait des fautes en allemand. Elle m'avait dit que son prénom était l'équivalent français de Sieglinde, ce que je trouvais très drôle. Nous allions souvent ensemble à la piscine. Elle osait sauter du plongeoir de sept mètres. Et nous jouions avec le château des chevaliers et avec le parking…

Il se tut. Son regard croisa celui de Julia.

— C'est drôle. Depuis que je ne m'interdis plus de penser à ma mère, je me souviens tout à coup de plein de choses.

Il se leva et s'étira. Son énergie vitale semblait être revenue et il paraissait libéré d'un poids qu'il avait traîné toute sa vie. Il en avait maintenant la certitude. Et même si cette certitude était terrible, il savait maintenant que sa mère ne l'avait pas abandonné pour des motifs égoïstes.

— Quand j'ai lu le manuscrit qu'elle m'a dédié, j'ai eu un peu l'impression qu'elle me parlait.

Il plongea la main dans la boîte de sushis posée sur la table, en sortit un *California roll* qu'il mit dans sa bouche.

— Quel genre de manuscrit ? demanda Dorothea, surprise.

— Un manuscrit dactylographié. Ma mère avait un style merveilleux. N'est-ce pas, Julia ?

— C'est vrai. J'ai…

Julia se tut. Soudain, elle se rappela comment elle avait sorti de sa bibliothèque le livre auquel le manuscrit de Katharina lui faisait penser et comment elle avait trouvé presque du premier coup le passage qu'elle cherchait.

— Dans le roman de Katharina, il y a un chat, un chat noir avec quatre petites pattes blanches…

— … qui s'appelle Fleur de Sel, comme notre chat, ajouta Carl. Maria, tu te souviens sûrement de Selli, non ?

— Selli ! Oh mon Dieu, bien sûr que je m'en souviens ! s'exclama Maria Hauschild bouleversée.

— Katharina l'avait repêché dans le bassin du port.

— Je m'en souviens aussi, dit Dorothea, il est devenu très vieux. C'est toi qui l'avais amené à la villa.

Julia se demanda si elle devait parler de son étonnante découverte, mais finalement elle préféra attendre. Avant d'en informer Maria Hauschild et Dorothea Winterscheid, elle voulait d'abord en parler à Carl. En tout cas, Julia était certaine que Katharina n'avait pas rédigé que ce manuscrit et elle avait des soupçons assez concrets sur ce qui était arrivé aux autres manuscrits.

— Dommage que Katharina ne m'ait jamais rien fait lire, dit Maria Hauschild avec un sourire nostalgique. Ah, Carl, je peux te dire beaucoup de choses sur ta mère. Elle me manque toujours.

— À moi aussi, chuchota Dorothea Winterscheid-Fink en éclatant en sanglots de manière totalement impromptue. J'aimerais pouvoir réparer ce que mon père a fait, d'une manière ou d'une autre !

Carl se leva alors de son bureau et s'approcha de sa cousine. Il la prit dans ses bras et la berça doucement.

— Tu n'as rien à réparer, Doro, dit-il le plus simplement du monde. Tu n'y es pour rien. Mais nous deux, nous allons faire quelque chose de grand de cette maison d'édition. Je viens d'en parler avec notre grand-père, et il trouve mon idée bonne.

— Quelle idée ? demanda Dorothea en reniflant et elle hocha la tête en guise de remerciement lorsque Julia lui tendit un mouchoir en papier.

— Nous allons changer le nom de la maison d'édition.

Carl sourit.

— Elle s'appellera désormais la maison Liebman, comme avant.

*

— Tu en es où avec les journaux intimes ? demanda Pia à Tariq lorsqu'ils entrèrent dans la salle de réunion.

— Tu sais tout ce que cette femme a écrit ? soupira Tariq. C'est plein de noms et d'abréviations, pas facile de s'y retrouver. Cela va prendre des jours, même si Kathrin m'aide. J'ai commencé par le dernier journal, qui se termine la veille de la mort de Katharina.

— Je lis vite, mais il m'est absolument impossible de les lire tous ce soir ! ajouta Kathrin. J'ai fini le premier, mais il faut aussi prendre des notes.

— J'ai peut-être une solution, intervint Nicole Engel. Severin Velten a une mémoire photographique. Je vais descendre et lui demander s'il peut nous aider.

Elle posa sa tasse de café sur la table et sortit.

— Toute aide est bonne à prendre, dit Tariq, frustré. Au moins le PCEA servirait à quelque chose.

Bodenstein se retira dans son bureau et se plongea dans le dossier de la police. La lecture fit remonter ses souvenirs de l'époque et en regardant les photos des détails lui revinrent à l'esprit : une douce nuit d'été, l'arrière-cour avec les nombreux balcons d'où, malgré l'heure tardive, des curieux regardaient en bas. Le corps ensanglanté de la jeune femme dans la lumière du projecteur, gisant sur les pavés comme une poupée désarticulée, les bras et les jambes tordus. Le garçon en pleurs porté par une jeune femme jusqu'à une voiture. Les voisins qui n'avaient rien vu ni entendu. Bodenstein examina les procès-verbaux des témoins. On n'avait pas été très scrupuleux, on avait parlé uniquement à Margarethe et à Dorothea Winterscheid ainsi qu'à Maria Hauschild, qui s'appelait encore Molitor à l'époque, à Waldemar Bär, à trois habitants de l'immeuble, à plusieurs collègues de travail de la maison d'édition Winterscheid, au médecin de famille de la victime, mais pas à la jeune fille au pair, qui n'était mentionnée que dans une note succincte de son chef de l'époque, que Bodenstein avait dû relire deux fois avant de comprendre : l'inspecteur en chef Menzel avait noté *Oper-Mädchen**, confondant le mot français "au pair" avec le mot allemand *oper* à la prononciation similaire. À l'exception de Waldemar Bär, tous avaient affirmé que Katharina Winterscheid souffrait d'une grave dépression depuis la mort de son mari, raison pour laquelle elle avait même suivi un traitement médical. Son médecin avait pourtant déclaré qu'il ne lui avait prescrit qu'une seule fois un calmant léger, peu après la mort de son mari. On n'avait pas retrouvé de lettre d'adieu dans l'appartement, et les collègues de la maison d'édition avec lesquels elle s'était rendue à une manifestation ce soir-là avaient déclaré que Katharina avait mal à la tête et qu'elle avait donc quitté la manifestation plus tôt, vers 21 h 45. Bodenstein essaya de comprendre comment la situation avait dû se présenter à son chef à l'époque. Dans la perspective actuelle et avec les connaissances qu'il avait maintenant, il constatait des lacunes flagrantes dans l'enquête. Qui était avec le garçon pendant que sa mère était à la manifestation ? La jeune fille au pair ? Pourquoi est-ce que personne ne lui avait parlé ? Bodenstein examina une nouvelle fois les photos de l'appartement dans lequel il n'était pas entré à l'époque. Comment Henri Winterscheid était-il entré dans l'appartement ? Pourquoi avait-il rendu visite à sa belle-sœur si tard dans la soirée ? Si elle avait quitté la manifestation du musée à 21 h 45, elle ne pouvait pas être rentrée chez elle avant 22 h 30. Bodenstein tourna la page. L'appel d'urgence d'un voisin était arrivé au centre de contrôle à 22 h 42, Katharina devait alors être tombée du balcon, le voisin de l'appartement du rez-de-chaussée de l'immeuble d'en face avait vu son corps s'écraser sur les pavés et

* "Fille au pair" se dirait en allemand *au pair-Mädchen*, or l'inspecteur a écrit *Oper-Mädchen* ; *Oper* signifiant "Opéra", personne ne pouvait comprendre qu'il s'agissait d'une fille au pair.

avait immédiatement pris le téléphone. Henri Winterscheid aurait donc pu en un quart d'heure déclencher une dispute et pousser sa belle-sœur du balcon. Et la jeune fille au pair, qu'est-ce qu'elle faisait pendant ce temps-là ? Était-elle intervenue pour les calmer, était-elle restée dans sa chambre ? Ou avec Carl Winterscheid ?

— Chef ?

Pia passa la tête par la porte.

— Christian vient d'arriver. Dans l'appartement de Bär, ils sont tombés sur quelque chose qui va t'intéresser.

— Et moi, j'ai remarqué un truc dans le rapport de police, dit Bodenstein en se levant. Le travail a été plutôt bâclé à l'époque. J'ai l'impression que quelque chose clochait avec la fille au pair. Elle n'a pas été entendue et son nom n'apparaît nulle part.

Ils entrèrent dans la salle de réunion. Tous les collaborateurs de la K11 étaient présents, ainsi que Nicole Engel, qui avait fait sortir Velten du sous-sol. Par la porte ouverte d'un bureau inoccupé, Bodenstein aperçut l'écrivain assis à une table, penché sur une pile de papiers, avec à côté de lui un tas de journaux intimes, une bouteille d'eau et l'inévitable cendrier.

— Qu'est-ce qu'il lit ? s'enquit Bodenstein auprès de sa cheffe.

— Ce manuscrit que vous avez apporté. Ensuite, il s'occupera des autres journaux.

— Il va y arriver ?

— Il pense qu'il lui faut environ vingt minutes pour le manuscrit et deux heures pour tous les journaux, répondit-elle. C'est fascinant. Il lit la presse en un quart d'heure et connaît ensuite chaque article *in extenso*.

— Ouah !

Bodenstein se tourna vers ses collègues.

— Waldemar Bär a fait des copies des lettres anonymes qu'il a envoyées et les a conservées dans sa chambre, dit Kröger en tendant à Bodenstein une feuille dans une pochette transparente. Nous les avons trouvées dans un des tiroirs de la table de nuit.

— Tu te souviens du passage du journal que Maria Hauschild m'a envoyé en photo hier soir et qu'elle m'a donné ce matin ? demanda Pia, la voix vibrante d'excitation. D'après les documents de Bär, il avait envoyé ce passage à Heike Wersch, pas à Maria Hauschild. Celle-ci en a reçu une toute différente. À savoir celle-ci !

Mme Maria Hauschild
c/o Agence littéraire Hauschild
Untermainanlage 211
60311 Francfort-sur-le-Main

Je sais ce que tu as fait pendant l'été 1990. Et tu le sais aussi.

Francfort, le 5 août 1990
Maria m'énerve tellement !!! Je me mords les doigts de lui avoir donné à lire quelque chose de moi ! Je ne sais pas comment elle a fait, mais elle a vraiment donné un manuscrit de moi à cet Erik et il est maintenant tout excité à l'idée de le publier ! Elle a dû me le faucher, je ne l'ai pas remarqué, et maintenant elle fait semblant de me rendre service ! Je lui ai dit très clairement que JAMAIS un livre de moi ne paraîtrait sous un pseudonyme dans une autre maison d'édition que la mienne, et je ne parlerai certainement pas à Erik. Il est aussi ennuyeux que Maria ! C'est un abus de confiance et cela m'horripile ! Ce sont MES histoires ! Je ne veux pas que d'autres les lisent sans mon autorisation ! Elle est là, tous les soirs, qui me regarde avec ses yeux ronds. Hier, elle s'est même mise à pleurer, elle m'a reproché de ne pas vouloir qu'elle obtienne un poste fixe chez Hauschild. Quoi ??? Elle n'a qu'à trouver des auteurs qui cherchent un agent ! Je lui ai dit que je voulais récupérer la clé de mon appartement. Son argument, qu'elle s'occupe de Carl, ne tient plus. Pour ça, j'ai Ségolène, au moins jusqu'en septembre, et après, je verrai. Mais je ne veux plus voir Maria. Rien que de penser à elle, j'en ai la chair de poule…

— Apparemment, elles n'étaient pas si amies que ça, dit Bodenstein.

— En effet. Elle m'a menti. J'aurais dû suivre mon intuition. Son inquiétude pour Heike Wersch était excessive. Et comment elle a cassé la vitre de la porte de la cuisine ! Je comprends maintenant pourquoi elle avait l'air si horrifiée de voir la cuisine impeccable et pas l'ombre d'un cadavre. Elle s'attendait à tout autre chose.

Pia arracha presque la feuille des mains de Bodenstein.

— Tu sais ce que ça veut dire, qu'elle ait eu le texte que Bär avait envoyé à Heike Wersch ?

— Bien sûr. Heike Wersch n'avait pas jeté la lettre anonyme.

Bodenstein acquiesça.

— Le cambriolage. C'était Maria Hauschild. À cause de cette lettre. Comme je le soupçonnais.

— Désolé d'avoir douté, chef, dit Cem.

— Mais pourquoi ?

Pia fronça les sourcils.

— Qu'est-ce qui est si grave dans ce texte, à part le fait qu'il ne la présente pas sous son meilleur jour ?

— Quel passage est-ce qu'il a envoyé à Henri Winterscheid ? s'enquit Bodenstein.

— Celui-ci, dit Christian en lui tendant une autre feuille.

> M. Henri Winterscheid
> August-Siebert-Strasse 61
> 60323 Francfort-sur-le-Main
>
> Je sais ce que tu as fait pendant l'été 1990.
>
> Francfort, le 11 juillet 1990
> Henri est un sale porc !!! Avec ses mains baladeuses. Ségolène était hors d'elle, la pauvre ! Je vais le mettre au pied du mur aujourd'hui, lui dire une dernière fois ce que je pense de lui, et cette fois-ci, je n'en resterai pas là, je vais parler à Margarethe. Je suis responsable de cette fille et s'il vient encore chez moi en mon absence pour la peloter, je le dénoncerai ! Comment un homme peut-il être aussi obsédé ?

Nicole Engel fit une grimace de dégoût.

— Tout est clair. Je vois, dit-elle, cet homme ne mérite vraiment pas un traitement de faveur avec bracelet électronique et assignation à résidence.

— Pour Waldemar Bär, le monde a dû s'écrouler lorsqu'il a découvert qui était celui envers qui il avait été si loyal pendant toutes ces années, dit Bodenstein.

— D'ailleurs, dans le premier journal de 1982, Katharina ne disait pas particulièrement du bien de Maria, intervint Kathrin. Elle venait d'emménager dans cette colocation, quand Heike Wersch avait raconté que Maria avait probablement enfermé son père dans le sauna parce que celui-ci lui avait interdit d'aller quelque part avec la clique. Attendez, ah, voilà : *Ces gens-là sont bizarres. Ils font semblant d'être les meilleurs amis du monde, mais dès que l'un d'eux a le dos tourné, ils disent du mal de lui et se dénigrent mutuellement. Si ce qu'Heike a raconté est vrai, alors Maria aurait tué son propre père ?!? Non, je ne le crois pas. Ou peut-être que si ? En tout cas, tout ça est étrange et inquiétant. Elle a un côté calculateur. Et elle est jalouse parce que je m'entends bien avec Götz. L'autre jour, quand il m'a invitée à venir en France l'été prochain, elle s'est mise à pleurer et à crier. Un vrai jardin d'enfants !*

Bodenstein prit une grande inspiration. Son regard croisa celui de Pia. Était-ce la révélation ? Maria Hauschild était-elle celle qu'ils cherchaient ? Certes, il ne l'avait jamais totalement exclue, mais dans sa liste de suspects, elle était tout en bas parce qu'elle n'avait aucun motif visible. Même maintenant, il ne voyait pas vraiment pourquoi elle aurait commis un ou même deux meurtres.

— Cem, dit-il. Tâche de trouver Maria Hauschild et de la ramener ici. Je pense qu'il faudrait qu'on parle avec elle.

— OK, chef.

Cem quitta la salle de réunion et se rendit dans son bureau pour téléphoner.

— Je n'y crois pas ! marmonna Pia.

— Kai, obtiens le plus vite possible un profil de géolocalisation du portable de Maria Hauschild, ordonna Bodenstein. Et tu as déjà vérifié s'il y a des caméras quelque part dans l'arrière-cour du bâtiment de la maison d'édition ?

— Je m'en occupe encore, répondit Kai. Quant à l'opérateur téléphonique de Waldemar Bär, il a été particulièrement rapide. J'ai reçu les factures détaillées des quatre dernières semaines sur son téléphone portable. Il a appelé sept fois un numéro avec un préfixe français, le dernier lundi à 11 h 37. Il s'agit d'un numéro de téléphone fixe. Inscrit dans l'annuaire du téléphone. Entrepreneur de bâtiment Bonnaire & Fils au 112, rue de la Paix à Noirmoutier. L'entreprise n'existe plus, mais la ligne téléphonique existe toujours.

— Nous connaissons donc maintenant aussi le nom de famille de Ségolène, dit Pia.

— Elle a dû emporter ce sac avec elle quand elle est rentrée en France, après qu'Henri Winterscheid…

Bodenstein s'arrêta.

— C'est peut-être pour cela qu'il est arrivé si tard à l'appartement, il savait très bien que Katharina ne serait pas là et qu'à cette heure-ci Carl serait déjà au lit.

— Il voulait voir Ségolène, dit Nicole Engel.

— Ensuite, Katharina est rentrée plus tôt que prévu, compléta Bodenstein. Il ne s'agissait pas du rapport d'un commissaire aux comptes. Henri Winterscheid a peut-être harcelé la jeune fille et Katharina l'a surpris.

— Quelle ordure, dit Kathrin, dégoûtée. Si on la trouve et qu'elle témoigne contre lui, il finira ses jours en prison.

Il était près de 23 heures, mais personne ne songea à s'arrêter.

— Lundi, Bär a passé exactement quinze secondes au téléphone avec ce numéro français.

Kai leva les yeux.

— Qu'est-ce qu'on dit en quinze secondes ?

— Salut Ségolène, ça va ? J'ai tué deux personnes et je dois partir d'ici. Est-ce que je peux venir chez toi à Noirmoutier ? dit Pia à toute vitesse. Quelque chose comme ça.

Tariq était assis à la table et feuilletait nerveusement les cahiers noirs.

— Je l'ai vu quelque part ! marmonna-t-il. Je suis sûr d'avoir lu ce nom quelque part ! Bon sang, en quelle année était-ce ? Et dans quel contexte ?

— J'ai trouvé ! s'exclama Tariq, triomphant. Katharina a écrit le 23 juillet 1987 : *Une journée de rêve avec Marie-Hélène, Hervé et les enfants sur le bateau ! Nous avons jeté l'ancre devant la plage des Dames et pique-niqué, et John et Hervé ont emmené les enfants jusqu'à la plage à la rame. En fait Ségolène ne peut pas être considérée comme une enfant, c'est déjà une vraie jeune fille ! Quand elle aura fini sa scolarité dans deux ans, elle viendra passer une année entière chez nous…*

Pendant qu'il lisait, Kai tapotait sur le clavier de son ordinateur portable.

— Hervé Bonnaire était le directeur de l'entreprise de bâtiment, dit-il à ses collègues. Le site web de l'entreprise est très ancien, il a été mis à jour pour la dernière fois en 2007.

— Je parie que Waldemar Bär est allé se réfugier auprès de son amour de jeunesse, dit Pia. Il a eu l'intelligence de laisser son portable ici pour qu'on ne puisse pas le localiser, mais il n'a pas pensé que nous pourrions obtenir aussi rapidement ses relevés téléphoniques.

— On procède comment ? questionna Bodenstein. On demande de l'aide à nos collègues français ?

— Sur quelle base ? demanda Nicole Engel. Avec ces maigres preuves, il est peu probable que nous obtenions un mandat d'arrêt international pour lui.

— Encore moins pour Maria Hauschild, dit Pia d'un air sombre en se laissant tomber sur une chaise.

*

— C'est complètement fou ! On va vraiment en France ?

Julia ne put s'empêcher de rire, même si la situation ne s'y prêtait guère.

— Bien sûr !

Carl sourit en montrant le GPS de sa voiture, dans lequel Julia avait entré la destination.

— 1 037 kilomètres, durée du trajet : 10 heures et 38 minutes. D'après le GPS, demain matin à 9 heures, nous serons à la mer !

— Et comment allons-nous trouver M. Bär ?

— Nous nous renseignerons. Tu parles parfaitement français.

Carl dirigea la Volvo noire vers l'A5.

— Euh… oui.

Et maintenant, son patron la tutoyait !

— Ben voilà. Pour le reste, nous avons ma carte de crédit.

Ce voyage était-il une hyperréaction aux nouvelles terribles qu'il avait apprises aujourd'hui ? Certaines personnes réagissaient aux chocs par une hyperactivité et à un moment donné finissaient par s'effondrer.

— Je me souviens de tellement de choses tout à coup, dit Carl.

Julia regarda son visage éclairé par la lumière verdâtre du tableau de bord. Il souriait, détendu, sa réserve avait disparu, comme si un interrupteur avait été actionné.

— Pourtant, je n'avais que six ans et demi la dernière fois que j'ai vu Ségolène. Mais chaque fois que je pensais au passé, j'avais son visage devant les yeux et sa voix dans les oreilles. Ma mère n'est en quelque sorte qu'une ombre sans visage, le bruit de la machine à écrire, l'odeur d'un parfum – *Calèche* d'Hermès – et un vague sentiment de sécurité. Ségolène, pour moi, c'est… la gaieté. On s'amusait. Quand on allait voir ma mère à la maison d'édition, on faisait toujours la course dans la Schillerstrasse.

— Et si je me suis trompée ? demanda Julia. Si elle n'est pas là-bas ? Et Bär non plus ?

Elle avait attendu que Dorothea Winterscheid – désormais sans Fink, comme l'avait dit la directrice des ventes – et Maria Hauschild soient parties, puis avec Carl, elle était allée dans son bureau et avait trouvé le sac en papier dans un de ses tiroirs du bureau. Elle avait raconté à Carl ce que Waldemar Bär lui avait dit au sujet de sa vieille amie malade, et il avait tout de suite fait le lien.

— Il est donc allé voir Ségolène, dont il était autrefois amoureux ! avait dit Carl en fronçant les sourcils. Elle est malade. J'aimerais tellement lui parler à nouveau. Il avait regardé Julia et demandé : Vous avez quelque chose de prévu ce soir ?

— Euh, non…, avait-elle répondu. Pourquoi ?

Et il s'était mis à rire, tout excité, comme un gamin.

— Venez avec moi ! J'ai une idée.

Elle s'attendait à ce qu'il fasse des recherches, pas à ce qu'il l'emmène en France pour un *road trip*. Mais ça aussi, c'était excitant.

— S'ils ne sont pas là, on aura vécu une aventure. On se promènera pieds nus sur la plage et on mangera des huîtres, répondit Carl à la question de Julia en souriant légèrement. Je ne suis allé qu'une seule fois à Noirmoutier quand j'étais petit. Après la mort de Götz, mon oncle et ma tante ont vendu la maison et n'y sont plus jamais retournés, mais mes parents ont continué à aller voir les anciens amis de mon père, les parents de Ségolène. Après tout ce que j'ai entendu ces derniers jours, je suis vraiment curieux d'y retourner.

Un avion en phase d'atterrissage passa au-dessus d'eux et ils dépassèrent les lumières de l'aéroport de Francfort. Carl appuya sur l'accélérateur. Hormis quelques camions, l'autoroute à quatre voies était quasiment vide.

— Je n'ai pas vraiment tendance à faire des folies, avoua-t-il à Julia. Toute ma vie, j'ai dû être raisonnable, car j'ai toujours été à la merci de personnes étrangères et je n'ai jamais pu me sentir en sécurité. Plus tard, quand j'ai été adulte, ce sentiment n'a plus été aussi dominant, mais il y a dans la vie de chacun d'entre nous une période où son caractère est marqué à jamais, et c'est généralement à la fin de l'adolescence. J'ai appris très tôt à ne faire confiance qu'à moi-même et à reconnaître les dangers à temps. C'est sans doute pour cela que je suis devenu un homme de tête, discipliné, qui considère toujours les conséquences des choses. J'analyse tout en détail et je résous les problèmes par la logique et la raison, pas par les émotions. Les gens réagissent généralement avec compassion lorsqu'ils apprennent que l'on a perdu ses parents très tôt. Ils pensent que ce genre de choses nous affaiblit. Moi je pense que c'est le contraire. Être livré à soi-même rend plutôt fort.

Il jeta un coup d'œil furtif à Julia et sourit.

— Mais parfois, j'aime aussi faire des choses folles.

— Je suis un peu comme ça aussi, répondit Julia.

— Je sais, dit Carl à sa grande surprise. C'est peut-être pour ça que je te fais confiance. Tu es forte, sûre de toi et courageuse. Mais pas pour autant irrespectueuse et égoïste.

— En fait, je ne suis pas si courageuse que ça, rétorqua Julia.

— Si, tu l'es, dit Carl en souriant. La façon dont tu as remis Hellmuth Englisch à sa place et dont tu as défendu tes auteurs, c'était courageux.

— Hum.

Elle se demanda comment l'appeler, puis décida de le tutoyer à son tour. Ils allaient rester un bon moment ensemble dans la voiture, elle ne pouvait pas constamment éviter le tutoiement direct.

— Je peux te demander quelque chose de personnel ?

— Bien sûr.

Lorsqu'il se tourna vers elle, elle fut troublée. Elle osait à peine le regarder.

— Tu as appris des choses si terribles aujourd'hui, dit-elle en espérant que sa voix ne tremble pas. Comment fais-tu pour continuer à… aller de l'avant ?

Carl réfléchit un moment avant de lui répondre.

— Il y a toujours deux possibilités. Abandonner ou continuer. Abandonner n'a jamais été une option pour moi. Quand vous grandissez comme un orphelin, le pire qui puisse vous arriver s'est déjà produit. La plupart des gens vivent dans la peur constante que leurs parents meurent. Ce n'est pas mon cas. Et le fait d'apprendre aujourd'hui que mon oncle a tué ma mère m'a… soulagé, même si cela peut paraître étrange. Mon oncle m'est indifférent, c'est un personnage insignifiant pour moi et il est déjà suffisamment puni parce qu'il n'a toujours été qu'une marionnette incapable et qu'il le sait. Je suis heureux de savoir que je comptais pour ma mère. C'est important pour moi.

Il passa sur la voie de droite.

— Il ne faut pas gaspiller son énergie pour des choses auxquelles on ne peut plus rien changer, ajouta-t-il. Et je n'ai pas l'intention de laisser des gens qui ne représentent rien pour moi détruire ma vie. Mes parents m'ont laissé cette maison d'édition, et j'en fais quelque chose.

Ils roulèrent un moment en silence et le silence permit à Julia de percevoir encore plus intensément la présence de Carl, son rayonnement serein, sa force. Il n'était pas narcissique, ni cinglé comme Lennart, son ex.

— Qu'est-ce que tu voulais dire tout à l'heure à propos du manuscrit de ma mère, quand tu t'es arrêtée de parler tout d'un coup ? demanda Carl. Pourquoi est-ce que tu n'as pas continué ?

— Parce que…

Julia hésita. Il était particulièrement attentif !

— Je voulais d'abord t'en parler. Parce que j'ai constaté quelque chose.

Et tandis qu'ils filaient à cent soixante kilomètres-heure à travers la nuit, elle lui raconta ce qui l'avait frappée.

*

— Récapitulez-moi tous les faits, demanda Nicole Engel.

Tandis que Bodenstein et Kai s'exécutaient et récapitulaient à tour de rôle tous les résultats de l'enquête, Pia mit ses lunettes de lecture et fouilla dans le sac qu'elle avait trouvé chez Bär. Elle regarda l'alliance et lut ce qui y était gravé : *À toi pour toujours – Johannes – 14 novembre 1983*. Dans l'une des enveloppes marron se trouvait le livret de famille de Johannes et Katharina Winterscheid, délivré par le bureau d'état civil de Francfort-sur-le-Main le 14 novembre 1983, ainsi que l'acte de naissance de Carl August Winterscheid, l'acte de décès de Johannes Carl Winterscheid et des copies notariées des testaments de Johannes Carl Winterscheid et de Carl August Winterscheid, probablement le grand-père de l'actuel Carl August. La deuxième enveloppe contenait un manuscrit dactylographié intitulé *La Famille Winterscheid* rédigé par Katharina Winterscheid et comportant 384 pages. Il y avait aussi six pages tenues par un trombone, avec une liste dactylographiée.

Le Vent de la Camargue, 283 pages, écrites de 1979 à 1980, lut Pia. *Les Dieux de la Provence*, 317 pages, rédigé en 1980. *La Femme du Trocadéro*, 362 pages, rédigé en 1982. Pour chaque titre, il s'agissait apparemment de livres, il y avait un résumé d'une demi-page. Pia feuilleta les pages jusqu'à la dernière. Tout en bas de la liste figurait *Amitié éternelle*, commencé en 1990.

La plupart du temps, la prise de conscience s'opère lentement, mais cette fois, pour Pia, ce fut une fulgurance. Elle s'efforça de rester calme et passa en revue tout ce qu'elle avait appris et entendu. Elle vérifia les faits et élimina peu à peu toutes les contradictions, et ce qui restait finalement était la vérité, si incroyable qu'elle puisse paraître.

— Écoutez, commença-t-elle, mais personne ne l'entendit.

C'est pourquoi elle frappa dans ses mains. Bodenstein se tut. Nicole Engel se tourna vers elle. Kai leva les yeux de son ordinateur portable. Tariq et Kathrin cessèrent de feuilleter le journal.

— Je sais de quoi il s'agissait pour Maria Hauschild, dit Pia en brandissant la liste des titres. À l'époque, elle a volé en tout quinze manuscrits à son amie Katharina Winterscheid et les a très probablement publiés. Pour elle, en tant qu'agent, cela devait être un jeu d'enfant. Je pense qu'Heike Wersch était au courant et qu'elle a essayé de la faire chanter. C'est pourquoi Maria Hauschild l'a tuée. Alexander Roth menaçait de perdre son sang-froid et de tout révéler, c'est pourquoi il devait lui aussi mourir.

— Est-ce qu'on tue des gens à cause de manuscrits ? demanda Bodenstein, sceptique.

— Certainement pas à cause d'un manuscrit quelconque, répondit une voix, et tous se tournèrent vers la porte, surpris.

Severin Velten se tenait dans l'encadrement de la porte, mal rasé et les cheveux en bataille. Il avait l'air épuisé, mais ses yeux rouges brillaient.

— Mais s'ils ont rapporté des millions et que l'héritier légitime réapparaît soudain sur le devant de la scène, peut-être que oui.

— Des millions ? lui demanda Nicole Engel, étonnée. Qu'entendez-vous par là ?

— Le manuscrit que je viens de lire est de l'auteur de best-sellers Anita Kahr. J'en mettrais ma main au feu, répondit Velten. C'est exactement la même façon de raconter. Le même style d'écriture. La construction des intrigues. La tonalité. Les personnages stéréotypés. Un homme bien sous tous rapports, une femme magnifique, un coup du sort ou la ruine imminente. Du *mainstream* adapté aux masses. Il ne s'agit pas d'être méprisant, le succès a finalement donné raison à Anita Kahr. Pendant quinze ans, à partir du milieu des années 1990, elle a été l'un des auteurs allemands les plus populaires. Ses livres ont été traduits en vingt-quatre langues et ont même connu le succès aux États-Unis et en Angleterre.

Pia sourit, satisfaite que l'affirmation de Velten étaye sa propre impression.

— Quand Henning m'a forcée à être femme au foyer après notre mariage, j'ai lu énormément, dit-elle, et j'ai particulièrement apprécié Anita Kahr. J'ai lu tous ses livres.

— Moi aussi, admit Kathrin. Du pur mélo !

— C'est aussi ce que je pensais, confirma Nicole Engel. Je les ai quand même tous lus. Seules les adaptations cinématographiques étaient mauvaises.

— Je les trouvais horribles, dit Severin Velten. Je les ai lus uniquement parce que ma mère les lisait. J'ai toujours dû lire tout ce qui me tombait sous la main, c'était quasi compulsif. C'est d'ailleurs toujours le cas aujourd'hui.

— Tous les livres d'Anita Kahr se déroulaient en France, poursuivit Pia. Et Anita Kahr n'est jamais apparue en public.

— C'est vrai.

Severin Velten hocha la tête en signe d'approbation. Il n'y avait même pas de photo d'auteur sur ses livres, pas de lectures, pas d'interviews. Cette femme était un fantôme.

— Cela m'a toujours dérangé. J'aime bien avoir en tête une image de la personne dont je lis les livres.

Pia se dirigea vers l'un des tableaux blancs sur lequel il restait un peu de place, prit un feutre et écrivit ANITA KAHR. Ses collègues et Severin Velten la regardèrent attentivement. Kai eut le déclic en premier.

— Incroyable ! dit-il.

— Cool ! fit Tariq en arborant un sourire admiratif.

— Je dirais plutôt que c'est culotté, lança Nicole Engel.

— Un pseudonyme, marmonna Severin Velten.

— Non, pas un pseudonyme, dit Pia. Je soupçonne plutôt un faux nom pour dissimuler un vol ou un détournement.

— Une fois de plus, je n'y comprends rien, se plaignit Kathrin.

— Attends !

Pia écrivit les lettres du nom de l'auteur, dans un ordre différent, un peu au-dessus. Et soudain, KATHARINA apparut sur le tableau blanc.

À ce moment-là, Cem revint dans la salle de réunion.

— Maria Hauschild devrait arriver d'un moment à l'autre, dit-il en se frottant les mains. J'ai réussi à la joindre chez elle, à Kronberg. Elle était déjà couchée, mais elle a dit qu'elle s'habillait immédiatement et venait ici.

Bodenstein soupira.

— Elle s'est foutue de toi. Elle ne viendra certainement pas, dit-il. Envoie immédiatement une patrouille ! Et aussi à son agence à Francfort ! Kai, nous lançons un avis de recherche pour elle et sa voiture.

Cem jeta un regard perplexe à la ronde.

— Qu'est-ce qui se passe ?

Pia l'éclaira sur les dernières découvertes.

— Putain ! s'exclama-t-il. Comment ai-je pu être aussi crédule ?

— C'est aussi la question que je me pose, dit Nicole Engel.

— Alors, qu'est-ce qu'on fait ?

Bodenstein regarda en fronçant les sourcils le nom que Pia avait écrit sur le tableau. Il entendit dans sa tête la voix de son ancien chef, qui avait certes mené une enquête bâclée dans l'affaire Katharina Winterscheid, mais qui avait par ailleurs été un très bon policier et un très bon enseignant : *Réfléchis. Suis les indices. Où mènent-ils ?*

Suis les indices ! Bien sûr ! Comment avait-il pu être aussi aveugle ? Les indices étaient évidents et menaient à l'île de Noirmoutier !

— Il faut qu'on parle à l'ancienne fille au pair avant que Maria Hauschild le fasse, dit Bodenstein en s'efforçant de rester calme. Waldemar Bär a téléphoné à Ségolène et je suis presque sûr que, maintenant, il est avec elle. Maria Hauschild se souvenait très bien qu'à l'époque, il était amoureux de la jeune fille. Après l'apparition des extraits du journal, elle ne l'avait peut-être pas compris tout de suite, mais depuis elle a dû faire le rapprochement.

— Carl Winterscheid et son éditrice étaient avec elle dans le bureau d'Henning ! s'exclama Pia. Il en sait peut-être plus que nous !

— Alors réveille-le et demande-lui, dit Bodenstein. Appelle chez Carl Winterscheid et chez l'éditrice, Henning a sûrement son numéro de téléphone. Tariq, trouve le moyen le plus rapide de se rendre sur cette île.

— À Noirmoutier ? Tu veux vraiment y aller ? demanda Nicole Engel. Nous pourrions demander à la police là-bas de rechercher cette femme.

— Si c'est comme je le pense, cette Ségolène est la seule, à part Maria Hauschild, à connaître l'existence des manuscrits, rétorqua Bodenstein. L'une des deux a profité de la mort de Katharina Winterscheid pour s'en emparer. Je penche pour Maria Hauschild.

— Elle a eu l'intelligence d'attendre encore quelques années avant de publier, ajouta Pia. Et sur son site, il n'y a rien sur Anita Kahr. Elle a donc aussi été assez futée pour ne pas la mentionner comme auteur de son agence.

— Les livres d'Anita Kahr ont été publiés par une maison d'édition au Luxembourg jusque-là plutôt insignifiante, intervint Severin Velten. Les éditions Guy Manesse…

— Maria Hauschild est originaire du Luxembourg, dit Kai. Son père, Jean Molitor, y avait son propre cabinet d'avocats avant de venir à Francfort.

Pia aimait ces moments d'excitation, quand les pièces du puzzle tombaient les unes après les autres au bon endroit et que, tout à coup, on pouvait voir l'image dans son ensemble.

— Maria Hauschild est la marraine de Carl Winterscheid, dit-elle, elle ne peut pas vouloir qu'il découvre ce qu'elle a fait.

— Si nous avons raison, Maria Hauschild a déjà tué deux personnes.

Bodenstein regarda sa patronne.

— Peut-être aussi son père et peut-être son mari, qui serait mort d'un coma diabétique. Cette femme ne recule devant rien. Ségolène Bonnaire est en grand danger. Et Waldemar Bär aussi, s'il est avec elle, ce que je suppose.

— Le moyen le plus rapide d'arriver à Noirmoutier est de prendre un vol pour Nantes, dit Tariq après avoir consulté Internet. Il y a un vol Air France demain matin à 7 h 05. Il atterrit à Nantes à 9 h 20. De là jusqu'à cette île, il y a encore environ soixante-quinze kilomètres par des routes de campagne. En hélicoptère, on y est cependant en vingt minutes.

— Réserve deux vols pour Pia et moi, lui dit Bodenstein.

— Et un hélicoptère de Nantes à l'île, ajouta Nicole Engel. Nous verrons ensuite comment vous procéderez. Il y aura bien une sorte de police là-bas.

C'était un geste d'une générosité inattendue de la part de sa patronne, par ailleurs notoirement radine. Pia s'était déjà retrouvée dans un train en seconde classe.

— Tous les autres, vous êtes là demain matin à 5 h 30, reprit la directrice de la police judiciaire. Kröger, vous aussi, et avec toute votre troupe. Je m'occupe d'un mandat d'arrêt international pour Maria Hauschild et de mandats de perquisition pour son domicile et les locaux de son agence.

— Je crois que vous pouvez vous épargner cette peine, dit alors Severin Velten.

— Avec tout le respect que je vous dois, monsieur Velten, vous ne connaissez pas le travail de la police aussi bien que nous, rétorqua Nicole Engel.

— Je ne veux pas non plus vous manquer de respect, après tout ce que vous avez fait pour moi, dit Velten. Mais vous ne pensez tout de même pas qu'une femme aussi intelligente, qui, pendant vingt ans, a réussi à garder secrète l'identité d'un auteur de best-sellers inventé de toutes pièces, va laisser traîner chez elle ou dans son bureau quelque chose qui vous permettrait de prouver qu'elle a commis un meurtre ou même deux, n'est-ce pas ?

Bodenstein ne put s'empêcher de sourire. Le héron avait plus le sens des réalités qu'il n'en avait l'air !

— Et que suggérez-vous ? demanda Nicole Engel, dont le ton trahissait plus qu'un soupçon de sarcasme, ce que Velten ne remarqua pas.

— Alors, si cette histoire était l'intrigue d'un roman policier, à votre place, je chercherais un refuge au Luxembourg, dit-il très sérieusement. Et si j'étais Maria Hauschild, j'aurais fait en sorte qu'il n'y ait aucune trace de cette planque ici en Allemagne. À sa place, j'aurais utilisé l'identité d'un auteur qui vit et paie ses impôts au Luxembourg. Éventuellement, j'aurais inventé cette identité. Tant qu'il touche de l'argent, le fisc ne pose pas trop de questions.

— Je vois. Ça me paraît plausible.

La directrice de la police judiciaire croisa les bras sur sa poitrine et regarda l'écrivain avec un intérêt renouvelé.

— D'ailleurs, je me souviens que Mme Hauschild et son mari étaient sur le point de se séparer lorsqu'il est mort, ajouta Velten après coup. Cette année-là, j'ai eu mon premier succès littéraire et on a beaucoup parlé de la mort d'Erik Hauschild à la Foire du livre. Vous devriez faire des recherches pour savoir si Maria et lui se sont brouillés à l'époque à cause d'Anita Kahr. Peut-être que ce succès lui a fait peur, ou qu'il a voulu enfin rencontrer l'autrice en personne.

Un moment, le silence tomba dans la salle de réunion, et tous attendirent avec impatience la réaction de leur patronne.

— Vous pourriez peut-être nous accompagner demain, dit Nicole Engel, ne serait-ce que pour l'aide que nous apporte votre mémoire photographique.

Velten hocha la tête.

— Bien. Je serai prêt demain à 5 h 30. J'emporte les journaux intimes, si vous êtes d'accord. Comme ça, je pourrai au moins fumer en lisant.

Il s'apprêtait à sortir quand quelque chose lui revint.

— Je réalise maintenant que je n'ai pas tué Heike. Même si elle a vraiment beaucoup saigné.

*

Il était un peu plus de minuit lorsque Bodenstein se dirigea vers sa Porsche que Lorenz avait garée sur le parking de la BRI. À la lueur du réverbère, la peinture brillait d'un noir étincelant.

— Bonsoir, Oliver, dit quelqu'un derrière lui.

Bodenstein sursauta et se retourna. Sa femme était devant lui.

— Karoline ! Mais qu'est-ce que tu fais là ? s'exclama-t-il.

— Je sais toujours où tu es. Nous avons bien cette application *Où est ?* sur nos portables.

— Je vois.

Bodenstein décida de supprimer l'application dès le soir et de restreindre immédiatement la fonction de localisation de son portable. Cela ne le dérangeait pas que Karoline puisse voir où il se trouvait, après tout il n'avait rien à lui cacher, mais l'idée que Greta puisse faire de même en prenant le portable de sa mère ne lui plaisait pas du tout.

— Qu'est-ce que tu veux ? Il est déjà tard, et je dois prendre l'avion pour la France demain matin.

— Je vais démissionner de chez la comtesse von Rothkirch, dit Karoline. Je le lui ai annoncé aujourd'hui. Elle ne savait pas du tout que… que tu m'avais quittée et elle est tombée des nues. Cependant, elle m'a dit auparavant que tu allais faire don d'une partie de ton foie à Cosima.

— Oui, c'est ce que j'ai l'intention de faire, confirma Bodenstein.

— Et tu viens de le décider ?

Le visage de Karoline était pâle, figé, comme un masque.

— Non. Il y a déjà un certain temps, répondit honnêtement Bodenstein. En fait, j'avais l'intention de te le dire, mais chaque fois que je prononçais le nom de Cosima, tu me faisais des scènes de jalousie.

Karoline était étonnamment perspicace.

— C'est vrai. J'ai toujours eu la certitude que tu te déciderais à nouveau pour elle. Et j'avais raison.

— Non, je ne me décide pas pour elle.

Bodenstein secoua la tête et fit un signe lorsque Pia puis Cem passèrent devant lui.

— Tu ne m'as jamais choisi, c'est ça le problème. J'ai accepté Greta, son père et sa femme dès le début, mais tu n'as même pas voulu connaître ma famille.

— Greta avait vraiment besoin de moi, affirma Karoline, je pensais que tu comprendrais.

— J'ai essayé de comprendre. Mais entre Greta et toi, ce n'est pas une relation mère-fille normale, c'est une symbiose malsaine, dit Bodenstein. Il n'y a jamais vraiment eu de place pour moi.

— Elle a tenté de se suicider ce matin, dit Karoline d'une voix tremblante.

Bodenstein se retint *in extremis* de faire une remarque malveillante du genre : ah, encore ? Greta avait souvent menacé de se suicider si elle n'obtenait pas suffisamment d'attention de sa mère, et quelquefois, elle avait à moitié entaillé ses avant-bras avec une lame de rasoir sans se mettre sérieusement en danger.

— Tu l'as fait interner en psychiatrie ? demanda-t-il, tout en connaissant d'avance la réponse.

— Non. Je suis arrivée à temps. Elle avait avalé des somnifères. Maintenant, elle va mieux.

Tout à fait. Greta avait obtenu l'attention qu'elle voulait.

— Karoline, je ne peux et ne veux plus t'aider, dit Bodenstein. Tu n'as jamais écouté mes conseils et tu ne le feras pas non plus maintenant. Greta fait de toi ce qu'elle veut. Arrête de la traiter comme une enfant ! Elle est majeure et doit enfin apprendre à assumer les conséquences de ses actes.

— Mais c'est mon enfant ! Je suis sa mère ! Qui d'autre pourrait l'aider si je ne le fais pas ?

Bodenstein soupira et secoua la tête. C'était peine perdue.

— Ta fille a besoin de l'aide d'un pro, dit-il comme il l'avait déjà dit cent fois. Tu ne peux plus l'aider. Tu ne fais qu'empirer les choses, tu ne le vois pas ?

— Qu'est-ce que je peux faire ?

Karoline était sincèrement désespérée. Comme toujours.

— Ne plus la laisser entrer chez toi et ne plus lui donner d'argent tant qu'elle ne sera pas prête à suivre un traitement psychologique.

— Je ne peux tout de même pas regarder mon enfant sombrer ! s'exclama-t-elle.

— Ça fait longtemps qu'elle a déjà sombré.

Bodenstein actionna la télécommande de sa voiture et le verrouillage central.

— Elle n'a pas de diplôme de fin d'études, pas de boulot, elle traîne avec des criminels connus dans la région et lance des cocktails Molotov sur une écurie !

— Elle aurait justement eu besoin d'un père, dit Karoline, c'est ma faute si elle est devenue comme ça.

— Elle a un père biologique qui s'est beaucoup occupé d'elle jusqu'à ce que Greta vole de l'argent à sa femme et incite ses frères et sœurs à fumer et à voler, rétorqua Bodenstein, à bout. Et elle m'a eu, pendant six ans. J'ai fait ce que j'ai pu, comme avec mes propres enfants, de temps en temps avec sévérité et logique, mais tu t'es interposée.

— Elle t'aime, affirma alors Karoline. Reviens, Oliver. S'il te plaît. Parle-lui !

— Si tu appelles ça de l'amour, au secours, dit Bodenstein sèchement. Je ne reviendrai pas. C'est fini, Karoline. Et Greta ne m'aime pas. Elle veut simplement imposer sa volonté, par tous les moyens. J'ai vraiment fait tout ce que je pouvais. Maintenant, je ne suis plus dans le coup. Bonne chance !

Il allait monter dans sa voiture.

— Oliver ! Attends ! lui demanda-t-elle.

— Oui ?

— Je t'ai aimé autant que je le pouvais, dit-elle.

Bodenstein observa le visage de sa femme, qui avait les yeux bizarrement vitreux. Il essaya en vain de se souvenir de ce qu'il avait ressenti pour elle.

— Je sais, Karoline, répondit-il.

— Tu veux divorcer ?

— Je pense que ça va finir comme ça. Mais nous en reparlerons à un autre moment, d'accord ?

Malgré tout ce qui n'avait pas fonctionné entre eux, l'amertume qu'elle avait dans la voix lui fit mal.

— D'accord, dit-elle d'une voix neutre qui fit frissonner Bodenstein.

— Prends soin de toi, Karoline, dit-il. Je t'appellerai.

Il s'assit dans sa voiture, démarra et sortit du parking.

7ᵉ jour
Mercredi 12 septembre 2018

Peu après Paris, ils s'étaient arrêtés une deuxième fois pour faire le plein, aller aux toilettes et acheter des friandises, des boissons et des sandwichs emballés sous vide, pas forcément un délice, mais tout de même assez bons pour caler un estomac en demande. Julia avait pris le volant pour que Carl puisse fermer les yeux un moment. Elle était bien trop agitée pour dormir, elle avait dépassé le stade de la fatigue et était maintenant complètement réveillée. Au bout de quelques kilomètres seulement, Carl s'endormit profondément, sa veste froissée lui servant d'oreiller. L'autoroute était agréablement vide et la route sèche, hormis les péages, il ne se passait rien, mais Julia aimait conduire la nuit, surtout une voiture aussi confortable que la voiture de fonction de Carl. Elle avait réglé le limitateur de vitesse sur cent trente-six kilomètres-heure et mis le GPS en sourdine. Elle laissait maintenant ses pensées vagabonder tandis que les gros pneus du 4×4 avalaient les kilomètres. Tout au long du trajet jusqu'à Paris, ils avaient parlé et Julia avait répondu de bonne grâce aux questions de Carl sur sa famille. Elle avait elle-même été étonnée de la facilité avec laquelle elle pouvait lui parler et elle avait dû se rappeler à l'occasion qu'il s'agissait de son patron. Julia pensait à Henning Kirchhoff et à son ex-femme, qui lui inspirait un grand respect. Pourquoi s'étaient-ils séparés ? Pourquoi les relations de deux personnes qui semblaient bien s'entendre s'étaient-elles brisées ? Elle jeta un coup d'œil à Carl qui ronflait doucement. Dans son sommeil il avait l'air incroyablement jeune et vulnérable ! Carl lui faisait vraiment confiance, et cette certitude lui faisait chaud au cœur.

Qu'est-ce qui les attendait au bout de leur folle équipée dans la nuit ? Allaient-ils vraiment retrouver Waldemar Bär et Ségolène ? Et s'ils arrivaient trop tard, si la femme était morte ? Lorsque le concierge lui avait parlé de sa vieille amie malade, il avait eu l'air inquiet. Julia espérait que Carl n'aurait pas à subir une nouvelle déception, car il se pouvait aussi que Maria Hauschild et Ségolène aient fait cause commune pour les manuscrits de la mère de Carl. Elle était désormais certaine qu'Anita Kahr était un pseudonyme. À la fin des années 1990, il était certainement plus facile de commettre ce genre d'escroquerie, à l'époque où il n'y avait pas encore Internet et encore moins les réseaux sociaux.

Peu après Le Mans, l'autoroute se divisait. À gauche, l'A11, L'Océane, menait à Nantes et Angers et à droite, direction Rennes, en Bretagne.

Carl se réveilla lorsqu'ils quittèrent l'autoroute à Nantes. Derrière eux, à l'est, le jour se levait. Julia aperçut dans le rétroviseur une bande rose qui s'étendait sur l'horizon, le ciel s'éclaircissait, alors que devant eux il faisait encore nuit.

— Tu aurais pu me réveiller ! Tu as conduit depuis Paris !

Il se redressa et ouvrit la boîte à gants.

— Tu veux quelque chose qui réveille ? demanda Carl en bâillant.

— Avec plaisir, répondit Julia et Carl ouvrit la canette, glacée par la climatisation de la boîte à gants, et la lui tendit.

Une odeur pénétrante de bonbons Haribo emplit l'habitacle de la voiture. Julia n'était pas une grande fan de ce breuvage sucré, mais il remplissait son rôle et chassait la fatigue qui commençait à se faire sentir, tant dans sa tête que ses membres.

Ils s'arrêtèrent et Carl prit le volant. Julia attrapa son sac à dos et en sortit son portable.

— Oh ! J'ai deux appels d'Henning Kirchhoff ! constatat-elle. Il a essayé de me joindre hier soir à 23 h 30 !

— Zut, j'ai oublié mon portable.

Carl ouvrit le rabat du compartiment entre les sièges et en sortit son smartphone. Il était éteint.

— Il est déchargé !

Julia alla sur réglages, téléphone et notifications. La seconde d'après, son téléphone émettait une cacophonie de sons. Plusieurs appels, messages et messages vocaux d'Henning Kirchhoff et d'un numéro inconnu s'affichèrent. Elle répondit au premier message vocal. Au moment où elle allait l'écouter, son téléphone portable rendit l'âme à son tour en émettant un bip.

— Tu as un câble de recharge sur toi ? demanda-t-elle à Carl.

— J'ai bien peur que non, répondit ce dernier. Je n'y ai pas pensé, avec notre départ précipité hier soir.

— Moi non plus. Je suppose que nous sommes tous les deux hors ligne pour le moment.

Et elle remit le portable dans son sac à dos.

Cela faisait un peu bizarre de ne pas être joignable et de ne pas pouvoir se connecter rapidement à Internet, mais d'une certaine manière, c'était aussi libérateur. Cependant, ils n'avaient aucune idée de l'endroit où ils devaient chercher Ségolène et Waldemar Bär sur cette île ! Ils avaient eu une conversation si intense qu'ils avaient momentanément perdu de vue le but de leur voyage et avaient même oublié de demander à la cousine de Carl l'adresse de l'ancienne maison Winterscheid comme repère, comme ils avaient prévu de le faire. Julia se souvint alors que les notes qu'elle avait prises en lisant le manuscrit se trouvaient dans son sac à dos. Elle les trouva dans une poche latérale et poussa un soupir de soulagement. Même si Katharina Winterscheid avait fictionnalisé les personnages de son histoire, elle avait conservé les lieux réels, ce que Julia avait déjà vérifié en lisant. Il y avait bien un Café Noir à Noirmoutier, et l'endroit où se trouvait la maison s'appelait L'Herbaudière. C'était déjà quelque chose !

— Regarde ! dit Carl en désignant un panneau. Noirmoutier, soixante-cinq kilomètres ! Dans une heure et demie, on y sera.

*

Nicole Engel avait tenu parole et tout organisé à la perfection. Lorsque l'avion d'Air France atterrit à 9 h 10 à l'aéroport de

Nantes et alla se ranger, Pia ralluma aussitôt son portable et, en effet, Kai avait déjà essayé de la joindre. Elle mit ses écouteurs et rappela Kai. Tous les passagers étaient priés de rester à leur place, mais dès que l'avion s'arrêta et que le bruit des réacteurs cessa, l'hôtesse pria Bodenstein et Pia de la suivre et ils furent les premiers à quitter l'avion par un escalier extérieur.

— Nous n'avons toujours pas de nouvelles de Carl Winterscheid et de Julia Bremora, les informa Kai. Leurs portables sont éteints, Winterscheid n'était pas à son hôtel cette nuit et chez Mme Bremora, personne n'ouvre. La voiture de Winterscheid n'est pas là et nous craignons qu'ils ne soient entre les mains de Maria Hauschild. Il n'y a toujours aucune trace de cette dernière. Sa voiture est dans la cour de son agence et son portable est également éteint.

— Putain !

Pia espérait vraiment qu'il n'était rien arrivé à l'éditrice d'Henning et à son patron. Avaient-ils découvert le pot aux roses concernant Maria Hauschild et celle-ci s'en était-elle aperçue ? La nuit dernière, Kai et Henning avaient essayé à plusieurs reprises de joindre les deux femmes. Leurs portables n'étaient pas encore éteints. Qu'est-ce que cela signifiait ? Peut-être que Maria Hauschild était partie au Luxembourg pour brouiller les pistes ! Si elle était vraiment derrière Anita Kahr, elle avait amassé des millions au fil des ans et pouvait se permettre d'avoir plusieurs voitures.

— Tu as appelé Dorothea Winterscheid ?

— Oui, répondit Kai. Elle les a vus tous les trois pour la dernière fois hier soir. Ils étaient ensemble dans le bureau de Winterscheid dans la maison d'édition. Mais il paraît qu'ils n'ont parlé que de choses insignifiantes. Dorothea a quitté le bâtiment avec Maria Hauschild.

— OK, alors tiens-moi…

— Attends, Pia ! J'ai autre chose. Tout à l'heure, un chauffeur de taxi s'est manifesté, il avait lu l'avis de recherche de Maria Hauschild. Il a dit qu'il avait récupéré une enveloppe assez épaisse à l'agence Hauschild vendredi soir vers 21 heures, et ce auprès de Maria Hauschild en personne. Il s'en souvenait bien, car elle lui avait donné 100 euros et ne voulait pas de reçu en échange. Il devait emporter l'enveloppe chez elle à Kronberg et la déposer simplement derrière un bac à fleurs près de la porte d'entrée.

Pia réfléchit.

Vers 21 h 30, Julia Bremora avait entendu Alexander Roth faire entrer quelqu'un par la porte de derrière, se rappela-t-elle.

— Je parie que Mme Hauschild a fait déposer son portable chez elle par le taxi pour avoir un alibi au cas où nous établirions une géolocalisation de son téléphone. Cette femme est vraiment très intelligente, Pia ! Elle envisage toutes les éventualités !

Il avait l'air inquiet.

— Nous avons retrouvé sa sœur, elle vit à Hanovre, et je l'appelle tout de suite.

— Tiens-moi au courant, dit Pia. Et merci beaucoup, Kai.

— De rien. Prenez soin de vous !

Près du tarmac, une voiture de police les attendait avec deux agents de la police judiciaire, une femme et un homme en civil dont ni Bodenstein ni Pia ne comprirent tout de suite le nom. Heureusement, la policière parlait un allemand assez correct et expliqua que son collègue Yves et elle, Régine, accompagneraient Pia et Bodenstein à Noirmoutier. À bord d'un véhicule de patrouille, ils se rendirent dans une autre partie de l'aéroport, assez vaste. Un hélicoptère dont les rotors tournaient au ralenti attendait dans une zone clôturée. Le pilote leur fit un signe de tête lorsqu'ils grimpèrent sur la banquette arrière et attachèrent leurs ceintures.

— Nous serons à Noirmoutier dans une vingtaine de minutes, déclara Régine, qui avait pris place à l'avant, à côté du pilote.

C'était une petite bonne femme au visage constellé de taches de rousseur, avec des cheveux bruns, courts et bouclés, un sourire enjoué, qui respirait l'impatience et l'énergie, contrairement à son collègue. Yves avait l'air plutôt nonchalant, il était grand et costaud, ses gestes étaient mesurés. Mais son apparence était certainement trompeuse, car il avait le regard vif et attentif.

— Quelqu'un de la police municipale vient nous chercher, expliqua Régine. La gendarmerie de l'île n'est occupée qu'en été, quand il y a beaucoup de touristes.

— Vous avez trouvé où nous devons aller ? s'enquit Bodenstein dans un français étonnamment correct, ce qui déclencha aussitôt chez Yves, assis à côté de lui, un flot de paroles en guise de réponse.

— Oui, nous connaissons l'adresse, traduisit Régine pour Pia.

Le pilote poussa les leviers vers l'avant et le doux battement des pales se transforma en un claquement assourdissant.

*

Ils étaient arrivés sur l'île par le pont et roulaient en direction de Noirmoutier-en-l'Île, la ville principale, sur une route à deux voies, régulièrement interrompue par des ronds-points. Des champs de pommes de terre et de maïs s'étendaient à gauche et à droite, et partout des panneaux alléchants avec Bar à Huîtres, Dégustation de Crustacés & Coquillages, Pommes de Terre de l'Île.

— Il est à peine 9 heures, dit Julia. Est-ce qu'on peut débarquer chez des inconnus à cette heure-là ?

— Eh bien, il faut d'abord les trouver avant de débarquer chez eux, répondit Carl. Je propose que nous allions à Noirmoutier-en-l'Île prendre un café et un croissant quelque part et que nous demandions aux gens là-bas s'ils connaissent Ségolène.

— Un café et un croissant, ça me paraît bien, dit Julia.

Son estomac gargouillait. Cela faisait des heures qu'elle avait mangé le dernier des sandwichs sous plastique. Elle était un peu déçue de l'île qu'elle trouvait, jusqu'à présent, plutôt laide et morne. Peut-être avait-elle eu des attentes trop romantiques après les descriptions enthousiastes du manuscrit de Katharina. Ils arrivèrent devant des panneaux invitant à visiter une île aux papillons, une zone industrielle avec Intermarché et autres magasins. Elle s'étonna également de l'odeur putride qui s'en dégageait, mais Julia aperçut un paludier au travail dans son marais salant. Il se tenait au bord d'un bassin bas rempli d'eau et tirait le sel vers lui à l'aide d'un long las. Entre les différents bassins, le sel était empilé en petites pyramides.

— Regarde ! s'exclama-t-elle, ravie. Fleur de sel !

Ils suivirent la déviation en direction de L'Herbaudière, passèrent devant d'immenses parkings, probablement remplis de camping-cars en été, et soudain l'île apparut telle que Julia l'attendait. Les maisons blanches aux volets bleus ou gris, les marais salants à gauche et à droite de la route. Un château d'eau d'un blanc immaculé, un vieux moulin à vent. Des chevaux isolés dans les prairies brûlées par le soleil, traversées par des canaux, et des poteaux en bois avec des câbles électriques, impensables en Allemagne, mais typiques de la France. Le port de L'Herbaudière se trouvait à l'extrémité ouest de l'île. Carl trouva une place de parking, ils descendirent et étirèrent leurs membres engourdis. La partie droite du port était réservée aux bateaux de plaisance et aux yachts, la partie gauche était encore un vrai port de pêche. Un bateau de pêche venait d'arriver, entouré de mouettes qui criaient. Julia regarda autour d'elle. Des petites boutiques proposant des bibelots pour les touristes, des articles pour les plaisanciers et des accessoires de plage, des cafés et des restaurants se côtoyaient sur le front de mer.

— Là-bas, au coin, il y a une boulangerie, dit Carl en désignant la jetée au-dessus du port.

Julia remarqua alors l'enseigne d'un bâtiment d'angle plat et gris avec de grandes vitrines de l'autre côté du grand parking.

— Nous sommes au bon endroit ! Le magasin là-bas s'appelle Comptoir de la Mer ! dit-elle. C'est de là que vient le sac en papier de M. Bär, l'adresse du site y était inscrite.

Carl sourit.

— Eh bien, apparemment, nous n'avons pas fait le voyage pour rien. Viens, on va acheter quelque chose à manger et tu vas interroger les gens de la boulangerie. Ils pourront peut-être nous aider.

Ils se rendirent à la boulangerie devant laquelle la file d'attente diminuait rapidement. Les gens sortaient avec des baguettes fraîches sous le bras. Julia eut l'eau à la bouche lorsqu'ils entrèrent dans le magasin et qu'elle vit les gâteaux à l'étalage.

— Il faut absolument que je mange un éclair au chocolat, dit-elle en se tournant vers Carl, heurtant au passage un homme qui venait d'acheter plusieurs baguettes.

— Pardon !

Elle sourit à l'homme en s'excusant, puis ouvrit de grands yeux.

— Monsieur Bär !

*

L'hélicoptère décolla à la verticale et décrivit un léger virage sur la gauche avant de se diriger vers le sud-ouest, en piquant du nez. Pia, assise tout à droite, croyait déjà voir la mer au loin dans la brume matinale. Une belle journée de fin d'été s'annonçait et elle aurait aimé que Christoph soit là, qu'ils puissent passer une journée de détente au bord de la mer, manger des coquillages et boire un ou deux verres de sancerre. Au lieu de cela, l'incertitude totale les attendait sur l'île où avait eu lieu, trente-cinq ans plus tôt, un crime ignoré de tous. Maria Hauschild avait beaucoup à perdre et ne chercherait guère la confrontation. Elle ne pouvait pas se douter qu'ils avaient découvert son manège en ce qui concerne les deux meurtres. À moins que ? Que savait-elle ? Et avait-elle vraiment la mort de son père et de son mari sur la conscience ?

Son portable vibra. Henning ! Pia prit l'appel. Le bruit était tel qu'elle ne pouvait pas l'entendre, mais elle espérait qu'il pouvait la comprendre. Elle l'informa que Carl Winterscheid, son éditrice et son agent avaient disparu et que s'il avait quelque chose d'important à dire, il devait lui envoyer un message sur WhatsApp.

L'hélicoptère survolait le paysage plat, parsemé d'eaux scintillantes, de marais entrecoupés de cours d'eau, d'où émergeaient ici et là de gigantesques éoliennes. Ils survolèrent de petites localités aux clochers pointus, des maisons blanches et des zones industrielles. Finalement, le pilote bifurqua légèrement vers la droite et la mer apparut devant eux, bleue et infinie jusqu'à l'horizon à l'ouest. L'île n'était pas très éloignée du continent, on pouvait y accéder par un pont et une route praticable uniquement à marée basse. L'hélicoptère amorça sa descente et se posa quelques minutes plus tard en douceur derrière un bâtiment plat blanchi à la chaux, sur une prairie à l'herbe rasée et brûlée par le soleil. Yves ouvrit la porte de l'hélicoptère, fit descendre Bodenstein et tendit galamment la main à Pia.

— Merci, dit-elle en souriant.

— Avec plaisir, madame, répondit Yves en lui rendant son sourire.

L'air était frais et sentait l'herbe sèche et les pins.

Le jeune homme qui les attendait se présenta sous le nom de Rémy et un nom de famille incompréhensible. Il portait un uniforme bleu foncé, avait tout au plus vingt-cinq ans, des oreilles décollées et un visage d'enfant bronzé.

Il pourrait être mon fils, pensa alors Pia et elle se sentit vieille. Elle laissa Bodenstein discuter avec les trois collègues français et contrôla son portable. Pas de message d'Henning. Pas de message de Kai. Il était dix heures moins cinq. Il était temps de rendre visite à Ségolène, dont le nom de famille n'était plus Bonnaire mais Thibault.

*

L'endroit où vivait Ségolène, à la périphérie de L'Herbaudière, était dans un état de délabrement qui détonnait dans le paysage. Sur le grand terrain entouré d'un mur en pierre d'environ un mètre se trouvaient plusieurs hangars et bâtiments délabrés, voués à la démolition. Sur un panneau défraîchi à l'avant d'un ancien entrepôt, on pouvait lire, difficilement, le nom de l'entreprise "Entrepreneur de construction Bonnaire & Fils – Votre premier choix sur l'île". Un portail pendait de travers sur ses gonds. Des machines de chantier rouillées, des outils cassés, des centaines de vieux pneus et même des pièces d'une grue étaient éparpillés et envahis par les mauvaises herbes. Un spectacle déprimant qui racontait la triste histoire du déclin d'une entreprise familiale autrefois apparemment très prospère.

— On se croirait au fin fond de la Roumanie, je sais, s'excusa Waldemar Bär auprès de Carl, comme s'il était personnellement responsable de l'état d'abandon de l'endroit. Il faudrait faire un peu de ménage ici, mais Ségolène ne peut plus s'en occuper. Elle est revenue à Noirmoutier l'année dernière pour l'enterrement de sa mère, et elle a trouvé ça dans cet état.

Ils avaient réussi à garer leur voiture entre une fontaine asséchée et une montagne de bric-à-brac. Le seul bâtiment qui semblait à peu près habitable était une maison de deux étages dans le style de l'île, même si la peinture des murs et des volets s'écaillait et que le toit était recouvert de mousse et d'aiguilles d'un imposant cyprès de Monterey.

— Le père de Ségolène est mort depuis longtemps, elle n'avait ni frère ni sœur, expliqua Bär. Elle a tenu un hôtel pendant vingt-cinq ans à la Martinique, dans les Caraïbes, avec son mari, puis ils se sont séparés. Peu après le divorce, elle est tombée malade. Un cancer. Il y a deux mois, les médecins lui ont dit qu'il n'y avait plus rien à faire. Ils l'ont renvoyée mourir chez elle, mais elle n'avait plus vraiment de maison, alors elle s'est installée dans la maison de ses parents. Dans le grenier, elle a trouvé le sac qu'elle avait pris à Francfort, parce que Katharina – votre mère – le lui avait demandé. Le sac était resté là pendant vingt-huit ans, et Ségolène n'y avait plus pensé, elle avait refoulé cette histoire – vous allez découvrir pourquoi – mais maintenant elle voulait le rendre, mais elle ne savait pas comment s'y prendre. C'est pourquoi elle m'a envoyé une lettre.

Waldemar Bär s'interrompit avant de reprendre d'une voix rauque.

— Je ne l'avais pas vue depuis vingt-huit ans. Elle avait disparu après… après la mort de votre mère, elle avait tout simplement disparu sans me dire au revoir. Je… je lui avais écrit plusieurs lettres auxquelles elle n'avait jamais répondu. Et tout à coup, après toutes ces années, j'ai reçu une lettre d'elle. Elle m'écrivait qu'elle était très malade et qu'elle allait bientôt mourir, mais qu'elle aimerait me voir encore une fois avant, car elle ne m'avait jamais oublié.

Cet homme, si gentil et serviable, en jean et en polo, était totalement différent de celui que Julia connaissait. Il posa tant bien que mal les baguettes sur le toit de sa voiture pour se moucher. Une bien triste histoire, qui n'aurait pas non plus de happy end !

— Je n'ai pas hésité et je suis venu tout de suite ici, c'était début août, poursuivit Bär, esquissant un sourire. Je ne m'attendais plus à revoir Ségolène. Elle est l'amour de ma vie, je peux le dire. Il ne s'est pas passé un jour sans que je pense à elle et que je me demande pourquoi elle m'avait quitté. C'est terrible de ne pas avoir de réponse à une telle question.

— J'imagine, dit Julia avec compassion.

Bär inspira profondément avant de poursuivre.

— C'était merveilleux de la revoir, et en même temps terrible, parce qu'elle est si malade et que j'ai compris que nous n'aurions pas de deuxième chance. Elle m'a donné ce sac, dans lequel se trouvaient entre autres les journaux intimes de votre mère, monsieur Winterscheid, et j'avais l'intention de vous le remettre immédiatement, après tout, il vous appartient. Mais lorsque je suis rentré à Francfort, Heike Wersch venait de commencer sa vendetta et je n'ai pas trouvé le moment opportun. Je me suis laissé entraîner à lire le manuscrit qui se trouvait dans le sac et que je vous ai envoyé après.

— Tout comme la petite voiture bleue, dit Carl.

— Oui, c'est vrai. Elle était aussi dans le sac. Ségolène l'avait aussi emportée à l'époque. Vous devez savoir qu'enfant et adolescent, j'ai pu passer tous les étés sur cette île. J'ai grandi avec Götz et Dorothea comme si nous étions frères et sœurs, et les Winterscheid ont toujours eu la gentillesse de m'emmener avec eux en vacances l'été, car j'avais de l'asthme depuis mon enfance. En lisant le manuscrit, j'ai tout reconnu et j'ai bien sûr tout de suite compris de quoi il s'agissait dans l'histoire. Il ne m'appartenait pas de lire les journaux intimes, mais ma curiosité avait été piquée. Pardonnez-moi, monsieur Winterscheid.

— Ce n'est pas grave, monsieur Bär, répondit Carl.

— Je me suis rendu compte que rien ne s'était passé comme je l'avais toujours cru. J'étais bouleversé. Et… furieux. Mais ce n'est pas seulement moi qui ai été trompé, c'est surtout M. et Mme Winterscheid. J'étais désemparé. Et j'ai assisté, impuissant, à la tentative d'Heike Wersch de couler la maison d'édition. C'est alors que j'ai eu l'idée de leur donner une leçon à tous. Je voulais… les punir, leur faire peur. C'est pourquoi je leur ai envoyé des pages du journal : à Heike Wersch, M. Roth, Mme Hauschild, Mme Lintner et M. Fink. C'était naïf de ma part de croire qu'ils éprouveraient des remords. Le seul qui a eu peur, c'est Roth.

— Vous avez aussi envoyé une page du journal à mon oncle, dit Carl lorsque Bär se tut. Pourquoi ?

— Henri Winterscheid, c'est la plus grande déception de ma vie.

Le gardien secoua la tête. Ses yeux se remplirent soudain de larmes, mais ce n'était pas de la tristesse, c'est avec une colère froide qu'il poursuivit.

— J'ai été fidèle à cet homme toute ma vie, même si je savais que ce n'était pas un type bien. Mais sur son lit de mort, j'avais promis au vieux M. Winterscheid, votre grand-père, que je n'abandonnerais jamais sa famille, et je m'y suis tenu, même si j'ai souvent dû agir contre mes valeurs et détourner le regard. Mais… mais… ce que ce… ce salaud a fait et pour lequel il n'a jamais été inquiété, c'est… c'est…

À la grande stupeur de Julia, il se mit à sangloter.

— Monsieur Bär, dit Carl en posant délicatement sa main sur le bras de l'homme. Nous savons ce qu'a fait Henri. Il a avoué hier à la police que c'est lui qui avait poussé ma mère du balcon. Il est en prison.

Waldemar Bär lança à Carl un regard incrédule. Son larynx se contractait, trahissant le trouble intérieur qui lui faisait perdre sa voix et son sang-froid.

— Ce salaud a violé Ségolène ! murmura enfin Bär, la voix étranglée par les larmes. Elle n'avait que dix-neuf ans et… et elle était encore vierge, mais il s'en fichait ! Il l'a violée et frappée pendant que… pendant que vous, Carl, dormiez dans la chambre d'enfant à côté ! Il… il pensait que Katharina ne rentrerait que tard, mais… Mais elle… est rentrée plus tôt que prévu ce soir-là.

— Mon Dieu, murmura Julia en attrapant la main de Carl. Ses doigts se refermèrent sur les siens et il serra sa main très fort. Il était aussi abasourdi et choqué qu'elle.

— Katharina… s'est jetée sur Henri pour délivrer Ségolène, continua Bär. Elle… elle était si courageuse ! Elle voulait appeler la police, mais… mais ce monstre lui a arraché le téléphone des mains. Alors… alors Katharina s'est précipitée sur le balcon et a voulu crier à l'aide, mais… ce salaud… ce salaud l'a poussée par-dessus la balustrade du balcon. Avant de s'enfuir, il a attrapé Ségolène par le cou et l'a menacée, si jamais elle en parlait à quelqu'un, alors… alors il ruinerait sa famille, car il connaissait le maire et tous les gens importants de Noirmoutier et savait parfaitement que son père faisait des affaires louches.

Les épaules de Bär s'affaissèrent. Son visage était ravagé de chagrin. Il dut s'appuyer contre sa voiture.

— Ma pauvre Ségolène était folle de peur, dit-il. Elle s'est enfuie chez elle et n'a plus jamais voulu… plus jamais voulu penser à son séjour à Francfort ! Elle est partie à la Martinique à la suite d'une annonce d'emploi dans le journal, a épousé le premier venu qui voulait bien d'elle. Mais elle m'a toujours aimé.

La voix de Bär se brisa. Il se pencha en avant, se couvrit le visage des deux mains et se mit à pleurer.

— C'est justement l'homme auquel j'ai toujours été fidèle qui a détruit sa vie et donc la vôtre, Carl. Il a détruit la vie de Ségolène et la mienne aussi, et quand j'ai appris ça, j'aurais voulu le tuer, mais j'étais trop lâche ou trop bien élevé ou je ne sais quoi, alors je lui ai envoyé cette page de journal pour qu'il ait peur, une peur aussi terrible que celle que Ségolène avait dû avoir !

Julia ne put retenir ses larmes, elle aussi, tant tout cela était horrible, d'autant plus lorsque Carl passa son bras autour de l'épaule du gardien et lui serra la main en guise de réconfort. Le fait qu'Henri Winterscheid resterait en prison jusqu'à la fin de ses jours n'était qu'une maigre consolation. Rien ne pouvait rendre à Waldemar Bär et Ségolène le temps perdu, ni faire revivre Katharina, mais cela avait soulagé Bär de se débarrasser de ce terrible secret. Il prit une grande inspiration, se moucha encore une fois et s'essuya les joues.

— Venez, dit-il ensuite en prenant les baguettes qui étaient encore sur le toit de la voiture. Je suis sûr que Ségolène sera très heureuse de vous revoir, Carl.

Carl et Julia le suivirent jusqu'à la maison à deux étages qui, de près, semblait encore plus délabrée. Bär ouvrit la porte et ils entrèrent dans une petite cuisine. Il posa la baguette sur le plan de travail.

— Je suis de retour, cria-t-il. Et j'ai amené des visiteurs !

Ils entrèrent dans un grand salon. Le soleil qui pénétrait par les fenêtres éclairait un canapé recouvert d'un tissu à fleurs, sur lequel était assise, immobile, une femme qui n'avait plus que la peau sur les os, dont le visage trahissait qu'elle était à l'article de la mort. Elle portait un foulard bleu, sa peau était d'un jaunâtre malsain, elle les regarda, les yeux écarquillés de peur. Julia entendit Carl, qui marchait devant elle, prendre une vive inspiration. Il s'arrêta si brusquement à la porte du salon qu'elle le percuta.

— Maria ! Non, ne fais pas ça ! Je viens juste de la…, balbutia Waldemar Bär.

— La ferme, Waldi, lança Maria Hauschild. J'aurais dû me douter que tu viendrais ici, Carl. Je pensais juste que tu allais mettre un peu plus longtemps. Tout aurait déjà été réglé.

Les mains de Julia serrèrent le bras de Carl. Au début, elle ne comprit pas ce qui se passait. Que faisait Maria Hauschild ici ? Mais lorsqu'elle vit l'arme pointée sur la tête de Ségolène, son cœur s'emballa. Le sang battait si fort dans ses tempes qu'elle ne parvenait pas à penser clairement.

— Ne fais pas de bêtises, Maria.

La voix de Carl était admirablement calme, alors que sa marraine tenait un pistolet à la main.

— Pose ton arme. Nous pouvons parler de tout.

— C'est exactement l'erreur que je ne ferai pas, répondit-elle avec un rire mauvais. Ce qui m'énerve toujours dans les films, c'est que les gens se mettent à déblatérer avant de tirer. Pas moi.

Son doigt se recroquevilla sur la détente. Julia se blottit contre l'épaule de Carl. Elle ne voulait pas voir cette femme tirer sur Ségolène. Ni sur le gardien ou sur Carl ! Et elle ne voulait pas que le rire haineux de Maria Hauschild soit le dernier bruit qu'elle perçoive avant de mourir à son tour. Son regard tomba sur les baguettes que Bär avait posées sur le plan de travail. Elle lâcha le bras de Carl, attrapa une des baguettes et prit une grande inspiration. Plusieurs choses se produisirent en même temps : Julia passa devant Carl et lança le pain au visage de Maria Hauschild en poussant un cri, Waldemar Bär se jeta sur la femme assise sur le canapé pour la protéger, Carl se précipita devant Julia et attrapa la main de Maria Hauschild qui tenait le pistolet. Ils se battaient avec acharnement quand soudain un coup de feu partit.

*

Le sang de Pia se glaça lorsqu'en regardant par une fenêtre dans un grand salon au mobilier sombre, elle aperçut Carl Winterscheid, un pistolet à la main, debout devant une porte-fenêtre à double battant grande ouverte, qui pointait son arme sur deux personnes recroquevillées sur un canapé. Elle se pencha pour attraper son arme de service, mais elle n'avait pas son étui sur la hanche. Elle l'avait laissé en Allemagne ! Le cœur battant à tout rompre, elle essaya de comprendre ce qu'elle avait vu.

— Que se passe-t-il là-dedans ? Est-ce que quelqu'un a une arme ? murmura Régine, accroupie à côté d'elle, mais Pia ne comprenait pas ce qu'elle disait.

Lorsqu'elle découvrit parmi les gravats et la ferraille rouillée la Volvo de Carl Winterscheid et un autre véhicule immatriculé à Francfort, Pia eut un instant de panique et Bodenstein avertit ses collègues que la situation risquait d'être confuse, car il se pouvait que Maria Hauschild soit également dans la maison. Et maintenant, c'était Carl Winterscheid qui avait une arme à la main ! S'étaient-ils trompés ? Est-ce que tout était complètement différent de ce qu'ils avaient pensé ?

— Pia ! chuchota Bodenstein avec insistance. Qu'est-ce qui se passe là-dedans ?

— Carl Winterscheid a un pistolet à la main ! chuchota-t-elle en retour et Bodenstein expliqua la situation à ses collègues français.

Yves et Régine n'hésitèrent pas longtemps. Ils se levèrent d'un bond et se précipitèrent dans la maison, complètement imprudents, pensa Pia, sans gilets pare-balles !

— Lâchez votre arme ! Lâchez votre arme immédiatement ! entendit-elle Régine et Yves hurler.

Ils avaient sorti leurs armes qu'ils braquaient sur Carl Winterscheid qui, debout au milieu de la pièce, les mains en l'air, regardait les policiers d'un air ahuri. Par la porte grande ouverte, une bourrasque tourbillonnait. Waldemar Bär était allongé sur le canapé et tenait dans ses bras une femme qui avait l'air malade, Julia Bremora, accroupie sur le sol, les yeux écarquillés de peur, cria quelque chose en français, puis quand elle aperçut Pia et Bodenstein, elle passa à l'allemand.

— Ce n'est pas l'arme de Carl ! Il l'a prise à Maria !

— Maria ? Maria Hauschild ? demanda Bodenstein. Où est-elle ?

— Elle allait nous tirer dessus ! Elle est sortie par là il y a quelques secondes !

Tremblant de tous ses membres, Julia Bremora désigna la porte. Yves et Régine traversèrent le rez-de-chaussée, armes à la main, constatèrent qu'il n'y avait personne et rangèrent leurs armes. Yves mit des gants avant de ramasser le pistolet. Il retira le chargeur, sécurisa l'arme et la mit dans un sac à preuves. Carl Winterscheid tenait Julia Bremora dans ses bras, il lui caressait le dos pour la rassurer, et Waldemar Bär se leva du canapé. Tous trois parlaient à tort et à travers, jusqu'à ce que Bodenstein hausse le ton et demande à Carl Winterscheid de décrire brièvement ce qui s'était passé. Mais avant qu'il ne puisse dire quoi que ce soit, le jeune policier local entra en trombe par la porte-fenêtre. Il s'adressa à Yves et Régine, choqué, gesticulant nerveusement en désignant sans arrêt l'extérieur.

— Je crois que Maria a failli le renverser, traduisit Julia qui s'était un peu calmée. Il sait quel genre de voiture elle conduit et il a mémorisé le numéro d'immatriculation.

Il y eut encore quelques échanges en allemand et en français, jusqu'à ce que les collègues comprennent que la femme qui venait de manquer de renverser Rémy était celle qui était recherchée et qui faisait l'objet d'un mandat d'arrêt international pour double meurtre.

— Venez, venez ! ordonna Régine en faisant signe à Pia et Bodenstein de la suivre.

— Nous revenons tout de suite, assura Bodenstein à Carl Winterscheid. Est-ce que tout va bien ici ?

L'éditeur hocha la tête.

— Maintenant, oui. Il est peu probable qu'elle revienne.

Une minute plus tard, ils étaient dans la voiture de police, Rémy au volant, Yves sur le siège passager, et filaient à toute vitesse sur une route de campagne étroite, tandis que Rémy, tout en conduisant, criait dans une radio, demandant apparemment du renfort.

— Nous allons avoir des renforts, déjà trois de ses collègues, expliqua Régine, et Bodenstein traduisit pour Pia. Vous savez si cette femme connaît bien les lieux ?

— Je pense qu'elle les connaît un peu, répondit Bodenstein. Autrefois, elle venait sur l'île chaque été.

— Il n'y a que deux possibilités pour quitter l'île en voiture, dit Régine. Par le pont, et il est barré par des collègues de la gendarmerie de Fromentine. Et le passage du Gois, c'est la route qui n'est praticable qu'à marée basse.

Yves avait vérifié sur son smartphone les heures de la marée.

— C'était marée basse il y a deux heures. Elle aura du mal à y arriver. Elle doit prendre le pont.

— Ma patronne informe les collègues à Beauvoir, sur le continent.

Rémy dépassa un tracteur et alluma la sirène et le gyrophare. Il serrait les dents, ses oreilles étaient cramoisies. Il n'avait sans doute jamais pensé qu'en rêve vivre une véritable course-poursuite comme celle-ci, et en plus, ils avaient affaire à une tueuse potentielle ! Au cours des prochaines semaines, le jeune homme en aurait des choses à raconter dans son bistrot.

— Que va-t-elle faire ? demanda Pia à son patron à voix basse. Elle doit savoir qu'elle n'a plus aucune chance.

— Elle va quand même essayer de s'enfuir, répondit Bodenstein. Maria Hauschild n'est pas du genre à abandonner.

— J'espère qu'elle n'a pas d'autre arme, dit Pia.

Rémy fonçait, la force centrifuge poussait Pia contre Régine, assise entre elle et Bodenstein. La collègue française semblait énergique et réfléchie, une bonne combinaison pour une policière, et Pia regrettait un peu de ne pas pouvoir discuter avec elle. La radio crépitait et bipait tout le temps, apparemment Rémy comprenait ses collègues, car il réduisit un peu la vitesse lorsqu'ils dépassèrent la ville principale de l'île et que la route de campagne devint sinueuse. Tout le monde savait maintenant que Maria Hauschild était au volant d'une Renault gris argent, une Mégane de location immatriculée en France.

Bodenstein traduisit ce que lui avait dit Yves :

— Les collègues de la police locale ne vont pas essayer de l'arrêter avec un barrage routier, Ils ne sont pas armés. Sur le continent, elle sera attendue par des collègues de la gendarmerie nationale, qui, eux, sont équipés pour ce genre de situation.

C'est finalement le destin qui intervint. Au rond-point de Barbâtre, un tracteur avec une remorque pleine de coquilles d'huîtres s'était renversé et barrait la route qui menait au pont, et Maria Hauschild dut, bon gré mal gré, prendre le passage du Gois.

— La voilà ! s'exclama Rémy. Elle ne va quand même pas essayer de passer le Gois ! C'est la pleine lune, la marée est particulièrement haute !

Des voitures étaient garées de chaque côté de la route. Des gens qui, chargés de seaux et d'épuisettes, venaient dans l'autre sens, sautèrent sur le côté, effrayés, lorsque la Mégane gris argent fonça sur eux. Certains tentèrent d'arrêter la conductrice en agitant les bras, mais Maria Hauschild continua sa route, imperturbable. Rémy freina à côté d'un panneau indiquant en plusieurs langues – même en allemand – les dangers que présentait la route à marée haute. Ils descendirent de voiture. Pia mit sa main en visière. La voiture gris argent s'éloignait rapidement, traînant derrière elle des jets d'eau.

— Elle va s'en sortir ! cria-t-elle. Elle va s'en sortir !

— Non, elle n'a aucune chance, rétorqua Rémy, le policier local. L'eau monte ici à la vitesse d'un cheval au galop. Le Gois fait quatre kilomètres et demi. Au plus tard au milieu, c'est fini.

— Et ensuite ? demanda Bodenstein.

— La voiture sera emportée par le courant, expliqua Rémy, impassible. À côté de la route, il y a des trous, dont certains font six à huit mètres de profondeur. Malheureusement, chaque année, des gens imprudents meurent en pensant qu'ils vont quand même s'en sortir ou parce qu'ils ont perdu la notion du temps pendant la pêche à pied.

— Mais nous n'allons pas laisser comme ça quelqu'un se noyer sans rien faire ! s'exclama Pia, bouleversée.

— Nous ne pouvons plus rien faire pour elle.

Les collègues de Rémy arrivèrent et descendirent de voiture. Les gens qui voulaient voir le spectacle de la montée rapide de l'eau se rendaient compte qu'il se passait quelque chose d'exceptionnel. Tout le monde regardait la route qui, en quelques minutes, s'était entièrement recouverte d'eau, certains brandissaient leur téléphone portable et filmaient. Yves demanda à Rémy de lui donner des jumelles. Il grimpa sur le mur et leva le pouce.

— Qu'est-ce que ça veut dire ? demanda Pia.

Elle était indignée qu'on laisse ainsi quelqu'un courir vers une mort certaine.

— Qu'est-ce qu'il dit ?

— Ne vous inquiétez pas, madame, dit un collègue de Rémy, plus âgé, en se tournant vers Pia. La dame s'est mise en sécurité sur une balise. C'est le nom des tours de sauvetage avec plate-forme qui se trouvent à un kilomètre d'intervalle le long du Gois. Elles ont déjà sauvé la vie de nombreuses personnes. Il y a toujours même des autochtones qui sont surpris par la marée alors qu'ils devraient connaître les dangers.

— Et maintenant ?

Ils durent reculer un peu, car à chaque vague, l'eau se rapprochait d'eux.

— Soit nous attendons maintenant six heures jusqu'à ce que la marée reflue à son plus bas niveau, répondit le policier plus âgé en souriant. Ou bien les collègues des garde-côtes viendront de Pornic et la feront descendre de la balise. Elle ne pourra pas s'en sortir toute seule.

Pia était soulagée. Quoi que Maria Hauschild ait fait, elle devrait en répondre devant un tribunal et serait punie, non pas par la mort par noyade dans l'Atlantique, mais par une peine de prison appropriée. S'ils pouvaient prouver qu'elle avait commis les deux meurtres. Et ils y parviendraient.

Le portable de Bodenstein sonna. C'était Nicole Engel, qui s'enquérait de la situation. Il lui raconta ce qui s'était passé et pourquoi ils devraient peut-être attendre quelques heures avant de pouvoir arrêter Maria Hauschild et quitter l'île avec elle. Avec un peu de chance, ils attraperaient le vol du soir de Nantes à Francfort *via* Munich à 20 h 30, mais avant cela, ils voulaient encore parler à Waldemar Bär, à l'ancienne fille au pair, à Carl Winterscheid et à Julia Bremora.

Pia entendait clairement la voix de sa patronne. Ici, à la pointe la plus occidentale d'Europe, on avait une meilleure réception que dans la région Rhin-Main.

— Velten a d'ailleurs eu le bon réflexe. Dans la liste des clients de Maria Hauschild, nous sommes effectivement tombés sur une romancière qui vit au Luxembourg. Elle a maintenant quatre-vingt-dix-sept ans et vit dans une maison de retraite de luxe. Elle est complètement démente, à ce qu'on nous a dit. Nous allons maintenant explorer les chemins qu'a empruntés l'argent des revenus d'Anita Kahr. D'ailleurs, Mme Hauschild ne représente en tout et pour tout que sept auteurs. Elle n'a pas un seul employé, à l'exception d'une femme de ménage.

— Sinon, l'escroquerie avec Anita Kahr aurait probablement été découverte, dit Bodenstein.

— Je n'ai aucune idée de la manière dont elle a réussi son coup, mais les demandes aux autorités luxembourgeoises sont en cours, déclara Nicole Engel. Peut-être qu'elle coopérera avec nous lorsqu'elle se rendra compte qu'elle est confondue. Ostermann a parlé à sa sœur, et elle pense qu'il est possible que Maria Hauschild ait enfermé son père dans le sauna et tué son mari avec une injection d'insuline. Nous avons également retrouvé une ancienne employée de l'agence qui se souvient bien que les Hauschild n'arrêtaient pas de se disputer dans les semaines précédant la mort d'Erik Hauschild. Il était question de séparation, voire de divorce.

— Est-ce que nous avons suffisamment d'éléments contre elle pour pouvoir prouver les meurtres d'Heike Wersch et d'Alexander Roth ? demanda Bodenstein.

— Ostermann a visionné les bandes vidéos de la caméra de surveillance du magasin de chaussures qui partage l'arrière-cour avec la maison d'édition Winterscheid. Devine qui est entré dans la cour vendredi soir peu avant 21 h 30 et en est ressorti à 23 h 25 en compagnie d'Alexander Roth et de son vélo : Maria Hauschild.

Bodenstein fronça les sourcils.

— Ce n'est pas encore une preuve.

— C'est vrai. Cependant, il sera difficile pour elle d'expliquer comment elle a obtenu l'extrait du journal d'Heike Wersch.

Nicole Engel avait l'air particulièrement enjouée.

— Mais j'ai bien sûr gardé le meilleur pour la fin. Vous me connaissez. Alexander Roth a eu des remords lorsqu'il a compris que ses mensonges allaient être dévoilés. Sa femme était ici ce midi et nous a remis une lettre manuscrite de six pages de son défunt mari, rédigée le 5 septembre, soit deux jours après le meurtre d'Heike Wersch, qu'il a remise à son avocat. À ouvrir en cas de décès. Dans cette lettre, il écrit tout ce qu'il a sur le cœur, à commencer par le meurtre de Götz Winterscheid qu'il dit avoir commis en présence d'Heike Wersch, mais sans sa participation active. Roth écrit qu'Heike Wersch voulait le faire chanter, qu'elle lui a en outre raconté que Maria Hauschild avait détourné des manuscrits de Katharina Winterscheid et les avait publiés sous un pseudonyme. Heike Wersch aurait voulu faire chanter aussi Maria Hauschild. Le lundi, Roth s'est fait rembarrer par Heike Wersch et a ensuite acheté une bouteille de vodka pour se donner du courage, car il voulait lui parler encore une fois. Il est retourné chez elle à pied et est entré dans la propriété, car il y avait de la lumière dans la cuisine. Par la fenêtre de la cuisine, il a vu Heike Wersch et Maria Hauschild se disputer. La porte étant fermée, il n'a pas pu entendre de quoi il s'agissait. Mais ensuite, Maria Hauschild a ouvert un tiroir de la cuisine après l'autre et soudain elle a trouvé quelque chose d'argenté dont elle s'est servie pour frapper Heike Wersch. Roth s'est alors enfui.

Bodenstein secoua la tête.

— Incroyable.

— Pas étonnant que Roth ait été si nerveux quand Cem et moi sommes allés le voir, dit Pia. Tout oublié, tu parles !

— Quand Maria Hauschild est venue à la maison d'édition vendredi soir, elle a probablement mis l'arme du crime dans le réfrigérateur de Roth, poursuivit Nicole Engel.

— Et le méthanol et le rouleau de sachets de conservation dans l'atelier de Bär, compléta Bodenstein. Mais pourquoi Maria Hauschild aurait-elle tué Roth ?

— Parce qu'il était sur le point de perdre son sang-froid et de tout révéler, dit Nicole Engel.

— Mais il devait déjà avoir pris le méthanol jeudi, lança Pia.

— Ah oui, c'est vrai, il y avait autre chose !

On devinait que Nicole Engel souriait.

— Une chasse à l'homme publique, c'est déjà pas mal. La voisine de Mme Domski a effectivement vu Maria Hauschild assise sur la terrasse de sa maison avec Alexander Roth en début de soirée le 5 septembre, mercredi de la semaine dernière. En train de boire ! Elle se souvenait de la voiture, une Smart blanche immatriculée à Francfort, parce qu'elle était garée sur le parking qu'elle utilise habituellement.

— Holà ! fit Bodenstein.

— Ne t'inquiète pas. Demain, nous allons cuisiner Hauschild de manière à ce qu'elle passe aux aveux, je le sais, dit la directrice de la police judiciaire d'un ton convaincu. Si nous avons de la chance, Kröger trouvera des traces de sang dans sa maison ou sur ses vêtements. Ce serait la cerise sur le gâteau.

Sur la surface scintillante de l'eau, un bateau venu de l'ouest s'approchait à vive allure et se dirigeait droit sur eux.

— Il faut que j'y aille, dit Bodenstein. Je crois que les garde-côtes sont en train d'arriver pour sortir Maria Hauschild de sa mauvaise posture. Nous vous contacterons quand nous verrons si on arrive à tout boucler aujourd'hui.

Il mit fin à la conversation et regarda Pia.

— Qu'est-ce qu'elle a ? demanda-t-il, étonné. Je l'ai rarement vue de si bonne humeur.

— C'est peut-être le héron qui est derrière tout ça, répondit Pia. Je ne sais pas ce qu'il y a entre eux, mais en tout cas quelque chose qui les rend heureux. C'est bien, non ?

Le bateau des garde-côtes avait fait demi-tour à quelques mètres de là et les hommes de la police municipale communiquaient bruyamment avec leurs collègues à bord.

Le portable de Bodenstein vibra et il jeta un coup d'œil à l'écran. Un SMS. Il l'ouvrit et lut le message sans sourciller.

— Tout va bien ? s'enquit Pia alors qu'il rangeait son téléphone dans sa poche sans faire de commentaire.

— C'est selon, répondit Bodenstein en soupirant.

Il regarda la mer.

— Demain, je dois aller à l'hôpital. Cosima est suffisamment stable. L'opération doit avoir lieu dans l'après-midi.

— Bon, on va se débrouiller pour mettre Maria Hauschild sous les verrous et parler à Winterscheid & Co.

Le bateau des garde-côtes s'était éloigné et se dirigeait lentement vers la balise sur laquelle Maria Hauschild s'était réfugiée.

— C'est fou, murmura Bodenstein, fasciné. On ne voit plus rien de la route ! Et cela en l'espace de dix minutes !

— La mer monte aussi vite qu'un cheval au galop, répéta Pia.

Elle sentait la tension retomber. Maria Hauschild ne leur échapperait plus. Son affaire était résolue.

ÉPILOGUE

Francfort, 22 septembre 2018

— Tout ce monde ! s'étonna Christoph, tandis qu'avec Cem Altunay et Tariq Omari, tous deux accompagnés de leurs épouses, Christian Kröger et Kathrin Fachinger, ils déambulaient sur le vaste terrain du campus de Westend en direction de la tour d'IG Farben. Par un temps magnifique de fin d'été, des centaines de personnes se pressaient déjà derrière la barrière, impatientes de pouvoir entrer.

— Il y a un concert quelque part ? ajouta-t-il, ironique.

— Christoph !

Pia secoua la tête. À 16 heures commençait la première du livre d'Henning, son nouveau roman policier qui, peu après sa date de parution officielle, s'était déjà hissé à la quatrième place de la liste des best-sellers.

— Ils sont tous là par curiosité ! affirma Kröger.

— Pas ceux-là, répondit Cem en regardant la longue file d'attente.

Devant l'entrée se trouvait un important groupe de représentants des médias, même des équipes de télévision avaient fait le déplacement. Certainement pas seulement pour Henning et son polar. L'arrestation d'Henri Winterscheid pour le meurtre de sa belle-sœur, qui remontait à presque trente ans, avait fait sensation dans toute l'Allemagne et avait valu à l'ancien éditeur une célébrité plutôt douteuse. Le public avait trouvé au moins aussi passionnante la découverte de la véritable identité d'Anita Kahr et le fait que l'agent de l'auteur de best-sellers Kirchhoff soit censée avoir commis deux meurtres.

— Ce sera sûrement le sujet du prochain livre de ce découpeur de cadavres, déclara Kröger. Il n'a aucune imagination. En fait, il recopie de vieux dossiers d'affaires et ne fait que changer les noms.

— Ce n'est pas aussi simple que ça, intervint Kathrin Fachinger, prenant la défense de l'ex-mari de Pia. Moi, je trouve ses livres passionnants et surtout authentiques. En plus, je trouve ça cool que nous y figurions tous.

— Nicole Engel dans le rôle de Nadine Démon ! ricana Tariq, c'est la meilleure.

La maison d'édition Winterscheid avait apparemment prévu l'affluence et fait installer des barrières. L'entrée était contrôlée par des agents de sécurité en uniforme noir. Grâce aux cartes VIP qu'Henning leur avait offertes, ils purent accéder dans la salle où la réception au champagne allait commencer dans quelques minutes. Une librairie proposait les livres d'Henning à la vente sur de grandes tables, à côté d'un stand d'information de la maison des jeunes filles de Francfort, à laquelle les recettes de la manifestation seraient reversées. Kai Ostermann était déjà là, ainsi que Wotan Velázquez, le garde forestier à qui Henning avait apparemment envoyé les billets VIP promis. Pia reconnut les commissaires de police de Francfort et de la Hesse occidentale, les collègues d'Henning de la médecine légale, le doyen de l'université et une foule d'autres notables. À sa grande surprise, le professeur Elard Zeydlitz-Lauenburg – ex-Kaltensee – et son compagnon Marcus Nowak surgirent soudain devant elle. Il était rare qu'elle rencontre d'anciens suspects et elle s'étonna un instant, mais elle se souvint ensuite qu'Elard connaissait Henning, après tout, ils avaient tous deux fait partie du corps enseignant de l'université et Elard, en tant que professeur émérite, était toujours invité à des manifestations. Et bien sûr, Henning avait été présent lors de leur aventure dans les ruines du château en Pologne onze ans plus tôt. Pia apprit que Vera Kaltensee était décédée en prison deux ans auparavant, Siegbert était également mort. Jutta Kaltensee était députée européenne à Bruxelles et Marleen Ritter dirigeait avec succès l'usine de machines KMF. Elard et Marcus Nowak habitaient au Mühlenhof, la maison de la culture du Römer, l'hôtel de ville de Francfort, qui existait toujours. Ils avaient l'air détendus. Les horreurs du passé étaient loin derrière eux. Le château du lac de Constance, dans la cave duquel Pia avait vécu quelques-unes des pires heures de sa vie, avait été restauré depuis longtemps et abritait désormais un hôtel.

— Pia, lui chuchota-t-on à l'oreille. Suis-moi.

Elle se retourna et aperçut sa patronne.

Pia s'excusa et suivit Nicole Engel à travers la foule. Tous les collègues s'étaient rassemblés à côté de la table des livres.

— Qu'est-ce qui se passe ? demanda Pia.

— Nous faisons une émission en direct pour le chef, annonça Kai en soulevant sa tablette. Il faut que tu y sois.

— Oui, bien sûr, répondit Pia, ravie.

Elle prit Christoph par la main et l'entraîna derrière elle.

Bodenstein et Cosima avaient bien survécu à leurs opérations. Le mercredi, Pia et lui étaient arrivés à temps à Nantes et avaient pris le dernier avion pour Francfort. Maria Hauschild attendait dans une cellule de la police municipale qu'ils parlent à Ségolène Thibault et apprennent d'elle ce qui s'était réellement passé en août 1990. Carl Winterscheid avait filmé leur conversation, l'éditrice d'Henning avait traduit. Il n'y avait aucun doute sur la véracité de sa déclaration, et le procureur allait inculper Henri Winterscheid non seulement pour le meurtre de Katharina Winterscheid, mais aussi pour viol. Maria Hauschild avait compris que sa situation était désespérée. Bodenstein n'avait pas assisté à son interrogatoire, mais Pia lui avait ensuite raconté dans les moindres détails ce que l'ancienne agent d'Henning avait dit. Elle avait entièrement reconnu s'être emparée des manuscrits de Katharina Winterscheid et les avoir publiés au fur et à mesure sous le pseudonyme d'Anita Kahr. L'argent qu'elle avait ainsi gagné reviendrait désormais à Carl Winterscheid, en tant qu'héritier légitime. Tous les livres seraient retravaillés et réédités sous le nom de la véritable autrice chez Winterscheid. Après cet aveu, Maria Hauschild n'était plus disposée à témoigner, mais Nicole Engel et Pia étaient persuadées de pouvoir réunir suffisamment de preuves pour que le procureur puisse l'inculper du meurtre d'Heike Wersch et Alexander Roth. Quant à savoir si elle avait enfermé son père dans le sauna à l'âge de seize ans, dans l'intention de le tuer, tout comme son mari au moyen d'une injection d'insuline, il ne serait plus possible de le prouver.

Carl Winterscheid avait annoncé quelques jours plus tôt que les éditions Winterscheid reprendraient le nom de leur fondateur et s'appelleraient désormais les éditions Liebman. Avec sa cousine Dorothea, il avait de grands projets et Pia était convaincue que Julia Bremora jouerait également un rôle dans ces projets. Avec l'argent d'Anita Kahr, Carl voulait acheter l'ancienne maison de sa famille à Noirmoutier, et il voulait également investir dans une nouvelle fondation Götz-Winterscheid qui attribuerait à l'avenir des bourses aux étudiants en médecine.

Alors que Kai était encore en train de pianoter sur la tablette, Pia balaya la salle du regard et aperçut Henning en train de discuter avec Josef Moosbrugger. Henning lui lança un regard perplexe. En Allemagne, tous les agents savaient bien sûr qu'actuellement, Henning Kirchhoff n'avait plus d'agent, et Moosbrugger ne serait pas le dernier à tenter sa chance auprès de lui.

Pia fit signe à son ex-mari, qui s'approcha d'elle, soulagé. Il n'avait pas peur de la lecture, il avait l'habitude de donner des cours devant des centaines d'étudiants et était une vraie bête de scène, mais le *small talk* lors des réceptions, il avait toujours détesté.

— Merci, Pia, tu m'as sauvé, dit-il.

— Nous sommes prêts ! s'exclama Kai en faisant tourner la tablette vers eux.

Sur l'écran apparut le visage souriant de Bodenstein.

— Salut, chef, comment ça va ? crièrent Tariq et Kathrin.

— Bonjour, Oliver ! dit Henning en levant son verre. À ta santé !

— Merci, Henning, répondit Bodenstein. Si j'avais quelque chose à boire maintenant, je boirais à ta santé. À ton nouveau livre !

— À ton nouveau livre !

Ils levèrent tous leur verre et trinquèrent à la santé d'Henning, même Christoph, qui avait passé son bras autour de l'épaule de Pia.

— Je vous remercie, dit Henning, visiblement ému. Je suis content que vous soyez là et que vous fêtiez cela avec moi. Cela signifie vraiment beaucoup pour moi. Sans vous, ce livre n'existerait pas.

— Écoutez-moi ça ! s'exclama Cem.

— Je suis particulièrement heureux que tu sois là, Christoph, dit Henning en s'adressant au mari de Pia. Je sais que tu m'en as un peu voulu, mais je ne voulais vraiment pas te blesser.

Julia Bremora apparut à côté d'Henning.

— Monsieur Kirchhoff, nous voulons maintenant laisser entrer les gens. On peut y aller ?

— Bien sûr, dit Henning en souriant. Oliver, porte-toi bien et guéris vite ! Et vous aussi, bien sûr, amusez-vous bien.

Il traversa la foule et ils le suivirent lentement pour rejoindre leurs places réservées. Kai s'assit au premier rang pour que Bodenstein voie bien. Il fallut vingt bonnes minutes pour que les mille invités de la première soient assis et écoutent d'abord le discours du président de l'université, suivi d'un bref discours de Carl Winterscheid. Puis Henning monta enfin sur scène. Il s'assit à la table, ouvrit le livre et commença à lire.

— "Jeudi 15 juin 2006, il était huit heures moins le quart lorsque le vibreur de son téléphone portable priva Tristan Buchwaldt de la perspective d'un jour de congé…"

— Oh, mon Dieu, chuchota Christoph à l'oreille de Pia. Pourvu qu'il ne lise pas le passage où le directeur du zoo vomit dans le fossé !

— Je parie qu'il va le faire, rétorqua Pia en souriant.

INDEX DES PERSONNAGES

La K11 (section K11 de la brigade criminelle d'Hofheim) :

Oliver von Bodenstein, commissaire général de police judiciaire, chef de la K11

Pia Sander, ex-Kirchhoff, commissaire divisionnaire de police judiciaire

Nicole Engel, commissaire général de police judiciaire, directrice de la brigade criminelle d'Hofheim

Kai Ostermann, commissaire divisionnaire de police judiciaire

Kathrin Fachinger, lieutenant de police judiciaire

Cem Altunay, commissaire divisionnaire de police judiciaire

Tariq Omari, lieutenant de police judiciaire

Christian Kröger, commissaire divisionnaire de police judiciaire, responsable de la police scientifique

Professeur Henning Kirchhoff, directeur de l'institut médico-légal de Francfort-sur-le-Main

Dr Frederick Lemmer, médecin légiste

Ronnie Böhme, assistant du légiste

Personnes classées par ordre alphabétique :

Greta Albrecht, belle-fille de Bodenstein

Karoline Albrecht, épouse de Bodenstein

Waldemar Bär, gardien de la maison d'édition Winterscheid

Cosima von Bodenstein, ex-femme de Bodenstein

Marie-Louise von Bodenstein, sa belle-sœur

Quentin von Bodenstein, son frère

Sophia von Bodenstein, sa fille cadette

Julia Bremora, éditrice d'Henning Kirchhoff chez Winterscheid
Anja Dellamura, directrice artistique chez Winterscheid
Paula Domski, journaliste culturelle et épouse d'Alexander Roth
Hellmuth Englisch, écrivain lauréat de divers prix
Stefan Fink, mari de Dorothea Winterscheid-Fink et propriétaire de l'imprimerie Fink
Maria Hauschild, agent littéraire d'Henning Kirchhoff
Josefin Lintner, propriétaire de la librairie House of Books au centre Main-Taunus
Josef Moosbrugger, agent littéraire de Severin Velten
Alexander Roth, directeur de programme chez Winterscheid
Severin Velten, auteur de best-sellers
Heike Wersch, ancienne directrice de programme des éditions Winterscheid et éditrice de Severin Velten
Carl Winterscheid, éditeur des éditions Winterscheid
Dorothea Winterscheid-Fink, cousine de Carl et directrice des ventes des éditions Winterscheid
Henri Winterscheid, père de Dorothea et ancien éditeur des éditions Winterscheid
Margarethe Winterscheid, son épouse et mère de Dorothea

TEXTES UTILISÉS POUR MES RECHERCHES

Ingo Wirth, Hansjörn Strauch, *Rechtsmedizin : Grundwissen für die Ermittlungspraxis. 2., neu bearbeitete Auflage*, Kriminalistik-Verlag, 2006.

https://www.gesund-vital.de/kompakt/azidose

REMERCIEMENTS

Cette dixième affaire pour Pia Sander, Oliver von Bodenstein et leur équipe est née d'une idée que j'avais eue il y a une quinzaine d'années. Au fil du temps, j'avais à plusieurs reprises peaufiné l'intrigue et il était donc compliqué au début de faire de l'ensemble une histoire rondement menée. Une partie du livre a été écrite sur l'île de Noirmoutier, que j'aime comme ma seconde patrie depuis mon enfance, vous l'avez certainement remarqué.

J'espère, chers lecteurs, que vous avez eu autant de plaisir à lire ce roman que j'en ai eu à l'écrire.

Je remercie tous ceux qui m'ont soutenue dans l'écriture d'*Amitié éternelle* : en particulier mon mari Matthias Knöß, qui m'a déchargée de toutes les manières possibles et qui a assuré mes arrières pendant la période d'écriture. Je remercie également ma belle-fille Zoé ! Lors de certains de nos trajets en voiture, je lui racontais l'intrigue qu'elle écoutait d'une oreille bienveillante.

Je remercie mes parents, Bernward et Carola Löwenberg, pour leur soutien moral et pour m'avoir écoutée eux aussi, car il faut parfois penser tout haut, ce qui est plus facile avec des auditeurs attentifs. Merci, papa et maman, pour tous ces beaux étés passés ensemble à Noirmoutier !

Je remercie mes formidables et rapides correctrices pour leurs nombreuses remarques utiles, leur enthousiasme et leur précieux feed-back – mes merveilleuses sœurs Claudia Löwenberg-Cohen et Camilla Altvater et ma grande amie Catrin Runge, à qui j'ai pu demander conseil à toute heure du jour et de la nuit.

Un grand merci à ma chère Andrea Wildgruber, mon agent, pour ses appels motivants, sa compréhension, ses encouragements et sa transmission de connaissances spécifiques sur le monde de l'édition en général et sur le travail d'un agent en particulier.

Merci à mon éditrice Marion Wichmann, à qui je dédie de tout cœur ce livre, mon dixième roman policier. C'est elle qui m'a fait entrer aux éditions Ullstein en janvier 2008, ce qui a changé le cours de ma vie. D'emblée, elle a cru en moi. Nous avons parcouru ensemble un long et merveilleux chemin, et j'espère que nous le poursuivrons encore longtemps.

Je remercie la maison d'édition Ullstein Verlag et tous ses collaborateurs et collaboratrices pour la grande confiance qu'ils m'ont accordée et pour leur collaboration, simple et merveilleuse.

Je remercie Marie-Claude Auger pour la magnifique traduction de mon roman de l'allemand vers le français. Je remercie mes amies Michèle Robert et Caroline Verdeilhan pour les merveilleux moments passés ensemble à Noirmoutier et pour la relecture attentive de la traduction française.

Mes livres mettent toujours en scène un grand nombre de personnes, c'est pourquoi je suis toujours à la recherche de noms. Un grand merci à tous ceux et celles qui ont eu la gentillesse de me confier leur nom : Julia Bremora, Anja Dellamura, George Dragon, Stefan Fink, André Grenda, Mathis Haas, Manja Hilgendorf, Kristina Jagow, Marcel Jahn, Daniel Klee, Josefin Lintner, Steffi Lotz, Petra-Maria Mayer-Büchele, Claus-Peter Sniehotta, Silvia Wittich, Marina Bergmann-Ickes, Robert Sachtleben, Shannon Schwarz, Alea Schalk, Christine Weil, Klaus Wiedebusch, Philipp Eberwein, Millie Fischer et Eckwart List.

Et pour finir, je remercie bien sûr tout particulièrement tous les libraires et tous mes lecteurs. Sans vous, nous, les auteurs, ne serions rien.

NELE NEUHAUS,
septembre 2021.

Ce livre est un roman, même si, comme dans de nombreux romans, certains de ses personnages se réfèrent à des personnes réelles, dont l'un ou l'autre détail biographique a été repris. Les personnages du roman, leurs caractéristiques, leurs actions, les événements et situations qui en découlent sont fictifs et librement inventés par moi. Toute ressemblance avec des personnes vivantes ou décédées est purement fortuite.

OUVRAGE RÉALISÉ
PAR L'ATELIER GRAPHIQUE ACTES SUD
REPRODUIT ET ACHEVÉ D'IMPRIMER
EN NOVEMBRE 2023
PAR NORMANDIE ROTO IMPRESSION S.A.S.
À LONRAI
POUR LE COMPTE DES ÉDITIONS
ACTES SUD
LE MÉJAN
PLACE NINA-BERBEROVA
13200 ARLES

DÉPÔT LÉGAL
1re ÉDITION : JANVIER 2024
N° impr. : 2304558
(Imprimé en France)